国家社科基金项目最终成果（项目编号：05BZW032）
安徽师范大学中国诗学研究中心学术丛书之一

宋元明词选研究

丁放　甘松　曹秀兰　著

2012年·北京

图书在版编目(CIP)数据

宋元明词选研究/丁放,甘松,曹秀兰著.—北京:商务印书馆,2012
ISBN 978-7-100-09815-1

Ⅰ.①宋… Ⅱ.①丁… ②甘… ③曹… Ⅲ.①词(文学)—诗词研究—中国—宋元时期 ②词(文学)—诗词研究—中国—明代 Ⅳ.①I207.23

中国版本图书馆CIP数据核字(2012)第226685号

所有权利保留。

未经许可,不得以任何方式使用。

宋元明词选研究

丁放 甘松 曹秀兰 著

商 务 印 书 馆 出 版
(北京王府井大街36号 邮政编码 100710)
商 务 印 书 馆 发 行
北京瑞古冠中印刷厂印刷
ISBN 978-7-100-09815-1

| 2012年12月第1版 | 开本 850×1168 1/32 |
| 2012年12月北京第1次印刷 | 印张 18½ |

定价:48.00元

目　录

绪论 …………………………………………………………………… 1

上编：宋元明词选与词学关系研究

第一章　宋代词选研究 ……………………………………………… 17
　　第一节　宋代词选述略 ………………………………………… 17
　　第二节　宋代词选的三大价值 ………………………………… 31
　　第三节　南宋词选与词学思想 ………………………………… 48
第二章　金元词选研究 ……………………………………………… 78
　　第一节　《中州乐府》保存文献之功 …………………………… 78
　　第二节　《绝妙好词》的词学要旨 ……………………………… 94
　　第三节　《精选名儒草堂诗余》的入选对象及主旨 ………… 105
　　第四节　金元时期其他词学选本 ……………………………… 118
第三章　明代词选与明代词学 ……………………………………… 134
　　第一节　明代词选述评 ………………………………………… 134
　　第二节　明代词选的编选特点及词学意义 …………………… 149

第三节　明代词选与明词创作的互动关系……………… 166
第四章　宋元明词选接受研究……………………………… 195
　　第一节　《绝妙好词》接受史述论………………………… 195
　　第二节　《乐府补题》的接受与"比兴寄托"说的演变…… 217
　　第三节　《草堂诗余》与明代词学………………………… 239

下编：明代词选个案研究

第五章　《花草粹编》的编纂特色及词学思想…………… 249
　　第一节　陈耀文生平和《花草粹编》的版本……………… 252
　　第二节　《花草粹编》的词学背景及编纂特色…………… 257
　　第三节　《花草粹编》的审美倾向与词学思想…………… 273
　　第四节　《花草粹编》对后世词坛的影响………………… 295
第六章　《草堂诗余四集》的编选评点及其词学意义…… 304
　　第一节　词集编选：源自"草堂"而超轶"草堂"………… 305
　　第二节　词学评点：借鉴融合而不乏新见……………… 312
　　第三节　词学标榜：重情与推尊词体…………………… 322
第七章　《古今词统》与明代词学观念的演变…………… 327
　　第一节　《古今词统》在明代词选中的"集成"意义……… 327
　　第二节　《古今词统》与"正变"说的发展………………… 335
　　第三节　《古今词统》评点的价值………………………… 342
第八章　《词菁》的词学思想及影响……………………… 352
　　第一节　《词菁》词学思想论析…………………………… 352
　　第二节　《词菁》与《花庵词选》比较研究………………… 363

第三节 《词菁》对清初词论的影响 …………………… 376
附录一 中国古代词集笺注、评点的演变及功能 ………… 383
附录二 唐宋元明词选序跋汇辑笺评 ……………………… 404
参考文献 ……………………………………………………… 543
人名索引 ……………………………………………………… 550
书名索引 ……………………………………………………… 573
后记 …………………………………………………………… 586

绪 论

选本是中国文学批评中一种独特的批评方式。鲁迅先生说:"凡选本,往往能比所选各家的全集或选家自己的文集更流行,更有作用。……选本可以借古人的文章,寓自己的意见。……评选的本子,影响于后来的文章的力量是不小的,恐怕还远在名家的专集之上,我想,这许是研究中国文学史的人们也该留意的罢。"[①]选本不仅具有批评色彩,且在文学作品的传播接受过程中扮演着重要角色,著名词学家龙榆生先生在《选词标准论》中指出:"选词之目的有四:一曰便歌,二曰传人,三曰开宗,四曰尊体。前二者依他,后二者为我。操选政者,于斯四事,必有所居。又往往因时代风气之不同,各异其趣。自唐末以迄宋、金之世,词家专集,无虑数百家。前人率以词为小道,孰肯专精致力于此?即或兀兀穷年,亦苦不能尽究。而典型之作,有足垂范后昆;或清丽之音,大为风行当世者。必有人出而抉择汇集,以适应时世之需要,而选本尚焉。自《花间》、《尊前》以迄近代浙、常两派之所标榜,虽醇疵互见,持说不同,要皆应运而生,各具手眼。"[②]可见,从词选的选择标准、意图

---

① 鲁迅《集外集·选本》,《鲁迅全集》第七册,人民文学出版社 1982 年版,第 136—137 页。

② 龙榆生《龙榆生词学论文集》,上海古籍出版社 1997 年版,第 59 页。

等方面可以考察各个时代词学观念的演变。宋元明时期词选数量众多,具有重要的理论价值与文献价值,在词学史上有较大影响,但这一宝库尚未得到充分的发掘。对这一课题进行较为全面而深入的研究,有助于探寻词选发展的特点及规律,丰富词学研究领域,促进词学研究整体水平的提高。

词学研究是中国古代文学研究中的热点之一。今人对唐宋词的研究较为充分,成果也相当丰富,近年来,清词研究也有很大进展,而对元明两代词的研究则相对薄弱。从具体研究范围来看,也存在着不够均衡的弱点。如对作家作品的研究较多,对词学理论的研究较少,为数众多的词集选本尤其是宋元明词选本尚未受到充分重视。

通代研究方面,方智范、邓乔彬、周圣伟、高建中《中国词学批评史》(中国社会科学出版社1994年版)第四章《金元词论》、第五章《明代词论》,均未对元明两代词的选本进行研究。王运熙、顾易生主编的《中国文学批评通史》之相关部分,对元明词选的论述亦较简略。施蛰存先生《历代词选集叙录》曾在《词学》一至六辑上连载,其中介绍了数十种宋元明词选。马兴荣、吴熊和等先生主编的《中国词学大辞典》(浙江教育出版社1996年版)收录了部分宋元明词选的词条。蒋哲伦、傅蓉蓉《中国诗学史·词学卷》(鹭江出版社2002年版)第三章《宋代词学》、第四章《元明词学》对宋元明词选有所涉及。王兆鹏教授《唐宋词史论》(人民文学出版社2000年版)第五章《词集考》中有"《花草粹编》考"、"《天机余锦》考"二节;其《词学史料学》(中华书局2004年版)第六章《词集研究的史料之四:总集》对唐宋金元明清的重要词选的版本、体例、宗旨等内容予以介绍和说明。

宋代词选研究方面,萧鹏《群体的选择——唐宋人选词与词选通论》①是一部重要的词学著作,该书以唐宋词选为主要研究对象,从词人群体的角度考察唐宋词选的编撰,将唐宋词选划分到各个词人群体之下,并从理论上对词选进行整体把握,提出了一些重要的概念,如"选型"、"选源"、"选心"、"选阵"、"选系"等等,具有理论思辨色彩,对词选研究颇具启发意义。另外,曹秀兰在导师丁放的指导下完成的硕士论文《宋人选宋词研究》(2005年),也是较早对宋代词选进行研究的学位论文。其他如薛泉的《宋人词选研究》(黑龙江人民出版社2010年版)从社会文化学的角度对宋代词选兴盛的原因、宋人词选的类型等方面进行了研究。

元明两代词研究,近年出版了陶然《金元词通论》(上海古籍出版社2001年版)、赵维江《金元词论稿》(中国社会科学出版社2000年版)、张仲谋《明词史》(人民文学出版社2002年版),都没有对选本进行专门研究。词学理论研究方面,比较重要的有谢桃坊先生的《中国词学史》(巴蜀书社2002年版)。该书第二章《词学的建立》共四节,分别是:宋元之际词体的衰微与词的理论总结、沈义父论词的创作、张炎的词学理论、陆辅之论词的创作,并未涉及选本问题;第三章《词学的中衰》共七节,仅在第二节"明人的词话与词籍的整理"中提到明代的几种词选,但并未展开论述。

元明词选研究方面,夏承焘先生《〈乐府补题〉考》②、萧鹏《〈乐

---

① 萧鹏《群体的选择——唐宋人选词与词选通论》,台北文津出版社1992年版。后来,该书重新修订为《群体的选择——唐宋人词选与词人群通论》,凤凰出版社2009年4月出版。
② 载《夏承焘集》第一册《唐宋词人年谱·周草窗年谱》附录,浙江古籍出版社、浙江教育出版社1997年版。

府补题〉寄托发疑——与夏承焘先生商榷》①、严迪昌先生《〈乐府补题〉与清初词风》②、台湾学者黄文吉《明抄本〈天机余锦〉之成书及其价值》③等论文较有代表性。还有一些涉及词选、词谱文献著录与考辨的研究成果。张仲谋教授《明词史》第八章对明代词集的选编与丛刻进行了简介；余意《明代词学之建构》（上海古籍出版社2009年版）一书《附录》中有"明人词学序跋、词话汇辑"；李康化《明清之际江南词学思想研究》（巴蜀书社2001年版）第一章《词学中兴与明代词学思想》中汇列明代《草堂诗余》版本三十三种；江合友《明清词谱史》（上海古籍出版社2008年版）第一章《明代中后期词谱的发轫》对周瑛《词学筌蹄》、张綖《诗余图谱》、程明善《啸余谱》等明代词谱进行了研究。这些论著都为宋元明词选研究提供了重要线索和有益参考。

近年来，明词选的价值及意义逐渐开始受到注意。张仲谋教授《明代词学的理论建树》（《文学遗产》2006年第5期）一文指出，明代词学资料有待于进一步清理，明代词选及词集评点是明代词学批评的重要载体；朱惠国教授《论明代的明词批评》（《文艺理论研究》2007年第5期）也认为，明人词集的序跋以及明人词选是明词批评的重要资料，应注意加强研究。这表明，词学界开始呼吁加强对明代词选的系统、深入研究。

近年发表的元明词选研究专题论文主要有：迟宝东《〈乐府补题〉新论》（《天津师范大学学报》2002年第3期）、路成文《读〈乐府

---

① 载《文学遗产》1985年第1期。
② 载《词学》第八辑，华东师范大学出版社1989年版。
③ 载《词学》第十二辑，华东师范大学出版社1999年版。

补题〉三记》(《词学》第十七辑,华东师范大学出版社2006年版)、许春燕《〈名儒草堂诗余〉版本与作者浅探》(《苏州教育学院学报》2002年第4期)、叶辉《从明代的〈草堂诗余〉批评看明人的词学思想》(《人文杂志》2002年第6期)、刘军政《明代〈草堂诗余〉版本述略》(《南阳师范学院学报》2004年第2期)、周焕卿《论〈草堂诗余〉在明清两代地位之升降》(《中国诗学》第十一辑,人民文学出版社2006年版)、张宏生《杨慎词学与〈草堂诗余〉》(《南京师范大学学报》2008年第2期)、岳淑珍《从〈词林万选〉到〈百琲明珠〉——杨慎词选论》(《绍兴文理学院学报》2008年第5期)、张静《评点与词话——杨慎评点〈草堂诗余〉与撰著〈词品〉之关系》(《中国韵文学刊》2008年第2期),张仲谋论述《花草粹编》(《文学遗产》2012年第2期)、有人论《天机余锦》成书于明代等论文,均值得注意。这些论文大多集中于《乐府补题》、《草堂诗余》等少数几种选本的研究,而宋元明词选现存数十种之多,所以词选研究的视野还有待进一步扩大。

台湾学者陶子珍的《明代词选研究》(台北秀威资讯科技股份有限公司2003年版)是近年出现的明代词选研究专著,作者就所见的二十四种明代词选进行分别论述,介绍词选版本、编撰背景、体例、词选内容及影响,为学界研究明代词选提供了丰富翔实的文献资料。[①] 当然,该书也存有一定缺憾,如对词选与创作、词选与词学思想之间的关系留意不够,没有揭示明代词选发展的整体走

[①] 《明代词选研究》"绪论"中介绍,由于条件限制,无法对山东省图书馆收藏的《新镌出像词林白雪》进行研究。据笔者调查,刊刻于万历三十四年(1606)的《新镌出像词林白雪》实为曲选,并非词选。

向,没有对明代词选评点进行研究,理论思辨色彩尚嫌不足等,这些都为后来者留下进一步研究的空间。

清代词选研究也取得了一定成果,闵丰《清初清词选本考论》(上海古籍出版社 2008 年版)、李睿《清代词选研究》(安徽大学出版社 2011 年版),以及张宏生、孙克强、彭玉平等先生发表的一系列清代词选研究论文,[①]对宋元明词选研究也颇具参考价值。

综合词选研究现状,可以发现:一、相对于宋代和清代词选研究而言,元明词选研究的成果尚不够丰富,研究视野比较狭窄,方法比较单一,理论深度也有欠缺;二、研究大多局限于某一时段,没有考察词选的继承、嬗变与发展,忽视宋元明时期词选的各自特点、相互关系及发展走向等问题。所以,对宋元明时期的词选进行宏通性研究是非常必要的。

本书的研究思路和方法是以文献为基础,以词的发展史为背景,以宋元明词选为研究本体,综合运用文献学、接受美学、文化学、定量分析等多种方法,多角度、多层面进行探讨和研究;注重理论与创作相结合,文学与历史相结合,传统研究方法与现代理论相结合,坚持实事求是的原则和历史唯物主义的观点,以期得出较为符合实际的结论。由于宋元明词选数量众多,本书选取其中比较

[①] 清代词选研究的代表论文如:张宏生《〈词选〉和〈蓼园词选〉的性质、显晦及其相关诸问题》,《南京大学学报》1995 年第 1 期;张宏生《总集编纂与群体风貌——论孙默及其〈国朝名家诗余〉》,《中山大学学报》2006 年第 1 期;张宏生《今词初集与清初词坛》,《南开学报》2008 年第 1 期;孙克强《词选在清代词学中的意义》,《南京大学学报》2006 年第 2 期;彭玉平《选本编纂与词学观念——晚清陈廷焯词选编纂探论》,《学术研究》2006 年第 7 期。

重要或较有特点的《花庵词选》、《绝妙好词》、《乐府补题》、《精选名儒草堂诗余》、《花草粹编》、《草堂诗余四集》、《古今词统》、《词菁》、《名媛诗纬初编诗余集》等词选进行个案研究,在此基础上,点面结合,纵横比较,重点探讨宋元明词选本的时代特点、内在联系、理论意义及其在词学史上的地位。

本书分为上、下两编,共八章。另有附录两种。

上编"宋元明词选与词学关系研究",分为四章,宋代词选研究、金元词选研究、明代词选与明代词学、宋元明词选接受研究,重在以典型个案为基础的宏观研究,力图揭示宋元明词选与词作创作、词学观念、词学接受之间的关系。

宋代词选现存十余种,为元明词选的先驱,在词学史上占有重要的地位和价值。首先,具有文献价值。由于词一直被视为"小道",北宋人词作大多没有专集,基本处于随作随弃的状态,词人作品极易丢失。词选收录了部分词作(往往是代表作),使其得以存世,为后人辑词、校误提供了重要的依据。其次,具有理论价值。选词其实是一种批评活动,选择标准或编排体例体现着选编者的词学观念与审美倾向,而且有的词选本身就有编选者的评语。再次,具有思想价值。选词虽然是个人行为,但又透射出时代的印记,故而可以窥见宋人的词学观念。将《花庵词选》和《绝妙好词》进行对比研究,可以了解当时词坛的发展动态和南宋词学审美走向:即风雅词派一直保持强盛的发展势头。此外,北宋著名词人周邦彦在《草堂诗余》、《阳春白雪》中被选录的作品均居首位,反映出南宋词选对周邦彦词的重视与青睐。宋代词选的编选体例、宗旨、内容等诸多方面对后世词选产生了重要影响。

金元词选数量较为可观,《中州乐府》《绝妙好词》《精选名儒草堂诗余》是这一时期比较重要的选本。① 这些选本有的保存文献之功很大,有的代表着一段时期词坛的主导风气,有的有鲜明、突出而集中的思想倾向,有的是某一类词人词作的选编,有较高的文献价值及一定的认识价值。元好问《中州乐府》保存了三十六位词人的一百二十四首作品,且附作者小传,具有重要的文献价值,并可略窥当时词学门径,但理论性不强是其弱点。周密的《绝妙好词》除了具有辑佚与校勘价值外,还可反映南宋词坛之主流风气以及他本人清丽雅正的选词标准,张炎的《词源》、陆辅之的《词旨》均深受其影响。《精选名儒草堂诗余》的收词对象及主旨,并非如清人厉鹗所说"皆南宋遗民",这批词人所写题材亦不可以"故国之思"简单概括之,该书录词多为清丽婉约之作,绝少慷慨豪放、侧艳、俚俗之什。元代其他词选如《鸣鹤余音》一书所收为从唐代至元代的道家词,具有重要的校勘价值。

明代词选上承宋元,下启清代,在词学史上具有承前启后的重要地位。明代词选数量众多,与明代中后期刻书产业发达密切相关,书坊商业化运作模式在促进词选繁荣与传播的同时也带来因袭浅陋等弊端。明代"花草"流行,但明人并非盲目崇拜《花》、《草》二书,《草堂诗余》在明代中后期被不断改编与调整,其编选体例出

---

① 由于历代皆视周密为南宋末人,且《绝妙好词》所选皆为宋词,所以该书传统上被视为宋代词选。本书认为,《绝妙好词》编成时已经入元,应当视为元代词选。鉴于《绝妙好词》在宋元之际词学史上的重要价值和影响,本书第一章将该选与南宋《花庵词选》予以比较,以见南宋词学的发展变化;另外,在第二章设专节,以便较深入地探讨该书的词学思想与价值。

现创新，选源选域逐渐扩大，审美趣味也趋向多元化，这些新变反映出明人词学观念和审美趣味的演进趋向。明代词选开始出现大量的评点内容，形式灵活、内容丰富的评点成为明代词选的重要组成部分，评点增强了词选的文学批评功能。这些都对清代词选和词学产生了深远影响。此外，明代词选与明词创作呈现出互动关系。如明代前中期著名词人陈铎、张綖、杨慎等人的词学创作和批评活动，很大程度上是在学习、反思《草堂诗余》的基础上开展起来的，陈铎等人的词学活动反过来又促进了《草堂诗余》在明代的进一步传播和繁荣；明代中后期，随着女性词坛的活跃与词选家女性意识的增强，女性词人群体受到选家的关注，并出现了第一部女性词选《名媛诗纬初编诗余集》。

宋元词选中的某些选本，对当时或后世的词学活动及词学思想产生了重要而深远的影响，《绝妙好词》、《乐府补题》、《草堂诗余》等三部词选的接受史值得注意和深入研究。《绝妙好词》在明代罕见流传，其重新发现与重新受到关注均与清代"浙西词派"有直接关系，《绝妙好词笺》及续书的问世对"浙西词派"产生了很大的影响。"常州词派"对《绝妙好词》既有批评又有吸收。《乐府补题》经朱彝尊发现后重新问世，对清初词风产生了重要影响。历来学者认为《乐府补题》诸词中有寓意和寄托。本书依据原作所用典故和具体描写辨析主旨，认为这组词是有一定身世之感的咏物之作。《乐府补题》的接受对清代"比兴寄托"说及"常州词派"的发展具有重要意义。《草堂诗余》在明代词坛极为流行，曾被反复改编，形成了令人瞩目的"草堂"系列，对明词创作与词选编辑都产生了深远影响。将《草堂诗余》视为明词衰蔽的重要原因的观点并不准确,《草堂诗余》的流行只是明词衰蔽的一种表征。

本书下编"明代词选个案研究",分为四章,对明代中后期的《花草粹编》、《草堂诗余四集》、《古今词统》、《词菁》等四部词选进行个案研究,既考察版本源流、成书背景、编选体例及宗旨,又注意发掘其中蕴含的词学思想及其产生的影响,从中探寻明代词选的发展走向以及词学观念的演变。下编主要内容为:

明代词坛中的一个重要现象即《花间集》、《草堂诗余》盛行,词选家多以其为主要选源,而陈耀文的渊博学识及独特词学思想使《花草粹编》的编选呈现出独特的面貌。首先,《花草粹编》虽以《花》、《草》为主要选源,但并不局囿其中,能够广收博取,广泛搜求唐宋名家名篇和一些孤词逸词,选本内容富赡,且颇具辑佚之功。其次,编选者虽然崇尚"婉媚"词风,但姜夔等风雅派词人作品的选入使该词选体现出"复雅"的倾向,体现陈氏在"花草"盛行背景下独特的词学观。再次,由于明中后期女性词人成批涌现,再加之心学流行,思想解放,编选者大量选录宋明两朝女性词人词作,也成为该词选的重要特点。《花草粹编》是明代中期出现的大规模词选,亦是明代诸多词选中较好的一部,对后世词坛产生了较大的影响,如其遵循博采广收和实录的原则,为后世的词学研究保留了珍贵的文献资料;其"复雅"倾向和大量雅词的收录,则对清代"浙西词派"代表人物朱彝尊产生了一定的影响。

明代中叶以后,经明人改编的各种版本的"草堂"系列流行一时。"草堂"系列中的不少选本乃书坊改编出版,多有层层因袭、手眼不高的弊病,但也出现了比较有特色和价值的选本。如明末沈际飞评正之《草堂诗余四集》,就是"草堂"系列中规模宏大、颇具词学价值的选本之一。首先，该词选大量选录南宋词人的词作，特别留意对"辛派"词人和以姜夔为首的"风雅派"词人的选录与评点，选词范围与审美趋向均有超轶明代其他《草堂诗余》之处，反映出沈际飞不同流俗的词学观念与兼容并蓄的审美趣味。其次，该词选有眉批数千条，沈际飞的词学评点活动规模宏大、内容丰富，既有艺术鉴赏，也有词体辨析，融合前人观点而不乏自己的独特见解，在一定程度上推进了明代词学评点的发展。再次，沈际飞将言情视为词体的基本体性，是明代"主情说"词论的变化与发展；其标榜"比兴寄托"之说以推尊词体，实为晚明词坛试图提高词体地位的有益尝试，可视为"常州词派"词论之先声。在明末词坛，沈际飞《草堂诗余四集》的编选、评点及其词学思想都有超轶流俗之处，展示着明清之际词学思想的嬗递，对于考察号称"中兴"的清代词学也有着重要的参照作用。

　　明代词选数量虽然不少，但或因选词偏少，或为因袭较多，或是体例驳杂，少有理想的选本，直到《古今词统》出现，这种情况才有了根本的改变。卓人月汇选、徐士俊参评的《古今词统》是明末一部规模宏大、观点新颖、特色鲜明的著名词选。首先，该书博取众选之长，具有鲜明的"词统"意识。《古今词统》以《花间集》、《尊前集》和明顾从敬《类编草堂诗余》、长湖外史《草堂诗余续集》、沈际飞《草堂诗余别集》和《草堂诗余新集》、钱允治《国朝诗余》诸书为基础，凡收词四百九十一家两千零一十八首，录词范围上起隋唐下至明代，将历朝词汇于一编。其次，词学观点新颖，不以传统的"婉约"、"豪放"分"正变"，而是以"情"作为选词的唯一标准，认为只有作者的情感表现得惟妙惟肖，能够引起读者、听者强烈共鸣的词才称得上是"本色"、"当行"的佳作。该书高度推尊辛弃疾词,收录其词一百四十一首,大大超过其他词人的词作数量。该书的孟称舜序和徐士俊序均十分推崇豪放词风,选者重视以苏、辛为代表的豪放词的美学趣味是显而易见的。再次,该书评点多达上千条,评语的核心是从抒情性的角度论述词的风格,其根本立足点也是婉约与豪放并重。《古今词统》选目较合理,规模较适中,其序言和评语体现了丰富深刻的词学思想,有较高的学术价值,该书在明代乃至中国词学史上都有较高地位。

明人张綖在《诗余图谱》中明确提出,词分"婉约"和"豪放",以"婉约"为正体,"豪放"为变调,故论词者多崇尚"婉约",贬抑"豪放",这一词学观念在后世产生了很大影响,《词菁》编选者陆云龙在序言中即对这一观念予以接受和认同。陆云龙论词尚"丽",但与明代词坛长时期所流行的秾丽香艳并不相同;此外,陆云龙选词尚北(宋)而不抑南(宋),评价历代词人还多用"豪爽"、"豪气"、"潇洒"、"奇爽"等概念,彰显其对豪放词的崇尚,表明陆云龙的词学实践活动并不完全为"正变观"所束缚,这与时代思潮及编选者的身世性格有密切关系。《词菁》的词学思想有不同于明代传统词学观念之处,在崇北(宋)还是崇南(宋),婉约和豪放词孰重的问题上,《词菁》所体现的理论思想分别暗合了清初浙西词论和阳羡词论,这是陆云龙《词菁》理论思想的意义和价值所在。

综合下编个案研究,可以得出如下结论:一、明代词选的编选观念趋于明确与自觉。明代中后期,有眼光和见识的词选家逐渐摆脱《花间集》、《草堂诗余》的局限和束缚,编选出富有个性特点乃至具有"集成"意义的大型词学选本。二、明代词选的选源与选域呈现扩大趋势,明人的词学视野趋于合理。明代词选选录范围和重心从开始关注晚唐、北宋词人词作发展到对南宋词的大量选录,并对本朝词人亦予以一定程度的留意。三、南宋姜夔、张炎等"风雅派"词人受到选家注意,"雅词"潜回明末词坛。在明代"花草"盛行的背景之下,姜夔等"风雅派"词人的词几乎失传,所以,"雅词"进入词选之中,是对"雅词"的一种回归;而这种回归直接影响到清代"浙西词派"朱彝尊等人,使得"雅词"在经历了明代的沉寂之后,在清代重新取得重要地位。四、明中后期词选中"主情"倾向非常明显,与当时词坛的"主情"思潮相互呼应并推波助澜,这是明代词学思想的一大特点。五、明代词选开始有意识地突破以"婉约"为正宗、以"豪放"为变体的传统词学观念,对苏、辛等人的"豪放"词作大量选录。即使是某些坚持"正变"观的词选家,在实际的编选、评点过程中仍是"婉约"、"豪放"并重,并未强判妍媸。这说明明人突破传统词学观的努力以及传统观念所具有的巨大惯性。

总之,本课题之价值主要体现在以下六个方面:

一、介绍宋元明词选概况,厘清相关词选的版本源流,为进一步深入研究提供可靠的文献基础。

二、考察元明词选对唐宋词选的继承与发展,进而揭示宋元明词选的自身特点及其发展走向。

三、考察词选与创作之间的相互影响,揭示词选编选与创作实践之间的互动关系。

四、研究宋元明词选与当时词论之间的关系,进一步丰富和深化对宋元明词学理论的认识与理解。附录汇辑了四十一篇宋元明词选序跋,并做了简要的校注,亦可资参考。

五、注意加强对词学评点的研究。明代词选大多都带有评点,而目前学界对此较少注意,本课题对《草堂诗余四集》、《古今词统》、《词菁》等重要词选的评点内容进行了深入探讨。附录《中国古代词集笺注、评点的演变及功能》一文,则对千年以来的词集笺注和评点予以宏通观照和考察。

六、将宋元明词学选本作为一种特殊的批评方式纳入词学理论的视野中来,扩大了词学理论的领域,从中透视出宋元明词学批评的走向,这对中国文学的选本研究具有一定的启发意义。

上编:宋元明词选与词学关系研究

第一章 宋代词选研究

诗文选本是我国古代文学传播的重要途径,更是一种重要的批评方式。选本大都具有特定的编选宗旨和选择标准,而这种选择标准往往代表当时一部分人的文学观念与审美趋向。词体文学兴起于隋唐,大盛于两宋。随着词体文学的发生发展,选词也逐渐成为一种重要的文化现象。一些具有词学素养和鉴赏眼光的选家筛选出符合一定标准的作品,编辑成集,一部部词选应运而生。选词是一种极具主观色彩的行为,却常常透射出客观的、时代的特点,蕴含着丰富的词学思想。选词不只是宋代特有,而是后世一直承续着的文学文化现象。宋元之后,明清时期词选数量更多,影响较大的有陈耀文《花草粹编》、卓人月《古今词统》、朱彝尊《词综》、张惠言《词选》等。因此,词选不仅有其自身发展的历史,更反映着当时词学理论、词学思想的发展和演变。宋代词选的编选体例、宗旨、内容等诸多方面对元明词选产生了重要影响。从这一角度说,研究宋代词选不仅可以弥补宋代词史研究之不足,更是研究元明清词选的前提和基础。

第一节 宋代词选述略

宋代词选多为应歌而编选,故与后世如清代词选比较起来显得比较随意;另外,宋人也多视词体文学为"小道"、"末技"而未加重视,因此造成词选在流传过程中多有散佚。从现存资料看,宋代词选有十四种。现分别略述如下:

一、《家宴集》

《家宴集》原书五卷,今佚。有北宋雍熙三年(986)子起序,所收为唐末五代诸家词。[①] 南宋人陈振孙《直斋书录解题》卷二一《家宴集》云:"序称子起,失其姓氏。雍熙丙戌岁也。所集皆唐末五代人乐府,视《花间》不及也。末有《清和乐》十八章,为其可以侑筋,故名《家宴》也。"[②] 元人马端临《文献通考》卷二四六《经籍考》七三据《直斋书录解题》,也著录了这一选本。《宋史》卷二〇九《艺文志》称:"子起《家宴集》五卷,不知姓。"既然有五卷之多,此选本选词数或当有二、三百首。陈振孙说《家宴集》的水平不及《花间集》,我们也可以理解为此书与《花间集》所选之词不同。此书既然已经亡佚,所选之词或也随之失传,这也是词学史上的憾事。此书不见他书著录,编者不详,当是入元以后亡佚。

二、《尊前集》

《尊前集》编者不详。收录三十六位唐五代词人的词作,共二百八十九首,其中大部分为五代词。前人或认为是唐人所编,或认为是宋人所编。此书在宋人文集中经常被提及,因书中选录李煜

---

① 《宋史》卷二〇九,中华书局1977年版,第5402页。
② 陈振孙《直斋书录解题》,上海古籍出版社1987年版,第615页。

词时称其为"李王",这是北宋早期对李煜的称呼,因此有人认定此书为北宋初编定。但此书宋元时期的版本未见流传,明万历十年(1582),嘉兴顾梧芳刻《尊前集》二卷,其《引》云:"若玄宗之《好时光》、李太白之《菩萨蛮》、张志和之《渔父》、韦应物之《三台》,音婉旨远,妙绝千古;他如王、杜、刘、白,卓然名家,下逮唐末群彦若干人。联其所制,为上、下二卷,名曰《尊前集》,梓传同好。"从文中语气来看,似为顾梧芳重编而袭用《尊前集》旧名。但顾氏又云:"先是唐有《花间集》,及宋人《草堂诗余》行,而《尊前集》鲜有闻者久之。"① 他又指出《尊前集》为早于《草堂》之旧籍。明人毛晋《尊前集跋》云:"雍熙间,有集唐末五代诸家词,命名《家宴》,为其可以侑觞也。又有名《尊前集》者,殆亦类此。惜其本皆不传。嘉禾顾梧芳氏采录名篇,厘为二卷,仍其旧名。"② 认定《尊前集》为顾梧芳编次。朱彝尊则持不同意见,其《书尊前集后》说:"《尊前集》二卷,不著编次人姓氏。万历十年,嘉兴顾梧芳镂板以行,佥以谓顾氏书也。康熙辛酉冬,予留吴下,有持吴文定公手抄本告售,书法精楷,卷首识以私印。……取顾氏本勘之,词人之先后,乐章之次第,靡有不同。始知是集为宋初人编辑,较之《花间集》,音调不相远也。"③ 按吴文定公即明代学者吴宽(1435—1503),既然吴宽手抄本与顾梧芳本选目、编次相同,就足以证明此书非顾氏重编。《四

---

① 顾梧芳《尊前集引》,施蛰存《词籍序跋萃编》,中国社会科学出版社1994年版,第643—644页。
② 毛晋《尊前集跋》,施蛰存《词籍序跋萃编》,中国社会科学出版社1994年版,第644页。
③ 朱彝尊《书尊前集后》,施蛰存《词籍序跋萃编》,中国社会科学出版社1994年版,第645页。

库全书总目提要》因陈振孙《直斋书录解题》未录此书,从而否定朱氏将《尊前集》定为宋人之作,其说亦未可全信。

施蛰存《尊前集叙录》确认此书为宋初人所编,考辨甚详,可以参看。其中指出明初人吴讷《唐宋名贤百家词》即收录此书,且选目与顾梧芳本相同,这是最核心的证据。[①] 蒋哲伦《尊前集》校点说明则对施蛰存的观点做了进一步的阐发。[②] 综合以上论述,我们认为顾梧芳所刻《尊前集》当为宋初旧本。《尊前集》明代以后至少有五种版本传世:(一)明吴讷《唐宋名贤百家词》本,一卷,原藏天津图书馆,1940年商务印书馆据以排印。(二)明宣城梅禹金抄本,一卷,原为清丁丙善本书室藏书,1914年朱孝臧据以刻入《彊村丛书》。(三)明万历十年(1582)嘉兴顾梧芳刻本,分为上下两卷,毛晋据以重刻于《词苑英华》。(四)明刻本,二卷,题"明嘉禾顾梧芳编次,东吴史叔成释",每半页九行,每行十八字,原为罗振玉所藏,后归国家图书馆,唱春莲据以校点,辽宁教育出版社排印本。(五)明抄本,一卷,藏印有"季贶"、"黄丕烈印"等,每半页九行,每行十五至十六字,今藏国家图书馆,唱春莲据以参校。

三、《金奁集》

宋坊间唱本,一卷,共收词一百四十七首。全书依调编排,如越调下有《清平乐》、《遐方怨》、《诉衷情》、《思帝乡》四调,南吕宫下有《梦江南》、《河传》、《蕃女怨》、《荷叶杯》四调。这种编排方式对

[①] 舍之《历代词选集叙录·尊前集》,《词学》第一辑,华东师范大学出版社1981年版,第282—284页。

[②] 见唐圭璋等校点《唐宋人选唐宋词》,上海古籍出版社2004年版,第103页。

《草堂诗余》的编排体例应有所启发。

该书朱孝臧刻人《彊村丛书》,列为唐词别集,施蛰存《词籍序跋萃编》也列人唐五代词别集中,其实不妥。《金奁集》选录词为温庭筠六十三首、韦庄四十七首、张泌一首、欧阳炯十六首,最后十五首《渔父》词,据前人考证,是他人和张志和之作。总之,此书当属词选。因此,清代著名学者鲍廷博《金奁集跋》曰:"右《金奁集》一卷,计词一百四十七阕,明正统辛酉海虞吴讷所编《四朝名贤词》之一也。编纂各分宫调,此他词集及词谱所未有。间取《全唐诗》校勘,中杂韦庄四十七首,张泌一首,欧阳炯十六首,温词只六十三首,疑是前人汇集四人之作,非飞卿专集也。按飞卿有《握兰》、《金荃》二集,《金奁》岂即《金荃》之误耶?"鲍廷博认为《金奁集》应属总集类,他指出造成这种误解的原因是,温庭筠有《握兰》、《金荃》二集,《金奁》或许即是《金荃》之误,这种推测不无道理。蒋哲伦《金奁集》校点说明对此书的成书年代做了较为详尽的考证:"《金奁集》的成书年代当迟于《尊前集》,因古本《金奁集》中《菩萨蛮》五首,有目而无词,注云:'已见《尊前集》。'南宋孝宗淳熙十六年(1189)立秋日,陆游撰有《跋金奁集》一文(见《渭南文集》卷二七),可见此书必成于淳熙十六年之前。又,南宋宁宗庆元二年(1196)所刻欧阳修《近体乐府》,其中卷一罗泌校语亦曾引用《尊前》、《金奁》等集。"[1]所论亦较确。

四、《兰畹曲会》

北宋孔夷(方平)编。又名《兰畹曲集》、《兰畹集》。宋人洪迈

---

[1] 见唐圭璋等校点《唐宋人选唐宋词》"《金奁集》校点说明",上海古籍出版社2004年版,第157页。

《容斋随笔》云:"《兰畹曲集》,任公谓书本名《曲会》,会即集也。后人用通俗之称改作'集',又省云'曲'字耳。"清人高士奇曰:"宋人选宋词,如曾慥《乐府雅词》、赵粹夫《阳春白雪》,以及《谪仙》、《兰畹》诸集,皆名存书逸。"[1]此书自宋以来不见著录。今人周泳先辑录一卷,仅杜牧、韦庄、牛希济、李珣、寇准、晏殊、欧阳修、张先、晏几道等十一家十六首,收入《唐宋金元词钩沉》。周泳先曰:"宋人选词,花庵以前,大都断代;不限年代之唐宋人词选,当以此书为嚆矢矣。"[2]关于卷数,《北海图书馆月刊》第二卷第一期梁启超《记兰畹集》曾予以考证:"读《欧阳文忠公近体乐府》卷三第十叶《千秋岁》调下注云:'《兰畹》作张子野词。'第十八叶《水调歌头》下注云:'此词载《兰畹集》第五卷。'"可知此书至少为五卷。而欧公乐府刻成于庆元二年(1196),可知《兰畹集》成书必在其前。

五、《麟角集》

该书编者及编选年代不详。书佚而仅存其名。金人元好问《新轩乐府引》引屋梁子之语云:"《麟角》、《兰畹》、《尊前》、《花间》等集,传播里巷,子妇母女,交口教授,淫言媟语,深入骨髓,牢不可去,久而与之俱化。浮屠家谓笔墨劝淫,当下犁舌之狱。自知是巧,不知是业。"[3]元朱晞颜《瓢泉吟稿》卷五《跋周氏〈埙箎乐府引〉》亦云:"旧传唐人《麟角》、《兰畹》、《尊前》、《花间》等集,富艳流

---

[1] 周密辑,查为仁、厉鹗笺《绝妙好词笺·高士奇序》,中华书局1957年版,第3页。
[2] 周泳先《唐宋金元词钩沉·兰畹曲会辑本题记》,施蛰存《词籍序跋萃编》,中国社会科学出版社1994年版,第651页。
[3] 《遗山先生文集》卷三六,《四部丛刊》本。

丽,动荡心目。其源盖出于王建宫词,而其流则韩偓《香奁》、李义山西昆之余波也。"①比之于韩偓、李商隐之诗,评价也不高。此书不见宋人著录,故施蛰存认为"疑是宋末坊贾伪托人之书,而盛行于元时者"。②

六、《梅苑》

南宋黄大舆(载万)编。共十卷。所录皆咏梅之词。起于唐代,止于北宋末南宋初,为现存最早的专题咏物词选。卷首有黄大舆自序,曰:"自琼林、琪树、瑶华、绿萼之异不列于人间,目所常玩,如予东园之梅,可以首众芳矣。若夫呈妍月夕,夺霜雪之鲜;吐嗅风晨,聚椒兰之酷。情涯殆绝,鉴赏斯在。莫不抽毫遗滞,劈彩舒哀,召楚云以兴歌,命燕玉以按节。然则《妆台》之篇,《宾筵》之章,可得而述焉。己酉之冬,予抱疾山阳,三径扫迹,所居斋前更植梅一株,晦朔未逾,略已粲然。于是录唐以来词人才士之作,以为斋居之玩。目之曰《梅苑》者,诗人之义,托物取兴,屈原制《骚》,盛列芳草,今之所录,盖同一揆。聊书卷目,以贻好事云。岷山耦耕黄大舆载万序。"③是为选词之缘起与旨意所在。"己酉之冬",为宋高宗建炎三年(1129),应是此书成书之年。

该书编次,大致是长调在前,小令居后。其中也有不以此为序

---

① 朱晞颜《瓢泉吟稿》卷五,文渊阁《四库全书》本。
② 舍之《历代词选集叙录·麟角集》,《词学》第二辑,华东师范大学出版社1983年版,第235页。
③ 唐圭璋等校点《唐宋人选唐宋词》之《梅苑》卷首,上海古籍出版社2004年版,第195页。

者,体例较杂乱。明杨士奇《文渊阁书目》、叶盛《菉竹堂书目》、李廷相《李蒲汀家藏书目》、赵琦美《脉望馆书目》、清初钱曾《也是园书目》,均有著录。陆心源皕宋楼藏有毛氏汲古阁影宋钞本,今归日本静嘉堂文库。乾隆三十一年(1766),曹寅重刻于扬州,为《楝亭十二种》之一。曹本见于目录者五百零八首,而实刊四百零六首,殆已非原本。《四库全书总目》云:"宋黄大舆编。大舆字载万,……其爵里未详,厉鹗《宋诗纪事》称为蜀人,亦以原序署岷山耦耕及《成都文类》载其诗,以意推之耳,无确证也。王灼称大舆歌词与唐名辈相角,其乐府号《广变风》,有赋梅花数曲,亦自奇特。然乐府今不传,惟此集仅存。所录皆咏梅之词,起于唐代,止于南北宋间。自序称己酉之冬,抱疾山阳,三径扫迹,所居斋前更植梅一株。晦朔未逾,略已粲然。于是录唐以来词人才士之作,以为斋居之玩,目之曰《梅苑》。"①

有学者认为,《群贤梅苑》是《梅苑》的书棚本易名。② 而《四库全书总目·词曲类存目》认为:《群贤梅苑》"旧本题松陵朱鹤龄编。鹤龄有《尚书埤传》,已著录。此乃所辑宋人咏梅之词。然详勘其书,乃取宋黄大舆《梅苑》而颠倒割裂之。一卷、二卷即黄书之六卷、七卷,而三卷则如其旧,四卷后八调移为第五卷之首,而五卷中删除九调,六卷、七卷即黄书之一卷、二卷,至八卷则又如其旧,九卷后五调移冠十卷之首,而十卷删去十调。颠倒错乱,殆书贾售伪者为之,鹤

---

① 《四库全书总目》卷一九九,中华书局1997年版(整理本),第2803页。
② 吴熊和《宋人选宋词十种跋》,《杭州大学学报》1994年第2期,第77页。又见《吴熊和词学论集》,杭州大学出版社1999年版,第114页。

龄不至于斯也"。① 可知,《群贤梅苑》与《梅苑》并不是同一本书。

七、《复雅歌词》

编者不详,题鲖阳居士序。五十卷,分前后两集,全书今佚。陈振孙《直斋书录解题》卷二一云:"《复雅歌词》五十卷,题鲖阳居士序,不著姓名。末卷言宫词音律颇详,然多有调而无曲。"② 黄昇《中兴以来绝妙好词序》说:"长短句始于唐,盛于宋。唐词具载《花间集》,宋词多见于曾端伯所编。而《复雅》一集,又兼采唐宋,迄于宣和之季,凡四千三百余首。吁,亦备矣!"③ 可知此集为北宋末南宋初一部大型词选。

赵万里《校辑宋金元人词》有《复雅歌词》一卷,共十则。因其多录本事,如同词林纪事,故列于词话一类,收入唐圭璋《词话丛编》。此后《花庵词选》、《草堂诗余》以前人词话附于所选词后,这种体例或许正是祖述《复雅歌词》的。

八、《谪仙集》

《宋史·艺文志》云:"《谪仙集》十卷。勾龙震集古今人词,以李白为首。"④ 今佚。朱彝尊《词综·发凡》云:"古词选本,若《家宴集》、《谪仙集》、《兰畹集》、《复雅歌词》,……皆轶不传。"⑤ 勾龙震

---

① 《四库全书总目》卷二〇〇,中华书局1997年版(整理本),第2819页。
② 陈振孙《直斋书录解题》,上海古籍出版社1987年版,第632页。
③ 黄昇《花庵词选》,中华书局1958年版,第156页。
④ 《宋史》卷二〇九,中华书局1977年版,第5402页。
⑤ 朱彝尊、汪森《词综》,上海古籍出版社1978年版,第11页。

(1118—?),字元度,小名佛喜,成都府成都县人。绍兴十八年(1148)进士。

九、《乐府雅词》

南宋曾慥据其家藏编辑。曾慥,鲁国公曾公亮之孙,字端伯,号至游子,温陵(今福建泉州市)人,历仓部员外郎,除江南西路转运判官,后知虔州,改知荆门,移知庐州,入为右文殿修撰,绍兴二十五年(1155)卒。曾慥《乐府雅词引》署"绍兴丙寅",可知成书于绍兴十六年(1146)。是书按词人排列,选录欧阳修等三十四家,拾遗录百余阕不知姓名者,皆为宋人,不录唐五代词。

曾慥《乐府雅词引》曰:"余所藏名公长短句,裒合成篇,或后或先,非有诠次;多是一家,难分优劣,涉谐谑则去之,名曰《乐府雅词》。"[①]又曰:"欧公一代儒宗,风流自命,词章幼眇,世所矜式。当时小人或作艳曲,谬为公词,今悉删除。凡三十又四家,虽女流亦不废。"[②]可知其选词标准。

《乐府雅词》三卷,拾遗二卷。该书所选三十四位词人,为各人选集的合刊本,这是颇有特色的,有较高的文献价值,如李清照等人的词作,主要赖此书保存下来。朱彝尊《乐府雅词跋》云:"吴兴陈伯玉《书录解题》载曾端伯所编《乐府雅词》十二卷,拾遗二卷。"[③]似乎

[①] 曾慥《乐府雅词引》,唐圭璋等校点《唐宋人选唐宋词》,上海古籍出版社2004年版,第295页。
[②] 曾慥《乐府雅词引》,唐圭璋等校点《唐宋人选唐宋词》,上海古籍出版社2004年版,第295页。
[③] 施蛰存《词籍序跋萃编》,中国社会科学出版社1994年版,第651页。

《乐府雅词》有十二卷本。其实不然。首先,宋陈振孙的《直斋书录解题》中,明确标明"《乐府雅词》三卷,拾遗二卷"[①],而不是"十二卷,拾遗二卷"。元人马端临《文献通考·经籍考·歌词类》在《乐府雅词》条下注"十二卷,拾遗二卷",完全据陈振孙《直斋书录解题》而成。《四库全书总目·直斋书录解题》曰:"可考见诸书源流者,惟晁《志》(按:即晁公武《郡斋读书志》)及此书。故马端临《经籍考》即据此二书以成编。然至今晁志有刻本,而此书久佚。惟《永乐大典》全载之,诚希观之本也。"因此,朱彝尊应该是据马端临《文献通考》而认为《乐府雅词》是"十二卷,拾遗二卷"。马氏《文献通考·经籍考》中唯《乐府雅词》一条与陈氏《直斋书录解题》有出入,而马氏所言不知何据。至于陆心源《皕宋楼藏书志》中《乐府雅词》条下所注"朱氏手跋曰:曾端伯《乐府雅词》陈氏《直录解题》曰一十三卷,拾遗二卷",则纯属讹误。

十、《聚兰集》

编辑者不详。该集选有苏轼词,南宋人胡仔《苕溪渔隐丛话》后集卷三十九曾征引此书,今佚。

十一、《草堂诗余》

编者不详。陈振孙《直斋书录解题》卷二一云:"《草堂诗余》二卷、《类分乐章》二十卷、《群公诗余前后编》二十二卷、《五十大曲》十六卷、《万曲类编》十卷,皆书坊编集者。"《四库全书总目》云:"考王

---

① 陈振孙《直斋书录解题》,上海古籍出版社1987年版,第632页。

楙《野客丛书》作于庆元间(按:庆元指1195—1200年),已引《草堂诗余》张仲宗《满江红》词,证'蝶粉蜂黄'之语,则此书在庆元以前矣。"①

此书前后两集,各分上下卷。上集分春景、夏景、秋景、冬景四类;下集分节序、天文、地理、人物、人事、饮馔器用、花禽七类。全书辑词共三百六十七首,其中有的注明"新添"、"新增"字样,当为后人所加。所辑词以宋词为主,唐五代词较少。周邦彦词选入五十八首,为数最多。其次为秦观二十八首、苏轼二十二首、柳永十八首、欧阳修十三首。

今存最早的《草堂诗余》刻本是元刻本。有两种:一是元至正三年癸未(1343)刊本,目录后题"精选群英诗余总目",有"至正癸未新刊、庐陵泰宇书堂"二行木记,无编者姓名。半页十二行,前集下有洪武本所脱落之柳永《望梅》一阕。为日本狩野直喜氏旧藏,是现存最古的本子。但此本前后集体例不一。后集半页十三行,与明洪武本同。盖先有十二行本,岁久版损,遂以十三行本之后集与十二行本之前集合印。另一本是元至正十一年辛卯(1351)刊本,首行题"妙选笺注群公诗余",次行低五格题"建安古梅何士信君实编选"。半页十三行,行大二十二字,小二十九字,黑框,左右双阑,首总目,分春景、夏景、秋景、冬景、节序、天文、地理、人物、人事、饮馔、器用、花禽十二类,不记调名,目后有"至正辛卯孟夏双璧陈氏刊行"牌子。前后集又各有细目,收词共三百六十八首。此元刊本,有编者姓名者,亦只止此本。

此二本收词,后集全同,前集则上下卷皆有出入。癸未本注明

---

① 《四库全书总目》卷一九九,中华书局1997年版(整理本),第2804页。

新增者二十三首,新添者六十五首;辛卯本则新添七十六首,新增之数少于新添,很可能是新增在前,新添在后。这是书坊在《草堂诗余》不断翻刻时一再补添的明证。

《草堂诗余》有庆元以前二卷原编本,又有后来增修的四卷本。增修本之中,又有新增和新添之分别。因此本书编者前后应不少于三人,即原编者、新增者与新添者,而辛卯本题作"建安古梅何士信君实编选"。对此种复杂情况,王重民在《中国善本书提要》中云:"不知士信为庆元以前原编者姓氏,抑为后来增修者姓氏?卷内笺注,亦不知为士信所加,抑出于另一人之手?然新添之词亦有注,则笺注当为后人所加矣。"① 保持存疑的慎重态度。《草堂诗余》二卷本出于"书坊编集",本无编者姓氏,则何士信应为从事该书新添或新增的最后一个增修者。

《草堂诗余》在元代流传情况大致如此,它基本上保持了旧本的原貌。在明代,该选本屡被翻刻,得到广泛的流播,但也经过了彻头彻尾的改头换面。②

十二、《回文类聚》

南宋桑世昌辑。世昌字泽卿,自号莫庵。《直斋书录解题》卷十五《回文类聚》三卷注云:"桑世昌泽卿辑,以《璇玑图》为本初,而并及近世诗词,且以至道御制冠于篇首。"③ 此书前三卷为诗,第四卷为词,即世昌所谓"流为乐章,盖情词交通,妙均造化"者。书中

---

① 王重民《中国善本书提要》,上海古籍出版社1983年版,第682页。
② 详见本书第三章第一节明代词选叙录中"明代《草堂诗余》系列"的介绍。
③ 陈振孙《直斋书录解题》,上海古籍出版社1987年版,第453页。

选录苏轼、王安石等十三家词,共五十五首。周泳先《唐宋金元词钩沉》辑为一卷。

十三、《花庵词选》

南宋黄昇编。成书于宋理宗淳祐九年(1249)。全书前后共二十卷。前十卷为《唐宋诸贤绝妙词选》,卷一选唐五代词,收二十六家;其余九卷为宋词,禅林、闺秀词亦入选,收一百零八家;共一百三十四家。后十卷为《中兴以来绝妙词选》,收南宋词人八十九家,集后附黄昇本人词作三十八首。

《中兴以来绝妙词选》有黄昇自序,云:"唐词具载《花间集》,宋词多见于曾端伯所编",而"中兴以来,作者继出,及乎近世,人各有词,词各有体,知之而未见,见之而未尽者,不胜算也。暇日裒集,得数百家,名之曰《绝妙词选》"。[①] 是为编选动机。

《唐宋诸贤绝妙词选》除十卷本外,毛氏汲古阁另有影宋刊三卷本。钱曾《也是园藏书目》曾予著录,后归长沙汪阆源,又归文登于氏,今藏北京图书馆。三卷本卷一为唐五代词,自李白至李煜共二十一家,词七十四首;卷二、卷三为宋词,自欧阳修至曹组四十七家,词一百一十五首。或谓此三卷本为初编本,嗣后增广至十卷本;或谓三卷本后出,据十卷本各删数家而成。未知孰是。

《花庵词选》所选词,于词家名下各注字号、里贯,所选词亦间附评语。此种体例对后来词选有较大影响,如清代朱彝尊、汪森辑

---

① 黄昇《绝妙词选序》,唐圭璋等校点《唐宋人选唐宋词》,上海古籍出版社 2004年版,第 685 页。

《词综》就采用了这种体例。

十四、《阳春白雪》

南宋赵闻礼(粹夫)编。《直斋书录解题》卷二一《阳春白雪五卷》注曰:"赵粹夫编,取《草堂诗余》所遗以及近人之词。"[1]今传词本八卷,外集一卷。收两宋词六百七十一首,词人二百三十一家,另有十八首词为无名氏所作。前八卷为婉约词,外集中选录张元幹《贺新郎》"寄李伯纪"和"送胡邦衡谪新州"等四首,刘克庄《满江红》(金甲雕戈)、辛弃疾《满江红》(笳鼓归来)、戴复古《满江红》(赤壁矶头)等风格豪放之作亦入选,反映出对词体不同风格的认识,这对后来词分婉约与豪放应有所启发。

《阳春白雪》元明时传本已罕见,《四库全书》没有收入。目前所能见到的版本有《宛委别藏》本、《词学丛书》本、清吟阁刊本,以及解放前商务印书馆《丛书集成》中所收的《粤雅堂丛书》本。

《绝妙好词》、《乐府补题》这两种选本,本书将在元代词选部分重点介绍,此处从略。

第二节 宋代词选的三大价值

宋代词选现存的数量不多,主要有黄大舆的《梅苑》、曾慥的《乐府雅词》、黄昇的《花庵词选》(包括《唐宋诸贤绝妙词选》和《中

---

[1] 陈振孙《直斋书录解题》,上海古籍出版社1987年版,第633页。原按:"此条原本脱漏,今据《文献通考》补入。"

兴以来绝妙词选》二种)、无名氏的《草堂诗余》、赵闻礼的《阳春白雪》等。宋代兴起选词现象有其历史的及现实的原因。首先,"选学"是一种历史传承的文学活动。就诗而言,《诗经》其实就是一部最早的诗歌选集。至六朝,萧统《文选》一出,真正意义上的"选学"正式开始。它有自己明确的选择标准。从此历代文人一方面研究《文选》,一方面也模仿其体例进行诗词方面的选评。唐诗的繁荣促成唐诗选的热潮,现在有记载的唐人选唐诗就达五十种之多。词这种文学样式兴于唐而盛于宋。整个宋代,上至天子,次及文武大臣,下至道士、娼妓、闺媛,无不以能词为常事。这就形成词的世界一片缤纷异彩的局面。晚唐五代,词体初兴,有词专集流传于今的只有三四家:温庭筠、南唐二主、冯延巳。而宋代词人绝大多数都有词集流传,仅南宋词人有别集者就一百二十六家。① 这就为选词提供了丰富的资料来源。歌词是交付给歌伎们在歌席酒宴上演唱的,以起到"娱宾遣兴"之功能,这些歌伎演唱也需要有一些歌词底本。因此,社会上有这么一种需求,选词活动可以说是对这种社会需求的迎合。历史和现实的原因共同促成词选的繁荣,是水到渠成之事。随着宋词的繁荣,选词这种文学活动也发达起来。

与诗选相比,宋代词选数量相对较少,或者可以说与宋词的繁盛的情形不甚相符。这是由于当时对词这一新兴文体的不够重视造成的。有些词选早已佚失,只存书目。但这些为数不多的词选却具有三大价值——重要的文献资料价值、丰富的理论和思想价值。

---

① 刘毓盘《词史》第五章"论南宋词人之多",上海书店1985年影印本。

一、宋代词选的文献价值

词属于音乐文学,但是词谱并没有随词作而流传,致使越到后世懂词谱的人就越少。[1] 在明代,词几乎就成为纯粹的案头文学了,只可供阅读欣赏。就宋代词选而言,由于选词者身处本朝,又大多富有词学素养,因而能较真实地保存宋词的原貌。如《乐府雅词》卷一中有《九张机》组词,这是唯一保存此组词的词学文献;另外,它还在卷一中有转踏、排遍等词,保存了宋词的原貌。《四库全书总目》评曰:"至于《道宫》、《薄媚》、《西子词》、《排遍》之后,有入破、虚催、衮遍、催拍、歇拍、煞衮诸名,皆他本所罕载,犹见宋人旧法。不独《九张机》词仅见于此,是又足资词家之考证矣。"[2]对宋词的选评,宋以后历代皆有。《花草粹编》是明代陈耀文所编,有兼取《花间集》和《草堂诗余》之意。卷一中选有《九张机》,直接标注出自《乐府雅词》。非独《乐府雅词》,《四库全书总目》认为《绝妙好词》也是如此:"又宋人词集,今多不传,并作者姓名亦不尽见于世。零玑碎玉,皆赖此以存。"[3]

由于这些词选的保存词作之功,后人辑录词作有了可以信赖的资源。唐圭璋先生所辑之《全宋词》,在参考文献中直接注出的宋代词选就有《梅苑》、《乐府雅词》、《唐宋诸贤绝妙词选》、《中兴以来绝妙词选》、《阳春白雪》、《绝妙好词》、《乐府补题》等几种,赵万

---

[1] 参丁放《论词乐亡于元初及其原因》,《南京师范大学文学院学报》2002年第2期,第55—61页。
[2] 《四库全书总目》卷一九九,中华书局1997年版(整理本),第2804页。
[3] 《四库全书总目》卷一九九,中华书局1997年版(整理本),第2805页。

里的《校辑宋金元人词》也大大得力于宋代词选。宋代词学虽兴盛,但词并没有受到足够的重视。欧阳修《归田录》记载:"钱思公(按:即钱惟演)虽生长富贵,而少所嗜好。在西洛时,尝语僚属言:平生惟好读书,坐则读经史,卧则读小说,上厕则欲阅小词。"[1]可见,词的地位犹在小说之下。词人作词往往是茶余饭后的消遣,缺乏严肃、认真的态度,因此词篇散佚的很多。许多小词人没有词集流传于世,但有的词选中却收录他们的一二首词。如赵闻礼的《阳春白雪》,所选大多为南宋词人的作品,且不少是不知名的小词人。《阳春白雪》对词的流传颇有帮助,清人陶樑曾据它作《词综补遗》。

　　词在北宋初期,仍旧是晚唐五代的延续。内容很单纯,不是相思,便是离别,不是绮语,便是醉歌,因此,词没有标题。而且词的流传主要是由歌者传唱,在传唱过程中,往往以讹传讹,有些作者的名字甚至互相混淆,如欧阳修的词就和朱淑真的词相混。在这些著作权不明的词的考证方面,词选可以起到以资证明的作用。如欧阳修的《生查子》(去年元夜时)一首,杨慎在《词品》中归到朱淑真的名下,毛晋承袭了这一错误,以之补入《断肠词》,此后几百年来一直造成混乱,《四库全书总目》据此词曾收入欧阳修的文集而考订它是欧作而非朱作。

　　宋人词作在流传过程中,异文及讹误很多,因而宋人所辑词选,可作为校勘的参考。如赵万里辑《宋景文公词》第一首《好事近》,各本都作:"睡起玉屏风,吹去乱红犹落。天气骤生轻暖,衬沉香帏箔。"而《阳春白雪》本只换了四个字,面目就不同了:"睡起玉

---

[1] 欧阳修《归田录》卷二,中华书局1983年版,第24页。

屏空,莺去乱红犹落。天气骤生轻暖,衬沉香罗薄。"从文意看,《阳春白雪》本较其他各本为佳。

除此之外,宋代词选还能提供考订词人生活年代的依据。如朱彝尊《词综》卷三十将陈凤仪列为元人,其后张宗橚《词林纪事》承袭其误,至同治年间杜文澜《词人姓氏录》还把她列为元人。其实,陈凤仪为北宋人。黄昇《唐宋诸贤绝妙词选》卷十选陈凤仪词一首,并注曰:"成都乐妓。"

二、宋代词选的理论价值

选本是指编选者按照一定的选择意图和选择标准,在一定范围内的作品中选择符合自己标准的作品进行编排而成的集子。凡入选的作品均合乎编选者的特定意图和特定标准。选择本身就是一种价值判断,因此,选本也是一种文学批评方式。

词选是选编者依据特定的原则和标准,在一定时代范围内,对某些词人之作进行选择,从而辑录而成的词集。而其所依据的原则或标准,同时也是一种隐性的词学理论。与历代诗选不同的是,词选的编选者在选词时很少明确标出这种原则或标准,但从一部部词选中,通过编选者选谁和不选谁,以及选词量多少、个别选本零星的评语等,我们仍可以管窥其理论原则。因此从这种意义上来讲,词选是一种特殊的词学理论批评样式。另外,选本之所以成为选本,最主要、最关键的在于一个"选"字。而"选"首先是一种文学鉴赏和批评行为,是在鉴赏和批评之后的价值判断的体现,"选"是选本最主要的批评方式。因此,一部选本的入选作品,就是选本实现其批评价值、运行其批评机制的直接展开。编选者根据其选择标准和宗旨进行具体的批评实践,通过选、删、增、补、改、编等行为将作品按照一定的顺序进行排列,让读者通过这种排列及每个作家入选数量、入选风格的不同,直接领会选者的选择意图,同时也就具体直观地了解选者的文学思想,从而使选本的价值获得实现。此外,选本本身还借助一些其他的批评方式,以期更充分、更完全地实现其价值。这主要包括附属于选本的序跋、体例、批点和评注等部分。选本的序跋部分,还包括引、缘起、叙、集论、发凡、凡例等多种样式。中国古代大多数文学选本都通过这一部分尤其是序和凡例,直接阐述选编者的宗旨、标准,甚至选者本人的文学观、批评观,它指挥、制约着整个选本"选"的行为。选本的体例部分包括各种各样的选择目的、选择方式和编排方式,即回答为何选、如何选的问题。不同的体例往往间接反映选者个人的好尚,也是判断一部选本是否具有批评意义的最初依据。体例常常不是一个独立的部分,而是分散在序跋等部分之中。选本的批点和评注部分则是选者与作者和读者的直接对话、交流。它也是最能体现选本批评价值的一个部分,从字句的训释,到作家作品的介绍评价,无不鲜明地显示出选者个人的批评个性;而读者也可以赖此获得对作家作品最迅速的了解和把握。

就词选而言,最初的选词方式是只录入词,而对词是不加评析的,这也是大多数词选的体式。如《尊前集》、《金奁集》、《兰畹曲会》、《梅苑》等,皆只选词而不加评语。至南宋时,词体文学日趋发展,词学理论也渐趋丰富,单篇或专著性质的词学理论著作相继出现,词选数量增多,且已出现评语。其中体现出的词学理论大致表现在以下几个方面:

首先,从词学批评体制上看,出现了《花庵词选》这种选词兼评词的样式。相对于纯粹选词的选本,它的批评价值更大。且由于编选者黄昇自身的词学素养和深邃、独到的眼光,这些批评语大都十分精辟,令人服膺,有许多词评都被后世所接受。如《菩萨蛮》(平林漠漠烟如织)和《忆秦娥》(箫声咽)二首,黄昇把它们归到李白名下。关于此二词的作者,一直有争议,或认为系后人伪托,这里暂且不论。在《菩萨蛮》词调下,黄昇注曰:"二词为百代词曲之祖。"认识到其高超的艺术性及对后世的影响。黄昇不仅选词,且有的兼附作者小传。这些小传,有的是介绍作者生平、字号、爵里等,有的则是对作者作品的总评。前者如《唐宋诸贤绝妙词选》卷一张志和小传曰:"字子同,婺州金华人。居江湖,自称烟波钓徒;著《玄真子》,亦以为号。每垂钓不设饵。志不在鱼也。"[1]后者则如温庭筠小传曰:"词极流丽,宜为《花间集》之冠。"[2]就是对其作品的概括性评价。再如《唐宋诸贤绝妙词选》卷十吴淑姬小传曰:"女流中黠慧者。有词五卷,名《阳春白雪》,佳处不减李易安也。"[3]黄昇评词的方式并不拘泥于一种定式,有的把词评写在词牌下,有的则注在词末,这显示了体制的灵活性。《花庵词选》对后来的词选产生一定的影响,这种影响主要体现在体制上。赵闻礼的《阳春白雪》接受了这种批评样式,也对其所选的词中的几首作过评语。清代朱彝尊等人编辑的大型词集《词综》也吸收了《花庵词选》的某些体制特点,如为作者撰写小传等。

---

[1] 唐圭璋等校点《唐宋人选唐宋词》,上海古籍出版社 2004 年版,第 581 页。
[2] 唐圭璋等校点《唐宋人选唐宋词》,上海古籍出版社 2004 年版,第 582 页。
[3] 唐圭璋等校点《唐宋人选唐宋词》,上海古籍出版社 2004 年版,第 677 页。

其次,具体到对某一词作的评论时,《花庵词选》采取了多种批评角度:或以篇评或以字句评。《唐宋诸贤绝妙词选》卷一选李后主《乌夜啼》(无言独上西楼),黄昇评曰:"此词最凄惋。所谓亡国之音哀以思。"①卷三中选颜持约《西江月》(草草书得锦字),黄昇评曰:"词简意高,佳作也。"②这些评语都是从全篇着眼的。也有一些是立足于字句的,如卷十选李清照《如梦令》(昨夜雨疏风骤),黄昇引胡仔语曰:"苕溪渔隐云:'近时妇人能文词,如李易安颇多佳句,如云"绿肥红瘦",此语甚新。'"③而在其《念奴娇》(萧条庭院)词后又注曰:"前辈尝称易安'绿肥红瘦'为佳句,余谓此篇'宠柳娇花'之语亦甚奇俊,前人未有能道之者。"④卷五中选张先《清平乐》(清歌逐酒)一阕,黄昇评曰:"末二句最工。"⑤不管是基于词的全篇,还是基于词的字句,都是以词评词。除此之外,黄昇还概括评价一代词之特点。如卷一开篇论唐人词,即曰:"凡看唐人词曲,当看其命意造语工致处。盖语简而意深,所以为奇作也。"⑥还有的是总论一位词人词作特点的,如《唐宋诸贤绝妙词选》卷八谓鲁仲逸"词意婉丽,似万俟雅言"。⑦ 最后,黄昇还对词进行分解式批评,对句意、章法、换头处进行研玩,如《唐宋诸贤绝妙词选》卷五赞柳永《满江红》(暮雨初收):"换头数语最工。"⑧

---

① 唐圭璋等校点《唐宋人选唐宋词》,上海古籍出版社2004年版,第594页。
② 唐圭璋等校点《唐宋人选唐宋词》,上海古籍出版社2004年版,第610页。
③ 唐圭璋等校点《唐宋人选唐宋词》,上海古籍出版社2004年版,第676页。
④ 唐圭璋等校点《唐宋人选唐宋词》,上海古籍出版社2004年版,第676页。
⑤ 唐圭璋等校点《唐宋人选唐宋词》,上海古籍出版社2004年版,第632页。
⑥ 唐圭璋等校点《唐宋人选唐宋词》,上海古籍出版社2004年版,第579页。
⑦ 唐圭璋等校点《唐宋人选唐宋词》,上海古籍出版社2004年版,第662页。
⑧ 唐圭璋等校点《唐宋人选唐宋词》,上海古籍出版社2004年版,第637页。

再次,《花庵词选》和《阳春白雪》分别提出或隐含了词学的批评范畴。《花庵词选》所选词中,有词评者较之无词评者,在量上仍占弱势。它毕竟仍是以选词为主的。但在这为数不多的词评中,编者却重复使用了"味"、"蕴藉"、"流丽"等。这些评语或是立足于词的审美感受,或是立足于词的风格特征,或是立足于词的语言特点。《阳春白雪》正集八卷,外集一卷。正集中专选风格婉约的词人的作品,外集中则多收张元幹、辛弃疾、刘过等人的悲壮豪放之作。这表明编选者已经认识到词的不同风格,并有意识地对其进行分类。这是对词体认识渐趋成熟的表现,对后来词分豪放和婉约两派应有所启发。

词选毕竟不同于纯粹的词学理论批评,像李清照的《词论》那样详细地阐述自己对词人词作的看法,形成一套自成体系的词学理论。词选最主要的功能还是侧重在"选",而在"选"中能给后世留下当时特定历史条件下的"评",也是难能可贵的。

三、宋代词选的思想价值

选家在选词时所采用的标准和原则往往因人而异,他们有着不同的目的和动机,这些目的和动机不仅反映编选者对词的认识和理解,同时也映射着时代的特点。因此,一部词选史,从比较宽泛的意义上来讲,也可以看作一部词学思想史。词作为一种晚起的诗体,在宋代成就了辉煌,也最终成为有宋一代的代表性文体。而宋人是如何理解和对待这种诗体的呢?我们从宋代几部词选中可以略窥端倪。

(一)"娱宾遣兴"为词体文学最主要的功能

"娱宾遣兴"的词体观念最早是由宋初人陈世修明确提出的。嘉祐三年(1058)十月,陈世修在为冯延巳作《阳春集序》时说:"公以金陵盛世时,内外无事,朋僚亲旧,或当燕集,多运藻思,为乐府新词,俾歌者倚丝竹而歌之,所以娱宾而遣兴也。"[①]"娱宾遣兴"的词体功用并非宋代才有,它是对唐五代的词体功能观念的继承和延续。后蜀人欧阳炯在《花间集序》中说:"则有绮筵公子,绣幌佳人。递叶叶之花笺,文抽丽锦;举纤纤之玉指,拍按香檀。不无清绝之辞,用助娇娆之态。……庶使西园英哲,用资羽盖之欢;南国婵娟,休唱莲舟之引。"[②]由此可知,赵崇祚编辑《花间集》,主要是供"绮筵公子"、"绣幌佳人"尊前花下娱乐用的。

词是伴随着燕乐而产生的一种音乐文学,其主要功用是用于娱乐,这大概与我们现代的流行歌曲一样。娱乐性可以说是词体与生俱来的天性。宋初,天下太平,城市经济一片繁荣,歌席酒筵也就成了全国上下太平气象的最佳点缀,词体找到了生存和发展的最佳土壤。欧阳修有组词《采桑子》十首,他声称作词的目的是"因翻旧阕之辞,写以新声之调,敢陈薄技,聊佐清欢"。[③] 当时的名臣晏殊亦持此种观点。宋叶梦得《避暑录话》记载:"(晏元献)喜宾客,未尝一日不宴饮,而盘馔皆不预办,客至旋营之。顷有苏丞相子容尝在公幕府,见每有嘉客必留,但人设一空案、一杯。既命

---

① 冯延巳《阳春集》,《续修四库全书》第1722册,上海古籍出版社1995—2003年版,第278页。
② 唐圭璋《全宋词》,中华书局1999年版,第153—154页。
③ 唐圭璋等校点《唐宋人选唐宋词》,上海古籍出版社2004年版,第28页。

酒,果实蔬茹渐至。亦必以歌乐相佐,谈笑杂出。数行之后,案上已灿然矣。稍阑,即罢。遣歌乐曰:'汝曹呈艺已遍,吾当呈艺。'乃具笔札相与赋诗,率以为常。"①"娱宾遣兴"实际上包括娱人和自娱两个方面。关于这一点,晏几道(叔原)在自序《小山词》时说:"往与二三忘名之士,浮沉酒中。病世之歌词,不足以析酲解愠,试续南部诸贤,作五七字语,期以自娱。……始时沈十二廉叔、陈十君龙,家有莲、鸿、蘋、云,工以清讴娱客,每得一解,即以草授诸儿,吾三人听之,为一笑乐。"②宋代几部词选的编选正是出于"娱宾遣兴"的目的。如北宋初词选《家宴集》五卷,收唐五代诸家词,陈振孙《直斋书录解题》谓:"为其可以侑觞,故名《家宴集》。"宋初亦有人编辑唐五代词为《尊前集》,从其名称也可知其用意盖同《家宴集》。《金奁集》是宋坊间唱本,也是供娱乐之用的。黄大舆在《梅苑序》中声称:"己酉之冬,予抱疾山阳,三径扫迹,所居斋前更植梅一株,晦朔未逾,略已粲然。于是录唐以来词人才士之作,以为斋居之玩。"黄氏作此词选,实为自娱,以消疾忧。鲖阳居士《复雅歌词序略》云:"吾宋之兴,宗工巨儒,文力妙天下者,犹祖其(按:指温庭筠等唐末五代词人)遗风,荡而不知所止,脱于芒端,而四方传唱,敏若风雨,人人歆艳,咀味于朋游尊俎之间,以是为相乐也。"③无名氏的《乐府补题》是宋末遗民所作,为相互酬唱之词。身遭亡国之痛,必有身世凄凉之感,而朱彝尊仍指出其"有山林友朋之娱"

---

① 叶梦得《避暑录话》卷上,朱易安、傅璇琮等主编《全宋笔记》第二编第十册,大象出版社 2006 年版,第 267 页。
② 王灼《碧鸡漫志》引,唐圭璋《词话丛编》,中华书局 1986 年版,第 85 页。
③ 施蛰存《词籍序跋萃编》,中国社会科学出版社 1994 年版,第 658 页。

的特点。更有甚者,如无名氏的《草堂诗余》纯为应时应事之歌词选本,它按时令、节序、杂咏等分类,共前后两集。前集为时令类,分为春景、夏景、秋景、冬景等四类。其中,春景、夏景、秋景又各分八小类:春景类分为初春、早春、芳春、赏春、春思、春恨、春闺、送春,夏景类分为初夏、避暑、夏夜、首夏、夏宴、适兴、村景、残夏,秋景类分初秋、感旧、旅思、秋情、秋别、秋夜、晚秋、秋怨。冬景类分为五小类:小冬、冬雪、雪景、小春、暮冬。后集分为节序、天文、地理、人物、人事、饮馔、花禽七类。每类下又分若干小类,如节序类下又分为元宵、立春、寒食、上巳、清明、端午、七夕、中秋、重阳、除夕十个小类。清人宋翔凤《乐府余论》云:"《草堂》一集,盖以征歌而设,故别题春景、夏景等名,使随时即景,歌以娱客。题吉席庆寿,更是此意。其中词语,间与集本不同。其不同者,恒平俗,亦以便歌。以文人观之,适当一笑,而当时歌妓,则必需此也。"[1]赵万里《校辑宋金元人词·引用书目》"《草堂诗余》"条下注云:"分类本以时令、天文、地理、人物等标目,与周邦彦《片玉词》、赵长卿《惜香乐府》略同,盖所以取便歌者。"龙榆生云:"宋人选宋词,以'便歌'为主者","尚有曾慥之《乐府雅词》。"[2]

从以上分析可知,不管是在表面歌舞升平的北宋,还是处于多事之秋的南宋,词体"娱宾遣兴"的功用是社会上普遍的认识。词体的这种功用和人们对它的认识,两者之间交互作用,共同促进着词体的繁荣。

---

[1] 宋翔凤《乐府余论》,唐圭璋《词话丛编》,中华书局1986年版,第2500页。
[2] 龙榆生《龙榆生词学论文集》,上海古籍出版社1997年版,第66页。

(二)"雅"是词体的主要风格特征

在论述这个问题之前,有必要对宋代的社会、政治和文化情况做简要介绍。宋代开国皇帝赵匡胤在立国之初,鉴于前代之经验和教训,巧施手段剥夺了石守信等开国功臣的兵权;另外,安置文人担任重要职务,以降低或防止武将叛乱的可能性。可以说,优待文人是宋太祖立国的一块基石。这样一来,宋代就形成了庞大的士人阶层,而这一阶层的人又纷纷参与到词的创作中来。士人的俸禄是优厚的,这给他们提供了稳定而富足的物质生活。另一方面,士人大多有官无职,极为清闲,所以有更多的闲情逸致来从事文学创作。长此以往,便逐渐形成了士人阶层特有的审美趣味。正如苏轼《于潜僧绿筠轩》一诗所言:"可使食无肉,不可使居无竹。无肉令人瘦,无竹令人俗。人瘦尚可肥,俗士不可医。"[1]黄庭坚在《书嵇叔夜诗与侄榎》也说:"士生于世,可以百为,唯不可俗,俗便不可医也。"[2]词本来就兴起于民间,与讲求用典、使事的宋诗相比,词自然通俗易懂得多。又由于它是用来在歌席酒宴、花间樽前演唱的,听众的接受主要诉诸于听觉,且歌者、听众或读者多为市民群众,所以在语言等方面都很近俗。词一到文人士子手中,经过改造,"俗"这一特点便逐渐不被接受,甚至受到排挤。"雅"这一在词体成长过程中形成的特点,渐渐被接纳且固定化。一部词史,实

---

[1] 《全宋诗》卷七九二,北京大学出版社1993年版,第9176页。全诗为:"可使食无肉,不可使居无竹。无肉令人瘦,无竹令人俗。人瘦尚可肥,俗士不可医。旁人笑此言,似高还似痴。若对此君仍大嚼,世间那有扬州鹤。"

[2] 刘琳、李勇先、王蓉贵校点《黄庭坚全集》第三册,四川大学出版社2001年版,第1562页。

际上也可以说是词的雅化史。

"雅"是一个历史阶段性的概念,在不同的词体发展阶段,它有不同的内涵。有时候提出"雅"是基于与"俗"相对,有时候则是与"艳"相对。宋人对词体体制特征的认识,可以从几部词选中体现出来。黄大舆在《梅苑序》中说:"自琼林、琪树、瑶华、绿萼之异不列于人间,目所常玩,如予东园之梅,可以首众芳矣。"与唐人喜爱富贵艳丽的牡丹不同,宋人独钟情于高洁孤傲的梅花。《四库全书总目·梅苑》云:"昔屈、宋遍陈香草,独不及梅。六代及唐,篇什亦寥寥可数。自宋人始绝重此花,人人吟咏。方回撰《瀛奎律髓》,于著题之外,别出'梅花'一类,不使溷于群芳。大舆此集,亦是志也。"[1]《四库全书总目·梅花字字香》云:"《离骚》遍撷香草,独不及梅。六代及唐渐有赋咏,而偶然寄意,视之亦与诸花等。自北宋林逋诸人递相矜重,'暗香'、'疏影'、'半树'、'横枝'之句,作者始别立品题。南宋以来,遂以咏梅为诗家一大公案。江湖诗人无论爱梅与否,无不借梅以自重,凡别号及斋馆之名,多带'梅'字,以求附于雅人。"[2]梅花是宋代士大夫人格形象的象征,它标志着一种高雅、不同流俗的品质。黄大舆也表现出这种审美趋向,不仅于"所居斋前更植梅一株",且编选历代咏梅词以达此意。

时至南宋,随着北宋以来词的异彩纷呈的发展,词坛上兴起了自觉的雅化趋向。许多词人纷纷以"雅"字命名自己的词集,还有的通过选词来表达自己对词的雅化的理解。《复雅歌词》和《乐府

---

[1] 《四库全书总目》,中华书局1997年版(整理本),第2803页。
[2] 《四库全书总目》,中华书局1997年版(整理本),第2224页。

雅词》的出现,就代表了这种倾向。《复雅歌词》今虽不可见,但从它的编选者鲖阳居士论苏轼《卜算子》(缺月挂疏桐)一词的评语中仍可窥见一斑:"'缺月',刺明微也。'漏断',暗时也。'幽人',不得志也。'独往来',无助也。'惊鸿',贤人不安也。"这种解释明显运用了汉儒解释《诗经》之法,欲在每个字句中都挖出微言大义,虽然迂腐,却反映出词坛上的崇雅风尚。另外,它还给我们透露了一个重要的信息:宋代词的雅化过程,实际上是宋人努力推尊词体的表现。既然推尊词体,就不能满足于其佐酒侑觞的功能,而应像《诗经》一样有讽喻现实的作用。这无疑对词体的发展起着引导、规范的作用,清代词论家张惠言的"比兴寄托"说应是受其启发。曾慥编《乐府雅词》,共选欧阳修词八十三首,并对其做了处理:"欧公一代儒宗,风流自命,词章幼眇,世所矜式。当时小人或作艳曲,谬为公词,今悉删除。"①这不仅仅反映出曾慥对欧阳修的尊崇,还表明了他对艳词的态度。不仅如此,曾慥在选词时,还"涉谐谑则去之",表明其对俗词的看法。在他看来,艳词、俗词是与雅词不相容的,是不符合他的标准的。正因如此,"凡有井水饮处即可歌"的柳永词,也就无缘进驻曾氏雅词的殿堂。

此后,这两部词选所倡导的"雅词"论,一直为《草堂诗余》以外的各种选本所继承。赵闻礼的《阳春白雪》,被视为可与《乐府雅词》相提并论的"斥哇去郑,归于雅音"的优秀选本。至于其选集名称,盖取"曲高和寡"之意,以示与一般曲子词的不同。周密的《绝

---

① 曾慥《乐府雅词引》,唐圭璋等校点《唐宋人选唐宋词》,上海古籍出版社2004年版,第295页。

妙好词》更是把这种理论发挥到极致,所选的词全是风格婉约、含蓄蕴藉之作,对于辛弃疾这样一位词坛巨擘,仅收词三首,且无一能代表其词的主导风格。可见他所主张的"雅",主要在于思想感情方面的"骚雅"和语言文字方面的"典雅"。

"言情之作,易流于秽,此宋人选词,多以雅为目"[①],朱彝尊一针见血地指出了宋代词选的这一特点。词的"高雅"论,发展到最后或许有些偏颇甚至极端,但在整个词体发展过程中,是起到过积极作用的。它使词避免过于绮艳或庸俗,而朝着更符合士大夫阶层审美趣味的道路发展。

(三)娱乐价值和社会价值是词之为体的双重价值

"诗言志"是我国诗歌发展史中的一个传统的观念。就《诗经》而言,它在古代诸侯外交中是被用来"言志"的,这就赋予了《诗经》以神圣的光环。"言志"的功能和古代诗人自觉的社会责任感、道德感共同铸就了诗歌的严肃面目。综观历代诗歌,伟大的诗人无不以胸襟和抱负而彪炳千秋,如屈原用诗歌歌唱对国家的热爱和对君主的忠贞,杜甫用诗歌抒发兼济天下的博爱精神,李白用诗歌表达对仕途的渴望及无奈。与诗相比,词就轻松得多。它是用来助兴的,这就决定了它必须是轻松、愉快、悦人的。再加上歌妓的女性身份,更使词有一种软媚的情态。如身为一朝重臣的欧阳修,在作诗与作词时的两种截然不同的面目,不单单是其人格分裂使然,也是诗与词两种诗体的不同体性造成的。由于词的这种娱乐性的天职,使得词人在作词时可以抛却思想内容方面的顾虑,而专

---

① 朱彝尊《词综·发凡》,上海古籍出版社1978年版,第10页。

注于艺术技巧的锤炼。从史的角度来看,词的思想性的发展是比不上其艺术性的发展之快、之深、之精的。宋代的词选大多数都反映了这种倾向,这是由其娱乐价值所决定的。

然而,任何文学样式都是对社会现实的一种反映形式,词亦然。南宋时期,民族矛盾渐趋激化,一些有识之士开始用词来抒写这种民族激情,爱国词人大量涌现。爱国词篇放射出耀眼光芒,使得选词者不得不睁眼面对现实,于是《花庵词选》(包括《唐宋诸贤绝妙词选》《中兴以来绝妙词选》)以比较新的面目在词坛上出现了。在《花庵词选》中,辛弃疾一人就入选四十三首。他那些被张炎等认为"非雅词也,于文章余暇,戏弄笔墨,为长短句之诗耳"[1]的慷慨激昂的爱国词作,纷纷入选。这表明了爱国词的地位得到了词坛的承认,一部分词论家已经开始重视词的思想性了。黄昇在评康与之《喜迁莺·丞相生日》时说:"此词虽佳,惜皆媚灶之语,盖为桧相作耳。"[2]介绍张元幹时,特别指出:"绍兴戊午之和,胡澹庵上书乞斩时相,坐谪新州。仲宗以词送行,后并得罪。"[3]并全录了他送胡铨、寄李纲的两首《贺新郎》。评论吴激在金国所作的两首感怀故国的词《春从天上来》、《青衫湿》时说:"右二曲皆精妙凄惋,惜无人拈出,今录入选,必有能知其味者。"[4]凡此种种,都说明了他重视作者人品、重视词的思想内容、认识到词作为一种文体所具有的社会价值。清人焦循曾针对朱彝尊等人一味抬高《绝妙好

---

[1] 张炎《词源》卷下,唐圭璋《词话丛编》,中华书局1986年版,第267页。
[2] 唐圭璋等校点《唐宋人选唐宋词》,上海古籍出版社2004年版,第688页。
[3] 唐圭璋等校点《唐宋人选唐宋词》,上海古籍出版社2004年版,第703页。
[4] 唐圭璋等校点《唐宋人选唐宋词》,上海古籍出版社2004年版,第716页。

词》而压低《花庵词选》的言论大发感慨:"周密《绝妙好词》所选,皆同于己者,一味轻柔润腻而已。黄玉林《花庵绝妙词选》,不名一家。其中如刘克庄诸作,磊落抑塞,真气百倍,非白石、玉田辈所能到。可知南宋人词,不尽草窗一派也。"①到了宋元之际,偏重艺术性和兼重思想性两种倾向又糅合而生出了一部奇特的《乐府补题》。这部词集,从思想内容看,有学者认为是为元僧杨琏真伽发掘宋陵而作,抒发着遗民亡国的哀思;而从艺术风格看,则又是雕琢章句、用典使事。它回环曲折地吐露着某种不敢直言的感情,正如朱彝尊所言:"身世之感,别有凄然言外者。"②这比之南宋初年咏物词选《梅苑》算是更进了一步。

总之,宋代词体文学在发展的过程中已不仅仅被当作娱宾遣兴、应宴佐欢之具,还被当作具有社会价值的新诗体来看待,从而取得了兼具娱乐价值和社会价值的双重效用。

第三节 南宋词选与词学思想

词选是词发展到成熟阶段后形成的一种特殊的词学理论批评方式。有的词选只是选录作品,如赵闻礼的《阳春白雪》、周密的《绝妙好词》等;有的在选录作品的同时兼对词人、词作进行评点,如黄昇的《花庵词选》。读者可以通过词选了解到当时的词坛风会及选家的词学观念。词选有后人选前人词,也有当代人选当代词。

---

① 焦循《雕菰楼词话》,唐圭璋《词话丛编》,中华书局1986年版,第1494页。
② 朱彝尊《乐府补题序》,《曝书亭集》卷三六,《四部丛刊》本。

"选家以今稽古,病在不亲,《穀梁》所谓听远音者闻其疾而不闻其舒也"。① 一般来讲,后代人选前朝的词或不免带有时代局限,但"若同时之人,徵蒐该博,参互详审,其去疵瘢、正谬悠,较之后代难易什佰"。② 可见,当代人选当代词就减少了这方面的缺憾。诚然,任何一部词选都不能绝对避免主观,但由于编选者本身多是词人,对于历代名家词非常精熟,能够综观全局,多所比较,体会自然深入,所以尽管有差异,也还能大致反映出词坛的风貌。

一、《花庵词选》与《绝妙好词》比较:兼论南宋中后期的词学思想

黄昇《花庵词选》共二十卷,分两部分。前十卷为《唐宋诸贤绝妙词选》,选唐和北宋词人词作;后十卷为《中兴以来绝妙词选》,除少数几人为两宋之际的词人外,其余全为南宋人。周密著有《绝妙好词》,全选南渡词人词作。这两部词选被目为研究南宋词的必读之作,"其(周密)《绝妙好词》七卷。……与黄昇《中兴以来绝妙词选》允称选录南宋词的双璧"。③ 既然如此,我们不妨通过这两部词选来考察南宋词坛的创作情况。

关于这两部词选的编选体制,有必要作一下简单的交代:在《花庵词选》卷末,有一段识语:"玉林(黄昇之号)此编,亦姑据家藏

---

① 周密辑,查为仁、厉鹗笺《绝妙好词笺·高士奇序》,中华书局1957年版,第3页。
② 周密辑,查为仁、厉鹗笺《绝妙好词笺·高士奇序》,中华书局1957年版,第3页。
③ 薛砺若《宋词通论》,上海书店1985年影印版,第325页。

文集之所有、朋游闻见之所传,词之妙者,固不止此,嗣有所得,当续刊之。若其序次,亦随得本之先后,非固为之高下也,其间体制不同,无非英妙杰特之作,观者其详之。"①可知,黄昇选词并没有以词人先后次序来评判优劣,次序只是显示编者得到材料的先后顺序。周密的《绝妙好词》也没有以所排顺序的先后为优劣的意思。因此,我们便可以以入选数量作为编者对词人词作推崇程度的有力证明。下面是两部词选的比较:

	《花庵词选》		《绝妙好词》	
排名	词　　人	词量(首)	词　　人	词量(首)
1	辛弃疾、刘克庄	均42	周密	22
2	黄昇	38	吴文英	16
3	姜夔	34	姜夔、李莱老	均13
4	严仁	30	李彭老	12
5	张孝祥、卢祖皋	均24	卢祖皋、史达祖、王沂孙	均10
6	康与之	23	高观国、陈允平	均9
7	刘镇	22	李肩吾	7
8	张辑	21	楼采、赵闻礼、施岳、张枢、李演、杨恢	均6
9	陆游、高观国	均20	范成大、孙惟信、张辑、赵汝光、翁元龙、赵与仁	均5
10	史达祖	17	张孝祥、谢懋、刘克庄、薛梦桂、莫伦	均4

上表分别列出两部词选入选篇目最多的前十名词人及各自的入选数量。黄昇、周密等人的词作入选数量都极高。《花庵词选》

---

① 唐圭璋等校点《唐宋人选唐宋词》,上海古籍出版社2004年版,第852页。

共录南宋词八百六十首,黄昇的词录三十八首,占总数的4.4%,位居第二。《绝妙好词》共录词三百八十五首,周密的词录二十二首,占总数的5.7%,位居榜首。但黄昇和周密的词都没有在对方的词选中出现。《花庵词选》成书于公元1249年,周密和王沂孙生年较晚,故此二人的词不可能录入。而《绝妙好词》不选黄昇的词却并不是因为时代的原因。那么是否因为黄昇的词不合周密选词的标准呢?魏庆之《诗人玉屑》有黄昇作的序,《序》中称:"诗之有评,犹医之有方也。评不精,何益于诗?方不灵,何益于医?然惟善医者能审其方之灵,善诗者能识其评之精,夫岂易言也哉!"又曰:"方今海内诗人林立,是书既行,皆得灵方。取宝囊玉屑之饭,瀹之以冰瓯雪盌,荐之以菊英兰露,吾知其换骨而仙也必矣。"[①]从黄昇的序言可知其诗词的旨趣。《四库全书总目》谓黄昇:"其词亦上逼少游,近摹白石。九功赠诗所云'晴空见冰柱'者庶几似之。"[②]周密虽没有明确提出自己选词的标准,但从其所选的词来看,黄昇的词是符合其编选要求的,他之所以不选黄昇词,应当另有原因。周密编词选其实隐含有别创一路的意向。他与王沂孙、王易简、李莱老、李彭老、陈允平、张炎、施岳、张枢、仇远等曾结为词社,相互唱和,词选中对这些词人词作均有选入,并且李莱老、李彭老和王沂孙词作数量都位居前五名;陈允平、施岳、张枢三人的词人选量也都在前十名之内。再看他对自己词作的高调处理,这种自立宗派的意向更为明显。周密有《木兰花》咏西湖十景词,词

---

① 魏庆之《诗人玉屑》,上海古籍出版社1978年版,第1页。
② 《四库全书总目》卷一九九,中华书局1997年版(整理本),第2800页。

序记载他作这组词的动机:"西湖十景尚矣。张成子尝赋《应天长》十阕夸余曰:'是古今词家未能道者。'余时年少气锐,谓'此人间景,余与子皆人间人,子能道,余顾不能道耶'?冥搜六日而词成。"他把这种"子能道,余顾不能道"的锐气移之于其选词动机,也是比较自然的事情。黄昇词作被"冷处理",可能是其未能进入《绝妙好词》的一个原因。

在这两部词选中均占据前十名的词人有刘克庄、姜夔、张孝祥、卢祖皋、张辑、高观国、史达祖等七人。对这七人进行大致的分类,我们可发现这七人词作分别属于两种不同的风格。刘克庄是辛派的重要作家。南宋初期的张孝祥性格豪爽,富于爱国热情,词风上继东坡下启稼轩。其余五人则同属风雅一派。姜夔、史达祖加上吴文英为南宋末风雅一派的三大家,共同左右着词坛的走向。卢祖皋词共二十五首,皆婉秀淡雅,直追少游,颇能得其神韵。高观国与史达祖交谊颇深,其词作风与卢祖皋极相近,张炎对他非常推崇:"秦少游、高竹屋(按:高观国号竹屋)、姜白石、史邦卿、吴梦窗,此数家格调不侔,句法挺异,俱能特立清新之意,删削靡曼之词,自成一家,各名于世。"[①]张辑的词集《东泽绮语债》原为二卷,今仅存一卷。他的词衣钵白石,而能达其堂奥,同时又效仿苏、辛之作,故既风雅婉丽,又幽畅清疏;但因时代影响,其词多含蕴凄凉情态,终不类似辛稼轩、张于湖等人的愤慨与豪气,因此仍是姜、史一派。

从对表格的分析中我们可以发现,成书于不同年代的《花庵词

---

① 张炎《词源》卷下,唐圭璋《词话丛编》,中华书局1986年版,第255页。

选》和《绝妙好词》在选词上都兼顾多派。张孝祥词虽大致说来属于豪气一派,但与辛弃疾、刘克庄等的词又有不同。严格说来,张孝祥词属愤慨词,而辛、刘则是真正意义上的豪气词。另外,《花庵词选》和《绝妙好词》还都选有逃避现实的词作,这些应属于隐逸词。这一方面反映了词选者对词坛的客观态度,另一方面也表明了南宋一直是多派并存的,没有像北宋末年那样出现婉约独尊的局面。多派并存共生诚然为事实,但是各派在不同时期受重视的情况是不同的。辛弃疾、刘克庄之词在《花庵词选》中分别选入四十二首,占总数(八百六十首)的4.9%;张孝祥词入选二十四首,占总数的2.8%;姜夔词共存八十余首,《花庵词选》录三十四首,接近姜词总数的一半,占词选总数的3.9%(黄昇和周密词因互不在对方词选中出现,我们暂且不对此二人进行比较)。在《绝妙好词》中,姜词入选十三首,占总数(三百八十五首)的4.2%,比重基本与在《花庵词选》中的持平。风雅派另一巨头史达祖由在《花庵词选》中入选十七首(占总数的1.9%)至在《绝妙好词》中入选十首(占总数的2.5%),比重上升。而另一派却明显失重。在《绝妙好词》中,辛弃疾词仅录入三首,占总数的0.8%,比重明显下降;刘克庄、张孝祥词均录入四首,占总数的1.04%,比重均下降。量化分析的结果表明了南宋词坛的动态变化过程。继续深入分析这种动态变化过程,则需要探讨南宋中后期的词学思想。宋人南渡后,最初是怀有收复中原的决心和信心的,如陆游《跋傅给事帖》中所描绘的:"绍兴初,某甫成童,亲见当时士大夫相与言及国事,或裂眦嚼齿,或流涕痛哭,人人自期以杀身翊戴王室,虽丑裔方张,视之蔑如也。"①黄昇对北宋词坛改革家苏轼的推崇隐含了他对改变整个社会局面的信心和愿望。当时广大文士阶层外愤于金人肆虐,内痛于秦桧之流投降卖国,于是抗敌御侮的英雄主义精神得以在较长时间内灌注诗苑词坛。尔后,在高宗绍兴末和孝宗隆兴、乾道年间及淳熙之初,先是辛弃疾以抗金义军领袖的身份飞驰南下,壮声英慨,震动朝野;不久陆游到川陕襄赞军务,亲临前线;继而陈亮以布衣问政,多次上书孝宗,纵论国事,力陈恢复大计。这些政坛、文坛中坚人物的活动正值高宗退位、孝宗继立因而中兴在望的那段时期,以故南渡时形成的英雄主义精神持续高涨,作为这种精神之代表的稼轩词派占据着词坛上的主流地位,乃是毫不足怪的。但是,以宋孝宗、张浚北伐为开端,时局缓缓地、但却是无可挽回地发生了逆转。张浚北伐之师符离败绩,导致了屈辱的"隆兴和议"的签订。自此,南宋小朝廷开始了屈辱的苟且安生的生活。时人逐渐意识到恢复中原已是回天无力,开始在思想上进行反思,重新认识词体这种带有享乐太平气象的文学样式。

在中国文化传统中,很早就有"音能乱国"的认识。孔子曾说:"恶紫之夺朱也,恶郑声之乱雅乐也,恶利口之覆邦家者。"②《礼记·乐记》说得更为明确:"治世之音安以乐,其政和;乱世之音怨以怒,其政乖;亡国之音哀以思,其民困。声音之道,与政通矣。"③这些论断皆由乱世总结而来,且由于出自圣人之口而每每被后世作为

---

① 陆游《跋傅给事帖》,《陆游集》之《渭南文集》卷三一,中华书局1976年版,第2290页。
② 《十三经注疏·论语注疏》,北京大学出版社1999年版,第240页。
③ 《十三经注疏·礼记正义》,北京大学出版社1999年版,第1077页。

亡国的训诫。南宋也是乱世,在反思社会现状时自然地把目光投向词这种音乐文学。此前的整个北宋词坛是主《花间》一派的。北宋人李之仪在《跋吴思道小词》中说:"思道覃思精诣,专以《花间》所集为准。"①其实,不独思道如此,晏、欧、秦、周无不以《花间》为准。痛定思痛,南宋人决定推翻这一准则。南宋初的王灼在《碧鸡漫志》中对柳永、苏轼和李清照都有所论及。以"浅近卑俗"而自成个性的柳永被王灼认为是"都下富儿,虽脱村野,而声态可憎"。②对于李清照,王灼在对其诗名与才华大加赞扬之后,仍不忘指责其"作长短句……闾巷荒淫之语,肆意落笔,自古缙绅之家能文妇女,未见如此无顾忌也"。③一时名重天下的欧阳修也曾作过许多艳冶之词,王灼对此却做了自己的解释:"欧阳永叔所集歌词,自作者三之一耳。其间他人数章,群小因指为永叔,起暧昧之谤。"④既保全了欧阳公的名声,又表达了自己对那些艳冶小词的鄙夷态度,王灼是找到了两全其美的方法。苏轼之词因不合传统而屡屡受到指责,如陈师道《后山诗话》认为:"子瞻以诗为词,如教坊雷大使之舞,虽极天下之工,要非本色。"⑤李清照在《词论》中也认为"苏子瞻学际天人,作为小歌词,直如酌蠡水于大海,然皆句读不葺之诗耳,又往往不协音律"。⑥但王灼对其却另有认识:"东坡先生非心醉于音律者,偶尔作歌,指出向上一路,新天下耳目,弄笔

---

① 李之仪《姑溪居士文集》卷四〇,《四部丛刊》本。
② 王灼《碧鸡漫志》,唐圭璋《词话丛编》,中华书局1986年版,第84页。
③ 王灼《碧鸡漫志》,唐圭璋《词话丛编》,中华书局1986年版,第88页。
④ 王灼《碧鸡漫志》,唐圭璋《词话丛编》,中华书局1986年版,第88页。
⑤ 陈师道《后山诗话》,何文焕《历代诗话》,中华书局1981年版,第309页。
⑥ 王学初《李清照集校注》,人民文学出版社1979年版,第195页。

者始知自振。"①至此,可见王灼对词体的认识。这也代表了当时特殊历史条件下人们对词的重新认识,他们选择了完全异于《花间》的准则。

　　诗是要言志的,但词也不能只抒写未经规范的原始意欲,词坛需要注入新鲜的血液了。基于这种认识,豪放词终于在词坛上拥有了一片立足之地。而以辛弃疾为代表的爱国词派,沿着苏轼开创的词体之路而进入词坛,也是自然而然的事了。黄昇的《花庵词选》便反映了爱国词派被词坛接受的事实。而至周密所处的时期,爱国词人的地位则一落千丈。周密虽也在《绝妙好词》中选了辛弃疾、刘克庄等人的词,但只分别选了三首和四首,且全是婉约风格的词。这一方面是爱国词派本身的原因。该词派虽阵伍也较庞大,但成绩卓著者少。辛弃疾是该派的领袖,刘过、刘克庄可谓主力,但刘克庄就有"效稼轩而不及"之嫌了。刘过作词亦流于粗率:"刘改之所作《沁园春》,虽颇似其豪,而未免于粗。"②至其末流,则狂呼叫嚣地自称学稼轩,而所作之词毫无美感可言。爱国词派的后继无人,是导致其在词坛上失重的一个重要原因。另外,社会存在决定社会意识。当南宋逐渐走上穷途末路,爱国词派的歌声已激不起人们的任何兴趣,不能带给人们任何的信心和力量。再一方面,这也和姜夔一派在词坛上的如日中天有密切的联系。

　　周邦彦是北宋后期词坛大家,他把婉约词发展到极致,被认为是婉约派的集大成者。时至南宋,国情国势虽发生了天崩地坼的

---

① 王灼《碧鸡漫志》,唐圭璋《词话丛编》,中华书局1986年版,第85页。
② 杨慎《词品》,唐圭璋《词话丛编》,中华书局1986年版,第503页。

变化,而在思想文化领域,周邦彦却依旧是无形的存在,很有力地影响着南宋词坛。对北宋词坛多有指责的王灼颇推崇周邦彦,认为"柳(永)何敢知世间有《离骚》,惟贺方回、周美成时时得之"。①尹焕在为吴文英词所作的序中说:"求词于吾宋者,前有清真,后有梦窗。此非焕之言,四海之公言也。"②可以说,整个南宋词坛与周邦彦有着千丝万缕的联系。姜夔、史达祖、吴文英、张炎、王沂孙等南宋大家,都或多或少地受到周邦彦的影响。

在爱国词派活跃之际,姜夔就步入词坛了,辛弃疾就有一些与之相唱和的词。姜夔富于音乐才能,精通乐律,所作歌词皆美听可歌,与合肥歌妓的恋情是他常常歌咏的主题,一生布衣、寄人门下的清客的特殊身份,又给他的词注入了清疏硬朗的气息,姜词因此深受时人的推崇。另外还有社会现实等原因。南宋政治中一直存在着"抗金"与"议和"的矛盾,姜夔所生活的年代,正值和议局面的形成和稳固时期。张浚北伐,符离战败,带来的结果是公元1165年和议的签订及随之而来的屈辱和平;公元1206年,韩侂胄出兵北伐,因准备不足、出现内奸等原因最终以失败告终,宋朝再次向金人屈膝求和,南宋小朝廷就这样一直屈辱地偏安一隅。这让许多人产生幻想,他们重又过起醉生梦死的生活。林升《题临安邸》诗写道:"山外青山楼外楼,西湖歌舞几时休?暖风熏得游人醉,直把杭州作汴州。"这首诗很好地揭示了当时特殊条件下人们的生活和思想状态。麻木也罢,恐惧也罢,他们都不能也不敢正视现实。

---

① 王灼《碧鸡漫志》,唐圭璋《词话丛编》,中华书局1986年版,第84页。
② 引自黄昇《唐宋诸贤绝妙词选》,唐圭璋等校点《唐宋人选唐宋词》,上海古籍出版社2004年版,第835—836页。

姜夔词的清疏、俊朗可以说很好地迎合了这一时代的口味。这是姜派词得势的一个现实原因,同时也是辛派词失势的一种解释。另外,词人们身处环境优美宜人的南方而逐渐养成了耽于享乐、追求高雅的生活情调,也是促使他们喜好姜词的一个原因。再加上南宋末的词学理论家张炎论词力主"清空"和"骚雅",认为白石词"不惟清空又且骚雅",推崇其为词中之典范。"清空"、"骚雅"的白石词后来居上,与辛派词一起成为南宋词坛两大主流,且最终超越后者。《花庵词选》选姜夔词三十四首(其词共八十余首),便可见黄昇对其词的激赏态度。与爱国词派不同的是,姜夔自始至终都在词坛上占据一席之地,而且是很重要的一席之地。周密选词是很精审的,甚至可以说有些苛刻,但他对白石词却情有独钟。周密对南宋词筛筛拣拣,只选出不足四百首词,而姜词却选录十三首。可见,姜词在南宋末期有着与辛词不同的命运,它仍旧作为强有力的存在而被接受着。与姜夔同时的史达祖,虽因政治上的小污点而被后人诟病,但其词词境婉约飘逸,如淡烟微雨、紫雾明霞,其用语轻俊妩媚,如娇花映日、绿杨着雨,与白石词的刚劲完全不同,他的确形成了自己的特殊风格。姜、史与稍后的吴文英共同组成异中有同的词派,共同领导着整个南宋末的词坛。再至更晚期的宋末三大家王沂孙、张炎、周密,仍旧秉承这一词风并取得较大成就。姜夔的后继有人,是这一词派一直保持发展势头的主要原因之一。姜夔是一个词派的开始,而辛弃疾却是一个词派的结束。

  以姜夔、辛弃疾为代表的两大词派在南宋的不同命运还与词体本身的发展有密切的关系。词的整个发展过程,实际上也是词的雅化的过程。词最先形成于民间,通俗曾是它鲜明的特点。但词一旦转入文人之手,"通俗"这一胎记也被淡忘了,而"雅"则成了它永远也抹不去的体制特征。历代词人和词论家都在努力维护词的这一特征,努力使词朝着雅化的道路向前发展。北宋初的晏、欧二公,凭着高贵的身份地位、宽广的胸襟,在词的创作中形成一种富贵气象。这也是对晚唐词风的一种继承。至柳永一出,则因其"浅近卑俗"而招来不少谩骂。前文所举王灼对其评价便是一例。李清照在《词论》中也评柳永为"虽协音律,而词语尘下"。实际上,李清照的词"别是一家"说便是对词的雅化的理论表述。苏轼则是有意在柳永词之外另辟蹊径,通过自己的创作实践,努力把词重新推向雅化的道路。词不仅反"俗",还要避"艳"。北宋末"雅言(按:万俟咏字雅言)初自集分两体,曰雅词,曰侧艳,目之曰胜萱丽藻。后召试入宫,以侧艳体无赖太甚,削去之。再编成集,分五体,曰应制,曰风月脂粉,曰雪月风花,曰脂粉才情,曰杂类,周美成目之曰大声"。[①] 从南宋初开始,许多词人便以"雅"标榜自己的词集或进行选词活动,以此来表明自己对词体雅化发展的认识。如鲖阳居士的《复雅歌词》五十卷,曾慥的《乐府雅词》三卷(另有拾遗一卷)等。理论上有王灼《碧鸡漫志》相配合,重提"诗言志"的传统,提倡词的"中正",即"雅"。辛弃疾是在这种大的文化背景里开始创作的,虽然他也因步躅苏轼而受推崇,但他的词在南宋末随着词的雅化的继续发展而被批评。张炎在《词源》中说:"辛稼轩、刘改之作豪气词,非雅词也,于文章余暇,戏弄笔墨,为长短句之诗耳。"[②] 但

---

① 王灼《碧鸡漫志》,唐圭璋《词话丛编》,中华书局1986年版,第83—84页。
② 张炎《词源》,唐圭璋《词话丛编》,中华书局1986年版,第267页。

张炎否定的是稼轩派的豪气词,而对其婉约词还是称赞的:"辛稼轩《祝英台近》……景中带情,而有骚雅。"①辛弃疾在词坛上立足的个性特色便是豪放词,对他的这部分词进行否定实际上就等于彻底地否定。而姜夔一派则顺应了词体雅化发展的要求,加上张炎理论上的相呼应,使得该派在词坛上富于生命力。

南宋词坛的基本格局是一开始由姜夔、辛弃疾两大词宗共同领导词坛,到后来姜派一枝独秀,从南宋的两部词选可以看出这种动态的变化过程,但变化的深层的原因也是我们应该了解的。

二、从《花庵词选》看词在南宋的美学走向

词自唐代兴起,而后伴随着赵宋王朝的建立、发展及衰落,不管是在内容上,还是在艺术风格上都经历了重大变化。思想内容的逐渐拓宽及艺术技巧的渐趋圆融,终于使词成为宋代极具特色的文学之一体。后世学者在研究宋词时,往往依据宋代历史分期而把它划分为北宋词和南宋词。推崇北宋词者,往往赞誉其小令的轻俏美约而指责南宋长调之冗长乏味;推尊南宋者,则说"词至南宋始极其工,至宋季而始极其变",②且高度赞美南宋咏物词的高度发展。我们认为,借助历史的分期来划分词的历史,只不过是一种以简驭繁的手段。词作为一种抒写情感的文学作品,属于思想意识形态的范畴。因此,对其发展阶段的划分,并不像对具有明确的时间界限的历史的划分那样简单。因此,我们更倾向于把词

---

① 张炎《词源》,唐圭璋《词话丛编》,中华书局1986年版,第264页。
② 朱彝尊《词综·发凡》,上海古籍出版社1978年版,第10页。

的发展看成一个连续的过程。

词在宋代走向鼎盛,也在宋代结束了辉煌。词在宋代的后期到底显示出了一种怎样的发展趋势呢?词人们又对词的美学风格作出了什么样的选择呢?我们可以通过《花庵词选》做一番大致的了解。

梁启勋在《词学》中说:"余平昔最不以坊间之诗词选本为然,以为徒翻古人之集,每家选出若干首,不付理由,而漫使学者读之,则是等于无意识而已。"[1]此话虽不无偏激,却代表了人们对选本的一种看法。而"不付理由"也确实是词选家难以为自己辩护的弱点。但我们却无法否认,一个好的编选者通常也是一个优秀的鉴赏者。

清人陈廷焯《白雨斋词话》卷八说:"作词难,选词尤难。以我之才思,发我之性情,犹易也。以我之性情,通古人之性情,则非易矣。"[2]陈氏认为选词难于作词,因为作词只是一己之事,以我之笔抒我之情即可,选词则要以我之情通古人之情。选词者要跳出词作者的情感小圈子,站得更高,视野更开阔,才能全面了解词人作品。更重要的是,选词者要具备一定的鉴赏能力,才能在词人林立的词坛上选出能代表时代成就的词人,才能在数量众多、良莠不齐的作品中选出能代表词人成就的作品。所以说,一个好的编选者首先必须是一个优秀的鉴赏者。

多数词选都没有明确提出客观的选择标准,但背后往往横亘

---

[1] 梁启勋《词学》下编,中国书店1985年版,第1页。
[2] 陈廷焯著、杜维沫校点《白雨斋词话》,人民文学出版社1959年版,第214页。

着一个受制于选择者的批评观念与文学素养的主观选择标准。这种隐性的主观标准,决定了他词人词作的去取存留,因此可以说,依据对词选的量化分析,是能够窥知编选者的词学批评理论之大概的。可贵的是,黄昇选词之余还对一些词做了简短而精彩的评论。所以,我们可以从《花庵词选》中了解黄昇的词学理论,并进而了解词在南宋的美学走向。

有一点需要说明的是,《花庵词选》各调下均有小题,而这些小题错误甚多。如《唐宋诸贤绝妙词选》卷五选的李元膺《茶瓶儿》(去年相逢深院宇)是思人之作,小题却题作"悼亡"。再如《中兴以来绝妙词选》卷一选朱雍词三首,在朱雍名下注曰:"绍兴中,乞召试贤良,有《梅词》二卷行于世。"[1]而在所选三首词中,《忆秦娥》下注"怀人",《好事近》下注"梅",《谒金门》下不注。既已标明朱雍词集二卷皆为咏梅之作,就不必再于调下作注了,"即注亦不至妄云'怀人'也"。对此,吴世昌《词林新话》的解释是:"非选者无识如此,率皆书贾刻者妄加,以利话本作者或艺人采用也。"[2]这种解释应是合理的。因为词选本有做歌本的用处,为了便于演唱,每每于调下加小题,《草堂诗余》可为一例,书贾在翻刻中难免会因无才识而妄加标题。吴世昌还说:"《花庵词选》各调下小题,有为作者原有,如应制、和人、寿某公之类。但有泛指'晚春'、'初夏'、'感旧'、'送人'等,其中颇有与本词内容不符者,皆后人所加。"[3]明乎此,就不会因之而怀疑黄昇的词学素养,进而否定其词学理论了。

---

[1] 唐圭璋等校点《唐宋人选唐宋词》,上海古籍出版社 2004 年版,第 702 页。
[2] 吴世昌《词林新话》,北京出版社 2000 年版,第 63—64 页。
[3] 吴世昌《词林新话》,北京出版社 2000 年版,第 64 页。

《花庵词选》是以"选"为主的词选本,对词的评价不占主要部分。这些评价,有的是对词人词作的概括性评价,有的则直接是对具体作品的评价。在所有的词评中,后者占主要部分。其评语不多,主要使用了"味"、"婉媚"、"蕴藉"、"简"、"流丽"、"凄婉"等术语。

自钟嵘《诗品》提出"滋味"说以后,"滋味"便成为中国诗歌理论中一个重要的概念,评论者常用它来指诗的言有尽而意无穷的美妙效果。它着眼于诗歌的审美感受,黄昇用它来评词。如《唐宋诸贤绝妙词选》卷二选贾子明《木兰花令》,黄昇注曰:"平生惟赋此一词,极有风味。"[1]卷六选沈公述《望海潮》(山光凝翠),在词后黄昇评曰:"公述此词,典雅有味。而今世但传其'杏花过雨'之曲,真所谓'吾未见好德如好色'者也。"[2]黄昇没有对"味"进行阐释,大概也是指词的回味无穷、只可意会难以言传的美学效果。《唐宋诸贤绝妙词选》卷八选李玉《贺新郎》(篆缕销金鼎)一首,在词末黄昇注评曰:"李君之词虽不多见,然风流蕴藉,尽此篇矣。"[3]《中兴以来绝妙词选》卷四选谢勉仲词,在词人名下有小注:"名懋,号静寄居士,有乐章二卷。吴坦伯明为序,称其片言只字,戛玉铿金,蕴藉风流,为世所贵云。"虽是转引他人语,却也代表了黄昇本人的一种赞同的态度。词之"风味"和"风流蕴藉"均属于鉴赏的范畴,在以后的词史上,此二者均是鉴别词之优劣的标准。

诗庄词媚,一直是词坛的共识,黄昇对此也是认同的。《中兴

---

[1] 唐圭璋等校点《唐宋人选唐宋词》,上海古籍出版社 2004 年版,第 606 页。
[2] 唐圭璋等校点《唐宋人选唐宋词》,上海古籍出版社 2004 年版,第 649 页。
[3] 唐圭璋等校点《唐宋人选唐宋词》,上海古籍出版社 2004 年版,第 744 页。

以来绝妙词选》卷二选赵元镇词,在词人名下注曰:"词婉媚不减《花间》。"①卷三中在张东父名下注曰:"词甚婉媚,盖富贵人语也。"②《花间集》作为第一部文人词选集,是以意象的香艳、语言的华美著称的,黄昇以之与赵元镇词相比。另外,黄昇还有对词的语言的要求:即"简"。在《唐宋诸贤绝妙词选》卷一开篇处,有黄昇对唐词的总体评价:"凡看唐人词曲,当看其命意造语工致处,盖语简而意深,所以为奇作也。"③认为唐人词佳处在于"语简""意深",即语言的简洁和含意的深厚。《唐宋诸贤绝妙词选》卷三选颜持约《西江月》(草草书传锦字),黄昇认为"词简意高,佳作也"。④"词简"意同"语简",都是指语言的简练。语言要求简洁,而词的内在意蕴却要求"高"、"深",即"言少意多",用最少的语言表达出最多的内容。清人沈祥龙《论词随笔》曰:"词当意余于辞,不可辞余于意。东坡谓少游'小楼连苑横空,下窥绣毂雕鞍骤'二句,只说得车马楼下过耳,以其辞余于意也。若意余于辞,如东坡'燕子楼空,佳人何在,空锁楼中燕',用张建封事;白石'犹记深宫旧事,那人正睡里,飞近蛾绿',用寿阳事,皆为玉田所称。盖辞简而余意悠然不尽也。"⑤沈氏"意余于辞"的论点实际上是追求词的"言外之意",与黄氏的"语简意深"、"词简意高"是一致的。而这种"言"、"意"之辨和上面提到的词之味道说,又是内在统一的。

---

① 唐圭璋等校点《唐宋人选唐宋词》,上海古籍出版社2004年版,第706页。
② 唐圭璋等校点《唐宋人选唐宋词》,上海古籍出版社2004年版,第726页。
③ 唐圭璋等校点《唐宋人选唐宋词》,上海古籍出版社2004年版,第579页。
④ 唐圭璋等校点《唐宋人选唐宋词》,上海古籍出版社2004年版,第610页。
⑤ 沈祥龙《论词随笔》,唐圭璋《词话丛编》,中华书局1986年版,第4053页。

黄昇还多次用"丽"来评词,认为温庭筠"词极流丽,宜为《花间》之冠",[1]鲁逸仲的词"词意婉丽,似万俟雅言",[2]又认为"仲殊之词多矣。佳者固不少,而小令为最。小令之中,《诉衷情》一调又其最。盖篇篇奇丽,字字清婉,高处不减唐人风致也"。[3] 黄昇的文学活动主要在宋理宗时代,属于南宋后期的江湖词派。黄昇诗友胡德方《花庵词选序》云:"玉林(黄昇之号)早弃科举,雅意读书,间从吟咏自适。阁学受斋游公尝称其诗为'晴空冰柱'。闽帅秋房楼公闻其与魏菊庄为友,并以泉石清士目之。"[4]"弃科举"实际上是放弃了对功名利禄的追求;"雅意读书"以求自适,是追求清净、回归本性的表现;"晴空冰柱"虽是对其诗风的评价,却也不妨看作是此"泉石清士"所追求的一种人格理想。"把人间、功名富贵,付之尘垢。不肯折腰营口腹,一笑归欤五柳。怅此意,而今安有"(《贺新郎·菊》),"把功名、一笑付糟丘。醉里了忘身世,吟边自负风流"(《木兰花慢·怀旧》),在黄昇词中多有对这种人格理想的表白。

黄昇词虽然留存不多,共三十九首(《花庵词选》存三十八首,加上《翰墨大全》丁集卷二所载《鹧鸪天》一首),但细加解读,不难揣度出他的心迹。"少年事,成梦里,客愁付与流水"(《西河·己亥秋作》),"俯仰之间增感慨,花事成空"(《卖花声·己亥三月一日》)等,是作者身为江湖词人的一种典型的惆怅之情。"当时掌上承

---

[1] 唐圭璋等校点《唐宋人选唐宋词》,上海古籍出版社 2004 年版,第 582 页。
[2] 唐圭璋等校点《唐宋人选唐宋词》,上海古籍出版社 2004 年版,第 663 页。
[3] 唐圭璋等校点《唐宋人选唐宋词》,上海古籍出版社 2004 年版,第 672 页。
[4] 黄昇《花庵词选》,中华书局 1958 年版,第 4 页。

恩。而今冷落长门"(《清平乐·宫怨》),"此身元是客,小住娱今夕,拍手凭栏杆,霜风吹鬓寒"(《重叠金·冬》)等,是词人对人世维艰与沧桑的自我品味。在这样苦闷的心境中,他却执著地固守自我品性的高洁,"与渊明、千载为知旧"。(《贺新郎·菊》)这表现在他词作中屡屡出现菊、梅、烟、霞之意象,如"莫恨黄花瘦。正千林、风霜摇落,暮秋时候"(《贺新郎·菊》);"自扫梅花下。问梢头,冷蕊疏疏,几时开也"(《贺新郎·梅》);"只有烟霞痼疾,相陪风月交游"(《木兰花慢·乙巳病中》);"冰霜作骨,玉雪为容。看体清癯,香淡伫,影朦胧"(《行香子·梅》)。菊和梅在传统文化积淀过程中,已成为高洁、傲岸的象征;而烟霞则极富清丽之美。在黄昇的反复咏叹中,我们可以知晓其人格追求。黄昇还有一些闲适词,杨慎《词品》评之曰:"每独行吟歌之,不唯有隐士出尘之想,兼如仙客御风之游矣。"[1]

了解了黄昇的内心世界和追求,再去理解其词之"尚丽"说,就容易了。它指的是一种不沾染尘埃的清丽。我们还可以通过对《花庵词选》进行简单的量化分析来理解黄昇的"丽"。

《花庵词选》录辛弃疾、刘克庄词最多,均为四十二首。录姜夔词三十四首,位居第三。黄昇正视辛派词风对于南宋词坛的深刻影响,用四十二首之多的篇幅来全面展示稼轩体的创作风貌。如果说这是正视现实的结果,那么对姜词的选择则纯粹是出于个人的艺术嗜好。因为姜夔存词只八十余首,而竟被选中三十四首。按选词与存词的比重关系来看,黄昇对姜词的钟情程度是超过辛

---

[1] 杨慎《词品》卷二,唐圭璋《词话丛编》,中华书局1986年版,第461页。

词的。黄昇认为姜夔乃"中兴诗家名流。词极清妙,不减清真乐府。其间高处,有美成所不能及"。① 而黄昇自己的词也"上逼少游,近摹白石"。对姜词的过分青睐一是在于他对姜词的一种文化认同:姜夔本人作为清客的江湖生活,为黄昇所理解、所同情;而更重要的原因则是对其词风的礼赞。我们来看几则后世对姜词的评论。清人陈廷焯《白雨斋词话》卷二曰:"白石词以清虚为体,而时有阴冷处,格调最高。"② 又曰:"姜尧章词,清虚骚雅,每于伊郁中饶蕴藉。清真之劲敌,南宋一大家也。"③这则论述中指出了姜词的几个特点。一是"清虚骚雅",即清空、虚幻、华丽、典雅。这与姜词注重格律、音节,多为写景咏物及记述客游有关。二是"蕴藉",即含蓄、委婉的表现形式。又曰:"白石长调之妙,冠绝南宋,短章亦有不可及者。如《点绛唇》(丁未过吴淞作)一阕,通首只写眼前景物,至结处云:'今何许?凭栏怀古,残柳参差舞。'感时伤事,只用'今何许'三字提唱。'凭栏怀古'以下,仅以'残柳'五字咏叹了之。无穷哀感,都在虚处。令读者吊古伤今,不能自止。"④陈氏借姜词以论"虚",认为"虚"表现在:一是以少胜多,仅用数字而表达出更多更深的意蕴;二是具有含蓄蕴藉的特点,能吸引读者发挥想象。陈氏还认为"白石《齐天乐》一阕……用笔亦别有神味,难以言传"。⑤ 从这些对姜词的评价中,可知姜词的特点是清虚、蕴藉、华

---

① 黄昇《花庵词选》,中华书局 1958 年版,第 279 页。
② 陈廷焯著、杜维沫校点《白雨斋词话》,人民文学出版社 1959 年版,第 29 页。
③ 陈廷焯著、杜维沫校点《白雨斋词话》,人民文学出版社 1959 年版,第 28 页。
④ 陈廷焯著、杜维沫校点《白雨斋词话》,人民文学出版社 1959 年版,第 29—30 页。
⑤ 陈廷焯著、杜维沫校点《白雨斋词话》,人民文学出版社 1959 年版,第 30 页。

丽、言少意多、有味。再看黄昇对其所选词人词作的评价,如"风味"、"风流蕴藉"、"清丽"、"语简意深"等等,与姜词特点何其相似。姜词集众妙于一身,这是他喜欢姜词的最好解释。从姜词的风格特点中,我们也可以更好地理解黄氏的词学理论。

黄昇词选反映出的其实是一个以"丽"为中心而自成体系的词学批评理论。丽则清,清则虚,虚则词简意高、风流蕴藉,而具备此类优点的词则别有风味。

《花庵词选》成书于宋理宗淳祐己酉(1249),距南宋灭亡还有三十年。黄昇对姜词的态度实际上是宋末词坛上崇尚典雅的趋势的一种反映。这与周密《绝妙好词》又有内在一致性。虽然《花庵词选》所选辛弃疾、刘克庄分别为四十二首,位居第一;姜词三十四首,位居第三;而此三人分别属于两种风格不同的词派,黄昇认识到词坛上的这种既成事实,但其实仍有其倾向性在里面。首先从词人存词量与入选量的比值看,辛、刘实际上不如姜;其次,上文已经分析,黄昇对词所下的赞语,均是针对婉约典雅一派的词;而这些优点,姜词又多具备。他虽没对姜词作评语,但姜词实际上是黄昇心中礼赞的典型;而对以辛、刘为代表的爱国词派则未置赞语。黄昇对辛词未作评价,仅在刘过名下注曰:"名过,太和人,稼轩之客。……其间多壮语,盖学稼轩者也。"[1]而此"壮语"也算是顺便概括了辛词的特点。黄昇的褒贬态度,在此仅有的"壮语"一词及其与"多味"、"婉丽"、"言简意深"等的对比中昭然若揭。

《花庵词选》反映了南宋词坛的美学走向:典雅派一直保持发

---

[1] 黄昇《花庵词选》,中华书局1958年版,第258页。

展的势头。

三、从南宋几部重要词选看周邦彦对南宋词坛的影响

周邦彦是北宋后期词坛的重要词人,我们通过统计《花庵词选》、《草堂诗余》、《阳春白雪》等词选对周邦彦词的选录,便可发现其对南宋词坛有多方面、多层次的重大影响。

	《花庵词选》(首)	《草堂诗余》(首)	《阳春白雪》(首)	合计(首)
柳永	11	17	3	31
欧阳修	18	10	0	28
苏轼	31	21	1	53
秦观	16	16	3	35
贺铸	11	14	9	34
周邦彦	17	46	20	83
李清照	8	3	1	12
陆游	20	1	6	27
辛弃疾	42	9	13	64
姜夔	34	0	12	46
史达祖	17	2	17	36
刘克庄	42	2	5	49
吴文英	9	0	13	22

上述表格是对两宋重要词人词作在词选中入选情况的大致统计。之所以选出这三部词选,是因为此三者所选均包括两宋词作。《乐府雅词》和《绝妙好词》虽也是较通行的重要词选,但前者所选基本上是北宋词,而后者只录南宋词,不够全面。另外,两宋词人中,王沂孙、周密、张炎等三人虽已入元,但习惯上仍然被当作宋人

看待，因其生年较晚，宋人词选多不及录。因此，我们在此也不作为比较对象。这个小统计当然不甚全面，不过在一定程度上，仍可以从中看出宋代词学界对宋词作家和作品的一般性评价。统计数字不等于考试分数，然而名列前茅的几家，都在词史上比较突出且影响也比较大，却是无法否认的事实。

三部词选中，周邦彦词在《草堂诗余》和《阳春白雪》中均占据首位，尤其是在《草堂诗余》中，竟达四十六首。《草堂诗余》作为"以便歌为主"的歌词选本，对周邦彦的词如此青睐，反映了周词在南宋的受容程度。还有一些资料具体地记载了歌唱周词的情景。如强焕的《题周美成词》(汲古阁本《片玉词》卷首)中有如下记述："及乎暇日，从容式宴嘉宾，歌者在上，果以公之词为首唱。"[1]吴文英《惜黄花慢》词序云："次吴江小泊，夜饮僧窗惜别。邦人赵簿携小妓侑尊，连歌数阕，皆清真词。"张炎的《意难忘》词序云："中吴车氏号秀卿，乐部中之翘楚者，歌美成曲得其音旨。余每听辄爱叹不能已，因赋此以赠。"另一首《国香》的词序云："沈梅娇，杭妓也。忽于京都见之，把酒相劳苦，犹能歌清真《意难忘》、《台城路》二曲。因嘱余记其事，词成，以罗帕书之。"值得注意的是，《国香》一词，作于张炎北游访元大都之时。也就是说，时至元代，人们仍在歌唱美成词。

或许正是因为周邦彦词如此受青睐，在南宋，对美成词的追和之作也特别多，不仅散见于周密、蒋捷等著名词人的词集，而且专门结集的也有几种，如方千里的《和清真词》(毛晋《宋名家词》收)、

---

[1] 周邦彦著、孙虹校注《清真词校注》，中华书局2002年版，第500页。

杨泽民的《和清真词》(江标《宋元名家词》收)、陈允平的《西麓继周集》(朱孝臧《彊村丛书》收)。方、杨二人的《和清真词》几乎是全部依韵、次韵追和。虽然是周词在歌界的流行,促成了这些追和的现象;但是,这种追和的行为又进一步刺激了周词的流行。总之,正如《草堂诗余》所昭示的,周邦彦词一直活在南宋歌者的口中。

从三部词选选词总量来看,周邦彦入选最多,共八十三首,其次是辛弃疾和苏轼,分别是六十四首和五十三首。这是一个饶有意味的比较结果,因为周邦彦和辛弃疾、苏轼二人分别代表了不同的词风,周邦彦是婉约词派的集大成者,而苏、辛二人是豪放词派的领袖。周邦彦位居榜首,是婉约词派在南宋占据上风的一个表现。婉约派作为词坛上的传统派别,自然作家林立,何以周邦彦独占鳌头呢?回答此问题,我们可从分析周邦彦的词作入手。

我们先看周邦彦的《少年游》,全词如下:"并刀如水,吴盐胜雪,纤指破新橙。锦幄初温,兽香不断,相对坐吹笙。　　低声问向谁行宿,城上已三更。马滑霜浓,不如休去,直是少人行。"周济《宋四家词选目录序论·附录》中评此词曰:"此亦本色佳制也。本色至此便足,再过一分,便入山谷恶道矣。"[1]所谓"山谷恶道",是针对黄庭坚的艳词而言的。从周济的评价中,我们可以明确,周邦彦这首词是避艳的。那么什么是"本色"呢?"本色"始见于陈师道《后山诗话》:"退之以文为诗,子瞻以诗为词,如教坊雷大使之舞,虽极天下之工,要非本色。今代词手唯秦七、黄九耳。"对于"本色"

---

[1] 周济《宋四家词选目录序论·附录》,唐圭璋《词话丛编》,中华书局1986年版,第1648页。

的具体含义,郭绍虞在《沧浪诗话校释》中解释为本然之色,抒写真实的感情。如周邦彦《少年游》,有的版本中有词题曰"感旧",周密的《浩然斋雅谈》载有关于这首词的本事,是说周邦彦在名妓李师师家邂逅徽宗皇帝,后赋《少年游》以纪其事。其真实与否,暂且不论,或许是周邦彦本人的一次亲身经历。词中刻画了一个多情的歌妓形象,她美丽多情却又含蓄不露。"马滑霜浓,不如休去,直是少人行",言马言他人,实际上是想挽留行客。这是一个极易写成艳词的题材,周邦彦却写得如此耐人寻味。王又华《古今词论》引毛稚黄(先舒)之语云:"周美成词家神品,如《少年游》:'马滑霜浓,不如休去,直是少人行。'何等境味。若柳七郎,此处如何煞得住。"[1]这则评语说出了周邦彦词和柳永词的差别。正如陈锐在《裒碧斋词话》中所云:"屯田词在院本中如《琵琶记》,清真词如《会真记》";"屯田词在小说中如《金瓶梅》,清真词如《红楼梦》"。[2] 柳永词作代表了"俗"、"艳"的风气,而周邦彦词更趋向于"雅"。张炎在《词源》中说:"美成负一代词名,所作之词,浑厚和雅。"[3]这是宋词审美情趣的一大转变,由艳俗而转变为骚雅,周邦彦可谓这一转变的关键。周邦彦也写艳词,张炎《词源》中说:"词欲雅而正,志之所之,一为情所役,则失其雅正之音。耆卿、伯可不必论,虽美成亦有所不免。如'为伊泪落',如'最苦梦魂,今宵不到伊行',如'天便教人,霎时得见何妨',如'又恐伊,寻消问息,瘦损容光',如'许多

---

[1] 王又华《古今词论》,唐圭璋《词话丛编》,中华书局1986年版,第610页。
[2] 陈锐《裒碧斋词话》,唐圭璋《词话丛编》,中华书局1986年版,第4198页。
[3] 张炎《词源》卷下,唐圭璋《词话丛编》,中华书局1986年版,第255页。

烦恼,只为当时,一晌留情',所谓淳厚日变成浇风也。"①王国维也曾因其艳情词"不喜美成",甚至将清真词目为"倡妓","当不得一个'贞'字"。②但是周邦彦的这些艳情词毕竟不同于柳永的俗艳之词。柳永有许多写歌妓的词,但是他更关注的是"虫娘"、"酥娘"、"心娘"等人的声色之美,因此常常流于赤裸裸的男女欢爱的描写。而周邦彦词更多的是注重男女情爱的心理感受,且常以景语代情语,将无限的儿女私情化入悠远的景物描写之中,显得格外含蓄高远。正如陈廷焯《白雨斋词话》所言:"美成艳词,如《少年游》、《点绛唇》、《意难忘》、《望江南》等篇,别有一种姿态,句句洒脱,《香奁》泛语,吐弃殆尽。"③周邦彦的艳词较之于柳永艳词收敛得多,往往精思细勾,尽力避免浅露俚俗,为词这种抒情诗体增加一种曲折幽隐的韵致,从而以"雅"来反拨柳永之"俗"、"艳"。词体的发展,从南宋初开始就表现出一种雅化的倾向。这种倾向不仅表现在创作实践,还表现在理论的提倡上。而周邦彦可以说是南宋词人所追求的艺术理想的典范。综观南宋词坛,大体是遵循着这种审美情趣向前发展的。沈义父《乐府指迷》说:"凡作词,当以清真为主。盖清真最为知音,且无一点市井气,下字运意,皆有法度,往往自唐宋诸贤诗句中来,而不用经史中生硬字面,此所以为冠绝也。"④《乐府指迷》是用以指导词的创作的,沈义父主张应以美成词为典范。他所看重的也是美成词的"无一点市井气"及"下

---

① 张炎《词源》卷下,唐圭璋《词话丛编》,中华书局1986年版,第266页。
② 王国维《人间词话》,唐圭璋《词话丛编》,中华书局1986年版,第4246页。
③ 陈廷焯著、杜维沫校点《白雨斋词话》,人民文学出版社1959年版,第162页。
④ 沈义父《乐府指迷》,唐圭璋《词话丛编》,中华书局1986年版,第277—278页。

字运意,……往往自唐宋诸贤诗句中来"的高雅审美情趣。在南宋词坛,一直笼罩着这种审美情趣。北宋以来的恋情词,情调软媚或失于轻浮,虽经周邦彦的雅化,却仍未能彻底摆脱。姜夔的恋情词,则往往过滤省略掉缠绵温馨的爱恋细节,只表现离别后的苦恋相思,并用一种独特的冷色调来处理炽热的柔情,从而将恋情雅化,赋予柔思艳情以高雅的情趣和超尘脱俗的韵味。所以说,姜词是在周词基础上的继续雅化。而吴文英也被认为"深得清真之妙"。[①]"周词对文人词的影响更大,南宋婉约派的重要词人如姜夔、吴文英、史达祖、卢祖皋、高观国、陈允平、蒋捷、周密、王沂孙、张炎等人,无不在某个方面不同程度地受到沾溉"。[②]

词由北宋而至南宋,除了审美情趣的转变以外,另一个重大的转变是抒情方式的转变,由普泛表现转变为自我表现。钱钟书《宋诗选注·序》中说:"宋代五七言诗讲'性理'或'道学'的多得惹厌,而写爱情的少得可怜。宋人在恋爱生活里的悲欢离合不反映在他们的诗里,而常常出现在他们的词里。……据唐宋两代的诗词看来,也许可以说,爱情,尤其是在封建礼教眼开眼闭的监视下那种公然走私的爱情,从古体诗里差不多全部撤退到近体诗里,又从近体诗里大部分迁移到词里。"[③]因此,可以说恋情词是词的主要题材。但在词体发展的早期,词中的这种恋情是普泛化的,是不能够确指的。温庭筠可以说是晚唐词人的代表,他的词中几乎都是思

---

① 沈义父《乐府指迷》,唐圭璋《词话丛编》,中华书局1986年版,第278页。
② 孙望、常国武主编《中国文学通史·宋代文学》上册,人民文学出版社1996年版,第451页。
③ 钱钟书《宋诗选注》,生活·读书·新知三联书店2001年版,第9页。

妇形象,"但是几乎没有一个女性的形象具体地浮现在眼前。主题不是'孤独的女性',而是'孤独的女性的心情',而且就连这心情……也不是直接加以描写的。几乎全部是背景的叙述或情景的描写,但是并不写明那情景是在什么时候、什么地点"。[1]他以男子而作闺音,不是体现自己的情感。而即便是这些女子形象,情感也是模糊的。北宋前期词,基本上沿袭了这种抒情方式。至东坡,这种普泛化的抒情才得以改观。苏轼以诗人之笔而作词,词体的内容大大地拓宽。不管是送别、闲适、壮志、旅怀,还是风景、农村、怀古、咏物,主体意识都在词中有所强化。或许正是因为题材的广泛性过度膨胀,苏轼词中情词较少,值得一提的是怀念亡妻的《江城子》。这是一首悼亡词,因而纯是自我性抒情。周邦彦是写情高手,可贵的是,他在用词抒写这种最传统的题材时,在抒情方式上向苏轼靠拢,开始在情词中流露一己之情。如前面所举《少年游》一词,写活了一个活泼、天真而又含蓄多情的歌妓形象,并饱含对此歌妓的无限爱恋。另如被张炎摘句指责的《解连环》,是一首怀人之作,抒发的是"情人断绝"后"怨怀无托"的愁绪。"拚今生、对花对酒,为伊泪落。"我们感受到的是一个多情之人真情的自然流露。

周邦彦的这种自我表现的抒情方式,不仅表现在他的情词中,还体现在他的咏物词里。周邦彦的咏物词,在咏物词的发展史上具有重要的作用。他一改此前的咏物词中所咏之物与主体之间间

---

[1] 村上哲见著、杨铁婴译《唐五代北宋词研究》,陕西人民出版社1987年版,第105页。

离的关系,而发展为物我的同一,从而使物真正成为作品所表现的主体,又充分显溢作者的自我之情,《六丑·蔷薇谢后作》是这方面的代表作。"长条故惹行客,似牵衣待话,别情无极"。这既是蔷薇的外部特征的表现,又是作者对花的怜惜之情的流露,"不说人惜花,却说花恋人"。南宋词中,咏物词特别发达,"咏物虽小题,然极难作,贵有不粘不脱之妙,此体南宋诸老尤擅长"。[①] 艺术上也取得了极高的成就。我们知道,《乐府补题》中的咏物词具有高度的艺术成就,咏物与寄托达到完美的结合,而这也是遵循周邦彦自我表现抒情方式的道路发展而来的,带有强烈的主体介入的感情色彩。情词更是如此。姜夔和吴文英是南宋的两大写情高手,也是宋代词人中取得极高成就的两位词人。白石词在抒情方式上属于自传性抒情,与合肥歌妓的恋情是他永远的情结。白石许多词都是写对离散后的情人的惦念,而在抒情手段上,白石采取了相当节制和矜持的态度。他的感情表现很少落到实处,特别避免正面表现对爱情的热烈追求,而始终保持一段距离。他常常通过景物与环境气氛的烘托寄寓冷隽而又深婉的情思。如在描写恋人时,他常与柳或梅相联系;柳和梅在中国文化中是极富文化底蕴的两种植物,一个象征离别,一个代表高洁。这样,就给白石词平添几分骚雅的意趣。梦窗词共近三百首,恋情词就占四分之一。同白石一样,梦窗也有一种恋情情结。据夏承焘《吴梦窗系年》考证,这些恋情词所写的主要对象是同梦窗感情极深的两位姬妾:"其时夏

---

① 吴衡照《莲子居词话》,唐圭璋《词话丛编》,中华书局1986年版,第2417页。

秋,其地苏杭者,殆皆忆苏州遗妾;其时春,其地杭者,则悼杭州亡妾。"[1]"梦窗情词代表了两宋情词中完全以作者身世为基础的个人抒情的典型形式。"[2]可知吴文英走的也是姜夔式的自传性抒情的骚雅一路,而这应是得益于周词的影响。

词体作为一种文学样式,兼具娱乐功能和社会文化价值。其中社会文化价值是在词体发展过程中逐渐形成的,而在南宋达到高峰。在词中运用自我表现的抒情方式,实际上是词体向社会价值发展的初始环节。词由自我表现到表现更广泛的社会和国家,是一种必然的发展趋势。从这一角度来看,周邦彦对南宋词坛的影响不仅存在于骚雅一派,还波及到豪放词派,这种影响是极为深远的。

---

[1] 夏承焘《唐宋词人年谱》,上海古籍出版社 1979 年版,第 469 页。
[2] 谢思炜《梦窗情词考察》,《文学遗产》1992 年第 3 期,第 87 页。

第二章　金元词选研究

金元时期,词道衰落,词人地位不高,词作散佚严重,故词选显得尤其值得珍视。这些选本,有的有保存文献之功,有的代表着某一时期词坛的主导风气,有的体现了鲜明、突出而集中的思想倾向,有的是某一类词人词作的选编,均有一定的认识价值与较高的文献价值。

第一节　《中州乐府》保存文献之功

《中州乐府》是金代唯一的词学总集。其编者为金代著名诗人、学者元好问。元好问(1190—1257),字裕之,号遗山,太原秀容(今山西忻州)人。系出北魏鲜卑族拓跋氏,为唐代诗人元结后裔。其高祖元谊,北宋宣和年间官忻州神武军使,遂迁居秀容。父元德明,累举不第,放浪山水间,能诗,著有《东岩集》,已佚。元好问出生七月,过继给叔父元格。元格曾任掖县、陵川令。元好问七岁能诗,号为神童。十四岁从学于著名文人郝天挺,历六载而业成。金宣宗兴定五年(1221)中进士,不就选。正大元年(1224),中博学宏词科,授儒林郎,充国史院编修,历仕镇平、南阳、内乡县令。正大八年(1231)入京,任尚书省掾、左司都事,转员外郎。金亡之后,元好问隐居不仕,以金朝遗民自居,以保存、抢救金国文化、历史遗产为己任,采撷金源君臣遗言往行,多达百余万言,编成史学著作《壬辰杂编》(一名《金源名臣言行录》,今佚),元人修撰金史多本其书。同时,他还编纂了金代诗歌的大型选本《中州集》,全书十卷,共收录二百五十一位诗人二千零六十二首诗作,自金哀宗天兴二年(1233)五月开始撰集,十月作《中州集序》:

> 商右司平叔衡,尝手钞《国朝百家诗略》。云是魏邢州元道道明所集,平叔为附益之者。然独其家有之,而世未之知也。岁壬辰,予掾东曹。冯内翰子骏延登、刘邓州光甫祖谦,约予为此集。时京师方受围,危急存亡之际,不暇及也。明年留滞聊城,杜门深居,颇以翰墨为事。冯、刘之言,日往来于心。亦念百余年以来,诗人为多,苦心之士,积日力之久,故其诗往往可传。兵火散亡,计所存者,才什一耳。不总萃之,则将遂湮灭而无闻,为可惜也。乃记忆前辈及交游诸人之诗,随即录之。会平叔之子孟卿,携其先公手钞本来东平,因得合予所录者为一编,目曰《中州集》。嗣有所得,当以甲乙次第之。十月二十有二日,河东人元好问裕之引。[①]

元好问编《中州集》时,心态是非常复杂的。天兴元年(1232)汴京被蒙古军所围,金哀宗出奔河北。元好问在汴京,作《壬辰十二月车驾东狩后即事》哀其事。天兴二年(1233),崔立以汴京降蒙古,且要文人为其立碑颂德,好问参与其事,并终身引以为耻。同

---

① 元好问《中州鼓吹翰苑英华序》,《中州集》卷首,中华书局1959年版。

年,好问被拘管至聊城,在此处过了两年囚徒生活。据元好问自序,《中州集》即作于被拘管聊城期间,故不应简单地将此书视为普通的诗词选本,而应考虑其中隐含的故国之思。《中州集》编成后,因时处乱世,并未能立即面世,至海迷失后元年(1249),方才得到真州提学赵国宝(振玉)的资助而刊行。① 全书共十卷,据胡传志教授考证,《中州集》前七卷成于天兴二年(1233),当作于天兴二年之后直至王若虚去世(1243,癸卯年)或稍后,历时十年之久,故后三卷体例与前七卷不同。② 其说甚是。《中州乐府》是《中州集》的副产品,仅从其小传多与《中州集》相同这一点便可看出。元好问在编纂《中州集》的过程中,对当时的乐府亦加留意,编成《中州乐府》一卷,共收词人三十六位,词作一百二十四首,附于《中州集》之后。《中州乐府》中,所录词人与词作数量都偏少,这说明元好问对乐府一体不够重视,这与元好问景仰的北宋文豪苏轼重诗轻词的观点一脉相承。海迷失后元年(1249)的《中州集》初刊本今已不传,据估计,应当是《中州集》与《中州乐府》合刊的。我们现在能见到的最早刊本即元至大庚戌(1310)本就是如此,该书"半叶十五行,行二十八字,九峰书院刊"。③ 陶湘《景刊宋金元明本词叙录》之《中州乐府》按语曰:"元本《中州乐府》每半叶十五行,行二十八字,末有'至大庚戌良月平水进德斋刊本'木记。伯宛(按:即吴昌

---

① 张耀卿《中州集后序》:"己酉,得真定提学龙山赵侯国宝资藉之,始镌木以传。"(见元刊本张德辉《中州集после序》,又:施国祁《元遗山诗集笺注》卷七引)
② 见胡传志《金代文学研究》第三章第一节,安徽大学出版社2000年版。
③ 邵懿辰著、邵章续录《增订四库简明目录标注》,上海古籍出版社1979年版,第902页。

绶)从德化李氏所藏张芙川家景写本上版。日本五山翻刻元本《中州集》后乐府一卷,行款悉同。"①吴昌绶《景刊宋金元明本词》据至大本摹刻;朱祖谋《彊村丛书》据明嘉靖本,实亦同于至大本。朱氏有校记数十条,值得重视。《四部丛刊》亦据此本,又用傅增湘所藏刊本校补影印。《中州乐府》另有毛晋汲古阁刊本,毛晋跋曰:"家藏《中州集》十卷,逸其《乐府》,梓人告成,殊怏怏然。既得《乐府》一帙,乃九峰书院刻本也,不胜剑合之喜。第词俱双调,淆杂无伦,一一按谱厘正,如《望海潮》诸阕与谱不侔,未敢轻以意改。其小叙已见诗集中,不复赘云。"据毛晋跋,《中州乐府》所收之词,已有与谱不合者,当是词乐在金朝衰落之证。朱祖谋《中州乐府跋》曾对毛晋刻本不收词人小传提出批评,有一定道理。②

《中州乐府》的文献价值相当高。全书共收三十六位词人的一百二十四首作品,经与唐圭璋先生所辑《全金元词》对照,发现金代词人有蔡珪、高士谈、刘著、邓千江、任询、冯子翼、李晏、刘仲尹、党怀英、王庭筠、王硐、胥鼎、许古、冯延登、辛愿、李献能、王渥、李节、景覃、完颜从郁、王予可、赵抒、孟宗献、张信甫、王浍、赵元、折元礼、元德明等二十八人的词全赖《中州乐府》以存,占《全金元词》(共收七十位词人)词人总数的40%。另有七人词亦大半存于《中

---

① 吴昌绶、陶湘《景刊宋金元明本词》,中国书店2011年版,第11页。
② 朱跋曰:"右《中州乐府》一卷,彭汝实、毛凤韶序,明嘉靖中嘉定守高登刊之九峰书院者,毛子晋刻《中州集》,据宏治本刻乐府即据此本,然颇有异文。且云小叙已见诗集中,不复赘,不知邓千江、宗室文卿、张信甫、王玄佐、折元礼五人,诗中俱未见小叙,一概不载,疏矣。元至大庚戌平水进德斋刊《中州集》并《乐府》曰:五山本尝覆刻之,取校此本,颇资订正,独是吴学士、蔡丞相、高内翰之流,萧真卿尝称国初文士,不可不谓之豪杰,而严永潜则病其以宋之名士,或以奉使留,或以知名显,使言楚材晋用,特逭其辞责,以成一代之文耳。裕之疏其人,直书而不讳者,殆深意存焉。……"

州乐府》,如吴激词今存十首,有五首出于此书,赵万里据《永乐大典》补四首,据《吴礼部诗话》补一首;赵可词今存十一首,有十首出于《中州乐府》,唐圭璋仅据《归潜志》补一首;刘进词今存四首,有二首出于《中州乐府》,唐圭璋据《历代诗余》补二首;完颜璹词今存九首,有七首出于《中州乐府》,唐圭璋据《中州集》补《渔父》二首;赵秉文词今存九首,有六首出于《中州乐府》,唐圭璋据《遗山乐府》补一首,据《滏水集》补二首;高宪词《中州乐府》存二首,唐圭璋指出其中一首为贺铸词,《全金元词》删之;王正之词存四首,有一首出于《中州乐府》,唐圭璋据《归潜志》、《词品》、《宋翰墨大全》各补一首,以上共七人,占现存金代词人总数的10%。上两类合计,占50%。金代著名词人蔡松年存词八十四首,见于《中州乐府》者十二首,见于蔡松年《明秀集》者七十首,据《阳春白雪》辑二首。这说明《全金元词》中约有一半词人词作及生平资料主要见于《中州乐府》,故其书实为金代词学渊薮,所以彭汝实《近刻中州乐府叙》说此编"盖金人小史也"。

《中州乐府》的作者小传在文献与学理两方面都有十分重要的价值。其小传又可分三种情况:一是与《中州集》重复且未提及词(乐府)者,共二十四人,我们存而不论;二是虽与《中州集》重复,但小传中提及词(乐府)者,共八人;第三种是《中州集》中无小传者,共五人。我们先举第二类中三人的小传为例:

一、吴学士激:"激字彦高,宋宰臣栻之子,王履道外孙,而米芾元章婿也。工诗能文,字画得其妇翁笔意。将命帅府,以知名留之,仕为翰林待制,出知深州,到官三日而卒。有《东山集》十卷并乐府行于世,东山其自号也。……乐府'夜寒茅店不成眠'、'南朝千古伤心事'、'谁挽银河'等篇,自当为国朝第一手,而世俗独取《春从天上来》,谓不用他韵,《风流子》取属对之工,岂真识之论哉。"①

吴激(1090—1142),字彦高,号东山,建州(今福建建瓯)人。吴栻子,米芾婿。北宋宣和四年(1122)至靖康二年(1127),使金被留,命为翰林待诏,此后便一直在金国为官,曾出使高丽,金熙宗皇统二年(1142)出知深州,到官三日而卒。《金史》卷一二五有传,言其"工诗能文,字画俊逸,得米芾笔意。尤精乐府,造语清婉,哀而不伤"。吴激为宋朝使金被留的著名文人,其词在当时享有盛名,我们先看一下元好问所举的三首吴激词:

《诉衷情》

　　夜寒茅店不成眠,残月照吟鞭。黄花细雨时候,催上渡头船。　　鸥似雪,水如天,忆当年。到家应是,童稚牵衣,笑我华颠。

《满庭芳》

　　谁挽银河,青冥都洗,故教独步苍蟾。露华仙掌,清泪向人沾。画栋秋风蝃蝀,飘桂子、时入疏帘。冰壶里,云衣雾鬈,掬水弄春纤。　　厌厌。成胜赏,银盘泼汞,宝鉴披衾。待不放楸梧,影转西檐。坐上淋漓醉墨,人人看、老子掀髯。明年会,清光未减,白发也休添。

《人月圆》

　　南朝千古伤心事,犹唱《后庭花》。旧时王谢,堂前燕子,

---

① 元好问《中州集》卷一,中华书局上海编辑所1959年版,第12—13页。

飞向谁家。　　恍然一梦,仙肌胜雪,宫髻堆鸦。江州司马,青衫泪湿,同是天涯。①

吴激被元好问推崇的三首词中,最有名的当数《人月圆》。此词一本题下注云:"宴张侍御家有感。"宋人洪迈《容斋随笔》卷十三《吴激小词》条曰:"先公在燕山,赴北人张总侍御家集。出侍儿佐酒,中有一人,意状摧抑可怜。叩其故,乃宣和殿小宫姬也。坐客翰林直学士吴激赋长短句纪之。闻者挥涕。"②这首词名动一时。刘祁《归潜志》卷八曰:"先翰林尝谈,国初宇文太学叔通主文盟,时吴深州彦高视宇文为后进,宇文止呼为小吴。因会饮,酒间,有一妇人,宋宗室子流落。诸公感叹,皆作乐章一阕。宇文作《念奴娇》有'宗室家姬,陈王幼女,曾嫁钦慈族。干戈浩荡,事随天地翻覆。'次及彦高,作《人月圆》。词云:……宇文览之,大惊,自是人乞词,辄曰:'当诣彦高也。'彦高词集,篇数虽不多,皆精微尽善,虽多用前人句,其剪截点缀,皆天成,真奇作也。先人尝云:'诗不宜用前人语,若夫乐章,则剪截古人语亦无害,但要能使用尔。'如彦高《人月圆》,半是古人句,其思致含蓄甚远,不露圭角,不犹胜于宇文自作者哉?"③

据诸人记载,此词是在金朝一个权贵的家宴上为一位流落到

---

① 以上三首词见元好问《中州集》附《中州乐府》,中华书局上海编辑所1959年版,第539—540页。

② 洪迈《客斋随笔》,上海古籍出版社1978年版,第166页。

③ 《中州乐府》纪此词本事曰:"彦高北迁后,为故宫人赋此,时宇文叔通亦赋《念奴娇》先成,而颇近鄙俚,及见彦高此作,茫然自失。是后人有求作乐府者,叔通即批云:'吴郎近以乐府名天下,可往求之。'"

北地（应当是随徽、钦二帝一道被掳而来）的故宋宫人而作，就内容而言，有深刻的故国之思，艺术方面，则与宇文虚中词形成鲜明对照。照说宇文虚中的《念奴娇》写得也不错，但语意较直白。吴激此词上片连用陈后主《玉树后庭花》之典（同时暗用杜牧"隔江犹唱《后庭花》"语意）与刘禹锡《乌衣巷》"旧时王谢堂前燕，飞入寻常百姓家"句意，下片用白居易《琵琶行》"座中泣下谁最多，江州司马青衫湿"之意，表达共同的天涯沦落之痛，虽多用古人语，却能融化无迹，符合词的艺术特性，的确如刘祁所言："如彦高《人月圆》，半是古人句，其思致含蕴甚远，不露圭角，不犹胜于宇文自作者哉？"从对这首词及其他几首吴激词的评价来看，元好问是深刻理解词之妙谛的，他推许吴激为"国朝第一手"，也正是从其词有故国之思（吴激《春从天上来》同样也饱含故国之思）的角度着眼的。

二、蔡丞相松年："松年字伯坚，父靖，宋季守燕山，仕国朝为翰林学士。伯坚行台尚书省令史出身，官至尚书右丞相。镇阳别业有萧闲堂，自号萧闲老人，薨谥文简。百年以来，乐府推伯坚与吴彦高，号'吴、蔡体'，有集行于世。其一自序（按：当指蔡松年《大江东去》"离骚痛饮，问人生、佳处能消何物"之自序）云：'王夷甫神情高秀，宅心物外，为天下称首。言少无宦情，使其雅咏玄虚，不经世务，超然遂终其身，则亦何必减嵇、阮辈，而当衰世颓俗，力不可为之时，不能远引高蹈，颠危之祸，卒与晋俱，为千古名士之恨。又尝读《山阴诗引》（按：指王羲之《兰亭集序》），考其论古今感慨、事物之变，既言修短随化，期于共尽，而世殊事异，兴怀一致，则死生终始，物理之常，正当乘化归尽，何足深叹。乃区区列叙一时述作，刊纪岁月，岂逸少之清真简裁，亦未尽忘情于此耶？故因作歌并及之。'好问按：此歌以'《离骚》痛饮'为首句，公乐府中最得意者，读之则其生平自处，为可见矣。"①

蔡松年(1107—1159)，字伯坚，号萧闲老人，真定(今河北正定)人。宣和末，随父蔡靖守燕山府，兵败降金。天会年间，授真定府判官，尝随宗弼攻宋，累官至右丞相，封卫国公，正隆四年卒，谥文简。《金史》卷一二五有传，称其"文词清丽，尤工乐府"。元好问记载他的词与吴激齐名，并称为"吴、蔡体"，为金词之代表。又指出他最有名的词是《念奴娇》(作者自注：还都后，诸公见追和赤壁词，用韵者凡六人，亦复重赋)，词云：

> 离骚痛饮，笑人生佳处，能消何物。江左诸人成底事，空想岩岩青壁。五亩苍烟，一丘寒玉，岁晚忧风雪。西州扶病，至今悲感前杰。　　我梦卜筑萧闲，觉来岩桂，十里幽香发。块垒胸中冰与炭，一酌春风都灭。胜日神交，悠然得意，遗恨无毫发。古今同致，永和徒记年月。②

此词表面是恨王夷甫之流清谈误国，慕王羲之纵情山水，高蹈遗世，实际是对自己屈身事敌的悔恨，也是写难以言说的隐情，故能引起共鸣。清人况周颐《蕙风词话》云："自六朝已还，文章有南北派之分，乃至书法亦然。姑以词论，金源之于南宋，时代正同，疆域之不同，人事为之耳，风会曷与焉。如辛幼安先在北，何尝不可南。如吴彦高先在南，何尝不可北。顾细审其词，南与北确乎有辨，其故何耶？或谓《中州乐府》选政操之遗山，皆取其近己者。然

---

① 元好问《中州集》卷一，中华书局上海编辑所1959年版，第23页。
② 元好问《中州集》附《中州乐府》，中华书局上海编辑所1959年版，第540页。

如王拙轩、李庄靖、段氏遁庵、菊轩其词不入元选,而其格调气息,以视元选诸词,亦复如骖之靳,则又何说。南宋佳词能浑,至金源佳词近刚方。宋词深致能入骨,如清真、梦窗是;金词清劲能树骨,如萧闲、遁庵是。南人得江山之秀,北人以冰霜为清。南或失之绮靡,近于雕文刻镂之技;北或失之荒率,无解深裘大马之讥。……然而宋金之词之不同,固显而易见者也。"①分析较为透彻。

三、蔡太常圭:"圭字正甫,大丞相松年之子。七岁赋菊诗,语意惊人,日授数千言。天德三年进士,擢第后不赴选调,求未见书读之,其辨博为天下第一。……国初文士如宇文太学、蔡丞相、吴深州之等,不可不谓之豪杰之士,然皆宋儒,难以国朝文派论之,故断自正甫为正传之宗,党竹谿次之,礼部闲闲公又次之,自萧户部真卿倡此论,天下迄今无异议云。"②

其余还有"赵内翰可"、"冯临海子翼"、"刘龙山仲尹"、"刘记室迎"、"景覃"、"王先生予可",兹不一一具列。

第三种是《中州集》无小传者,共五人,摘其中两人的小传如下:

张太尉信甫

信甫名中孚,世为安定望族,初以父任知宁环镇戎三州。天会中,宋乱,渭帅刘锜遁走,诸将推信甫摄帅事。时左副元帅军已次宫池,信甫乃诣行营,约衣冠礼乐无变宋旧,则当送款,从之。即日事定,授镇洮军节度使兼泾原经略安抚使,改

---

① 况周颐《蕙风词话》卷三,唐圭璋《词话丛编》,中华书局1986年版,第4456页。
② 元好问《中州集》卷一,中华书局上海编辑所1959年版,第33页。

陕西诸路节度使。及地入于宋,信甫留临安。皇统中,理索北归,就拜行台兵部尚书。天德二年,参知政事。贞元初,新都城,迁尚书左丞,以病乞身,出为济南尹,改南京留守,未几薨。弟忠彦,字才甫,归国,授招抚使。世宗朝,终于吏部尚书。信甫昆弟天性友爱,起行阵间,而文雅俱有可称。信甫自号长谷老人。才甫季弟某义谷,有《三谷集》传于家。[1]

王玄佐

贤佐一字玄佐,名渝,咸平人。为人沉默寡欲,邃于《易》学,若有神授之,又通星历纬谶之学。明昌初,德行才能,召至京师,命以官,不拜,朝廷重其人,授信州教授。未几,自免去。再授博州教授,郡守以下皆师尊之。一日,守酒客,适中使至,中使漠然少年,重贤佐名,强之酒,守从旁救之曰:"王先生不茹荤酒,勿苦之也。"中使乃止。是夕,玄佐弃官遁归乡里。宣宗即位,闻其名,议驿召之,以道梗不果。车驾南渡,人有自咸平来者,说贤佐年六十余,起居如少壮人。宣宗重其人,常以字呼,遣王曼卿授辽东宣抚使,不拜,又诏宰相以书招之,云:"阻奉仙标,渴思道论,敬仰下风,瞻系何极。先生嘉遯林薮,脱屣浮荣,究大《易》之盈虚,洞玄象之终始,道尊德重,名动天朝,推其绪余,足利天下。然君子之道,出处语默,何常之有,或拂衣而长往,或濡迹以捄时。故当其无事,则采薇山阿,饵术岩岫,固其宜矣。及多难之际,社稷倾危而不顾,苍生倒悬而不解,其自为谋则善矣,仁人之心固如是乎?某等猥以不

---

[1] 元好问《中州集》附《中州乐府》,中华书局上海编辑所1959年版,第566页。

才,谬膺重任,四郊多垒,咎将谁执?徒积惭汗,坐视何益!日夜以思,庶几得明利害而外爵禄者,在天子左右,同济太平。今圣上明发不寐,轸念元元,屈己下贤,尊师重道,叹先生之绝识,仰先生之高风,虽黄帝尊广成之道,唐虞重颍阳之节,不是过也。先生怀宝遗世,如某辈之不肖,固在所弃,独不念累世祖宗之基业,亿兆生灵之性命,忍忘之耶?昔商岩四老,定储嗣而暂来;东山谢安,为苍生而一起。今安危大计,非特定储之势也;强敌侵逼,又非东晋之时也。生民涂炭,亦已极矣。岂先生建策于明昌之初,独无一言于贞祐之日乎?想先生幡然而改,惠然而来,审定大计,转危为安,然后披蕙幌,拂云扃,未为晚耳。敬听车音,某虽不肖,请拥彗而先之。"书达,竟不至,辽东破时,年九十余矣。[1]

另外三人是邓千江、完颜从郁、折元礼,兹不详论。

二、三部分小传的主要价值有以下几点:

第一,指出吴激、蔡松年之词在金朝前中期的重要成就、地位及"吴、蔡体"之得名,这实际上也是指明了金词的主要特点。

第二,《中州乐府》小传中评及传主乐府(词)成就者仅八人(见上第二类),除吴激、蔡松年外,评语皆很简单,这不能说明金词成就低,只能说明遗山对诸人乐府方面的成绩重视不够,故评论之语较简略。

第三,金代诗人对黄庭坚诗较熟悉,故刘仲尹小传云其乐府

---

[1] 元好问《中州集》附《中州乐府》,中华书局上海编辑所1959年版,第567—568页。

"参涪翁而得法者也",王予可小传:"乐府云:'唾尖绒舌淡红甜'。又自戏云:'欲下犁舌狱耶?'"用秀法师呵斥黄庭坚语,说明金人对黄庭坚其人其词十分了解。

第四,《中州乐府》对所录之词内容与艺术成就评价不多,且多与诗并提。如论赵可:"诗、乐府皆传于世";论刘仲尹:"诗、乐府俱有蕴藉",论景覃:"诗有功,乐府亦可传"。这主要是受北宋苏轼一派"以诗为词"观念的影响。

第五,邓千江、完颜从郁、张信甫、王玄佐、折元礼五人之小传,可补《金史》之缺,有重大史料价值,王玄佐传中所录宰相之书,是一篇文情并茂的"招隐士文",在金代文坛上是十分突出的。

《中州乐府》的学术价值如明人陆深(俨山)所云:"宋金分疆,程学行于南,苏学行于北,一时文献,未可谓无人。三百年来,完颜立国浅陋,故前为宋所掩,后为元所压,使豪杰无闻焉,甚可痛也。……夫遗山当有金哀宗之季,国步危促。宋知金仇之不可共,而忘豺狼之不可亲,惨祸交临。不幸生际其时与土者,为之臣妾,莫能奋飞,悲愤于邑之情,可想也。故其形之声韵,畅怀杯酒,系念君国,多可哀愍,采风者所不弃也。明妃、乌孙主、蔡琰之流,皆以婵娟不能自谋,远嫁胡沙,马上之乐,呻吟节拍,世皆怜而存之,矧是编乎!呜呼!《王风》、《国风》,由俗而变,江河之趋也。变至《桧》、《陈》,乱极思治矣。此仲尼删诗意也。"[1]毛凤韶《〈中州乐府〉后序》曰:"《中州乐府》作于金人吴彦高辈,虽当衰乱之极,今味其辞

---

[1] 彭汝实《近刻中州乐府叙》引,见《中州乐府》卷首,《彊村丛书》第1册,上海古籍出版社1989年影印本,第166—167页。

意,变而不移,悯而不困,婉而不迫,达而不放,正而不随,盖古诗之余响也。"①陆深所云宋、金分疆(当指从"靖康之变"至金亡),以苏轼为代表的"苏学",即所谓"文士之学"流行于北方(即金朝),以二程为代表的"程学"(即理学,南宋时朱熹对之作了较大发展,故世称程朱理学)流行于南方(即南宋统治区),说出了文化史上的重大关键,其后清人翁方纲、赵翼皆承此说而有所发展。如王士禛说:"南渡以后,程学盛于南,苏学盛于北,金、元之间,元裕之其职志也。"②翁方纲说:"当日程学盛于南,苏学盛于北,如蔡松年、赵秉文之属,盖皆苏氏之支流余裔。"③"有宋南渡以后,程学行于南,苏学行于北。"④赵翼说:"宋南渡后,北宋人著述,有流播在金源者,苏东坡、黄山谷最盛。南宋人诗文,则罕有传至中原者,疆域所限,固不能即时流通。……至南宋理学诗文诸名流,则流播于金源者甚少。"⑤用此观点来看《中州乐府》乃至金代词风,也是非常恰当的。《中州乐府》所收之词,多为慷慨豪壮之音,连词调也常袭用苏轼名作《念奴娇·赤壁怀古》、《水调歌头·中秋》诸作。清人厉鹗《论词绝句十二首》其八曰:"《中州乐府》鉴裁别,略仿苏、黄硬语为。若向词家论风雅,锦袍翻是让吴儿。"⑥厉鹗指出《中州乐府》之词风格近苏、黄硬语,十分精当。但他对此风是不满的,绝句的

---

① 彭汝实《近刻中州乐府叙》引,见《中州乐府》卷首,《疆村丛书》第1册,上海古籍出版社1989年影印本,第169页。
② 王士禛《带经堂诗话》卷四,人民文学出版社1982年版,第96页。
③ 翁方纲《石洲诗话》卷五,人民文学出版社1981年版,第153页。
④ 翁方纲《石洲诗话》卷五,人民文学出版社1981年版,第162页。
⑤ 赵翼《瓯北诗话》卷十二,人民文学出版社1981年版,第180—181页。
⑥ 吴熊和《唐宋词汇评·两宋卷》附"清人论词绝句",浙江教育出版社2004年版,第4391页。

末二句实翻元好问《自题中州集后五首》其一之案,元诗曰:"邺下曹、刘气尽豪,江东诸谢韵尤高。若从华实评诗品,未便吴侬得锦袍。""邺下曹、刘"指金源诗人,"江东诸谢"指南方诗人。末二句用武则天"夺袍以赐"的典故,《隋唐嘉话》卷下:"武后游龙门,命群官赋诗,先成者赏锦袍。左史东方虬既拜赐,坐未安,宋之问诗复成,文理兼美,左右莫不称善,乃就夺袍衣之。"①元好问的这首论诗绝句,从字面上看,似乎对南方与北方的诗风未加轩轾,实则暗寓南不如北之意。厉鹗此绝,则直接与遗山唱反调。厉鹗认为,就词而言,北实不如南。其实,两家的论断均未免绝对。清人贺裳《皱水轩词筌》曰:"元遗山集金人词为《中州乐府》,颇多深裘大马之风。"②清人沈雄《古今词话》卷下曰:"《中州乐府》曰:'宇文太学虚中、蔡丞相伯坚、蔡太常珪、党承旨怀英、赵尚书秉文、王内翰廷筠,其所制乐府,大旨不出苏、黄之外。要之直于宋而伤浅,质于元而少情也。'"③沈雄引用的这段话,已提及宋、金、元词之比较,但不见于今本《中州乐府》,显非元好问之论。经查,此乃明人王世贞之论,见其《艺苑卮言》卷四,文字有出入。这说明金词近苏、黄,为明清以来词家之共识。陆深过分强调《中州乐府》的亡国之音,变《风》之意,也不见得十分确切。元好问的《新轩乐府引》,颇能体现其词学观:"唐歌词多宫体,又皆极力为之。自东坡一出,情性之外,不知有文字,真有'一洗万古凡马空'气象。虽时作宫体,亦岂

---

① 刘䗥《隋唐嘉话》,《唐五代笔记小说大观》,上海古籍出版社 2000 年版,第 109 页。
② 贺裳《皱水轩词筌》,唐圭璋《词话丛编》,中华书局 1986 年版,第 703 页。
③ 沈雄《古今词话》,唐圭璋《词话丛编》,中华书局 1986 年版,第 787 页。

可以宫体概之。人有言:'乐府本不难作,从东坡放笔后便难作。'此殆以工拙论,非知坡者。所以然者,《诗三百》所载小夫贱妇幽忧无聊赖之语,时萃为外物感触,满心而发,肆口而成者尔。其初果欲被管弦,谐金石,经圣人手,以与六经并传乎?小夫贱妇且然,而谓东坡翰墨游戏,乃求与前人角胜负,误矣。自今观之,东坡圣处,非有意于文字之为工,不得不然之为工也。坡以来,山谷、晁无咎、陈去非、辛幼安诸公,俱以歌词取称,吟咏情性,留连光景,清壮顿挫,能起人妙思。亦有语意拙直,不自缘饰,因病成妍者,皆自坡发之。近岁,新轩张胜予亦东坡发之者欤。"[1]强调词以苏轼为正宗,黄庭坚、晁补之、陈与义、辛弃疾为苏轼之同道,代表着词的主流与发展方向。《中州乐府》选词,正是遵循这一宗旨。

《中州乐府》的作者绝大部分卒于金哀宗天兴元年(1232)之前,则其体例当是"不录存者",这说明其编纂的起始时间亦为金哀宗天兴二年(1233)。少数词人如完颜从郁、赵元卒年不可考,难以断定,但也不会晚于元好问;王浍卒于乃马真后二年(1243)前后,张中孚卒于宪宗五年(1255)之后,则此二人当系遗山后来增补;作者中仅李节(1219—1274),卒年晚于元好问,不符合《中州集》不录生者的体例。

当代学者对《中州乐府》关注不多,仅孔繁华、肖舟《一帙萃编见锦心——由〈中州乐府〉论元好问在金代词坛的地位》(载《徐州师范学院学报》1988年第4期)、赵维江《〈中州乐府〉的词史意识》(载《河北师范大学学报》1998年第3期)、赵永源《〈中州乐府〉的

---

[1] 元好问《新轩乐府引》,《遗山先生文集》卷三六,《四部丛刊》本。

文献与词学价值》(载《社会科学战线》1999年第2期)等文章较有价值,可以参看。

第二节 《绝妙好词》的词学要旨

《绝妙好词》为宋元之交著名词人周密(1232—1298)所编。该书编成当在至元二十八年(1291)前后[①],时已入元。所选内容为南宋词,起自张孝祥,终于仇远,共计一百三十二家,选词三百八十余首,共分七卷,可能并非全帙。黄虞稷《千顷堂书目》著录此书为八卷,而且,我们现在见到的第七卷存词人、词作数量过少,与前六卷不成比例,前人即怀疑此书已有残缺。清人朱彝尊《书绝妙好词后》云:"词人之作,自《草堂诗余》盛行,屏去激楚阳阿,而巴人之唱齐进矣。周公谨《绝妙好词》选本虽未全醇,然中多俊语,方诸《草堂》所录,雅俗殊分,顾流布者少。从虞山钱氏抄得,嘉善柯孝廉南陔重锓之,作者百三十有二人,第七卷仇仁近词残阙,目亦无存,可惜也。公谨自有《蘋洲渔笛谱》,其词足与陈衡仲、王圣与、张叔夏方驾。"[②]从前六卷入选词人看,第一卷二十八人,第二卷十三人,第三卷三十人,第四卷十一人,第五卷二十二人,第六卷二十四人,而第七卷仅存四人,显然不合常理。据朱彝尊所言,因目录已不存,无法知其详。《御选历代诗余》卷一一七、一一八曾引"草窗词评"若干条,吴熊和先生曰:"此书卷四施岳《步月·茉莉》词后,有

---

① 吴熊和《吴熊和词学论集·宋人选宋词十种跋》,杭州大学出版社1999年版,第125页。

② 朱彝尊《曝书亭集》卷四三,《四部丛刊》本。

周密评语一则,道光本复有周密论张炎'春水'、'孤雁'二词一则,《历代诗余》卷一一七、一一八,又数引《草窗词选》、《草窗词评》,论及黄铢、李清照等女词人,疑原书间有词评,卷八则兼录女流之词,此或为八卷本之原貌。"① 我们根据《词话丛编》所录《历代诗余·词评》(唐圭璋先生收入《词话丛编》时,更名为《历代词话》),共得周密论词之语四条:

《历代词话》卷七:

葛立方《卜算子》

葛立方《卜算子》词,用十八叠字,妙手无痕,堪与李清照《声声慢》并绝千古。本邑学道人,胸中乃有此奇特。其词云:"袅袅水芝红,脉脉蒹葭浦。淅淅西风澹澹烟,几点疏疏雨。　草草展杯觞,对此盈盈女。叶叶红衣当酒船,细细流霞举。"(《草窗词评》)

《历代词话》卷八:

陈亮《虞美人》

"东风荡漾轻云缕。时送潇潇雨。水边台榭燕新归,一点香泥湿带落花飞。　海棠糁径铺香绣。依旧成春瘦。黄昏庭院柳啼鸦,记得那人和月折梅花。"盖《虞美人》词也。陈龙川好谈天下大略,以气节自居,而词亦疏宕有致。(《周密词评》)

---

① 吴熊和《吴熊和词学论集·宋人选宋词十种跋》,杭州大学出版社1999年版,第125—126页。

黄铢《渔家傲》

朱晦翁示黄铢以欧阳永叔《鼓子词》,盖所以讽之也。铢赋《渔家傲》云:"永日离忧千万绪。霜舟远泛清漳浦。珍重故人寒夜雨。挥玉麈,沉沉画阁凝香雾。　风砌落花留不住。红蜂翠蝶闲飞舞。明日柳阴江上路。云起处,苍山万叠人归去。"(《草窗词选》)

张炎词

乐笑翁张炎词如"荒桥断浦,柳阴撑出渔舟小",赋春水入画。其咏孤雁云:"自顾影欲下寒塘,正沙净草枯,水平天远。写不成书,只寄得、相思一点。"如此等语,虽丹青难画矣。(《草窗词选》)[①]

据以上四则材料及周密《绝妙好词》分析,吴熊和先生的观点并不完全正确。其一,黄铢(1131—1199)是与朱熹、真德秀同时的隐士,并非女子,事迹见《宦游纪闻》。他是朱熹的同门友,相交早且厚,居又卜邻,其亡时,朱熹有文祭之(见《朱文公文集》卷八七)。黄铢有《谷城集》五卷,朱熹、真德秀为之序(分别见《朱文公文集》卷七六、《真文忠公文集》卷二八),今已失传。其二,《历代诗余》并未引周密评李清照词之语。其三,《绝妙好词》卷一选陈亮词一首,并非这首《虞美人》。其四,《绝妙好词》选词,大致以时代先后为序,葛立方(?—1164)卒于南宋前期,其词若入选,恐不应在第七、八卷。黄铢《渔家傲》、陈亮《虞美人》均见于黄昇《中兴以来绝妙词

---

① 以上四则引文见王奕清等《历代词话》,唐圭璋《词话丛编》,中华书局1986年版,第1232、1240、1242、1254页。

选》,有可能是吴先生误记,认为二词为周密《绝妙好词》所选。总之,《历代诗余》所引周密评语,无一条与今本《绝妙好词》所选词作相吻合,估计另有出处,恐怕难以作为该书有八卷之证据。《千顷堂书目》著录为八卷,或当别有所据。吴熊和先生推测第八卷间采女流,有可能,但无确证。

周密《绝妙好词》卷四施岳《步月·茉莉》词弁阳老人(案:即周密)原注云:"茉莉,岭表所产,古今咏者不甚多。文公曾咏二绝句,邹道乡亦曾题咏。此篇'小莲冰洁'之句,状茉莉最佳。此花四月开,直至桂花时尚有,玩芳味,古人用此花焙茶,故云。"[①]不仅牵涉到考证,还涉及鉴赏,故特为拈出。

此书命运多舛,刊行不久即已毁版。张炎《词源》卷下云:"近代词人用功者多,如《阳春白雪集》,如《绝妙词选》,亦自可观,但所取不精一,岂若周草窗所选《绝妙好词》之为精粹。惜此板不存,恐墨本亦有好事者藏之。"[②]《词源》刊行于元仁宗延祐四年(1317),距《绝妙好词》之刊行不过二三十年,其毁板如此之快,可能与宋元之际的时代大动乱有直接关系。元明两代,此书皆不见著录,清初有毛氏汲古阁、钱氏述古堂二抄本。毛本今归国家图书馆,有朱孝臧跋。钱本康熙、雍正时俱有刊本,查为仁、厉鹗《绝妙好词笺》即用此本。《笺》本为《绝妙好词》当今通行本,厉氏《绝妙好词笺序》论原选及笺之价值并二人合笺始末云:

《绝妙好词》七卷,南宋弁阳老人周密公谨所辑。宋人选

[①] 周密辑,查为仁、厉鹗笺《绝妙好词笺》,中华书局1957年版,第289—290页。
[②] 张炎《词源》,唐圭璋《词话丛编》,中华书局1986年版,第266页。

本朝词,如曾端伯《乐府雅词》、黄叔旸《花庵词选》,皆让其精粹,盖词家之准的也。所采多绍兴迄德祐间人,自二三巨公外,姓字多不著。夫士生隐约,不得树立功业,炳焕天壤,仅以词章垂称后世,而姓字犹在若灭若没间,无人为从故纸堆中抉剔出之,岂非一大恨事耶!津门查君莲坡,研精风雅,耽玩倚声,披阅之暇,随笔札记,辑有《诗余纪事》如干卷,于是编尤所留意,特为之笺,不独诸人里居出处,十得八九,而词中之本事、词外之佚事,以及名篇秀句、零珠碎金,捃拾无遗,俾读者展卷时,恍然如聆其笑语而共其游历也。予与莲坡有同好,向尝掇拾一二,每自矜创获。会以衣食奔走,不克卒业。及来津门,见莲坡所辑,颇有望洋之叹,并举以付之,次第增入焉。譬诸掇遗材以裨建章,投片琼以厕悬圃,其为用不已微乎?莲坡通怀集益,犹不忘所自,必欲附贱名于简端,辞不得已,因述其颠末如此云。乾隆戊辰闰七月七夕前三日钱塘厉鹗书于津门之古春小茨。①

乾隆戊辰为乾隆十三年,公元1748年。据王昶《蒲褐山房诗话》,厉鹗赴北京补选县令,道经天津,遂与查为仁"觞咏数月,同撰周密《绝妙好词》笺,遂不就选而归",足见厉氏对此事之痴迷。《四库全书总目》评《绝妙好词》云:"去取谨严,犹在曾慥《乐府雅词》、黄昇《花庵词选》之上。"评查、厉二人之《笺》云:"所笺多泛滥旁涉,不尽切于本词,未免有嗜博之弊。然宋词多不标题,读者每不详其事,如陆游之《瑞鹤仙》、韩元吉之《水龙吟》、辛弃疾之《祝英台近》、

---

① 厉鹗《绝妙好词笺序》,《绝妙好词笺》,中华书局1957年版,第17—18页。

尹焕之《唐多令》、杨恢之《二郎神》，非参以他书，得其源委，有不解为何语者。其疏通证明之功，亦有不可泯者矣。"①可谓实事求是，一分为二。

《绝妙好词》的价值体现在以下几个方面：

其一，辑佚与校勘价值。

此书对保存词学文献有很大贡献，诚如《四库全书总目·绝妙好词笺七卷提要》所云："宋人词集，今多不传，并作者姓名，亦不尽见于世，零玑碎玉，皆赖此以存，于词选中最为善本。"据笔者统计，完全依赖《绝妙好词》得以保存的词作有：俞灏一首、章良能一首、张履信一首、赵汝迕一首、姚镛一首、周晋三首、楼槃十一首、赵崇霄一首、陈第二首、翁元龙五首、赵希彭二首、赵溍二首、杨伯岩一首、李振祖一首、李演六首、张桂二首、赵与県二首、杨缵三首、吴大有一首、胡仲弓一首、薛梦桂四首、潘希白一首、李珏二首、钟过一首、郑楷一首、赵淇一首、张磐二首、曹良史一首、赵与仁五首、陈逢辰二首、史介翁一首、应法孙二首、王亿之一首、王茂孙二首、朱际孙一首、郑斗焕一首，共七十六首。同时，此书在元、明两代湮没无闻，必有与词人流行别集文字不同处，故足可与现存词集相校勘。

其二，可窥见词坛风气及周密选词标准。

南宋人选宋词现存有曾慥《乐府雅词》、何士信《草堂诗余》、黄昇《花庵词选》、赵闻礼《阳春白雪》等，周密《绝妙好词》后出，与诸家选词宗旨颇不相同。《乐府雅词》成书于绍兴十六年(1146)，所

---

① 永瑢等撰《四库全书总目》卷一九九，中华书局1997年版(整理本)，第2805页。

收皆宋人,又以北宋为主,其选录标准是倡雅反俗,曾慥《乐府雅词引》云:"涉谐谑则去之,名曰《乐府雅词》。"且认为欧阳修的某些艳词,是"当时小人或作艳曲,谬为公词,今悉删除",① 又不选柳永、二晏、秦观诸人词。《绝妙好词》的选词标准与《乐府雅词》较为接近,周密对曾慥的词学观有所继承。黄昇的《花庵词选》唐宋词皆选,以苏轼、辛弃疾一派为主,与周密观点不同。《草堂诗余》选词较杂,所选俗词较多,故朱彝尊《书绝妙好词后》云:"周公谨《绝妙好词》选本虽未全醇,然中多俊语。方诸《草堂》所录,雅俗殊分。"② 《阳春白雪·正集》多选工丽雅正之作,观其书名可知,周密所选与之相近;《外集》则录张元幹、辛弃疾、刘过等慷慨悲凉之作,与周密所选不同。周密选《绝妙好词》的基本主旨是清丽雅正,清人焦循《雕菰楼词话》云:"周密《绝妙好词》所选,皆同于己者,一味轻柔润腻而已。"③ 周密的词风,如前人所评:"公谨敲金戛玉,嚼雪盥花,新妙无与为匹"(周济《介存斋论词杂著》);"草窗镂冰刻楮,精妙绝伦"(周济《宋四家词选目录序论》);"草窗词尽洗靡曼,独标清丽,有韶倩之色,有绵渺之思,与梦窗旨趣相侔。二窗并称,允矣无忝。其于律亦极严谨"(戈载《宋七家词选》)。故其选词,不选以柳永词为代表的俚俗之作。南宋人王灼《碧鸡漫志》卷二评柳永词"浅近卑俗",又专列"滑稽无赖"一派,以北宋人张山人、孔三传、王齐叟、曹组、张衮臣诸人为代表,并云:"其后祖述者益众,嫚戏污

---

① 唐圭璋等校点《唐宋人选唐宋词》,上海古籍出版社 2004 年版,第 295 页。
② 朱彝尊《书绝妙好词后》,施蛰存《词籍序跋萃编》,中国社会科学出版社 1994 年版,第 683 页。
③ 焦循《雕菰楼词话》,唐圭璋《词话丛编》,中华书局 1986 年版,第 1494 页。

贱,古所未有。"①当指南宋初年的情况。周密对此类词一概摒弃。草窗又不选侧艳之作,《绝妙好词》所选诸词,虽不离女性与爱情,但多含蓄雅丽,并无较露骨的艳词。

草窗对南宋豪放词人的态度尤其值得注意,一是对张孝祥、辛弃疾、刘过、刘克庄等选词不多,二是不选他们那些慷慨悲凉之作。如张孝祥《六州歌头》(长淮望断)、辛弃疾《水龙吟·登建康赏心亭》(楚天千里清秋)、《鹧鸪天》(壮岁旌旗拥万夫)、《水调歌头》(落日塞尘起)、《永遇乐·京口北固亭怀古》(千古江山)等,皆被舍弃;所选如张孝祥之《念奴娇·过洞庭》(洞庭青草)、辛弃疾之《摸鱼儿》(更能消几番风雨),多为蕴含较丰富、抒情较委婉、思想较深刻之作。草窗所重视的,多为南宋雅正婉丽之作。如此书选姜夔十三首、史达祖十首、高观国九首、吴文英十六首、周密二十二首、王沂孙十首,宋代存词最多的辛弃疾只选二首,的确多选"同于己者",且以自己的词作入选最多,所选作品大都婉丽雅正,这反映了他本人的审美趣味。不过,周密选词眼光也不太狭窄,如清人宋翔凤《乐府余论》所云:"南宋词人系情旧京,凡言归路,言家山,言故国,皆恨中原隔绝,此周公谨氏《绝妙好词》所由选也。"②说明此选本与周密作《武林旧事》等书的想法大致相同。

其三,对张炎《词源》、陆辅之《词旨》的影响。

张炎《词源》一方面称《绝妙好词》为"近代"最优秀的选本,另一方面又说"惜此板不存,恐墨本亦有好事者藏之",好像张炎手边

---

① 王灼《碧鸡漫志》,唐圭璋《词话丛编》,中华书局1986年版,第84页。
② 宋翔凤《乐府余论》,唐圭璋《词话丛编》,中华书局1986年版,第2502页。

连此书的墨本也没有,其实不然。如果对张炎《词源》、陆辅之《词旨》细加研读,不难看出,张、陆二人均应拥有(或先后拥有)《绝妙好词》,且二人均深受其影响。

张炎论词,标举"清空"、"骚雅",与《绝妙好词》的选词宗旨接近。《词源》卷下所举南宋词人之词共二十首,其中有十五首见于《绝妙好词》,即史达祖《绮罗香·春雨》(做冷欺花)、《喜迁莺·元宵》(月波凝滴)、《东风第一枝·春雪》(巧剪兰心)、《双双燕·咏燕》(过春社了),吴文英《八声甘州·登灵岩陪庾幕诸公》(渺空烟四远)、《声声慢·闰重九饮郭园》(檀栾金碧)、《唐多令》(何处合成愁),姜夔《暗香》(旧时月色)、《疏影》(苔枝缀玉)、《扬州慢》(淮左名都)、《一萼红》(古城阴)、《淡黄柳》(空城晓角)、《齐天乐·蟋蟀》(庾郎先自吟愁赋),陆淞《瑞鹤仙》(脸露红印枕),辛弃疾《祝英台近》(宝钗分)等。如果不是张炎手中有《绝妙好词》,是绝不会如此巧合的。周密是张炎的父执,炎父名枢,号寄闲,《词源》卷下《音谱》云:"先人(按:即张炎之父张枢)晓畅音律,有《寄闲集》,旁缀音谱,刊行于世。"[①]张枢家建有"吟台",词友们常唱和其间,周密《瑞鹤仙·序》云:"寄闲结吟台,出花柳半空间,远迎双塔,下瞰六桥,标之曰'湖山绘幅'。霞翁(按:指杨缵)领客落成之。初筵,翁俾余赋词,主宾皆赏音。酒方行,寄闲出家姬侑尊,所歌则余所赋也。调闲婉而辞甚习,若素能之者。坐客惊诧敏妙,为之尽醉。越日过之,则已大书刻之危栋间矣。"李彭老《壶中天》,陈允平《木兰花慢》,周密《露华》、《采绿吟》、《清平乐》、《水龙吟》诸词,都提及张枢

---

① 张炎《词源》,唐圭璋《词话丛编》,中华书局1986年版,第256页。

之"吟台"或"吟社",足见一时之盛。① 张炎年轻时,常在其父左右,得闻父辈词友高论,张炎《词源》卷下《序》曰:"余疏陋谫才,昔在先人侍侧,闻杨守斋、毛敏仲、徐南溪诸公商榷音律,尝知绪余,故生平好为词章。用功逾四十年,未见其进。"②张炎"自称得声律之学于守斋杨公(按:即杨缵)、南溪徐公(按:即徐理,字德玉,号南溪,绍兴萧山人,年二十九,登宝祐四年进士,为杨缵知音)"。③ 张炎《词源》后附杨缵《作词五要》,以表明自己的词学渊源。《词源》卷下《杂论》云:"近代杨守斋精于琴,故深知音律。有《圈法周美成词》。与之游者,周草窗、施梅川、徐雪江、奚秋崖、李商隐,每一聚首,必分题赋曲;但守斋持律甚严,一字不苟作,遂有《作词五要》。观此,则词欲协音,未易言也。"④张枢亦当在"分题赋曲"的诸人之中,周密词集中有多首与张枢往还之作。周密长张炎十六岁,二人多有交往,张炎有数首词赠周密,如《疏影》(柳黄未结)小序云"余于辛卯岁北归,与西湖诸友夜酌,因有感于旧游,寄周草窗";《祝英台近》(水痕深)小序云"与周草窗话旧";《甘州》(记天风)小序云"饯草窗归";《一萼红》(制荷衣)小序云"弁阳翁新居,堂名志雅,词名《蘋洲渔笛谱》";《思佳客》(梦里蘴腾说梦华)小序云"题周草窗《武林旧事》"等。张炎又有《西江月》词,实为题《绝妙好词》者,当成于周书成书之日。小序曰:"《绝妙好词》,乃周草窗所集也。"词

---

① 这段内容,参阅了杨海明先生《张炎词研究》第一章的有关论述。该书为齐鲁书社 1989 年版。
② 张炎《词源》,唐圭璋《词话丛编》,中华书局 1986 年版,第 255 页。
③ 陆文圭《词源跋》,唐圭璋《词话丛编》,中华书局 1986 年版,第 268 页。
④ 张炎《词源》,唐圭璋《词话丛编》,中华书局 1986 年版,第 267 页。

曰:"花气烘人尚暖,珠光出海犹寒。如今贺老见应难。解道江南肠断。　　谩掣铜壶浩叹,空存锦瑟谁弹。庄生蝴蝶梦春还。帘外一声莺唤。"张炎作为主雅正、讲音律的杨缵之传人,从本派著名词选《绝妙好词》中汲取营养,作为立论之依据,是很正常的事情。

元人陆辅之曾从张炎学词,其《词旨》云:"周清真之典丽、姜白石之骚雅、史梅溪之句法、吴梦窗之字面,取四家之所长,去四家之所短,此翁(按:谓乐笑翁,指张炎)之要诀。"[1]《词旨》自序又云:"予从乐笑翁游,深得奥旨制度之法,因从其言,命韶暂作《词旨》,语近而明,法简而要,俾初学易于入室云。"[2]则《词旨》之作,直接受命于张炎,不妨视作对《词源》的阐释之作。《词旨》与《绝妙好词》的血缘也非常近,据笔者统计,《词旨·属对》凡三十八则,其中十四则所引原词已失传,剩下的二十四则中有九则见于《绝妙好词》,再除去个别北宋词人如田为,已经达至40%左右,这个比率是相当高的。《词旨·词眼》凡二十六则,除有四则所引原词已佚,其余二十二则有十三则见于《绝妙好词》,故《词眼》见于《绝妙好词》的比率已超过50%。最能说明问题的是《词旨·警句》,该部分共收警句九十二则,除去一则所引原词已佚之外,可考的九十一则中,竟有六十九则见于《绝妙好词》,比率高达75%左右;如果加上卷七的残缺部分、卷八的亡佚部分,这个比率将高达80%以上。宋词多达两万首,《绝妙好词》仅收词不到四百首,《词旨·警句》基

---

[1] 陆辅之《词旨》,唐圭璋《词话丛编》,中华书局1986年版,第301—302页。
[2] 陆辅之《词旨》,唐圭璋《词话丛编》,中华书局1986年版,第301页。

本上在《绝妙好词》范围内,这可以确切无疑地表明二书之间血缘关系极近。《词旨》所选词例,当以《绝妙好词》为主而略有旁涉,加上张炎的《山中白云词》而成。可见《绝妙好词》对宋元之际"风雅派"词论产生过重要影响,此点向无人拈出,故特加说明,以引起同好的关注。

清人黄虞稷《千顷堂书目》著录《绝妙好词》为八卷,今本均为七卷;且一至六卷入选词人多则三十家(卷三),少则十三家(卷四),而卷七则仅存四家,最末者仇远仅收词四首,很可能有残缺。因原书目录可能置于书末,后一并失传,故今天无法窥见其原貌。朱彝尊《书〈绝妙好词〉后》曰:"第七卷仇仁近残缺,目亦无存,可惜也。"清人江昱《论词十八首》之十七曰:"别裁伪体亲风雅,毕竟花庵逊草窗。何日千金求旧本,一时秀句入新腔。"自注云:"弁阳选词,今止七卷,且有讹阙,意非原本。"[①]与朱氏所见相同。

第三节 《精选名儒草堂诗余》的入选对象及主旨

《精选名儒草堂诗余》,又名《元草堂诗余》、《续草堂诗余》,元凤林书院辑,故亦有称《凤林书院草堂诗余》者。凤林书院为元书坊名称,该书不著编者姓氏。此书有元凤林书院三卷本,吴昌绶据以摹刻入《仁和吴氏双照楼景刊宋金元明本词》,又有明崇祯十二

---

① 吴熊和《唐宋词汇评·两宋卷》附录之"清人论词绝句",浙江教育出版社2004年版,第4397页。

年(1639)钞本和清嘉庆十六年(1811)秦恩复刻本。现存共三卷，收录六十三位词人的二百零三首词作。

《草堂诗余》为南宋人何士信辑，选唐、五代、宋词三百六十七首，以宋词为主，是宋元之间流行的唐宋词选本。据明人杨慎《草堂诗余序》："宋人选填词曰《草堂诗余》，其曰《草堂》者，太白诗名《草堂集》——见郑樵书目。太白本蜀人，而草堂在蜀，怀故国之意也。曰诗余者，《忆秦娥》、《菩萨蛮》二首为诗之余，而百代辞曲之祖也。"[1] 顾名思义，《元草堂诗余》显然是以继承宋《草堂诗余》自命的。

《元草堂诗余》得到后人高度评价，其声誉高于宋《草堂诗余》。《四库全书总目》卷一九九《类编草堂诗余四卷提要》论述宋《草堂诗余》在清人心目中的地位曰："朱彝尊作《词综》，称《草堂》选词，可谓无目，[2] 其诟之甚至。今观所录，虽未免杂而不纯，不及《花间》诸集之精善，然利钝互陈，瑕瑜不掩，名章俊句，亦错出其间，一概诋排，亦未为公论。"[3] 与此形成鲜明对照的是，清人谭献《复堂词话》将赵闻礼《阳春白雪》、周密《绝妙好词》与《元草堂诗余》相提并论，极为推崇："阅《乐府雅词》、《阳春白雪》，赵立之去取有意，似胜曾慥。与四水潜夫《绝妙好词》比肩鼎足者，其《凤林书院》（按：指《凤林书院草堂诗余》）乎？"《元草堂诗余》在清代的传播者对此

---

[1] 杨慎《草堂诗余序》，施蛰存《词籍序跋萃编》，中国社会科学出版社1994年版，第665页。

[2] 按：朱彝尊《词综·凡例》曰："填词最雅无过石帚，《草堂诗余》不登其只字，见胡浩《立春吉席》之作，蜜殊（按：即僧仲殊，苏轼之友）《咏桂》之章，亟收卷中，可谓无目者也。"

[3] 《四库全书总目》，中华书局1997年版（整理本），第2804页。

书评价颇高,厉鹗《元草堂诗余跋》曰:

> 元《凤林书院草堂诗余》三卷,无名氏选,至元、大德间诸人所作,皆南宋遗民也。词多凄恻伤感,不忘故国,而于卷首冠以刘藏春、许鲁斋二家,厥有深意。至其采撷精妙,无一语凡近。弁阳老人《绝妙好词》而外,渺焉寡匹。余于此二种,心所爱玩,无时离手。每当会意,辄欲作碧落空歌、清湘瑶瑟之想。①

严长明、秦恩复二跋与厉鹗观点亦相近,秦恩复曰:"《凤林书院名儒草堂诗余》三卷,虽录于元代,犹是南宋遗民,寄托遥深,而音节激楚,故厉太鸿比诸清湘瑶瑟,与弁阳所选,并称不朽。信乎标放言之致,则怆怏而难怀;寄独往之思,又郁伊而易感也。"②近人陈匪石《声执》对此书的评价颇具只眼,兹征引如下:

> 《元草堂诗余》三卷。秦恩复以《读画斋丛书》本用厉樊榭手校本校刊,并录樊榭四跋。樊榭之治是书,借钞吴尺凫藏本,以朱竹垞钞本及元刊本校勘,又以《翰墨大全》及《天下同文集》辑补,可谓勤矣。樊榭谓其采撷精妙,无一语凡近,《绝妙好词》外,渺焉寡匹。盖辑者名虽不传,而必为元代一大作手,且渐染南宋之风。其辑为是书,则别有深意在。上卷十四人、六十二首,中卷二十五人、六十八首。下卷二十四人、七十

---

① 厉鹗《元草堂诗余跋》,施蛰存《词籍序跋萃编》,中国社会科学出版社1994年版,第696页。
② 秦恩复《元草堂诗余跋》,施蛰存《词籍序跋萃编》,中国社会科学出版社1994年版,第698页。

三首,其确为元人者,只刘藏春、许鲁斋两家,余皆南宋遗民;其词皆樊榭所谓"凄恻伤感、不忘故国"者。是名虽属元,实乃南宋余韵,盖草窗、碧山、玉田、山村之所倡导。如张翥、张雨、邵亨贞等,皆属此派,在元代词学,为南方之一流别,与北人平博疏快者迥乎不同。而所录之人又多无别集,实可继《绝妙好词》之后,于南宋为补遗。彊村《宋词三百首》列入彭元逊、姚云文,即据此也。元人又有《天下同文集》,其四十八至五十卷为词,二十余首。然卢挚以外,皆与此同。[①]

陈匪石除了介绍此书的版本源流外,还认为它所代表的南方词风,与北方不同,这是很有见地的。

对于此书,前修时贤研究得尚不够透彻。笔者认为,要充分认识此书之价值,关键要弄清以下两个问题:一是它的入选对象及主旨,二是它所昭示的基本艺术规范。

自从厉鹗《元草堂诗余跋》出现之后,人们多承其说,认为此书所选作者皆南宋遗民,陈匪石指出仅刘秉忠(藏春散人)、许衡(鲁斋)两家为元人,余皆南宋遗民。况周颐《蕙风词话》卷三《詹天游词》条云:"《凤林书院草堂诗余》,无名氏选至元、大德间诸人所作(天游词录九首),并皆南宋遗民,词多凄恻伤感,不忘故国,而于卷首冠以刘藏春、许鲁斋二家,以文丞相(按:即文天祥)、邓中斋(按:即邓剡)、刘须溪(按:即刘辰翁)三公继之,若故为之畦町。"[②]今人

---

① 陈匪石《宋词举》附录,钟振振校点本《宋词举》,金陵书画社1983年版,第158—159页。

② 屈兴国《蕙风词话辑注》,江西人民出版社2000年版,第138页。

屈兴国分析其原因曰:"按无名氏选《凤林书院草堂诗余》,皆南宋遗民词作。多凄恻伤感,不忘故国。而卷首冠以刘藏春(刘秉忠)、许鲁斋(许衡)二家,二家并当时显宦,入选似与选旨相左。其实,避席畏闻文字狱,正利用其保护色,以避免元统治者的威棱震慑,又有利于此一词集之流传。此即樊榭山民《元草堂诗余跋》中所云'深意'。至如蕙风所云:'刘、许之后,即以信国文公继之,不啻为之揭橥诸人何如人者。'犹在其次。而詹玉《齐天乐》词,正见其当时顾忌甚深,于有所不敢之中,存其微旨的良苦用心。"①屈说值得商榷。刘秉忠、许衡确为元朝显宦,文天祥、邓剡、刘辰翁皆为抗元志士,这都没错;但说此书以刘秉忠、许衡词置于卷首,有"保护色"之意则未必。此书编者对政治忌讳恐怕考虑得并不太多,否则,像文天祥《沁园春·至元间留燕山作》、邓剡《满江红·和王昭仪题驿》等有明显"反元"色彩的词作就不会入选,或许当时选者所处的政治环境较为宽松也未可知。

自厉氏之跋出,学者多为其所限,认定除了刘、许之外,作者均为南宋遗民,而不暇深考,其实并非如此。如紧接刘辰翁的杨果(西庵)(1197—1271),为祁州蒲阳(今河北安国)人,金正大元年(1224)进士,是一位由金入元的文人;杜仁杰(善夫)(约1201—约1284),字仲梁,号止轩,济南长清人,也是一位由金入元的文人,他入元后屡征不起,是一位金朝遗民。况周颐论及的詹玉(天游)生卒年不详,词如《齐天乐·赠童瓮天兵后归杭》,丁绍仪《听秋声馆词话》卷九评为有"沧桑之慨";况周颐《蕙风词话》卷三云:"当时顾

---

① 屈兴国《蕙风词话辑注》,江西人民出版社2000年版,第139页。

忌甚深,是书于有所不敢之中,仅能存其微旨,度亦几经审慎而后出之。天游词歇拍云:'如此湖山,忍教人更说。'看似平淡,却含有无限悲凉。"吴梅《词学通论》评此词及詹玉其人曰:"其故国之思,时流露于笔墨间,盖亦由宋入元者矣。"① 叶申芗《本事词》卷下:"詹天游,南宋遗民。尝于古卫乘舟,其柂工告以此舟曾载钱塘宫人赴北者。詹为感赋《三姝媚》云。"② 况周颐《蕙风词话》卷三评詹玉《一萼红》云:"'闲著江湖尽宽,谁肯渔蓑。'忠愤至情,流溢行间句里。"③ 足见詹词确有故国之思。但入元后,詹玉追随奸臣桑哥,至元间历任翰林应奉、集贤学士,至元二十九年(1292)为直臣崔彧劾罢。《元史·崔彧传》曰:"(彧)又奏:'江西詹玉,始以妖术致位集贤,当桑哥持国,遣其搭核江西学粮,贪酷暴横,学校大废。近与臣言:撒里蛮、答失蛮传旨,以江南有谋叛者,俾乘传往鞠,明日,访知为秃速忽、香山欺罔奏遣。玉在京师,犹敢诳诞如此,宜亟追还讯问。'帝曰:'此恶人也,遣之往者,朕未尝知之,亟禽以来。'"④ 詹玉人品不佳姑且不论,他已不能算作宋朝遗民则无疑矣。且据此可知,詹玉至少活到至元二十九年。滕宾,字玉霄,黄冈人,或云睢阳人。顾嗣立《元诗选》三集丙集:"(滕宾)至大间,任翰林学士,出为江西儒学提举。后弃家入天台为道士。"⑤ 他在至大(1308—1311)间为学官,此时距宋亡已四十余载,应视为元人。王弈清《历

---

① 吴梅《词学通论》,复旦大学出版社 2005 年版,第 100 页。
② 叶申芗《本事词》,唐圭璋《词话丛编》,中华书局 1986 年版,第 2370 页。
③ 况周颐《蕙风词话》,唐圭璋《词话丛编》,中华书局 1986 年版,第 4469 页。
④ 《元史》卷一七三,清乾隆武英殿本。
⑤ 顾嗣立《元诗选》,文渊阁《四库全书》本。

代词话》卷九引《太平清话》:"元士大夫以乐府名者,奇巧莫如关汉卿、庾吉甫、杨淡斋、卢疏斋,豪爽则有冯海粟、滕玉霄,蕴藉则有贯酸斋、马昂夫。"①亦以滕宾为元人。马昂夫,小注云:"大行畏吾儿。"当为蒙古姓氏,显然不是汉人,更不可能是宋遗民。据考证,薛昂夫名超吾,字昂夫,号九皋、畏吾儿(即今维吾尔族)人,汉姓马,又称马昂夫,《元草堂诗余》误作司马昂夫。元人王德渊有《薛昂夫诗集序》,言昂夫仕于金元,为刘辰翁弟子。罗忼烈先生《两小山斋论文集》有《维吾尔兄弟民族的两位元曲家——贯云石和薛昂夫》②一文,对薛昂夫有较为深入的研究。罗先生推测薛昂夫约生于至元十年(1273),约卒于至正五年(1345),曾长期在元朝中央和地方任职,因此他绝非宋朝遗民。彭元逊,字巽吾,庐陵人。景定二年(1261)解试,与刘辰翁唱和,又曾与刘将孙唱和,其人当已入元,仕履俟考。曹通甫,名居一,又号听翁,自称南湖散人,太原人。金末登进士第,仕元为行台员外郎,本非宋人。高信卿,名永,渔阳(今天津蓟县)人。游李纯甫门,累举不第,正大(金哀宗年号,1224—1231)末,卒于汴京,年四十六,亦非宋人。谢醉庵生平无考。以上是上卷词人的大致情况,约有三分之二不是南宋遗民。

中、下卷中可确认为南宋遗民的仅有王梦应与危复之。王梦应,字圣与,湖南攸县人。宋末进士,任庐陵县尉。元兵入江西后,曾多次率众抗击,直到宋亡,其众死散,母妻儿皆殁,惟存一身,《宋

---

① 王奕清《历代词话》,唐圭璋《词话丛编》,中华书局1986年版,第1297页。
② 载罗忼烈《两小山斋论文集》,中华书局1982年版。

季忠义录》有传。危复之,字见心,江西临川人,宋末太学生。元初,郭昂屡荐为儒学提举,不就。后以币征之,皆不起,隐于紫霞山以终,师友私谥曰贞白先生,《宋季忠义录》有传。其余诸人的具体生平仕履为:罗志仁,字寿可,号壶秋,江西庐陵人,入元授天长书院山长。又如姚云文虽为宋咸淳四年(1268)进士,但后来仕元,授承直郎、抚建两路儒学提举。赵文曾从文天祥抗元,入元后,为东湖书院山长,清江儒学教授。赵文之弟赵功可亦曾仕元为学官,且与詹玉唱和。这几位虽然在元朝仅为学官,但严格说来已不能算作宋遗民。另如刘辰翁之子刘将孙,宋亡时年仅二十三岁,曾仕元为延平教官、临江书院山长,当作元人为是。况周颐《蕙风词话》卷三认为朱祖谋《彊村丛书》(第一次印本)将刘将孙列在元人不妥,应入宋人范围,其根据即为厉鹗《元草堂诗余跋》之"南宋遗民"说。此说并不见得高明,屈兴国已有辨证。屈兴国《蕙风词话辑注》卷三"刘将孙《养吾斋诗余》"条按语云:"蕙风坚持刘将孙《养吾斋诗余》缃属《须溪词》后,固无不当。今唐师圭璋编《全宋词》即已收录入集。其实,即下侪元人,亦无不可。其词虽'无只字涉宸迹',且'不忘故国',然将孙生活于宋仅二十三年,大都行实在元初,词作亦有所反映,彊村收入所刻词,亦非勉强。"[①]其余诸人生平均无考,唐圭璋先生一概收入《全宋词》,其根据仍是厉鹗之跋,其实这些人属宋属元,殊难断定。如宋远与滕宾、刘将孙、周景、萧烈等人曾以杜甫诗"重与细论文"句分韵赋诗,而滕、刘属元人,另三人似亦为元人。又如彭履道,咸淳元年(1265)进士,后仕于元。这一批

---

① 屈兴国《蕙风词话辑注》,江西人民出版社2000年版,第137页。

词人之作多数仅见于《元草堂诗余》，其生平尚待深入考证，在缺少证据的情况下，不宜仅据厉氏之跋，将他们简单地归入南宋遗民行列。李琳为宋咸淳十年（1274）进士，此后行实无考。杨樵云、刘应雄、王学文、曾隶、黄水村、姜个翁、鞠华翁、彭芳远、戴山隐、李裕翁、龙端是、萧东父（不应是千岩老人萧德藻）、颜子俞、王从叔、吴元可、李太古、黄子行、龙紫蓬、萧允之、萧汉杰、段融章、黄霁宇、刘贵翁、王鼎翁、刘天迪、张半湖、刘景翔、周伯阳、尹公远、李天骥（字嗣任，小名尹孙，小字田僧，潼川府通泉县人，长于赋，登宝祐四年四甲第六十八名进士。见《宝祐四年登科录》一四二，或即其人）、刘应几、周孚先、尹济翁、彭泰翁、曾允元诸人生平事迹皆无考，词作亦仅见于《元草堂诗余》，属宋属元，仍须继续研究。

综上所述，此书的作者并非如厉鹗所说的"皆南宋遗民"，那么，其词是否"多凄恻伤感，不忘故国"呢？这亦应联系全书来看。

自南宋以来，词中多有寄托，确为事实。清人好以比兴说词，这样做对理解词作深入一层的含义颇有好处，但也往往导致求之过深，失之穿凿附会。《精选名儒草堂诗余》之词，确有"不忘故国"者，如文天祥《沁园春·至元间留燕山作》（为子死孝）、邓剡《满江红·和王昭仪题驿》（王母仙桃亲曾醉）、刘辰翁《兰陵王·丙子送春》（送春去）、《宝鼎现·丁酉正月》（红妆春骑）、詹玉《霓裳中序第一》（一规古蟾魄）、《汉宫春·题西山玉隆宫》（吟发萧萧）、《三姝媚曲·古卫舟人谓此舟曾载钱塘宫人》（一篷儿别苦）、《齐天乐·赠童瓮天兵后归杭》（相逢唤醒京华梦）等。《蕙风词话》卷三论詹玉词曰："天游它词，如《满江红·咏牡丹》云：'何须怪、年华都谢，更为谁容。衔尽吴花成鹿苑，人间不恨雨和风。便一枝，流落到人家,清泪红。'(按:此实为彭元逊词,蕙风偶误记)《一萼红》云:'闲著江湖尽宽,谁肯渔蓑。'忠愤至情,流溢行间句里。《三姝媚》云:'如此江山,应悔却、西湖歌舞。'则尤慨乎言之。"[1]另如高信卿《大江东去·滕王阁》(闲登高阁)、罗志仁《金人捧露盘·丙午钱塘》(湿苔青)、《霓裳中序第一·四圣观》(来鸿又去燕)、《风流子·泛湖》(歌咽翠眉)、《扬州慢》(危榭摧红)、《虞美人·净慈尼》(君王曾惜如花面)、姚云文《摸鱼儿·艮岳》(渺人间)、《紫萸香慢》(近重阳偏多风雨)、《齐天乐》(柳花引过横塘路)、赵文《瑞鹤仙·刘氏园西湖柳》(绿杨深似雨)、《八声甘州·和孔瞻怀信国公韵因念亦周弟》(是去年)、《塞翁吟·黄园感事》(又海棠开后)、李琳《木兰花慢·汴京》(蕊珠仙驭远)、王学文《摸鱼儿·送汪水云之湘》(记当年舞衫零乱)、赵功可《声声慢·残梦和儿韵》(情痴倦极)、《绮寮怨·和儿韵》(忽忽东风又老)、彭履道《凤凰台上忆吹箫·秦淮夜月》(劝客新楼)、《兰陵王·渭城朝雨》(章台路)、王鼎翁《沁园春》(又是年时)、刘天迪《一萼红·夜闻南妇哭北夫》(拥孤衾)、刘应几《忆旧游·闻雁》(记铜驼载酒)、彭泰翁《拜星月·祠壁宫姬控弦可念》(雾冒瓠稜)等。况周颐《蕙风词话》卷三引厉鹗、秦恩复之说而发挥之,他对《凤林书院名儒草堂诗余》及段宏章《洞仙歌·咏荼蘼》词的评价,尤能见出有"故国之思"之类词的特点:

> 《凤林书院名儒草堂诗余》虽录于元代,犹是南宋遗民。寄托遥深,音节激楚,厉太鸿比诸清湘瑶瑟。秦敦夫所云:"标放言之致,则怆怏而难怀;寄独往之思,又郁伊而易感也。"段

---

[1] 屈兴国《蕙风词话辑注》,江西人民出版社2000年版,第138页。

宏章《洞仙歌·咏荼蘼》云:"一庭晴雪,了东风孤注。睡起浓香占窗户。对翠蛟盘雨,白凤迎风,知谁见、愁与飞红流处。

想飞琼弄玉,共驾苍烟,欲向人间挽春住。清泪满檀心,如此江山,都付与、斜阳杜宇。是曾约梅花带春来,又自趁梨花,送春归去。"起调以前人"开到荼蘼花事了"诗意,为故国铜驼之感。"睡起"句言南宋湖山歌舞皆在睡梦中,即南唐史(原误作"宋")虚白所谓"风雨揭却屋,浑家醉未知"也。"翠蛟"、"白凤",是留梦炎一辈;"飞琼弄玉",是信国公及其以次诸贤。"清泪满檀心",新亭之泪也。歇拍云云,不挥返日之戈,翻落下井之石,为新朝而推刃故国者,方自诩为识时豪杰。哀莫大于心死,读先生此词,犹有天良触发否乎?词能为悱恻,而不能为激昂。盖当是时,南宋无复中兴之望。余生薇蕨,歌啸都非,我安适归,忍与终古。安得"琼楼玉宇",无恙高寒,又安得尺寸干净土,着我铁拨铜琶,唱"大江东去"耶! [①]

况氏对段宏章《沁园春·咏荼蘼》词的"故国之思"做了详尽的分析,但这首词是否能如此坐实解释,仍须进一步研究。《精选名儒草堂诗余》中有"故国之思"的作品略如上述,数量的确不少,但也不可一概而论。书中如刘秉忠《木兰花慢·混一后赋》(望乾坤浩荡)、赵功可《八声甘州·燕山雪花》(渺平沙莽莽海风吹)、颜奎《醉太平·寿须溪》(茶边水经)等皆为歌颂元朝之作。其余大部分词题材相当广泛,或写闺情,或写相思,或咏物,或咏山水,或咏文人情趣,不可以"故国之思"概括之。要皆清丽婉约之作,绝少慷慨

---

① 屈兴国《蕙风词话辑注》,江西人民出版社2000年版,第150—151页。

豪放、侧艳、俚俗之什,清人认为选者为元代一巨手,是很有可能的。

《精选名儒草堂诗余》入选作品,据书中所记甲子,有刘辰翁《兰陵王·丙子送春》,丙子为1276年,刘辰翁《宝鼎现·丁酉正月》,丁酉为1297年(刘辰翁本年卒),罗志仁《金人捧露盘·丙午钱塘》,丙午为1306年,可知此书成于1306年之后,清人以为此书是至元、大德间作,大致近是。

此书选者艺术眼光颇高,绝少选入庸劣之作,况周颐《蕙风词话》卷三对《精选名儒草堂诗余》词的艺术技巧多有评论,可以参看。中华书局所编的《文史》第十二辑有马群《〈名儒草堂诗余〉探索》一文,[1]该文对《精选名儒草堂诗余》的版本、词人生平做了很有价值的研究,但对《精选名儒草堂诗余》内容的评价却不够准确。文中指出:"凤林书院体的江西词派的主要特点是以思想内容为重,不拘于声律,风格比较粗犷,不事雕琢,和《乐府补题》中的格律派词异途殊趣,而近于苏辛一派词的风格。""《名儒草堂诗余》则反映了宋遗民爱国情感比较强烈的另一方面,可说是……苏辛一派词风的继承和发展。"难免有以偏概全之嫌。

从南宋《草堂诗余》到《精选名儒草堂诗余》,再到明人张綖《草堂诗余别录》、陈钟秀改编何士信《草堂诗余》而成的《精选名贤词话草堂诗余》、顾从敬《类编草堂诗余》、吴从先《草堂诗余隽》、沈际飞《古香岑草堂诗余四集》、长湖外史《续草堂诗余》,已形成"草堂"系列,其承传关系值得研究。《精选名儒草堂诗余》与江西词人或

---

[1] 载《文史》第十二辑,中华书局1981年版。

江西词派的关系,也值得研究,已有学者对此进行了探讨。如刘荣平《〈名儒草堂诗余〉刍议》一文统计指出:"是书共选录62人203首词,其中江西籍词人有40余人。占籍庐陵(今江西吉安)的词人有文天祥、刘辰翁、赵文、刘将孙、赵宋安、王从叔、刘贵翁、李天骥、尹济翁,共9人;占籍禾川(今江西永新)的词人有彭元逊、颜奎、吴元可、段宏章,共4人;占籍涂川(今江西南昌)的词人有罗志仁、杨樵云、宋远、萧烈,共4人;占籍西昌(今江西泰和)的词人有刘应雄、刘天迪、周孚先、曾允元,共4人;占籍安城(今江西福安)的词人有刘景翔、刘应几、彭泰翁,共3人;占籍吉水(今吉安附近)的词人有鞠华翁、萧汉杰,共2人。另占籍仅见一位词人不具录。考虑到有12人籍贯不明,他们之中当有庐陵人,因此可以说,该书是一部以庐陵人为多数的江西词人群的作品集。即使占籍非江西的词人,他们之中也有流寓江西者,其与江西词人酬唱的作品自然也被选入该书之中。"[1]故刘荣平认为该书是一部具有浓厚地域色彩的词选。许春燕《从〈名儒草堂诗余〉看江西词派》一文研究认为,《名儒草堂诗余》"集中作品既继承了辛派词人慷慨悲烈、豪宕恢宏的气度,又延续了南宋末年词人善用咏物的方式传递内心情绪的手法,表情极为深挚。宋元时期特殊的社会状况赋予了词集鲜明的政治指向性和浓郁的地域风格,由此得以另立江西一派"。[2]

---

[1] 刘荣平《〈名儒草堂诗余〉刍议》,《中国典籍与文化》2003年第3期,第32页。
[2] 许春燕《从〈名儒草堂诗余〉看江西词派》,《南昌大学学报》2004年第4期,第114页。

第四节 金元时期其他词学选本

金元时期的词选除了上三节所述之外,传世者尚有《乐府补题》、《天下同文集》、《圭塘欸乃》、《宋旧宫人诗词》、《明昌词人雅制》、《鸣鹤余音》、《天机余锦》等数种,今分别简论之。

一、《乐府补题》

《乐府补题》一卷,是宋遗民的咏物词集,共收作者十四人,即王沂孙、周密、王易简、冯应瑞、唐艺孙、吕同老、李彭老、李居仁、陈恕可、唐珏、赵汝钠、张炎、仇远,另有佚名者一人。所收词作共五题三十七首,即《天香·宛委山房拟赋龙涎香》八首、《水龙吟·浮翠山房拟赋白莲》十首、《摸鱼儿·紫云山房拟赋莼》五首、《齐天乐·余闲书院拟赋蝉》十首、《桂枝香·天柱山房拟赋蟹》四首。此书元明两代未见流传,清代复现后,在词学界引起极大反响,京师形成"后补题"唱和热潮,词风为之一变。清人多认为此组词有寄托,其实并不确切。本书将在后文予以专门讨论,此处从略。

二、《天下同文集》

《天下同文集》为元人周南瑞编著的诗词总集,《续文献通考·经籍考》说周南瑞"里贯无考",王鸣盛《蛾术编》则说周为庐陵人。原书甲集五十卷,前四十七卷为诗,后三卷为词,有元大德刊本、明汲古阁钞本、吴昌绶双照楼本、《彊村丛书》本等。《彊村丛书》本《天下同文》所附简短跋语云:"铁琴铜剑楼藏书目录《天下同文》一卷，不著编辑姓氏，所录元人词卢挚、姚云、王梦应、颜奎、罗志可、詹玉、李琳七人，见《文渊阁书目》，亦毛氏钞本，卷末有汲古主人毛子晋氏'毛晋之印'诸朱记。"此书后三卷仅收卢挚、姚云、王梦应、颜奎、罗志仁、詹玉、李琳等七人词作二十九首，除卢挚外，其余六人之词均据《元草堂诗余》抄录，故价值不大。朱祖谋《天下同文跋》曰："右《天下同文》词一卷，汲古阁钞本，殆从《天下同文前甲集》裁篇别出也。往岁录自罟里瞿氏，寄吴伯宛京师。伯宛依式付印，并补卢疏斋四词于后，偶取《元草堂诗余》校其同异如右。所疑者，《元草堂》未收之词，厉樊榭据《天下同文》辑入者，其字句亦参差耳。曹君直言：闻之周季贶，《天下同文》传写本有歧出。然则樊榭所据，未知视瞿氏本为何如。"①按伯宛即近人吴昌绶，吴氏《天下同文跋》云："今岁彊村侍郎从瞿氏假录《天下同文》见寄，疑为未足，顷授经大理购获鄞徐柳泉家所藏述古堂旧钞《天下同文前甲集》五十卷，乃知卢疏斋词在四十八卷，姚江村以下为四十九，罗壶秋以下为五十。寥寥七家，分占三卷，实无缺遗。自来总集，篇帙省缩，殆无过于此者。汲古裁篇别出意，或汇入所编元人词中。唯第四卷歌颂类尚有疏斋祝圣乐章四首，毛钞未及，今补录于后。疏斋词世无别本，余皆见凤林书院《元草堂诗余》，其未入选者，亦经樊榭辑补，特不知是周南瑞编，遂以作序之刘将孙当之。又字句多误，藉此订正。其词只二十九首，而篇篇可诵。元人旧帙，洵足珍异。"②吴昌绶对此选本的编者进行了考辨，认为是周瑞南而不是

---

① 朱祖谋《彊村丛书》，上海古籍出版社1989年影印本，第323页。
② 朱祖谋《彊村丛书》，上海古籍出版社1989年影印本，第319—320页。

为之作序的刘将孙,吴氏还认为此书所选精当,值得注意。曹元忠《景元钞本天下同文集跋》则对其与《元草堂诗余》的文字异同做了校勘,亦有助于了解此书:"壬寅岁暮,予客金陵译局,前辈半唐侍御亦寓头道高井,过从甚乐,尝欲假敝藏《天下同文集》、《翰墨全书》,尽刻其所存宋元人词,惜甲辰之秋,半唐客死吾吴,有志而未逮也。今年七月,吾友吴君印臣以新刊汲古阁景元钞本《天下同文集》词属校,而敝藏未携行箧,谨就向所校凤林书院本《草堂诗余》者,录于卷后。如王圣与《疏影》云'叫堕冰屋角'作'垂冰',又'落梅万点苔根'作'苔痕','但玉香酥影玲珑'作'疏影',《醉太平》云'蒸溪酒春'作'芝溪';颜子俞《归平遥》云'梦华知凤昔'作'如凤昔',《浣溪纱》云'玉笙才过画楼西'作'小楼西',《忆秦娥》云'怕霜黄竹生新愁'作'冥濛一片生新愁',又'听吹短气'作'听弹江上','无秋'作'悲秋',《大酺》云'唱乍荼䕷'作'古荼䕷',又'记画扇题诗'作'画卷','送无路'作'归路';罗壶秋《扬州慢》云'梦户停砧'作'绣户','化碧旧愁何处'作'试问旧愁','铁坝凄凉'作'铁岭';李梅溪《木兰花》云'怅碧灭烟销'作'烟绡','红凋露粉'作'雾粉','只青山淡淡夕阳明'作'深淡';皆敝藏本与汲古阁本互有出入者。至汲古阁本壶秋罗志可,当作罗志仁。志仁,江西人,《山房随笔》称江西罗壶秋。刺留中斋诗云:'啮雪苏郎受苦辛,庾公老作北朝臣。当年龙首黄扉客,犹是衡门一样人。'《铁珊瑚网》又载赵松雪《水村图》诗:'长爱秦郎绝妙词,荒凉暗合辋川诗。斜阳万点寒鸦处,流水孤村又一奇。'末云:'丙午清明,罗志仁题。'则志仁亦宋遗民也。印臣表章词学,亦如半唐。异日倘取《翰墨全书》之词而并刻之,非唯慰半唐之灵,抑亦宋元词家所低首下拜也已。"[1]曹元忠的校语,对重新整理《全金元词》有一定帮助,《天下同文集》一书的价值亦由此可见。其实,近人整理元代词,已经开始利用《天下同文集》,如刘毓盘辑卢挚《疏斋词》即用徐氏述古堂原钞《天下同文前甲集》作为依据,并云:全书"五十卷,《疏斋词》七首为第四十八卷。其第四卷歌颂类有疏斋祝圣乐章四首,然后知毛氏所谓裁篇别出,汇编为宋元人词,或出于子晋所辑也"。联系原书并综合以上诸篇序跋所言,《天下同文集》值得注意的有下列几点:

首先,此书除了卢挚的作品之外,实为《元草堂诗余》的再选本。所选作品虽然不多,但几乎"篇篇可诵",其中卢挚、姚云、王梦应、颜奎等人的作品主要表现文人高洁的怀抱与清幽的情趣,罗志仁、詹玉、李琳等人的作品则重在反映故国之思与亡国之痛,的确都是佳作,那些俚俗侧艳之作并未入选,说明选者还是很有眼光的。

其次,此书有重要的辑佚价值。卢挚之词全赖此书以存,《天下同文集》卷四八存卢挚词十一首,吴昌绶又从《天下同文集》中辑录四首卢挚词,[2]故卢词现存之面貌大致可见。

其三,此书有较大的校勘价值。此点曹元忠《景元钞本天下同文集跋》已说得很清楚,兹不赘述,故本书有助于《全金元词》的修订。

最后,此书的选者是周南瑞而非刘将孙,后人往往将此事弄错,如刘毓盘《辑校江村词跋》(按:江村即姚云,初名云文)曰:"元

---

[1] 见《笺经堂遗集》,据施蛰存《词籍序跋萃编》,中国社会科学出版社 1994 年 12 月版,第 701—702 页。

[2] 据朱祖谋《彊村丛书》,上海古籍出版社 1989 年影印本。

凤林书院本《名儒草堂诗余》曰：'云文又号古筠,有《江村词》。'刘将孙《天下同文集》所述同。"又其《辑校虚寮词跋》(按:虚寮即彭元逊)亦将《天下同文集》归于刘将孙名下。其实刘将孙《天下同文集序》说得非常清楚:"唐刘梦得叙柳子厚之集曰:'文章与时高下,政庞而土裂,三光五岳之气分,太音不完,故必混一而后振。'作者概以为知言。予独尝谓梦得之辞,则高矣、美矣,以其时考之,则未也。唐之盛时,在贞观、开元间,其时称欧、虞、褚、薛,最后称燕许大手笔,今其文可睹也。至贞元、元和来,以韩、柳著比至德为盛,而去混一之初,则有间矣。才未必皆福,福亦何必其才。因使人思《易》所谓吉人辞寡者,其福未易量也。此则所谓时也。吾取以叙安成周南瑞所刻《天下同文集》甚宜。呜呼！文章岂独可以观气运,亦可以论人物。予每读汉初论议、盛唐词章,及东京诸老文字,三千年间,混一盛时,仅此耳。彼乍合暂聚者,其萎弱散碎,固不得与于斯也。然此盛时作者,如浑河厚岳,不假风月为状；如偃松曲柏,不与花卉争妍。风气开而文采盛,文采极而光景消。梦得之言之也,不自知其盛者已及于极也。方今文治方张,混一之盛,又开辟所未尝有,唐盖不足为盛。缙绅先生创自为家,述各为体,功德编摩,与《诗》、《书》相表里,下逮衢谣,亦各有烝民立极之学问。南瑞此编,又得之巨公大笔,选精刻妙,则观于此者,岂可以寻行数墨之心胸耳目为足以领此哉！自《文选》来,唐称《文粹》,宋称《文鉴》,皆类萃成书。他日考一代文章者,当于此取焉。"[1]此文评元代诗文,显然有过誉之嫌,但确切无疑地告诉我们,《天下同文集》

---

[1] 李修生主编《全元文》第20册,江苏古籍出版社2000年版,第148页。

的编者是周南瑞,刘将孙是作序者。刘序强调国家之盛与文治之盛(包括诗词繁荣)成正比,其重心则是借唐代之盛喻指元代政治文化之盛。本书在论述《精选名儒草堂诗余》时,认为刘将孙已属元人,此文之语气亦可提供有力的证据。另外,刘将孙《序》将《天下同文集》与《唐文粹》、《宋文鉴》相提并论,显然褒扬过当。

三、《圭塘欸乃》

《圭塘欸乃》,元人许有孚编,是许有壬、许有孚兄弟及其子许桢与客马熙唱和之作,共六十四首。圭塘为许有孚别业,在相城西二里,有孚曾作《圭塘十二咏》,欧阳玄为作《圭塘记》。有孚字可行,官太常;许桢字元干;马熙字明初,左卫率府教授。书前有至元十年周伯琦序。台湾"中央图书馆"有旧钞本,卷首有曹溶印,吴绣谷、黄丕烈、鲍廷博诸家题记。周泳先《唐宋金元词钩沉》有辑本。此书算不上严格意义上的词选。

四、《宋旧宫人诗词》

《宋旧宫人诗词》见《知不足斋丛书》本汪元量《湖山类稿》附录,收故宋宫人王清惠等十七人送汪元量归宋的诗词。其中诗十四首,词三首,孔凡礼《增订湖山类稿》又辑得《望江南》词九首、《霜天晓角》词一首,题为《宋旧宫人赠汪水云南还词》。这些词出自被掳至北国的故宋宫人之手,极哀婉缠绵之致,读之催人泪下。此书原稿的真伪历来是有争议的,可以参阅程亦军《宋旧宫人诗词真伪考》[①]、

---

① 载《文学遗产》1984 年第 2 期。

钟振振先生《本事词考辨(三)》(王清惠《满江红·太液芙蓉》)[①]与《王清惠〈满江红·太液芙蓉〉词赏析》[②]等文章,孔凡礼《增订湖山类稿》认为亡宋旧宫人诗词"有后代加工痕迹"。[③]

五、《明昌词人雅制》

《明昌词人雅制》,饶宗颐先生《词集考》定为赵秉文编,云:"明昌,金章宗年号。《元儒考略》云:'赵周臣曾取党承旨同时诸家诗词以传,曰《明昌词人雅制》,世人多称之。'秉文,字周臣,自号闲闲,滏阳人。大定二十五年进士,累官礼部尚书,著有《滏水集》,卒年七十四。事迹具《中州集》、《金史》一一〇。"饶先生为一代词学宗师,于此处却百密一疏,难免失误。考元好问《中州乐府》王硐小传云:"硐字逸宾,先世家临洺,至逸宾遂为汴梁人。博学能文,不就科举,孝友天至,非其食不食,家无甔石之储,宴如也。明昌中,故相马吉甫惠迪判开封,举逸宾、王彦功、游宗之德行才能。逸宾得鹿邑主簿,就乞致仕,彦功以亲老调巩州教官,宗之让不受。三人者,虽出处不齐,而时人皆以高士目之。闲闲赵公尝集党承旨、赵黄山、路司谏、刘之昂、尹无忌、周德卿与逸宾七人诗刻木以传,目为《明昌辞人雅制》云。"[④]显而易见,《明昌辞人雅制》是诗选而非词选。《元儒考略》误读"辞"为"词",又未暇翻检《中州乐府》,因而致误。饶宗颐先生误信之,故有此千虑一失。当然此失亦不自

---

① 载《江海学刊》1992 年第 4 期。
② 载《文史知识》1992 年第 2 期。
③ 见孔凡礼《增订湖山类稿》前言,中华书局 1984 年版。
④ 朱祖谋《彊村丛书》,上海古籍出版社 1989 年影印本,第 227—228 页。

饶先生始,清人已有此误。沈雄《古今词话》下卷即云:"《元儒考略》曰:金源文派不过诗词家耳,赵周臣尝集党承旨、路司谏、赵黄山、刘之昂、尹无忌、王逸宾、周德卿七人,目为《明昌词人雅制》,刻木以传。"王弈清等《历代词话》卷九亦沿此误,其《明昌词人》条云:"金源文派不过诗词家耳,赵周臣尝集党承旨、路司谏、赵黄山、刘之昂、尹无忌、王逸宾、周德卿七人,目为《明昌词人雅制》,刻木以传。"下注出处云:"《元儒考略》"。王弈清此节文字,当抄自沈雄,以讹传讹。

六、《鸣鹤余音》

《鸣鹤余音》,元人彭致中编,所收为从唐代至元代的道家词。赵尊岳《词籍提要》介绍此书颇详,兹征引如下:

> 此为道家所撰词总集。《四库》著录八卷,《道藏》本九卷;盖第九卷均歌谣而非韵令,故传录者或为删乙也。题仙游山道士彭致中辑。凡作者三十六家,女仙二家,九卷合五百零八首;多为仙真缁素,黄冠羽客,未可深考。所言或主习静,或主戒炼,金丹大诀,不易证悟。至词调亦多创见,如《拾菜娘》、《上升花》之类,想出道家举唱之遗。间有南北曲小令数首,则元时词代曲兴,一时风会所使然。全书既不分调相叙,又不以作者相隶,编次凌杂,且多误字未经改正者,亦有忘书词调仅列词题者,有仍沿旧名而调律迥异者,非细为校勘,无自知之也。

> 《道藏》本无目录,卷一凡四十六首:吕纯阳《解红》、《吴音子》、《无愁可解》、《无俗念》各一首,三子真人《解红》一首,丘

长春《黑漆弩》、《月中仙》各一首,冯尊师《春从天上来》三首、《解红》一首,马丹阳《二郎神慢》一首,盘山真人《金人捧露盘》、《甘露滴乔松》各一首,宋披云《雨霖铃》二首,冯尊师《玩瑶台》、《瑶台第一层》咏茶各一首,《瑶台月》二首,郝太古《无俗念》三首,丘长春《无俗念》三首、《满庭芳》一首,皇甫真人《酹江月》一首,虚靖真君《水调歌头》三首,马丹阳《孤鸾》一首,王重阳《集贤宾》一首,丘长春《齐天乐》、《永遇乐》各二首,牛真人《宣静三台》一首,白玉蟾《念奴娇》、《咏武夷》、《咏白莲》各一首,丘长春《万年春》、《逍遥乐》各一首,白玉蟾《珍珠帘》、《酴醾香》各一首,丘长春《望蓬莱》、《四块玉》各一首。

卷二凡五十首:冯尊师《苏武慢》二十首,冯尊师《满江红》六首,云阳子《满江红》四首,丘长春《江南好》春、夏、秋、冬各一首,刘铁冠《月上海棠》三首、《山亭柳》一首。

卷三凡五十四首:王重阳《满庭芳》一首,马丹阳《满庭芳》二首,三子真人《满庭芳》一首,马丹阳《满庭芳》十三首,白玉蟾《满庭芳》十二首,辛天君《满庭芳·武当降笔》三首,吕洞宾《沁园春》十七首,冯尊师《沁园春》二首,《烛影摇红》、《临江仙》各一首,吕洞宾《莺啼序》一首。(按:《莺啼序》与律调不符,或系别调,或有阙失。)

卷四凡五十七首:马丹阳《苏幕遮》三首,朗然子《苏幕遮》二首,《生查子》、《解冤结》各一首,《喜迁莺》、《爇香心》(即《行香子》)、《昭君怨》、《霜天晓角》各二首,《促拍满路花》、《蓦山溪》各一首,《浪淘沙》三首,《永遇乐》一首,牛真人《跨金鸾》、《踏莎行》(喝马)、《一枝花》、《探春令》各一首,马丹阳《黄鹤洞仙》一首、《如梦令》（误作"无梦令"）二首,《柳梢青》、《一剪梅》、《醉桃源》各一首,马丹阳《女冠子》、《玉交枝》、《归朝欢》各一首,王重阳《六幺令》一首,陈益之《贺新凉》（脱半首）一首,王通叟《红芍药》一首,王重阳《宣靖三台》（化丹阳）一首,谭真人《太常引》三首,《青玉案》二首,《贺圣朝》、《解佩令》、《粉蝶儿》、《武陵春》各一首,丘长春《拾菜娘》（即《瑞鹧鸪》）、《二郎神》、《青梅引》、《玉蝴蝶》、《玉液泉》各一首,马丹阳《浪淘沙》（炼丹砂）一首,桓真人《点绛唇》二首,丘长春《点绛唇》一首。

卷五凡四十五首:钟离《满路花》一首,吕洞宾《江神子》、《曲江秋》各一首,丘长春《梅花引》一首,吴真人《上升花》一首,吕洞宾《步蟾宫》一首,丘长春《双燕》一首,三子真人《无愁可解》、《木兰花慢》、《自乐》各一首,《上平西》二首,《凤栖梧》六首,《南乡子》、《虞美人》、《枕屏子》各一首,孙仙姑、《卜算子》一首,丘长春《喜迁莺》八首,《水龙吟》六首,《瑞鹤仙》、《斗鹌鹑》各一首,丘长春《梦游仙》一首,《锦堂春》三首,马丹阳《神光粲》二首,王重阳《蜀葵花》一首。

卷六凡十九首:何仙姑《八声甘州》二首、《踏雪行》（应作"踏莎行"）一首,《柳梢青》二首,《梅花引》六首,三子真人《绣停针》一首,《贺圣朝》二首,《行香子》四首,杨真人《辊金丸》五首,马丹阳《两只雁儿》五首,范真人《步步娇》、《挂金索》各十首,马丹阳《挂金索》五首,孙仙姑《绣薄媚》十三首,《梧叶儿调》十一首,《满庭芳》一首。

卷七凡十七首:披云真人《风入松》十九首,《金字经》（即《荷叶杯》）九首,《迎仙客》二十五首,《遍地锦》十八首,吕洞宾《梧桐树》、《步步高》各五首,《南乡子》十二首,《一寸金》二首。

卷八凡七十五首:不注撰人名氏《西江月》二十九首,《永遇乐》、《渔家傲》各四首,《促拍满路花》六首,《江神子》、《春从何处来》、《玉抱肚》、《水调歌头》、《沁园春》、《苏幕遮》、《解佩令》、《雁儿落》、《得胜令》、《甜水令》各一首,《折桂令》四首,《雁儿落》、《得胜令》、《甜水令》各三首,钟离、吕洞宾、蓝采和、徐神翁、张果老、曹国舅、李岳、韩湘子《水仙子》各一首,纯阳真人《百字令图》一首,朗然子、刘真人诗九首,附皇统元年三月二日,方壶知足居士跋刘真诗一则。

卷九凡二十五首:马丹阳《太空歌》、冯尊师《悟道歌》、吕洞宾《证道歌》、景阳《得道歌》、三子真人《心地赋》、冯尊师《八义禅赋》、《识心识意赋》、《清闲赋》、冯尊师《全真赋》、宋仁宗《尊道赋》、无名氏《祖庭记》、赵真人《升堂文》、冯尊师《升堂文》、秦真人《升堂文》、无名氏《茶文》各一首,披云道人《七真禅赞》七首并叙,《逍遥吟》一首,白玉蟾《堂规榜》、《清闲跋》各一首。

致中道士,不详其事实。斯集辑入《道藏·太玄部》随字一二三四五号,凡五卷。传世有《道藏》本,十四年甲子二月涵芬楼影印本,前有虞集序。至传钞本则藏家亦间有之,惟未易得征耳。

元人金天瑞又仅集冯尊师《苏武慢》二十首,虞集《苏武慢》十二首,《无俗念》一首,亦称《鸣鹤余音》,或附见虞《道园集》后,无单行传刊,则非足本矣。尝于江宁邓氏群碧楼藏《道园集》得读之。①

可见,《鸣鹤余音》是唐代至元代道士词的选集,辑录者为元人仙游山道士彭致中。此书成书的原因,与虞集追和冯尊师词有关。虞集《鸣鹤余音序》说得很清楚:"会稽冯尊师本燕赵书生,游汴,遇异人,得仙学。所赋歌曲,高洁雄畅,最传者《苏武慢》二十篇;前十篇道遗世之乐,后十篇论修仙之事。会稽费无隐独善歌之,闻之者有凌云之思,无复流连光景者矣。予山居每登高望远,则与无隐歌而和之。无隐曰:'公当为更作十篇。'居两年,得两篇半,殊未快意也。昭阳协洽之年,嘉平之月,长儿同之官罗浮,予与清江赵伯友、临川黄观我、陈可立、吴文明、平阳李平、幼子翁归泛舟送之。水涸,转鄱阳湖,上豫章,遇风雪,十五六日不能达。三百里清夜秉烛坐,高唱二三夕,得七篇半。每一篇成,无隐辄歌之。冯尊师天外有闻,必能乘风为我一来耶?明年舟中又得一篇,并《无俗念》二首。后三年仙游山道士彭致中采集古今仙真歌词,并而刻之,与瓢笠高明,共一笑之乐也。道园道人虞集伯生叙。"②虞集在此文中已自纪作年。"昭阳协洽之年"指农历癸未年。昭阳为岁时名,是十干中癸的别称,用于纪年。《尔雅·释天》:"(太岁)在癸曰昭阳。"协洽是未年的别称。《尔雅·释天》:"(太岁)在未曰协洽。""嘉平之月"指腊月。《史记·秦始皇本纪》:"三十一年十二月,更名腊曰嘉平。"按虞集(1272—1348)生平考之,此年当为元至正三

---

① 据龙榆生主编《词学季刊》第三卷第一号引,开明书店1936年印行,第41—43页。
② 据龙榆生主编《词学季刊》第三卷第一号引,开明书店1936年印行,第44页。

年(1343)。据虞集所叙,冯尊师先有《苏武慢》二十首,引起费无隐和虞集的兴趣。费无隐建议虞集也作十篇,虞集先作了两篇半,并不满意。后来在癸未年,与友人一道泛舟送长子官罗浮,因水涸、遇风雪,间阻十五六日,得七篇半,始凑成十篇。次年,又作一篇,且作《无俗念》二篇。三年之后,即元至正七年(1347),彭致中将古今道士之词(当然包括冯尊师与虞集之词)汇刻成《鸣鹤余音》。由虞集之叙可见《鸣鹤余音》的成书年份及此书的收录范围。而《道藏》本《鸣鹤余音》未收虞集词,其原因自然是虞集不是道教中人。至于《道园集》后所附的《鸣鹤余音》,应当是金天瑞根据虞集《叙》编成的。金天瑞《跋》云:"右《苏武慢》三十二首,《无俗念》一首,全真冯尊师、道园虞先生所共作也。昔刊《道园遗稿》,而先生所作已附于篇,然其所谓冯尊师最传者廿篇,世莫全睹。今复并类编次,以刻诸梓;庶方外高人,便于通览。惟先生道学文章著天下,冯尊师仙证异论,超迥卓绝,其自有《洞源集》行于世,可考见云。至正二十四年,岁次甲寅秋八月二日癸巳,渤海金天瑞谨识。"[1]金氏所编《鸣鹤余音》可视为彭致中原选的节编本。

《四库全书总目》卷二〇〇《集部词曲类存目·鸣鹤余音提要》云:"旧本题仙游山道士彭致中编。不详时代,采辑唐以来羽流所著诗余,至元而止。朱存理《野航存稿》有此书跋,疑为明初人也。所录多方外之言,不以文字工拙论,而寄托幽旷,亦时有可观。"[2]四库馆臣似乎未见到虞集《叙》与金天瑞《跋》,故误以为"不详时

---

[1] 据龙榆生主编《词学季刊》第三卷第一号引,开明书店1936年印行,第44页。
[2] 《四库全书总目》,中华书局1997年版(整理本),第2817—2818页。

代"、"疑为明初人"云云,但他们对此书内容的认识还是比较准确的。研究此书的有关材料,对校补《全金元词》有一定意义。近人吴昌绶《道园乐府跋》云:"道园乐府无专集,散见《学古录》及《遗稿》,合抄之得十有八首,原附《鸣鹤余音》,乃道园与全真冯尊师所作《苏武慢》、《无俗念》诸词。按《鸣鹤余音》八卷,仙游山道士彭致中编。《四库存目》未详年代。以朱存理《野航存稿》有跋,疑为明初人。据道园自记,则致中实元人也。……丰顺丁氏持静斋有旧钞全帙。此至正间金天瑞录附道园稿后,即沿其名。凌云翰《柘轩词》所和标题正同。"又跋曰:"丁未冬,来京师假授经所藏南词本对校。南词中道园作第十二全阙,冯尊师作十二、十三有阙文,误联为一。此本则十七、十八阙百数十字。两本互补,各成完璧。南词脱误固多,然藉以证佐,复加勘定,略皆可读。"[①]《鸣鹤余音》的校勘价值由此可见。

又如《全金元词》冯尊师小传仅云:"冯尊师《苏武慢》二十首,虞集曾有和词。"今据虞集《叙》,即可知冯尊师本为燕赵书生,得知其籍贯与原来的身份,并且知道其"成仙"的经过,对知人论世有所帮助。今举二词如下,以见《鸣鹤余音》所选道家词之一斑:

冯尊师《苏武慢》其一

饭了从容,消闲杖策,野望有何凭仗。帆归远浦,鹭立汀洲,千树好花微放。芳草池塘,锦江楼阁,隐隐云埋青幛。向东郊、极目天涯,不见故人惆怅。　　归去也,翠麓崎岖,林峦掩映,消遣晚来情况。幽禽巧语,弱柳摇金,绿影小桥清响。

---

① 虞集《道园乐府》,朱祖谋《彊村丛书》第 8 册,第 6465—6466 页。

挥扫龙蛇,领略风光,陶写丹青吟唱。这云山好景,物外烟霞,几人能访。

虞集《苏武慢》其五

放棹沧浪,落霞残照,聊倚岸回山转。乘雁双凫,断芦漂苇,身在画图秋晚。雨送滩声,风摇烛影,深夜尚披吟卷。算离情,何必天涯,咫尺路遥人远。　　空自笑,洛下书生,襄阳耆旧,梦底几时曾见。老矣浮丘,赋诗明月,千仞碧天长剑。雪霁琼楼,春生瑶席,容我故山高宴。待鸡鸣、日出罗浮,飞渡海波清浅。

从这两首词来看,《四库提要》"寄托幽旷"的评价是很恰当的。

七、《天机余锦》

《天机余锦》四卷,清初黄虞稷《千顷堂书目》和钱大昕《补元史艺文志》都著录为元人之书,赵万里《校辑宋金元词》认为是"元初人所辑",以上诸人可能皆未见原书。据今人查找,此书有明蓝格抄本珍藏于台北"中央图书馆",题程敏政(1445—1499)编选。[1]

经王兆鹏、黄文吉二先生研究,此书是明嘉靖年间的书商或牟利的士人所编,而托名于程敏政。[2] 为避免繁琐,我们仅节引《天

---

[1] 见王兆鹏、黄文吉、童向飞《天机余锦·说明》,《新世纪万有文库》第4辑,辽宁教育出版社2001年版。
[2] 详参黄文吉《词学的新发现——明抄本〈天机余锦〉之成书及其价值》,载《宋代文学研究丛刊》,台湾省高雄丽文文化事业公司1997年9月版;《词学》第十二辑转载此文题为《明抄本〈天机余锦〉之成书及其价值》;王兆鹏:《唐宋词史论》下篇《考据》第五章第三节"《天机余锦》考",人民文学出版社2000年版。

机余锦·说明》列举的主要理由如下:"书前所录程敏政序,是从宋曾慥的《乐府雅词·序》抄袭而来,只是删改了几处文字。程敏政是明代著名的学者,著有《篁墩集》九十三卷,辑有《宋遗民录》十五卷、《皇明文衡》一百卷和《新安文献志》一百卷等。以程敏政之才学,决不可能去抄袭、割裂前人的文章而成此句意不通的小序。所以书前所署'程敏政编',不可信据。""此书的成书时间,大约是在嘉靖二十九年(1550)前。因为杨慎《词品》卷二和卷五曾两次引及《天机余锦》,这表明《天机余锦》在杨慎《词品》成书之前已行世。而《词品》成书于嘉靖三十年仲春,因此《天机余锦》成书行世的时间当在嘉靖二十九年之前。""《天机余锦》的资料来源,主要取材于题宋何士信编选的《增修笺注妙选群英草堂诗余》、元凤林书院辑刊的《精选名儒草堂诗余》等总集和周邦彦、刘过、曾觌、刘克庄、张炎、元好问、张雨、张翥、冯延登、瞿佑等宋金元明词人的别集。"可见《天机余锦》是明人编辑的选本。

以上七种选本,只有《乐府补题》、《天下同文集》和《鸣鹤余音》是严格意义上的词学选本,其中《乐府补题》与《鸣鹤余音》的辑佚与校勘价值较大,审美价值较高,值得深入研究。《圭塘欸乃》、《宋旧宫人诗词》二书有一定的资料价值。《明昌词人雅制》并非词集。《天机余锦》乃明人所编。①

---

① 最近有研究者认为,《天机余锦》原本应是元人所编的词、曲选本,曾有刻本流传,明抄本《天机余锦》当据元本《天机余锦》改窜而成。参朱志远《〈天机余锦〉新考》,《文学遗产》2012年第2期。

第三章 明代词选与明代词学

明代词选上承宋元,下启清代,在词学选本史上具有承前启后的重要位置。明代词选数量众多,对其进行系统深入的研究,不仅可以宏观把握明代词选的编选特点以及发展演进趋向,还有助于人们加深对明代词学思想递嬗的认识与理解,对明代词学的建构具有重要意义。

第一节 明代词选述评

明代词选数量众多,据保守的统计,约有五十种,可参见张仲谋《论明代词学的理论建树》[1]一文的相关论述,较大胆的估计则说有一二百种。[2] 马兴荣、吴熊和等先生主编的《中国词学大辞典》、王兆鹏先生的《词学史料学》、陶子珍的《明代词选研究》对一些重要的明代词选都有介绍和研究,读者可以参看。本书对明代词选中比较有特点和价值的《花草粹编》、《草堂诗余四集》、《古今词统》、《词菁》、《名媛诗纬初编诗余集》等设专章(节)研究,故本节

---

[1] 载《文学遗产》2006年第5期。
[2] 李康化《明清之际江南词学思想研究》,巴蜀书社2001版,第15页。

只对除此之外明代流行的《草堂诗余》系列词选及其他比较重要的若干词选予以简介或述评。

一、明代《草堂诗余》系列词选

明初流行的《草堂诗余》尚保持宋本原貌。缪艺风(荃荪)与吴昌绶先后收得明洪武壬申(1392)遵正书堂刊本,题《增修笺注妙选群英草堂诗余》。前集和后集各分上下卷。半页十三行,行大字二十三,小字二十九、三十不等。前有"类选群英诗余总目"。前集分为春景、夏景、秋景、冬景四大类,每类下又有细分。后集分为节序、天文、地理、人物、人事、饮馔器用、花禽等七类,每类亦有子目。句下注故实,后附名贤词话或词评。《四库全书总目》认为:"考所引黄昇《花庵词选》、周密《绝妙好词》,均在宋末,知为后来所附入,非其原本。"[①]各类中多有"新增"或"新添"字样,标题亦曰"增修"。吴昌绶双照楼又有嘉靖间安肃荆聚春山所刻大字本,半页九行,行大小均十八字,亦从此本出。四明天一阁旧藏嘉靖戊戌(1538)闽沙太学生陈钟秀校刊二卷本。该本半页十行二十二字,黑口,四周单边,有南京国子监丞陈宗谟序,题《精选名贤词话草堂诗余》,分上下卷。上卷一百八十一阕,另有附录四阕。按时令、节序、怀古、人物、人事、杂咏等分类。词后仍附以词话。次序与洪武本不同,注亦有异。其目录题《重刊草堂诗余》。虽经羼乱,尚未失其真。四印斋本即依此本刊刻。

至嘉靖庚戌(1550),上海顾从敬刻《类编草堂诗余》四卷,题

---

① 《四库全书总目》卷一九九,中华书局1997年版(整理本),第2804页。

"武陵逸史编次,开云山农校正",以小令、中调、长调分编,间采词话,是为别本之始。该本有何良俊序,序中声称:"是编乃其(按:指顾从敬)家藏宋刻本,比世所行本多七十余调。"《草堂诗余》流传以来,后人一直对其改编、增添,故后世传本不可能比宋本词量少。可知此处说该本为"宋刻本",乃是自抬身价。自顾本行而旧本遂微,此后《草堂诗余》一集继续广泛流传,文人纷纷注点刊刻之,但多以顾本为底本。如明万历上元昆石山人刊本,用顾本增注故实;金谿胡桂芳刊三卷本,用顾本改分时令、名胜、花卉、禽鸟、宫闺、人事、杂咏七类,分两册。

除以上几种版本外,至今尚存的明刊《草堂诗余》有嘉靖刘时济刊本、祝枝山小楷书本(锡山华氏旧藏)、万历李廷机刊本、吴兴闵暎璧刊朱墨套印本等。

从《草堂诗余》的流行于世及流传的过程,我们可以看出,该词选实际上分为两个版本系统:一类是分类本,一类是分调本。关于分类本与分调本孰先孰后,赵万里《校辑宋金元人词》之《明嘉靖类编草堂诗余四卷提要》论之甚详。赵万里认为分类本应先于分调本。其证有三:(1)此本每词必有一题,校以本集(按:指所选词人之别集)往往不合,细考之则此本之题皆分类本六大目之子目,是分调时必据分类本,故以其子目冠于词上。(2)分类本于词之作者不能详者,辄空缺不注。而分调时不明此体例,悉以前一阕所作者当之。于是宋世名家词,凭空又添出赝作若干首,而明以后人无摘其谬者,以讹传讹。如分类本前集上卷《浣溪纱》"水涨鱼天拍柳桥"一阕,与周邦彦《渡江云》相接,分调时以为周作,毛子晋补辑《片玉词》据以录入。(3)分类本以时令、天文、地理、人物等类标目,与周邦彦《片玉词》、赵长卿《惜香乐府》略同,盖所以取便歌者;至此本以小令、中调、长调为次,于他书无徵,自应后于分类本。① 对于分类本和分调本的先后问题,王鹏运在四印斋刻嘉靖本《草堂诗余跋》中说:"近人论词以字数多寡分长中短调,谓始于《草堂》,颇为识者所訾。此本钞自四明天一阁,分类编列,与毛、闵诸刻本例迥殊,始知以字数为次者,乃明人羼乱之本,非本然也。"② 王氏指出,"以字数为次"的分调本,乃明人作,不是最初的本子,最初的本子应是分类本。同样指明分类本先于分调本。

虽然分类本《草堂诗余》是其最初的形态,但不能否认的是,对后世词学发生重大影响的却是分调本。即便是今天,我们仍习惯以小令、中调、长调来细分词体。这种区分虽然不一定科学,但却反映了对词体的认识过程中的一个环节。

二、《词林万选》

《词林万选》四卷,明杨慎辑。杨慎为明代著名文人学者,著述繁富。其词学论著,除《词品》外,还有《词林万选》、《百琲明珠》、《填词选格》、《古今词英》、《填词玉屑》、《词选增奇》等。③《词林万选》为杨慎远谪云南时所辑,共录唐宋元明人词二百三十余首,选词范围颇广;编次以人为序,但次序颇为混乱,书中所题作者,或署姓名,或署字号,也颇不一致。卷首嘉靖二十二年癸卯(1543)任良

---

① 施蛰存《词籍序跋萃编》,中国社会科学出版社1994年版,第678—679页。
② 施蛰存《词籍序跋萃编》,中国社会科学出版社1994年版,第671页。
③ 《填词选格》、《古今词英》、《填词玉屑》、《词选增奇》等书皆罕见,可能已佚。

幹《序》曰:"升庵太史公家藏有唐宋五百家词,颇为全备。暇日取其尤绮练者四卷,名曰《词林万选》,皆《草堂诗余》之所未收者也。"①毛晋《词林万选》跋语云:"但据《序》云,皆《草堂》所未收者,盖未必然。"②台湾学者陶子珍指出:"《词林万选》于234阕词中,仅有两阕与《草堂诗余》重出;……另《词林万选》所录词调,有43调未见于《草堂诗余》","本诸《草堂》未收之词为选录原则,当无可疑也"。③《词林万选》比较通行的版本有明末毛晋汲古阁《词苑英华》本。

三、《百琲明珠》

《百琲明珠》五卷,杨慎辑,杜祝进订补。该书亦成书于嘉靖年间,与《词林万选》大致同时,为杨慎先后编辑之词选。该书选词宗旨,杜祝进《刻杨升庵〈百琲明珠〉引》曰:"若乃规明珠之在握,游象罔以中绳,则博人通明,换名定格,君子审乐,从易识难,未必非升庵是集之雅言矣。"④该书选入唐宋元明人词一百五十余首,依调编排,然编次颇为杂乱。如卷一所录为唐五代词,却选录《江南弄》、《三洲歌》、《夜饮朝眠曲》等并非词作的六朝民歌。集中还混有《天净沙》等散曲。《词林万选》、《百琲明珠》编选于嘉靖年间,是明代较早的词学选本,体现了杨慎的词学观念与思想。张仲谋先

---

① 任良幹《词林万选序》,明毛晋汲古阁《词苑英华》本。
② 毛晋《词林万选跋》,施蛰存《词籍序跋萃编》,中国社会科学出版社1994年版,第708页。
③ 陶子珍《明代词选研究》,台湾秀威资讯科技股份有限公司2006年版,第132页。
④ 赵尊岳《明词汇刊》,上海古籍出版社1992年版,第787页。

生怀疑此书并非杨慎本人编选,实乃出自晚明人伪托(参其《明词史》第125—127页),此观点虽无确证,可备一说。该集除万历四十一年(1613)原刻本外,比较通行的有上海古籍出版社1992年影印《明词汇刊》本。

四、《唐词纪》

《唐词纪》十六卷,明董逢元辑,有《四库全书存目丛书》本,据首都图书馆藏钞本影印。该书选录隋唐五代宋元人词九百余首,而以唐五代词人为选录重心,宋元词人作品则收录甚少。《唐词纪》以《花间集》、《尊前集》为主要选源,而温庭筠、冯延巳二家作品选录尤多(选冯延巳词九十余首,温庭筠词六十六首,将《花间集》中所录温词悉数录入),孙光宪、韦庄、顾敻等人也有较多作品入选。此外,《唐词纪》卷首载录《词名微》一卷,列有词调一百二十调,调下或注同调异名,或述词调起源,或区分本体、词体、诗体、别体、侧体、附体等,标明词调字数,体现了明人考述词调源流的意图。

五、《唐宋元明酒词》

《唐宋元明酒词》二卷,明周履靖辑。该集共录唐五代宋元明人的咏酒词作一百三十余首,是继宋人黄大舆《梅苑》之后又一部专题性词选。该书体例比较特殊,编者周履靖将自己的唱和之作也录入其中,而于书中所列词人或署名或书字号,如数阕为同一作者,则仅于第一阕著录作者姓名,其后则空缺不题。该书有《夷门广牍》本和《丛书集成初编》本。

六、《古今诗余醉》

《古今诗余醉》十五卷,明潘游龙辑。该书分类编次,体例与分类本《草堂诗余》相近,卷首有崇祯九年(1636)陈埏玉《诗余醉叙》、管贞乾《诗余醉附言》、潘游龙《自序》等序言数篇。其《自序》云:"余于诗则醉心于绝句、于歌行,而于词则醉心于小令,谓其备极情文,而饶余致也。……独惜向有选较者,每以杂体硬牵附于时序,殊失作者之旨。余乃为比事类情,寻为次第,藏之素簏,自以为枕中秘,未过也。"① 该书共选唐宋元明词一千三百余首,其中选宋明人词尤多,书中还有圈点、评语,是明代一部大型词选。该书提供了丰富资料,具有一定的校勘价值。《古今诗余醉》初刊于崇祯十年(1637),有胡正言十竹斋刊本,今有辽宁教育出版社校点本《精选古今诗余醉》。

七、《词坛艳逸品》

《词坛艳逸品》,明人杨肇祉编选。杨肇祉,字锡甫,武林(今浙江杭州)人。生活于明万历时期,生卒年不详。《词坛艳逸品》共四卷,外加补遗一卷。国家图书馆现存明刻本。该词选共收唐宋至明朝词近两百首,其中补遗部分有十六首。只选录词,没有编选者词评。选入词量位居前列者,多是唐五代及北宋词人。如录苏轼词最多,共选十四首,欧阳修十一首,杨慎十一首,顾敻八首,周邦彦七首,牛峤七首,毛熙震六首,和凝六首,秦观五首。从选录词人

---

① 潘游龙辑、梁颖校点《精选古今诗余醉》,辽宁教育出版社2003年版,卷首。

词量看,杨肇祉对唐五代与北宋词非常推崇。

《词坛艳逸品》篇首有杨肇祉的《叙言》,简绍编选旨意。《叙言》云:"余前刻《唐诗艳逸品》,兹复收诗余之艳逸者,以律诗束于对偶,局于声韵,即超逸如李,弘博如杜,不得恣意驰骤。爰有骚人墨客,借资造物,运灵心髓,琢雪镂冰,各极才情之致。……春思秋愁,弄月嘲风。若何为景中情,情中景;若何为心中意,意中人。是有心,是无心?个中机关甚巧;是谐语,是偈语?个中妙理谁参。乃悟世态事局,其意然而互换而未穷极而露者,大都类似。"①从叙言可知,杨肇祉是在选录《唐诗艳逸品》之后复选《词坛艳逸品》。杨肇祉认为,律诗受声韵的约束,在创作时"不得恣意驰骤",感情的抒发受到拘束,创作缺乏自由。正因为如此,才有词人骚客借助于作词雕冰镂雪,畅意抒情,并能"各极才情之致",个人的创作才情得以最大限度地展示。词人创作时"春思秋愁","弄月嘲风",在艺术上达到"情中景,景中情",情与景天然浑成。杨肇祉认为,这种情景交融的艺术是词的最大魅力所在,创作者"或有心,或无心",而"个中机关甚巧"。可以看出,杨肇祉是欣羡词的艺术魅力的。这种艺术魅力,在他看来除了情景交融之外,还有用语的巧妙。词的语言"是谐语,是偈语",饱含"个中妙理"。杨肇祉认为,从词的语言艺术所蕴含的"个中妙理","乃悟世态事局",能悟出人间世态。就像词以景衬情,景尽情显,世态事局虽变化莫测,亦终会"穷极而露"。他从词艺中悟出了人世的道理。

---

① 杨肇祉《词坛艳逸品叙》,明刻本。

杨肇祉虽未明言何谓词之"艳逸",但从叙言中可约略得知,所谓词之"艳逸",是指能从中悟得人间世态道理的词艺。杨肇祉《词坛艳逸品》之"艳逸",与其诗选《唐诗艳逸品》之"艳逸"有所不同。杨肇祉曾将唐诗中描绘唐代女子及千芳万卉的诗作,选其艳逸之品汇为《唐诗艳逸品》。该诗选就其诗所咏者,分为四种,每种一卷,每卷一集,分别是《唐诗名媛集》、《唐诗香奁集》、《唐诗观妓集》、《唐诗名花集》,总题名《唐诗艳逸品》。现存两种版本,一为明万历四十六年(1618)李乾宇盛芸阁刊本,收诗三百六十余首,诗次凌乱,只有圈点,而无评语。一为明天启元年(1621)乌程闵一栻刻朱墨套印本,增诗十首,乃广搜名家评语,又以五七律绝、排律、古风、杂体等分体编排,对原刻讹谬之处均予校正。此本篇首有杨肇祉《唐诗艳逸品叙》可作解题之意。杨肇祉认为:"品唐诗者,类似初、盛、晚三变为定品。三变之品,时也,非品也。作诗者不一人,诸品具标;品诗者不一人,双眼各别。有如俎豆一陈,水陆毕备,满前珍错,下箸为难。"唐诗繁多,品类不一,品诗者亦各具眼光。对于自己何以选"名媛"、"香奁"、"观妓"、"名花"四种来品唐诗,杨肇祉解释说:"非独钟情于佳人、佚女、丽草、疏花也,以唐诗之艳逸者,首此四种。"对于何谓"艳逸",杨肇祉叙言中云:"'艳',如千芳绚采,万卉争妍,明灭云华,飘摇枝露,青林郁楚,丹巘葱蒨,而一段巧缀英蕤,姿态醒目。'逸',如湖头孤屿,山上清泓,鹤立松阴,蝉嘒萝幌,碧柯翘秀,翠条修纤,而一种天然意致,机趣动人。此余《艳逸品》所由刻也。"① 可见,杨肇祉品唐诗,是以千芳争妍、绚烂

---

① 杨肇祉《唐诗艳逸品》,明末闵一栻朱墨套印本。

醒目和天然意致、机趣盎然为两大衡量标准。正如杨氏所言:"余椎鲁无能,不解风人之旨。"他品唐诗时舍弃了寻求微言大义的品诗方法,独心仪于诗歌中绚人眼目、娱人性情者。

诗言志,词言情。诗与词的社会功用不同,故品评原则各异。诗歌言志,抒发个人抱负、社会理想,故而品评诗歌往往探求其微言大义。词言情,娱宾遣兴是其最初的社会功用,因此词和现实社会隔了一层,故而品词也不注重其是否隐含了深刻内涵。但杨肇祉却通过编选《唐诗艳逸品》和《词坛艳逸品》,表现出了特殊的诗学观。

杨肇祉生活于万历年间,其《唐诗艳逸品》初刊于万历四十六年(1618),而据杨肇祉《词坛艳逸品叙言》可知《词坛艳逸品》成编于《唐诗艳逸品》之后。故可推断,《词坛艳逸品》应成编于明朝末年。杨肇祉在《词坛艳逸品》的编选中所体现的词学观,不独在当时具有特殊的意义,即使在整个词学理论史中亦有一定的价值。词在明代一直处于衰微之势。明人作词多以《花间》、《草堂》为范本,故俗艳之风充斥词坛,词的创作远离社会现实。杨肇祉《词坛艳逸品》对词之"艳逸"的理解,体现了意欲把词与社会现实相关联,由词意参悟人间世态的词学思想。这种词学思想实际是拓宽了词的社会功用,突破了狭隘的娱乐性,对明末清初词学的发展起到一定的引导作用。明末清初,朝代更迭,社会动荡,词人多以词抒发丧家失国之痛,词的创作参与到社会中来。这种创作实践和杨肇祉《词坛艳逸品》体现的词学思想有内在一致性。

八、《词海评林》

《词海评林》三卷,明末毛晋编选。毛晋,字子晋,号潜在,原名凤苞,字子久,常熟(今属江苏省)人。明代末年著名藏书家、出版家。《词海评林》没有毛晋的叙言,但附有其子毛扆的《跋》,据此《跋》可知《词海评林》正欲付梓时而毛晋去世。可能正因为此,书前没有毛晋的叙言。国家图书馆现存《词海评林》明抄本,分十二册。

《词海评林》兼具词谱和词选的双重性质。毛扆《词海评林跋》云:"《诗余图谱》,填词之法备焉矣。先君此书之作,规模之而更充广焉。"①可知,《词海评林》的编选受到了明人张綖《诗余图谱》的影响。它是以《诗余图谱》为基础,并在其基础上进行扩充。张綖《诗余图谱》最早刊于明嘉靖十五年(1536),②是现存最早的词谱刊本,对后世影响颇大。《诗余图谱》共三卷,书前有《凡例》。卷一收小令六十四调,卷二收中调四十九调,卷三收长调三十六调。所选词作范围较小,只选唐宋词人作品。其体例用黑白圈表示平仄,图列于前,选唐宋人词一首缀于后,韵脚句法,井然有序。正如毛扆所言,《诗余图谱》一出,而"填词之法备焉"。是书问世后,深为时人所重,不久即出现多种补遗、增正之作。如刊于明万历二十七年(1599)的《诗余图谱补遗》十二卷,编者谢天瑞;刊于明万历二十

---

① 毛扆《词海评林》,明末抄本。
② 张綖《诗余图谱》在明代已知至少有六种刊本,台北"国家图书馆"所藏明嘉靖十五年丙申(1536)刊本为初刻本。参张仲谋《张綖〈诗余图谱〉研究》,《文学遗产》2010年第5期。

九年(1601)的《增正诗余图谱》三卷,编者游元泾。毛晋不但刊刻了张綖《诗余图谱》,还作了《诗余图谱补略》一卷,可见毛晋对《诗余图谱》的推重程度。

正如毛扆《词海评林跋》所言:"凡少一字者居前,多一字者居后。旁搜博览,汇缀成帙,釐为三卷。一生心力固不仅于是,而孜孜矻矻已大费详慎。"全书严格按照字数多寡排列顺序,选调比较全,选词量非常大。全书共选词调四百零五个,词作二千四百一十四首。其中,上卷为小令,字数在二十三至五十九间者,共选词调一百五十七个,词作一千四百七十三首;中卷为中调,字数在六十至八十九间者,共选一百调,词作四百五十九首;下卷为长调,字数在九十至二百三十四字者,共选词调一百四十八个,词作四百八十二首。

张綖《诗余图谱》于所选每一词牌后仅附一首词,毛晋《词海评林》却于每一词牌后选录了多首词,尤其是那些常见词牌。比如,《酒泉子》选录了二十七首词,且全是晚唐词,《点绛唇》选录了二十一首词,《玉楼春》竟选录了四十六首词。从这一角度来看,毛晋《词海评林》除了词谱的性质以外,更具有词选的性质。

毛晋《词海评林》选词和谢天瑞《诗余图谱补遗》多有相同之处,有的全部相同,有的是在《诗余图谱补遗》的基础上增加了选词数量。如《江南春》三十字,谢天瑞《诗余图谱补遗》选寇准词一首,毛晋《词海评林》选寇准词一首;《赞浦子》四十二字,《诗余图谱补遗》选毛文锡一首,《词海评林》选毛文锡一首;《遐方怨》三十二字,《诗余图谱补遗》选温庭筠一首,《词海评林》选温庭筠二首;《甘州子》三十三字,《诗余图谱补遗》选顾夐一首,《词海评林》选顾夐五首;《捣练子》二十七字,《诗余图谱补遗》选秦观一首,《词海评林》选秦观一首、李煜两首;《梦江南》二十七字,《诗余图谱补遗》选温庭筠一首,《词海评林》选温庭筠二首、牛峤二首、皇甫松二首、王安石四首;《如梦令》三十三字,《诗余图谱补遗》选杨孟载一首,《词海评林》选秦观五首、杨孟载一首、周邦彦二首、苏轼五首、李清照二首、倪云林一首、晏几道一首、辛弃疾一首、黄庭坚二首。据此我们可以推测,虽然毛扆没有在《词海评林跋》中明确指出,毛晋作《词海评林》极有可能参考了谢天瑞的《诗余图谱补遗》。

毛晋《词海评林》调全词丰,自有保存文献之功,同时具有词谱与词选的双重性质,亦有创造性。

九、《汇选历代名贤词府全集》

《汇选历代名贤词府全集》,明鳙溪逸史编选。据《中国古籍善本书目》著录:"《汇选历代名贤词府全集》九卷首一卷,题明鳙溪逸史辑,《中原音韵》一卷,元周德清撰,明嘉靖三十六年刻本。"[1]今上海图书馆有藏,国家图书馆有民国间抄本。该书卷一、二为诗余小令,卷三、四为诗余中调,卷五、六、七、八为诗余长调,卷九为别集、附集、补遗。郑振铎《西谛书跋》云:"《汇选历代名贤词府全集》九卷后附《中原音韵》一卷,钞本不旧,然极罕见,故亟收之。编者为新都鳙溪逸史,有嘉靖丁巳一得山人跋。一九五七年四月十三日得于北京来薰阁,西谛。"[2]"鳙溪逸史"、"一得山人"均不著姓

---

[1] 《中国古籍善本书目·集部》,上海古籍出版社1996年版,第1998页。
[2] 郑振铎著、吴晓铃整理《西谛书跋》,文物出版社1998年版,第342页。

字,现不可考。

兹录《汇选历代名贤词府全集》"叙略"如下:

一 诗余始南北朝,盛于唐宋,而极于金元。国朝虽崇尚古雅,而余波所及,亦不乏人。旧本编止于唐宋,其雅调犹或不能无逸,今搜辑金元国朝所传并唐宋编所逸,合得千几百首,严加汰选,所存仅若干首,合并旧本成编。

一 旧本以时景分调,检阅为艰,今所编以小令、中调、长调分为之类,每阕尽揭作者之意为题,各卷首列诸调之次为目录,以便观者。

一 诸词多有省言,衬字间入方语,不分句读,一时恐难畅诵,今用圈依韵点为读,遇省字□□出之。

一 旧本已经方塘公圈取,今不敢湮没,每遇旧本各阕,题首存以阴阳点识别之。

一 旧本笺注欠纯,今悉削去,其有词话可玩者,间或刊入。

一 所编不分新旧集,但以各调目录中注以新旧若干调字分别之。

一 卷首总揭英贤序次,当朝之下,以见名笔相承之绪。然年代先后不暇详察,名号殊称,因人习熟,观者当自辨之。

一 长短句名曰曲,取其曲尽人情,惟婉转妩媚为善,不以豪壮语为尚,如岳武穆、文文山、汪文节公、谢叠山诸公之作,则又忠义所发,感激人心,不可以常例编也,为别集。

一 所编之中,有近体、集句、回文及谱名,文成调寄,情比乐府者,皆文匠心思之巧,今搜辑可得若干首,为附集。

一 国朝名公之笔尚多,特以僻处山林,不得阅选,兹略搜所闻,计得二百余首,合并旧本成编。湖海天宽,俊杰何限,尚当遍求,以渐附入,故另有《补遗》一集以俟。

一 词多转喉叶音,平仄用韵,视诗较宽,然自有法,非浪语也。今附周德清《音韵》一帖于后,庶便考叶。

该书以时代为先后,录南朝陈后主一人,唐李白等二十八人,五代南唐李后主、冯延巳二人,后周韩文璞、韩夫人二人,宋一百五十余人,金元吴激、虞集等八十余人,明刘基等五十余人。据卷首"叙略",该书在宋代《草堂诗余》的基础上新增金元明词,并自拟标题,分调编排,其编排方式学习顾从敬刻本《类编草堂诗余》。明人对本朝词评价不高,明人词选对之亦不甚留意,该编却重视对本朝词人、词作的搜集:"国朝名公之笔尚多,特以僻处山林,不得阅选,兹略搜所闻,计得二百余首,合并旧本成编。湖海天宽,俊杰何限,尚当遍求,以渐附入,故另有《补遗》一集以俟。"虽然书中遗漏甚多,但无疑会引起读者对本朝词人的关注,具有重要的文献价值。但该书"所编之中,有近体、集句、回文及谱名,文成调寄,情比乐府者,皆文匠心思之巧,今搜辑可得若干首,为附集",却使得这部词选显得有些杂乱。

需要说明的是,明代还有数种"谱体词选",如张𬘩的《诗余图谱》、程明善的《啸余谱》等,虽为词谱著作,但谱中所选之词,亦能反映出词学家审美倾向和明代词坛发展状况。陶子珍《明代词选研究》一书第四章第三节"兼具选词与订谱作用之谱体词选"对此有专门介绍和研究,可参看。

第二节 明代词选的编选特点及词学意义

一、繁荣与流弊：明代刻书业对词选编辑的正负影响

明代词选数量之繁盛，有逾前代。有学者指出："明代词选，据估计不下一二百种，名家各有其选，门派各有其选，书坊也竞相选词。"[①]现存明人编选的词选尚有四十余种。明代词选的编选其实历经了一个由沉寂到相对繁荣的发展历程。嘉靖之后，词选编刻出现了繁荣景象。就《草堂诗余》的各种版本而论，嘉靖之前仅有四种，嘉靖以后则多达三十五种。刘军政《明代〈草堂诗余〉版本述略》一文列出了明代《草堂诗余》的三十五个存世本、四个著录本，以及六个续编本和五个扩编本。[②]《草堂诗余》原是南宋书坊为应歌之需而编选的一部词集，曾在民间广泛流传，南宋末至元代则传本希罕少见。明代中叶以后，经明人改编的《草堂诗余》复为盛行。明代词选大都与《草堂诗余》密切相关，其内容多以《草堂》为蓝本而加以重编、扩编、续编、缩编而成，台湾学者陶子珍列出了明代《草堂诗余》的各种重编本、扩编本、续编本、缩编本。[③] 这种持续不断的改编活动除了受到当时学术思想、文学思潮、社会心态等因

---

① 李康化《明清之际江南词学思想研究》，巴蜀书社2001版，第15页。
② 载《南阳师范学院学报》2004年第2期，第49—54页。
③ 见陶子珍《明代词选研究》，台湾秀威资讯科技股份有限公司2006年版，第96—98页。

素影响之外,[1]还与当时商业浪潮下书坊的介入直接相关。

(一) 刻书业促进了词选的繁荣与传播

明嘉靖以后,"随着商业经济的繁荣、市民的壮大、印刷术的普及,文人的市民化和文学创作的商品化成为一种新的趋势",[2]小说、戏剧、词曲等通俗文学受到民间热烈欢迎。为迎合市民的文化需要,通俗文学作品被大量刊刻和出版。明代中后期的刻书业极为繁盛,其中江、浙、闽一带刻书规模最大,刻书最多。一些书坊"把编辑、出版、发行结合在一起,形成三位一体的书业专行。这种结合有利于了解社会需要,从而有的放矢地编刻某些图书"。[3] 在这种背景下,书坊的商业化运作模式对明代词选的编辑刊刻产生了重要影响。

明代"草堂"系列版本,除了若干抄本和自刻本外,出自坊刻者几占大半,闽、苏、浙等地是其主要编刻地点。明代福建刻书业发达,如建阳刘龙田以乔山堂、乔山书舍等名号刻印过《三国演义》、《西厢记》等大量文学书籍,其他如郑、余、詹、熊、杨等姓氏坊肆亦为建阳书林大家。福建书坊刻印的《草堂》版本尤多,如:万历十二年(1584)书林张东川刻《类编草堂诗余》、万历十六年(1588)书林詹圣学刻《重刻类编草堂诗余评林》、万历二十三年(1595)书林郑世豪刊宗文书堂刊《新刻注释草堂诗余评林》、万历三十年(1602)乔山书舍刊《新锓订正评注便读草堂诗余》、万历三十年(1602)书

---

[1] 参见肖鹏《群体的选择——唐宋词选与词人群通论》,凤凰出版社 2009 年版,第 438—448 页。

[2] 袁行霈主编《中国文学史》,高等教育出版社 1999 年版,第 16 页。

[3] 李致忠《明代刻书述略》,《文史》第二十三辑,中华书局 1984 年版,第 154 页。

林余秀峰沧泉堂刊《新刻增修笺注妙选群英草堂诗余》、万历四十三年(1615)书林自新斋余文杰刊《新刻题评名贤词话草堂诗余》等。

明代苏、浙位居刻书业首位,也编刻了不少词选,如:万历四十七年(1619)金陵师俭堂萧少衢刻《新刻李于麟先生批评注释草堂诗余隽》,天启五年(1625)建业周文耀刻朱墨套印本《新刻朱批注释草堂诗余评林》,万历四十二年(1614)苏州翁少麓刊印《类选笺释草堂诗余》、《续选草堂诗余》、《类选笺释国朝诗余》和《古香岑草堂诗余四集》,万历间吴兴闵暎璧刻朱墨套印本《评点草堂诗余》等。

书商的策划选题对词选编刻起到了直接的推动作用。钱允治《合刻类编笺释草堂诗余序》曾交代该书的编刻缘起:"先刻《草堂诗余》,无如云间顾汝所家藏宋本为佳。继坊间有分类注释本,又有毗陵长湖外史《续集》本,咸鬻于书肆,而于国朝未遑也。惟注释本脱落谬误至不可句,太末翁元泰见而病之,博求诸刻,愈多愈缪,乃倩余任校雠。之后又命余搜葺国朝名人之作,并毗陵《续集》尽加注释,凡三编焉。刻既成,复请序其事。"[1]正是在书商翁少麓的约请之下,钱允治编选了第一部专选明人词的《类编笺释国朝诗余》,并对《草堂诗余》的其他选本予以校雠笺注。

书商还利用名人效应进行广告宣传,请名人(或假托名人)写作序跋、编辑校订、注释评点,以引起读者好奇心理和方便读者阅

---

[1] 钱允治《合刻类编笺释草堂诗余序》,《续修四库全书》第1728册,上海古籍出版社2002年版,第291—292页。

读,所以明代词选之中批抹圈点,内容丰富。当时名流如杨慎、唐顺之、李攀龙、李廷机、董其昌、陈继儒、袁宏道、钟惺等人的名字都出现在词选之中,虽然他们本人并不一定参与了其中的工作。有的书坊采用多色套印的技术,书籍印刷十分精美,如吴兴闵氏家族以刻书为业,以刊刻多色套印本著称,闵暎璧刻朱墨套印本《评点草堂诗余》的眉批、圈点皆为朱色,悦目美观。名人效应、便于阅读以及精美的印刷对于当时词选传播与词学普及无疑具有推动作用。

(二)商业化运作模式给词选带来的弊病

由于书坊以射利为主,其书籍编刻往往缺乏严谨态度,书中多有讹陋之处;又喜因袭旧本,或翻刻,或改编,缺乏创新性。

现存最早的明代《草本诗余》版本为洪武二十五年(1392)遵正书堂刊本,明中期以前的数种《草堂诗余》,如成化十六年(1480)刘氏日新书堂刊本、嘉靖十七年(1538)陈钟秀刊本、嘉靖二十八年(1549)刘时济刊本等,基本上都是洪武本的翻刻版。嘉靖二十九年(1550)顾从敬《类编草堂诗余》将洪武本分类编选改为分调编选,对所收词作进行较大幅度增删(共录唐宋词四百四十三首,比洪武本多七十六首),稍具自己面目,故而顾本出来后影响甚大,其后的多种《草堂诗余》又大都据此本加以改编。[①] 如成书于嘉靖年间的《天机余锦》,据黄文吉先生考证,很可能是书商或牟利的士人抄录拼凑他书而成的,"其材料来源,主要是依据明嘉靖二十九年(1550)顾从敬刊刻的《类编草堂诗余》四卷、元庐陵凤林书院辑《精

---

① 王兆鹏教授对《草堂诗余》版本源流考察甚详,参其所著《词学史料学》一书,中华书局 2004 年版,第 312—320 页。

选名儒草堂诗余》三卷、题宋何士信编选的《增修笺注妙选群英草堂诗余》前后集四卷以及部分宋元明词人的别集等"。[1] 明末卓人月、徐士俊编选的《古今词统》刊布后,竟有书坊剜改卷端、书口,以《草堂诗余》、《诗余广选》之名刊印行世。书坊的商业化行为无疑给明代词选的整体质量打了很大的折扣。

当时就有词选家对书坊翻刻之弊予以批评,明末沈际飞《古香岑草堂诗余四集》云:"坊人嗜利更惜费,翻刻之弊,所由始也。迩来评告追版,而急于窃其实,巧于掩其名。如《诗余》旧本,按字数多寡编次,今以春、夏、秋、冬编次矣,至本意、送别、题情、咏物诸词,尽不可以时序论,必硬入时序中,不妥甚矣。太末翁少麓氏,志趣风雅,敦恳兹集,捐重赀精镌行世。吾惧夫后来市肆,有以春、夏、秋、冬故局刻之者,不然以四集合编,稍增损评注刻之者,而能逃于翻之一字乎?夫抹倒阅者一片苦心,为不仁;罟吞刻者十分生计,为不义。讵嘿嘿而已也?先此布告。"(《发凡·诫翻》)[2]

(三) 刻书业对文人编辑词选的影响

明代刻书业发达,文献资料丰富,便于操选政者博览载籍,推陈出新,后出转精,为书籍的普及与流通创造了良好条件,也为词选的编纂提供了便利的选源。

如陈耀文在《花草粹编自序》中交代其编选宗旨云:"然世之《草堂》盛行,而《花间》不显,故知宣情易感,含思难谐者矣。余自

---

[1] 黄文吉先生的考证结论转引自王兆鹏教授《唐宋词史论》中"天机余锦考",参王兆鹏《唐宋词史论》一书,人民文学出版社2000年版,第249页。
[2] 本书所引沈际飞评选《草堂诗余四集》内容,皆据明末翁少麓刊本,下文不再注出。

牵拙多暇,尝欲铨粹二集,以备一代典章。"①该书编选历时"殆逾二纪"(《自序》),博收广采,"取材以《花间》、《草堂》为主,益以《乐府雅词》、《花庵词选》、《梅苑》、《古今词话》、《天机余锦》、《翰墨大全》及名家词集,旁采说部词话,间附本事,虽无甚抉择,然今已绝版之书,藉以存者不少"。②

有的选家不满当时的流俗之风,自我标举,下足功夫,故其词选具有一定的创新色彩。又如卓人月、徐士俊的《古今词统》即以《花间集》、《尊前集》、《类编草堂诗余》、长湖外史《草堂诗余续集》、沈际飞《草堂诗余别集》和《草堂诗余新集》、钱允治《国朝诗余》诸书为基础,汇选增删而成。该书充分吸收利用坊间改编、续编《草堂诗余》的众多成果,徐士俊《古今词统序》云:"兹役也,吾二人渔猎群书,裒其妙好,自谓薄有苦心。……又必详其逸事,识其遗文,远征天上之仙音,下暨荒城之鬼语,类载而并赏之。虽非古今之盟主,亦不愧词苑之功臣矣。"③比较而言,《花草粹编》和《古今词统》等在明人词选之中可谓佼佼者。

但也必须看到,明代文人编书著述大多沾染上商业色彩。如《词菁》的编者陆云龙,号翠娱阁主人,明末浙江钱塘人,曾刊刻、评定图书多种,《词菁》只是其《翠娱阁评选行笈必携》十种之一;《唐宋元明酒词》编者周履靖,明末浙江嘉兴人,曾刊行《夷门广牍》丛

---

① 陈耀文《花草粹编自序》,施蛰存《词籍序跋萃编》,中国社会科学出版社1994年版,第702页。
② 陈匪石《声执》,唐圭璋《词话丛编》,中华书局1986年版,第4962页。
③ 徐士俊《古今词统序》,卓人月、徐士俊《古今词统》,辽宁教育出版社2000年版,第2页。

书,该词选收入《夷门广牍》中的"觞咏"类。明人专力选词者本来就不多,多数文人以随意、娱乐的心态编辑词选,自然就难以推出一批高质量、高水准的词选。明代词选大多出自书坊或深受坊刻影响,面目趋同,创新不足,颇受后人诟病。陈匪石《声执》云:"明人辑刊之书,多无足取。如杨慎《词林万选》、卓人月《词统》、茅暎《词的》及《草堂续选》之类,等诸自郐。"①此论虽过于严苛,也并非无理。但从历史发展来看,明代词选的繁荣促进了词的传播与普及,为词学发展的下一个高潮的到来,做了一定铺垫和准备;明人词选虽有一定的弊端,但它也激发了清人对明人选词的反思,从反面促进清代词选与词学的发展。

二、徘徊中演进:明代"草堂"系列选本的嬗变

朱彝尊《词综·发凡》云:"古词选本,若《家宴集》、《谪仙集》、《兰畹集》、《复雅歌词》、《类分乐章》、《群公诗余后编》、《五十大曲》、《万曲类编》及草窗周氏《选》,皆轶不传,独《草堂诗余》所收最下最传。三百年来,学者守为《兔园册》,无惑乎词之不振也。"②朱彝尊痛诋明人一味模仿《草堂诗余》,把明词不兴的罪责归于此书,其实并不太准确和公允。明人虽然偏嗜《花间》、《草堂》,其审美趣味具有巨大的惯性,但对之也并非盲目崇拜。《草堂诗余》在明代被不断改编、新编,编选体例、选源和选域以及审美趣味都处于不断的调整变化之中,其演进趋向映射出明人词学观念的嬗变。

---

① 陈匪石《声执》,唐圭璋《词话丛编》,中华书局1986年版,第4962页。
② 朱彝尊、汪森《词综》,上海古籍出版社1978年版,第11页。

（一）分调体例的创新

龙榆生在《选词标准论》一文中指出，南宋以前选词以应歌为主，"选词以便歌，在宋人原有二例：一以宫调类别，一以时令物色分题"。[①]"宋以后，则词已不复歌；而士大夫对于词之观念与鉴赏，又稍稍变移方向矣。"[②]到了明代，词乐早已失传，明人已经无法按照宫调来编辑词选。他们一方面继承宋代原有的分类编纂体例，继续编选各种分类本《草堂诗余》；另一方面则思创新体，改宫调为词调，按小令、中调、长调顺序分调编辑。嘉靖二十九年（1550）顾从敬《类编草堂诗余》首创分调选词，受到明代词坛的极大关注，此后分类本虽然继续存在，但分调编辑词选已成一大趋势。后来分调体例还衍生出按词调字数多少为序的编排方式，如《古今词统》等即是如此。

顾本分调体例的出现，与明人在词乐失传背景下编制词谱的努力密切相关。张綖是较早编制词谱的文人，其《诗余图谱》初刊于明嘉靖十五年（1536），它首次提出小令、中调、长调三分法。后来顾从敬受其影响，开始按小令、中调、长调三分法编排词选。顾氏《类编草堂诗余》卷一为小令，从《捣练子》（二十七字）到《小重山》（五十八字）；卷二为中调，从《一剪梅》（五十九字）到《夏云峰》（九十一字）；卷三、卷四为长调，从《东风齐著力》（九十二字）到《戚氏》（二百一十二字）。张綖与顾从敬对分调没有明确规定字数范

[①] 龙榆生《选词标准论》，《龙榆生词学论文集》，上海古籍出版社1997年版，第62页。

[②] 龙榆生《选词标准论》，《龙榆生词学论文集》，上海古籍出版社1997年版，第63页。

围,清初毛先舒据此认为:"凡填词,五十八字以内为小令,自五十九字始至九十字止为中调,九十一字以外者俱长调也,此古人定例也。"① 以字数多少划分小令、中调、长调并不一定很科学,但分调选词却非常便捷,"反映了选家欲合订谱与选词为一体,将词选选成既是玩味欣赏的读本、又是填词创作的格律准式的努力和追求"。② 明代词选分调或按词调字数多寡为序的编排方式对清代词选产生了重要影响。考察现存一百一十余种清代词选,其中分调编选者二十种,按词调字数多寡为序编选者八种,以调名字数之多寡为序编选者五种,合计三十三种,几乎占到其总数的三分之一。③

(二)选源与选域逐渐扩大

宋本《草堂诗余》选录词人近百家,多选晚唐五代北宋词,以周邦彦最多,其下依次为秦观、苏轼、柳永等人。明代"草堂"系列选人选词多以宋本为范,而嘉靖之后,"草堂"系列的选源与选域渐呈扩大趋势,南宋、金元乃至本朝的词人词作逐渐受到关注,出现了较多的通代词选。

明代最早的《草堂诗余》版本为遵正书堂刊本(按:即洪武本),共录唐宋词三百六十七首,明中期之前的几种《草堂》选本录词数量与之相同或相近。顾从敬《类编草堂诗余》对洪武本所收词作进

---

① 毛先舒《填词名解》,查继培《词学全书》,书目文献出版社1986年版,第44页。
② 肖鹏《群体的选择——唐宋人词选与词人群通论》,凤凰出版社2009年版,第423页。
③ 李睿的博士论文《清代词选研究》附录一"清代词选的结构要素"罗列清代词选一百一十四种,本书数据依此表统计。

行了较大幅度增删,比洪武本多出七十六首。顾本出来之后,"草堂"系列选本的录词数量大都超出了洪武本,录词数量的增多反映出明人选词意识有所增强。明确对《草堂诗余》提出批评意见并自编词选以矫之的是杨慎,他"批评《草堂诗余》选目不够恰当,有当选而未选者",①故编选《词林万选》、《百琲明珠》等以弥补《草堂诗余》选词的缺失。任良幹《词林万选序》曰:"升庵太史公家藏有唐宋五百家词,颇为全备,暇日取其尤绮练者四卷,名曰《词林万选》,皆《草堂诗余》之所未收者也。"②有学者指出,《词林万选》、《百琲明珠》录词"虽未必皆为《草堂诗余》所未收者,然其重出比例甚低"。③明末沈际飞编选的《草堂诗余别集》对顾本选目有较大的突破,沈氏在《发凡》中说明《别集》选词:"自宋溯之,而五代,而唐,而隋;自宋沿之,而辽,而金,而元。博综《花间》、《尊前》、《花庵选》、宋元名家词以及稗官逸史。"《别集》共选唐宋金元词四百六十首,词人一百八十余家,比顾本多出五十余家。《别集》还特别注意选录南宋词人的词作,选词最多为南宋蒋捷三十八首,选录六首以上者依次为:辛弃疾二十首、苏轼十七首、刘克庄十三首、陆游十一首、黄昇十首、刘过十首、史达祖十首、黄庭坚七首、姜夔七首、严仁七首、孙光宪六首、刘仙伦六首、吴文英六首、胡浩然六首。可见,南宋词人占多数。顾本未选的南宋著名词人姜夔、蒋捷、吴文英等人在《别集》中得到补选。

---

① 张宏生《清词探微》,上海古籍出版社 2008 年版,第 126 页。
② 任良幹《词林万选序》,施蛰存《词籍序跋萃编》,中国社会科学出版社 1994 年版,第 707 页。
③ 陶子珍《明代词选研究》,台北秀威科技股份有限公司 2006 年版,第 132 页。

金元及本朝词人也进入选家视野。如杨慎《词林万选》、《百琲明珠》中选有数十首金元明人词,其后《词的》、《词菁》、《古今词统》、《精选古今诗余醉》等都是选录唐宋元明词的通代词选。杨慎、沈际飞、卓人月、潘游龙等操选政者,发挥选家主体意识,让南宋词和金元明词同时进入读者与批评者的视野之中,补偏救弊,可谓有功于词坛。

(三)审美趣味趋向多元

明代张綖《诗余图谱·凡例》将词分为"婉约"、"豪放"二体,且认为婉约为正,豪放为变,词坛大多承袭其观点并将其作为评判词作的重要标准。如何良俊《草堂诗余序》曰:"乐府以皦迳扬厉为工,诗余以婉丽流畅为美。如周清真、张子野、秦少游、晁叔用诸人之作,柔情曼声,摹写殆尽,正词家所谓当行、所谓本色者也。"[1]这正体现了明人崇尚婉约柔靡的审美趣味的巨大惯性。

然而明人论词也不乏欣赏豪放者,如陈霆《渚山堂词话》推崇豪放词,对苏轼、张孝祥、文天祥等人的词作多有称赞。杨慎论词重苏、辛而不废周、姜,其《词品》曰:"近日作词者,唯说周美成、姜尧章,而以东坡为词诗,稼轩为词论,此说固当。盖曲者,曲也。固当以委曲为体,然徒狃于风情婉娈,则亦易厌。回视稼轩所作,岂非万古一清风哉。"[2]与此观念相呼应,杨慎的《词林万选》虽以选录婉约词篇为主,但也选录了数首偏于豪放劲健的作品,如辛弃疾的《水龙吟》(楚天千里清秋)、《永遇乐》(千古江山)、张孝祥《六州

---

[1] 何良俊《草堂诗余序》,施蛰存《词籍序跋萃编》,中国社会科学出版社 1994 年版,第 670 页。

[2] 杨慎《词品》,唐圭璋《词话丛编》,中华书局 1986 年版,第 503 页。

歌头》(长淮望断)等。其后,沈际飞《草堂诗余别集》亦注意选录辛弃疾刚柔兼济、雄肆疏放的词作,如《贺新郎·别茂嘉十二弟》、《永遇乐·京口北固亭怀古》、《贺新郎》(甚矣吾衰矣);还选录深得稼轩之风的作品,如刘过《沁园春》(斗酒彘肩)、《西江月》(堂上谋臣尊俎),刘克庄《沁园春·梦孚若》(何处相逢)。至卓人月选《古今词统》,则高度推崇辛弃疾,选录辛词一百四十一首,远超其他词人的词作数量,审美趣味已是婉约与豪放兼取并重。[①] 此外,"雅词"也逐渐受到选家注意与重视。"风雅"作为南宋词坛的主流词风之一,备受当时词论家推崇。如张炎《词源》论词之创作,主张"雅正"与"清空";其后陆辅之效法张炎作《词旨》,对张炎的"雅正"、"清空"之说极力推崇。"雅词"在南宋词坛风行一时,其代表作家是以姜夔为首,史达祖、吴文英、张炎、蒋捷等为羽翼的"风雅派"词人,但是"风雅"一派在金元时逐渐衰落。顾从敬《类编草堂诗余》未选姜夔、蒋捷二人词作。沈际飞《草堂诗余别集》选录姜夔词七首、蒋捷词三十八首,其评点姜夔《琵琶仙》(双桨来时)曰:"词大忌质实,白石道人《探春慢》、《一萼红》、《扬州慢》、《暗香》、《疏影》、《淡黄柳》诸曲,多清空骚雅,惜难备录。"评蒋捷《柳梢青》(学唱新腔)曰:"竹山名捷,宋末人,貌不扬,有词二卷,幽秀古艳,惜续诗余者不多载。"陈耀文《花草粹编》选词崇尚婉媚,亦欣赏南宋"风雅派"词人的代表性词作,选录姜夔词十八首、张炎十五首、史达祖四十三首、蒋捷二十三首。南宋姜夔、张炎等"风雅派"词人进入明代词选具

[①] 可参丁放、葛旭芳《从明代词选看明代词学观念的演变》,《学术月刊》2008年第6期,第106—113页。

有重要意义,因为"在明代《花》、《草》盛行的背景之下,姜夔等风雅派词人的词几乎失传,而陈耀文仍选取了部分'雅词'入选,这是对'雅词'的一种回归,而这种回归直接影响到清代浙西词派朱彝尊等人,使得'雅词'在经历了明代词体的消寂之后,在清代重新成为论词之典范"。①

三、词学评点:明代词选新的构成要素与批评形式

文学评点是中国古代文学批评的一种独特方式。词选之有评点,当首推南宋词学家黄昇的《花庵词选》,《花庵词选》选录的部分词作之后附有点评,虽然简短,但大多见解精辟、言简意赅,实开词选评点之滥觞。明代中后期,小说、戏剧、词曲等通俗文学深受民间欢迎,有文化头脑和商业眼光的书坊主为了便于市民阅读,增加销量,在编刻书籍时增加插图、音注和评语,文学评点成为风尚。②明代词选大多都有评点,如杨慎《词林万选》、《百琲明珠》,张綖《草堂诗余别录》,茅暎《词的》,陆云龙《词菁》,潘游龙《精选古今诗余醉》等,而沈际飞评点《草堂诗余四集》、徐士俊评点《古今词统》的批语都多达上千条,颇为可观。评点不仅是明代词选的构成要素,而且成为当时词学批评的重要方式。

(一)评点符号与文字的相互配合

以词话形式进行文学批评,自宋以后成为文人的传统和习惯。

---

① 丁放、鲍菁《论〈花草粹编〉选词的主导倾向》,《安徽教育学院学报》2007年第5期,第70页。
② 近年学界出版的数种关于文学评点的论著,颇值参考,如孙琴安《中国评点文学史》(上海社会科学出版社1999年版)、谭帆《中国小说评点研究》(华东师范大学出版社2001年版)、朱万曙《明代戏曲评点研究》(安徽教育出版社2004年版)等。

宋人已有词话专书,而明代专门的词话著作并不多见,只有陈霆《渚山堂词话》、杨慎《词品》、王世贞《艺苑卮言》、俞彦《爰园词话》等寥寥数种。明人似乎更喜欢以简短灵活、图(符号)文并用的方式进行词作鉴赏与批评,如明人朱之蕃曾辑刻《词坛合璧》,将汤显祖评点《花间集》、杨慎评点《草堂诗余》、茅暎评点《词的》、杨慎评点《四家宫词》合为一编。

一般而言,评点者可以借助评点这一批评形式发表感悟和见解,而经过评点的文本对读者阅读接受则有一定帮助作用。明代词学评点主要由评点符号和评点文字两大部分组成:各种圈点符号醒目显豁,直观易懂,便于读者理解接受;文字包括序跋、眉批、夹批、旁批、总评等,既可以对字句作精细品藻,也可以宏观立论。评点符号和文字相互独立又相互配合,增强了词选的文学批评功能。明代中期以前的词选多以〇或、标明句读,或标示佳句以提醒读者注意,评点符号还相对简单,如杨慎评点《草堂诗余》便是如此。到了明代后期,不仅词选中的评语增多,符号使用亦趋于多样化,汤显祖评点《花间集》时符号已多达数种,采用更为醒目的◎和、来标示作品中的重要词眼和佳句,注意运用多种圈点符号配合评语,对词作进行比较详细的评点。明末的戏曲理论家沈际飞,曾刊行《独深居点定玉茗堂集》,具有比较丰富的文学评点经验。他评点《草堂诗余四集》使用了一套比较完善的圈点符号系统,并在其《发凡》中予以说明:"其灵慧新特之句用〇,尔雅流丽之句用、,鲜奇警策之字用◎,冷异巉削之字用、,鄙拙肤陋之句用∣,复用·读句,以便览者不嗫嚅于开卷,心良苦矣。"符号圈点具有直观的特点,易为初学者接受。该书另有眉批数千条,内容极为丰富。由于评点方式是随阅随评,看似散漫随意,没有清晰的理论体系,其实不然。沈际飞评点《草堂诗余四集》、徐士俊评点《古今词统》,不仅具有较大规模,而且富有审美眼光和一定的理论水平,系统梳理评点内容即可寻绎出批评者的词学观念与当时的词学风尚。

由于明代词选编辑深受刻书业影响,书坊以射利为上,编纂刊行时往往缺乏严谨的态度,假托名人评点者亦不少,导致坊间流行的词选评点内容多有芜陋、蹈袭之处。沈际飞曾对坊间的词选评点予以批评:"评点前未有也,近闽中墨本、吴兴朱本有之,非哼呓则隔搔,见者呕哕","注释不晓创之何人,而金陵本、闽中本、浙中本、吴中本辗转相袭,依样葫芦,显者复说,僻者阙如,大可喷饭"。(《草堂诗余四集·发凡》)

(二) 内容丰富的词学批评

明中期以后,思想解放,王阳明"心学"盛行,高扬个性、肯定人欲成为社会的主流思潮。当时诗文戏曲皆重情,主情也是明代词学批评中的一条重要线索。如杨慎《词品》曰:"大抵人自情中生,焉能无情,但不过甚而已。"[1]王世贞《艺苑卮言》曰:"词号称诗余,然而诗人不为也。何者?其婉娈近情,足以移情而夺嗜。"[2]沈际飞评词,非常关注词体的言情功能。沈氏曰:"诗余之传,非传诗也,传情也","情生文,文生情,何文非情?而以参差不齐之句,写郁勃难状之情,则尤至也"。(《草堂诗余四集序》)认为言情乃词之基本体性,将抒情作为品评词作高下的重要标准。其评秦观《满庭

---

[1] 杨慎《词品》,唐圭璋《词话丛编》,中华书局1986年版,第467页。
[2] 王世贞《艺苑卮言》,唐圭璋《词话丛编》,中华书局1986年版,第385页。

芳》(山抹微云)曰:"人之情至少游而极。"评冯延巳《谒金门》(风乍起)曰:"唯动生感,天下有心人,何处不关情,乃云'关卿何事'。"竟替冯延巳回答李璟提出的"关卿何事"的问题。稍后的《古今词统》对"情"的理解在沈氏基础上又有新发展。孟称舜《古今词统序》认为,词本于情,而情有多种,或"婉恋",或"凄怆"、或"愤怅","作者极情尽态,而听者洞心耸耳。如是者皆为当行,皆为本色。宁必姝姝媛媛,学儿女子语,而后为词哉?"①明人论词多以"婉约"为本色,"豪放"为变体,而孟称舜将"婉约"与"豪放"相提并论,驳斥"婉约"为正的流行观念。徐士俊评点《古今词统》,与孟《序》桴鼓相应,"评语的核心是从抒情性的角度论述词的风格。其根本立足点是'婉约'与'豪放'并重。"②这是明人词学观念的一大演进。

明词评点涉及艺术鉴赏的诸多层面(如风格、技巧、主旨等),如明词创作多有尘俗纤绮之弊,沈际飞等人认为作词应具自然隽逸之风,反对刻意雕琢。他评李白《菩萨蛮》(平林漠漠烟如织)曰:"古词妙处,只是天然无雕饰"。夸赞温庭筠《菩萨蛮》(南园满地堆轻絮)"隽逸之致";评万俟咏《长相思》(短长亭)曰:"此词发妙旨于律吕之中,运巧思于斧凿之外。"明人面对难以逾越的唐宋词高峰,深感求新求变的压力。沈际飞认为作词应当翻新出奇,不落俗套,指出文学艺术的生命在于文人的不断创新。其评秦观《江城子》

---

① 孟称舜《古今词统序》,卓人月《古今词统》,辽宁教育出版社2000年版,第3页。
② 丁放、葛旭芳《从明代词选看明代词学观念的演变》,《学术月刊》2008年第6期,第110页。

(西城杨柳弄春柔)结句曰:"李后主'问君能有几多愁,恰似一江春水向东流',少游翻之,文人之心浚于不竭。"沈氏特别留意词人的翻新出彩之处,评秦观《鹊桥仙》(纤云弄巧)曰:"七夕以双星会少别多为恨,独谓情长不在朝暮,化腐朽为神奇。"对李清照《如梦令》中的"绿肥红瘦",赞叹道:"创获自妇人,大奇。"与沈际飞大致同时的俞彦在《爰园词话》中说:"遇事命意,意忌庸、忌陋、忌袭。立意命句,句忌腐,忌涩,忌晦。"[1]这与沈际飞评点中自然隽永、翻新出奇的主张,颇有相通之处,反映出晚明词坛词学理论与评点实践之间的相互呼应。

明代词选中的评点还注意辨析词调、音韵,深入到词体本身。如沈际飞注意对词调句读、分片以及词调、曲调予以辨析。其评叶清臣《贺圣朝》(满斟绿醑留君住)曰:"按此调多参差不同。旧谱羡日字正之,恐犯《眼儿媚》调。新谱以日字连下读,又不成句。《词选》于两段末作五字句,换头作八字叶,可从。"他还指出当时词选中调名相混的现象:"如王元美《西江月》混入《少年游》,苏景元《踏莎行》混入《木兰花》,王止仲《踏莎行》混入《水龙吟》,徐小淑《霜天晓角》六调混为三调,杨用修《莺啼序》一调割为二调。尤可笑者,《金字经》、《水仙子》、《天净沙》、《一枝花》、《折桂令》、《梁州序》皆以北曲混入。"(《发凡·刊误》)沈际飞对当时词韵、曲韵混用的现象也颇为不满,他在《发凡·研韵》中批评胡文焕《文会堂词韵》杂用曲韵、诗韵,欲重编词韵以正其谬。

综上所述,明代词选中的评点内容十分丰富,值得进一步系统

---

[1] 俞彦《爰园词话》,唐圭璋《词话丛编》,中华书局1986年版,第400页。

整理和深入研究。明代词学评点的风气直接影响到清初词坛,顺、康时期清词评点蔚然成风,[①]较明代更为丰富和深入,理论色彩也更为浓厚,如清代"常州词派"的理论基石便是通过张惠言《词选》的编选、评点建构起来的。清人现存一百一十余种词选中,近四分之一的选本都有评点性文字,[②]于此可见明代词学评点对清代词学发展的影响之深。

第三节 明代词选与明词创作的互动关系

一、《草堂诗余》与明代前中期词学演变:以陈铎、张綖等人为例

《草堂诗余》原是南宋书坊为应歌之需编选的一部词集,在当时主流词坛的地位并不彰显,而明代中叶以后,经明人改编的各种《草堂诗余》却大为流行,形成了一个令人瞩目的"草堂"系列。《草堂诗余》对明词创作与词学观念的演变都有重要影响,张宏生先生指出:杨慎是较早对《草堂诗余》展开全面批评的批评家,杨慎对《草堂诗余》的评论启发并推动了清人复兴词学和深化词学,体现出明清两代词学发展的递嬗之迹;杨慎词创作虽受《草堂诗余》词

---

① 参朱秋娟《清初清词评点的风尚成因与原生面貌》,《文艺研究》2008年第11期,第60—67页。

② 李睿的博士论文《清代词选研究》附录一"清代词选的结构要素"罗列清代词选一百一十四种,本书据此表统计,清代词选有评点内容者达三十种。

风的影响,但贬谪生活又使其创作具有一定的个性。[1] 这一研究对深入探讨《草堂诗余》与明代词学关系颇具启发意义。其实,在杨慎之前或大致同时的陈铎、张𫄧那里,《草堂诗余》已开始受到充分重视,二人的词学活动很大程度上是在学习、反思《草堂诗余》的基础上开展起来的;反过来,陈铎、张𫄧对《草堂诗余》的传播与繁荣也起到促进作用。有鉴于此,我们拟在考察陈铎、张𫄧词学活动与《草堂诗余》关系的基础上,进一步探讨《草堂诗余》与明代前中期词学演变的互动关系。

(一) 文学复古背景下追和《草堂诗余》的词学意义

明代前期,出现了一部由著名词曲家陈铎(字大声,号秋碧,生卒年不详,约生活在弘治、嘉靖年间)次韵唱和《草堂诗余》而成的词集《草堂余意》。这部比较特殊的词集在当时和后世引起了较大反响,毁誉参半。但评论者大多就事论事,未能进一步考察并揭示出陈铎追和《草堂诗余》的重要意义。

我们首先来考察陈铎唱和《草堂诗余》的大致时间。虽然其确切时间现在已无从查考,但尽量准确判定这一时间的下限,对于考察陈铎追和《草堂诗余》的词学意义具有重要作用。张仲谋先生的《明词史》分析认为,陈铎所和《草堂诗余》的版本"只能是武陵逸史编次、明嘉靖二十九年顾汝所刊本《类编草堂诗余》"。[2] 如据此推算,陈铎和《草堂诗余》应当在嘉靖二十九年(1550)之后了。我们认为,这一结论是值得商榷的。明人陈霆在其《渚山堂词话》中,对

---

[1] 参张宏生《杨慎词学与〈草堂诗余〉》,《南京师大学报》2008年第2期,第128—135页。本节第三部分涉及对杨慎的评价之处,于张文多有借鉴。

[2] 张仲谋《明词史》,人民文学出版社2002年版,第152页。

陈铎唱和《草堂诗余》进行了评价(《渚山堂词话》卷二有"陈大声和《草堂诗余》"条)。《渚山堂词话》完成于嘉靖九年(1530)或稍前(陈霆自序题署时间为"嘉靖庚寅秋七月吉日"),这就说明,陈铎唱和《草堂诗余》活动应当在嘉靖九年之前。嘉靖九年之前的明代《草堂诗余》版本,主要有洪武二十五年(1392)遵正书堂刊本和成化十六年(1480)刘氏日新书堂刊本,两种版本的卷次和录词篇目相同。将陈铎《草堂余意》中的词作题名及顺序与洪武本《增修笺注妙选群英草堂诗余》(据《四部丛刊》本)予以比照,正好大致符合。我们推测,陈铎所和之《草堂诗余》版本,可能是与其生活年代比较接近的成化刊本。

唱和是中国文学史上一种重要的创作现象,陈铎唱和《草堂诗余》的举动可谓渊源有自。词之唱和发轫于中唐,颜真卿等人围绕张志和《渔父词》的唱和活动,是唱和词之开端。宋词发展过程中,词的唱和现象更是不绝如缕,方式多样,南宋还出现了专门和某位作家的唱和词集,如方千里、杨泽民各有《和清真词》一卷,陈允平《西麓继周集》亦专门追和清真词。陈铎的《草堂余意》录词一百四十七首,其中和周邦彦词二十首,和秦观词十六首,远远多于追和其他宋代词人的词作。清真词调美、律严、字工,颇受词家重视,在宋词史上具有结北开南的重要地位,秦观则被认为是北宋词坛最能体现当行本色的词人。南宋所编之《草堂诗余》多选晚唐五代北宋词作,录词以周邦彦为最多,其下依次为秦观、苏轼、柳永,倾向婉丽柔靡的词风。陈铎精研宫律,人称"乐王",其重点追和周、秦的倾向,表明陈铎作词注重音律并崇尚作为"本色"的婉约词风,这和《草堂诗余》选词的主导倾向颇为符合。

对于陈铎追和《草堂诗余》的创作实绩,论者褒贬不一。陈霆《渚山堂词话》云:"论者谓其以一人心力,而欲追袭群贤之华妙,徒负不自量之讥。盖前辈和唐音者,胥以此,故为大力所不许。大声复冒此禁,何也?……使其用为己调,当必擅声一时。而以之追步古作,遂蹈村妇斗美毛、施之失。盖不善用其长者也。"①陈霆认为陈铎"追步古作",难免失之蹈袭,可谓吃力不讨好,如能追求自家面目,其创作成就应当更大。近人况周颐对陈铎词则予以全面肯定,评价非常之高,《蕙风词话》云:"陈大声词,全明不能有二。……其词境约略在余心目中,兼《乐章》之敷腴、清真之沉着、漱玉之绵丽。南渡作者,非上驷未易方驾。明词往往为人指摘,一陈先生掩百瑕而有余。"②又说:"其词超澹疏宕,不琢不率。和何人韵,即仿其人体格。即如淮海、清真、漱玉诸大家,置本集中,虽识者不能辨。"③况氏看到了陈铎在明词创作中不同流俗的特点,但认为其作品兼具宋人众美,则有揄扬过当之嫌。当代学者黄拔荆《中国词史》(下卷)将陈铎和词与原作进行了一番比较和分析,认为"从总体上看,陈大声的词,格律和婉……虽多数篇章未能追步群贤,但却是刻意为之,确乎具有相当功力,似不可与一般平庸之辈的和作相提并论"。④ 我们认为,这一评价比较符合陈铎词创作的实际。

---

① 陈霆《渚山堂词话》,唐圭璋《词话丛编》,中华书局1986年版,第365—366页。
② 况周颐《蕙风词话》卷五,唐圭璋《词话丛编》,中华书局1986年版,第4510页。
③ 况周颐《蕙风词话续编》卷二,《词话丛编》,中华书局1986年版,第4560页。
④ 黄拔荆《中国词史》(下卷),福建人民出版社2003年版,第57页。

一般而言,模拟前人难以创作出上乘作品,陈铎作为经验丰富的作家,应当明白这一道理。所以,陈霆不免疑惑:"大声复冒此禁,何也?"如果拓宽研究视野,将陈铎唱和《草堂诗余》的词学活动放到明代前中期文学发展的大背景下予以观照,可能就会有新的认识和理解。陈铎生活的弘治、正德年间,其时"政治腐败,封建统治集团加紧土地兼并,残酷剥削人民,形成尖锐的阶级矛盾和民族危机。在思想方面,程、朱理学和八股文紧密结合,毒害人心,消磨士气。至于文学,台阁体粉饰太平,纷芜靡蔓;'性气诗'宣扬道学,迂腐庸俗,而彼此推演,文风日益败坏"。[1] 在此背景下,文坛兴起复古思潮,以李梦阳等人为代表的"前七子"倡言复古,主张"文必秦汉、诗必盛唐",欲借复古改变文坛现状。而明词创作与诗文一样面临危机。明词创作在经历刘基、杨基、高启等人开创的短暂辉煌后,至永乐、成化年间,随着词中之台阁体、打油体、理学体的流行而趋于衰蔽,[2]亟须寻找新的发展出路。

明代前期《草堂诗余》并不太流行,明初学者吴讷在《文章辨体序说》中回忆说:"昔在童稚时,获侍先生长者,见其酒酣兴发,多依腔填词以歌之。歌毕,顾谓幼稚者曰:'此宋代慢词也。'当时大儒,皆所不废。今间见《草堂诗余》,自元世套数诸曲盛行,斯音日微矣。追余及长,奔播南北,乡邑前辈,零落殆尽,所谓填词慢调者,

---

[1] 王运熙、顾易生主编《中国文学批评史》(中册),上海古籍出版社2002年版,第252页。

[2] 明初词坛创作的具体情况,可参张仲谋《明词史》第二章、第三章的论述,人民文学出版社2002年版。

今无复闻矣。"①这段话说明,吴讷晚年编辑《文章辨体》时,词学式微,《草堂诗余》已不常见,能填词者亦复稀少。吴讷曾编辑《唐宋名贤百家词》,其中录有《花间集》、《尊前集》等词选,而未收《草堂诗余》,可能与该书在当时不易获见有一定关系。在词坛衰蔽的背景下,周瑛(1430—1518)较早利用《草堂诗余》来编制词谱,希望为初学者提供填词范本。其《词学筌蹄序》云:"《草堂》旧所编,以事为主,诸调散入事下。此编以调为主,诸事并入调下,且逐调为之谱。圆者平声,方者侧声,使学者按谱填词,自道其意中事,则此其筌蹄也。"②《词学筌蹄》直接脱胎于《草堂诗余》,表明《草堂诗余》开始受到明人重视,已有将之改编为学词范本的意图。可惜《词学筌蹄》未能刊刻,仅以抄本行世,未能在当时的词坛产生较大的影响。

在创作上学习《草堂诗余》并产生较大反响的是陈铎。陈霆《渚山堂词话》云:"江东陈铎大声,尝和《草堂诗余》,几及其半,辄复刊布江湖间。"③陈铎将《草堂诗余》作为学词典范,无疑为明代词学发展提供了新的契机。陈铎追和《草堂诗余》之前的一百余年间,明代《草堂诗余》版本只有二三种,而嘉靖一朝就涌现出十余种。④《草堂诗余》的流行与陈铎追和《草堂诗余》的词学活动应有一定的关系。《草堂诗余》是南宋书坊为便歌而编选的词选,随着

---

① 吴讷、徐师曾《文章辨体序说·文体明辨序说》,人民文学出版社1962年版,第59页。
② 周瑛《词学筌蹄》,《续修四库全书》第1735册,上海古籍出版社2002年版。
③ 陈霆《渚山堂词话》,唐圭璋《词话丛编》,中华书局1986年版,第365页。
④ 明嘉靖年间《草堂诗余》的版本情况,可参刘军政《明代〈草堂诗余〉版本述略》一文。

明代商品经济的繁荣、市民阶层的扩大,崇尚流丽婉约词风的《草堂诗余》开始符合明人的审美趣味,陈铎唱和《草堂诗余》无疑会进一步激发明人对《草堂诗余》的兴趣。如词学家陈霆对《草堂诗余》甚为留意,他在《渚山堂词话》中多次提到自己曾编辑词选《草堂遗音》,欲补选《草堂诗余》之所遗。

现存资料虽不能直接说明陈铎有意"复古",通过唱和宋人词选来振兴明代词坛,但其词学活动客观上将《草堂诗余》树立为可供模仿和学习的范本,这在词学衰蔽的背景下具有重要的意义。需要说明的是,陈铎作为散曲名家,在词体创作上坚持北宋以来当行本色的词学观,没有明词创作中常见的"曲化"现象,实属难能可贵。明代社会文化的趋俗性导致的明词创作中的俗化、"曲化"等问题,后来遭到清人的严厉批评。

(二) 师法秦观与"以婉约为正"的词体观

张綖(1487—1543),字世文(一作世昌),号南湖居士,江苏高邮人。张綖的词学著述有《草堂诗余别录》、《诗余图谱》、《南湖诗余》。《南湖诗余》录词三十余首(据《明词汇刊》本),然非全璧。欧明俊教授指出:"《全明词》收录张綖词53首,对另外37首未加考证,编入存疑部分。《补编》确认此37首亦为张綖所作,另补辑10首,这样,共得张綖词100首。"[①]张綖作词师法秦观,崇尚婉约词风。有证据表明,张綖作词、选词以及编撰词谱的词学活动与《草堂诗余》都有一定关系。

---

① 欧明俊《后出转精 嘉惠学林——评周明初、叶晔合著〈全明词补编〉》,《中国韵文学刊》2009 年第 1 期,第 113 页。

张綖曾从同乡前辈王磐(号西楼)学习词曲,朱曰藩《南湖诗余序》曰:"先生从王西楼游,早传斯技之旨。每填一篇,必求合某宫某调,第几声,出人第几犯,务俾抗坠圆美合作而出,故能独步于绝响之后,称再来少游。"①张綖作词酷肖少游,主要是因为他对乡贤秦观极为仰慕,对其词作非常推崇。张綖曾于嘉靖十八年(1539)重新编校刊刻《淮海集》(包括《长短句》三卷),他在《淮海集长短句》卷末题识曰:"陈后山云:'今之词手,惟有秦七、黄九。'谓淮海、山谷也。然词尚丰润,山谷特瘦健,似非秦比。"又说少游"婉约绮丽之句,绰乎如步春时女,华乎如贵游子弟"。(据《四部丛刊》本)这说明张綖非常欣赏以秦观为代表的婉约词风。此外,秦观入选《草堂诗余》的词作数量仅次于周邦彦,这自然也会引起张綖对秦观的注意。

张綖作词师法秦观,多写爱情题材,华而不艳,雅而不俗。小令大多写得明丽清隽,如《生查子》:"凉飔动翠帘,门掩清秋夜。不住寒螀鸣,奈此孤灯下。　玉人来不来,月上葡萄架。犹自倚阑干,宿鸟都飞罢。"其长调则写得深婉曲折,如《风流子》:"新阳上帘幌,东风转,又是一年华。正驼褐寒侵,燕钗春袅,句翻词客,簪斗宫娃。堪娱处,林莺啼暖树,渚鸭睡晴沙。绣阁轻烟,剪灯时候,青旌残雪,卖酒人家。　此时因重省,瑶台畔,曾遇翠盖香车。惆怅尘缘犹在,密约还赊。念鳞鸿不见,谁传芳信?潇湘人远,空采蘋花。无奈疏梅风景,碧草天涯。"此词深受秦观《望海潮》(梅英疏

---

① 朱曰藩《南湖诗余序》,赵尊岳《明词汇刊》,上海古籍出版社1992年版,第84页。

淡)的影响,如秦观词中的"东风暗换年华"、"新晴细履平沙"、"长记误随车"、"烟暝酒旗斜"、"无奈归心,暗随流水到天涯"诸句,在张纼词中都可以找到对应词句。值得注意的是,张纼也偶有透露豪迈之气的词作。如《念奴娇》(满天风雪)下阕云:"自笑二十年来,扁舟来往,惭愧湖头浪。献策肜庭身渐老,惟有丹心增壮。玉洞花光,金城柳眼,何用生凄怆。为君起舞,惊看豪气千丈。"抒写出词人怀才不遇、老当益壮的倔傲。又如《念奴娇·过小孤山》(长江滚滚)写江山景物,词中"独见一峰青崒崪,当住中流万折。应是天公,恐他澜倒,特向江心设"诸句,想象奇特,气势雄伟,说明张纼作词也并非完全以淮海自限。总体来看,张纼词写得婉约蕴藉,较少时人词中的"曲化"现象,具有较高的艺术水准。明末王象晋非常推崇张纼词,曾在崇祯年间合编秦观与张纼词为《秦张两先生诗余合璧》。其《序》云:"今观先生(张纼)长短句诸作,命意恳至,摛词婉雅,俨然少游再生。……予不能诗,更不能词,而甚慕两先生之所为诗若词,特合两先生词并而梓之《图谱》之后,使后世攻是业者知词虽小道,自有当行,无趋恶道,亦未必非修词之一助也。"[①]王象晋认为作词应以"当行"本色,秦、张二人词作对于矫正明代词坛渐堕"恶道"的弊端具有示范意义。清人沈雄也意识到这一点,其《古今词话·词评下卷》评张纼词曰:"新蒨蕴藉,振起一时者。"[②]

---

① 王象晋《诗余图谱三卷附秦张两先生诗余合璧二卷》,《四库全书存目丛书》集部425册,齐鲁书社1997年版,第262页。
② 沈雄《古今词话·词评》下卷,唐圭璋《词话丛编》,中华书局1986年版,第1029页。

第三章　明代词选与明代词学

除作词师法秦观外，《草堂诗余》也是张𫄧研习词学的重要"教材"。张𫄧在创作实践和改编《草堂诗余》、编撰《诗余图谱》等词学活动的基础上，提升出"以婉约为正宗"的词体观念。

张𫄧于嘉靖十七年(1538)编成《草堂诗余别录》一书，这部小型词选分为前后两部分，前者题《草堂诗余别录》(录词三十九首)，后者题《草堂诗余后集别录》(录词四十首)，共选录唐宋词七十九首(《草堂诗余别录》有明嘉靖二十六年黎仪抄本，今藏上海图书馆)。《别录》选录词人四十余家，苏轼入选十三首，秦观入选八首，远多于其他词人的选词数量(其他词人大多只选一二首作品)。《别录》所选北宋词明显多于南宋词，这与《草堂诗余》的选词倾向是基本相同的。但张𫄧指出，其编辑《别录》的目的是删除《草堂诗余》中"猥杂不粹"之作，保留"平和高丽之调"。《别录》自序云："诗余者，唐宋以来之慢调也，吴文节公于《文章辨体》亦有取焉。虽亦艳歌之声，比之今曲，犹为古雅，故君子尚之。当时集本亦多，惟《草堂诗余》流行于世，其间复猥杂不粹。今观老先生朱笔点取，皆平和高丽之调，诚可则而可歌。复命愚生再校，辄敢尽其愚见，因于各词下漫注数语，略见去取之意，别为一录呈上。倘有可取进教，幸甚。"朱崇才教授《论张𫄧"婉约—豪放"二体说的形成及理论贡献》(《文学遗产》2007年第1期)一文认为，根据序中语气和"老先生"等称谓来看，《别录》很可能是张𫄧年轻时学词的"作业"，"老先生"极有可能就是他学词时的业师王西楼，《别录》中的词作点评内容反映出张𫄧"婉约"、"豪放"二体说的思考过程。这一论断也说明《草堂诗余》与张𫄧词学观念的形成关系密切。

张綖作词、选词都推崇婉约词风,他在《诗余图谱》中正式提出"以婉约为正"的词体观。其《诗余图谱·凡例》按语云:"词体大略有二:一体婉约,一体豪放。婉约者欲其辞情蕴藉,豪放者欲其气象恢弘,盖亦存乎其人。如秦少游之作多是婉约,苏子瞻之作多是豪放。大抵词体以婉约为正……今所录为式者,必是婉约,庶得词体。"[1]婉约与豪放的概念在宋人词学话语中已经出现,但属于风格类型或审美风貌,张綖将其提升到词体的高度予以标举和区分,第一次明确标举词以"婉约为正宗,豪放为变体"的词学观,对后世产生深远影响。张綖认识到词谱中的例词具有示范作用,故《诗余图谱》中所选例词都是偏于婉约的作品,所谓"今所录为式者,必是婉约,庶得词体"。据统计,《诗余图谱》选录晚唐五代两宋近八十家词人的词作二百二十余首,其中录词较多的为张先、秦观、晏殊、柳永、周邦彦等偏于婉约一路的词人,而苏轼、辛弃疾的豪放词则未选入。可以看出,《诗余图谱》的录词倾向与《草堂诗余》的选词重心是一致的。

(三)《草堂诗余》与明代前中期词学的演变

综合考察《草堂诗余》与陈铎、张綖、杨慎等人的关系,可以发现,明代前中期对《草堂诗余》的接受,实际上历经了一个由浅入深的过程,《草堂诗余》的传播与词学观念的演进,呈现出互动的态势。

首先,在创作实践上,明代前中期词坛对《草堂诗余》的学习

---

[1] 张綖《诗余图谱》,《续修四库全书》第1735册,上海古籍出版社2003年版,第473页。

经历了由大力模仿到有所突破的过程。在如何学习《草堂诗余》的问题上，明人采取了不同的策略并产生了不同的反响：陈铎直接模仿《草堂诗余》，虽有标举学词范本的意义，然其整体成就显然不能与宋贤比肩，未能获得明人的普遍认可和仿效；张綖师法秦观，选择《草堂诗余》中最能体现词体本色特征的宋词作为学习对象，所以多受明人肯定和好评；而杨慎的创作则较多地保留了《草堂诗余》的审美风格，贬谪云南的人生经历使其词作具有一定的个性。杨慎词深受明人推重，被誉为"当代词宗"（周逊《刻词品序》），可见明人学习《草堂诗余》的策略和方法在不断调整。

其次，在词学观念上，明代前中期词坛对《草堂诗余》的接受和评价大致经历了由肯定到反思、由学习实践到理论提升的过程。陈铎对《草堂诗余》极为推崇，故而大力唱和模仿；杨慎对《草堂诗余》予以正反两方面评价，《词品》既称赞《草堂诗余》选词恰当，也批评其选目不甚合理；张綖不满《草堂诗余》中的"猥杂不粹"之作，编成《草堂诗余别录》，在自己学词实践的基础上提炼出"以婉约为正"的词体观。此后，明人大多沿袭这一观念，并将其作为评词的重要标准，如顾从敬《草堂诗余》卷首何良俊《序》曰："乐府以豳迳扬厉为工，诗余以婉丽流畅为美。如周清真、张子野、秦少游、晁叔用诸人之作，柔情曼声，摹写殆尽，正词家所谓当行、所谓本色者也。"[1]

---

[1] 何良俊《草堂诗余序》，施蛰存《词籍序跋萃编》，中国社会科学出版社1994年版，第670页。

第三,陈铎、张綖、杨慎等人的词学活动,反过来又促进了《草堂诗余》系列在明代的传播和繁荣。陈铎追和《草堂诗余》,较早地引起明人对该书的关注;杨慎的《词品》对《草堂诗余》进行了多层面评论,也扩大了《草堂诗余》在明代的影响;张綖《诗余图谱》问世之前,明代《草堂诗余》主要继承宋本按题材分类编纂的体例,张綖按小令、中调、长调顺序编辑《诗余图谱》,为词选体例的创新提供了重要启示。嘉靖二十九年(1550),顾从敬《类编草堂诗余》开始按小令、中调、长调三分法分调选词,受到词坛极大关注。此后"草堂"系列的改编本多取分调之法,分类本虽然继续存在,但分调选词已成为一大趋势。以字数多少划分小令、中调、长调不一定很科学,但分调选词却非常便捷,"反映了选家欲合订谱与选词为一体,将词选选成既是玩味欣赏的读本、又是填词创作的格律准式的努力和追求"。①

第四,《草堂诗余》的流行也给明代词学观念演变带来负面影响。从明代中期开始,《草堂诗余》即成为明代词学批评的一个热点和焦点,其他宋代词选如《花庵词选》、《绝妙好词》、《乐府补题》等则不受重视,影响到明人全面认识宋词和深入理解词体特征,以至于清人把明词不兴的原因归罪于《草堂诗余》的流行。如朱彝尊《词综·发凡》云:"古词选本,若《家宴集》、《谪仙集》、《兰畹集》、《复雅歌辞》、《类分乐章》、《群公诗余后编》、《五十大曲》、《万曲类编》及草窗周氏《选》,皆轶不传,独《草堂诗余》所收最下最传。三

---

① 肖鹏《群体的选择——唐宋人词选与词人群通论》,凤凰出版社2009年版,第423页。

百年来,学者守为《兔园册》,无惑乎词之不振也。"①这一评论虽不免偏激,但也并非毫无道理。从历史发展的角度看,《草堂诗余》在明代带来的弊端激发了清人对明代词学的反思,为词学发展下一个高潮的到来做了铺垫和准备。

二、女性词创作与女性词选的出现

文学选本是我国古代文学传播的重要途径,也是一种重要的批评方式。每部选本都有一定的编选宗旨和选择标准,而这种选择标准往往代表当时一部分人的文学观念与审美趣味。比如,词选就是"适应某种时代潮流和社会需要而产生,操选政者事实上扮演了社会舆论化身的角色。哪些词人、哪些词作被反复选出流播人口,甚至家喻户晓,都足以成为舆论和观念影响社会"。②宋明两代出现了为数众多的词选,其中选录不少女性词人词作,明代后期出现了第一部专选女性词人词作的《名媛诗纬初编诗余集》,其编选者王端淑着意提升女性作家的文学地位,该词选在女性词史乃至整个中国词学史上具有不可忽视的意义。

(一)"一枝独秀":宋人词选中的李清照词

唐五代女词人数量很少,随着宋词创作的兴盛繁荣,女性词人词作的数量逐渐增多。据不完全统计,《全宋词》中收录女词人八十余人(不含话本小说中能词的女性),词作近两百首,其中有像李清照、朱淑真、魏夫人(魏玩)等知名词家。现存较为完整的宋人词

---

① 朱彝尊、汪森《词综》,上海古籍出版社1978年版,第11页。
② 肖鹏《群体的选择——唐宋人词选与词人群通论》,凤凰出版社2009年版,第7页。

选共九种,①其中五部选录女性词人词作,具体见表1。

表1 宋人所选女性词人词作概览

词选名称	女性词人词作总计	入选频率较高的作者及篇数			备注
		李清照	魏夫人	孙夫人	
《梅苑》	共选1人18首	18			易安词存疑2首,误题11首
《乐府雅词》	共选2人33首	23	10		
《草堂诗余》	共选3人13首	10		2	易安词存疑1首,误题2首
《唐宋诸贤绝妙词选》	共选10人29首	8	7	5	该书卷十专选宋代"闺秀"词
《阳春白雪》	共选3人5首	3			

表1分析:

1. 李清照词受到同时代选家的重视与欣赏

黄大舆的《梅苑》是靖康之变前后编成的咏梅词选,书中标明姓名者八十二人,共录词作四百二十一首,人均选词五首左右,而李清照词选录多达十八首(含存疑之作)。曾慥《乐府雅词》中标明姓名者九十五人,共选词九百二十三首,人均选词不足十首,而李清照词却入选二十三首,为人均选词数的两倍多。《乐府雅词》反

---

① 其中《金奁集》或为宋人所编,存疑;参唐圭璋等校点《唐宋人选唐宋词》,上海古籍出版社2004年版,表1中词选皆据此版本。

映出南渡初期词人崇雅的审美趣味,它大量入选李清照词,说明易安词被时人视为雅词典范。《梅苑》、《乐府雅词》在李清照生前即已编选刊行,其作品被大量选录,也说明当时人们对其词作的欣赏与认同。

2. 李清照词雅俗共赏,拥有广泛的读者群体和消费市场

《草堂诗余》是南宋书坊编选的一部词集,该书多选晚唐五代北宋词,共选词人一百零五家,词作三百七十首,其中选录李清照词十首(含存疑之作),选词数量在全书词人中排名第五位。《草堂诗余》为便歌而选,故而入选词作艺术风格上要求流丽婉约,音律上要求谐婉合律,李清照词无疑符合其审美需求,其《如梦令》(昨夜雨疏风骤)、《醉花阴》(薄雾浓云愁永昼)、《凤凰台上忆吹箫》(香冷金猊)、《一剪梅》(红藕香残玉簟秋)等脍炙人口的名篇都被选入。

赵闻礼《阳春白雪》编成于理宗淳祐十年至景定二年(1250—1262)间,该书共录词人二百三十一家,共选词六百七十一首,人均选词不足三首。赵闻礼推崇雅正,不收"下里巴人"之词,书中选录较多的是史达祖、吴文英、周邦彦、姜夔等人的词作。李清照是该书选录的唯一的女性词人,录词三首,已超过人均选词数量,说明李清照在南宋末年仍然受到崇雅选家的重视。

3. 女性词人群体初步受到关注与整体上被遮蔽的状态

黄昇编辑的《唐宋诸贤绝妙词选》和《中兴以来绝妙词选》,合称为《花庵词选》,于理宗淳祐九年(1249)编成付梓,共选唐宋词人二百二十三家,词作一千二百八十五首,人均选词不足六首。《唐宋诸贤绝妙词选》卷十为"闺秀",专选女性词:吴城小龙女一首、魏

夫人七首、李易安八首、孙夫人五首、吴淑姬三首、阮氏一首、卢氏一首、聂胜琼一首、陈凤仪一首、陆氏侍儿一首,共计十人二十九首。卷十篇幅虽小,但可算是宋代女性词人群体的初次集体"亮相",这表明词选家对女性词人群体的初步关注。

在中国封建社会中,女性处于从属地位,女性文学不受男性士大夫文人的关注和重视。李清照在宋代词坛影响巨大,与其才华出众和出身名门有重要关系。其他女词人如魏夫人、孙夫人等入选频率不高,作品数量也不多,著名女词人朱淑真则未进入宋代选家的视野之内。综合以上分析,可以发现:宋人选女性词,李清照入选频率最高,且入选词作数量较多,在宋代女词人中,李清照无疑是一枝独秀;遗憾的是,宋代女性词人群体在男性文人的文学视阈中还处于被遮蔽的状态。

(二)"群体登场":明代后期词选对女性词人的关注

明代词选数量之多,超过前代,现存明代词选尚有四十余种。明代中叶以后,词选编辑出现繁荣景象,经明人改编的各种《草堂诗余》广为流行,形成了令人瞩目的"草堂"系列。明《草堂诗余》版本达数十种之多,多数为书坊牟利所刻,层层因袭改编旧本,选录词人词作多有重复,故本书仅选择其中比较具有代表性和影响力的《增修笺注妙选群英草堂诗余》和《类编草堂诗余》两种词选予以统计。此外,明代还有多种自具特点的词选,亦纳入本书的研究范围。

下面分别就明人选宋代女性词与明人选本朝女性词的情况制成表2、表3。

第三章 明代词选与明代词学 183

表2 明人选宋代女性词概览

词选名称	总 计	入选频率较高的作者及篇数				备 注
		李清照	朱淑真	孙夫人	魏夫人	
明代前中期 《增修笺注妙选群英草堂诗余》	共选3人9首	6		2		
《类编草堂诗余》	共选3人15首	9		5		易安词存疑2首
《词林万选》	共选3人8首	6	1	1		易安词存疑4首;朱淑真词误题为"朱希真"
《百琲明珠》	共选5人6首		2		1	朱淑真词存疑1首
《天机余锦》	共选4人17首	10	5	1		易安词误题1首
明代后期 《花草粹编》	共选52人147首	43	23	8	11	易安词存疑9首;朱淑真词存疑5首
《词的》	共选6人18首	8	2	5		易安词误题1首,存疑2首
《词菁》	共选3人11首	6				
《词坛艳逸品》	共选4人6首		2	1	1	
《古今词统》	共选30人62首	15	5	5	3	易安词存疑6首;朱淑真词存疑2首
《精选古今诗余醉》	共选8人35首	14	4	7	4	易安词存疑6首

版本说明:1.《增修笺注妙选群英草堂诗余》据吴昌绶《景刊宋金元明本词》;2.顾从敬《类编草堂诗余》据《四部备要》本;3.杨慎《词林万选》据明末毛氏刻汲古阁《词苑英华》本;4.杨慎《百琲明珠》据赵尊岳《明词汇刊》本;5.题程敏政《天机余锦》据辽宁教育出版社"新世纪万有文库"本;6.陈耀文《花草粹编》据河北大学出版

社龙建国等人点校本;7.茅暎《词的》据清萃闵堂钞本;8.陆云龙《词菁》据明崇祯四年(1631)《翠娱阁评选行笈必携》本;9.杨肇祉《词坛艳逸品》据国家图书馆藏明刊本胶片;10.《古今词统》据"新世纪万有文库"本;11.《精选古今诗余醉》据"新世纪万有文库"本。

表2分析:

1. 明代前中期,女性词人尚未受到关注

《增修笺注妙选群英草堂诗余》是在南宋《草堂诗余》的基础上增补、笺注而成的词选,有明洪武二十五年(1392)遵正书堂刊本,选词三百六十七首;顾从敬《类编草堂诗余》成书于嘉靖二十九年(1550),选录唐宋词四百四十三首;杨慎《词林万选》、《百琲明珠》分别选录唐宋金元明人词二百二十九首和一百五十六首。这四部明代前中期的词选仅选录了李清照、朱淑真、孙夫人、阮逸女等数人的数首作品,与宋代词选的情形大体类似,说明这一时期选家对女性词人还没有予以特别关注。

2. 明代中后期,选家开始留意朱淑真的词作

宋代词选没有选录朱淑真,可能与当时选家对女性词人的轻视或不易见到其词作有一定关系。到了明代,前代的某些文献资料得到发掘和整理,朱淑真开始进入明代选家和读者的视野。《百琲明珠》、《天机余锦》(原题明程敏政编,据学者考证,此书实为书贾假托)分别选录朱淑真词二首和五首,而陈耀文《花草粹编》则收朱淑真词二十三首,几乎将朱淑真所存词作悉数收录其中,这说明朱淑真受到明代选家的特别注意。

3. 明代后期女词人"群体登场"与词选中女性意识的增长

《词的》、《词菁》、《词坛艳逸品》皆只选词二三百首,规模不大,

选录女词人也不多。与之相比,收词达二三千首的大型词选《花草粹编》和《古今词统》等选录女性词人词作的数量则相当可观。尤其是《花草粹编》,选录宋代女词人五十二家,共计一百四十七首作品,最令人瞩目。其中录词最多的是李清照四十三首,后面三位依次是朱淑真二十三首、魏夫人十一首、孙夫人八首,其他如严蕊、吴淑姬、延安李氏、慕容岩卿妻、乐婉、蒋令女、花仲胤妻、连静女、尹温仪、聂胜琼、易祓妻、戴复古妻、王清惠、阮逸女等一批词艺较高的女性词人也都被选录进来。在中国封建社会,女性所受束缚颇多,明代前期理学盛行,对女性思想情性的压抑和禁锢加强,"女子无才便是德"的传统观念愈加流行,直到明代中后期心学盛行,情况才有所改变。心学倡导比较自由的思想观念,使得社会思想文化氛围趋于宽松,相应减轻了理学对女性的轻视和压抑,女性文学创作较以前更容易受到男性文人的重视和欣赏。《花草粹编》等词选保存大量女性词人词作的文献资料,比较全面地展现了宋代女性词坛的创作阵容,应与明代后期词选中女性意识的增长有一定关系。

明代前中期,女性词创作处于沉寂状态,当时的词选几乎没有选录本朝女词人的作品。随着明代中后期思想文化氛围的逐渐宽松,女性词坛走向活跃,明代女性词人也开始更多地受到选家的关注。明代后期共有七种词选选录了本朝女词人,具体见表3(明代女性词选《名媛诗纬初编诗余集》将在下节探讨,故不列入表3中)。

表3　明人选本朝女性词概览

词选名称	女性词人词作 总　计	入选频率较高的作者及篇数				
		王微	徐媛	杨夫人	王凤娴	小青
明代后期 《词的》	共选1人1首		1			
《词菁》	共选2人7首	3	4			
《词坛艳逸品》	共选1人1首			1		
《类编笺释国朝诗余》	共选2人5首		4	1		
《草堂诗余新集》	共选3人17首	15			1	1
《古今词统》	共选15人37首	9	4	1		
《精选古今诗余醉》	共选6人41首	33	2	1	3	1

版本说明:1.《词的》、《词菁》、《词坛艳逸品》、《古今词统》、《精选古今诗余醉》版本皆同表2；钱允治《类编笺释国朝诗余》据《明词汇刊》本;3.《草堂诗余新集》据明末沈际飞《古香岑草堂诗余四集》本。

表3分析：

1. 王微、徐媛等女词人受到选家关注

从表3中可以看到,王微、徐媛、杨夫人等人在明代词选中的入选频率较高,王微作品入选尤多,说明她们应当是明人心目中有一定影响的女词人。王微,字修微,广陵人。七岁丧父,后流落为妓,成为当时著名的青楼词人。王微曾与谭元春、陈继儒等名士交游,施绍莘称其"风流蕴藉,不减李清照"。[①] 徐媛,字小淑,长洲人,万历进士范允临之妻。徐媛常与其夫悠游唱和,有《络纬吟》十二卷,是明代闺秀词人的代表。

2. 词选中女性词人呈现增补态势,词作数量呈增多趋势

从表3中的数据可以看出,茅暎《词的》选徐媛一人;陆云龙《词菁》选录徐媛、王微二人;钱允治《类编笺释国朝诗余》则补选了杨夫人(杨慎妻)一首;沈际飞在《类编笺释国朝诗余》基础上改编而成的《草堂诗余新集》则补录王凤娴、小青两位女词人;明末卓人月《古今词统》共选录十五位明代女词人,让更多本朝的女性词人进入读者和批评家的视野;潘游龙《精选古今诗余醉》大量选录王微的作品,而且,该书共选明代女性词四十一首,在六部词选中居于首位。

综合对表2、表3的分析,可以看出:明代中后期,随着女性词人的活跃与词选家女性意识的增长,宋代女词人被词选大量选录,本朝女词人也受到一定程度的关注;女性词人多以"群体登场"的方式进入读者视野,女性词人词作也借助词选这种重要的传播媒介而广泛传播,进而产生更大的文学影响。

(三)"不让须眉":《名媛诗纬初编诗余集》出现的意义

近人赵尊岳辑刊《明词汇刊》,其附录《惜阴堂汇刻明词记略》云:"女史词在宋之李、朱大家,昭昭在人耳目。元代即不多,《林下词选》几难备其家数。而明代订律拈词,闺襜彤史多至数百人,《众香》一集,甄录均详(董氏覆印拙藏本,大东书局发行)。而笄珈若吴

[①] 王昶《明词综》,辽宁教育出版社1997年版,第182页。

冰仙、徐小淑,烟花若王修微、杨宛之流,所值较丰,又复脍炙人口,视聂胜琼之仅存片玉,严蕊之仅付诙谐,自又夺过之,足资讽籀也。"①据不完全统计,中华书局2004年版的《全明词》中收录女词人近三百八十位,词作二千二百余首。明代中后期女性词人大量出现,成为词坛的一大景观。在此背景下,出现了第一部以女性选家的身份专选女性词的女性词选——王端淑的《名媛诗纬初编诗余集》。②

王端淑,字玉映,号映然子,又号青芜子,明末浙江山阴人。王思任次女,钱塘贡生丁圣肇室。端淑博通文史,工于诗词,兼擅书画,一生著述甚富,有《吟红集》、《玉映堂集》、《史愚》等多种。王端淑选录明以前及本朝妇女的诗词曲作品,辑成《名媛诗纬初编》。该书共四十二卷(据清康熙间清音堂刊本,本书相关引文出自此本),其中卷三十五、三十六选录词作。赵尊岳辑刊《明词汇刊》时,将该书中的二卷词选命名为《名媛诗纬初编诗余集》上下卷。《名媛诗纬初编诗余集》虽然卷帙不多,但其专选本朝女性词人,且所选之词多有评语,这在女性词史乃至整个中国词学史上都具有不可忽视的意义。丁圣肇在《名媛诗纬初编序》中说:"余内子玉映,不忍一代之闺秀佳咏湮没烟草,起而为之霞搜雾辑。其耳目之所

---

① 赵尊岳《明词汇刊》附录一,上海古籍出版社1992年版。
② 有人认为《宋旧宫人赠汪水云南还词》是现存第一部女性词选,不确。元至元二十五年(1288),汪元量自大都南归,宋旧宫人分别赋诗词为之送行,有人将词作辑为《宋旧宫人赠汪水云南还词》。此集辑录章丽真、袁正真、金德淑等十三人的赠别词十三首,这十三位女作者的词作唯见此集。(可参王兆鹏先生《词学史料学》第330页对该集的介绍,中华书局2004年版)此书虽皆录女性词人词作,但编辑者并非出于"选"的意图,在一定范围内选录女性词人,故而,本书认为该集并非第一部女性词选。

及者,藏之不忍;其耳目之所未及者,书中举凡王公贵妇、贞节烈妇、闺秀佳人、艳妓歌女、方外女尼,皆存录之。"《名媛诗纬初编》凡例六说:"诗以人存。如一人而有专集,则选其诗之臧否;如一人只有一首半首存者,虽有瑕疵,亦必录之,盖存其人也。"《名媛诗纬初编诗余集》也是因人存词,其选录情况详见表4。

表4 《名媛诗纬初编诗余集》选词一览表

姓名	选词数	身份	姓名	选词数	身份	姓名	选词数	身份
孟淑卿	1	闺秀	戴娇凤	1	闺秀	韩翠屏	1	闺秀
素 贞	1	闺秀	黄 氏	1	闺秀	张红桥	1	闺秀
徐 媛	1	闺秀	姚青娥	1	闺秀	陆卿子	1	闺秀
武 氏	1	闺秀	张倩倩	1	闺秀	项兰贞	1	闺秀
吴静闺	1	闺秀	叶纨纨	1	闺秀	吴贞闺	1	闺秀
纪映淮	2	闺秀	冯小青	1	闺秀	商景兰	1	闺秀
翁孺安	1	闺秀	叶小鸾	1	闺秀	梁孟昭	1	闺秀
马淑祉	1	闺秀	郭 雯	1	闺秀	柴贞仪	1	闺秀
郝湘娥	1	闺秀	张小莲	1	闺秀	顾 諟	2	闺秀
黄字鸿	1	闺秀	张 兰	1	闺秀	杜秀珩	1	闺秀
顾若璞	1	闺秀	董少玉	1	闺秀	陈 氏	1	闺秀
顾长任	1	闺秀	谢 瑛	1	闺秀	黄修娟	1	闺秀
杨文俪	1	闺秀	黄 峻	1	闺秀	刘翠翠	1	不详
王 微	1	青楼	张娴婧	1	闺秀	杨 宛	1	青楼
杨玉香	1	青楼	陈玉娟	1	不详	冯 絃	4	青楼
沙 嫩	1	青楼	呼 举	2	青楼	赵彩姬	1	青楼
郑婉娥	1	仙鬼	蜀 妓	1	青楼	胥苓弟	1	不详
花丽春二侍姬	1	仙鬼	王秋英	1	仙鬼	翠 薇	1	仙鬼
			蓬莱宫娥	1	仙鬼	元妙洞天女	1	仙鬼

表4分析:

1. 对本朝女词人特别关注

王端淑编选《名媛诗纬初编》,除了保存女性文学的文献资料外,还有更为重要的目的。《名媛诗纬初编》自序中说:"客问于予曰:'《诗三百》,经也。子何取于纬也?《易》、《书》、《礼》、《乐》、《春秋》,皆有纬也,子何独取于诗纬也?'则应之曰:'日月江河,经天纬地,则天地之诗也。静者为经,动者为纬;南北为经,东西为纬;则星野之诗也,不纬则不经。昔人拟经而经亡,则宁退处于纬之,足以存经也。'"王端淑在序中交待本书的命名意图,将之与《诗经》相提并论,表现出提升女性文学地位的自觉意识。《名媛诗纬初编诗余集》选录明代五十六位女性作者的六十三首词作,每人入选词作数量大多为一首,体现出因人存词而非因词存人的编辑意图,说明王端淑对本朝女性词人特别关注,力争使其进入当代读者的阅读和批评视野。明人对本朝词人的评价多不高,对其词作的选录也不甚留意,明人专选本朝词人的词选只有钱允治《类编笺释国朝诗余》、沈际飞《草堂诗余新集》以及《名媛诗纬初编诗余集》等寥寥数种,因此,《名媛诗纬初编诗余集》的出现就更显示出其独特的词学意义。

2. 闺秀和妓女组成"名媛"词人群体

纵观该编选阵,闺秀词人和青楼词人占绝大多数(另有数首"仙鬼"词则出自话本小说)。明代中后期心学盛行,理学对女性的禁锢有所减轻,再加之商品经济的大发展,民间文化教育也得到相应发展,名门望族开始注重对女子的闺中教育,使得明代女性的文化意识增强,大家闺秀往往才华过人,擅长诗词。如出身吴江叶氏家族的叶纨纨、叶小鸾姊妹,词艺殊佳。叶纨纨,女词人沈宜修长女,天资颖慧,擅诗词,有《芳雪轩词》;叶小鸾,沈宜修幼女,未嫁而殁,有《返生香》集。清初周铭《林下词选》选录叶小鸾词多达十六首,并评之曰:"昔黄山谷称晏小山词为《高唐》、《洛神》之流,其下者亦《桃叶》、《团扇》。今读《返生香》诸词,全是《高唐》、《洛神》,非复《桃叶》、《团扇》可仿佛也。"[1]明代闺秀词人还往往以家庭或家族为纽带,形成群聚丛出的女性词人群体,如母女词人、姊妹词人等。该编即选录姐妹词人叶纨纨、叶小鸾,吴贞闺、吴静闺,姑嫂词人黄修娟、顾若璞等。明代中后期妓业兴盛,出现不少擅长诗词的青楼女子。该编选录了八位青楼词人,王微、杨宛为其中声名最著、词艺较高者。王端淑评王微《捣练子·春夜送远》曰:"落想空灵,吐句慧远。他人说尽千行纸,不若修微寥寥数字。绝非温、李,谁说苏、辛。词家胜地,已为修微占尽。胸中若无万卷书,眼中若无五岳潇湘,必不能梦到想到。"(《名媛诗纬初编诗余集》)赏誉之情溢于言表。

明代中叶以后,文学评点之风盛行,明代词选如杨慎《词林万选》、沈际飞《草堂诗余四集》、卓人月《古今词统》、茅暎《词的》、陆云龙《词菁》等,也多有评点,经过评点的词选对读者阅读接受有所提示和帮助,评点者也可借助评点的批评形式发表感悟和见解。《名媛诗纬初编诗余集》对入选词作都有评语,反映出一位女性批评者一系列的词学观念:

其一,诗词有别,词体不忌怨辞绮语。

由于性别和生活环境等因素的影响,古代女性文学作品多有艳词绮语和脂粉之气。王端淑认为女性作诗应该摆脱闺阁习气与脂粉绮语,她说:"凡为女子,幽、娴、贞、静四字毕矣,若为绮语怨辞所最忌。"(《名媛诗纬初编》卷三评"钱氏")并反复申明:"女子不可

---

[1] 赵尊岳《明词汇刊》,上海古籍出版社1992年版,第1612页。

作绮语艳词,予已言之再四矣。"(《名媛诗纬初编》卷五评"李玉英")与作诗不同,王端淑认为作词可以不忌绮语怨辞,多用"香艳"、"秀媚"、具有"花间"体调等词语来评价女性词作。如评顾长任《清平乐·春闺》曰:"词韵香艳,非追琢可拟。"(《名媛诗纬初编诗余集》,下文所引评语皆引自该编)评胥苓弟《小重山·答伍伦》曰:"秀媚之极,杂之《花间集》亦复难辨。"评冯紘《江城子》曰:"轻清幽寂,是《花间》调中体。"

其二,作词不拘"粉艳",审美趣味多元。

明人多以"婉约"为词之本色,由于过分推重婉约,明词创作多有纤绮尘俗之弊而少自然隽逸之风。王端淑指出,闺阁词人在"粉艳"之外,还应当有其他的审美追求。如评徐媛《渔家傲》(板扉小隐青溪曲)曰:"词不难于艳而难于朴,不难于填而难于切。若《郊居》词朴矣,切矣。隐居村况,舟旅重阳,似道子画水,壁上有声。"评孟淑卿《减字木兰花·幽怀》曰:"诗余继《离骚》,最为近古。闺阁多粉艳,更难乐府。欲得淡远轻新,曲尽情致,正未易得。淑卿以剩明月作幽怀,殊出词人,在百尺楼上。"王端淑肯定那些超轶香艳词风的作品,反映出其多元化的审美趣味。

其三,对言情的推重。

"诗言志,词言情"是《花间集》以来的传统观念,对明人也有相当大的影响。如王世贞《艺苑卮言》曰:"词号称诗余,然而诗人不为也。何者?其婉娈而近情也,足以移情而夺嗜。"[①]重情、主情是明代词学批评中的一条重要线索,这在王端淑的词学批评中也得

---

① 王世贞《艺苑卮言》,唐圭璋《词话丛编》,中华书局1986年版,第385页。

到体现。王端淑认为,创作要有感而发,满怀深情,词作才能深情蕴藉,感动人心。如评张倩倩《蝶恋花》(漠漠轻阴笼竹院)曰:"情至之词,自然感于心胸,虽欲脱略而伤心自见。"评素贞《西江月》(短炬荧荧残照)曰:"用情之正,惟恨用情之不多。若此一词,蕴藉惨切,猿闻肠断,自当年年寒食向虎丘作冢上连理曲,以浇慰九原可也。"她还数次提到自己读词时为词人之深情所感动,"不禁掩袂而泣下也"(评郑婉娥《念奴娇》)。

其四,对作词技法的评点。

关于作词的技法技巧,宋末张炎、沈义父等人均有精彩论述,而明代陈霆、王世贞、杨慎等词学理论家却极少论列。王端淑既是一位选家,又是一位出色的女词人,所以她在书中发表了一些关于作词技法的见解。比如,创作篇幅短小的令词,要注意起伏变化、含蓄蕴藉,不可一览无余。其评顾谝《菩萨蛮·春日思归》曰:"平铺中时露尖秀。"评陈氏《如梦令·寒食》曰:"词愈少,断不可尽情作完,完反觉嚼蜡矣。"创作慢词长调,谋篇布局则要从整体着眼。其评蓬莱宫娥《贺新郎·赠朱生》曰:"作此等题,词极易敷衍。看此词,驳换吞吐,具大手腕。"

其五,与名家及男性词人争胜的心理。

值得注意的是,王端淑高度称赏所选的女性词作,对本朝女性词创作水平相当自信和自豪,常将她们与唐宋词名家词人相比较,认为"苏、黄巨公逊其风韵"、可"敌辛稼轩"、"易安以后未能多得"、"无愧于《草堂》诸人"、"须眉所不能道",诸如此类。这反映出王端淑有意与男性词人争胜的批评心理。当然,有的评语言过其实,有浮泛夸张之处。

王端淑的词学批评,内容虽然不是很多,但她兼具女性批评家和女性词人的双重身份,其词学观念有一定的个性和特点,值得重视。在王端淑编选《名媛诗纬初编诗余集》之后,女性词选本如雨后春笋,开始大量出现。如清初周铭《林下词选》专选宋元明清女性词人词作;又如徐树敏、钱岳编辑《众香词》,选录明隆庆、万历以至清初四百多位女性词人,规模宏大,比较全面地展示了明末清初女性词坛的创作成就。王端淑开创编辑女性词选之先河,可谓功不可没。

第四章 宋元明词选接受研究

宋元明词选对后世词学影响甚大,本章仅以几种重要词选在后世的升沉为例,对宋元词选的接受做一番探讨。

第一节 《绝妙好词》接受史述论

一、《绝妙好词》在清代的重现与刊刻

本书第二章第二节已阐明了《绝妙好词》对张炎《词源》、陆辅之《词旨》有直接的、重大的影响。到了明代,《绝妙好词》未见刻本流传,但赵琦美《脉望馆书目》著录词籍有"《绝妙好词》一本"。①毛扆《汲古阁珍藏秘本书目》亦著录"《绝妙好词》二本","精抄",且标明售价为"二两"。施蛰存先生《词学书目集录》之(七)《汲古阁珍藏秘本书目后记》云:"毛扆,字斧季,汲古阁主人毛晋之子。欲以家藏善本书籍出售,故此书目皆标明售价银数。"②可见《绝妙好词》在明代仍有流传,但较为罕见。及至清代,朱彝尊等编《词综》时(康熙十七年,即公元1678年,刻成三十卷),尚未见到《绝妙好

---

① 见《词学》第八辑,华东师范大学出版社1990年版,第214页。
② 见《词学》第八辑,华东师范大学出版社1990年版,第216页。

词》,朱氏《词综·发凡》曰:"古词选本,若《家宴集》、《谪仙集》、《兰畹集》、《复雅歌词》、《类分乐章》、《群公诗余后编》、《五十大曲》、《万曲类编》及草窗周氏选,皆轶不传。独《草堂诗余》所收最下,最传。"[1]时隔不久,汪森、周青士等人增订《词综》为三十六卷(刻于康熙三十年,公元1691年)时,即已见到《绝妙好词》,汪森《词综·补遗后序》曰:"《词综》之刻,成于戊午。会锡鬯(按:即朱彝尊)以应荐入都,官翰林,嗣不省故集。继典试江南事竣,会予与青士于故里,论及前刻挂漏尚多,欲谋为定本而卒难刊改,思补辑以成完书。未几北去,间遗一二钞本,前此所未经见者,然约而未广,不足以成卷。辛酉春,青士偕山子过舍,相与燕坐草堂,出其远近所搜辑,并锡鬯所遗,复从故集翻阅,汇为两卷,得词若干首,犹未备也。久之,各以事罢去。其后,从吴门藏书家得《梅苑》、《翰墨全书》、《铁珊瑚网》及宋元小集二十余种,青士又从魏塘柯南陔携草窗所辑《绝妙好词》,偕山子相为讨论,目视手钞,日无宁晷,而郡城曹子民表亦时有缄寄,佐所不逮,共补人百二十有二,补词三百六十余首,裒然可观矣。"[2]汪森此文告诉我们,在增订《词综》的过程中,汪氏已见到周密《绝妙好词》,并择其词抄入《词综》增订本之中。辛酉为康熙二十年(1681),可见在《词综》初刻不久,汪森即已见到《绝妙好词》。如前所述,周密是张炎的前辈词人,《绝妙好词》对《词源》、《词旨》均产生过直接的影响,在"尚雅"这一点上,周密与张炎的主张是一致的。对于姜夔,周密同样十分推重,《绝妙好词》

---

[1] 朱彝尊、汪森《词综》,上海古籍出版社1978年版,第11页。
[2] 朱彝尊、汪森《词综》,上海古籍出版社1978年版,第5页。

中选姜词达十三首,比例是很高的。可见,《绝妙好词》也是与南宋以姜夔、张炎为代表的词人、词论家宗旨相近、声息相通的。汪森等增订《词综》,从《绝妙好词》中吸取养分,是十分自然的。可以这样说,虽然朱、汪等人编选《词综》三十卷本时,未能见到张炎的《词源》,但从汪森《词综序》说姜夔词"句琢字炼,归于醇雅",朱彝尊《词综·发凡》"世人言词,必称北宋。然词至南宋,始极其工,至宋季而始极其变,姜尧章氏最为杰出"[1]等话来看,周密、张炎对"浙西词派"的影响还是显而易见的。且汪森《词综序》论宋词时还说姜夔之后,"史达祖、高观国羽翼之,张辑、吴文英师之于前,赵以夫、蒋捷、周密、陈允衡、王沂孙、张炎、张翥效之于后",[2]亦将姜、周、张视为同道词人,朱氏《词综·发凡》亦曾引用周密《草窗词》及张叔夏词集。由此可见,"浙西词派"之尊奉姜、张,"家白石而户玉田",是渊源有自的。

《绝妙好词》的重新发现与重新受到关注,均与"浙西词派"有直接关系。汪森《词综补遗后序》云从"魏塘柯南陔携草窗所辑《绝妙好词》"中选词入《词综》。柯南陔即柯煜(1666—1736),字南陔,号丹丘生,浙江嘉善人,朱彝尊弟子。其叔父柯崇朴曾助朱彝尊选《词综》,且作《词综后序》,[3]则柯氏叔侄皆"浙西词派"中人。柯煜是清代发现、宣传并刊刻《绝妙好词》的第一人,可以说是周密之功臣。柯煜《绝妙好词序》曰:

---

[1] 朱彝尊、汪森《词综》,上海古籍出版社1978年版,第10页。
[2] 朱彝尊、汪森《词综》,上海古籍出版社1978年版,第1页。
[3] 朱彝尊、汪森《词综》卷首,上海古籍出版社1978年版,第3—4页。

粤稽诗降为词,六朝潜启其意,而体创于李唐,五代继隆其轨,而风畅于赵宋。柳屯田之"晓风残月"、苏学士之"乱石崩云",世所共称,固无论已。建炎而后,作者斐然。数南渡之才人,无非妍手;咏西湖之丽景,尽是专家。薄醉尊前,按红牙之小拍;清歌扇底,度白云之新声。况乎人间玉碗,阙下铜驼。不无荆棘之悲,用志黍离之感。文弦鼓其凄调,玉笛发其哀思。亦有登山临水,胜情与豪素争飞;惜别怀人,秀句共邮筒俱远。凡斯体制,有待纂编。于是草窗周氏,汇次成书。山玉川珠,供其采撷;蜀罗赵锦,藉彼剪裁。蔡家幼妇之碑,固应无愧;黄氏散花之集,讵可齐观?秀远为前此所无,规矩实后来之式。然而剑气长埋,珠光易匿。五百年之星移物换,金石尚尔销沉;一卷书之云散波流,简帙能无散佚?于今风雅殆胜曩时。翡翠笔床,人宗石帚;琉璃砚匣,家拟梅溪。爰有好事之家,千金购其善本;嗜奇之士,古鼎质其秘书。时岁甲子,访戚虞山,叔丈遵王,招携永日。郗方回之游宴,久钦逸少门风;卢子谅之婚姻,凤附刘琨世戚。觞咏之暇,签轴斯陈。谢氏五车,未足方其名贵;田宏万卷,犹当逊其珍奇。得此一编,如逢拱璧。不谓失传已久,犹能藏弆至今。讽咏自深,剞劂有待。河北胶东之纸,传此名篇;然脂弄墨之余,成余素志。上偕诸父,俾我弟昆,共订鲁鱼,重新梨枣。从此光华不没,风景常新。非惟一日之赏心,允矣千秋之胜事。武唐柯煜序。[①]

---

① 柯煜《绝妙好词序》,周密辑,查为仁、厉鹗笺《绝妙好词笺》,中华书局1957年版,第1—3页。

柯序回顾了宋词发展的大致历程,重点描述南宋词之盛况,强调"荆棘之悲"、"黍离之感",认为周密《绝妙好词》是南宋词的杰出选本,可惜数百年来晦而不彰。甲子岁(康熙二十三年,公元1684年)柯氏从著名藏书家钱遵王处得到《绝妙好词》的抄本。柯煜对此选本极为重视,"如逢拱璧"之语,正可见其狂喜之情,所以他立即重刻此书。此选得以重见天日,并立即引起词学界普遍关注。朱彝尊《书绝妙好词后》云:"词人之作,自《草堂诗余》盛行,屏去激楚阳阿,而巴人之唱齐进矣。周公谨《绝妙好词》选本虽未全醇,然中多俊语。方诸《草堂》所录,雅俗殊分。顾流布者少,从虞山钱氏抄得,嘉善柯孝廉南陔重锓之。作者百三十有二人,第七卷仇仁近词残阙,目亦无存,可惜也。公谨自有《蘋洲渔笛谱》,其词足与陈衡仲、王圣与、张叔夏方驾。"[1]此文当作于柯煜重刊此书之时。朱彝尊作《词综凡例》时,以未见到周密《绝妙好词》为憾,所以当柯煜从钱遵王处抄来《绝妙好词》并重刻时,朱彝尊势必大喜过望,故为之书后。朱文当视为一篇《绝妙好词》的跋文,文中指出第七卷仇远(字仁近)词残阙,目录亦无存,指出周密词足以与王沂孙、张炎等人抗衡,都是精当之论。

柯煜何时重刻《绝妙好词》,柯煜《序》、朱彝尊《书后》均未明言,好在高士奇《绝妙好词序》记载年月十分清楚:"草窗周公谨集选宋南渡以后诸人诗余凡七卷,名之曰《绝妙好词》。公谨生于宋末,以博雅名东南,所作音节凄清,情寄深远,非徒以绮丽胜者。兹选披沙拣金,合一百三十二人,为词不满四百,亦云精矣。余尝论

---

[1] 朱彝尊《书绝妙好词后》,《曝书亭集》卷四三,《四部丛刊》本。

选家以今稽古,病在不亲。《穀梁》所谓听远音者,闻其疾而不闻其舒也。若同时之人,征搜该博,参互详审,其去疴痾,正谬悠,较之后代,难易什伯。宋人选宋词,如曾慥《乐府雅词》、赵粹夫《阳春白雪》,以及《谪仙》、《兰畹》诸集,皆名存书逸,每为可惜。草窗所选,乃虞山钱氏秘藏钞本,柯子南陔得之,与其从父寓鲍舍人及余考校缺误,缮刻以行。夫古书显晦,各有其时。皇上圣学渊奥,凡经、史、子、集以及类说、稗乘,罔不搜讨,宋元旧本渐已毕出。彼曾、赵诸集,又岂无搜废籝而弆之者?是书之出,其嚆矢夫!康熙戊寅夏五,江村高士奇序于清吟堂。"①据此序,高士奇及柯煜叔侄曾共同校勘《绝妙好词》。此序作于康熙三十七年戊寅(1698),则上文引柯煜《绝妙好词序》、朱彝尊《书绝妙好词后》皆当作于是年。

此书本藏于钱氏绛云楼,其复现过程颇有异说,具有传奇色彩。何焯《读书敏求记跋》云:"绛云未烬之先,藏书至三千九百余部。而钱遵王此记凡六百有一种,皆纪宋板元钞及书之次第、完阙、古今不同。手披目览,类而载之,遵王毕生之精华萃于斯矣。书既成,扃之枕中,出入每自携,灵踪微露,竹垞(按:即朱彝尊)谋之甚力,终不可见。竹垞既应召,后二年,典试江左,遵王会于白下。竹垞故令客置酒高宴,约遵王与偕,私以黄金翠裘予侍书小史,启钥,豫置楷书生数十于密室,半宵写成而仍返之。当时所录,并《绝妙好词》在焉。词既刻,函致遵王,渐知竹垞诡得,且恐其流

---

① 高士奇《绝妙好词序》,周密辑,查为仁、厉鹗笺《绝妙好词笺》,中华书局1957年版,第3—4页。

传于外也。竹垞乃设誓以谢之。"①何焯《读书敏求记又跋》云:"遵王纂成此书,秘之笈中,知交罕得见者竹垞检讨校士江南日,龚方伯遍召诸名士大会秦淮河,遵王与焉。是夕,私以黄金青鼠裘予其侍史,启箧,得是编,命藩署廊吏钞录,并得《绝妙好词》。既而,词先刻,遵王疑之,竹垞为之设誓以谢之,不授人也。"②《读书敏求记》是清人钱曾撰写的目录学名著。钱曾字遵王,常熟人,钱谦益后人,家富藏书。此书皆载其所藏之最佳本,手所题识者,多论书本缮写、刊刻之工拙,于考证不甚留意。《四库提要》讥其篇次无法,品评多误,故列入存目。然此书在目录学史上的重要价值自不容否定。据何焯二跋,钱曾《读书敏求记》著成后,甚为珍惜,秘不示人。朱彝尊设计将钱曾骗出,然后贿赂其手下,派书手将此书抄写一过,同时将罕见的《绝妙好词》一并抄录,且将《绝妙好词》抢先刻出。钱氏得知此事后,十分不满,朱彝尊则赌咒发誓,允诺不将其外传。此事若发生在现在,肯定被视为一种侵犯著作权的行为,而在当时,或可视为一桩文人雅事。但是,此事的真实性颇值得怀疑,至少《绝妙好词》"重现江湖"的经过,与何焯跋文所说不同。前引柯煜《绝妙好词序》已明言钱遵王是柯煜的长亲(称之为"钱丈遵王"),《绝妙好词》是从钱遵王那儿公开得到的。《绝妙好词纪事》引杨谦《朱竹垞先生年谱》按语云:"按柯崇朴《绝妙好词序》云:'往余与朱检讨竹垞有《词综》之选,摭拾散逸,采掇备致,所不得见者

---

① 见《绝妙好词纪事》,周密辑,查为仁、厉鹗笺《绝妙好词笺》卷首,中华书局1957年版。

② 见《绝妙好词纪事》,周密辑,查为仁、厉鹗笺《绝妙好词笺》卷首,中华书局1957年版。

数种,周草窗《绝妙好词》其一也。嗣闻虞山钱子遵王藏有写本,余从子煜为钱氏族婿,因得假归。然传写多讹,逮再三参考,始厘然复归于正,爰镂板以行之。'据此,则非先生所诡得矣,义门之言近诬。"①柯崇朴的这段话不见于上海古籍出版社排印本《词综》之"柯序",杨谦当别有所据,但柯崇朴、柯煜叔侄的记载一致,应当是比较可信的。从这桩公案,也可看出《绝妙好词》在当时为稀见秘籍,且已逐渐引起学者们的兴趣。

柯煜《绝妙好词》刻本问世不久,项䋺又有重刻之举,时在雍正三年(1725)。项氏《重刻绝妙好词序》曰:"宋人之选宋词,有《乐府雅词》、《绝妙词选》、《绝妙好词》诸本,而草窗所辑,悉皆南渡以后诸贤,裁鉴尤为精审。近嘉善柯氏尝从虞山钱氏钞得藏本付梓。顾考钱氏述古堂题辞有云:'此本经前辈细看批阅,下各朱标其出处里第。'今嘉善本悉皆无之。长夏掩关无事,因翻绎故书,漫加搜讨,遂已十得八九。至前人评品,与夫友朋谈艺,其言有合,及佚事可征者,悉为采录,系于本词前后。唯七卷中《山村词》无从补缀,犹憾蟾兔之缺尔。因重为开雕而识诸首简。雍正乙巳七月,澹斋项䋺书于白沙之怡园。"②看来柯煜在刻印《绝妙好词》的过程中,确实有偷工减料之嫌,具体而言,就是将钱氏述古堂本原有的一些记载词人生平出处的资料略去了。查钱曾《述古堂藏书题词》曰:"弁阳老人选此词,总目后又有目录,卷中词人,大半予所未晓者。

---

① 见《绝妙好词纪事》,周密辑,查为仁、厉鹗笺《绝妙好词笺》卷首,中华书局1957年版。

② 项䋺《重刻绝妙好词序》,施蛰存《词籍序跋萃编》,中国社会科学出版社1994年版,第685页。

其选录精允,清言秀句,层见叠出,诚词家之南董也。此本又经前辈细勘批阅,姓氏下各朱标其出处里第,展玩之,心目了然。或曰:弇阳老人即周草窗,未知然否。虞山钱遵王。"①据钱遵王所言,钱藏本《绝妙好词》既有总目,又有目录,与朱彝尊《书绝妙词后》"目亦无存"之说不同。可能是柯煜从钱氏处借抄时未抄全,此诚为憾事。且如钱曾所言,钱本原有词人出处里第的记载,而柯刻本无。故项纲重刻《绝妙好词》,一来增加了词人的生平资料,二来也扩大了此书的传播范围。

《绝妙好词》被清代"浙西词派"词人、学者柯崇朴、柯煜、朱彝尊等重新发现并刻印流布,予以揄扬推广,项纲又予重刻,使其影响进一步扩大,这是《绝妙好词》接受史上的第一个高潮,而接受者以"浙西词派"词人为主体。

乾隆前期,"浙西词派"词人厉鹗(1692—1752)和查为仁(1693—1749)《绝妙好词笺》的问世,掀起了《绝妙好词》接受史的第二个高潮。

其实,早在柯煜刻成《绝妙好词》后,项纲重刻之前,厉鹗便已得到柯刻本,并作题记曰:"张玉田《乐府指迷》云:'近代词如《阳春白雪集》、《绝妙词选》亦有可观,但所取不甚精一,岂若草窗所选《绝妙好词》为精粹,惜此板不存,墨本亦有好事者藏之。'据此,则是书在元时已为难得,有明三百年,乐府家未曾见其只字,徒奉沈氏《草堂》选(按:指明人沈际飞《草堂诗余正集》,该书用顾从敬《类

---

① 见《绝妙好词题跋·附录》,周密辑,查为仁、厉鹗笺《绝妙好词笺》卷首,中华书局1957年版。

编草堂诗余》为底本,重新分卷,书前有何良俊序)为金科玉律,无怪乎雅道之不振也。幸虞山钱遵王氏收藏抄本,禾中柯孝廉南陔、钱塘高詹事江村校刊以传,是书乃流布人间矣。近时购之颇艰,余最有倚声之癖,吴丈志上掇残帙以赠,仅得二卷,又借于符君幼鲁,属门人录成,乃为完好。聊志岁月于简端。时康熙六十一年二月九日,钱唐厉鹗题于无尽意斋。"① 厉鹗此文所言,有三点值得注意:当年朱彝尊作《词综》时,未见到张炎《词源》,厉鹗此时虽引用张炎之论(按:所引之语,见《词源·杂论》),但仍沿前人之误,将《词源》与《乐府指迷》混为一谈,此其一。厉鹗得到《绝妙好词》的过程颇为艰辛,然此时距柯煜刻此书仅二十四年,说明当时所印套数不多,可见古代书籍流传之艰,此其二。厉鹗得到此书后,必然十分珍惜,随后即动手为之作笺,是为其"工作本"也,此其三。

二、《绝妙好词笺》及续书的问世,对"浙西词派"产生进一步的影响

到了乾隆年间,查为仁、厉鹗《绝妙好词笺》出,这是此书接受史上的一件大事,也是"浙西词派"的一次重要学术活动。厉鹗《绝妙好词笺序》记其事云:

> 《绝妙好词》七卷,南宋弁阳老人周密公谨所辑。宋人选本朝词,如曾端伯《乐府雅词》、黄叔旸《花庵词选》,皆让其精粹,盖词家之准的也。所采多绍兴迄德祐间人,自二三巨公

---

① 见《绝妙好词题跋·附录》,周密辑,查为仁、厉鹗笺《绝妙好词笺》卷首,中华书局1957年版。

外,姓字多不著。夫士生隐约,不得树立功业,炳焕天壤,仅以词章垂称后世,而姓字犹在若灭若没间,无人为从故纸堆中抉剔出之,岂非一大恨事耶?津门查君莲坡,研精风雅,耽玩倚声,披阅之暇,随笔札记,辑有《诗余纪事》如干卷,于是编尤所留意,特为之笺,不独诸人里居出处,十得八九,而词中之本事,词外之佚事,以及名篇秀句、零珠碎金,掇拾无遗,俾读者展卷时,恍然如聆其笑语而共其游历也。予与莲坡有同好,向尝掇拾一二,每自矜创获,会以衣食奔走,不克卒业。及来津门,见莲坡所辑,颇有望洋之叹,并举以付之,次第增入焉。譬诸掇遗材以裨建章,投片琼以厕悬圃,其为用不已微乎?莲坡通怀集益,犹不忘所自,必欲附贱名于简端,辞不得已,因述其颠末如此云。乾隆戊辰闰七夕前三日,钱塘厉鹗书于津门之古春小茨。①

查为仁之子查善长、查善和《绝妙好词笺跋》云:

先君子究心词学有年,是编因戊辰秋钱塘厉太鸿先生北来,假馆于舍,先君子人事之暇,相与篝灯茗碗,商榷笺注,搜罗考订,颇瘁心力,成书于己巳夏,即殁之前数日也。正欲授梓,不谓疾作,遽尔见背。今春检阅遗稿,手迹宛然,读之涕泪交并,因急付剞劂,用副先志焉。乾隆庚午春三月上浣,男善长、善和谨识。②

---

① 见周密辑,查为仁、厉鹗笺《绝妙好词笺》卷首,中华书局1957年版。
② 见周密辑,查为仁、厉鹗笺《绝妙好词笺》卷末,中华书局1957年版。

据上二文可知,查为仁曾为《绝妙好词》作笺,花费了不少心血,且多有创获,恰好厉鹗对此书亦颇感兴趣,也做过一些笺释工作。乾隆十三年戊辰(1748)秋,厉鹗北上至天津,客居查为仁家,二人一拍即合。厉氏将自己的部分心得,一并交给查为仁,请其补入所笺。二人经数月商榷研讨,终于在次年夏(乾隆十四年己巳,公元1749年)完成此笺。书成数日,查为仁即病故,此书即为其绝笔。故其二子善长、善和对此笺十分重视,于乾隆十五年庚午(1750)刻印此笺,以告慰其先父。此笺博采旁搜,成绩体现在两个方面:一是"诸人里居出处,十得八九",但其于钱氏述古堂本、项纲重刻本所附的"里居出处"并未引用,其原因不外或暗用而未标明,或未曾见到钱氏述古堂本与项氏重刻本。此笺广泛引用正史、笔记、诗文序跋、地方志、诗话、词话、文人别集、诗选、词选、画论、书论等著作,用书达百余种。阅读此笺,对所选诸词的理解把握必然会大大加深,这就是厉鹗《序》中所说的"词中之本事,词外之佚事,以及名篇秀句、零珠碎金,捃拾无遗,俾读者展卷时,恍然如聆其笑语而共其游历也"的效果。特别是笺中所引方志资料,对理解原词帮助颇大。中国历代文人皆视词为小道,为之作笺注者极少。清人张德瀛《词征》云:"元遗山《论诗绝句》云:'诗家总爱西昆好,独恨无人作郑笺。'然笺诗者尚多,笺词者尤罕见。宋人如傅幹注坡词,曹鸿注叶石林词,曹杓注清真词,皆不传。周公谨《绝妙好词》,查莲坡、厉太鸿笺之。《山中白云词》,江宾谷笺之。余未尝有也。"[①]除张氏所列举外,金人曾为蔡松年词作注,但为词学选本作

---

① 张德瀛《词征》卷一,唐圭璋《词话丛编》,中华书局1986年版,第4097页。

笺者，恐怕确实是自《绝妙好词笺》始。《四库全书总目·绝妙好词笺七卷提要》对《绝妙好词》及此笺有较为详细的评论："《绝妙好词》，宋周密编，其笺则国朝查为仁、厉鹗所同撰也。密所编南宋歌词，始于张孝祥，终于仇远，凡一百三十二家，去取谨严，犹在曾慥《乐府雅词》、黄昇《花庵词选》之上。又宋人词集，今多不传，并作者姓名，亦不尽见于世，零玑碎玉，皆赖此以存，于词选中最为善本。初，为仁采摭诸书，以为之笺，各详其里居出处，或因词而考证其本事，或因人而附载其佚闻，以及诸家评论之语，与其人之名篇秀句，不见于此集者，咸附录之。会鹗亦方笺此集，尚未脱稿，适游天津，见为仁所笺，遂举以付之，删复补漏，合为一书。今简端并题二人之名，不没其助成之力也。所笺多泛滥旁涉，不尽切于本词，未免有嗜博之弊。然宋词多不标题，读者每不详其事，如陆游（按：当作陆淞）之《瑞鹤仙》、韩元吉之《水龙吟》、辛弃疾之《祝英台近》、尹焕之《唐多令》、杨恢之《二郎神》，非参以他书，得其源委，有不解为何语者。其疏通证明之功，亦有不可泯者矣。……为仁字心谷，号莲坡，宛平人，康熙辛卯举人。是集成于乾隆己巳，刻于庚午，鹗序称其尚有《诗余纪事》若干卷，今未之见，殆未成书欤？"[1]四库馆臣对《绝妙好词》的评价相当高，且颇为确切，但其批评《绝妙好词笺》"多泛滥旁涉，不尽切于本词，未免有嗜博之弊"则不妥。翻阅此书，觉所笺多持之有故，平正切实，大有助于知人论世，并无卖弄学问之嫌。有些词之本事，如四库馆臣所说，得查、厉笺释，方大白于天下。试举一例：其所笺韩元吉《水龙吟·书英华事》引宋人陈

---

[1] 《四库全书总目》卷一九九，中华书局1997年版（整理本），第2805页。

鹄《耆旧续闻》云:"元丰中,缙云令开封李长卿女,慧性过人,姿度不凡,染疾逝,殡于邑之仙岩寺三峰阁。李公罢,因归。宣和庚子,青溪寇起,焚燎无遗,惟三峰阁独存,主簿以为廨舍。济南王傅庆及内表曹颖偕来,馆曹于厅治之东。一夕,有女子打扃而至,与语,皆出尘气,诘其姓氏,曰开封李长卿女,季萼其名,英华其字,辟谷有年,身轻于羽,知子鳏居,故来相慰,唱和殆无虚日。曹有亲陈观察,挽之从军,将就道,英华与诀曰:'妾与君之缘断矣。子宿缘寡浅,尘业未偿,他日当有兵难。敬授灵香一瓣,有急,请爇以告,当阴有所护,不然,亦无如之何也。'曹公勇为朔方之行,不意获谴麾下,追惟英华之言,欲取所遗香爇之,军行无宿火,卒正法。英华有诗云:'醒酒清风摇竹去,催诗小雨过山来。'非诗人所易到也。"①又引马端临《文献通考》云:"《英华集》三卷,李季萼为鬼仙,缙云人,传其诗亦怪矣。"②又引张邦基《墨庄漫录》云:"处州缙云簿厅为武尉司,顷有一妇人常现形与人接,妍丽闲婉,有殊色,其来也,异香芬馥,非世间之香,自称曰英华,或曰绿华,前后官此者多为所惑。永嘉蒋辉远为邑簿,祠以香火,其怪遂绝。"③这三则材料,虽有荒诞不经的成分,但为原词的解读提供了钥匙。像这样的笺文,书中还有不少,多余的、无目的的笺释内容并不多见。有些笺文虽与所选之词无直接关系,但有助于全面了解所选词人词作之全貌,应当说也是有价值的。

《绝妙好词笺》问世之后,清人余集又有《续钞》之作。其《自

---

① 周密辑,查为仁、厉鹗笺《绝妙好词笺》卷一,中华书局1957年版,第57—59页。
② 周密辑,查为仁、厉鹗笺《绝妙好词笺》卷一,中华书局1957年版,第57—59页。
③ 周密辑,查为仁、厉鹗笺《绝妙好词笺》卷一,中华书局1957年版,第57—59页。

序》云:"词至南宋而工,词律亦至南宋而密,此《绝妙好词》之所以独传也。草窗编辑原本七卷,人不求备,词不求多,而蕴藉雅饬,远胜《草堂》、《花庵》诸刻。又经樊榭笺疏,使词中本事、词外逸闻,历历可见,诚善本也。向阅宋人说部,见有与集中可引证者,随笔录出,用补樊榭之缺,惜不能重刻,以广其传。而草窗所录词见于杂著者,多同时人所赋,为《绝妙好词》之所未载,因别为一卷。而其人与事可备采撷者,亦效樊榭之意,备录于篇。虽无当著述,要亦草窗之志也。秋室书。"[①]余集从周密《浩然斋雅谈》、《志雅斋丛钞》、《齐东野语》、《癸辛杂识》、《武林旧事》诸书中抄录宋人词作共六十首(包括几首附录之词),钱塘姚煜为之作注,实亦偏重于笺证本事。道光九年(1829)徐懋重刻《绝妙好词笺》时,将余集《续钞》附刻于后,又将徐懋自己从周密诸笔记中抄得之词十三首一并刻入,名曰《绝妙好词续钞·补录》,将周密笔记中所记"本事"附于词后,同于"笺"文。清人对《绝妙好词》的接受与研究,于此时达到高潮。

咸丰五年乙卯(1855)《绝妙近词》出,也是接受、效法《绝妙好词》的一个实例。此书为孙麟趾编选,共六卷,以朱彝尊《词综》为楷模。该书上继王昶《国朝(清朝)词综》,辑嘉庆四年(1799)至咸丰五年(1855)五十多年间词,得词人八十九家,词二百六十首,以宗姜夔词风者为首选对象。各家仅选一首或数首,惟选者孙麟趾、作序者陈庆溥二人词各入选二十首,[②]未免授人以柄。据陈庆溥《绝妙近词序》所言,此选实受到《绝妙好词》及其《笺》的直接影响:

[①] 周密辑,查为仁、厉鹗笺《绝妙好词笺》卷首,中华书局1957年版。
[②] 据马兴荣等主编《中国词学大词典》,浙江教育出版社1996年版,第286页。

"樊榭山人序《绝妙好词》云:'士生隐约,不得树立功业,炳焕天壤,仅以词章传称后世,而姓字犹在若灭若没间,岂非一大恨事?'我闻此语,心骨悲矣。溥生平无他嗜好,惟酷爱填词。窃见宋人选词,如《乐府雅词》、《阳春白雪》、《谪仙》、《兰畹》诸集,靡不精粹。元明以降,词学遂废,亦从无选本。我朝朱竹垞太史《词综》之选,征收该博,王兰泉司寇继之,此外无闻焉。月坡孙君,集嘉庆四年以后词,凡六卷,共八十九人,词二百六十首,虽博不及《词综》,而精妙过之,词人姓氏,赖此以传,不至湮没,厥功甚伟。名曰《绝妙近词》,盖沿弁阳老人《绝妙好词》之例。《好词》得樊榭笺之,尤足醒目;兹集亟欲传世,不及详注。方今词学日盛,人才辈出,岂无樊榭其人者,是则此书之幸也夫。咸丰五年九月展重阳日,楚鄂陈庆溥书于吴门客舍。"①陈《序》明言此书沿《绝妙好词》之例,并对查、厉之笺评价甚高;在此文开头亦云由厉鹗《绝妙好词序》受到启发,文末又以不能如《绝妙好词笺》那样作笺注而遗憾,并希望后来者能为之笺注。从这些方面看,《绝妙近词》受《绝妙好词》沾溉颇多,《中国词学大词典》仅提及此书受《词综》影响,实不够全面。② 值得注意的是,《绝妙近词》的选者孙麟趾,是一位推崇"浙西词派"的词论家。他还选有《国朝七家词选》,选录厉鹗词十四首、林蕃钟词三首、吴翊凤词六首、吴锡麟词三首、郭麐词十八首、汪金德词七首、周之琦词四首,其宗旨是重审音协律,是"浙西词派"后期词人

---

① 陈庆溥《绝妙近词序》,施蛰存《词籍序跋萃编》,中国社会科学出版社1994年12月版,第794页。

② 马兴荣等主编《中国词学大词典》,浙江教育出版社1996年版,第286页"绝妙近词"条云:"该选以朱氏《词综》为楷模",而没有提及《绝妙好词》的影响。

的重要选本,有咸丰三年(1853)邵建诗刊本。

从《绝妙好词笺》到《绝妙好词续钞》,再到《绝妙近词》,"浙西词派"将其理论进一步发扬光大。如孙麟趾《绝妙近词·凡例》即推崇朱彝尊、厉鹗之词,而对"常州词派"表示不满:"常州张氏、湖州沈氏所刻,皆门生友人之作,未免稍窄。兹集直继《词综》,较为矜严,而所取尚不致过窄。"常州张氏所刻指张惠言《词选》。湖州沈氏所刻指《洛州唱和词》,此书系清人沈涛所编,为沈氏守洛时,与同人载锡祺、边浴礼、邵建诗、金泰、沈家谋、沈涛之女沈蕊、女夫劳成勋等八人唱和之作,有杨文孙序,也是范围颇窄的选本。而《绝妙近词》则取径较宽。孙麟趾著有《词径》,亦以提倡"浙西词派"为指归,如《词径》的"作词十六字诀"为"清、轻、新、雅、灵、脆、婉、转、留、托、淡、空、皱、韵、超、浑"。他还主张填词须做到"实者空之","深而晦,不如浅而明也"。这些,都与张炎《词源》的论述十分相近。由此可见,《绝妙好词》对清代"浙西词派"的发展,起了相当大的作用。

三、"常州词派"对《绝妙好词》的批评与吸收

与"浙西词派"的态度相反,"常州词派"的某些词论家则对周密《绝妙好词》表示不满。张百禧曾重刻张惠言《词选》,且于《重刻词选序》中,批评《花庵词选》、《草堂诗余》、《绝妙好词》诸选本,认为它们"或笺纪失诬,或宗风未旸。青天明月,善读者悲其爱君;双枕坠钗,误会者指为狎宴。斯道弗昌,抑劝淫者作之俑也",[1]主要

---

[1] 张百禧《重刻词选序》,施蛰存《词籍序跋萃编》,中国社会科学出版社1994年版,第798页。

是批评以上诸选本多选那些写男女之情的词作。清代经学家焦循(1763—1820)《雕菰楼词话》亦对《绝妙好词》、《词综》等持批评态度,其观点接近"常州词派":"周密《绝妙好词》所选,皆同于己者,一味轻柔润腻而已。黄玉林《花庵绝妙词选》,不名一家,其中如刘克庄诸作,磊落抑塞,真气百倍,非白石、玉田辈所能到。可知南宋人词,不尽草窗一派也。近世朱彝尊所选《词综》,规步草窗,学者不复周览全集,而宋词遂为朱氏之词矣。王阮亭选唐五七言诗(按:当指王士禛《古诗选》)亦然。"①焦循以"轻柔润腻"评《绝妙好词》所选诸作,虽含贬义,但还算贴切;他说《词综》规模草窗,在细节上不确,因为据前文所述,朱彝尊辑《词综》时,尚未见到《绝妙好词》,但是,焦循能看出二者之间在神理上的关系,还是很有眼光的。

陈廷焯《白雨斋词话》曰:"草窗《绝妙好词》之选,并不能强人意。当是局于一时闻见,即行采入,未窥各人全豹耳。不得以草窗所辑,一概尊之。"②批评《绝妙好词》有以偏概全之病,所言不无道理。又云:"纪文达立论,好是古非今。《绝妙好词》一编,叹为篇篇皆善,未免以耳代目。且如殷璠所选《河岳英灵集》,以唐人选唐诗,而庸陋妄谬,不可言状,文达亦赏之,尤属不解。"③对纪昀《四库全书总目》的批评似嫌过苛,对殷璠《河岳英灵集》的评价明显偏

---

① 焦循《雕菰楼词话》,唐圭璋《词话丛编》,中华书局1986年版,第1494页。
② 陈廷焯著、杜维沫校点《白雨斋词话》卷二,人民文学出版社1959年版,第39页。
③ 陈廷焯著、杜维沫校点《白雨斋词话》卷二,人民文学出版社1959年版,第39页。

低。陈廷焯还批评周密选王沂孙词,仅选得其次乘(二流作品):"草窗与碧山,相交最久,然《绝妙好词》中所选碧山诸篇,大半皆碧山次乘,转有负于碧山。"①《绝妙好词》共选王沂孙词十首,其中有三首是与周密酬唱或赠周密的,而碧山那些有"君国之忧"的词作(如《乐府补题》中诸作)均未入选,确实仅得碧山之"次乘"。究其原因,一是草窗所选,多选与自己酬赠之作,有阿附同好乃至自炫之嫌;二是《绝妙好词》成书或当在《乐府补题》成书之前,即在碧山创作之中期,故不及收入《齐天乐·蝉》(一襟余恨宫魂断)、《眉妩》(渐新痕悬柳)诸作。如此看来,陈廷焯批评草窗,固不为无据,但在草窗本人选《绝妙好词》时,于王沂孙晚年诸词或未及寓目,这也是客观事实,如《乐府补题》诸词,《绝妙好词》一首未选,便是一个非常有力的证据。《白雨斋词话》则对周密之词作与词选均有微词:"古人论词之善,无过玉田。若公谨之《浩然斋雅谈》、《绝妙好词》等编,所论与所选,均多未洽,其所自作可知矣。吾于南宋诸名家,不得不外草窗。"②作为"常州词派"的学者,陈廷焯认为《绝妙好词》选词不重寄托,故对其深致不满。但另外一些"常州词派"论家,则又从"寄托"角度肯定《绝妙好词》,如宋翔凤《乐府余论》的观点可为代表:"南宋词人,系情旧京,凡言归路,言家山,言故国,皆恨中原隔绝,此周公谨氏《绝妙好词》所由选也。公谨生宋之末造,见韩侂胄函首,知恢复非易言,故所选以张于湖为首,以于湖不附

---

① 陈廷焯著、杜维沫校点《白雨斋词话》卷二,人民文学出版社1959年版,第47页。

② 陈廷焯著、杜维沫校点《白雨斋词话》卷八,人民文学出版社1959年版,第213页。

和议,而早知恢复之难,不似辛稼轩辈率意轻言,后复自悔也。"①宋翔凤论述周密选张孝祥(按:孝祥号于湖居士)词为压卷的原因为:孝祥既反对和议,又不轻言冒进,政治上较为成熟。这是用政治眼光来看周选,并不确切。宋翔凤言《绝妙好词》中充满"家国之恨",只是他从"常州词派"比兴寄托说的角度得出的结论,亦与原作不符。清末"常州词派"词人谭献则对周选评价很高:"读《绝妙好词笺》,南宋乐府,清词妙句,略尽于此,高于唐人选唐诗矣。四水潜夫填词名家,善别择,非《花间》、《草堂》之繁猥。南宋人词,情语不如景语,而融法使才,高者亦有合于柔厚之旨。"②谭献还认为《阳春白雪》、《绝妙好词》、《凤林书院草堂诗余》是鼎足而三的南宋著名词选。③ 又说自己曾多次校《绝妙好词》,看法上也微有变化。④ 沈祥龙《论词随笔》则曰:"词选自《花间》、《草堂》后,周氏《绝妙好词》选择最精当。朱竹垞宋元《词综》,搜罗美备,亦称善本。"⑤晚清人郑文焯论词手简亦嘱初学者"如《绝妙好词》,亦可选其雅句,日夕玩索",⑥说明他对此选还是很重视的。清人蒋兆兰《词说》亦云:清代词学选本中,张惠言《词选》"导源风雅,屏去杂流,途轨最正";周济《宋四家词选》"议论透辟,步骤井然";戈载《宋七家词选》也是较好的选本。"学者随取一家,皆可奉为师法,就此

---

① 宋翔凤《乐府余论》,唐圭璋《词话丛编》,中华书局1986年版,第2502页。
② 谭献《复堂词话》,唐圭璋《词话丛编》,中华书局1986年版,第3997页。
③ 谭献《复堂词话》,唐圭璋《词话丛编》,中华书局1986年版,第4002页。
④ 谭献《复堂词话》,唐圭璋《词话丛编》,中华书局1986年版,第4003页。
⑤ 沈祥龙《论词随笔》,唐圭璋《词话丛编》,中华书局1986年版,第4061页。
⑥ 叶恭绰辑《郑大鹤先生论词手简》,唐圭璋《词话丛编》,中华书局1986年版,第4329页。

成名"。前两种选本为"常州词派"著作,戈氏之选则近乎"浙西词派",可见蒋兆兰已有调和两家之意。他还指出:"至如宋人选本,惟周草窗《绝妙好词》选最为精粹,可作案头读本,他可勿论也。"[1] 蒋兆兰论词引朱孝臧、况周颐为同调,显然接近"常州词派";但其《词说》又十分推崇周、姜,认为周邦彦为"词中之圣",姜夔"别树一帜",则又近乎"浙西词派"之议论。他将《词选》与《绝妙好词》相提并论,同加推举,说明清末论词之途径已渐广,不再抱残守缺,死守某一宗派之主张而不化。况周颐《蕙风词话·补编》收录一部分论词绝句,其中亦有论及周密及《绝妙好词》者。如朱依真云:"半湖春色少人窥,夜月《蘋洲渔笛》吹。深悔钝根闻道晚,廿年始读《草窗词》。"[2]对草窗词评价颇高,且以晚读其词为憾。[3] 这是对《绝妙好词》有残缺(据清人书目,此书共八卷,仅今存七卷,且第七卷疑有残缺)表示遗憾。谭莹曰:"旧选《中兴绝妙词》,更名《绝妙好词》为。效颦十解人人拟,直比文通杂体诗。"[4]指出《绝妙好词》乃《绝妙词选》的继续,周密的《西湖十咏》词引起后人模拟成风。陈匪石《声执》卷下之论较全面,且有做总结之意,兹征引如下:

> 周密辑《绝妙好词》七卷,一百三十二家,始于张孝祥,终于仇远,纯乎南宋之总集。清初有高士奇刊本,又有小瓶庐复

---

[1] 蒋兆兰《词说》,唐圭璋《词话丛编》,中华书局1986年版,第4631页。
[2] 《蕙风词话·补编》卷三,屈兴国《蕙风词话辑注》,江西人民出版社2000年版,第491页。
[3] 《蕙风词话·补编》卷三,屈兴国《蕙风词话辑注》,江西人民出版社2000年版,第494页。
[4] 《蕙风词话·补编》卷三,屈兴国《蕙风词话辑注》,江西人民出版社2000年版,第499页。

刻本,然极难得。世所传者为樊榭笺本。朱孝臧曾见汲古阁钞本,据以校定,欲刊未果。张玉田称其"精粹",《四库提要》谓其"去取谨严",郑文焯亦云"南宋佳制,美尽是篇",盖周氏在宋末,与梦窗、碧山、玉田诸人,皆以凄婉绵丽为主,成一大派别,此书即宗风所在,不合者不录。观所选于湖、稼轩之词,可以概见。清中叶前,以南宋为依归。樊榭作笺以后,翻印者不止一家,几于家弦户诵,为治宋词者入手之书。风会所趋,直至清末而未已。以"二窗"为的者,尤有取焉。张玉田诸人之品评,允为恰当,以其不独与《乐府雅词》、《花庵词选》不取派别者有殊,即视《阳春白雪》亦无几微失当之处,以一家之言成总集者,清代为盛,而周氏实启之。即谓其选法、做法皆开有清之风气,亦无不可。[①]

陈匪石这段话,一是指出《绝妙好词》的版本源流,二是指出此书在清代产生的长期而深远的影响,三是对此书的价值作出判断,认为其所选代表了一家宗旨,非常精当,"无几微失当之处",且其选法、做法皆"开有清一代风气",评价非常高。

但是,如此重要的词选,在新中国成立后却未得到应有的重视。1957年12月,中华书局用聚珍仿宋版重印《绝妙好词笺》,但在词学界并未产生太大的反响,可能是该书所选,重在艺术形式,不合时宜之故。《词学》第二辑舍之(施蛰存)《历代词选集叙录》(二)有《绝妙好词》叙录;《词学》第八辑胡乐平《周密词学思想探

[①] 陈匪石编著、钟振振校点《宋词举·附录·声执》,金陵书画社1983年版,第156页。又《词话丛编》第五册亦收《声执》,引文见第4598页,文字相同,标点稍异。

讨》,对《绝妙好词》论述亦较详;《读书》1991年第11期有《关于〈绝妙好词〉》一文,是一篇介绍性的文字;《吴熊和词学论集·宋人选宋词十种跋》亦有《周密绝妙好词跋》一则。以上诸位先生之文,均提出了一些颇有价值的看法。近年,邓乔彬先生及彭国忠教授等人有《绝妙好词译注》[①]之作,该书有注有译,其前言及作者小传都有一定学术价值,颇便于初学,但限于体例,未能将查、厉二人之笺文录入,其学术性不免要打折扣。

第二节 《乐府补题》的接受与"比兴寄托"说的演变

《乐府补题》元明两代未见流传,在清代复现后,对清词创作与词论均产生重大影响,这里着重谈谈《乐府补题》对清代以来"比兴寄托"说的影响。

严迪昌先生《清词史》[②]第二编第二章第一节《〈乐府补题〉的复出与"浙西"词风炽盛的背景》和张宏生教授《清代词学的建构》[③]第二章第一节《〈乐府补题〉的复出与词坛的接受》均对《乐府补题》在清初复出的意义与作用进行了深入的研究,足资参考。本节主要论述三个问题:一是《乐府补题》的重新问世及后人对其主旨的理解,二是《乐府补题》诸词"寓意"辨析,三是论述《乐府补题》对近三百年以来"比兴寄托"说词论的影响。

---

① 该书有上海古籍出版社2000年版。
② 该书有江苏古籍出版社1999年版。
③ 该书有江苏古籍出版社1998年版。

一、《乐府补题》的重新问世及后人对其主旨的理解

此书元明两代未见流传。清康熙十七年(1676),著名词人朱彝尊将常熟吴氏抄本的过录本携至京师,然后由朱氏弟子蒋景祁镂版行世。此书在清代的初刻时间,严迪昌先生认为在康熙十八年至二十年之间(1677—1679)。① 清人对其主旨多有研究,朱彝尊《乐府补题序》重点介绍了唐珏、周密、仇远、张炎、王沂孙五人,云其"皆宋末隐君子",并具体介绍此集刊刻经过:"《乐府补题》一卷,常熟吴氏抄白本,休宁汪氏购之长兴藏书家。予爱而亟录之,携至京师。宜兴蒋京少好倚声为长短句,读之赏激不已,遂镂版以传。……度诸君子在当日唱和之篇,必不止此,亦必有序以志岁月,惜今皆逸矣。幸而是编仅存,不为蟫蚀鼠啮,经四百年,藉二子之功,复流播于世,词章之传,盖亦有数焉。"对《乐府补题》的主旨,朱氏也做了大致的推测:"诵其词可以观其志意所存,虽有山林友朋之娱,而身世之感,别有凄然言外者,其骚人《橘颂》之遗音乎?"②

与朱氏同时而齐名的"阳羡派"领袖陈维崧《乐府补题序》云:

嗟乎!此皆赵宋遗民作也。粤自云迷五国,桥谶啼鹃;潮歌三江,营荒夹马。寿皇大去,已无南内之笙箫;贾相难归,不见西湖之灯火。三声石鼓,汪水云之关塞含愁;一卷金陀,王

---

① 严迪昌《乐府补题与清初词风》,载《词学》第八辑;《清词史》第二编第二章第一节。
② 朱彝尊《曝书亭集》卷三六,《四部丛刊》本。

昭仪之琵琶写怨。皋亭雨黑,旗摇犀弩之城;葛岭烟青,箭满锦衣之巷。则有临平故老,天水王孙。无聊而别署漫郎,有谓而竟成逋客。飘零孰恤? 自放于酒旗歌扇之间;惆怅畴依? 相逢于僧寺倡楼之际。盘中烛灺,间有狂言;帐底香焦,时而谰语。援微词而通志,倚小令以成声。此则飞卿丽句,不过开元宫女之闲谈;至于崇祚新编,大都才老梦华之轶事也。①

朱《序》认为此组词不仅为朋友唱和之作,而且可能有身世之感,并认为其品格甚高,有屈子《橘颂》遗意,持论颇为谨慎。陈《序》则推测此组词可能与汪元量(水云)、王昭仪(清惠)事有关,所谓"开元宫女之闲谈"、"才老梦华之轶事",均据词意推测,无非也是认为此组词有故国之思、亡国之痛,所言比朱氏更为具体,但亦未指实。陈《序》系骈文,在意思的表达上亦不甚明了。

朱彝尊词风的继承者、"浙西词派"著名词论家厉鹗作《论词绝句十二首》,第六首论《乐府补题》云:"头白遗民涕不禁,补题风物在山阴。残蝉身世香莼兴,一片冬青冢畔心。"原注:"《乐府补题》一卷,唐义士玉潜与焉。"②厉鹗在这首绝句中,首次将《乐府补题》与宋祥兴元年、元至元十五年(1278)元僧杨琏真伽发掘宋帝在绍兴诸陵,唐珏等潜收宋帝妃骸骨之事相联系。据张丁、罗有开《唐义士传》(载陶宗仪《辍耕录》卷四)等书记载,发陵之后,唐珏出家资,招里中少年潜收帝妃遗骸,葬于兰亭山,移宋故宫冬青树植其

---

① 陈维崧《陈迦陵文集》卷七,《四部丛刊》本。
② 吴熊和《唐宋词汇评·两宋卷》附录之"清人论词绝句",浙江教育出版社 2004 年版,第 4391 页。

上,谢翱为作《冬青树引》颂其事。厉鹗此诗,系就《乐府补题》中残蝉香莼的象征意义及唐珏潜收宋陵遗骸两者产生的联想,并无确证。且厉氏此诗,以韵语论词,语义难免混沌不清,易生歧解。

清代"常州词派"词人蒋敦复在《芬陀利室词话》中第一次明确指出《乐府补题》皆是有寄托之作:"词原于诗,即小小咏物,亦贵得风人比兴之旨。唐五代北宋人词,不甚咏物,南渡诸公有之,皆有寄托。白石、石湖咏梅,暗指南北议和事。及碧山、草窗、玉潜、仁近诸遗民《乐府补遗》(按:即《乐府补题》)中,龙涎香、白莲、莼、蟹、蝉诸咏,皆寓其家国无穷之感,非区区赋物而已。知乎此,则《齐天乐·咏蝉》、《摸鱼儿·咏莼》,皆可不续貂。"[1]蒋氏指出《乐府补题》诸咏有家国之恨,并非单纯咏物,虽有主观臆断的成分,但并未一一坐实。

清人陈廷焯《白雨斋词话》开始指实《乐府补题》的寄托:

> 碧山《天香·龙涎香》一阕,庄希祖云:"此词应为谢太后作。前半所指,多海外事。"此论正合余意。惟后叠云:"荀令如今渐老,总忘却尊前旧风味。"必有所兴,但不知其何所指,读者各以意会可也。[2]

> 碧山《水龙吟》诸篇,感慨沉至。……《咏白莲》云:"太液荒寒,海山依约,断魂何许。"又云:"三十六陂烟雨,旧凄凉向谁堪诉。如今漫说,仙姿自洁,芳心更苦。"写出幽贞,意者亦

---

[1] 蒋敦复《芬陀利室词话》卷三,唐圭璋《词话丛编》,中华书局1986年版,第3675页。

[2] 陈廷焯著、杜维沫校点《白雨斋词话》卷二,人民文学出版社1959年版,第42页。

指清惠乎?①

碧山《齐天乐》诸阕,哀怨无穷,都归忠厚,是词中最上乘。《咏萤》云:"汉苑飘苔,秦陵坠叶,千古凄凉不尽。何人为省,但隔水余辉,傍林残影。"咏叹苍茫,深人无浅语。"隔水"二句,意者其指帝昺乎?《咏蝉》首章云:"短梦深宫,向人犹自诉憔悴。"言中有物,其指全太后祝发为尼事乎?……次章起句云:"一襟余恨宫魂断。"下云:"镜暗妆残,为谁娇鬓尚如许。"合上章观之,此当指王昭仪改妆女冠。后叠云:"铜仙铅泪如洗,叹移盘去远,难贮零露。病翼惊秋,枯形阅世,消得斜阳几度。余音更苦,甚独抱清商,顿成凄楚。"字字凄断,却浑雅不激烈。"余音"数语,或有感于"太液芙蓉"一阕乎?②

陈氏此论,实系对张惠言"比兴寄托"说的具体发挥。陈廷焯曰:"《词选》云:'碧山咏物诸篇,并有君国之忧。'自是确论。读碧山词者,不得不兼时势言之,亦是定理。或谓不宜附会穿凿,此特老生常谈,知其一不知其二。古人诗词,有不容穿凿者,有必须考镜者,明眼人自能辨之。"③详考陈氏所论,确实难免"附会穿凿"之讥,故陈氏曲为之说,好在其所论仅限于王沂孙(碧山)词,且只部分落实词中寓意。

---

① 陈廷焯著、杜维沫校点《白雨斋词话》卷二,人民文学出版社 1959 年版,第 43—44 页。
② 陈廷焯著、杜维沫校点《白雨斋词话》卷二,人民文学出版社 1959 年版,第 44 页。
③ 陈廷焯著、杜维沫校点《白雨斋词话》卷二,人民文学出版社 1959 年版,第 41 页。

《四库全书总目》卷一九九《集部词曲类·乐府补题提要》持论亦较审慎:"(此书)不著编辑者名氏,皆宋末遗民倡和之作。凡赋龙涎香八首,其调为《天香》。赋白莲十首,其调为《水龙吟》。赋莼五首,其调为《摸鱼儿》。赋蝉十首,其调为《齐天乐》。赋蟹四首,其调为《桂枝香》。作者为王沂孙、周密、王易简、冯应瑞、唐艺孙、吕同老、李彭老、陈恕可、唐珏、赵汝钠、李居仁、张炎、仇远等十三人,又无名氏二人。其书诸家皆不著录。前有朱彝尊序,称为常熟吴氏钞本,休宁汪晋贤购之长兴藏书家,而蒋景祁镂版以传云云,则康熙中始传于世也。彝尊《序》又称'当日倡和之篇必不止此,亦必有序以志岁月,惜今皆逸'云云,其说亦是。然疑或墨迹流传,后人录之成帙,未必当时即编次为集,故无序目,亦未可知也"。①

到了王树荣作《乐府补题跋》时,才将这组词与"发陵"事的关系进一步坐实:

> 《乐府补题》一卷,《知不足斋丛书》本。《四库提要》谓皆宋遗民词。荣前读周止庵《宋词选》,于唐玉潜赋白莲曰:"冰魂犹在,翠舆难驻。"曰:"珠房泪湿,明珰恨远。"以为当为元僧杨琏真伽发宋诸陵而作。又赋蝉曰:"佩玉流空,绡衣剪雾。"曰:"晚妆清镜里,犹记娇鬟。"疑亦指其事。今读此卷,依类求之,此意无不可通,殆即玉潜所谓"只有春风知此意,年年杜宇哭冬青"(按:据夏承焘先生考证,"只有"二句为谢翱诗)者也。作者十四人,一佚其名。《四库提要》谓无姓名者二人,非也。宛委为陈行之别号,而宛委山房赋龙涎香,陈不与焉。紫云为

---

① 《四库全书总目》,中华书局1997年版(整理本),第2805页。

吕和甫别号,而紫云山房赋莼,吕不与焉。天柱为王理得别号,而天柱山房赋蟹,王不与焉。浮翠山房赋白莲,余闲书院赋蝉,"浮翠"、"余闲",卷中未见。窃谓"浮翠"即唐英发"瑶翠"而讹,以本卷例之,宋季遗民中如有以余闲为别号者,则所佚姓名,不难推测而知矣。庚申六月,归安王树荣刚斋跋。①

可见,清人对《乐府补题》寓意的认识是逐渐形成并加深的,从开始认为是家国之恨,到落实其具体所指,是有一个过程的,其寓意已有"发陵说"、"咏谢太后事"、"咏全太后为尼说"、"咏王清惠幽贞或为女冠说"等四种观点。

受清人之论的影响,现代学者对《乐府补题》的寓意做了更为深入的研究。夏承焘先生的观点最有代表性,二十世纪三十年代,夏承焘先生撰《乐府补题考》②,发展了清人的观点,指出:"清代常州词人,好以寄托说词,而往往不厌附会;惟周济词选,疑唐珏赋白莲为杨琏真伽发越陵而作,则确凿无疑;予惜其但善发端,犹未详考《乐府补题》全编,爰寻杂书,为申其说。王、唐诸子,丁桑海之会、国族沦胥之痛,为自来词家所未有;宋人咏物之词,至此编乃别有深衷新义。表而出之,亦词林一大掌故,不但补六陵遗事之遗而已也。""今案《补题》所赋凡五:曰龙涎香、曰白莲、曰蝉、曰莼、曰蟹。依周、王之说而详推之,大抵龙涎香、莼、蟹以指宋帝,蝉与白莲则托喻后妃。"除了从原词找根据外,其主要证据为周密《癸辛杂

---

① 据上海古籍出版社影印《彊村丛书》本《乐府补题》。
② 此文见夏承焘《唐宋词人年谱·周草窗年谱》附录二,上海古籍出版社1979年版,第376—382页。

识》的两条记载:"周密《癸辛杂识别集》上,记杨琏真伽发陵,以理宗含珠有夜明,倒悬其尸树间,沥取水银,如此三日夜,竟失其首。此《龙涎香》所赋采铅捣唾之本事也。《杂识》又记一村翁于孟后陵得一髻,发长六尺余,其色绀碧。谢翱为作《古钗叹》,有云:'白烟泪湿樵叟来,拾得慈献陵中髻。青长七色光照地,发下宛转金钗二。'此赋蝉十词九用鬓鬟字之本事也。"吴则虞《花外集笺注》(按:《花外集》为王沂孙词集名)认为王沂孙咏龙涎香指厓山之事。厓山在广东新会南大海中,为宋末抗元的最后据点。宋祥兴二年(1279)宋军战败,陆秀夫负帝昺于此沉海。吴则虞说咏白莲"淡妆不扫蛾眉"一首"暗寓赵昺之南去","翠云遥拥环妃"一首指王清惠为女道士事,咏蝉"绿槐千树西窗悄"一首指发陵事。萧鹏《〈乐府补题〉寄托发微——与夏承焘先生商榷》[①]认为诸人咏龙涎香指厓山之事,咏白莲则是以节操自励,咏蝉的背景是元朝统治大量强征南士赴召,诸人暗中表示不愿合作的思想等。

综上所述,清人及今人对《乐府补题》主旨的猜测有以下几种:

(1) 咏宋陵被掘,唐珏等潜收帝后遗骸事;
(2) 咏谢太后北掳至北方事;
(3) 咏全太后至北方后削发为尼事;
(4) 咏王昭仪(清惠)为女道士事;
(5) 咏陆秀夫负帝昺于厓山投海事;
(6) 词人以白莲、蝉自喻,或以节操自勉,或自伤身世。

[①] 载《文学遗产》1985年第1期。

二、《乐府补题》诸词"寓意"辨析

我国文人论文谈艺,往往迷信权威,先入为主,缺少独立思考的能力。即以《乐府补题》的研究而言,自从朱彝尊提出作者"皆宋末隐君子"之说后,陈维崧、厉鹗、蒋敦复、四库馆臣、王树荣等人均承其说而不暇深考。诸人认为《乐府补题》有言外之意,与认定其作者是"遗民"大有关系。其实朱说并不确切,黄贤俊《碧山四考》①曾对《乐府补题》中十四位作者的生平做过较为详细的考证,指出周密、张炎、王易简、李彭老、唐珏五人确为宋遗民;吕同老虽亦被定为宋遗民,但其依据是《宋诗纪事》,证据似不够充分;冯应瑞、唐艺孙、赵汝钠、李居仁四人生平行事无考;陈恕可、仇远确曾仕元。黄贤俊认为王沂孙未曾仕元,施蛰存为黄文作跋,指出碧山确曾仕元,施说证据确凿,所论甚是。综上所述,《乐府补题》的作者可确定为宋遗民者五人,疑为宋遗民者一人,行事无考者五人(包括无名氏),非遗民(指曾仕于元者)三人,故不宜简单地将《乐府补题》中的作者一概视为宋朝遗民。再看其作年。吴熊和先生据张炎《山中白云词》卷一诸词,考察张炎行踪,指出:"自辛卯至癸巳,张炎寓越殆近三载。""张炎于浮翠山房赋白莲,时在辛卯、癸巳之间,似当近实。""夏承焘先生《乐府补题考》系诸家之作于祥兴二年(1279),是年陈恕可二十一岁,仇远十八岁,与周密等同赋《水龙吟》、《齐天乐》词,似尚嫌年少,不如定其作于辛卯、癸巳间,更为信

---

① 载《词学》第六辑,华东师范大学出版社1988年版。

而有征。"①辛卯为至元二十八年(1291),癸巳为至元三十年(1293),此时距发陵及宋亡已十余年,故《乐府补题》中诸词,恐不宜如上述诸人那样坐实解释。复从词中具体情调来看,"家国之恨"可能存在,落魄之悲更是难免,但也不乏以节操自励之语及友朋之娱。

当然,要探索《乐府补题》的寓意,主要还应抓住文本的具体描写。从这一角度看问题,以上诸种"寄托"说,若就某一句或某一首词而言,或勉强可说得过去,若联系全部《乐府补题》来看,均扞格难通。因为时代久远,词人事迹多湮没无闻,无确切本事可资考证,诸家观点,皆为悬想之词,且多断章取义,抓住一点穷追猛打,很少顾及全篇、全书。下面,笔者依据《乐府补题》原作,从其所用主要典故和具体描写来探讨这些词究竟有无寓意。夏承焘先生据周密《癸辛杂识》续集、别集所载二事,认定《乐府补题》为"发陵"事而作,的确难免胶柱鼓瑟之憾。萧鹏《〈乐府补题〉寄托发微——与夏承焘先生商榷》一文对夏承焘先生力主的"发陵说"做出了令人信服的驳正,其要点有三:"第一,没有任何历史记载可以坐实此说。""第二,《乐府补题》五咏不是作于同时同地。"第三,周密参与《乐府补题》诸词唱和时,尚未听到"发陵"事的有关细节,夏先生所举二证,皆为草窗晚年(指参与《乐府补题》唱和之后)所得材料,足可证明草窗诸人唱和时,并无明确的寄托之意。萧文所论材料丰富、证据确凿。可惜的是,萧鹏自己立论时,却重新陷入清人及夏

---

① 见吴熊和《吴熊和词学论集·宋人选宋词十种跋·乐府补题跋》,浙江教育出版社 1999 年版。

承焘先生论《乐府补题》的怪圈。萧氏认为:"宛委山房所赋龙涎香八首,据词中的描写,很可能是寄托厓山之覆灭。""余闲山房咏蝉,……我们推测,此咏的背景应该是元朝统治者开始大量强征南士赴召,或上北都书写《金刚经》,或出任各州学正、教授。"同样是出于臆测。

《乐府补题》的"寄托"说由"浙西词派"词人朱彝尊、厉鹗提出,"常州词派"词人周济、陈廷焯、王树荣进一步发展,晚近词家为前人成说所囿,且受"常州词派"比兴寄托说影响过深,难免作出种种臆测。其实,依目前掌握的文献资料,是不宜得出上述过于坐实的结论的。依笔者愚见,这五组词首先是词社的咏物词,故当从所咏之物、所用之典及具体描写推求之。

1. 咏龙涎香。《天香·咏龙涎香》,龙涎香是抹香鲸病胃的一种分泌物,因得之于海上,故名,亦称龙泄,和以其他香物,其香加烈,经久不散,是一种珍贵的香料。唐人苏鹗《杜阳杂编》卷下:"(同昌)公主令取澄水帛,以水蘸之,挂于南轩,良久,满座皆思挟纩。澄水帛长八九尺,似布而细,明薄可鉴,云其中有龙涎,故能消暑毒也。"[①]宋元间亦用龙涎香为熏香,见叶绍翁《四朝闻见录》乙"宣政宫烛"条、周去非《岭外代答》七。可知龙涎香本为宫廷及王公贵人所用之物,其香气浓烈,可作熏香,有清凉去暑的显效。此组《天香》所写之香即为熏香,清人许昂霄《词综偶评》曰:"龙涎和众香焚之,能聚香,烟缕缕不散。"[②]词中"骊宫"即指"海市蜃楼",

---

[①] 苏鹗《杜阳杂编》,《丛书集成初编》本,第 27 页。
[②] 许昂霄《词综偶评》"王易简《天香》词评语",唐圭璋《词话丛编》,中华书局1986 年版,第 1567 页。

传说中的海上宫殿,也可指龙宫,古人或以为"龙涎香"当得自此处。又多用"荀令衣香"之典,据《太平御览》引《襄阳记》:东汉荀彧为尚书令,相传他的衣带有香气,所到之处,香经日不散,人称为令君香。词中提及"荀令如今渐老,总忘却,尊前旧风味"(王沂孙)、"荀令风流未减,怎奈向,漂零赋情老"(吕同老)、"荀令如今憔悴,消未尽,当时爱香意"(李彭老),都可视为词人们自抒年华老大之悲。又多写女性相思离别之事,亦为婉约词常调。词中找不出明显的寄托或影射,只不过总的调子偏于低沉,且"龙涎"、"骊宫"等字面令人产生联想而已。吴世昌先生《词林新话》对此调"寄托"说的反驳非常有力:"亦峰(按:即陈廷焯)曰:'碧山《天香·龙涎香》一阕,庄希祖云:"此词应为谢太后作,前半所指,多海外事。"此论正合余意。惟后叠云:"荀令如今渐老,总忘却尊前旧风味。"必有所兴,但不知其所指,读者各以意会可也。'按:既自称'荀令',则只指香,与谢太后无涉。足见穿凿之可笑。而又曰:'必有所兴','不知所指',真是白日见鬼,且令读者各以其意会不同之鬼。"[①]我们不妨再看看周密的此调词:

> 碧脑浮冰,红薇染露,骊宫玉唾谁捣。麝月双心,凤云百和,宝钏佩环争巧。浓薰浅炷,疑醉度、千花春晓。金饼著衣余润,银叶透帘微袅。　素被琼簟夜悄,酒初醒,翠屏深窈。一缕旧情,空趁断烟飞绕。罗袖余馨渐少。怅朱阁、凄凉梦难到。谁念韩郎,清愁渐老。

---

① 吴世昌《词林新话》卷四,北京出版社 2000 年版,第 295—296 页。

上片紧扣龙涎香题面展开描写,应是描写一位女子的居室环境,写龙涎香是极力渲染其住处之高雅,暗示女主人公身份之高贵。下片写男子的相思之情,相思无望,故曰"谁念韩郎,清愁渐老"。全词看不出明显寓意。近人俞陛云《唐五代两宋词选释》分析王沂孙《天香·龙涎香》曰:"咏物工细之作,唐五代以来绝少,南宋较多。此调前半体物浏亮,后半即物寓情,咏物之名作也。起笔切合而极凝练,'蟠'字、'蜕'字尤工。'紫帘'二句既状香痕荡漾,而以海山云气关合本题,在离合之间。后四句藉香以寓身世今昔之感,开合有致。"[1]对词中寄托的分析也是相当谨慎的。吴世昌先生《词林新话》说"麝月"是镜子,"麝月双心,凤云百和"为咏镜之语,亦甚确。[2]

2. 咏白莲。《水龙吟·赋白莲》多以杨玉环(太真)比白莲,笔者拈出五代人王仁裕《开元天宝遗事》卷三(据《四库全书》本)的一则记载,或可为此组词进一解:

解语花

> 明皇秋八月,太液池有千叶白莲,数枝盛开,帝与贵戚宴赏焉,左右皆叹美久之。帝指贵妃示于左右曰:"争如我解语花。"

此组词中多次写到"环儿"、"真妃"、"太液池"、"霓裳舞"、"温泉浴罢",均与杨玉环有关。词人们或于赏白莲时,想到这一故事。词中反复写唐玄宗时的风流盛况,自然也寓有黍离之悲、荆棘铜驼

---

[1] 俞陛云《唐五代两宋词选释》,上海古籍出版社1985年版,第568页。
[2] 吴世昌《词林新话》卷四,北京出版社2000年版,第270页。

之感。词中又写到仙人承露盘等,亦可作此联想,但亦不可落到实处。如吕同老的《水龙吟·赋白莲》:

> 素肌不污天真,晓来玉立瑶池里。亭亭翠盖,盈盈素靥,时妆净洗。太液波翻,霓裳舞罢,断魂流水。甚依然、旧日浓香淡粉,花不似、人憔悴。　欲唤凌波仙子。泛扁舟、浩波千里。只愁回首,冰帘半掩,明珰乱坠。月影凄迷,露华零落,小阑谁倚。共芳盟犹有,双栖雪鹭,夜寒惊起。

起五句赋白莲本题,"太液"五句咏杨玉环事,或与上引《开元天宝遗事》有关。"太液波翻",让人联想到白居易《长恨歌》"归来池苑皆依旧,太液芙蓉未央柳"二句,"霓裳舞罢"则隐含《长恨歌》"渔阳鼙鼓动地来,惊破《霓裳羽衣曲》"之意,所抒均为伤悼之情。下阕则主要咏叹花谢之后的零落凄凉之状,仍回到本题,咏物与咏人相结合,无明显寄托。又如王沂孙《水龙吟·赋白莲》:

> 翠云遥拥环妃,夜深按彻霓裳舞。铅华净洗,涓涓出浴,盈盈解语。太液荒寒,海山依约,断魂何许。甚人间、别有冰肌雪艳,娇无那、频相顾。　三十六陂烟雨。甚凄凉、向谁堪诉。如今谩说,仙姿自洁,芳心更苦。罗袜初停,玉珰还解,早凌波去。试乘风一叶,重来月底,与修花谱。

此词上阕咏杨玉环为主,兼咏白莲,主要写其盛况。下阕咏白莲为主,兼及玉环,重心在其衰败,语意甚明。近人释此词,也有求之过深者,如俞陛云曰:"起五句咏本题,余皆藉花以抒感。'海山'、'断魂'句言末造飘流海岛,落日狂涛,宫车不返。'别有冰肌'四句意谓两朝冠剑,降表签名,大有人在,而不欲斥言,乃托词以隐刺。后段'仙姿'二句尤为攖心深痛,纵埋名削迹,安能解其饮冰茹蘖之悲,何异于落尽莲衣而莲心更苦,乃极写其哀思。'早凌波去'句怅鼎湖之去远,'乘风盼归'句,乃抱弓剑而仍号也。……碧山此词,虽意在君国,而本题亦不抛荒。首句之'翠云环妃'及后段之'仙姿自洁'、'玉珰凌波'句仍雅切白莲,可谓句意兼得矣。"①此说实受"厓山之变"论的影响,并无任何事实根据。

3. 咏莼。《摸鱼儿·赋莼》主要用《晋书·张翰传》故事:"齐王冏辟(翰)为大司马东曹掾……因见秋风起,乃思吴中菰菜、莼羹、鲈鱼脍,曰:'人生贵得适志,何能羁宦数千里以要名爵乎!'遂命驾而归。"②此组词多是这些词人在发牢骚,曲折地表示不愿与新朝合作,恐难看出更深的言外之意。如李彭老《摸鱼儿·赋莼》词云:

> 过垂虹、四桥飞雨,沙痕初涨春水。腥波十里吴歈远,绿蔓半萦船尾。连复碎。爱滑卷青绡,香裹冰丝细。山人隽味。笑杜老无情,香羹碧涧,空只赋芹美。　归期早,谁似季鹰高致。鲈鱼相伴菰米。红尘如海丘园梦,一叶又秋风起。湘湖外,看采撷、芳条际晓随鱼市。旧游漫记。但望里江南,秦鬟贺镜,渺渺隔烟水。

俞陛云析李彭老此词曰:"起笔从水乡引起采莼,有闲逸之致。'绿蔓'四句咏物工细,旋用香芹碧涧羹诗意作衬,以开宕局势。下阕用季鹰事,虽意所易到,而接以'红尘如海'二句,意境便超。'际

---

① 俞陛云《唐五代两宋词选释》,上海古籍出版社1985年版,第585页。
② 《晋书》卷九二,中华书局1974年版,第2384页。

晓随鱼市'句涉想殊妙。结处'秦鬟贺镜',殆谓秦封山及贺监湖,觉炼字过于生硬。"[1]俞氏又析王沂孙此题词曰:"前四句赋莼,细腻熨贴。'罗带'二句喻新而句秀。'吴中'四句以酪乳、鲈鱼为莼作陪宾,佐秋来之一醉,笔致生动。下阕因莼鲈而动乡思,兼有蒹葭忆远之情。因前半首征实,故后半课虚,虚实相乘,乃布局揣称处。后路托想迢递,词客秋怀,与烟水同其浩渺矣。"[2]所析皆较确,并未往"微言大义"上牵扯。

4. 咏蝉。《齐天乐·赋蝉》,如果说寓有词人的身世之感是可能的,从唐人骆宾王《在狱咏蝉》、李商隐《蝉》开始,即有此传统,这也可见吴熊和先生对组词作年代的考证有理(若此组词作于 1279年,则陈恕可二十一岁,仇远仅十八岁,似不太可能有很深的身世之悲)。如果说蝉鬟即为已去世的后妃长发,则太过牵强。夏承焘先生此说本据周密《癸辛杂识》的记载,那么,且看周密的《齐天乐·赋蝉》是否有此意。词曰:

> 槐阴忽送清泠怨,依稀乍闻还歇。故苑愁深,危弦调苦,前梦蜕痕枯叶。伤情念别。是几度斜阳,几回残月。转眼西风,一襟幽恨向谁说。 轻鬟犹记动影,翠蛾应怪我,双鬓如雪。枝冷频移,叶疏犹抱,空负好秋时节。凄凄切切。渐迤逦黄昏,砌蛩相接。露洗余悲,暮烟声更咽。

此词以正面咏蝉为主,从"转眼西风,一襟幽恨向谁说"和"露洗余悲,暮寒声更咽"等句来看,词中有亡国末世文人的身世之悲、

---

[1] 俞陛云《唐五代两宋词选释》,上海古籍出版社 1985 年版,第 528 页。
[2] 俞陛云《唐五代两宋词选释》,上海古籍出版社 1985 年版,第 577 页。

凄凉之感是可能的,但却找不到与"发陵事"有关的蛛丝马迹。争议较大的是王沂孙的《齐天乐·赋蝉》:

> 一襟遗恨宫魂断,年年翠阴庭树。乍咽凉柯,还移暗叶,重把离愁深诉。西窗过雨。渐金错鸣刀,玉筝调柱。镜暗妆残,为谁娇鬓尚如许。　铜仙铅泪似洗,叹携盘去远,难贮零露。病翼惊秋,枯形阅世,消得斜阳几度。余音更苦。甚独抱清高,顿成凄楚。谩想薰风,柳丝千万缕。

清人端木埰《词选批注》评此词云:"详味词意,殆亦碧山黍离之悲也。首句'宫魂'字点清命意。'乍咽'、'还移',慨播迁也。'西窗'三句,伤敌骑暂退,宴安如故也。'镜暗妆残',残破满眼。'为谁'句,指当日修容饰貌,侧媚依然。衰世臣主全无心肝,真千古一辙也。'铜仙'三句,伤宗器重宝均被迁夺北去也。'病翼'三句,更是痛哭流涕,大声疾呼,言海徼栖流,断不能久也。'余音'三句,哀怨难论也。'谩想薰风,柳丝千万(缕)',责诸人当此尚安危利灾,视若全盛也。语意明显,凄婉至不忍卒读。"[①]此词词调危苦,可能有身世之感与家国之痛,如周济《宋四家词选》云:"此家国之恨。"但端木氏将此词与宋亡之事相比附,且句句落到实处,实亦缺乏根据。唐圭璋先生等人的《唐宋词选注》对此词的分析恰到好处,也为理解此类词提供了具有规范意义的借鉴:"本词以'宫魂'两字点题,指出蝉是齐女之魂所化。以下用拟人法写蝉鸣庭树,深诉离愁。而雨后蝉声,又极清脆动听;镜中蝉鬓,还是缥缈动人。

---

① 张惠言《张惠言论词》附录,唐圭璋《词话丛编》,中华书局1986年版,第1621页。

下片由蝉饮露水联系到铜仙铅泪,暗示亡国之痛;接着从'病翼'、'枯形'说明秋蝉之悲苦,余音之哀抑;并结合自身境遇,以独抱清高而满怀凄楚,暗示故国之思。结尾回溯薰风吹拂,蝉鸣于万缕柳丝的盛时,句意含蓄曲折,言外之意是说回首往事,已是无魂可断,而作者心情之沉痛,也可想见。"①

5.咏蟹。《桂枝香·赋蟹》主要用《晋书·毕卓传》:"卓尝谓人曰:'得酒满数百斛船,四时甘味置两头,右手持酒杯,左手持蟹螯,拍浮酒船中,便足了一生矣。"②实与张翰之用心相同,均有倦宦之意。古人亦有将莼、蟹并称者,宋人苏舜钦《答韩持国书》云:"渚茶野酿,足以销忧;莼鲈稻蟹,足以适口。"③此组词亦很难与发陵之事、亡国之痛相联系。举陈恕可《桂枝香·赋蟹》为例:

西风故国,记乍免内黄,归梦溪曲。还是秦星夜映,楚霜秋足。无肠枉抱东流恨,任年年、褪匡微绿。草汀篝火,芦洲苇箔,早寒渔屋。　叙旧别,芳刍荐玉。正香擘新橙,清泛佳菊。依约行沙乱雪,误惊窗竹。江湖岁晚相思远,对寒灯、谩怀幽独。嫩汤浮眼,枯形蜕壳,断魂重续。

总之,除非新发现过硬材料,将《乐府补题》与发陵事、厓山之变及全太后事、谢太后事、王清惠事等联系起来,总嫌牵强。也就是说,(1)至(5)说皆不可取,如果将此书视为有一定身世之感的咏物之什,则较为稳妥。换言之,第(6)说较有可能。因《桂枝香·赋

---

① 唐圭璋、潘君昭、曹济平《唐宋词选注》,北京出版社1982年版,第620页。
② 《晋书》卷四九,中华书局1974年版,第1381页。
③ 苏舜钦《苏学士集》卷十,《四部丛刊》本。

蟹》仅有四首,与前四组明显不成比例,且无序跋之文,故朱彝尊推测原书有残缺是有可能的。

三、从对《乐府补题》的理解看近三百年"比兴寄托"说的演变

词论兴起之初,较少儒家思想的束缚,并未侈言比兴,但以微言大义论词,宋人已肇其端。鲖阳居士《复雅歌词》论苏轼《卜算子》(缺月挂疏桐)云:"缺月,刺明微也。漏断,暗时也。幽人,不得志也。独往来,无助也。惊鸿,贤人不安也。回头,爱君不忘也。无人省,君不察也。拣尽寒枝不肯栖,不偷安于高位也。寂寞吴江冷,非所安也。此词与《考槃》诗极相似。"①不过,这种情形在宋代具有偶发性,在元明两代也不多见。入清之后,以比兴论词渐成风气。人们多以为"常州词派"是"比兴寄托"说在清代的始作俑者,其实不然。从上文可见,清初的"阳羡词派"与"浙西词派"均重"比兴寄托",如阳羡词派领袖陈维崧《乐府补题序》即从"比兴寄托"的角度着眼,将此组词与汪元量、王清惠之事相联系。"浙西词派"领袖朱彝尊则认为《乐府补题》诸词"虽有山林友朋之娱,而身世之感,别有凄然言外者",有"骚人《橘颂》之遗音";其《陈纬云红盐词序》也指出:"词虽小技,昔之通儒巨公,往往为之。盖有诗所难言者,委曲倚之于声,其辞愈微而其旨益远,善言词者,假闺房儿女子之言,通于《离骚》变雅之意,此尤不得志于时者所宜寄情焉耳。"②《乐府补题》由朱彝尊发现,经蒋景祁刊刻后,在京城形成"后补题"

---

① 鲖阳居士《复雅歌词》,唐圭璋《词话丛编》,中华书局1986年版,第60页。
② 朱彝尊《曝书亭集》卷四〇,《四部备要》本。

的唱和热,参与其中的文人竟达百余人。蒋景祁《刻瑶华集述》云:"得《乐府补题》而辇下诸公之词体一变。"据严迪昌先生《清词史》、张宏生《清代词学的建构》诸书研究,在"后补题"唱和活动中,陈维崧的词多含"故国之思",与其《乐府补题序》宗旨相近,朱彝尊的词纯乎咏物,并无寄托,与其《乐府补题序》宗旨不同,较为符合当时的时代潮流。"浙西词派"后期词论家厉鹗《论词绝句》十二首(其一)即将词之起源与《离骚》和传为李白所作的那两首寄托遥深的词作相联系:"美人香草本《离骚》,俎豆青莲尚未遥。"其《群雅词集序》称赞集中诸人词"托兴乃在感时赋物登高送远之间",《吴尺凫玲珑帘词序》说吴词"寓托"深。故其《论词绝句》十二首(其六)论《乐府补题》时,自然注意其比兴之义。可见,清代重比兴寄托的词学理论实由"阳羡词派"与"浙西词派"为之开端,并对后起的词论产生影响。

"常州词派"的创始人张惠言,亦将词与《诗经》、《楚辞》相比附。其《词选序》云:"词者,盖出于唐之诗人,采乐府之音以制新律,因系其词,故曰词。《传》曰:'意内而言外谓之词。'其缘情造端,兴于微言,以相感动。极命风谣,里巷男女哀乐,以道贤人君子幽约怨悱不能自言之情。低徊要眇以喻其致。盖诗之比兴,变风之义,骚人之歌,则近之矣。"[①]在《词选》中,他常将词与《诗经》、《楚辞》相比附,且往往深求其"微言大义",所言多出于主观臆测。如论温庭筠《菩萨蛮》(小山重叠金明灭)词云:"此感士不遇也。篇

---

① 张惠言《词选序》,《张惠言论词》附录,唐圭璋《词话丛编》,中华书局1986年版,第1617页。

法仿佛《长门赋》,而用节节逆叙。此章从梦晓后,领起'懒起'二字,含后文情事。'照花'四句,《离骚》'初服'之意。"论冯延巳《蝶恋花》(六曲栏杆偎碧树、莫道闲情抛弃久、几日行云何处去)云:"三词忠爱缠绵,宛然《骚》、《辨》之义。延巳为人,专蔽嫉妒,又敢为大言。此词盖以排间异己者,其君之所以信而弗疑也。"论欧阳修《蝶恋花》(庭院深深深几许)云:"'庭院深深',闺中既以邃远也。'楼高不见',哲王又不寤也。'章台'、'游冶',小人之经。'雨横风狂',政令暴急也。'乱红飞去',斥逐者非一人而已,殆为韩、范作乎?"评辛弃疾《祝英台近》(宝钗分):"此与德祐太学生二词用意相似。'点点飞红',伤君子之弃。'流莺',恶小人得志也。'春带愁来',其刺赵、张乎?"评姜夔《疏影》(苔枝缀玉):"此章更以二帝之愤发之,故有昭君之句。"评王沂孙《眉妩》(渐新痕悬柳):"碧山咏物诸篇,并有君国之忧。此喜君有恢复之志,而惜无贤臣也。"评《高阳台》(残雪庭除):"此伤君臣晏安,不思国耻,天下将亡也。"评《庆清朝》(玉局歌残):"此言乱世尚有人才,惜世不用也。不知其何所指。"评无名氏《绿意》(碧园自洁):"此伤君子负枉而死,盖似李纲、赵鼎之流。'回首当年汉舞'云者,言其自结主知,不肯远引。结语,喜其已死而心得白也。"[1]"比兴寄托"说词论在张惠言手中得到发展与丰富,其流弊亦日渐显露。上文所引周济、蒋敦复、端木埰等人强调《乐府补题》"比兴寄托"的主张,实均与张惠言之论一脉相承,因诸人皆为"常州词派"后学也。

---

[1] 所引《词选》评语,见张惠言《张惠言论词》,唐圭璋《词话丛编》,中华书局1986年版,第1609—1616页。

清末著名词家如陈廷焯、况周颐诸人亦均为"常州词派"后劲,陈氏《白雨斋词话自序》云:"倚声之学,千有余年,作者代出;顾能上溯《风》《骚》,与为表里,自唐迄今,合者无几。……飞卿、端己,首发其端;周、秦、姜、史、张、王,曲竟其绪。而要皆发源于《风》、《雅》,推本于《骚》《辨》,故其情长,其味永,其为言也哀以思,其感人也深以婉。"①《白雨斋词话》卷一论词重沉郁,曰:"所谓沉郁者,意在笔先,神余言外。写怨夫思妇之怀,寓孽子孤臣之感。凡交情之冷淡,身世之飘零,皆可于一草一木发之。而发之又必若隐若见,欲露不露,反复缠绵,终不许一语道破。"②况氏论词同样重"寄托":"词,《说文》:'意内而言外者也。'意内者何?言中有寄托也。所贵于寄托者,触发于弗克自已,流露于不自知,吾为词而所寄托者出焉,非因寄托而为是词也。有意为是寄托,若为吾词增重,则是骛乎其外,近于门面语矣。苏文忠'琼楼玉宇'之句,千古绝唱也。设令似此意境,见于其他词中,只是字句变易,别无伤心之怀抱、婉至激发之性真,贯注于其间,不亦无谓之至耶!寄托犹是也,而其达意之笔,有随时逐境之不同,以谓出于弗克自已,则亦可耳。"③著名词学家朱祖谋也是遵奉"常州词派"的。现代词家如龙榆生、夏承焘、唐圭璋等人,同样深受"常州词派"影响。在对《乐府补题》的认识上,夏承焘先生的观点失之偏颇;唐圭璋先生的意见较为稳妥,对"常州词派"理论的某些弊病有所纠正。"常州词派"

---

① 陈廷焯著、杜维沫校点《白雨斋词话》,人民文学出版社1959年版,第1页。
② 陈廷焯著、杜维沫校点《白雨斋词话》,人民文学出版社1959年版,第5页。
③ 况周颐《蕙风词话补编》卷一,屈兴国《蕙风词话辑注》,江西人民出版社2000年版,第355页。

词论过于求深的毛病,在今人的一些文章中仍然时有发生,这是一个应当引起学术界注意的问题。

第三节 《草堂诗余》与明代词学

历来学者大多认为,明代词学中衰。沈德潜《清绮轩词选序》云:"词昉于唐,盛于宋,稍衰于元明。"①陈廷焯《白雨斋词话》卷一云:"词兴于唐,盛于宋,衰于元,亡于明。"②又说:"词至于明,而词亡矣。伯温、季迪,已失古意。降至升庵辈,句琢字炼,枝枝叶叶为之,益难语于大雅。自马浩澜、施闰仙辈出,淫词秽语,无足置喙。明末陈人中,能以秾艳之笔,传凄婉之神,在明代便算高手。然视国初诸老,已难同日而语,更何论唐宋哉。"③这些评论均是对整个词史发展概况的印象式概括,指出明代词坛不振的事实。对于明代词体中衰的情况,明人自己也不讳言。如陈霆说:"予尝妄谓我朝文人才士,鲜工南词。间有作者,病其赋情遣思,殊乏圆妙,甚则音律失谐,又甚则语句尘俗。求所谓清楚流丽,绮靡蕴藉,不多见也。"④王世贞也说:"我明以词名家者,刘诚意伯温,秾纤有致,去宋尚隔一尘。杨状元用修,好入六朝丽事,近似而远。夏文愍公谨最号雄爽,比之辛稼轩,觉少精思。"⑤陈子龙亦云:"本朝以词名者

---

① 施蛰存《词籍序跋萃编》,中国社会科学出版社1994年版,第762页。
② 陈廷焯著、杜维沫校点《白雨斋词话》,人民文学出版社1959年版,第3页。
③ 陈廷焯著、杜维沫校点《白雨斋词话》,人民文学出版社1959年版,第57页。
④ 陈霆《渚山堂词话》,唐圭璋《词话丛编》,中华书局1986年版,第379页。
⑤ 王世贞《艺苑卮言》,唐圭璋《词话丛编》,中华书局1986年版,第393页。

如刘伯温、杨用修、王元美(世贞),各有短长,大都不能及宋人。"①他们将本朝名家词人与宋人比较,皆有自愧不如之感。

对于明代词体中衰的局面和原因,清代以来一直有人在探讨。清代王昶《琴画楼词钞序》说:"有明三百余年,率以《花间》、《草堂》为宗,粗厉嫚亵之气乘之,不能如南宋之旧。"②尤其是《草堂》一集,可以说整个有明一代词学发展都与它有着千丝万缕的关系。有人甚至将明代词学的萎靡不振归于《草堂诗余》的不良影响。朱彝尊说:"词人之作,自《草堂诗余》盛行,屏去激楚阳阿而巴人之唱齐进矣。"③陈廷焯《白雨斋词话》卷八云:"《花间》、《草堂》、《尊前》诸选,背谬不可言矣。所宝在此,词欲不衰,得乎?"④朱、陈二人均把明词衰落的原因归于对《草堂诗余》的重视。近人蒋兆兰在《词说》中说:"至'诗余'一名,以《草堂诗余》为最著,而误人为最深。所以然者:诗家既已成名,而于是残鳞剩爪,余之于词;浮烟涨墨,余之于词;诙嘲亵诨,余之于词;忿戾谩骂,余之于词;即无聊酬应,排闷解醒,莫不余之于词。亦既以词为秽墟,寄其余兴,宜其去风雅日远,愈久而弥左也。此有明一代词学之蔽。成此者升庵(杨慎)、凤洲(王世贞)诸公,而致此者实'诗余'二字有以误之也。今宜亟正其名曰词,万不可以'诗余'二字自文浅陋,希图卸责。"⑤蒋

---

① 陈子龙《安雅堂稿》,辽宁教育出版社2003年版,第48页。
② 王昶《琴画楼词钞序》,施蛰存《词籍序跋萃编》,中国社会科学出版社1994年版,第738页。
③ 朱彝尊《书绝妙好词后》,施蛰存《词籍序跋萃编》,中国社会科学出版社1994年版,第683页。
④ 陈廷焯著、杜维沫校点《白雨斋词话》,人民文学出版社1959年版,第214页。
⑤ 蒋兆兰《词说》,唐圭璋《词话丛编》本,中华书局1986年版,第4631页。

氏认为《草堂》一集误人最深之处在于"诗余"之名,它导致了诗家对词体的轻视。明代词学之弊恰恰是因为继承并延续了《草堂诗余》所昭示的词体观念。吴梅《词学通论》第九章云:"论词至明代,可谓中衰之期。探其根源,有数端焉。开国作家,沿伯生、仲举之旧,犹能不乖风雅。永乐以后,两宋诸名家词,皆不显于世,惟《花间》、《草堂》诸集,独盛一时。于是才士模情,辄寄言于闺闼;艺苑定论,亦揭橥于香奁。托体不尊,难言大雅,其弊一也。"① 类似的说法在清代词话及今人的论述中多有所在,隐然已成为一种共识或定论了。屋下架屋,愈见其小。这大概是后人总结明词失败的原因时最大的感触。他们纷纷从《草堂诗余》一集寻找明词不景气的原因。这种现象及其所反映的认识方法的根本问题,在于只见现象,未及本质。应当说,《草堂诗余》所体现的审美趣味和艺术风格,适应或满足了明人嗜俗的口味,也便于初学者摹仿和学习。《草堂诗余》的流行只能是明词衰蔽的一种表征,而不能作为原因。

当代学者张仲谋的《明词史》将明词衰落的原因概括为四点:(1)从文体自身的发展规律来看,词的黄金时代已经过去。(2)从文学发展的总趋势与文体互动规律来看,俗文学的崛起加速了传统雅文学的衰颓与变异。(3)与词的地位下降有关。(4)词乐的失传。② 诚然,宋代是词的黄金朝代,它的成就是其后任何时代都无法比拟和超越的。虽然清代曾一度出现了词体的中兴,但也无法与宋词比肩。由于元代以来词谱失传,倚声填词逐渐失去了依凭

---

① 吴梅《词学通论》,华东师范大学出版社 1996 年版,第 139 页。
② 见张仲谋《明词史》,人民文学出版社 2002 年版,第 9—14 页。

的标准,词由原来的音乐文学转变为抒情体的纯文学。对于这种转变,明人尚不能适应,缺乏写作经验。另外,明代文人才情投放对象已经转移。在明代,俗文学获得生存和发展的最佳土壤,取得空前的成就。在这种大的创作背景下,多数文人把注意力转移到传奇、小说和通俗小曲的创作中去了。因此,明词的衰落是必然的。但最主要的原因还是与明人的词体观念有关。徐复祚《三家村老委谈》曰:"词曲,金元小技耳,上之不能博功名,次复不能图显利,拾文人唾弃之余,供酒间谑浪之具,不过无聊之计,假此以磨岁耳,何关世事?"[①]明代八股取士,与词作毫无相干,词只宜"酒间谑浪",故无法摆脱浅俗。从实用角度看,词体毫无优势可言。王世贞将词体的基本特征概括为"香弱",他说:"词须宛转绵丽,浅至儇俏,挟春月烟花于闺幨内奏之。一语之艳,令人魂绝,一字之工,令人色飞,乃为贵耳。"[②]又说:"温飞卿所作词曰《金荃集》,唐人词有集曰《兰畹》,盖取其香而弱也。然则雄壮者,固次之矣。"[③]在这种思想的指导下,五代时浓艳的《花间集》与南宋流行的浅近香艳的《草堂诗余》便成了明人作词时学习和仿效的范本。毛晋《草堂诗余跋》云:"宋元间词林选本几屈百指,惟《草堂诗余》一编飞驰。几百年来,凡歌栏酒榭丝而竹之者,无不捊髀雀跃,及至寒窗腐儒,挑灯闲看,亦未尝欠伸鱼睨,不知何以动人一至此也。"[④]另外,在审美价值上,明人没有充分认识到词的特殊美感,这与当时俗文学的

---

① 转引自张仲谋《明词史》,人民文学出版社2002年版,第12页。
② 王世贞《艺苑卮言》,唐圭璋《词话丛编》,中华书局1986年版,第385页。
③ 王世贞《艺苑卮言》,唐圭璋《词话丛编》,中华书局1986年版,第386页。
④ 施蛰存《词籍序跋萃编》,中国社会科学出版社1994年版,第670页。

高度发展有直接的关系。俗文学的文学氛围培养了明人的相应审美情趣,以这种审美眼光去看以"雅"为尚的词体,是很难理解其内在之美的。因而,在创作中要取得较高成就也是勉为其难的。文学创作和文学理论是相互影响的。关于二者的关系,严迪昌说:"理论对于创作实践的意义,总是只能体现为一种原则性的指引,不可能作按图索骥式的或排列方程那样的指迷和推导,顺藤摸瓜的实用性常常在文学创作中显得无能为力,因为它的创造性要求太强了。而任何规律一旦成为规律被提出,它就失去了流动性格,渐趋凝固状,创作却永远带着流转性前行着。"[1]除此以外,此二者又有着彼此消长的关系。文学创作发达时,多数文人一般都会加入创作的队伍中来,而忽略了对文学理论的建设。而一旦文学创作进入低谷时期,文人们又往往对先前的文学创作的得失进行思考,着手理论建设。明代词学属于后者。虽然明代词的创作中衰,没有出现可以独领风骚的大家,但是在词的理论上却有一定的建树,即如顾从敬关于词调的分类等,而这也与《草堂诗余》有着直接联系。

明代中期,顾从敬将南宋书坊编刻的词选《草堂诗余》按照词调重新分类:卷一为小令,自《捣练子》(二十七字)至《小重山》(五十八字);卷二为中调,自《一剪梅》(五十九字)至《夏云峰》(八十字);卷三和卷四为长调,自《东风齐著力》(九十二字)至《戚氏》(二百一十二字),共选词四百四十三首。宋本《草堂诗余》是按内容分类的,南宋《草堂诗余》分前后两集。前集分春景、夏景、秋景、冬景

---

[1] 严迪昌《清词史》,江苏古籍出版社1990年版,第494页。

四类,后集分节序、天文、地理、人物、人事、饮馔器用。花禽七类。顾从敬的《类编草堂诗余》则依词调的字数多少以小令、中调、长调为顺序排列,然后于每调下再按内容排列。这种以字数多少对词进行分类的做法引起后人的争议,如朱彝尊指出:"宋人编集歌词,长者曰慢,短者曰令,初无中、长调之目。自顾从敬编《草堂》词,以臆见分之,后遂相沿,殊属牵率。"① 至万树著《词律》时,则完全抛弃了小令、中调、长调的分法。他说:"自《草堂》有小令、中调、长调之目,后人因之,但亦约略云尔。……钱塘毛氏云:'五十八字以内为小令,五十九字至九十字为中调,九十一字以外为长调,古人定例也。'愚谓此亦就《草堂》所分而拘执之。所谓定例,有何所据? 若以少一字为短,多一字为长,必无是理。如《七娘子》有五十八字者,有六十字者,将名之曰小令乎? 抑中调乎?……故本谱(按:指《词律》)但叙字数,不分小令、中、长之名。"② 但是我们却不得不承认顾氏《草堂诗余》对词学界的影响,也应看到这种分类的积极意义。令、引、近、慢等,是从音乐节拍上对词调的分类。当词与音乐剥离,成为纯粹的案头文学时,必须有一种更合适的分类标准与之适应,而以字数来划分也具有一定的合理性。

陈耀文的《花草粹编》是明代词选本中较好的一种,也受到《草堂诗余》的影响。陈耀文认为:"夫填词者,古乐府流也,自昔选次者众矣。唐则有《花间集》,宋则《草堂诗余》。"③ 把此二集作为唐

---

① 朱彝尊《词综·发凡》,朱彝尊、汪森《词综》,上海古籍出版社1978年版,第10页。
② 万树《词律》,上海古籍出版社1984年版,第9页。
③ 陈耀文《花草粹编叙》,龙建国等点校《花草粹编》,河北大学出版社2007年版,第1页。

宋词选之代表。又曰："是刻也,由《花间》、《草堂》而起,故以'花草'命编。"①仍有《花间》、《草堂》二集的影子。除此以外,《花草粹编》"益以《乐府雅词》、《天机余锦》、《梅苑》及各家词集,旁采诗话、杂记、丛谈、小说,间亦附笺本事,其取材甚博,足资泛览",②受前代词选的影响是很广泛的。在体例上,"仿《类编草堂诗余》例,以小令、中调、长调编次,凡小令六卷,中调二卷,长调四卷",③仍沿用顾从敬的分调编排体例。

明代中期以来,由评点时文,进而评点古文和小说,在文学批评史上逐渐兴起了评点派。在这种风气之下,一些词学家也注意到词的评点,而且往往会选择《草堂诗余》作为评点的对象,较有影响的有杨慎评点本、沈际飞评点本等。这些评语推动了词学理论的发展,而《草堂诗余》在一定程度上起到了理论载体的作用。可以说,整个明代词坛都有《草堂诗余》的影子,明代词学的得与失都与之有着千丝万缕的联系。

---

① 陈耀文《花草粹编叙》,龙建国等点校《花草粹编》,河北大学出版社2007年版,第1页。
② 张文虎《跋花草粹编》,施蛰存《词籍序跋萃编》,中国社会科学出版社1994年版,第705页。
③ 赵万里《花草粹编十二卷提要》,施蛰存《词籍序跋萃编》,中国社会科学出版社1994年版,第705—706页。

下编:明代词选个案研究

第五章 《花草粹编》的编纂特色及词学思想

词至明代而中衰,这似乎是学界的定论。如清人朱彝尊《水村琴趣序》云:"词至宋元以后,明三百年无擅场者。排之以硬语,每与调乖;窜之以新腔,难与谱合。"①高佑钯《湖海楼词序》曰:"词始于唐,衍于五代,盛于宋,沿于元,而榛芜于明。明词佳者不过数家,余悉踵《草堂》之悉,鄙俚亵狎,风雅荡然矣。"②吴衡照《莲子居词话》曰:"论词于明,并不逮金元,遑言两宋哉。"③但事实并非如此。目前,学术界普遍认为明代词的创作和词学理论批评不如宋代繁荣,这一判断从总体上看是正确的。如明代没有出现宋代如柳永、苏轼、周邦彦、李清照、姜夔、吴文英等一批开宗立派的词人,也没有出现诸如李清照《词论》、王灼《碧鸡漫志》、张炎《词源》这样重要的词学理论著述。但如果就因此"以宋例明",一笔抹杀明代词作与词论的价值,则有失公允。形成"词衰于明"这一印象的主要原因,是对明代词的创作及其理论研究不够。张璋先生等人主编的《全明词》收词两万首,而该书出版不久,浙江大学出版社又出

---

① 朱彝尊《曝书亭集》卷四〇,《四部丛刊》本。
② 陈乃乾《清名家词》第二卷,上海书店 1985 年影印本。
③ 吴衡照《莲子居词话》,唐圭璋《词话丛编》,中华书局 1986 年版,第 2461 页。

版了周明初等人的《全明词补编》,补词多达五千余首,很可能还有遗漏。对这些作品,学界目前尚未进行充分的研究。明代词选、词论、词集评点数量众多,①词学理论方面的研究则更显薄弱,有很大的拓展空间。仅以明代词选而言,现存就多达四五十种,其中有些对后世有重大影响,本书研究的《花草粹编》即是一例。

长期以来,学者们对《花草粹编》提及较多,而全面、深入研究的却较少。现有的单篇论文主要集中在对其某个方面进行研究,如关于收编错误的考辨及对此书的概括性介绍、所附资料的整理、版本的考证等。论文主要有《〈花草粹编〉误收误题唐五代词考辨》[2]、《读词札记·金本〈花草粹编〉之误》[3]、《陈耀文及其〈花草粹编〉》[4]、《〈花草粹编〉的卷数参差》[5]、《考〈花草粹编〉和吴承恩的关系》[6]、《词籍提要·〈花草粹编〉十二卷》[7]、《陈耀文及其考证学》[8]、《〈花草粹编〉版本源流考》[9]等。王兆鹏教授的《〈花草粹编〉误收误题唐五代词考辨》,针对《花草粹编》中一些唐五代作品的误收和误题进行了考证,还做了一些原作者标示错误的校订工作。唐圭璋的《读词札记·金本〈花草粹编〉之误》,是对金绳武本《花草粹编》中出现体例等错误进行的探讨。姚学贤在《陈耀文及其〈花草

---

① 见张仲谋《论明代词学的理论建树》,《文学遗产》2006年第5期,第95页。
② 载《中国韵文学刊》,1994年第2期。
③ 载《南京师范学院学报》,1980年第1期。
④ 载《古籍整理研究学刊》,1993年第2期。
⑤ 载《读书》第3期,《读书》编辑部出版,1992年版。
⑥ 载北平《华北日报·俗文学周刊》,1947年第20期。
⑦ 赵尊岳《词籍提要》,《词学季刊》第三卷第一号,1936年版。
⑧ 引自林庆彰,《东吴文史学报》第四号,1982第4期。
⑨ 引自黄慧祯,《大陆杂志》第93卷,1996年第6期。

粹编〉》中对作者和《花草粹编》的面貌都做了大概的介绍,并对其中一些重要的附带资料进行了整理。翟富苓《〈花草粹编〉的卷数参差》是篇短文,主要指出《花草粹编》不同版本在卷次上的差异。刘修业《考〈花草粹编〉和吴承恩的关系》,从《花草新编》和《花草粹编》的关系入手,认为陈耀文很可能是在吴承恩的词选本《花草新编》的基础上稍稍做了些增删,便刻成了现在的《花草粹编》,这种说法还有待商榷。

《花草粹编》是明代众多词选中较有特色的一部。虽然它被归类于"花草"系列,但是深入文本就会发现,陈耀文的词学观念是多元化的。《花草粹编》所选之词,风格迥异,和它的名称有所出入。陈耀文是个严谨的学者,善于考证之学,这个特点在他这本选集中亦有体现。姚学贤在《陈耀文及其〈花草粹编〉》一文中已经提及,他从陈耀文附于所选词作后面的资料进行探讨,论述陈氏编选此本时在考证方面的成绩。事实上,《花草粹编》中仍然有大量的错误存在,王兆鹏先生的《〈花草粹编〉误收误题唐五代词考辨》,对其中部分词作的误收误题做了考证。从研究现状来看,陈耀文及其《花草粹编》还有值得研究的空间。如《花草粹编》体例繁杂,还有待于进一步的梳理;此选编成于词学鼎盛期的宋代与词学中兴期的清代之间的明代中期,在这样一个词学中衰的时代,它和当时词坛的词风及词学思想有怎样的关系?它体现作者怎样的词学观念?它对后世的词学又有怎样的影响?我们拟在现有成果的基础上做进一步的工作,试图从它的版本流传、成书的词学环境及其编纂特色、它所体现的作者的词学思想以及它对后世词学的影响等几个方面做一些探讨。

第一节　陈耀文生平和《花草粹编》的版本

一、陈耀文生平及著述

陈耀文（？—1607），字晦伯，号笔山，约生活于明代中期。年少聪颖，日记数千言，目记数行俱下，能诗善文，以"神童"著称乡里。十二岁补邑庠生，入县学。嘉靖癸卯（1543）中举，庚戌（1550）中进士，授中书舍人，后升工部给事中。清人孙奇逢《中州人物考》卷八有简略记载："耀文字晦伯，确山县人。幼称神童，嘉靖庚戌进士，为给事中感时触忌忤时相，谪魏县丞，卒年八十二。博极群书，著述甚富，有《天中记》、《正杨》、《学林》诸书。"[1]丁丙《善本书室藏书志》亦有记载，曰："耀文字晦伯，确山人。万历庚戌进士（《千顷堂书目》注作嘉靖丙辰进士），官至按察司副使，著有《经典稽疑》。"[2]明人过庭训《本朝分省人物考》卷九三曰：

> （耀文）官有余闲，得博极群书，自经史外，若《丘索》、《竹书》、《山海经》、《元命苞》、《穆天子传》等类，以及星历、术数、稗官、齐谐，靡不毕览。时有撰造，或思不属，夜辄梦一叟共相拟议画，盖鬼神通之也。升工科给事中，感慨时事，数上危言，忤时相意，谪魏县丞，量移淮安推官，宁波、苏州同知，迁南京户部郎中、淮安兵备副使。淮扬多盗，其里中豪恣为奸利，往

---

[1]　孙奇逢《中州人物考》补遗卷，文渊阁《四库全书》本。
[2]　丁丙《善本书室藏书志》，光绪钱塘丁氏刊本。

往称逋逃主,耀文悉擒治之。民为立德政碑。寻升陕西行太仆寺卿。耀文故倦游,不乐边塞,遂请告归,有指挥馈以造船余金千两,麾而却之,抵家杜门,日以著述为事。初不问家人产,即干旄在门,犹高卧不起。①

可见其学问、人品、才干都是相当不错的。陈耀文辞官归隐后,闭门著述,于万历三十五年(1607)卒于家中,享年八十二岁。

陈耀文是明代嘉、隆年间博学多闻、论述精洽的学者,一生著述颇丰,曾经主纂《确山县志》二卷,至今传之于世的有《天中记》六十卷、《正杨》四卷、《花草粹编》十二卷、《经典稽疑》二卷、《学圃萱苏》六卷、《学林就正》一卷。《天中记》又名《寰海类编》,是一本"类书"。耀文将自己所能看到的各类典籍,包括历史、小说、艺术、科技等,以事为目,按性质分类编纂,使得相同之事尽归于一编之中。该书内容包罗万象,天文、地理、奇闻逸事、小民口谈、后妃多情,事无巨细,尽收编中。全书共六十卷,分类非常详尽。《四库全书总目·天中记》云:"与《明史·艺文志》合,乃耀文之完书也。明人类书,大都没其出处,至于凭臆增损,无可徵信。此书援引繁富,而皆能一一著所由来,体裁较善。……有明一代,称博洽者推杨慎,后起而与之争者,则惟耀文。"②陈耀文堪称明季大学者,"所辑类书,终较有根据,间附辨证,亦创类书之所无"。③ 所辑词选"援据繁富,笺释详赅,颇足以资参考"。④ 陈耀文于隆庆三年作《正杨》,专

---

① 过庭训《本朝分省人物考》,《续修四库全书》本,上海古籍出版社2002年版。
② 《四库全书总目》,中华书局1997年版(整理本),第1792页。
③ 《四库全书简明目录》,上海古籍出版社1985年版,第525页。
④ 《四库全书简明目录》,上海古籍出版社1985年版,第902页。

门批驳杨慎名物考证之作《丹铅录》中的缺失,共一百五十余条,这也是其考据学的代表作。陈氏欲存诸经古训,作《经典稽疑》,上卷为《四书》,下卷分为《易》、《书》、《诗》、《春秋》、《礼记》、《周礼》,取汉、唐以来说经之异于宋儒者,分条辑载。此书所采内容虽有失精准,但在心学盛行的明代亦显难能可贵。陈耀文博览群书,作《学圃萱苏》,此书乃其选取其所阅读的各种书籍中新奇之语录之,随意编纂而成。《四库全书总目》卷一三一曰:"是编杂录诸书新异之语,不立门目,亦无所考订,盖随阅随抄,自备谈资而已。初,耀文官陕西时纂此书,以署后亭有双桧,题曰《桧林杂志》。归里后补辑成帙,取萱草忘忧、皋苏释劳之义,改题此名云。"[1]本书所论的《花草粹编》,是陈耀文编纂的一部大型词选。该书以《花间集》和《草堂诗余》为主要取材对象,"益以《乐府雅词》、《梅苑》、《古今词话》、《天机余锦》及各家词集,旁采诗话、杂记、丛谈、小说",广采博收,辑录唐宋金元词三千二百八十余首,是明代诸词选本中规模最大的一部,对后世影响非常大。耀文诸多著述之中,以《天中记》和《花草粹编》二书影响较大,内容颇丰。《天中记》可见耀文阅读书目之丰富,而且书中所录皆标出由来。《花草粹编》一选亦内容繁富,且都标明所出。这些著作的共同点不仅体现其博览多学,亦能反映他善于考据的学术特点。《花草粹编》作为明代规模最大的词选,在词学史上占有举足轻重的地位,对词史研究尤其是明代词学的研究,亦具有较高价值。

---

[1] 《四库全书总目》,中华书局1997年版(整理本),第1736页。

二、《花草粹编》的版本

《花草粹编》现存的版本主要有六种：明万历十一年(1583)陈氏自刻本、《四库全书》本、清咸丰七年(1857)金绳武评花仙馆活字印本、光绪二年丙子(1876)刻本、民国二十二年(1933)陶风楼影印万历本、今人龙建国等点校本(2007年由河北大学出版社出版)。

明万历十一年陈氏自刻本是该书最早的版本，现传世极少，此本卷首附有陈耀文自序。现存南京图书馆、北京图书馆的明万历十一年刊本多有缺页，已非全貌。《四库全书》本选入的是礼部尚书曹秀先家藏本，《四库全书总目》曰："卷首乃有延祐四年陈良弼序，刊刻拙恶，仅具字形，而其文则仍耀文之语。盖坊贾得其旧版，别刊一序弁其首，以伪为元版耳。"① 后人因此书所收三千多首词作皆为唐宋元人作品，而无一首明人词，便误以卷首陈耀文自序为延祐四年陈良弼所撰，并将原来的十二卷割裂成二十四卷，《四库全书》本据此录之，已失原本面貌。清咸丰七年(1857)，钱塘金绳武根据王吉甫所藏抄本，以活木字刊印，称为"评花仙馆校本"，并附有万历丁亥(1587)李蓘序。但此本传世极少："书未传播而太平军兴，浙中离乱，故此本尤为难得。今所知者，唯南京图书馆有一部，犹是丁氏善本书室故物。……金氏此书无序跋，亦无刊印年月，每页版心下有'评花仙馆校本'一行。"② 金绳武在印行时，憎其体例未善，如词作者或署名，或署字，或署名号，杂乱无章，因"咸改

---

① 《四库全书总目》，中华书局1997年版(整理本)，第2806页。
② 施蛰存《历代词选集叙录》，《词学》第三辑，华东师范大学出版社1985年版，第278页。

署名",使其体例一致。但在其订改中有擅改之处,并时有舛误。如陈氏原序中的"牵拙多暇",金本误以"暇"为"睡";牛峤的《杨柳枝》"不愤钱塘苏小小",金本误改成"不分";顾夐《荷叶杯》五首,"知摩知"、"羞摩羞"、"归摩归"等"摩"字,金本改成"麽"字等。且金绳武根据《四库》本把全书分成二十四卷,就准确性而言,不如万历十一年陈氏自刻本。民国二十二年(1933),南京国学图书馆陶风楼影印万历本,以南京图书馆张月霄所藏本为底本,其中的脱页根据金本补足,所以既保存了原书的面貌,又无缺页,是以上几个版本中最全的一种。2007年龙建国、杨有山点校本由河北大学出版社出版,该本以陶风楼本为底本,全书分为十二卷,兼对校了北京图书馆所藏的明万历本、文渊阁《四库全书》本和评花仙馆校本。此本亦效仿评花仙馆校本"咸改署名",更便于读者阅读,但此本与评花仙馆校本相比,更为准确,原先的很多错误经编者详细的校勘之后得到订正,正如此本《前言》所言:"在校勘时对底本缺题、缺字、缺句者,用别本补足,并出校记;底本与他本文字不同者,皆出校记;底本误而他本是者,酌依他本,并在校记中说明。"[①]可见,此本是在综合以前所有版本的前提下,结合自己的考订而成的。书首附有万历本的陈耀文自序和评花仙馆校本的万历丁亥李蓘序,书尾附有柳诒徵《花草粹编跋》及陈耀文生平事迹资料,选自《本朝分省人物考》和《掖垣人鉴》。此本集以前几种版本之长,是目前较为完善的本子。

[①] 龙建国等点校《花草粹编》,河北大学出版社2007年版,第4页。

第二节 《花草粹编》的词学背景及编纂特色

一、明代中后期的词坛背景

（一）词体发展的衰退

明人受前人"词为卑体"观点的影响,普遍轻视词体。如杨慎称"填词于文为末",[1]晚明俞彦说"词于不朽之业,最为小乘"。[2]以至一些文坛大家对词体产生一种排斥态度,不屑为之。钱允治曰:"国初诸老黎眉龙门,尚沿宋季风流,体制不缪。迨乎成、弘以来,李、何辈出,又耻不屑为。"[3]有学者指出:"词作为一种文体,既与诗歌有着密切的联系,又独具风格。明清人把词体作为'诗之余'去解释,形成'一代有一代之文体'的观点,《词统序略》:'周东迁,《三百篇》音节始废,至汉而乐府出。乐府不能代民风,而歌谣出。六朝至唐,乐府又不胜诘屈,而近体出。五代至宋,近体又不胜方板,而诗余出。唐之诗,宋之词,甫脱颖而已遍传歌工之口,元世犹然,今则尽废矣。'"[4]可想而知,词体在这样的环境下是很难得到发展的。另一方面,明代经济繁荣发展,出现了大批"经济都会"和专业商埠,以工场劳动者为主体的市民阶层开始形成,市民阶层的壮大,促使世俗文化得到进一步发展,从统治阶级上层到民间大

---

[1] 杨慎《词品》,唐圭璋《词话丛编》,中华书局1986年版,第480页。
[2] 俞彦《爰园词话》,唐圭璋《词话丛编》,中华书局1986年版,第399页。
[3] 钱允治《国朝诗余序》,张璋等编《历代词话》,大象出版社2002年版,第494页。
[4] 于翠玲《朱彝尊〈词综〉研究》,中华书局2005年版,第71页。

众,都热衷于世俗文化娱乐。到明代中叶,城市经济得到进一步发展,商品经济活跃,出现了规模很大的手工作坊,市民阶层也空前壮大。在这样的社会背景下,戏曲、小说等文学样式都得到很大发展,尤其是戏曲,经过元代的兴盛,到明代亦非常风行。由于戏曲、小说这样的文学样式更能符合时代的要求,词这种在宋代达到鼎盛的文学样式已经失去了供它发展的"黄金时代"。明李蓘《花草粹编叙》曰:"北曲起而诗余渐不逮前,其在于今,则益泯泯也。盖士大夫既不素娴弦索,又不概谙腔谱,漫焉随人后而造次涂抹,浅易生硬,读之不可解。笔之冗于简册,不知回视古法,犹有毫末存焉否也。"[1]在这样的情况下,词逐渐失去了它的优势,被俗文学样式所取代。

明代独特的社会背景同时也促使一种奇怪的文化现象出现,明代统治者大力提倡理学,宣扬禁欲主义,而实际上却在私底下放任地纵欲,致使很多文人都公开反对理学对人性的桎梏,宣扬人对情欲的需要。在这样矛盾的情况下,文人们公然反对南宋"雅正"和苏辛"豪放"的词学主张而崇尚"抒情"。明代永乐以后,两宋诸名家的词集已经不显传于世,词坛普遍流行的是《草堂诗余》和《花间集》。整个明代,这两本词集被奉为学词的典范。明人毛晋曾形容《草堂诗余》流行的盛况说:"宋元间词林选本几屈百指,惟《草堂》一编飞驰。几百年来,凡歌栏酒榭,丝而竹之者,无不搣髀雀跃。及至寒窗腐儒,挑灯闲看,亦未尝欠伸鱼睨,不知何以动人一至此也。"[2]明人徐士俊曾如此描述《花间集》在明代的流传情况:

---

[1] 李蓘《花草粹编叙》,龙建国等点校《花草粹编》,河北大学出版社2007年版,第2页。
[2] 毛晋《草堂诗余跋》,汲古阁《词苑英华》本。

"乃知《草堂》之草,岁岁吹青;《花间》之花,年年逞艳。"[1]万历年间温博为《花间集》作补,序云:"然古今词选,无虑数家,而《花间》、《草堂》二集最著者也。"[2]从《花间集》和《草堂诗余》的盛行之状,我们可以看出明人对《花间集》和《草堂诗余》的评价之高,认为它们是历代词集中的佼佼者,能反映出明人对词体的审美取向。明代俗文化的盛行,也使得文人词的创作托体不尊、取法不高,再加上南戏的盛行,对词的创作也形成一个冲击,文人们多趋向写作戏曲,填词往往以戏曲语言入词,使得词体愈加乖舛。词学批评也和词的创作相似,并没有什么突出的成就,而明人又多墨守旧说,无法跳出宋人的樊篱,承袭"词为小道"的观念,没有提出什么新颖的词学理论。从诗文创作方面来看,明人重复古,讲格调,持着传统"诗尊词卑"的观念,认为词托体不尊,有损诗文格调,视词为小道和卑体,词体的文学价值于此时跌到谷底。在这样狭窄的生存空间下,词在明代所取得的成就远不能和宋代相提并论。吴衡照《莲子居词话》卷三云:"论词于明,并不逮金元,遑言两宋哉?盖明词无专门名家,一二才人如杨用修、王元美、汤义仍辈,皆以传奇手为之,宜乎词之不振也。"[3]

(二)明词短暂的中兴

虽然人们用"中衰"来形容整个明代词坛的状况,但在明代中期尤其是正德、嘉靖朝,词学还是出现了一个短暂的中兴期。主要表现在这一时期词坛出现一大批著名的词人,如在当时被人称为

---

[1] 冯金伯《词苑萃编》,唐圭璋《词话丛编》,中华书局1986年版,1940页。
[2] 张璋等编《历代词话》,大象出版社2002年版,第360页。
[3] 吴衡照《莲子居词话》,唐圭璋《词话丛编》,中华书局1986年版,第2461页。

"当代词宗"的状元文人杨慎、"豪迈激越,犹有苏、辛遗范"的陈霆、自比秦观的《诗余图谱》编著者张綖、文词书画皆精通的文徵明、唐寅、祝允明、"前七子"之一的王九思、与陈耀文交往甚深的小说家吴承恩,还有夏言、王慎中、戴冠、陆深、王廷相、毛宪、吴子孝等。词人数量的增多使得词坛创作出现了相对繁荣的局面。如杨慎既是词人,又是词学批评家,既有创作的佳品,又有词学研究评论之作。其《升庵长短句》三卷,《续集》三卷,共三百四十余首词作,另有补遗一卷。他在词学方面的著述如《百琲明珠》、《词林万选》、《填词选格》、《草堂诗余补遗》、校定《花间集》、《评点草堂诗余》、《古今词英》、《填词玉屑》、《诗余辑要》、《词苑增奇》,还有对词学史有重要影响的《词品》。又如陈霆,词作有《水南词》,共二百二十余首,词选有《草堂遗音》,词学批评则有《渚山堂词话》三卷。词人创作方面,张綖有《南湖集》四卷,吴子孝有《明珠词》一卷,陈如纶有《二余词》一卷,夏言有《桂洲词》等词集。大量词学著述的出现,使得这一时期的词坛呈现出一片欣欣向荣的景象。

除了出现大量的词人和词学著述,这一时期词人们也纷纷开始对前期明词进行自觉的反思,努力向宋代传统的词学方向回归,主要表现在这一时期的词人认识到词的曲化和"艳俗"的问题。陈霆《渚山堂词话》卷三提出:"予尝妄谓我朝文人才士,鲜工南词。间有作者,病其赋情遣思,殊乏圆妙。甚则音律失谐,又甚则语句尘俗。求所谓清楚流丽,绮靡蕴藉,不多见也。"[1]可见,此时的词人已经认识到词体"清楚流丽,绮靡蕴藉"的本色特点,而不是一味

---

[1] 陈霆《渚山堂词话》,唐圭璋《词话丛编》,中华书局1986年版,第378—379页。

崇尚艳俗。相对于艳俗,"复雅"则是这个时期词人的另一个努力目标。如果说陈霆词毫无曲化的痕迹在戏曲盛行的明代是个奇迹,那么词人创作向"复雅"的回归也算是明词创作的一种新变。在陈霆词中,我们可以看到一些清雅之作,如《念奴娇》(暗香浅水)、《念奴娇》(孤芳无主),还有"凉浴山河风露下,冷浸一枝秋碧"、"梦魂清断夜三更,一江明月芦花冷"等词句,都可从中看出他刻意追步姜白石清空冷峭词风的痕迹。自比秦观的张綖论词以婉约为正,作词用笔也大都雅洁,"凉飔动翠帘,门掩清秋夜"、"空烟沙外鸟,残雪渡旁舟"、"五更檐外风和雨,并入罗衾作晓寒"、"秋水浸银塘,芙蓉印骨凉"等句,大多写静景而情思幽深,与明代那些浅薄媚俗之作有着明显差别。再如文徵明,他出身著名的文化家族,这决定了他的诗文词风皆重格调,讲娴雅。"悠然处,古鼎香浮。兴至闲书棐几,困来时覆茶瓯。新凉如洗簟纹流,六月类清秋","古鼎香浮"、"闲书棐几"写出一种优雅娴静的生活情景。与文徵明词风格相近的吴子孝词同样也以"雅洁"为主要特点,写新荷的"凌波罗袜小,微见玉搔头",化用了曹植《洛神赋》"凌波微步,罗袜生尘";写秋景的"尽日倚阑如画,白蘋红蓼西风",从中皆可看出他效仿宋人之痕迹。王九思词,格调虽不高,但其中也有部分雅洁之作,"明月碧梧清似水,且弄瑶琴",尚能给人以"清雅"之感。这一时期词人"复雅"的追求,成为以艳俗为主要风格的明代词坛的一个独特现象,对明代中后期及后世词坛都产生了一定的影响。

(三)词集选编和丛刻大量出现

虽然明代词坛在创作和批评理论上成就不高,但大量词选的出现却是其一大景观。词选的编纂和刻印是当时相当普遍的文学现象,这也为黯淡的明代词坛增添了一抹亮色。明代词选传播较广的如杨慎编的《词林万选》四卷、《百琲明珠》五卷,规模较大的有卓人月编选、徐士俊参评的《古今词统》等。尤为引人注目的是"花草"系列,即以《草堂诗余》和《花间集》为基础编成的各式选本。就《草堂诗余》而言,明代所流行的本子已经不是南宋何士信所编的原来版本,而是明人自己改编的各种各样的版本。其中以顾从敬的《类编草堂诗余》四卷流行最广,仅嘉靖到万历年间就出现数十种版本:张綖《草堂诗余别录》一卷、陈钟秀《精选名贤词话草堂诗余》二卷、杨慎《评点草堂诗余》五卷、董其昌《评注便读草堂诗余》七卷,还有《类选笺释草堂诗余》正、续集等。和《草堂诗余》相比,《花间集》在明代的流行程度一点都不逊色,尤其是正德以后,刊刻本亦不下数十种:正德辛巳(1521)陆元大覆刻南宋晁谦之跋本、正统(1436—1449)吴讷辑抄《唐宋名贤百家词》本、万历庚辰(1580)茅一桢刊本、万历壬寅(1608)玄览斋巾箱本、万历庚申(1620)汤显祖评朱墨本、万历吴勉学师古斋刊本、天启甲子(1624)钟人杰刊本、明末雪艳亭活字排印本、毛晋汲古阁《词苑英华》本、朱之蕃《词坛合璧》本等。[①]《草堂诗余》与《花间集》的盛行在词坛掀起一股"花草"之风,文人纷纷以此二集作为学习的典范,而词选编者亦以此二者作为主要选词来源。陈耀文编选《花草粹编》不免受到"花草"之风的影响,同样以《花间集》和《草堂诗余》为主要取材对象。

(四) 女性词创作的兴起

明代中后期词坛的另一大特色就是女性词人大量出现,女性

---

① 参李一氓《花间集校·校后记·关于〈花间集〉的板本源流》,人民文学出版社1958年版,第206—220页;饶宗颐《词籍考·花间集》,中华书局1992年版,第332页。

词作数量可观,女性词坛显现出异常活跃的状态。虽然宋代词坛出现了像李清照、朱淑真那样成就较高、在词学史上占有重要地位的女词人,但毕竟只是个别现象,没有形成一种百花齐放的局面。元代和明代前期,理学仍然禁锢着人们的思想,对女性思想和情性的禁锢尤为严厉,"女子无才便是德"这样的观点在民间流行,即是最好的例证。再加上当时新的文学样式"杂剧"和"南戏"、"散曲"的出现对词的发展形成较大冲击,使得本身已经呈衰退趋势的词学在这样的环境下更为萧瑟荒芜。而女性词坛则也是一片凋敝冷落,女性词人屈指可数,作品传世的也很少。

　　词坛凋敝的局面,到了嘉靖朝以后有了一定的改观。从明代中期起有女性词人登上词坛,到了后期则是成批涌现,形成词坛上前所未见的繁荣景象。明朝中后期女性词坛的活跃也有其社会因素。首先,明代中后期,"理学"虽然仍是官方的统治哲学,但实际上它对人们思想的桎梏已经开始松动。明代中期王守仁"心学"的盛行,对"理学"是一种修正。而李贽则以《童心说》大力批判"理学"关于存"天理"、灭"人欲"的主张,斥责理学对社会思想统治的弊端。在李贽的带动下,思想界开始正视"理学"给社会带来的负面作用,纷纷开始批判理学的教条僵化,社会上掀起一股思想解放的潮流。相对于"理学"僵化的思想特征来说,心学所倡导的是比较自由的思想观念,而这也一直持续到晚明。社会思想的解放,也相应地改变了理学对女性的轻视和思想压抑,女性开始有意识地通过文学来展现才识,表达内心情感。女子的文学创作不再被视为有伤德行的行为,反而成为衡量名媛闺秀品位的标准。这种宽松的文化思想环境,为女性词的发展创造了很好的氛围。其次,明代中后期虽然政治统治黑暗,但由于资本主义萌芽,经济发展水平提高,民间的文化教育得到一定的发展。尤其是一些书香门第,更加注重对女子的闺中教育,名门闺秀诗词书画兼擅,已成了普遍现象。所以这一时期女性的文学领域呈现出生机勃勃的气象,女性词坛也在这样的背景之下变得繁荣起来。

明代女词人大都出身名门,不管是闺阁时期还是婚后,都生活在良好的文化氛围中,如端淑卿、杨慎的妻子黄娥,以及后来吴江沈氏家族的沈宜修、张倩倩、叶纨纨、叶小纨、叶小鸾等。她们依据闺阁中所受的文化教育,运用文字去表达内心的真实情感,使得女性词的面貌再一次生动起来。当然,明代《花间集》和《草堂诗余》的流行,也不免影响到女性词创作,但总体上这一时期的女性词与前期相比在数量和质量上都有了较大的提高。女性词的兴起是中晚明时期的一个奇观,对当时词坛和清词创作都有重要的影响。

明代的社会环境不仅制约着词人的创作,对众多的词集编选者也有着同样深刻的影响。陈耀文生活在明代中后期,他虽不是专门的词家,但却是当时有名的学者,他所编选的《花草粹编》是明代词坛众多词选中不可多得的一部。《花草粹编》的成书不免受到当时各种复杂社会因素的影响,从选本本身所显现出的特点,便可以窥见当时词坛之一斑。陈耀文没有局限于中晚明词坛的审美趣味,而是提出并实践了自己的审美标准。

二、《花草粹编》的编纂策略

明代中后期的词坛环境对《花草粹编》的编纂目的和策略产生了重要的影响。

(一)"备一代典章"

明代的词选众多,大多以唐宋人的词选作为选源,而且每一部选集都有其鲜明的选择标准和审美倾向,这又和《草堂诗余》及《花间集》在明代的盛行有密切关系。陈耀文编纂《花草粹编》亦受当时词坛风气影响,以《花间集》与《草堂诗余》为基础选源。需要指出的一点是,从陈耀文的序中可以看出,当时二选流播程度不同,《草堂》大显而《花间》却不够盛行,所以陈氏欲"铨粹二集,以备一代典章"。《花间集》从正德朝后开始流行,只是流传范围显然还没有《草堂诗余》广,陈耀文对《花间》词的录入,对《花间集》在明代中后期的广泛传播有重要意义。陈耀文以"花间"代唐词,以"草堂"代宋词,这种取法虽有失全面,但亦反映了当时"草堂"、"花间"在明代流行的盛况。对此,吴世昌先生指出:"明季道士陈耀文《花草粹编》叙曰:'然世之《草堂》盛行而《花间》不显。故知宣情易感,含思难谐者矣。'盖以为《花间》之词重'含思',而《草堂》所选多'宣情'之作,可谓全是臆说,羌无佐证。不知'《草堂》盛行',即因此编就景分类,标明题材,故为说话人及话本作者所乐于备用采择。《花间》所集多为侑酒之令词,明代侑酒已别有当时流行之南北俗曲,《花间》令词之曲调多已失传,能唱者少矣,非'宣情''含思'之别也。"[①]他认为《草堂》的盛行是由体制决定的,而《花间集》的不显,是因其已失去侑酒词的功能,两者都不取决于词选本身的内容和风格。笔者认为,吴先生提出的《草堂诗余》盛行的原因是有道

---

① 吴世昌《草堂诗余跋——兼论宋人词集与话本之关系》,《中国古典文学研究论丛》第一辑,吉林人民出版社1980年版,第258页。

理的,但并不全面。《花间集》、《草堂诗余》在明代的盛行决不能用简单的一种原因去解释。不可否认,《花间集》、《草堂诗余》的内容是符合明代社会的审美价值倾向的。陈耀文以此二本为主要选源是符合词坛主潮流的。在编者看来,要编辑一本具有时代性的选本,必须要选择最能代表当时词坛状况的作品。当然,编辑"一代典章",仅仅具有代表性是不够的,还需要"全",所以陈耀文并没有局限于《花间集》和《草堂诗余》,而是继续扩大选源,搜集大量的资料,"因复易以诸人之本集,各家之选本,记录之所附载,翰墨之所遗留,上溯开、天,下迄宋末",[1]并参考了《乐府雅词》、《花庵词选》、《梅苑》、《古今词话》、《天机余锦》、《翰墨大全》等多种词集和《云溪友议》、《诗话总龟》、《洞微志》、《侯鲭录》、《庚溪诗话》、《续本事诗》等诸多诗话、笔记,从大量的文献资料中搜集出许多罕见的作品,还有不少词作是其他同类词选所未收的散佚之作。

"备一代典章"的宗旨还体现在另一个方面,这也是《花草粹编》和《草堂诗余》不同之处。《草堂诗余》崇尚婉丽秾艳,对南宋的豪放词和"骚雅"的姜夔词一律摒弃。而《花草粹编》则无此偏见,它不像《花间》、《草堂》那样囿于"柔媚"的樊篱,而是放眼于各个历史时期不同风格的作家,不仅有婉约缠绵的柳、秦词,也有豪放旷达的苏、辛词,更有清空雅峻的姜夔词,尤其是姜夔为首的"骚雅派"词人的作品,在《花草粹编》中收入的比例相对较高,女性词也有大量入选。另外,该书还具有集各种曲调、词牌之大全的特点,该书选录三千二百八十多首词,成为明代词选中规模最大、也是较

---

[1] 龙建国等点校《花草粹编》,河北大学出版社 2007 年版,第 1 页。

为优秀的一部选本。王易《词曲史》曰:"合《花间》、《草堂》二集而各摘一字以为名,固有未安,然援据繁富,笺释详赡颇足以资参考。"①

(二) 存史观念和辑佚实录的标准

词选可以反映编者的词学观念,从选谁不选谁即能看出作者的词学批评准则,不符合作者理论标准的往往不能入选,而且一般选家都乐于选入一些大词家的名作。和别的选本不同,《花草粹编》少有门户偏见,《四库全书总目》曰:"然其书捃摭繁富,每调有原题者必录原题。或稍僻者必著采自某书。其有本事者,并列词话于其后。其词本不佳而所填实为孤调,如《缕缕金》之类,则注曰'备题'。"②《花草粹编》辑佚钩沉,广备词调,"形成了一个常见之词以佳词入选、不常见之词以搜逸入选、元词则以备调入选"的面貌。③ 不论是出自备题还是搜逸的目的,都充分体现了陈耀文编选时的存史观念。

《花草粹编》中所收的作品不仅有唐宋诸大家的名篇,还有一些已经不见于后代流行词集的作品,如欧阳修的《浣溪沙》(楼上灯深欲闭门);也有些是在别集中所未曾见过的,如寇准的《甘草子》(春早,柳丝无力,低拂青门道)、苏辙的《渔家傲》(七十余年真一梦)等;还有在同时代其他选本中未保存的,如《九张机》。我们今天所见到的李清照词,也有部分是通过《花草粹编》才得以保存下

---

① 王易《词曲史》,东方出版社 1996 年版,第 348 页。
② 《四库全书总目》,中华书局 1997 年版(整理本),第 2805 页。
③ 肖鹏《群体的选择——唐宋人词选与词人群通论》,凤凰出版社 2009 年版,第 431 页。

来的。陈氏自刻本卷首还附刻了沈义父的《乐府指迷》,这是对词学史的重要贡献,如果没有《花草粹编》,《乐府指迷》今天也许已不为人们所见。

除保存了大量的孤词、逸词之外,陈氏的存史观还体现在另一个方面,即坚持实录的准则。这和他潜心训诂、注重考据的学术风格和极强的学术资料保存意识有着密切的联系。《花草粹编》遍及各名家词集,旁采小说、词话,搜集了大量的宝贵资料,分别附于各词之后。有的附本事,如卷一周邦彦《点绛唇》(辽鹤西归)后附《夷坚支志》云:"美成在姑苏,与营妓岳楚云相恋。后从京师过吴,则岳已从人久矣。因饮于太守蔡峦子高座上,见其妹,因作此词寄之。楚云读之,感泣者累日。"有的介绍作者,如李公麟的《四时乐》后附有:"公麟,字伯时。元祐间登第,为泗州录事参军。好古博雅,工草书图画。元祐中,归老泉石,作龙眠山庄。"有的是解题方面的,如卷一苏轼《小秦王》后即附《苕溪渔隐》云:"唐初歌词多是五言或七言诗,初无长短句。……今所存者,止《瑞鹧鸪》、《小秦王》二阕是七言八句诗并七言绝句诗而已。《瑞鹧鸪》尤依字易歌。若《小秦王》,必须杂以虚声乃可歌耳。"还有的是说明词作流传经过及影响等。这些都成为后世词学研究的宝贵资料。陈氏的实录标准还体现在该编中选入的词作者姓、名、字、号不一。虽然此点被后人贬抑颇多,如张文虎称其有"抉择之不精,校订之疏舛,或名或字或别号之体例庞杂",[①]清金绳武刊印时憎其体例未善等,但

---

① 张文虎《跋花草粹编》,施蛰存《词籍序跋萃编》,中国社会科学出版社 1994 年版,第 705 页。

从另一个方面来看,它又是陈氏实录标准的一个表现。陈耀文把所见的如实录入是选,没有丝毫的擅改,力求保存作品原来的面貌。赵万里在《花草粹编十二卷提要》中提到:"编中词人姓名,悉依所本各书迻录,或名或字,前后不一致,而字句间亦无据此本以改彼本之迹,故何者出何书,尚可想象或考证得之。"且言张、金等人"皆未得陈氏之用心"。① 可见,无论是辑佚还是实录,都体现了陈氏在《花草粹编》编选过程中的存史观念。陈耀文对孤词、佚词、本事等资料的辑录,为后世的词学研究提供了宝贵的文献资料。《四库全书总目》认为:"(《花草粹编》)虽纠正之详,不及万树之《词律》,选择之精,不及朱彝尊之《词综》,而裒辑之功实居二家之前。"②从这个角度来看,《花草粹编》在词学史上亦具有颇高的文献价值,其续绝存亡之功不可轻没。

三、《花草粹编》的体式特点

(一) 以调编次

明人顾从敬的《类编草堂诗余》将分类编排的旧本改为按调编排的新本,此后,明人多按长调、中调、小令三类编排词选。近代学者赵万里曰:

> 《粹编》署朗陵外方陈耀文晦伯甫纂,凡十二卷,序目前附沈义父之《乐府指迷》一卷。卷一小令《苍梧谣》迄《上行杯》,

---

① 赵万里编《校辑宋金元人词》,1931年国立中央研究院历史语言研究所印行本。
② 《四库全书总目》,中华书局1997年版(整理本),第2805—2806页。

凡七十九调，四百首；卷二小令《中兴乐》迄《采桑子》，凡二十九调，三百二十八首；卷三小令《菩萨蛮》迄《一落索》，凡二十一调，三百五十首；卷四小令《忆秦娥》迄《滴滴金》，凡八十调，三百九十八首；卷五小令《少年游》迄《芳草渡》，凡六十调，三百二十六首；卷六小令《玉楼春》迄《散天花》，凡四十七调，二百九十四首；卷七中调《贺圣朝》迄《祭祆神》，凡七十八调，三百二十三首；卷八中调《千秋岁》迄《尉迟杯》，凡一百二十七调，二百九十二首；卷九长调《东风齐著力》迄《庆千秋》，凡五十八调，二百二十七首；卷十长调《庆清朝》迄《瑶台聚八仙》，凡八十五调，二百二十四首；卷十一长调《玉烛新》迄《尉迟杯》，凡一百另四调，二百四十五首；卷十二长调《泛清波摘遍》迄《莺啼序》，凡二十八调，二百四十八首。小令长调，体格求全；唐宋诸作，灿然大备。其辑自唐宋人类书笔记，如《天机余锦》等，多为少见之本，尤可珍异。目录分见卷前。词之同调异名者，并记于目录本调之下。采自群书，则注原本书名于作者姓氏之下。本事词话，亦间附载。至辑自他书而姓氏无征，如《九张机》之出于《乐府雅词》者，即列《雅词》之名。女子之作可考者，均注明某妻。惜全书于名氏别号职衔，多所参用，又有错篇，义例殊不精审。然明本晚出，此已为极博可传之书，为治词者所不可不备者矣。[①]

赵氏对此书做了较为全面的介绍与评价，对我们了解此书大

[①] 赵尊岳《词籍提要》，龙榆生《词学季刊》第三卷第一号，1936年开明书店发行，第45—46页。

有帮助。

(二) 体例庞杂

《花草粹编》分为十二卷,按小令、中调、长调顺序编次,所选词有原题者,皆录原题。从北宋开始,词人往往为词作加注词题,以增强词的叙事功能。到了南宋,这种现象更为普遍,不仅有词题,还为词作序。南宋词选《草堂诗余》、《花庵词选》中皆有这类作品。陈氏《花草粹编》中有些词作没有词牌,就以词题录之,有词牌的有些则加注词题录之。但同一词调往往名称杂乱,田同之《西圃词说》评曰:"大抵一调之始,随人遣词命名,初无定准,致有纷拏。至《花草粹编》,异体怪目,渺不可极。或一调而名多至十数,殊厌披览。"①若无作者姓名或有姓名而非为世所熟知,则注明出于何书,此举有利于后人的查证。若选词之作者资料缺乏,署名则显得杂乱无章,名姓不一,或注以姓名,或注以字,甚或别号,或有名而无姓,没有统一标准,而且多有舛误。如同是苏轼词,作者分别注"苏轼"、"子瞻"、"东坡"等,温庭筠《遐方怨》后注"温飞卿",而《诉衷情》则注"温庭筠"等,此类尤多。有的词作标有出处书名,或注于题下,或注于词末,漫无体统,杂乱纷繁。词末偶附词话本事作为参考,殊不一致。无怪乎张文虎《跋花草粹编》称其"抉择不精,校订疏舛"。

(三) 不选本朝人之作

陈氏自序中说:"上溯开、天,下迄宋末。曲调不载于旧刻者,元词间亦与焉。"可知其三千两百余首词皆属唐宋元范围,无明人

---

① 田同之《西圃词说》,唐圭璋《词话丛编》,中华书局1986年版,第1466页。

之作。此现象与明代词坛创作的衰微有很大的关系。李褧《花草粹编叙》:"盖自诗变而为诗余,又曰雅调,又曰填词,又变而为金元之北曲矣。当其初变词也,彼唐末、宋初诸公竭其聪明智巧,抵于精美,所谓曹刘降格为之,未必能胜者,亦诚然矣。北曲起而诗余渐不逮前,其在于今,则益泯泯也。盖士大夫既不素娴弦索,又不概谙腔谱,漫焉随人后而造次涂抹,浅易生硬,读之不可解。"①金元北曲和明代南戏的盛行之后,词的创作受到较大冲击。文人皆趋向写作戏曲,少有专门从事词创作的文人。再加上"不谙腔谱",不识音律,往往造成词曲相乱的现象。有人以曲为词,也有人以词为曲。朱彝尊《词综·发凡》:"明初作手,若杨孟载、高季迪、刘伯温辈,皆温雅芊丽,咀宫含商。李昌祺、王达善、瞿宗吉之流,亦能接武。至钱塘马浩澜以词名东南,陈言秽语,俗气熏入骨髓,殆不可医。周白川、夏公谨诸老,间有硬语。杨用修、王元美则强作解事,均与乐章未谐。"②杜文澜《憩园词话》卷一云:"元季盛行南北曲,竞趋制曲之易,益惮填词之艰,宫调遂从此失传矣。有明一代,未寻废坠,绝少专门名家,间或为词,辄率意自度曲,音律因之益棼。"③这些明代词人不似白石、清真般精通音律,也没有东坡那般如泉涌不择地而出的才思,词作技法亦不高,连明代中期名蜚词坛的王世贞所作亦浅露芜杂,格律乖舛,陆莹《问花楼词话》就讥笑其《小诺皋》为"信手涂抹,真是盲女弹词,醉汉骂街"。④ 在这样的背

---

① 龙建国等校点《花草粹编》,河北大学出版社2007年版,第2页。
② 朱彝尊、汪森《词综》,上海古籍出版社1978年版,第15页。
③ 杜文澜《憩园词话》,唐圭璋《词话丛编》,中华书局1986年版,第2851—2852页。
④ 陆莹《问花楼词话》,唐圭璋《词话丛编》,中华书局1986年版,第2544页。

景下,难怪李蓘会说明人词作"浅易生硬,读之不可解"。明代人对本朝文学创作常常抱着批评的态度,徐士俊在《古今词统》参评中说"诗让唐,词让宋,曲又让元。庶几吴歌《挂枝儿》、《罗江怨》、《打枣竿》、《银绞丝》之类为我明一绝耳"。其中提到的都是明代流行的俗曲俗调,实际上是在批评明代文学创作的俚俗之风。而李蓘叙中评价陈耀文"博雅操词,好古兴叹",和杨慎等人不同,陈耀文仅选词而不作词,由此看来他对其同时代词人是不敢恭维的,不选时人之作也就有现实的理论根据了。

第三节 《花草粹编》的审美倾向与词学思想

一、《花草粹编》选词的审美倾向

每一部词选的编纂都具有鲜明的文学倾向和选择标准。编者有怎样的词学观,就会选择与之相符合的作品。它能体现编选者的词学观和审美取向,更甚者能从一些方面体现某个时代的词学观念。从另一个方面说,词选又是表达选者词学批评思想的重要方式之一。龙榆生《选词标准论》云:"自唐末以迄宋、金之世,词家专集无虑数百家。前人率以词为小道,孰肯专精致力于此?即或兀兀穷年,亦苦不能尽究;而典型之作,有足垂范后昆;或清丽之音,大为风行当世者;必有人出而抉择汇集,以适应时世之需要,而选本尚焉。"[①]《花草粹编》的选编与当时社会背景以及整个词坛的

---

① 龙榆生《龙榆生词学论文集》,上海古籍出版社 1997 年版,第 59 页。

情况亦有着密不可分的联系。对于《花草粹编》的编选宗旨,陈耀文在其《自序》中说得很清楚:

> 夫填词者,古乐府流也。自昔选次者众矣,唐则有《花间集》,宋则《草堂诗余》。诗盛于唐,衰于晚叶。至夫词调独妙绝无伦,然世之《草堂》盛行,而《花间》不显,故知宣情易感,含思难谐者矣。余自牵拙多暇,尝欲铨粹二集,以备一代典章;顾以纪辑《天中》,因循有未果者。嗣以漂泊东南,纳交素友淮阴吴生承恩,姑苏吴生岫,皆耽乐艺文,藏书甚富。余每得之假阅,辄随笔位序之,久之,遂成六卷。移疾归来,游息竹素,综缀正业之余,因复易以诸人之本集,各家之选本,记录之所附载,翰墨之所遗留,上溯开天,下迄宋末,曲调不载于旧刻者,元词间亦与焉。其义例以世次为后先,以短长为小大,为卷一十有二,计词三千二百八十余首。丽则兼收,不无有乖于大雅;文房取玩,略窥前辈之典型。邑侯大初谓,《天中》百卷,未便刻成,此帙无多,宜先付梓。余重违其意,渔猎剪耘,迨逾二纪。敝帚亦不忍遽弃者,所愧顾曲远谢于周郎,酸咸或爽于众口。贻之词垣,庶期寄于取材云。是刻也,由《花间》、《草堂》而起,故以《花草》命编。时万历癸未冬日之吉。[①]

可见,陈氏编选《花草粹编》是以五代人所编的《花间集》、南宋人所编的《草堂诗余》为主要取材对象,这说明他受当时词坛"花草"之风的影响。所谓"丽则兼收",说明他选词既重辞采,又不完

---

① 引自龙建国等点校《花草粹编》,河北大学出版社2007年版,第1页。

全忽略内容。而且此书花费了作者"二纪"即二十四年以上的功夫,足见其用功之深。近人陈匪石《声执》对《花草粹编》评价颇高:"明人辑刊之书,多无足取。如杨慎《词林万选》、卓人月《词统》、茅暎《词的》及《草堂续集》之类,等诸自郐。独陈氏此书,有特色焉。一、所录皆唐五代宋元之词,不羼明词,不杂元曲,足见矜严之处。二、取材以《花间》、《草堂》为主,益以《乐府雅词》、《花庵词选》、《梅苑》、《古今词话》、《天机余锦》、《翰墨大全》及名家词集,旁采说部词话,兼附本事,虽无甚抉择,然今已绝版之书,藉以存者不少。三、依原书迻录,缺名者不补。名字亦先后参差,并无校改。所据旧籍,可以推见。校勘辑佚,资以取材,故颇为前人所称。"①

《花草粹编》的选编与当时社会背景以及整个词坛的情况亦有着密不可分的联系,其编选的审美倾向可概括为两个方面:一是重婉媚,二是重雅正。

(一)重婉媚

诗言志,词言情,是中国历代文人的传统观念,词从其产生之初始就被定性为"艳科"。第一部文人词选《花间集》,以温庭筠为首的十八位花间词人的五百首词中,有四百多首是以女性为描写对象的。内容上都以表现男女间的恩怨缠绵之情为主,手法上大都运用富有女性色彩的婉媚秾丽的词语为主,风格上亦显婉约冶艳。五代人欧阳炯《花间集序》云:"则有绮筵公子,绣幌佳人。递叶叶之花笺,文抽丽锦;举纤纤之玉指,拍按香檀。不无清绝之词,用助娇娆之态。自南朝之宫体,扇北里之娼风。何止言之不文,所

---

① 陈匪石《声执》,唐圭璋《词话丛编》,中华书局1986年版,第4962页。

谓秀而不实。"①这与孔子论《诗》提出的"迩之事父"、"远之事君"和"兴、观、群、怨"说,《诗·大序》提出的"发乎情、止乎礼义"说大相径庭,甚至可以说势同水火。宋代文人如欧阳修等人,作诗作文严肃庄重,作词却风流妩媚,即是很典型的例子。宋人多视《花间集》为词曲之鼻祖,词选编者自然注重学习其选词方式,现存北宋的《尊前集》、《金奁集》以及南宋的《草堂诗余》三部词选,都鲜明地体现了这一特色。尤其是《草堂诗余》,入选最多者是周邦彦,多选其婉媚之作,这与周氏整体的词风也是相吻合的。而《花间》、《草堂》在明代的盛行影响了当时词坛的词学观念。明人重情,更重视以词写儿女之情,亦坚持"诗庄词媚"(明人李东琪语)的传统观念,这种观念对明代词人的"正变"观有很大的影响。所谓"正变",是相对于"豪放"和"婉约"两种风格而言的,"正"即正宗,"变"即变体。明代文体学家徐师曾在《文体明辨序说》"诗余"中说:"至论其词,则有婉约者,有豪放者。婉约者欲其辞情蕴藉,豪放者欲其气象恢宏。盖虽各因其质,而词贵感人,要当以婉约为正。否则虽极其精工,终乖本色,非有识之士所取也。"②何良俊《草堂诗余序》云:"乐府以皦迳扬厉为工,诗余以婉丽流畅为美。如周清真、张子野、秦少游、晏叔原诸人之作,柔情曼声,摹写殆尽,正词家所谓当行,所谓本色者也。"③可见明人是重婉约而黜豪放的,坚持婉约为词家之正宗,强调婉约词的"正宗"地位。

《花草粹编》以《花间》和《草堂》为主要选源,体现出陈氏选词

---

① 引自李一氓《花间集校》,人民文学出版社 1958 年版,第 1 页。
② 徐师曾《文体明辨》,人民文学出版社 1982 年版,第 165 页。
③ 施蛰存《词籍序跋萃编》,中国社会科学出版社 1994 年版,第 670 页。

"重婉媚"的审美观念,主要表现在以下三个方面:

1. 从对苏、辛词的选择来看

总的来说,《花草粹编》对苏、辛词的选编数量不多。苏词入选四十五首,而辛词仅入选三十首,从比例上看,远不能和温庭筠等人相比。而且除了苏轼的《念奴娇》(大江东去)、辛弃疾《永遇乐·京口北固亭怀古》(千古江山)等极少数豪放词之外,绝大部分是婉媚之作。如苏轼《西江月》(玉骨那愁瘴雾)明为咏梅,暗为悼亡,是苏轼为悼念随自己贬谪岭南惠州的侍妾朝云而作。词中所描写的惠州梅花,实为朝云美丽姿容和高洁人品的化身。再如《南歌子》(紫陌寻春去),是写给其侍妾榴花的,《阮郎归》(绿槐高柳咽新蝉)写的是初夏时节的闺阁生活。又如《占春芳》(红杏了)、《减字木兰花》(春庭月午)等,也都是写女性情思的。这些词风格委婉柔媚,情感蕴藉,迥异于他的豪放词。

历来论稼轩词以"豪"为其特点,辛弃疾门人范开写的《稼轩词序》说:"公一世之豪,以气节自负。"[1]而宋末的刘克庄《辛稼轩集序》就比较全面地谈到稼轩的词风,他认为辛词"大声鞺鞳,小声铿鍧,横绝六合,扫空万古,自有苍生以来所无",还说辛词"秾纤绵密者亦不在小晏、秦郎之下"。[2] 而《花草粹编》对辛弃疾词的选编也多是一些婉而媚、清而丽的作品,如《东坡引》(玉纤弹旧怨)、《一落索》(羞见鉴鸾孤却)、《惜分飞》(翡翠楼前芳草路)、《杏花天》(软波拖碧蒲芽短)、《南乡子》(隔户语春莺)、《锦帐春》(春色难留)、

---

[1] 施蛰存《词籍序跋萃编》,中国社会科学出版社 1994 年版,第 199 页。
[2] 施蛰存《词籍序跋萃编》,中国社会科学出版社 1994 年版,第 200 页。

《粉蝶儿》(昨日春如)、《祝英台近》(宝钗分)、《满江红》(点火樱桃)、《念奴娇》(野棠花落)、《瑞鹤仙》(雁霜寒透幕)、《贺新郎》(绿树听鹈鴂)等。对苏、辛两人词作的选择从一个方面反映出陈氏"词主婉媚"的审美倾向。

2. 从《花》、《草》之外的词集、词话等选词来看

《花草粹编》除了以《花间》、《草堂》作为选源外,还从别的词集、诗话、杂记、丛谈、小说中选取了大量的作品。其涉及的范围很广,如《云溪友议》、《诗话总龟》、《洞微志》、《侯鲭录》、《庚溪诗话》、《续本事诗》、《鉴戒录》、《庶斋老学丛谈》、《温公诗话》、《古今词话》、《天机余锦》、《夷坚支志》、《耆旧续闻》、《青箱杂记》、《蠙窟词》、《倦游杂录》、《苕溪渔隐词话》、《玉照新志》、《竹坡词》、《能改斋漫录》、《梅苑》、《墨庄漫录》、《志雅堂杂抄》、《就日录》、《空同词》、《竹坡诗话》、《冷斋夜话》、《湘山野录》、《归潜志》、《金谷遗音》、《竹山词》、《鹤林玉露》、《野客丛书》、《漫叟诗话》、《齐东野语》等。其中选自《梅苑》的就有三十九首。我们列举出其中几首:《孤馆深沉》(琼英雪艳岭梅芳)、《玉交枝》(胆样瓶儿几点春)、《添字浣溪沙》(雪态冰姿好似伊),这几首词虽是写"梅",但大都与女性有着密切的关系,有的抒发女性情感,有的喻女性容貌、姿态。《孤馆深沉》即以写梅引出女子对远方人的相思之意,委婉缠绵。古人善用花喻女子,如魏阮籍《咏怀诗》之十三:"夭夭桃李花,灼灼有辉光。"宋陈师道《菩萨蛮》词:"玉腕枕香腮,桃花脸上开。""雪态冰姿好似伊。"亦用梅比喻女子。而"琼英"、"雪艳"、"妆面"、"销魂"、"雪态"、"冰姿"、"黏酥"、"纤"、"粉面"等词语的运用,也使词作的风格更趋向于香弱婉媚。

施蛰存先生(舍之)在《历代词选集叙录·花草粹编》中提到："盖此书选录标准不一。或以佳词入选,唐宋诸大家名作是也。或以备题入选,如《缕缕金》之为仅见孤调是也。或以搜逸入选,如宋元诸小说所载艳词、情词是也。"①《花草粹编》中选自这些词集、小说、词话中的大部分都是情词,表达含蓄缠绵的情思,运用具有女性柔媚色彩的词语和意象,这都决定了它婉媚的风格特征。

3. 女性词大量入选

《花草粹编》中还选入多家女性词,其中收入最多的是李清照四十一首,其次是朱淑真二十三首,另外还收入了一些有名可考而不为人熟知的女性的词作八十六首(除去王兆鹏先生考刘采春《望夫歌》六首非刘所作,妙香《北邙月》、王丽真《字字双》实为别人依托,柳氏《章台柳》非词体之外),这在《花草粹编》之前是不可想象的。陈氏选收的女性作者人数较多,而每人的词量较少,大多数一人仅一首。这些女性有的是文人妻室如赵秋官妻、杨思厚妻、戴复古妻、韩师厚妻等,有的是妓女如僧儿、蜀妓、京师妓、聂胜琼,也有的是作品较多的女词人如吴淑姬。这些女性词多是写男女情感,或是闺怨、闺思。

明代中后期,女性词人成批涌现,构成前所未有的词坛景观。女词人之多,创作之丰富,与明词总体不振的情况形成极大的反差。陈氏多选女性词,一方面是出于辑佚的目的,另一方面也是不可避免地受当时词坛创作的影响。中国古代女性由于受生活范围

---

① 施蛰存《历代词选集叙录》,《词学》第三辑,华东师范大学出版社1985年版,第277页。

局限,词作内容大都不脱男女感情之事,风格多限在"绵柔婉媚"之中。从选词风格上来看,这些女性词的收录,也从另一方面突出了陈氏"主婉媚"的审美取向。

(二) 复归风雅

"复雅"是南宋词坛上一直占主导地位的审美主张。最早明确提出"复雅"这一口号并对之进行深刻的理论阐述的是鲖阳居士,他于南渡后编选了一部有明确选录标准的词选《复雅歌词》。"风雅"作为南宋词坛的主流词风之一,备受当时词论家推崇。南宋王灼《碧鸡漫志》卷一"论雅郑所分"条曰:"或问雅郑所分。曰:中正则雅,多哇则郑。"[1]以示其崇雅鄙俗之旨。曾慥编选《乐府雅词》,其序亦提出了"雅词"观念,明确表示排斥"涉谐谑"之词和"艳曲"。而总结南宋雅词理论,对后世影响较大的是张炎的《词源》,其下卷论词之创作,主张"雅正"与"清空"是词之基石,"古之乐章、乐府、乐歌、乐曲,皆出于雅正"。[2]而后陆辅之效法张炎作《词旨》,对张炎的"雅正"、"清空"之说极力推崇,"凡观词须先识古今体制雅俗,脱出宿生尘腐气,然后知此语,咀嚼有味"。[3]雅词在南宋词坛风行一时,其代表作家是以姜夔为首,史达祖、吴文英、张炎、蒋捷等为羽翼的"风雅派"词人。但是"风雅"一派在进入金元后就渐渐衰退于词坛,被"伉爽清疏"之词风所取代。

"风雅"进入明代后更是乏人问津。明代人"主情"的倾向势必要求其有"近俗"的体貌。因为词人尚情,所以在创作中不会执著

---

[1] 王灼《碧鸡漫志》,唐圭璋《词话丛编》,中华书局1986年版,第80页。
[2] 张炎《词源》,唐圭璋《词话丛编》,中华书局1986年版,第255页。
[3] 陆辅之《词旨》,唐圭璋《词话丛编》,中华书局1986年版,第302页。

于含蓄，亦不会醉心于雅正。因为论词主情，所以不会摒弃那些情真而浅露的词，反而把它们当作自己学习的范本，《花间集》与《草堂诗余》两部词集在明代的风行即是明证。明代中期王世贞论词曰："词须婉转绵丽，浅至儇俏，挟春月烟花，于闺襜内奏之。一语之艳，令人魂绝，一字之工，令人色飞，乃为贵耳。"①沈际飞《草堂诗余四集序》："词贵香而弱，雄放者次之。"王骥德《曲律》："词曲不尚雄劲险峻，只一味妩媚闲艳，便称合作。"②足见明人崇尚词以婉丽妩媚的婉约风格为正。这一观念也同样体现在明人所编的词选中，董逢元《唐词纪》即是如此，而以《花间集》、《尊前集》作为主要选源。杨慎《词林万选》，任良幹序称其选录标准有二：一为唐宋词中之"尤绮练者"；一为《草堂诗余》之所未能收者"。③可见杨慎也奉《草堂》为中心，为其补遗。陈耀文《花草粹编》亦是如此，他以《花间》、《草堂》为主要选源，但又不仅仅局限于"花草"之类，选词体现出对"雅"的回归，这主要表现在他对姜夔、史达祖、张炎、蒋捷等南宋"风雅派"词人作品的选择上。可见，他在一定程度上冲出了《花间》、《草堂》之樊篱，与明代词坛崇尚"婉丽纤艳"有所不同，体现陈氏独特的词学观念。《花草粹编》中录入姜夔词十八首，其中包括体现其"清空"风格的代表作《疏影》（苔枝缀玉）和《暗香》（旧时月色），其他如《八归》、《一萼红》、《百宜娇》、《探春慢》、《齐天乐》、《翠楼吟》、《湘月》、《念奴娇》、《琵琶仙》、《秋宵吟》、《玲珑四

---

① 王世贞《艺苑卮言》，唐圭璋《词话丛编》，中华书局1986年版，第385页。
② 王骥德《曲律》，湖南人民出版社1983年版，第264页。
③ 任良幹《词林万选序》，施蛰存《词籍序跋萃编》，中国社会科学出版社1994年版，第707页。

犯》、《长亭怨慢》、《法曲献仙音》、《清波引》、《淡黄柳》、《踏莎行》等十六首；还选录张炎词十五首，史达祖词四十三首，蒋捷词二十三首。姜夔作为"风雅派"词人的领袖，历来论其词重"清空骚雅"，张炎《词源》曰："白石词如《疏影》、《暗香》、《扬州慢》、《一萼红》、《琵琶仙》、《探春》、《八归》、《淡黄柳》等曲，不惟清空，又且骚雅，读之使人神观飞越。"[1]而张炎提到之词，除了《扬州慢》外，其余皆入《花草粹编》。如《暗香》(旧时月色)，将咏梅与思人交融，句句不离梅花，用梅花寄托怀人情思。上片的月中赏梅与下片的雪中赏梅统一在幽冷的环境和词人感情的范围之中；今昔对比，以人衬花，人花两见；咏物但不粘着咏物，若即若离，取神离形，形略而精神亦出，"清空中有意趣"，使物性人情同境并生，整个境界清空幽雅。正如张炎所云："如野云孤飞，去留无迹。"[2]张炎确立了姜夔词作为"雅正"的标准，可见姜夔在他心目中的地位。张炎作为一位词人兼词学批评家，在词艺上以姜夔为圭臬，陈廷焯《白雨斋词话》卷八亦谓："玉田乃全祖白石，面目虽变，托根有归，可为白石羽翼。"[3]张炎论词提倡"清空"、"雅正"，他的词作也大都体现此特点。如其《疏影·梅影》词：

> 黄昏片月。似碎阴满地，还更清绝。枝北枝南，疑有疑无，几度背灯难折。依稀倩女离魂处，缓步出、前村时节。看夜深、竹外横斜，应妒过云明灭。　　窥镜蛾眉淡抹，为容不

---

[1] 张炎《词源》，唐圭璋《词话丛编》，中华书局1986年版，第259页。
[2] 张炎《词源》，唐圭璋《词话丛编》，中华书局1986年版，第259页。
[3] 陈廷焯《白雨斋词话》，唐圭璋《词话丛编》，中华书局1986年版，第3963页。

在貌,独抱孤洁。莫是花光,描取春痕,不怕丽谯吹彻。还惊海上燃犀去,照水底、珊瑚如活。做弄得、酒醒天寒,空对一庭香雪。

这首词紧扣梅影的神态、品格,写梅影的清绝、孤洁,意境空渺闲雅,和姜夔的《疏影》风格类同。郭麐《灵芬馆词话》云:"姜(夔)、张(炎)诸子,一洗华靡,独标清绮,如瘦石孤花、轻笙幽磬,入其境者,疑有仙灵,闻其声者,人人自远。"①史达祖是另一位姜派词人,张镃《梅溪词序》云:"盖生之作,辞情俱到,织绡泉底,去尘眼中,妥贴轻圆,特其余事。至于夺苕艳于春景,起悲音于商素,有瑰奇、警迈、清新、闲婉之长,而无佚荡、污淫之失,端可以分镳清真,平睨方回,而纷纷三变行辈,几不足比数。"②史达祖词奇秀清逸,工于咏物,且刻画精工,形神兼备,颇显闲雅。如《绮罗香·咏春雨》,题为"咏春雨",但全篇不出现一个"雨"字,"雨"的形象却鲜明地呈现于读者面前;而且在写春雨中贯注着浓郁的怀人情思,情景交融,韵味隽永。

《花草粹编》中除了收入南宋"风雅派"词人的词作,还从《复雅歌词》、《乐府雅词》及其拾遗中选取一些作品,如《复雅歌词》的《惜寒梅》(看尽千花)、《乐府雅词》的《十月桃》(东篱菊尽)、《杜韦娘》(华堂深院)、《雅词拾遗》的《潇湘静》(暮草堆青)等。在明代《花》、《草》盛行的背景之下,姜夔等"风雅派"词人的词几乎失传,而陈耀

---

① 郭麐《灵芬馆词话》,唐圭璋《词话丛编》,中华书局1986年版,第1503页。
② 张镃《梅溪词序》,施蛰存《词籍序跋萃编》,中国社会科学出版社1994年版,第263页。

文仍选取了部分"雅词",这是"雅词"的一种回归。而这种回归直接影响到清代"浙西词派"朱彝尊等人,使得"风雅"在经历了明代词坛的消寂之后,在清代重新成为论词之典范。

二、《花草粹编》的"尚情"倾向

明代论词的一大特色是偏向于"情"。明代虽然以理学治国,但"主情"是最重要的社会思潮之一。特别是明代中叶以后,王守仁"心学"兴起,打破了程朱理学的僵化统治,冲击了圣典贤传的神圣地位,在特定的历史条件下,有利于人的自我意识的觉醒。其后"王学"左派的李贽更提出"由乎自然"的情性论:"盖声色之来,发乎性情,由乎自然,是可以牵合矫强而致乎?故自然发乎情性,则自然止乎礼仪,非情性之外复有礼仪可止也。"[1]后来师从李贽的公安三袁提出"独抒性灵",进一步加强了明人"尚情"的观念。在这样社会思潮的推动下,词坛同样也出现以"情"为评价标准的词学观念。明人重情,宁可做大雅罪人,也不愿丢掉"情"字。他们亦主张诗言志,词言情。王世贞《艺苑卮言》云:"《花间》以小语致巧,世说靡也;《草堂》以丽字取妍,六朝隃也。即词号称诗余,然而诗人不为也。何者?其婉娈而近情也,足以移情而夺嗜,其柔靡而近俗也。"[2]很好地体现了这种观点。沈际飞《草堂诗余四集序》:"非体备也,情至也。情生文,文生情,何文非情?而以参差不齐之句,写郁勃难状之情,则尤至也。"[3]他也认为词是最适宜抒发委婉曲

---

[1] 李贽《读律肤说》,《焚书》卷三,社会科学文献出版社 2000 年版,第 123 页。
[2] 王世贞《艺苑卮言》,唐圭璋《词话丛编》,中华书局 1986 年版,第 385 页。
[3] 沈际飞《草堂诗余四集序》,明末翁少麓刊本。

折之情的文体。

《花草粹编》编选于这样一个"重情"的词坛背景之下,从其以《花间》和《草堂》为主要选源来看,陈氏也不可避免地受到影响,此选从总体上亦呈现"尚情"的倾向。明人所重视的情是一种委婉动人的男女之情,而且越出了传统诗教的规范。沈际飞在《草堂诗余四集序》中说"我师尼氏删国风,逮《仲子》、《狡童》之作,则不忍抹去",认为"人之情,至男女乃极,未有不笃于男女之情,而君臣、父子、兄弟、朋友间反有钟吾情者",[1]这是对男女之情的极度发扬,体现了明人有意恢复以词言情的传统。《花草粹编》即以《花间》、《草堂》为选词范本。《花间》为五代时的"诗客曲子词"集,当时的词多为应歌而作,为适应歌女"语娇声颤"、"拍按香檀"的音色条件和演唱方式,也为了适应"娱宾遣兴"的功能要求,更因为词在当时刚从民间曲子发展而来,故不可避免地、也是自觉地固守曲子本位,以"言情"为主旨。《草堂诗余》作为南宋坊间所编的一个歌本,为适应大众吟唱抒情的需要,也以"言情"为主要特点。陈氏在其自序中提到:"然世之《草堂》盛行,而《花间》不显,故知宣情易感,含思难谐者矣。"[2]可见,《草堂》是直白地宣泄情感,而《花间》则是含蓄婉转地抒发情感,虽方式不同,但都是人间"至情"。下面我们从其选源《花间集》、《草堂诗余》以及其他词集、词话等分别探究。

首先看其选源之一《花间集》。以《花间集》中代表词人温庭筠、韦庄的部分选词为例,如温庭筠组词《南歌子》:

---

[1] 沈际飞《草堂诗余四集序》,明末翁少麓刊本。
[2] 龙建国等点校《花草粹编》,河北大学出版社2007年版,第1页。

倭堕低梳髻,连娟细扫眉。终日两相思。为君憔悴尽,百花时。(其三)

转盼如波眼,娉娉似柳腰。花里暗相招。忆君肠欲断,恨春宵。(其六)

懒拂鸳鸯枕,休缝翡翠裙。罗帐罢炉熏。近来心更切,为思君。(其七)

另如《酒泉子》(两首)、《梦江南》(两首)、《清平乐》、《蕃女怨》、《遐方怨》、《诉衷情》、《思帝乡》、《归国遥》、《更漏子》(六首)、《菩萨蛮》(十三首)等。这些作品皆是抒情之作,表达闺怨、闺思等男女相思之情,这是温词的主体内容。

韦庄的词,《天仙子》入选四首(怅望前回梦里期、深夜归来长酩酊、蟾彩霜华夜不分、梦觉云屏依旧空),还有《诉衷情》、《江城子》、《女冠子》、《酒泉子》、《浣溪沙》、《菩萨蛮》、《谒金门》、《清平乐》等。虽然大部分还是写相思之情,但有的是表达思乡之情的,题材有所扩大,如《菩萨蛮》(人人尽说江南好)。不管是男女之情还是家乡之思,都是写情之作。

其次再看此本对《草堂诗余》的承袭。《草堂诗余》中北宋词人作品入选较多,如周邦彦、秦观、柳永、苏轼等。从《花草粹编》对周邦彦、秦观等人词的选择来看,它基本是沿袭了《草堂诗余》的路数,如周邦彦的《少年游》(并刀如水)、《意难忘》(衣染莺黄),秦观的《捣练子》(心耿耿),柳永的《雨霖铃》(寒蝉凄切)等,在二书中均入选。

其三是从其他词集、词话中选词。如《眼儿媚》:"忆从溪上得相逢。樽酒两心同。梅缄香雪,竹摇寒月,柳探春风。　　而今总是消魂处,冷落半床空。梦迷狂蝶,喜占乾鹊,愁望飞鸿。"选自《天机余锦》;《浣溪沙》:"剪碎香罗浥泪痕。鹧鸪声断不堪闻。马嘶人去近黄昏。　　整整斜斜杨柳陌,疏疏密密杏花村。一番风月更消魂。"选自《能改斋漫录》;《卜算子·送鲍浩然游浙东》:"水是眼波横,山是眉峰聚。欲问行人去那边?眉眼盈盈处。　　才始送春归,又送君归去。若到江南赶上春,千万和春住。"选自《能改斋漫录》;还有选自《古今词话》的《卜算子》(相逢情便深)、《江神子》(相逢只怕有分离)。这里仅从中挑选了一些例子,其他作品也大都和此类相似。这些抒写男女之情、离别之思、家乡之思的作品大量入选,使得《花草粹编》在总体上呈现出"尚情"的倾向。

三、《花草粹编》的女性意识

大量女性词的入选不仅体现了陈耀文"重婉媚"的选词风格,也从另一方面反映出他具有较强的女性意识。

在中国封建社会,女子总是处于附属地位。不管在伦理道德,还是家庭生活甚至社会交际等方面,女子都受到不平等的待遇。北宋司马光《家范》卷八云:"夫,天也;妻,地也。夫,日也;妻,月也。夫,阳也;妻,阴也。天尊而处上,地卑而处下;日无盈亏,月有圆缺;阳唱而生物,阴和而成物。故妇人专以柔顺为德,不以强辩为美也。"[1]《论语》也说"惟女子与小人为难养"。当时宗法社会束缚女子于家庭奴隶的地位,绝对地尊崇父权和夫权。"几千年来立

---

[1] 司马光《司马温公家范》,刘承幹《留余草堂丛书》本。

定了种种规律,压抑束缚,蔽塞聪明,使女子永无教育,永无能力"。①由此可知,中国古代对女性在现实生活中的规范与禁忌颇多。到了明代,正如上文所提到的,由于理学的盛行,对妇女思想情性的压抑和禁锢更加激烈,"女子无才便是德"的传统观念在民间愈加流行。明代中后期心学的盛行使得这种情况有所改变,心学所倡导比较自由的思想观念使社会思想开始解放,也在一定程度上减轻了理学对女性的轻视和压制。且由于资本主义的萌芽,经济发展水平的提高,民间文化教育的发展,人们开始注重对女子的文化教育,尤其是一些书香门第,更加注重对女子的闺中教育。这些因素都使女子的文化意识较明代前期有所改观,女性词人词作开始大量进入各种词选,从《花草粹编》中入选的女性词作可明显看出陈耀文具有明代文人少有的女性意识。

(一)选录女性词人词作数量较多

与杨慎的《词林万选》等选本相比,《花草粹编》选录的女性作家和女性作品的数量都远远多于前者,署名女性作者的作品总共有一百五十六首,除去已考证为别人依托所作和非词体的九首作品外,此本共选入女性词达一百四十九首之多。其中收入最多的是李清照词四十三首,其次是朱淑真词二十三首,另外还收有柳氏一首、美奴(陆敦礼侍儿)二首、严蕊三首、吴淑姬四首、魏夫人十一首、陈凤仪一首、舒氏一首、延安李氏一首、慕容岩卿妻一首、珍娘一首、乐婉一首、蒋令女一首、李秀兰一首、苏小小一首、洪惠英一首、花蕊夫人一首、胡夫人一首、朱秋娘一首、孙夫人八首、萧淑兰

---

① 谭正璧《中国女性文学史》,百花文艺出版社 1985 年版,第 2 页。

一首、花仲胤妻一首、吴氏一首、郑意娘三首、延安夫人三首、赵秋官妻一首、宋宗室夫人一首、曹仙姑一首、郑云娘二首、尹温仪二首、梁意娘一首、金淑柔一首、玉英一首、聂胜琼一首、盼盼一首、京师妓一首、放翁妓一首、箕仙一首、蜀妓一首、刘彤一首、李氏一首、易少夫人一首、易祓妻一首、陶氏一首、戴复古妻一首、琴精一首、洛阳女郎一首、孙氏一首、胡惠斋一首、王清惠一首、僧儿一首、懒堂女子一首、苏小娘一首、紫姑一首、吴氏一首、刘天英一首、阮逸女一首、平江妓一首，五十余位女性词人的作品共八十六首。而当时杨慎所编的《词林万选》选入的女性词仅三家：李清照六首、孙夫人一首、朱淑真一首。从数量上看，《花草粹编》选入的女性词要远远多于同期的其他词选。

从入选的女性词人身份来看，这些女性主要分为两大类。一类是名门闺秀、才妇，她们都有着良好的家庭环境和教育背景。如李清照，北宋后期礼部员外郎、著名散文家、苏门"后四学士"之一的李格非之女，其母亦出身官宦之家，为汉国公王准之孙女，亦善文。李清照生长在这样一个文学气氛十分浓郁的家庭里，使得她受到和一般的闺秀所受严格女教不同的、相对宽松自由的早期闺阁教育。她成婚后，丈夫赵明诚是吏部侍郎赵挺之之子，曾为太学生，做过莱州知州，南渡后曾被任命为湖州知州，也是才华横溢有着深厚文学修养的文人。生活在这样的家庭环境中，有利于成就李清照不凡的文学业绩。李清照是存词最多的宋代女性词人，除去存疑词与残缺词外，能断定为李清照的词有五十首。[1] 而《花草

---

[1] 参徐北文《李清照全集评注》，济南出版社1995年版，第1—3页。

粹编》即录其词四十多首,足见陈氏对李清照之关注。另如朱淑真,理宗时权户部侍郎卒封新安郡开国侯汪纲之妻。她幼年聪慧,被父母按照大家闺秀的标准培养,诗书文琴画皆精通。魏夫人,湖北襄阳人。北宋宰相曾布之妻。曾燠《江西诗征·魏玩传》云:"玩,字玉汝,襄阳人。道辅姊,曾文肃布妻。博涉群书,工诗,尤擅人伦鉴,累封鲁国夫人。有《魏夫人集》。"[1]阮逸女,生于精通韵律的士大夫之家。其父阮逸,《福建通志》卷四七有记载:"字天隐,建阳人。天圣五年进士。景祐初,知杭州郑向上其所撰《乐论》十二篇并律,与胡瑗俱召赴阙,同校钟管十三律,分造钟磬各一篇。康定元年,上《钟律制议》并图三卷。皇祐中更铸太常钟磬,召瑗、逸与近臣、太常议秘阁,遂典乐事,迁屯田员外郎。"[2]阮逸之女生长在这样的家庭背景下,自然在音乐、文词方面都能受到较好的教育。吴淑姬,南北宋间人,生于湖州一个普通秀才之家,受其家庭熏陶,亦"聪慧而能诗词"。曾著有《阳春白雪词》五卷,今已佚。南宋人洪迈《夷坚志》庚集卷十载:

> 湖州吴秀才女,慧而能诗词,貌美,家贫,为富民子所据。或投郡诉其奸淫。王龟龄为太守,逮系司理狱;既伏罪,且受徒刑。郡僚相与诣理院视之,仍具酒,引使至席,风格倾一座。遂命脱枷侍饮,谕之曰:"知汝能长短句,宜以一章自咏,当宛转白待制,为汝解脱。不然,危矣!"女即请题。时冬末雪消,春日且至,命道此景作《长相思令》。捉笔立成,曰:"烟霏霏,

---

[1] 曾燠《江西诗征》卷八五,清嘉庆刊本。
[2] 《福建通志》,文渊阁《四库全书》本。

雨霏霏,雪向梅花枝上堆。春从何处回？　　醉眼开,睡眼开,疏影横斜安在哉？从教塞管催。"诸客赏叹,为之尽欢。明日以告王公,言其冤。王淳直,不疑人欺,亟使释放。其后无人肯礼娶。周介卿石之子买以为妾,名曰淑姬。王三恕时为司户摄理,正治此狱,小词藏其处。①

这一类女性或出身名门,或生在书香门第,或是文人妻室,共同点就是有着良好的教育环境。从入选词作来看,陈耀文对这一类女性词人的作品特别青睐。

另一类就是一些才色俱佳的风尘妓女,如严蕊、聂胜琼、盼盼、尹温仪等。古代的妓女尤其是名妓,是一个文化素养较高的特殊群体。因为在古代,仅仅有倾国倾城的容貌是远远不够的,倘若没有聪颖的智慧和绝佳的才华,是不可能为文人们所倾心的,所以她们为了获得更好的生存环境,不得不潜心学艺。她们一般都受过良好的文化教育,能歌善舞而文词俱佳。如聂胜琼,原为长安乐妓,后为李之问妾。尝寄李之问《鹧鸪天》词一首,"李在中路得之,藏于箧间。抵家为其妻所得,因问之,具以实告。妻喜其语句清健,遂出妆奁资募,后往京师取归"。由此我们不难发现,陈耀文所选择的多是一些优秀的、有才情的女性词人,而对李清照、朱淑真等名家词作的崇尚尤其显示出他注重女性词的倾向。

从《花草粹编》选入的女性词来看,陈耀文无疑是受到了宋代词选的影响。宋代词选大多皆有女性词作录入。如曾慥《乐府雅词》,收魏夫人词十首、李清照词二十三首,共三十三首。黄大舆

---

① 洪迈《夷坚志》,中华书局1981年版,第1216页。

《梅苑》选录李清照词十八首、魏夫人一首。黄昇《唐宋诸贤绝妙词选》卷十收录吴城小龙女一首、魏夫人七首、李易安八首、孙夫人五首、吴淑姬三首、阮氏(阮逸之女)一首、卢氏一首、聂胜琼一首、陈凤仪一首、陆氏侍儿一首,共二十九首。《草堂诗余》共选入标明姓名的女性词作十三首,其中阮逸女一首:《花心动》(仙苑春浓),李清照十首:《念奴娇·春情》(萧条庭院)、《如梦令》(昨夜雨疏风骤)、《醉花阴》(薄雾浓云愁永昼)、《凤凰台上忆吹箫》(香冷金猊)、《一剪梅》(红藕香残玉簟秋)等,孙夫人一首:《南乡子》(晓日压重檐);另外,还有《浣溪沙》(小院闲窗春色深)、《忆秦娥》(花深深)二首词作,书中虽没有标出作者,但现在可知其分别为李清照、郑文妻所作。由上可知,陈耀文在参考了大量宋代词集的同时,收录了数量更多的女性词,这也是他重视女性词、具有女性意识的外在体现。

(二)选入的女性词作具有浓厚爱情意识

爱情是文学创作永恒的主题,在封建时代,女子生活范围的局限,使得爱情成了她们的主要话题。这些女性词的主要内容体现在以下三个方面:

1. 离别相思

古代男子为了求仕,往往要远离故乡去宦游,使得中国古代文坛出现了一大批以"离别"为主题的文学作品。两宋很多大词人都有这类题材的作品,如柳永"多情自古伤离别。更那堪、冷落清秋节",周邦彦"南陌脂车待发,东门帐饮乍阙。正拂面,垂杨堪揽结,掩红泪,玉手亲折"。姜夔《江梅引》中同样有:"人间离别易多时。见梅枝,忽相思"。男子尚且有如此多别离情绪,何况是多愁善感的女子呢！李清照就因丈夫赵明诚曾出仕外地，写了许多相思之作。浓浓的离别相思之情表现在女性的词作中，就成了大量的闺思词。花仲胤妻《伊川令》："西风昨夜穿帘幕，闺院添萧索。最是梧桐零落，迤逦秋光过却。　人情音信难托。鱼雁成耽阁，教奴独自守空房，泪珠与、灯花共落。"本事云："（仲胤）为相州录事，久不归，其妻寄此词。"丈夫长期出仕在外，独自在家的妻子忍不住对丈夫的想念，作词寄给丈夫，表达相思之情，抒发其急切盼望丈夫归来的情思。再如萧淑兰《菩萨蛮·与张世英》："无情水满西兴渡，多情人往西兴去。西兴去路遥，教奴魂梦劳。　今将心内苦，联作相思句。君若见情词，同谐连理枝。"两首词中女子独守闺房的幽怨之恨和对远方爱人的相思之情，溢于言表。还有胡夫人的《采桑子》(与君别后愁无限)，魏夫人"西楼明月"、"落花飞絮"，李清照的《一剪梅》(红藕香残玉簟秋)等，都是女性词人的相思述怀之作。

2. 对爱情的无奈和向往

对于像李清照、魏夫人这样的名门才妇来说，和丈夫的分别是暂时的，所以她们词中所表达的往往只是对丈夫的相思之情。而对风尘妓女而言，她们无权主宰自己的爱情和命运，她们和文人士子之间的感情本来就没有什么保障，所以分别很可能就是代表爱情的终结。在这些女性的词中更多地表达的是一种对爱情的无奈和向往。乐婉《卜算子·答施》："要见无因见，拼了终难拼。若是前生未有缘，待重结、来生愿。"古代妓女如果想从良嫁人，要经过重重的关卡，世俗的鄙见、妓籍的摆脱都是她们所要面对的，还有随时会被抛弃的忧虑，这一切因素只能让她们向往爱情却又不敢去勇敢争取，万般无奈之下，只能将希望寄予来世。聂胜琼《鹧鸪天·寄李之问》就是此类题材的代表:"寻好梦,梦难成。有谁知我此时情。枕前泪共阶前雨,隔个窗儿滴到明。"和李之问分别后,她陷入无限的痛苦之中而不能自拔,但她能做的只有"枕前泪共阶前雨,隔个窗儿滴到明",她向往"好梦",现实却又是"梦难成",词人将其强烈的相思之情和对现实的无奈表现得淋漓尽致。

3. 闺中忧愁

《花草粹编》中有一部分作品涉及女子的闺中忧愁。如李清照的《如梦令》(昨夜雨疏风骤)表面写花,实际是以花自喻,感叹时光流转,而自己年华易逝。还有的是抒发为丈夫所背弃的幽怨之情的,如戴复古妻《怜薄命》:"惜多才,怜薄命,无计可留汝。揉碎花笺,忍写断肠句。道旁杨柳依依,千丝万缕。抵不住、一分愁绪。捉月盟言,不是梦中语。后回君若重来,不相忘处。把杯酒、浇奴坟土。"后附《辍耕录》记载,戴复古"未遇时流寓江右武宁,有富家翁,爱其才,以女妻之。居二三年,忽欲作归计,妻问其故,告以曾娶。妻白之父,父怒。妻宛曲解释,尽以奁具赠夫,仍饯以词云……夫既别,遂赴水死"。[①] 此词即是妻子在丈夫临走前作出的最后呼唤,其中对丈夫的留恋和不舍,以及对丈夫将要离去的绝望之感都充斥在整首词作中。

综上所述,无论是从《花草粹编》中所选入的女性词人及词作的数量,还是从录入的女性词的内容来看,都体现出陈耀文在编选过程中对女性词人和女性词作的关注,强烈的女性意识为该选本增添了一份柔美的气息。

---

① 唐圭璋《宋词纪事》,上海古籍出版社1982年版,第332页。

第四节 《花草粹编》对后世词坛的影响

有明一代,《花间》、《草堂》盛行。《花草粹编》的成书虽不可避免地受到此二集的影响,但陈耀文并没有局限在《花》、《草》范围之内,而是"丽则兼收",博采广收,这使得《花草粹编》成为明代词选本中较为优秀的一种,它对明代后期词坛和清代词坛都产生了一定的影响。

一、《花草粹编》与明代后期词坛

明末清初,"云间派"兴起,其代表人物有陈子龙、李雯,还有"云间三宋"中的宋征舆、宋征璧兄弟等。龙榆生先生说:"词学衰于明代,至子龙出,宗风大振,遂开三百年来词学中兴之盛。"[1]龙氏认为陈子龙引领清初词学潮流,其实陈子龙和"云间词派"以《花间集》为统绪,继承了明代以来宗尚婉丽、尊奉南唐北宋的词学观念。谢章铤《赌棋山庄词话》卷四:"毛西河少年受知于陈卧子,故词诗皆承其派别,而词较胜于诗。卧子之论词也,探源《兰畹》,滥觞《花间》,自余率不措意。"[2]陈子龙《幽兰草词序》云:"词者,乐府之衰变,而歌曲之将启也。然就其本制,厥有盛衰。晚唐语多俊巧,而意鲜深至,比之于诗,犹齐梁对偶之开律也。自金陵二主,以至靖康,代有作者。或秾纤婉丽,极哀艳之情;或流畅淡逸,穷盼倩

---

[1] 龙榆生《近三百年名家词选》,上海古籍出版社1979年版,第4页。
[2] 谢章铤《赌棋山庄词话》,唐圭璋《词话丛编》,中华书局1986年版,第3364页。

之趣。然皆境由情生,辞随意启,天机偶发,元音自成,繁促之中,尚存高浑,斯为最盛也。南渡以还,此声遂渺,寄慨者亢率而近于伧武,谐俗者鄙浅而入于优伶,以视周、李诸君,即有'彼都人士'之叹。元滥填词,兹无论焉。"[1]

由此可知,陈子龙以南唐与北宋词为"最盛",以李璟、李煜父子及周邦彦、李清照为典范,推崇的是南唐北宋那种纤秾婉媚、哀艳蕴藉之词。另一方面,陈子龙虽然继承了明代尊南唐北宋婉约词的主张,但对于明词本身的浅率俗鄙则极为不满,所以其词学主张又带有崇尚"雅正"的审美观念。从这几个方面看,"云间派"的词学思想和《花草粹编》所体现出的词学观有许多相似之处,应是受到陈耀文词学观念的影响。这一影响还体现在"云间派"另一代表人物宋征璧身上。他继承陈子龙推崇晚唐五代北宋词的观点,而从他所编选的《唐宋词选》即可看出他宗法陈耀文《花草粹编》的痕迹。该选本亦取《花间》、《草堂》二书,补以诸家杂编之可诵者。其弟宋征舆为《唐宋词选》所作的序言中说:"太白二章为小令之冠,《菩萨蛮》以柔淡为宗,以闲远为致,秦太虚、张子野实师之,固词之正也。《忆秦娥》以俊逸为宗,以悲凉为致,于词为变,而苏东坡、辛弃疾皆出焉,谈者病其形似失神检矣。"[2]可见,他也主张重北宋的柔淡婉约而轻南宋的豪爽亢率。与《花草粹编》不同的是,该本没有收入元词,这源于"云间派"对元词的评价不高,认为"元

---

[1] 陈子龙《幽兰草词序》,施蛰存《词籍序跋萃编》,中国社会科学出版社1994年版,第505页。
[2] 转引自陈水云《清代前中期词学思想研究》,武汉大学出版社1999年版,第36页。

滥填词,兹无论焉"。在效仿《花草粹编》的基础之上,"云间派"词人更加突出了自己的词学观念,而这也对后来阳羡、浙西两家词派的崛起,以及由明代词坛向清代词坛词风的转变起到过渡和引领作用。

二、《花草粹编》与《词综》

《花草粹编》是对清代词坛影响较大的一部词选。其博采广收为后世词家编纂选本提供了不可缺少的选词来源,而它体现出的"复雅"倾向则对清代"浙西词派"朱彝尊"雅正"词学理论的确立和大型词选《词综》的编纂有着重要的影响。

明代封建经济发展迅速,城市与集镇空前繁荣,市民阶层不断扩大,成为一支新兴的社会力量。而文人们大多盘桓于繁华都市,混杂于市井之间,他们与市民阶层的关系,由疏离发展到密切。久而久之,受城市文化和市民意识的浸染,儒道主导的济世安民的上层雅文学,逐渐被新形势下日渐繁盛起来的俗文学所代替,市民喜闻乐见的寻常世俗之事,成为作家创作的主题。语言通俗则是这类作品广为流传的基本要求,只有这些贴近百姓生活的事物,才能让广大市民在劳作之余享受到一种轻松悠闲的快乐。"俗"很快便成为明代主流文学的特征,戏曲和小说这些新的俗文学样式迅速发展和成熟,并逐渐取代诗词成为一代之主流文学。在这样的社会背景之下,"雅"文学失去了其生存的必要空间,表现在词坛即是"花草"盛行而"风雅"不显。陈耀文的《花草粹编》在"俗"文学风行的环境之下仍能体现出"复雅"的文学倾向,确实是明代词选本鲜少具备的一个特色,为清代朱彝尊复举"雅正"大旗吹起了先锋号。

清代初期,继承陈子龙词风的"云间派"揭开了清词中兴的序幕。康熙初年,以朱彝尊为代表的"浙西词派"崛起,而朱彝尊所编唐宋元词选集《词综》的问世才彻底改变了词坛"花草"之风盛行的情况。它以"雅正"为宗,推崇以姜夔为首的南宋"醇雅"派词人。《词综》全书共三十六卷,前二十六卷是由朱彝尊编辑的。康熙十七年(1678),汪森补入四卷,合为三十卷,初刻于康熙十七年。康熙三十年(1691),汪森再增补六卷,增订为三十六卷刊本,同时订正了前三十卷中的一些错误。后王昶又补入二卷。全书共选录词人六百五十多家,词作二千二百五十多首。其中选录唐词二十家,词作六十八首;五代词二十四家,词作一百四十八首;宋词五百零四家,词作一千七百一十八首;金词二十七家,词作六十二首;元词八十四家,词作二百五十七首。作为清代前中期优秀的大型词选集,《词综》和明代规模最大的词选《花草粹编》有着明显的传承关系,但二者也存在着同中之异。下面就这两部词选进行对比研究。

(一)编选宗旨

陈耀文在自序中提到"备一代典章",而在其编选过程中也的确是贯彻这一主张的。陈氏选词没有门户偏见,博采兼收,使得此本在体现"婉媚"风格的同时,亦不脱"雅正",其表现为《花草粹编》在"花草"盛行的背景下,亦选入以姜夔为首的南宋"风雅派"词人的大量作品,这一点对后来朱彝尊《词综》的编选是有一定影响的。清代前期,词风转变,朱彝尊有感于明代词风不振与明代流行的《草堂诗余》的淫俗有直接关系,认为宋人词选"独《草堂诗余》所收最下最传。三百年来,学者守为《兔园册》,无惑乎词之不振也"。显然,朱彝尊编纂《词综》是以取代《草堂诗余》为目的的。他反复提出"醇雅"作为"浙西词派"的理论基础和审美标准,希望以"雅"治"俗",改变明代以来词坛的艳俗风气。他在《词综·发凡》中明确指出"词以雅为尚",并以此作为选词的标准:"言情之作,易流于秽,此宋人选词多以雅为目。"朱彝尊极力推崇南宋词,《词综》选录北宋词七卷,共四百四十首,选录南宋词则为十三卷,共八百二十七首,数量上几乎是北宋词的两倍。但是,《词综》这种以"风雅"为主的选录倾向也使它显出一定的局限性。朱彝尊的选词标准和陈耀文相比更显单一性,而《词综》所收集的词作内容也没有《花草粹编》那么广泛。

(二)对"雅词"的选择

《词综》的编选参照了多种前人所编的"古词选本",其《发凡》曰:"是集兼采赵弘基《花间集》、黄昇《花庵绝妙词》、《中兴以来绝妙词》、陈景沂《全芳备祖乐府》、元好问《中州乐府》、彭致中《鸣鹤余音》、凤林书院《元词乐府补题》、许有孚《圭塘欸乃集》、顾梧芳《尊前集》、杨慎《词林万选》、陈耀文《花草粹编》、沈际飞《草堂诗余广集》、茅暎《词的》、卓人月《词统》诸书,务去陈言,归于正始。"[1]其中,作为明代最大的词选,《花草粹编》对《词综》的影响可谓颇深。有学者指出:"朱彝尊《词综》的取材基础是明代陈耀文合《花间》和《草堂》而成一编的《花草粹编》,朱彝尊增以金元诸家词,删略取舍而成《词综》。"[2]可见,《词综》是以《花草粹编》为主要选源的。

---

[1] 朱彝尊、汪森《词综》,上海古籍出版社1978年版,第11页。
[2] 彭玉平《选本批评与选本观念——陈廷焯的词选批评探论》,《汕头大学学报》2005年第5期,第24页。

《词综》对《花草粹编》的传承最主要表现在"复雅"上。朱彝尊崇"雅",并在多处提及,如其《词综·发凡》云:"言情之作,易流于秽,此宋人选词,多以雅为目","填词最雅,无过石帚"。他认为南宋词人姜夔和张炎之词最符合他心目中"醇雅"的标准。姜夔是被朱彝尊推为至尊的宗师,朱氏在其《词综·发凡》中明确提出:"世人言词,必称北宋。然词至南宋始极其工,至宋季而始极其变,姜尧章氏最为杰出,惜乎《白石乐府》五卷,今仅存二十余阕也。"[①]其《黑蝶斋诗余序》溯源导流,将追随姜夔的著名词人一一列出:"词莫善于姜夔,宗之者张辑、卢祖皋、史达祖、吴文英、蒋捷、王沂孙、张炎、周密、陈允平、张翥、杨基,皆具夔之一体。"[②]而《花草粹编》的"复雅"倾向亦表现在大量南宋风雅派词人作品的录入,我们从下面的表中可以看出两家对风雅派词作的选录情况:

	《花草粹编》	《词综》
姜　夔	18	22
吴文英	8	45
张　炎	15	38
史达祖	43	26
蒋　捷	23	21
高观国	12	20
卢祖皋	32	15
周　密	2	54

---

① 朱彝尊、汪森《词综》,上海古籍出版社 1978 年版,第 10 页。
② 朱彝尊《曝书亭集》卷四〇,《四部丛刊》本。

《词综》所录词人中入选率最高的是姜夔。目前我们能看到的姜夔词有八十多首,《词综》虽然只存有二十二首,但当时朱彝尊所能看到的《白石乐府》五卷,仅存二十余首,朱氏将其全部收入《词综》,入选率达到100%,这在《词综》一选中是绝无仅有的。《花草粹编》选入姜夔词十八首。明代词坛姜夔等风雅派词人的词集几乎失传,而白石词集全本于明代尚未现于世。[①]《花草粹编》中仍能选入如此多的风雅词,尤其是姜夔词,更多达十八首,可见其入选率也是非常高的。其次,两个选本对张炎和蒋捷词选录的数量也非常接近,总体上看在对"雅"词的选择方面,《词综》所选数量要比《花草粹编》多,它在《花草粹编》的基础上有所扩选,这也是《词综》编选宗旨的体现。"复雅"的倾向使《花草粹编》在"婉媚"之外,亦呈现出崇尚南宋"风雅"词风的倾向,而其中保存的大量"风雅派"词作也为《词综》的编选提供了重要选源。

(三)体例比较

《四库全书总目》评价《花草粹编》说:"纠正之详,不及万树之《词律》,选择之精,不及朱彝尊之《词综》。"[②]准确指出了《花草粹编》在编选上的缺憾。

《花草粹编》编选最大的缺点就是体例上的冗杂,的确不如《词综》精审。其一,《花草粹编》十二卷是按照小令、中调、长调之顺序排列,每一卷中又是以词调的顺序编排,每个词调下才是按照词人的时代先后排序,使得同一词人的多首作品,分散在全书的各卷之

[①] 见孙克强《白石词在词学史上的影响和意义》,《中国韵文学刊》2000年第2期,第46页。

[②] 《四库全书总目》,中华书局1997年版(整理本),第2805页。

中,不易搜寻。而《词综》是根据词人的时代先后顺序编排,每个词人的作品都集中在该词人的名目之下,显得整齐一致。其二,陈耀文坚持"实录"原则,所选词先标明作者,无作者姓名则标有所出之书,有的作者虽有姓名但不为世人习知,也标出所出之书,注出的作者姓名亦不统一,或名,或字,或号,或是有名而无姓,所出书名或标注题下,或注于词末,编次颇为杂乱。朱彝尊《词综·发凡》曰:"词人姓氏爵里,选家书法不一。……至杨氏《词林万选》、陈氏《花草粹编》,或书名,或书字,或书别字,或书官,或书集。览者茫然,莫究其世次。"[1]而《词综》在体例上能纠正以前选本之失,做了大量艰苦的考证校对工作,改正了作者、词调、字句等方面的许多错误,并将姓氏、字号、籍贯等各种杂乱无章的署名方式按照"以集归人,以字归名"的原则统一编写,根据时代先后排列,使人一目了然。朱彝尊自己说:"是集考之正史,参以地志、传纪、小说,以集归人,以字归名,得十之八九。"[2]《四库全书总目》曰:"《词综》于专集及诸选本外,凡稗官、野纪中有片词足录者,辄为采掇,故多他选未见之作。其调名、句读为他选所淆舛,及姓氏、爵里之误,皆详考而订正之。其去取亦具有鉴别。……其立说,大抵精确,故其所选能简择不苟如此。以视《花间》、《草堂》诸编,胜之远矣。"[3]其三,在对女性词的选录方面,《花草粹编》中的女性词是散落在各卷之中的,并没有集中起来。而《词综》中除却收录唐代仅有的一两家女性词人,收入最多的宋代女性词人作品被朱彝尊集中在一卷内。

---

[1] 朱彝尊、汪森《词综》,上海古籍出版社1978年版,第12页。
[2] 朱彝尊、汪森《词综》,上海古籍出版社1978年版,第12页。
[3] 《四库全书总目》,中华书局1997年版(整理本),第2806页。

从以上几个方面来看,《花草粹编》编选不如《词综》精准严谨,但不能因此而否定《花草粹编》在词学史上的价值。正如四库馆臣所说,其书虽有不少失误,但"裒辑之功"实居《词综》、《词律》之前。在两宋词集大量失传的明代词坛,《花草粹编》的成书对后世词学发展功不可没。该选中引用的书目有的今已不传,有的已残缺不全,"其存亡续绝之功,亦不可没也"。[①] 而且,正因为其在编选上留下缺憾,也为清代选家提供了反面教材和借鉴。纵观明代词坛,在《花间》、《草堂》盛行的背景之下,《花草粹编》仍可以说是一部相当优秀的选本,被誉为"一代典章"亦不为过。

[①] 施蛰存《历代词选集叙录》,《词学》第三辑,华东师范大学出版社1985年版,第278页。

第六章 《草堂诗余四集》的编选评点及其词学意义

《草堂诗余》原为南宋书坊为应歌之需而编选的一部词集,曾在民间广泛流传,南宋末至元代则传本比较少见。[①] 明代中叶以后,经明人改编的《草堂诗余》复为盛行,形成了一个令人瞩目的"草堂"系列,成为当时重要的词学现象。目前学界对明代《草堂诗余》的盛行原因、版本情况都有所探讨和说明,但细致深入的个案研究则相对较少。明代"草堂"系列的形成是一个长期的动态过程,不同选本很可能反映出不同的词学信息与时代特点,不能因为多数"草堂"选本手眼不高、质量偏低而予以忽视。如明末沈际飞评正之《草堂诗余四集》就是明代"草堂"系列中规模宏大、颇有编选评点特点与词学价值的选本之一,但是学界目前对此书关注较少,几乎见不到有分量的研究论著或论文,谢桃坊先生《中国词学史》第三章设有"沈际飞与词的评点"一节,然未展开论述。[②] 我们认为,对《草堂诗余四集》进行深入研究有助于进一步了解明代"草堂"系列的选词范围、审美趋向及词学评点状况,并可以由点及面,

---

[①] 元代著名的"草堂"系列选本有《精选名儒草堂诗余》等,参见本书第二章第三节《精选名儒草堂诗余》与"草堂"系列的相关论述。

[②] 参谢桃坊《中国词学史》,巴蜀书社2002年版,第185—191页。

深化对明清之际词学思想递嬗的认识,进而加深对中国词学史上这一环节的理解。

第一节　词集编选:源自"草堂"而超轶"草堂"

明末人沈际飞编选评正的《草堂诗余四集》,沿用嘉靖二十九年(1550)顾从敬《类编草堂诗余》(下文简称顾本)以调编次的体例,分为《正集》六卷、《续集》二卷、《别集》四卷、《新集》五卷,共十七卷;四集皆冠以"草堂诗余",所以学界一般将其视为顾本的续编本或扩编本。是编曾多次刊行,有万历四十二年(1614)翁少麓刊本、崇祯间吴门童涌泉刊本等多种版本,各版本之卷次、内容皆同,唯所收序跋多寡及装订册数有异。本书所引用之《草堂诗余四集》,据国家图书馆藏翁少麓刊本。

一、扩大选源,突出南宋

诗文选本是我国古代文学传播的重要途径,更是一种重要的批评方式。每部选本都有特定的编选宗旨和选择标准,这种选择标准往往代表当时一部分人的文学观念与审美趋向。南宋人所编之《草堂诗余》多选晚唐五代北宋词作,选录词人近百家,以周邦彦最多,其下依次为秦观、苏轼、柳永,特别倾向婉丽柔靡的风格,这对明代以顾从敬《类编草堂诗余》等为代表的"草堂"系列词选的编选都有深远影响。而顾本问世后,影响甚大,明代中后期的《草堂诗余》多受此书影响。

沈际飞的《草堂诗余四集》从选目到评点,都与顾本有较大不同。

沈氏尊重时俗推崇北宋婉约柔靡词风的传统，指出："《正集》裁自顾汝所（顾从敬）手，此道当家，不容轻为去取，其附见诸词，并鳞次其中。《续集》视顾选尤精约，悉仍其旧。"（《草堂诗余四集发凡·分衷》）《正集》选词四百六十五首，较顾本多出二十二首。选词七首以上者十三家，依次为：周邦彦（六十四首）、苏轼（二十九首）、秦观（二十七首）、柳永（二十三首）、康与之（十六首）、欧阳修（十四首）、黄庭坚（十四首）、辛弃疾（十三首）、李清照（九首）、李煜（八首）、张先（八首）、贺铸（七首）、朱敦儒（七首）。《正集》偏重选录李、周、苏、秦、柳、欧等晚唐五代北宋名家，审美趣味正偏向婉约柔靡一路。《续集》录唐宋金元词二百二十五首，选词较多者依然为欧阳修（二十七首）、苏轼（二十首）、秦观（十七首）、李煜（十首）、晏几道（七首）、黄庭坚（七首）、朱敦儒（七首）等人。由此可见，正、续两集实为顾本的增删改编本，因此其编选旨趣与顾本相同。沈际飞认为："夫雕章缛采，味腴寒芳，词家本色。"（《草堂诗余别集序》）这体现了明人崇尚婉约柔靡审美趣味的巨大惯性。

沈际飞编选的《草堂诗余别集》则有自己的特点。首先，《别集》不是《草堂诗余》的简单沿袭和改编，而是自辟蹊径扩大选录范围及选词来源。沈际飞交代《别集》选词说："《别集》则余僭为排攒。自宋溯之，而五代，而唐，而隋，自宋沿之，而辽，而金，而元，博综《花间》、《尊前》、《花庵》，选宋元名家词以及稗官逸史，卷凡四，词凡若干首。"（《草堂诗余四集发凡·分衷》）《别集》共选唐宋金元词四百六十首，词人一百八十余家，比顾本多出五十余家。其次，《别集》特别注重选录南宋词家作品。《别集》选录六首以上者十五人：蒋捷（三十八首）、辛弃疾（二十首）、苏轼（十七首）、刘克庄（十三首)、陆游(十一首)、黄昇(十首)、刘过(十首)、史达祖(十首)、黄庭坚(七首)、姜夔(七首)、严仁(七首)、孙光宪(六首)、刘仙伦(六首)、吴文英(六首)、胡浩然(六首),其中南宋人占了绝大多数。顾本与《正集》未选录的南宋著名词人姜夔、蒋捷、吴文英等人得以补选,而蒋捷、辛弃疾、陆游、刘过、刘克庄、史达祖等人则受到更高程度的重视。

明代后期涌现出的诸多"草堂"选本,如万历间闵暎璧刻朱墨套印本《评点草堂诗余》、万历二十三年(1595)郑世豪宗文书堂刊《新刻注释草堂诗余评林》、万历三十年(1602)乔山书舍刊《新锲订正评注便读草堂诗余》、万历四十三年(1615)书林自新斋余文杰刊《新刻题评名贤词话草堂诗余》等,所选词作皆与顾本《草堂诗余》大致相同。明人选词多尊《花间》、《草堂》为范本,有学者指出:"'花草'不仅是明代词家的经典读物,也是明人词话的主要讨论对象、词论的主要观点之依据。……明人词论都不出以唐五代北宋为尊、以香艳鄙俚为词家本色的范围,一叶障目不见泰山,'花草'障目不见全宋。"[1]在此背景之下,沈际飞编选《别集》,发挥词选家主体意识,大量选录南宋词,补偏救弊,让更多的南宋词人、词作进入明代批评者和读者的视野之中,可谓有功于词学,显示出选者独特的、迥异于流俗的艺术眼光。

二、关注本朝,广选明词

在相当长的时期内,明代选家受词坛"花草"之风影响,忽略本

---

[1] 肖鹏《群体的选择——唐宋人词选与词人群通论》,凤凰出版社2009年版,第410—411页。

朝词作的编选，至万历四十二年(1614)钱允治编成第一部专选本朝人词的词选《类编笺释国朝诗余》，这种情况才得以改观。《国朝诗余》分为五卷，依调编次，选录明初至万历间词人词作二十七家四百六十一首。此编录词八首以上者十一家：杨慎（一百一十四首）、王世贞（七十六首）、刘基（六十六首）、吴子孝（四十六首）、文徵明（四十首）、吴宽（二十七首）、严嵩（十五首）、王行（十三首）、陈淳（十一首）、赵宽（八首）、王世懋（八首）。这十一位词人生活年代多集中于弘治以后，仅刘基、王行为明初人；作者的地域分布方面，除杨慎、刘基、严嵩外，其余都是苏州籍词人，这可能与钱允治本人为苏州人有关。从整体上来看，此编选录词人数量偏少，词人的时代、地域分布相对集中，而且不同词人选词数量相差悬殊较大，其名虽为"国朝诗余"，然实不足以概括有明一代词坛的创作状况。

沈际飞鉴于钱氏《国朝诗余》搜求未广，且"玉石杂陈，竽瑟互进"，因而"删其什之五，补其什之七"（《发凡·分衷》），在《国朝诗余》的基础上重新编成《草堂诗余新集》。沈氏删去《国朝诗余》选词数量较多的杨慎、王世贞、刘基等人的词作共计一百三十三首，另外增选词人四十七家，增补词作一百九十六首，共选录七十四家五百二十四首。其中，选词八首以上者八家：瞿佑（十六首）、张綖（十五首）、王微（十五首）、莫璠（十首）、顾从敬（九首）、高濂（十四首）、沈际飞（十四首）、马洪（八首）。而明代词坛的名家或著名文人如高启、边贡、林鸿、夏言、李攀龙、祝允明、徐渭、陈继儒、汪廷讷等也被增选入内，明初至明末的名家与作手皆有入选，这样明代词人的阵容就相当可观了，收录范围较《国朝诗余》有较大拓展，所选词人数几乎超过钱选的两倍，故完全可以将沈氏重编之《新集》视为一部更为完善的明人词选集。

由于资料所限,《新集》与沈际飞自己的编选理想尚有一定距离。沈氏曾感慨:"今人之词,方云霞其蔚蒸。如升庵《填词选格》、《词林万选》、《词选增奇》、《填词玉屑》、《诗余补遗》、《古今词英》、《百琲明珠》等书,已不复见,矧宋元遗本,其饱蠹覆瓿者,不知几何矣。又如我明宋潜溪、解大绅、王阳明、王守溪、于廷益、何大复、唐荆川、杨椒山、莫廷韩、梅禹金、汤海若、黄贞父、汤嘉宾、骆象先、钟伯敬、丘毛伯、陶石篑、屠赤水、王百穀、袁中郎诸公集中无词,而陈眉公、张侗初、李本宁、冯具区、王永启、钱受之、邹臣虎、韩求仲、顾邻初、王季重、董玄宰、谭友夏、赵凡夫诸公尚未有集,坐井窥管,自分不免",期望"有同志者,不妨惠教,以嗣续编"(《草堂诗余四集发凡·俟哲》)。

三、不拘"婉约",趣味多元

自明代张綖《诗余图谱·凡例》将词分为"婉约"、"豪放"二体,且认为婉约为正、豪放为变之后,词坛大多沿袭这一观点并将其作为评判词作的重要标准。如何良俊《草堂诗余序》曰:"乐府以皦迳扬厉为工,诗余以婉丽流畅为美。如周清真、张子野、秦少游、晁叔用诸人之作,柔情曼声,摹写殆尽,正词家所谓当行、所谓本色者也。"[1]徐师曾也强调词"要当以婉约为正。否则虽极精工,终乖本色,非有识之士所取也"。[2] 当然明人论词也有欣赏豪放者,如陈

---

[1] 何良俊《草堂诗余序》,施蛰存《词籍序跋萃编》,中国社会科学出版社 1994 年版,第 670 页。

[2] 徐师曾《文体明辨序说》,人民文学出版社 1962 年版,第 165 页。

霆《渚山堂词话》推崇豪放词,对苏轼、张孝祥、文天祥等人的词作多有称赞;杨慎论词重苏、辛而不废周、姜,其《词品》曰:"近日作词者,惟说周美成、姜尧章,而以东坡为词诗,稼轩为词论,此说固当。盖曲者,曲也。固当以委曲为体,然徒狃于风情婉娈,则亦易厌。回视稼轩所作,岂非万古一清风哉。"[①]沈际飞受陈霆、杨慎等人观点影响,具体体现在他对辛派词人和以姜夔为首的风雅派词人的大量选录与评点。

沈际飞评点辛弃疾《水龙吟》(夜来风雨匆匆)曰:"人指东坡为词诗,稼轩为词论,不知曲者曲也,固当委曲为体,徒狃于风情婉娈,则亦致厌。回视稼轩,岂不易目翻恨。"这几乎就是直接引用杨慎之语来论辛词。沈际飞对当时流行的"风情婉娈"的单一审美趣味颇为不满,所以《别集》注意选录辛弃疾刚柔兼济、雄肆疏放的词作,如《贺新郎·别茂嘉十二弟》、《永遇乐·京口北固亭怀古》、《贺新郎》(甚矣吾衰矣)等;还选录辛派词人中深具稼轩作风的作品,如刘过《沁园春》(斗酒彘肩)、《西江月》(堂上谋臣尊俎),刘克庄《沁园春·梦孚若》(何处相逢)等。沈际飞评刘克庄词曰:"气概雷击霆震。"又评岳飞《满江红》(怒发冲冠)曰:"胆量、意见、文章,悉无今古。"引杨慎语(《词品》卷五)评岳珂《祝英台近》(澹烟横)曰:"激烈感愤,类辛幼安'千古江山'词。"

与此同时,沈际飞也很欣赏姜夔、吴文英、蒋捷等人的艺术风格。如评姜夔《琵琶仙》(双桨来时)曰:"词大忌质实,白石道人《探春慢》、《一萼红》、《扬州慢》、《暗香》、《疏影》、《淡黄柳》诸曲,多清

[①] 杨慎《词品》卷四,唐圭璋《词话丛编》,中华书局1986年版,第503页。

空骚雅。"评《眉妩》(看垂杨迷苑)曰:"词到白石翁,出脱一番。"评吴文英《好事近》(雁外雨丝丝)云:"骚雅。"评蒋捷《柳梢青》(学唱新腔)曰:"竹山名捷,宋末人,貌不扬,有词二卷,幽秀古艳,惜续诗余者不多载。"评其《霜天晓角》(人影窗纱)时慨叹:"人皆称柳、秦、张、周为词祖,而不推蒋竹山,何耶?""风雅"作为南宋词坛的主流词风之一,备受当时词论家推崇。如张炎《词源》下卷论词之创作,主张"雅正"与"清空"是词之基石,"古之乐章、乐府、乐歌、乐曲,皆出于雅正"。而后陆辅之效法张炎作《词旨》,对张炎的"雅正"、"清空"之说极力推崇,"凡观词须先识古今体制雅俗,脱出宿生尘腐气,然后知此语,咀嚼有味"。[1] 雅词在南宋词坛风行一时,其代表作家以姜夔为首,史达祖、吴文英、张炎、蒋捷等人为羽翼。但是,"风雅"一派在金元时逐渐衰落,被"伉爽清疏"之词风所取代。沈际飞于明末续接张炎等人的雅词观念,推尊姜夔、蒋捷,以"清空"、"骚雅"评词,于流俗之中迥然拔出。清初"浙西词派"首领朱彝尊推尊姜夔,主张"醇雅",沈际飞的选词与评点实践对浙西一派有潜移默化的影响。

沈际飞将源于顾本的正、续二集与自己所编之《别集》、《新集》汇为一编,俨然一部选录唐宋金元明词的大型通代词选,虽仍保留"草堂"之名,然其选词范围与审美趋向皆有超轶《草堂诗余》之实,反映了沈氏不同流俗的词学观念与兼容并蓄的审美趣味。稍后的卓人月编选大型词选《古今词统》即参考了沈际飞的《草堂诗余四集》,选词豪放与婉约兼重,继续推动着明末清初词风

---

[1] 陆辅之《词旨》,唐圭璋《词话丛编》,中华书局1986年版,第302页。

的嬗变。[①] 清初朱彝尊的《词综·发凡》虽对《草堂诗余》大加挞伐,但又交代《词综》在实际编撰过程之中参考了沈际飞的《草堂诗余四集》,这说明《草堂诗余四集》已非《草堂诗余》原书所能牢笼。作为词选家,沈际飞的贡献在于通过选词实践对明代词坛专尚"花草"的流弊予以一定程度的矫正,这对明末清初词坛产生了不可忽视的影响。

第二节 词学评点:借鉴融合而不乏新见

文学评点是中国古代文学批评的一种独特方式。词选之有评点,当首推南宋词学家黄昇的《花庵词选》。是选在部分词作之后附有点评,大多见解精辟,言简意赅,实开词选评点之滥觞。明代中叶以后,文学评点之风盛行,明代编选的词集也多有评点。如杨慎《词林万选》和《百琲明珠》、张綖《草堂诗余别录》、沈际飞《草堂诗余四集》、卓人月《古今词统》、茅暎《词的》、陆云龙《词菁》、潘游龙《古今诗余醉》等。文学评点的主要作用是,评点者可以借助评点这一形式发表自己的见解和感悟,而经过评点的文本对读者阅读接受则有一定帮助作用。评点也是书籍促销的有效手段,明代众多版本的《草堂诗余》常常借文坛名流评点的招牌招揽读者。一般认为,明代词学评点多数手眼不高,空疏浅薄,乏善可陈。但是,也必须看到,明代词集选本评点水平虽参差不齐,却并非毫无可

---

① 关于卓人月《古今词统》的词学观念,可参丁放、葛旭芳《从明代词选看词学观念的演变》,载《学术月刊》2008 年第 6 期。

观,如沈际飞对《草堂诗余四集》的评点就颇值得探究。

沈际飞是一位戏曲理论家,曾刊行《独深居点定玉茗堂集》,具有比较丰富的文学评点经验。他批评坊间各种《草堂》选本的评点"非啈哗则隔搔,见者呕哕",因而"精加批剥,旁通仙释,曲畅性情。其灵慧新特之句,用○;尔雅流丽之句,用、;鲜奇警策之字,用◎;冷异巉削之字,用;鄙拙肤陋字句,用丨;复用·读句,以便览者不啜嚅于开卷,心良苦矣"。(《发凡·品著》)符号圈点具有直观的特点,易为初学者接受。《四集》眉批多达数千条,规模宏大,内容丰富。沈际飞评词,多借鉴、融合前人(如黄昇、胡仔、张炎、沈义父、陈霆、杨慎等)的观点而不乏灼见,具有鲜明的个性和时代特色,故而对后学也有一定的启示意义。以下四个方面是其词评的主要观点:

一、强调词以传"情",重在写"真"

"诗言志,词言情"是《花间集》以来的传统观念,对明人有相当大的影响,如王世贞《艺苑卮言》曰:"词号称诗余,然而诗人不为也。何者?其婉娈而近情也。"并以"致语"、"情语"以及"淡语之有情"、"恒语之有情"、"浅语之有情"评价其所称赏的词句。[①] 沈际飞则进一步将抒情作为品评词作高下的重要标准,他说:"诗余之传,非传诗也,传情也",极力称赞词体强大的抒情功能,"於戏!文章殆莫备于是矣。非体备也,情至也。情生文,文生情,何文非情?

---

① 对王世贞《艺苑卮言》以及杨慎《词品》等明代词话的论述,可参袁行霈、孟二冬、丁放《中国诗学通论》第五章第五节"词论的中衰",安徽教育出版社1996年版。

而以参差不齐之句,写郁勃难状之情,则尤至也"(《草堂诗余四集序》)。沈际飞评秦观《满庭芳》(山抹微云)时赞叹"人之情至少游而极"。评温庭筠《忆江南》(梳洗罢)曰:"痴迷、摇荡、惊悸、惑溺,尽此二十余字",对温词言情极为欣赏。评冯延巳《谒金门》(风乍起)曰:"唯动生感,天下有心人,何处不关情。乃云'关卿何事'。"沈际飞替冯延巳回答了李璟提出的"关卿何事"的问题。评李煜《相见欢》(无言独上西楼)曰:"哀以思,此亡国之音。七情所至,浅尝者说破,深尝者说不破。破之浅,不破之深。"发表对情语深浅的感悟,独具心得。评周邦彦《夜飞鹊》(河桥送人处)写离情:"能使'华骝会意',非真情所赞格乎?"批评"今之人务为欲别不别之状,以博人欢,避人议,而真情什无二三矣"。

沈际飞指出词人好运用移情手法。如评李煜《丑奴儿令》曰:"何关鱼雁山木,而词人一往寄情,煞甚相关。秦、李诸人多用此诀。"指出秦、李诸人词作感动人心的原因所在。评辛弃疾《鹧鸪天》(枕簟溪堂冷欲秋)曰:"生派愁怨与花鸟,却自然。"评秦观《如梦令》(莺嘴啄花红溜)结尾"人与绿杨俱瘦"曰:"春柳未必瘦,然易此字不得。"他认为,言"情"甚至比艺术技巧更为重要。如评欧阳修《浪淘沙》(把酒祝东风)曰:"虽少含蕴,不失为情语。"评牛峤《女冠子》(锦江烟水)曰:"情到至处勿含蓄。"总之,沈际飞认为词人作词应该满怀深情,融情于景,词作才能深情蕴藉,感动人心。

沈际飞认为写景言情还须"真"。如评孙洙《何满子》(怅望浮生急景)曰:"叶落云阴,秋景真。"评张先《醉落魄》(云轻柳弱)咏美人吹笛曰:"'香'生'色'真,真佳人如是。"评钱惟演《玉楼春》(城上风光莺语乱)曰:"思公暮年作此,极尽凄婉","'芳樽'恐浅,正断肠处,情尤真笃"。评李清照《念奴娇》(萧条庭院)曰:"真声也,不效颦于汉魏,不学步于盛唐,应情而发,能通于人。"评吕本中《采桑子》(恨君不似江楼月)曰:"语语无饰,似女子口授,不由笔写者。情语不在艳而在真,此也。"批评葛实甫《南唐浣溪沙》(露湿鞋儿小径幽)曰:"气骨扫尽矣。与其假气骨,宁真风味。"

沈际飞对言"情"与写"真"的深切把握,对后世词学者有深远影响。如况周颐《蕙风词话》云:"真字是词骨,情真,景真,所作为佳,且易脱稿。"[1]王国维《人间词话》云:"能写真景物、真感情者,谓之有境界。"[2]

二、欣赏自然隽逸,主张翻新出奇

明词创作多有尘俗纤绮之弊,沈际飞认为作词应具自然隽逸之风,反对刻意雕琢。如评李白《菩萨蛮》(平林漠漠烟如织)曰:"古词妙处,只是天然无雕饰。"认为《忆秦娥》(箫声咽)"有林下风气";夸赞温庭筠《菩萨蛮》(南园满地堆轻絮)"隽逸之致";评万俟咏《长相思》(短长亭)"此词发妙旨于律吕之中,运巧思于斧凿之外";评刘过《唐多令》(芦叶满汀洲)"情畅、语俊、韵协,音调不间扭造,此改之得意之笔"。沈氏好以"隽"、"俊"、"俏"、"标致"等鲜活生动的口语评点词作。如评欧阳修《木兰花》(南园春蝶能无数)曰:"词最隽。"评张先《菩萨蛮》(哀筝一弄湘江曲)曰:"'断肠'一句俊极。"若有比"隽"更过者则评之为"妖"、"媚"。如评欧阳修《浣溪

---

[1] 况周颐《蕙风词话》,唐圭璋《词话丛编》,中华书局1986年版,第4408页。
[2] 王国维《人间词话》,唐圭璋《词话丛编》,中华书局1986年版,第4240页。

沙》(雨过残红湿未飞)曰:"妖而灵。"评秦观《海棠春》(流莺窗外啼声巧)曰:"媚杀。"若与之相反,沈氏即评之为"粗恶"、"粗鄙"。

宋人作词已注意讲求新意,如杨缵《作词五要》曰:"立意要新。若用前人诗词意为之,则蹈袭无足奇者。须自作不经人道语,或翻前人意,便觉出奇。或只能炼字,诵才数过,便无精神,不可不知也。更须忌三重四同,始为具美。"①明人面对难以逾越的唐宋词的创作高峰,当更具求新求变的压力,故而沈际飞认为作词应当翻新出奇,不落俗套。他指出文学艺术的生命在于文人的不断创新,评秦观《江城子》(西城杨柳弄春柔)结句曰:"李后主'问君能有几多愁,恰似一江春水向东流',少游翻之,文人之心浚于不竭。"沈氏特别留意词人的翻新出彩之处。如评和凝《采桑子》(蟏蛸领上诃梨子)曰:"翻空见奇。"评秦观《鹊桥仙》(纤云弄巧)曰:"七夕以双星会少别多为恨,独谓情长不在朝暮,化腐朽为神奇。"评苏轼《浣溪沙》(风压轻云贴水飞)曰:"首句化腐为新。"评陆游《卜算子》(驿外断桥边)曰:"排涤陈言,太为梅誉。"沈际飞还常以"奇"、"幻"评词。如对李清照《如梦令》中的"绿肥红瘦",赞叹道:"创获自妇人,大奇。"评欧阳修《浪淘沙》(帘外五更风)曰:"'吹梦'奇。幻想异姿。"评黄昇《南乡子》(万籁寂无声)曰:"幻思,幻调。"评姜夔《念奴娇》(闹红一舸风)咏荷词曰:"'水佩风裳'幽奇。'冷香'句,花魂飞动并自己诗句活舞矣。"

与沈际飞大致同时的俞彦在《爱园词话》中说:"遇事命意,意

---

① 杨缵《作词五要》,唐圭璋《词话丛编》,中华书局1986年版,第268页。

忌庸、忌陋、忌袭。立意命句,句忌腐、忌涩、忌晦。"①这与沈际飞在词学评点中所主张之自然隽永、翻新出奇的主张颇有相通之处,反映了晚明词坛词学理论与实践之间的相互呼应。

三、讲究字句章法,辨析词调音韵

关于词之作法技巧的理论,宋末张炎、沈义父等人都有精彩的见解和论述,而明代陈霆、王世贞、杨慎等著名词学理论家对此则极少论列,故沈际飞直接吸纳宋人观点并将其运用于评点实践之中。秦士奇《草堂诗余叙》指出沈氏评词:"大约取其命意远、造语鲜、炼字响、用字便,典丽清圆,一一粘(拈)出。"沈际飞重视虚字的运用。如评柳永《戚氏》(晚秋天)曰:"插字之妥,撰句之隽,耆卿所长。"评李南金《贺新郎》(流落今如许)曰:"善用虚字斡运,如'先'、'更'、'若'、'且',但恐一个字如许也。有'休记'、'浑欲'两个字极是。"评史达祖《双双燕》曰:"'欲'字、'试'字、'还'字、'又'字入妙。"批评万俟咏《三台》(见梨花初带夜月)曰:"杂遝少伦,过接唤应,虚字少力。"

沈际飞认为,不仅要善于搭配字句,还需将字句运用与谋篇布局结合起来。评史达祖《绮罗香》曰:"一曲之中,句句高妙者少,但相搭衬副得去,于好发挥处用工取胜。"评何籀《点绛唇》(莺踏花翻)曰:"起句结句俱难得,填词每以此取胜。"评晁补之《洞仙歌》(青烟幕处)曰:"凡作诗词,当如常山之蛇,救首救尾。'青烟幕处'至'卧桂影'固已佳矣;后段'都将许多明,付与金樽'至'素秋千

---

① 俞彦《爰园词话》,唐圭璋《词话丛编》,中华书局1986年版,第400页。

顷',可谓善救首尾者也。"强调了开头与结尾的重要性。他赞赏周邦彦《惜余春慢》(水浴清蟾)曰:"章、句、字,作家拈来都合。"而批评无名氏《鱼游春水》(秦楼东风里)曰:"'凤箫'、'孤雁'未黏对;'望断清波'未工;前云鱼游,后曰无鲤,未顺。尽若此,不足重也。"

明代较早对词调名源起进行论析的是杨慎的《词品》。杨慎认为词调名多取自诗句,并且多缘题赋词。此见解虽然有些绝对化,但有一部分是可信从的。沈际飞《草堂诗余四集发凡·疏名》所论词调名来源一段即录自《词品》,评点时对一些词调名来源的说明,也多借鉴杨慎的观点。如评白居易《忆江南》(江南好)曰:"唐有《法曲献仙音》,乐天改今名。"评李后主《捣练子》(深院静)云:"调名捣练,即咏捣练。大意以秋闺概之,唐词本体。"就这一部分而言,沈际飞的创新之处较少。

沈际飞注意到明人创制词谱的重要作用及其弊病,他说:"维扬张世文(张綖)作《诗余图谱》七卷,每调前具图,后系辞,于宫调失传之日为之规规而矩矩,诚功臣也。""但查卷中,一调先后重出,一名有中调、长调而合为一调,舛误非一。"有鉴于此,沈氏注意对词调的句读、分片等问题进行辨析,称"余则以一调为主,参差者明注字数多寡,庶定格自在,神明惟人,即此是谱,不烦更觅图谱矣。"(《发凡·订谱》)如评叶清臣《贺圣朝》(满斟绿醑留君住)曰:"按此调多参差不同。旧谱羡日字正之,恐犯《眼儿媚》调;新谱以日字连下读,又不成句。《词选》于两段末作五字句,换头作八字叶,可从。"《贺圣朝》一调首见于冯延巳,体式繁多,诸体皆由冯词添字或摊破句法而来,所以容易致误。沈际飞还对词选中词调、曲调相混的现象予以辨正:"甚而调名亦混,如王元美《西江月》混入《少年游》,苏景元《踏莎行》混入《木兰花》,王止仲《踏莎行》混入《水龙吟》,徐小淑《霜天晓角》六调混为三调,杨用修《莺啼序》一调割为二调。尤可笑者,《金字经》、《水仙子》、《天净沙》、《一枝花》、《折桂令》、《梁州序》,皆以北曲混入。"(《发凡·刊误》)

沈际飞评词,还留意其用韵情况。如指出孙夫人《南乡子》(晓日压重檐):"'欢'字非韵。"对精通词乐的周、柳等人也指摘其用韵之不足。如评柳永《诉衷情近》(景阑昼永)曰:"'好'字韵重。"评周邦彦《侧犯》(暮霞霁雨)曰:"'静'字韵重。"

元明之际,北曲流行,词韵、曲韵相混现象日益突出,沈际飞对此予以批评。杨慎认为词韵可以谐俗,不可死守沈约以来的诗韵,《词品》曰:"元人周德清著《中原音韵》,一以中原之音为正,伟矣。"[1]主张以《中原音韵》为准,以曲韵作词韵。周德清根据当时北曲的语音系统写成《中原音韵》一书,将入声字分别归于平、上、去三声,曲韵平上去三声皆可以通押。沈际飞则认为,词韵依照诗韵,虽然可通押,然词韵与曲韵有别,不可混同。他指出:"上古有韵无书,至五七言体成而有诗韵,至元人乐府出而有曲韵。诗韵严而琐,在词当并其独用为通用者綦多,曲韵近矣。然以上'支'、'纸'、'寘'分作'支思'韵,下'支'、'纸'、'寘'分作'齐微'韵,上'麻'、'马'、'祃'分作'家麻'韵,下'麻'、'马'、'祃'分作'车遮'韵,而入声隶之平、上、去三声,则曲韵不可以为词韵矣。"(《发凡·研韵》)并慨叹:"钱塘胡文焕有《文会堂词韵》,似乎开眼;乃平、上、去三声用曲韵,入声用诗韵,居然大盲。世不复考,将词韵不亡于无,

---

[1] 杨慎《词品》卷一,唐圭璋《词话丛编》,中华书局1986年版,第436页。

而亡于有,可深叹也,愿另为一编正之。"(《发凡·研韵》)《文会堂词韵》杂用曲韵、诗韵,所以沈氏欲另为一编以正其谬,然未果。入清之后,严分词韵与曲韵的观念在词学界逐渐占据上风,如产生极大影响的戈载《词林正韵》即认为曲韵可平、上、去通叶且无入声,词韵则必须有入声之调,曲韵不可为词韵。

四、肯定金元明词,不随流俗

明代一些词学家对金元词颇有偏见,如王世贞《艺苑卮言》说:"元有曲而无词,如虞、赵诸公辈,不免以才情属曲,而以气概属词,词所以亡也。"[①]王世贞将词体创作看作是元曲的附庸,不免偏颇。沈际飞则以比较公正的态度看待金元词。如评邓千江《望海潮》(云雷天堑)曰:"全步骤沈公述(沈唐)'山水凝翠'一调,而繁缛雄壮十倍过之。金人乐府称千江第一,小词盛时不限夷身也。"评金主完颜亮《昭君怨·咏雪》(昨夜樵村渔浦)曰:"古峭。'惊问'字妙得娇懒况。"评吴激《木兰花慢》(敞千门万户)曰:"妙语是妙境发之,妙境非妙语不出。"评元好问《满江红》(天上飞鸟)曰:"爽籁。遗山极称辛稼轩词,及观遗山,深于用事,精于炼句,风流蕴藉,媲却周、秦,初无稼轩豪迈之气。"又评其题画词《虞美人》(槐阴别院宜清昼)曰:"淹秀明约,书画中逸品。"

对于本朝词作,明人自我整体评价不高。如陈霆《渚山堂词话》指出:"予尝妄谓我朝文人才士,鲜工南词。间有作者,病其赋情遣思、殊乏圆妙。甚则音律失谐,又甚则语句尘俗。求所谓清楚

---

① 王世贞《艺苑卮言》,唐圭璋《词话丛编》,中华书局1986年版,第393页。

流丽,绮靡蕴藉,不多见也。"① 王世贞认为:"我明以词名家"的刘基、杨慎、夏言三人与宋人相比,"近似而远"或"去宋尚隔一尘"。②而沈际飞对明词评价相对较高,常以唐宋词作为衡量之标准。如评杨慎《荷叶杯》(枕上一声鸡唱)曰:"直逼顾夐九调。"评价王世贞《眼儿媚》(青草茸茸正芳柔)曰:"跨宋。"评陈淳《如梦令》(吟罢池边杨柳)曰"宋人笔。"评王世贞《怨王孙》(愁似中酒)曰:"看当代词,伯温(刘基)、纯叔(吴子孝)辈圆厚朴老,元美(王世贞)、徵仲(文徵明)辈法无不尽,情无不出,俨然初、盛之分。秦公庸(秦士奇)先生首肯曰:'近日君子何以自处。'"此论未必准切,但实为沈氏对当时流行的明词中衰论的一种反拨。沈际飞能较为客观地评价金元明词,无时人贵远贱近、厚古薄今之习,值得肯定。

沈际飞还指出明词创作存在的曲化倾向及其原因。如评杨慎《个侬》(恨个侬无赖)曰:"'唱好是'、'唱道是',元曲中衬词。"评马洪《满庭芳》(春老园林)曰:"浩澜自附柳耆卿,多柔秀词,但带元曲气。"沈际飞对词的曲化倾向似乎比较宽容,如评王世贞《南乡子》(薄幸总难熬)一词曰:"已落吴江、嘉兴歌腔,然俚字村谣,嗜好情欲,任性而合。元美尝喜棹歌中《月子弯弯》二首,固不避也。"

借戏曲评点词作是明代富有特色的评点方法,汤显祖评《花间集》中已初露端倪,而沈际飞也善用此法。如评无名氏《生查子》(闲倚曲屏风)曰:"悦容偏论美人脚,下具是芙蓉之面,杨柳之腰,秋水之波,春山之黛。《西厢记》脚踪儿将心事传:恶能忘,恶能

---

① 陈霆《渚山堂词话》卷三,唐圭璋《词话丛编》,中华书局1986年版,第378—379页。

② 王世贞《艺苑卮言》,唐圭璋《词话丛编》,中华书局1986年版,第393页。

忘。"评朱淑真《生查子》(去年元夜时)曰:"王实甫词本此。调甚佳,非良家妇女所宜有。"评牛峤《菩萨蛮》(风帘燕舞莺啼柳)曰:"《绣襦记》开场好词。"借戏曲评词,既有利于欣赏原词,又有助于拓展读者的思维与欣赏空间。

明代较早的词学评点家杨慎曾评点顾从敬《类编草堂诗余》,间或解释词调名来源,用眉批做艺术鉴赏,评语并不太多。沈际飞的词学评点则规模宏大、内容丰富,有对章句、风格等的艺术鉴赏,也有词调、词韵等词体方面的辨析,富于时代特色,具有较高水平,在一定程度上推进了明代词学评点的发展。沈际飞的词论及评点曾被《古今词统》、《古今诗余醉》、《古今词论》、《词苑丛谈》等多种词选、词话大量征引,足见沈氏评点影响之广。随着词学评点的发展,词学的内容更为丰富,理论色彩更为浓厚,如清代"常州词派"的理论基石便是通过张惠言《词选》的编选、评点这种批评模式建构起来的。所以,在词集评点方面,明人开辟之功实不可没。

第三节 词学标榜:重情与推尊词体

《草堂诗余四集》中汇集有多篇重要序文,如何良俊《草堂诗余序》,秦士奇《草堂诗余叙》,沈际飞《草堂诗余四集序》、《草堂诗余别集序》,黄河清《续草堂诗余序》等,都是有价值的词学论文。他们在序言中宣扬自己的词学主张,将言情视为词的基本体性,并极力推尊词体。这在当时可谓独树一帜,并对以后的词坛产生了一定影响,在明代词学批评史上值得重视。

一、言情为词之基本体性

重情主情是明代词学批评中的一条重要线索。明代词坛所重视之情,多为委婉动人的儿女之情。如杨慎《词品》曰:"大抵人自情中生,焉能无情,但不过甚而已。宋儒云:'禅家有为绝欲之说者,欲之所以益炽也。道家有为忘情之说者,情之所以益荡也。圣贤但云寡欲养心,约情合中而已。'予友朱良矩尝云:'天之风月,地之花柳与人之歌舞,无此不成三才。'虽戏语亦有理也。"①其所说之"情",乃是属于"风月"、"花柳"、"歌舞"之类的男女享乐之情。又如王世贞曰:"词须婉转绵丽,浅至儇俏,挟春月烟花于闺襜内奏之,一语之艳,令人魂绝,一字之工,令人色飞,乃为贵耳。至于慷慨磊落,纵横豪爽,抑亦其次,不作可耳。作则宁为大雅罪人,勿儒冠而胡服也。"②王氏所言之"情",则更多地侧重于"春月烟花"与"闺襜"之内的儿女私情了。

沈际飞认为:"诗余之传,非传诗也,传情也。"(《草堂诗余四集序》)而沈氏所言之"情"的范围较广,并非局限于儿女之情,他在《诗余别集序》中描述了人类丰富复杂的各种情感:"块然中处,喜则心气乘之,怒则肝气乘之,思则脾气乘之,恐则肾气乘之,悲忧则肺气乘之,惊则五脏之气乘之。人流转于七情,而《别集》中忤合万状,触目生芽,怒然而思,懔然而惊,哑然而笑,澜然而泣,嗷然而哭,捶击肺肠,镂刻心肾。年千世百,无智愚皆知,有别欤?无别

---

① 杨慎《词品》卷三,唐圭璋《词话丛编》,中华书局1986年版,第467页。
② 王世贞《艺苑卮言》,唐圭璋《词话丛编》,中华书局1986年版,第385页。

欤?"沈际飞认为,七情六欲乃千百年来人天生之禀赋,而词体则具有其他文体有所不及的强大抒情功能:"於戏!文章殆莫备于是矣。非体备也,情至也。情生文,文生情,何文非情?而以参差不齐之句,写郁勃难状之情,则尤至也。"(《草堂诗余四集序》)沈际飞赋予"情"以更广内涵的同时,又将言情视为词的基本体性,展示着明代词坛言情说的变化和发展。稍后孟称舜在《古今词统序》中认为:词本于情,而情有多种,或"婉恋"、或"凄怆"、或"愤怅","皆为本色,宁必姝姝媛媛,学儿女子语,而后为词哉"?[1] 此论或许即是受到沈氏启发。

二、倡比兴寄托,推尊词体

词为"小道"、"卑体",乃宋代流传下来的观念,虽然历来有词学家努力尊体,但在正统文人眼里,词体仍不能与传统的诗文相提并论。明人沿袭"词为小道"的传统观念。如陈霆《渚山堂词话》说:"词曲于道末矣。纤言丽语,大雅是病。"[2]俞彦《爰园词话》则说:"词于不朽之业,最为小乘。"[3]轻视词体的观念对本已处于发展困境的明词十分不利。沈际飞则试图提高词体地位,以尊体促进词体发展。

一方面,沈际飞推词体为历来各种文体之集大成者。在《草堂诗余四集序》中,他先后驳斥了历代"以风气贬词"、"以体裁贬词"、"以音义言词而为词解嘲"的三种不同观点,认为词"有似文者焉,

---

[1] 孟称舜《古今词统序》,卓人月《古今词统》,辽宁教育出版社 2000 年版,第 3 页。
[2] 陈霆《渚山堂词话》,唐圭璋《词话丛编》,中华书局 1986 年版,第 347 页。
[3] 俞彦《爰园词话》,唐圭璋《词话丛编》,中华书局 1986 年版,第 399 页。

有似论者焉,有似序、记者焉,有似箴、颂者焉",指出"词吸三唐以前之液,孕胜国(元代)以后之胎",得出"文章殆莫备于是矣"的结论。另一方面,他认为词"虽其镂镂脂粉,意专闺襜,安在乎好色而不淫?而我师尼氏删国风,逮《仲子》、《狡童》之作,则不忍抹去,曰:人之情,至男女乃极。未有不笃于男女之情而君臣、父子、兄弟、朋友间反有钟吾情者。况借美人以喻君,借佳人以喻友,其旨远,其讽微,岂仅如欧阳舍人所云'叶叶花笺,文抽丽锦;纤纤玉指,拍按香檀。不无清绝之词,用助娇娆之态'而已哉"?他借诗教中的"夫妇之义"与以"美人"喻君友的比兴、寄托之说来尊体,将言情与尊体二者紧密地结合起来。这一观点在稍后的陈子龙那里得到了反响。陈子龙认为:"风骚之旨皆本言情,言情之作必托于闺襜之际。"[①]陈子龙于明清易代之际所作之词(《湘真阁存稿》),比较自觉地运用了"香草美人"的手法,于春情绮思中寄托家国之恨。陈子龙词中的寄寓,正体现了其"风骚之旨"、"必托于闺襜之际"的理论,沈氏观点当是其近源。沈际飞的尊体意识在词集评点之中也时有流露。如评苏轼集句词《南乡子》(寒玉细凝肤)曰:"是词非诗而实诗,尊诗贬词者合作何解?"评沈周、文徵明、王世贞三人所作同调同题词《满江红·题宋高宗赐岳飞手敕》曰:"石田端烈,衡山精细,凤洲谐刻,维持天地间君臣大义也,词于是续经史矣。"评柳永《望梅》(小寒时节)曰:"桃、李,小人也;梅,君子也。填词即绮靡,而《三百》微婉之旨存焉。"沈际飞立论虽有未妥之处(如认为文

[①] 陈子龙《三子诗余序》,《陈子龙文集》,华东师范大学出版社1988年版,第54页。

章莫备于词,就难为人所认同),而其推尊词体的立论在明代词坛可谓独树一帜。沈际飞所标榜的比兴寄托之说后来在"常州词派"那里得到了回应与发展,其观点可视为"常州词派"之先声。

总而言之,在明末词坛,沈际飞《草堂诗余四集》的编选、评点及其词学思想都有超轶流俗之处,展示着明清之际词学思想的嬗递,对于考察号称"中兴"的清代词学也有着重要的参照作用。这也提示人们,深入探讨明代词学,包括词集编选、评点、序跋等易为人忽视的词学资料,或许会有新的发现。

第七章 《古今词统》与明代词学观念的演变

第一节 《古今词统》在明代词选中的"集成"意义

《古今词统》十六卷,明卓人月编选,徐士俊参评。卓人月(1606—1636),字珂月,号蕊渊,仁和(今浙江杭州)人。贡生,喜交游,后入复社。自著有《蟾台集》、《蕊渊集》、《晤歌》等。徐士俊(1602—1681),本名翙,字野君,一字三有,号西湖散人,仁和人。《古今词统》编成于崇祯二年(1629),定稿于崇祯六年(1633)。孟称舜《古今词统序》谓:"己巳秋,(珂月)过会稽,手一编示予,题曰《古今词统》。"己巳为崇祯二年,这当是此书编成的年份。徐序末尾曰:"癸酉花朝徐士俊野君题于湘蕤馆。"癸酉为崇祯六年,这当是徐士俊为此书写完评语、全书定稿的年份。卓人月之弟卓回《古今词汇·缘起》曰:"余兄《词统》一书,成于壬申、癸酉间(1632—1633)。"[1]可见崇祯六年癸酉本书才最后定稿。有上海图书馆藏明崇祯刻本,《续修四库全书》据以影印,本书的引文均据此本。

在明代众多的词选中,《古今词统》具有"集大成"意义,颇有研

---

[1] 赵尊岳《明词汇刊》,上海古籍出版社1992年版,第1544页。

究价值。

明代词人读词作词,无不深受《草堂诗余》的影响。明人毛晋《草堂诗余跋》曰:"宋元间词林选几屈百指,惟《草堂》一编飞驰,几百年来,凡歌栏酒榭,丝而竹之者,无不捬髀雀跃,及至寒窗腐儒,挑灯闲看,亦未尝欠伸鱼睨,不知何以动人一至此也。"[1]朱彝尊《词综·发凡》曰:"古代词选在明代多不流行,'独《草堂诗余》所收最下最传。三百年来,学者守为《兔园册》,无惑乎词之不振也。'"《草堂诗余》原本可能是无名氏所编,经南宋人何士信改编而流行。何编本成书于宋宁宗庆元(1195—1120)之前,前后集各二卷,共四卷,陈振孙《直斋书录解题》著录为二卷。该书向来与《花间集》并称,影响了有明一代的词学,今存的最早本子为明洪武壬申(1392)遵正堂刻本,版本尚多达二十余种。但该书体例并不完善,如所书词人字号不够统一,词后所附各家词话多舛误等,且选词数量过少,不足以窥见唐宋词之精华、示人以学词门径。嘉靖十七年(1538),明人陈钟秀《精选名贤词话草堂诗余》刊行。此书是何士信《草堂诗余》的改编本,打乱了原书的次第和分类,篇目亦有一定增删,总篇数未变。近人王鹏运《草堂诗余跋》曰:"近人论词以字数多寡分长中短调,谓始于《草堂》,颇为识者所訾。……始知以字数为次者,乃明人羼乱之本,非本然也。"[2]刻于嘉靖十七年的《草堂诗余别录》,由张綖编选,据明刻浙本《草堂诗余》节选而成,前集

---

[1] 毛晋《草堂诗余跋》,施蛰存《词籍序跋萃编》,中国社会科学出版社1994年版,第670—671页。

[2] 王鹏运《草堂诗余跋》,施蛰存《词籍序跋萃编》,中国社会科学出版社1994年版,第671页。

三十九首,后集四十首,选词数仅为原书四分之一。其主要价值体现在选词所据《草堂诗余》版本与今传者不同,可资校勘。嘉靖二十九年庚戌(1550),明人顾从敬《类编笺释草堂诗余》刊行。该书共四卷,最主要的变化是首次按词的字数分类,将词分为小令、中调、长调,其中卷一为小令,卷二为中调,卷三、四为长调,对原篇目大加增删,共选词四百四十三首,较何氏原书多出七十六首。其选词的基调仍与《草堂诗余》相近,这从何良俊应顾氏请求为此书作的序可见:"乐府以皦迳扬厉为工,诗余以婉丽流畅为美。如周清真、张子野、秦少游、晁叔用诸人之作,柔情曼声,摹写殆尽,正辞家所谓当行,所谓本色者也。"明人吴从先编选的《草堂诗余隽》,为宋本《草堂诗余》的改编本,选词四百三十五首,分类排列,刻本粗劣,讹误甚多。明末人沈际飞《古香岑草堂诗余四集》,是《草堂诗余》的扩编本。该书第一集为《草堂诗余正集》六卷,用顾从敬《类编草堂诗余》为底本,重新分卷,增至四百六十五首词,系沈际飞重编;第二种为《草堂诗余续集》二卷,录唐宋金元人词二百二十五首;第三种为《草堂诗余别集》四卷,录唐宋金元人词四百六十首,为前二集未选者;第四种为《草堂诗余新集》五卷,用钱允治《国朝诗余》为底本改编,专选明词,共五百二十四首。四集共选词一千六百七十四首,规模较大,而且从唐到明代之词皆入选。但因为此书大部分是改编旧本而成,有些是新选,体例不够统一,让人感觉是几个选本的联缀体,故亦难称善本。以上是明代"草堂"系列词选的大致情况,应当说这一系列数量虽多,却鲜有佳构。

明人陈耀文《花草粹编》虽规模较大,但从书名即可见其受《花间集》与《草堂诗余》影响甚深。明代也出现了一批"草堂"系列之外的词选,如《天机余锦》,成书于嘉靖二十九年(1550)之前,昔人多谓为元人所编,实误。此书有明蓝格抄本,今藏于台北"中央"图书馆。此书选词一千二百五十六首,主要取材于何士信《草堂诗余》、元凤林书院所编《精选名儒草堂诗余》,旁及周邦彦、刘过、曾揆、刘克庄、张炎、元好问、张雨、张翥、冯延登、瞿佑诸人的别集,取材范围偏窄,难称一代之选。杨慎编《词林万选》,有万历二十二年(1594)刻本;《百琲明珠》,有万历四十一年(1613)刻本。周逊《刻词品序》曰:"翁(按:指杨慎)为当代词宗,平日游艺之作,若长短句,若《填词选格》,若《词林万选》,若《百琲明珠》,与今《词品》,可谓妙绝古今矣。"[1]《词林万选》有嘉靖癸卯(1544)任良幹序,称杨慎家藏五百家唐宋词,在此基础上选词四卷,皆《草堂诗余》所未收。但《四库全书总目》已指出杨慎家藏五百家词集之说为夸大之辞,毛晋《词林万选跋》又指出其中有《草堂诗余》已选之词。本书选词仅二百三十四首,篇幅过小,无法反映唐宋至明代词的盛况;且体例驳杂,如苏轼词卷一、三、四皆有选入,黄庭坚词卷二、三、四皆有选入;书中署词人姓氏也不统一,或署名,或署字,或署号——总之水平不高。《四库提要》甚至说:"疑慎原本已佚,此特后来所依托耳。"《百琲明珠》五卷,选唐宋金元词一百五十八首,流传不广,未能对词坛产生重大影响。明人董逢元《唐词纪》十六卷,编于万历二十二年甲午(1596),专选唐五代词,《四库全书总目提要》谓其"虽以唐词为名,而五季十国之作居十之七",编排上体例混乱,"且不以人序,不以调分",分类混乱,"割裂无绪",甚至将宋人郭茂

---

[1] 杨慎《词品》卷首,唐圭璋《词话丛编》,中华书局1986年版,第407页。

倩误作元人,失误之处亦复不少。① 明茅暎编选的《词的》四卷,有万历四十八年(1620)刻本,选唐至明代词三百九十余首,以"幽俊香艳"为宗,格调不高,多承前人之误,评语亦多肤廓。又明人陆云龙编选的《词菁》二卷,有崇祯四年(1631)刻本。此书仿宋人《草堂诗余》体例,分类选词,共选唐至明代词二百七十余首,选词追求"新奇香艳",规模也偏小。

综上所述,明代词选或选词偏少,或体例驳杂,没有比较理想的选本,直到《古今词统》出现,这种情况才有了根本的改变。《古今词统》为明末大型词选,以《花间集》、《尊前集》和明顾从敬《类编草堂诗余》、长湖外史《草堂诗余续集》、沈际飞《草堂诗余别集》和《草堂诗余新集》、钱允治《国朝诗余》诸书为基础,凡收词人四百九十一家(其中隋一家、唐三十三家、五代十九家、宋两百二十一家、金二十一家、元九十一家、明一百零五家),词作依字数多寡排列,起《十六字令》,终《莺啼序》,凡三百二十九调,词两千零一十八首。② 上起隋唐,下至明代,将历朝词汇于一编,故名之曰《古今词统》,为明代仅次于陈耀文《花草粹编》的最具规模的历代词总集。卷末附徐士俊、卓人月唱和词一卷,名曰《晤歌》,亦分调排列,收徐词六十九首,卓词六十七首,共一百三十六首。《古今词统》词下有笺注评点,又有圈点眉批。卷首有孟称舜序、徐士俊序和旧序八篇:何良俊《草堂诗余序》、黄河清《续草堂诗余序》、陈仁锡《续诗余

---

① 《四库全书总目》,中华书局1997年版(整理本),第2818页。
② 相关统计数据与王兆鹏《词学史料学》(中华书局2004年版)、王兆鹏、刘尊明《宋词大辞典》(凤凰出版社2003年版)、李康化《明清之际江南词学思想研究》(巴蜀书社2001年版)、谷辉之校点《古今词统·本书说明》(辽宁教育出版社2000年版)均有出入。

序》、杨慎《词品序》、王世贞《词评序》、钱允治《国朝诗余序》、沈际飞《诗余四集序》、沈际飞《诗余别集序》;又录"杂说"六篇:张炎《乐府指迷》(按:实为沈义父作)、杨万里《作词五要》(按:实为杨缵作)、王世贞《论诗余》、张綖《论诗余》、徐师曾《论诗余》、沈际飞《诗余发凡》。此书于崇祯中传布后,曾有书坊剜改卷端、书口等处,以《草堂诗余》、《诗余广选》之名续印。清代词人、康熙朝文坛盟主王士禛《倚声初集序》曰:"《花间》、《草堂》尚矣。《花庵》博而未核,《尊前》约而多疏,《词统》一编,稍撮诸家之盛。"[1]王士禛认为《古今词统》能取唐宋以来诸家词选之长,此话不无道理。不仅以上所述的明代诸词选各有明显缺点,《花间集》、《尊前集》、《花庵词选》等五代及宋代的重要词选亦皆为某一时段的选本,只有《古今词统》可称兼顾历代之词选。其所选既遍及由唐至明各朝,而又以宋明两朝为主,厚古而不薄今,选词的总量也比较适中,便于一般读者研习。一部词选的选目便能体现其词学思想,《古今词统》当然也不例外。从选目看,该书最大的特点是婉约与豪放并重。兹将该书选词十首以上的词人列表如下(依收词多寡为序,词人的字号、隶属朝代依《古今词统·氏籍》):

姓　名	字、号	朝代	入选词数
辛弃疾	幼安	宋	141
杨　慎	用修	明	60
蒋　捷	胜欲	宋	50

---

[1] 邹祇谟、王士禛《倚声初集》,清顺治大冶堂刊本。

续表

姓　名	字、号	朝代	入选词数
吴文英	君特	宋	49
刘克庄	潜夫	宋	45
陆　游	务观	宋	45
周邦彦	美成	宋	42
苏　轼	子瞻	宋	41
黄庭坚	鲁直	宋	37
秦　观	少游	宋	36
王世贞	元美	明	35
高观国	宾王	宋	34
毛　滂	泽民	宋	32
刘　基	伯温	明	31
史达祖	邦卿	宋	28
晏几道	叔原	宋	24
程　垓	正伯	宋	23
孙光宪	孟文	前蜀	22
方千里		宋	20
牛　峤	松卿	前蜀	20
欧阳修	永叔	宋	19
杨　基	孟载	明	19
董斯张	遐周	明	18
李　煜	重光	南唐	17
李清照	易安居士	宋	15
温庭筠	飞卿	唐	15
张　先	子野	宋	15
沈自炳		明	14
汤显祖	义仍	明	13

续表

姓　名	字、号	朝代	入选词数
顾　夐		前蜀	12
白玉蟾	白叟	宋	11
瞿　佑	宗吉	明	11
吴鼎芳	凝父	明	11
贺　铸	方回	宋	10
黄　昇	叔旸	宋	10
姜　夔	尧章	宋	10
柳　永	耆卿	宋	10
刘禹锡	梦得	唐	10
欧阳炯		后蜀	10
钱继章	尔斐	明	10
僧德洪	觉范	宋	10
赵长卿	仙源居士	宋	10

以上共四十二人,约占所选词人总数的9%,选词却高达一千零九十五首,占全书选词数一半以上。因此,这个表是可以反映本书的审美倾向的。从上表可以得出以下结论:一、重要作家朝代分布广泛,以宋明两代为主,体现出编者鲜明的"词统"意识。二、高度推尊辛弃疾词,收其词一百四十一首,大大超过其他词人的词作数量。三、婉约与豪放兼收。仅以宋代词人为例,传统上被认为是婉约词人的有温庭筠、李煜、张先、柳永、晏几道、秦观、周邦彦、程垓、李清照、姜夔、吴文英等,传统上被认为是豪放词人的有苏轼、黄庭坚、辛弃疾、陆游、陈亮、刘克庄等。可以说宋代著名词人的词作收录均较多。尤其是辛弃疾、刘克庄、陆游、苏轼、黄庭坚竟分别占据选词数的第一、五、六、八、九位,从李白《菩萨蛮》到苏轼、辛弃

疾、陆游等人的慷慨悲凉之词,多有入选,选者重视以苏、辛为代表的豪放词的美学趣味是显而易见的。选家的这种手眼,在明代学者中可谓独树一帜。

第二节 《古今词统》与"正变"说的发展

《古今词统》一书的序言蕴含丰富的词学思想,其中对"正变"说的发展是其主要贡献。古人所谓的"正变",实质上是结合着文学的发展变化,对文学风格或流派作出的总体性评断。"正"就是正宗、正体,"变"就是变体、别格。从历代词论家论词的发展变化的趋势看,词的正变问题,主要集中在对婉约与豪放两大风格流派的评判上。[①] 以婉约与豪放并称来论词,最早是由明代前期的张𬘡提出来的,他著有《诗余图谱》三卷,在《凡例》后附按语云:"按词体大略有二:一体婉约,一体豪放。婉约者欲其辞情蕴藉,豪放者欲其气象恢弘,盖亦存乎其人。如秦少游之作,多是婉约,苏子瞻之作,多是豪放。大抵词体以婉约为正,故东坡称少游为今之词手,后山评东坡词虽极天下之工,要非本色。今所录为式者,必是婉约,庶得词体,又有惟取音节中调,不暇择其词之工者,览者详之。"[②]张𬘡认为词的艺术风格有两大分野,婉约风格的

---

① 据邓乔彬先生《论豪放词》一文研究,豪放与婉约的区别点在刚与柔、显与隐;豪放有粗豪、宏大之意,婉约有细密柔美之意,不应有正变、高下、优劣之分。文载邓乔彬《词学廿论》,上海古籍出版社2005年版。
② 张𬘡《诗余图谱》,《续修四库全书》第1735册,上海古籍出版社2003年版,第473页。

特征是"辞情蕴藉",豪放风格的特征是"气象恢弘",这是非常宏通的见解。可惜当张綖论述词之正变时,又回到以婉约为正、以豪放为变的传统路子上去了。但他将词风概括为"一体婉约,一体豪放",仍对后世产生了极为深远的影响。稍后的徐师曾说:"至论其词,则有婉约者,有豪放者。婉约者欲其辞情蕴藉,豪放者欲其气象恢弘。盖虽各因其质而词贵感人,要当以婉约为正。否则虽极精工,终乖本色,非有识之士所取也。"[1]他也将词强分正变,并且以婉约为正,豪放为变。明代中期的王世贞则进一步发挥了崇婉约抑豪放的观点,他说:"词者,乐府之变也。……故辞须婉转绵丽,浅至儇俏。……一语之艳,令人魂绝;一字之工,令人色飞。乃为贵耳。至于慷慨磊落,纵横豪爽,抑亦其次,不作可耳。"[2]王世贞对豪放之作的贬抑是十分明显的。何良俊、沈际飞、王骥德诸人持论均与王世贞相近。卓人月的朋友孟称舜作《古今词统序》,敢于向明代词坛流行的婉约本色论提出挑战。孟称舜基于词的情感理论,对豪放与婉约两种风格不强分优劣。其《古今词统序》是一篇重要的词学文献,兹征引如下:

> 诗变而为词,词变而为曲。词者,诗之余而曲之祖也。乐府以噉逴扬厉为工,诗余以宛丽流畅为美。故作词者率取柔音曼声,如张三影、柳三变之属。而苏子瞻、辛稼轩之清俊雄

---

[1] 徐师曾《文体明辨序说·诗余》,人民文学出版社1962年版,第165页。张仲谋《论明代词学的理论建树》(《文学遗产》2006年第5期)对此问题有所论述,可以参看。

[2] 王世贞《词评序》,卓人月《古今词统》卷首,《续修四库全书》第1728册,上海古籍出版社2003年版,第446页。

放,皆以为豪而不入于格。宋伶人所评《雨淋铃》、《酹江月》之优劣,遂为后世填词者定律矣。予窃以为不然。盖词与诗曲,体格虽异,而同本于作者之情。古来才人豪客,淑姝名媛,悲者喜者,怨者慕者,怀者想者,寄兴不一。或言之而低徊焉,宛恋焉;或言之而缠绵焉,凄怆焉;又或言之而嘲笑焉,愤怅焉,淋漓痛快焉。作者极情尽态,而听者洞心耸耳。如是者皆为当行,皆为本色。宁必姝姝媛媛,学儿女子语而后为词哉!故幽思曲想,张、柳之词工矣,然其失则俗而腻也,古者妖童冶妇之所遗也;伤时吊古,苏、辛之词工矣,然其失则莽而俚也,古者征夫放士之所托也。两家各有其美,亦各有其病,然达其情而不以词掩,则皆填词之所宗,不可以优劣言也。予友卓珂月,平生持说多与予合。己巳秋,过会稽,手一编示予,题曰《古今词统》。予取而读之,则自隋唐宋元,以迄于我明,妙词无不毕具。其意大概谓词无定格,要以摹写情态,令人一展卷而魂动魄化者为上,他虽素脍炙人口者,弗录也。珂月所作诗余甚多,兴会所到,无不曲尽两家之美,故能出其手眼,以与作者之情合。使徒取绝艳于《花间》,挹余香于《兰畹》,则得词之郛矣,而未尽其致也。选者之情隐,而作者之情亦掩也。则是刻其可以已也夫。己巳中秋会稽友弟孟称舜书。[①]

孟称舜字子若,会稽人,崇祯间诸生,著有《孟叔子史发》。《四库全书总目》评云:"是书凡为史论四十篇,其文皆曲折明鬯,有苏

[①] 卓人月《古今词统》,《续修四库全书》第1728册,上海古籍出版社2003年版,第437—438页。

洵、苏轼遗意,非明人以时文之笔论史者也。"足见孟氏是一位颇有见识的文人,这一点在其《古今词统序》中得到充分体现。首先,孟称舜反对词以婉丽流畅、柔音曼声为美,以张先、柳永之词为正,而以苏轼、辛弃疾"清俊雄放"之词为变的传统观点。"乐府以矙逖扬厉为工,诗余以婉丽流畅为美"、重"柔情曼声"云云,是何良俊《草堂诗余序》中的观点,孟氏用来作为驳论的靶子;对宋伶人关于柳永《雨淋铃》与苏轼《酹江月》之优劣的评价,他也不以为然,按《说郛》卷二四引《吹剑续录》:"东坡在玉堂,有幕士善讴,因问:'我词比柳词何如?'对曰:'柳郎中词只好十七八女孩儿,执红牙拍板唱"杨柳岸晓风残月";学士词须关西大汉,执铁板唱"大江东去。"'公为之绝倒。"[①]其实东坡幕士之语,并未给这两类词分优劣,后人片面地解读这一故事,才会有重婉丽柔美轻豪壮慷慨之论。陈师道《后山诗话》称东坡词"如教坊雷大使舞,虽极天下之工,要非本色",即为此类看法之代表。在孟称舜看来,只要出于真情,"才人豪客,淑姝名媛"之词皆为佳作。他列举了词的各种风格,并未加轩轾,且据此提出了自己的本色观:作家的性情是各不相同的,感情的内容是丰富多样的,情感的表达方式也是复杂多变的,词的创作只要做到了"作者极情尽态,而听者洞心耸耳",就是优秀之作,"如是者皆为当行,皆为本色"。这就有力地反驳了王世贞、何良俊等人以"婉转绵丽,浅至儇俏"为当行本色、排斥豪放词的观点。其次,认为婉约与豪放两种风格均渊源有自:前者是"古者妖童冶妇之所遗也",后者是"古者征夫放士之所托也"。明人有浓厚的复古

---

① 《说郛三种》,上海古籍出版社1986年版,第429页。

情结,能在古代典籍中为豪放词攀上亲,无疑是很有说服力的,这样也就为豪放词争得与婉约词平等地位提供了坚实的历史依据。复次,孟《序》云:词与诗、曲一样,"本于作者之情",无论是张先、柳永一派的婉约词,还是苏轼、辛弃疾一派的豪放词,都应遵循"达其情而不以词掩"的共同创作原则。[①] 孟称舜认为情感的抒发方式是复杂多变的,"或言之而低徊焉,宛恋焉;或言之而缠绵焉,凄怆焉;又或言之而嘲笑焉,愤怅焉,淋漓痛快焉",只有作者的情感表现得惟妙惟肖,能够引起读者、听者强烈共鸣的词才称得上是"本色"、"当行"的佳作。孟称舜还说:卓人月与他观点相近,《古今词统》即以"情"为唯一选词标准:"谓词无定格,要以摹写情态,令人一展卷而魂动魄化者为上。他虽脍炙人口者,弗录也。"最后,孟称舜论词之正变,超越了孰正孰变、强判妍媸的流俗之见。他认为张先、柳永"幽思曲想"与苏轼、辛弃疾"伤时吊古"之词,都是优秀之作。同时,也不讳言两者皆有所失,或失之于"俗而腻",或失之于"莽而俚"。因此他的结论是客观公允的:"两家各有其美,亦各有其病","不可以优劣言也"。他称赞卓人月的词"兴会所到,无不曲尽两家之美",虽属溢美之辞,但把婉约与豪放"两家之美"相提并论的说法是很精当的。综上所述,孟称舜的"正变观"是由他的"主情观"引申而来的,他的见解的确超拔流俗之上,其力排众议的理论勇气在明代词论家中是独树一帜的。孟称舜的正变观对清初人徐喈凤、田同之的词学观产生了重大影响。徐喈凤云:"词虽小道,

---

① 卓人月《古今词统》,《续修四库全书》第1728册,上海古籍出版社2003年版,第438页。

亦各见其性情。性情豪放者,强作婉约语,必竟豪气未除。性情婉约者,强作豪放语,不觉婉态自露。故婉约固是本色,豪放亦未尝非本色也。后山评东坡词'如教坊雷大使舞,虽极天下之工,要非本色',此离乎性情以为言,岂是平论?"① 田同之亦云:"填词亦各见其性情。性情豪放者,强作婉约语,毕竟豪气未除;性情婉约者,强作豪放语,不觉婉态自露。故婉约自是本色,豪放亦未尝非本色也。"② 可以说徐、田的观点均为孟氏"正变"论的延伸。

《古今词统》的参评者徐士俊的观点与孟称舜相近,其《古今词统序》曰:

> 赵明诚梦得"言与司合,安上已脱,芝芙草拔"十二字,卜其为"词女之夫",既而果娶易安,定情金石,如"帘卷西风,人比黄花瘦"等句,即暗中摸索,亦解人怜,此真能统一代之词人者矣。虽然,词盛于宋,亦不止于宋,故称"古今"焉。古今之为词者,无虑数百家,或以巧语致胜,或以丽字取妍,或"望断江南",或"梦回鸡塞",或床下而偷咏"纤手新橙"之句,或池上而重翻"冰肌玉骨"之声,以至春风吊柳七之魂,夜月哭长沙之伎,诸如此类,人人自以为名高黄绢,响落红牙。而犹有议之者,谓"铜将军"、"铁绰板",与"十七八女郎"相去殊绝,无乃统之者无其人,遂使倒流三峡,竟分道而驰耶! 余与珂月,起而任之曰:是不然。吾欲分风,风不可分;吾欲劈流,流不可劈。

---

① 徐喈凤《荫绿轩词证》,朱崇才《词话丛编续编》,人民文学出版社 2010 年版,第 102 页。
② 田同之《西圃词说》,唐圭璋《词话丛编》,中华书局 1986 年版,第 1455 页。

非诗非曲,自然风流,统而名之以词,所谓"言与司合"者是也。考诸《说文》曰:"词者,意内而言外也。"不知内意,独务外言,则不成其为词。词从"司者",反后为司,盖出纳之吝,谓之有司,后王宽大之道,当与有司相反。夫词为诗余,诗道大而词道小,亦犹是也。故诗从"寺",寺者,朝廷也。词从司,司者,官曹也。小令、中调、长调,各有司存,不可乱也。乱者理之,故词……又作辞,从辛。辛者,新也。《汉志》曰:"悉新于辛。"词固以新为贵也。又《说文》曰:"辛象人股。壬象人脛。"故"童"、"妾"二字,皆从辛省。汉人选妃,册曰"秘辛",犹言股间隐处也。然则词又当描写柔情,曲尽幽隐乎?兹役也,吾二人渔猎群书,裒其妙好,自谓薄有苦心。其间前后次序,一以字之多寡为上下,自十六字至于二百三十字有奇。如岁朝之酌,先其少者,后其老者。其按词之法,则如杨诚斋所撰《词家五要》(按:当指杨缵《作词五要》,此误),一曰择腔,二曰应律,三曰按谱,四曰详韵,五曰立新意。而且曰幽曰奇,曰淡曰艳,曰敛曰放,曰秾曰纤,种种毕具,不使子瞻受词诗之号,稼轩居词论之名。又必详其逸事,识其遗文,远征天上之仙音,下暨荒城之鬼语,类载而并赏之。虽非古今之盟主,亦不愧词苑之功臣矣。……或曰:"诗余兴而乐府亡,歌曲兴而诗余亡。"夫有统之者,何患其亡也哉?倘更有上官氏者出,高踞楼头,称量天下,则余二人之为沈、为宋,是未可知耳。[①]

[①] 卓人月《古今词统》卷首,《续修四库全书》第1728册,上海古籍出版社2003年版,第439—443页。

此序要点有三：一是既肯定词的"巧语"与"丽字"，赞赏温庭筠、李煜、周邦彦等人的柔美之词，又不废苏辛豪放词，欲将"铜琵琶"、"铁绰板"（代指苏轼词乃至豪放词）与"十七八女孩儿"（代指柳永词乃至婉约词）统于一书。二是认为词有幽、奇、淡、艳、敛、放、秾、纤诸种风格，在此基础上，既肯定柳永、李清照词，又反对视苏词为"词诗"，辛词为"词论"，持论公允通达。三是强调此书有统选古今之词，衡量鉴裁历代词选之意。比较《古今词统》所录明人各家词序，可见孟、徐二序是有其独特价值的。黄河清《续草堂诗余序》曰："诗工于唐，词盛于宋，至我明，诗道振而词道阙。……夫词体纤弱，壮夫不为。……如李后主之《秋闺》，李易安之《闺思》，晏叔原之《春景》，……以此数阕，授一小青娥，拨银筝，倚绿窗，作曼声，则绕梁遏云，亦足令多情人魂销也。"[1]钱允治《国朝诗余序》："词至于宋，无论欧、晁、苏、黄，即方外闺阁，罔不消魂惊魄，流丽动人。"均持重婉约、轻豪放之论。比较而言，孟序和徐序的观点要合理得多。

第三节 《古今词统》评点的价值

联系中国文学评点学的历史来看，《古今词统》的评语是有较高学术价值的。目前学界一般的看法是，南宋吕祖谦的《古文关键》是现存的我国第一部评点著作，这类著作至明代而盛行，主要

---

[1] 卓人月《古今词统》卷首，《续修四库全书》第1728册，上海古籍出版社2003年版，第444—445页。

第七章 《古今词统》与明代词学观念的演变

集中在时文、小说、戏曲及诗歌的评点方面,并且取得了非常突出的成绩,如评《水浒传》、《三国演义》、《西厢记》、《三言》和唐诗(按:指李攀龙、金圣叹诸人的唐诗评点)。对词的评点可上溯至南宋,黄昇《唐宋诸贤绝妙词选》即有一些批注,虽不乏精妙之语,但数量过少。明人较早的词评是杨慎批点的《草堂诗余》五卷,但评语不多,水平不高。① 明代相对较著名的批注本,当推万历年间刊刻的汤显祖评《花间集》,然该书规模不大,影响力也不够。崇祯初年《古今词统》出,其评语多达上千条,且精彩纷呈,故对明末及清代词评之书的发展产生了重大的影响。可与之相提并论的,只有明末沈际飞编选评点的《草堂诗余四集》。

《古今词统》评语的核心是从抒情性的角度论述词的风格,其根本立足点也是婉约与豪放并重。"情"为文学之根本,《礼记·乐记》云:"情动于中,故形于声,声成文,谓之音。"②《毛诗序》云:"情动于中而形于言。"③刘勰《文心雕龙》云:"故情者文之经,辞者理之纬。经正而后纬成,理定而后辞畅。此立文之本源也。"(《情采》)白居易《与元九书》亦云:"感人心者,莫先乎情。"严羽也说:"诗者,吟咏情性也。"④元好问评苏轼词:"自东坡一出,情性之外,不知有文字,真有'一洗万古凡马空'气象。"⑤所谓"情性之外,不知有文字",就是认为词是作者主体情感的自然流露,认为词是一

---

① 参谢桃坊《中国词学史》(巴蜀书社2002年版)第三章的相关论述。
② 《礼记·乐记》,《十三经注疏·礼记正义》,北京大学出版社1999年版,第1077页。
③ 《毛诗序》,《十三经注疏·毛诗正义》,北京大学出版社1999年版,第6页。
④ 郭绍虞《沧浪诗话校释》,人民文学出版社1961年版,第26页。
⑤ 《新轩乐府引》,《遗山先生文集》卷三六,《四部丛刊》本。

种独特的抒情体裁。刘将孙(1257—?)在《胡以实诗词序》中说："发乎情性,浅深疏密,各自极其中之所欲言。"①他认为诗词都源于作者的"情性",尽管这种"情性"有"浅深疏密"之别。明代中叶以后,思想解放,王阳明"心学"盛行。戏曲与诗文皆重情,李梦阳《梅月先生诗序》云:"情动则会心,会则契神,契者音所谓随寓而发者也。"徐祯卿《谈艺录》曰:"情者,心之精也。情无定位,触感而兴。既动于中,必形于声。"高扬个性、肯定人欲是当时的社会主流思潮。② 这种风气对词坛也有重大影响。明代词论家特别强调情性的重要性,把言情看成词最基本的艺术特征,而且对情的关注到了无以复加的程度,对情的理解也有所扩大,似乎特别重视"男女之情",这与前人对"情"的理解是有巨大差别的,其反传统、违礼教的意义是不言而喻的。

徐士俊评词,对情词十分推崇。他说:"一部《古今词统》都是恼公懊侬之调。""恼公"指唐代诗人李贺的《恼公篇》,是一首艳体诗。其首章云:"宋玉愁空断,娇娆粉自红。歌声春草露,门掩杏花丝。""懊侬"即《懊侬曲》,也作"懊恼歌"。产生于南朝江南民间,多为相思之曲,抒写男女爱情受到挫折的苦恼,见《乐府诗集》卷四六。他常以"情"字作为评词的标准。如评白居易《花非花》"因情生文,虽《高唐》、《洛神》不及也"(卷一)。认为它是作者情感的真实流露,即使是言情名作《高唐赋》、《洛神赋》也比不上。评李清照的《念奴娇·春情》"应情而发,自标位置"(卷十三)。是自出机杼,

---

① 《全元文》第 20 册,江苏古籍出版社 1998 年版,第 173 页。
② 参阅袁行霈主编《中国文学史》第七编《绪论》的相关论述,高等教育出版社 1999 年版。

不蹈袭古人,纯任情感而发的作品,所以具有很高的艺术价值。评王竹涧《曲游春·春愁》"抖擞人间,除离情别恨,乾坤余几"数句曰:"钗钏是金银所成,世界是情想所结。除金银那有钗钏,除情想那有世界?"(卷十三)在这里,"情想"即"情感"、"感情"之意,这种感情,主要指男女之情或曰爱情。他认为爱情充溢于人类世界,如果没有情感也就没有了世界,把词中的情感因素推崇到了无以复加的程度,这在当时乃至后世都是大胆而深刻的见解。评苏轼《哨遍·春情》:"此词情采密丽,气质香婉,乃是以残唐诸公小令笔意用之于长调,在宋一代中固不多,在眉山一身中尤其少。"(卷十六)评周邦彦《夜飞鹊·别情》"花骢会意,纵扬鞭、亦自行迟"二句曰:"今人伪为欲别不别之状,以博人欢,避人议者多矣。能使骅骝会意,非真情所潜格乎?"(卷十五)他批评时人矫揉造作、博人欢笑的词作,认为只有主人的真情实感与骏马的情感暗自相同,骏马才会懂得主人的意思,即使是扬鞭抽打它,它也会恋恋不舍地独自慢慢前行。宋濂《秦淮竹枝》:"劝郎莫食鉴湖鱼,劝郎莫弃别时衣。湖中鲤鱼好寄信,别时衣有万条丝。"徐士俊评云:"广平铁心石肠,而《梅花》一赋不妨效陶氏《闲情》。读景濂此词,正可称前后二宋,无议其白璧微瑕也。"(卷二)以陶渊明《闲情赋》、宋璟《梅花赋》比宋濂此词,肯定这些著名直臣的侠骨柔情。评黄庭坚《清平乐·春归何处》:"'若到江南赶上春,千万和春住',一对情痴。"(卷五)评朱淑真《清平乐·恼烟撩露》"古歌:'枕郎左臂,随郎转侧。摩挲郎鬓,看郎颜色。'千情万态,不出个中。"(卷五)评其《满路花·风情》"日上三竿,殢人犹要同卧"二句曰:"夜饮朝眠,淫思古意。"(卷十一)朱淑真这两首词以白描语言写男女情事,有古民歌遗风,徐士俊对此十分欣赏,可见其思想是比较开明的。评蒋捷《洞仙歌·柳》:"人世风流罪过,都是此君教的。妙!妙!"(卷十一)评吴文英《声声慢》(檀栾金碧)"腻粉阑干"数句云:"衣袖犹沾旧泪,栏干尚惹余香。痴心人自有此一副痴眼痴鼻。"(卷十二)评史达祖《夜合花》起数句"柳锁莺魂,花翻蝶梦,自知愁染潘郎"曰:"此等起句,真是香生九魄,美动七情。"(卷十三)评《寿楼春·寻春服感念》:"无肠可断,无魂可消,总是深一层语。"(卷十三)评王世贞《甘草子·春词》:"元美岂终日无一事,将精神时时于情艳上体察料理,以至参微入窍乃尔耶?"(卷六)评杨慎《误佳期》(今夜风光堪爱)云:"古诗:'没命成灰土,终不罢相怜。'情语到此方绝顶。"(卷五)评杨慎《沁园春·寿内》:"相怜相慰,情真语真,读之且叹且喜。"(卷十五)他认为词中所表现的相怜相慰之情是真实的,语言是真挚的,令读者为他们夫妇间的真情而感动并由衷地赞叹。在评论瞿佑《贺新郎·题秦女吹箫图》中"天若有情天也许,许人间、夫妇咸如是"二句时,徐士俊说:"关汉卿云:'愿普天下有情的,都成了眷属。'"(卷十六)尽管他犯了张冠李戴的错误,把王实甫的话误认为出自关汉卿之口,但是他对情感的推崇和对有情人的美好祝愿还是表达得十分清楚。评沈际飞《风流子》(对洛阳春色):"字字挑奇择俊,此艳词之尤也,可友杨状元而奴唐解元。"(卷十五)认为沈际飞这首词可比肩杨慎与唐寅的情词。

在重情的大前提下,徐士俊对多种抒情方式都能接受。如评周邦彦《风流子》(枫林凋晚叶)"兼金石绮采之美"(卷十五)。将李清照《醉花阴》"莫道不消魂,帘卷西风,人比黄花瘦"与康与之"比梅花,瘦几分"比较曰:"一婉一直,两得其宜。"(卷七)对曲子词重含蓄蕴藉的传统,《古今词统》是十分重视的,这可以从徐氏的评语中看得很清楚。如评皇甫松《摘得新》(酌一卮)中"繁红一夜经风雨,是空枝"二句:"比杜秋娘'莫待无花空折枝'更为含蓄。"(卷一)评顾敻《荷叶杯》(记得那时相见)等词:"如此数阕,皆人所能言,然曲折之妙,有在诗句外者。"(卷一)评无名氏《竹枝》(红漆车儿驾白羊):"吾亦以为诗肠之曲,与羊肠等。"(卷二)评李清照《菩萨蛮》(绿云鬓上飞金雀):"低回宛转,兰香玉润,六朝才子,恐不能拟。"(卷五)评陆游《锦堂春》(世事从来见惯)"故人莫讶音书绝,钓侣是新知"二句:"语殊蕴藉,觉叔夜《绝交》不免出恶声矣。"(卷六)评蒋捷《白苎》(春正晴又春冷):"秀矣,然其秀甚隐;艳矣,然其艳甚幽。"(卷十六)

与此同时,对慷慨豪放之音,《古今词统》同样也高度认同。如评李白《忆秦娥》(箫声咽):"悲凉跌宕,虽短词,中具长篇古风之意气。"(卷五)评张先《减字木兰花·赠妓》与《湖上》二首:"二词高快,不下稼轩。"(卷五)评黄庭坚《减字木兰花》(诗翁才刃):"何等壮杰。"(卷五)评《念奴娇》(断虹霁雨):"伉爽之中,不乏娟秀。词坛老手,决不以使酒任气为能。"(卷十三)评朱敦儒《减字木兰花》(刘郎已老):"末句如古剑一吼。"(卷五)评陆游《好事近》(挥袖别人间):"英雄感慨无聊,必借神仙荒惚之语以自释,此《远游篇》之意也。"(卷五)徐氏对辛弃疾的豪放词评价尤高,评其四首《卜算子》曰:"四词意气所寄,可击唾壶而歌之。"(卷四)评《菩萨蛮》(郁孤台下清江水):"忠愤之气,拂拂指端。"(卷五)评《满江红》(过眼溪山):"长使英雄泪满襟。"(卷十二)评《汉宫春》(秦望山头):"当其落笔风雨疾。"(卷十二)评《贺新郎》(绿树听鹈鴂):"稼轩尝以

'辛'字为题,自写辛苦之致。此篇字字霜辛露酸,烟溃霭聚,尤难为怀。"(卷十六)评陈亮《贺新郎》(离乱从头说):"鹃叫天津,狐升帝座,有此时事,自然有此人文,故满纸皆恨怨悲愁之音,忽荒诞幻之状。"(卷十六)评张镃《贺新郎》(桂隐传杯处)"只恐清时专文教,犹贷阴山狂虏"二句:"念念不忘国耻。"(卷十六)评刘克庄《长相思》(烟凄凄):"慷慨逼工部。"(卷三)评《沁园春》(何处相逢):"气概雷击霆震。"(卷十五)评《玉楼春》(年年跃马长安市)"客里似家家似寄"句:"英雄行径,必不如驽马恋栈豆。"(卷八)评《水龙吟》(年年岁岁今朝)等四词:"目穷千里,笔挽万钧,识力双高,可与稼轩相尔汝。"(卷十四)评蒋捷《水龙吟》(醉兮琼瀣浮觞些):"迥出纤冶秾华之外,辛之有蒋,犹屈之有宋也。"(卷十四)评文天祥《满江红》(燕子楼中)"最无端、蕉影上窗纱,青灯歇"二句:"总是铜筋铁骨所吐。"(卷十二)评岳飞《满江红》(怒发冲冠)和王昭仪《满江红》(太液芙蓉)云:"岳之悲壮,王之凄凉,宫怨边愁,赵宋一时风景尽矣。"(卷十二)评张一如《水调歌头》(落月下春苑):"豪放若张旭之书,深稳又似张红之拍。"(卷十二)评卓田《好事近》(奏赋谒金门):"湖海之气未除。"(卷五)评瞿佑《桂枝香》(阑风伏雨):"强作闲语,以自文其老骥之怀。"评苏轼《水龙吟》(似花还似非花):"人谓'大江东去'之粗豪,不如'晓风残月'之细腻。如此词,又进柳妙处一尘矣。"(卷十四)

在曲折清丽与豪放慷慨并重的基础上,《古今词统》所标举的高标是自然而又雅致。如评韦庄《女冠子》(四月十七):"冲口而出,不假装砌。"(卷四)评孙光祖《风流子》:"不修不琢,自含俊丽。"(卷三)评林逋《长相思·惜别》"罗带同心结未成,江头潮已平"二句:"刘潜夫'舟人频报潮',不如此语自然。"(卷三)评顾仲从《浣溪沙》(玉韵花情描不成):"后半妙在一气如话。"(卷四)评李白《菩萨蛮》(平林漠漠烟如织):"词林以此为鼻祖,其古致遥情,自然压卷。"(卷五)评李煜《菩萨蛮》(铜黄韵脆锵寒竹):"后主词率意都妙。"(卷五)评马洪《少年游》(弄脂调粉):"忽然之事,偶然之笔,遂入自然之境。"(卷六)评史达祖《双双燕》(过春社了):"不写形而写神,不取事而取意,白描妙手。"(卷十三)评辛弃疾《沁园春》(我醉狂吟):"倚韵和歌,辛词最盛,无不天然辐辏,有水到渠成之趣。"(卷十五)在上述评语中,徐士俊主张作词要不事雕琢,冲口而出,纯任自然,这样就能写出自然之作,进入自然之境。重视"自然",也是明代的社会思潮。① 在强调词要自然的同时,他还强调"雅致"。如评秦观《满园花》(一向沉吟久):"鄙俚不经之谈,偏饶雅韵。"(卷十一)评辛弃疾《粉蝶儿》(昨日春如):"雅淡宜人,绝非红紫队中物。"评高岱《竹枝》"但望郎心似明月,天边夜夜照侬愁":"不淫不怨,风雅之遗。"(卷二)评杨慎《竹枝》:"朴雅。"(卷二)雅的反面是俗,徐士俊在评论词作时也表达反俗的观点。如评苏轼《浣溪沙·春闺》"困人天气近清明"句"太俗"(卷四),马洪《东风第一枝·梅花》"但留取一点芳心,他日调羹金鼎"句"末语村甚"(卷十三),李煜《菩萨蛮·宫词》"后主词率意都妙,即如'衷素'二字,出他人口便村"(卷五)。在这里,"村"是粗俗、土气的意思。徐士俊认为遣词、用语、造境不能俗气,这与其主自然、重雅的观点是相联

---

① 参阅袁行霈主编《中国文学史》第七编《绪论》的相关论述,高等教育出版社1999年版。

系的。

追求新奇,也是《古今词统》的重要主张。徐士俊不仅赞同杨缵"立新意"的观点,在评词时也肯定有新思想、新技巧的作品。如评崔液《踏歌词》"二首体制、藻思俱新"(卷三),林章《更漏子·咏啼》"立题新"(卷六),周邦彦《阮郎归》"身如秋后蝇。若教随马逐郎行,不辞多少程"数句"蝇附骥尾,极陈之语,用得极新"(卷六),陶宗仪《一萼红·红梅》"怕轻盈、飞处误刘郎"句"落梅事亦化得新"(卷十五)。在上述评语中,徐士俊主张词的体制、藻思、题目、用语、用典要新颖,不能陈旧。在徐士俊的评语中频繁表露出尚奇的主张,如评秦观《如梦令·春景》"琢句奇峭"(卷三),李清照《如梦令·闺怨》"'绿肥红瘦',创获自妇人,大奇"(卷三),蒋捷《虞美人·梳楼》"楼儿忒小不藏愁"句"心儿小,难着许多愁,不如'楼儿'句更奇"(卷八),张孝祥《水调歌头·隐静寺观雨》"净洗从来尘垢,润及无边枯槁,造物不言功"三句"迂腐语化高奇"(卷十二)。徐士俊主张遣词造句要求奇,这一点与上述的追新思想是紧密联系的。徐士俊是一位传奇作家兼词人,他追新、求奇的词学思想与他的传奇创作是有联系的。

追新思想的另一面便是反对拟古。如他赞扬周邦彦《眉妩·戏张仲远》"笔笔另开径路,不肯驾轻就熟"(卷十四),李清照《念奴娇·春情》"不效颦汉、魏,不学步盛唐,应情而发,自标位置"(卷十三)。徐士俊认为周邦彦的《眉妩·戏张仲远》和李清照的《念奴娇·春情》都是自出机杼,不蹈袭古人的优秀之作。在明代复古思潮占统治地位的时代,这种反对拟古,主张不蹈袭前人的观点,是十分难能可贵的。

总而言之,《古今词统》在明代乃至中国词学史上都有较高地位。该书选目较合理,规模较适中,其序言和评语中体现了丰富深刻的词学思想,有较高的学术价值。它高举"情"的旗帜,公正客观地评价了婉约与豪放两种词风,在词的创作上提出了主自然、雅正、新奇的观点,对当时乃至后代都产生了一定的影响。《古今词统》成书不久,即逢明末战乱,该书流传不广,可能与战乱有关。到了清初,学界逐渐留意此书,如邹祗谟《远志斋词衷》曰:"卓珂月、徐野君《词统》一书,搜奇葺僻,可谓词苑功臣。"[1]王士禛《花草蒙拾》云:"卓珂月自负逸才,《词统》一书搜采鉴别,大有廓清之力。"[2]沈雄《古今词话·词评》云:"《词统》一书,为之规规而矩矩,亦词家一大功臣也。余见其与徐士俊栖水倡和,有《晤歌》诸篇什,迄今倚声之学遍天下,盖得风气之先者。"[3]清人沈雄《古今词话》、《御选历代诗余》、《词苑萃编》引用此书依次有二十四处、十五处和十三处,田同之《西圃词说》、江顺诒《词学集成》、胡调元《岁寒居词话》、况周颐《蕙风词话》、陈匪石《声执》亦提及此书。该书当对"浙西词派"的代表性词选朱彝尊《词综》及康熙朝的《御选历代诗余》有重大影响。《古今词统》重视词的内容,对重比兴寄托、强调言外之意的"常州词派"《词选》等书也有一定影响。其独特而丰富的词学思想值得继续研究和探讨。

---

[1] 邹祗谟《远志斋词衷》,唐圭璋《词话丛编》,中华书局1986年版,第655页。
[2] 王士禛《花草蒙拾》,唐圭璋《词话丛编》,中华书局1986年版,第685页。
[3] 沈雄《古今词话》,唐圭璋《词话丛编》,中华书局1986年版,第1032页。

第八章 《词菁》的词学思想及影响

陆云龙,字雨侯,号孤愤生、翠娱阁主人,钱塘(今浙江杭州)人。明末诸生,著名评选家。《词菁》为陆云龙《翠娱阁评选行笈必携》之一种。国家图书馆今藏《词菁》一卷本和两卷本。两卷本刊于明崇祯四年(1631),卷首有陆云龙叙言。一卷本为善本,乃取两卷本中的第一卷与陆云龙《诗最》一卷合刊,名曰《翠娱阁诗词合集》。刊于崇祯十七年(1644)冬。卷首有陆云龙作于崇祯四年的序言。一卷本和两卷本序言内容不同。两种版本的版式相同,均为九行十九字,白口,四周单边。本书所依据的版本为两卷本。《词菁》上卷分天文、节序、形胜、人物、宴集、游望、行役七类,下卷分离别、宫词、闺词、怀思、愁恨、寄赠、杂咏、题咏、居室、动物、植物、器具、回文十三类;共选唐宋金元明词二百七十余首,其中有近两百首附有陆云龙的词评。从这些词评中,我们可探知编者的词学思想及其词史意义。

第一节 《词菁》词学思想论析

一、词体分正变

词分婉约和豪放,以婉约为正体,豪放为变调,是在明代由张继《诗余图谱》明确提出来的。但这种正、变论调早在明弘治年间就已经萌芽。周瑛《词学筌蹄》编选于明弘治七年(1494),林俊《词学筌蹄序》云:"壤歌衢谣,发而为《卿云》、《南风》,为《风》、《雅》、《颂》,为《离骚》,为古乐府,为慢词。呜呼!亦极矣。都俞吁咈,浑噩变也;美刺兴赋比,都俞吁咈变也。上之为《君马黄》、《有所思》、《出塞曲》,又变也。其又变,则《青门引》、《帝台春》、《金人捧露盘》、《鱼游春水》。是故言出为章,今固拘以体制;辞出为声,今固拘以音律;洪杀翕辟,伸缩正变为天然,今固拘以刻意苦思,于乎亦极矣。……若《古今词话》、《玉林词选》、《草堂诗余》,所载豪雄壮浪,绮丽而绚藻。要之去郑卫之音,女真之曲者无几。第幸出大家言,造意命词,竟弗爽于正。"[1]对于诗歌发展史,林俊持代变论。他认为民歌街谣变而为《诗》,再变为《骚》,再变为乐府,再变为慢词。在他的思想观念中,词有正、变之分。序言中虽没有明确提出何谓词之正,何谓词之变,但从他对《古今词话》、《玉林词选》、《草堂诗余》等几部词选中所载"豪雄壮浪"、"绮丽绚藻"之词的批判态度,我们可窥见一斑。

随着明代资本主义的萌芽、城市经济的发展,俗文学渐趋繁荣,《花间》、《草堂》广泛流传。在词坛上,以香弱婉约为词之本色、正体,逐渐成为明人的共识。王世贞《艺苑卮言》云:"温飞卿作词曰《金荃集》,唐人词有集曰《兰畹》,盖取其香而弱也。"[2]又云:"盖六朝诸君臣,颂酒赓色,务裁艳语,默启词端,实为滥觞之始。故词

---

[1] 周瑛《词学筌蹄》,《续修四库全书》第1735册,上海古籍出版社2002年版。
[2] 王世贞《艺苑卮言》,唐圭璋《词话丛编》,中华书局1986年版,第386页。

须宛转绵丽,浅至儇俏,挟春月秋花于闺幨内奏之,一语之艳,令人魂绝,一字之工,令人色飞,乃为贵耳。"①王世贞认为,词的特征是"香而弱",作词以香艳、绵丽为贵。这种词体观念,和他的词体起源观密不可分。王世贞认为,词肇始于六朝,文风绮靡,实已"默启词端",导致词风的艳丽。这是明人在词体起源论上从发生学的角度为词体的香艳特征找到的理论根据,并非单音孤调。如,杨慎《词品》云:"大率六朝人诗,风华情致,若作长短句,即是词也。宋人长短句虽盛,而其下者有曲诗、曲论之弊,终非词之本色。予论填词,必溯六朝,亦昔人穷探黄河源之意也。"②谢天瑞《新镌补遗诗余图谱序》云:"迨南北朝始有诗余焉。盛于唐宋,极于金元,而国朝诸名家尤加绮丽。"③明代鬴溪逸史《汇选历代名贤词府全集叙略》云:"诗余始南北朝,盛于唐宋,而极于金元。国朝虽崇尚古雅,而余波所及,亦不乏人。"④可见,词始于六朝,是明人的普遍论调。

基于这样一种词体起源论,明人认为,香艳婉弱的风格是词之"本色",是正体,而慷慨雄壮者则是变调。如上所述,王世贞对于唐宋词人亦从正、变的角度进行分类。他认为李、晏父子的词代表了词的本色,苏轼、辛弃疾、刘过等人的词则是变调:"言其业,李氏、晏氏父子、耆卿、子野、美成、少游、易安至矣,词之正宗也。温

---

① 王世贞《艺苑卮言》,唐圭璋《词话丛编》,中华书局1986年版,第385页。
② 杨慎《词品》卷一,唐圭璋《词话丛编》,中华书局1986年版,第425页。
③ 谢天瑞《新镌补遗诗余图谱》,《续修四库全书》第1735册,上海古籍出版社2002年版。
④ 鬴溪逸史《汇选历代名贤词府全集》,明嘉靖刻本。

韦艳而促,黄九精而险,长公丽而壮,幼安辩而奇,又其次也,词之变体也。"①"词至辛稼轩而变,其源实自苏长公,至刘改之诸公极矣。"②至张綎,则把词体明确分为婉约和豪放两种风格类型,并认为词体以婉约为正,豪放词非词之本色(见其《诗余图谱·凡例》)。要之,词起源于六朝,六朝文风绮靡,故香艳婉丽是词的体制特征。婉约是词的本色,豪放则是变体,这是明代词坛普遍流行的词学思想。

《词菁》成书于明崇祯年间,已是明朝末年兼季世,陆云龙仍持有明代传统的词学思想。如《词菁叙》云:"《菩萨蛮》为《乌啼》、《子夜》之变。盖青莲以绝代轶才,裂羁鞫,另辟词家一径。大都以清新绮丽为宗。"陆云龙认为,词为诗之变,词始于六朝。六朝文风以"清新绮丽"为宗,后世遂相沿习,并以之为妙。基于这种词学思想,陆云龙对秦观、苏轼、周邦彦、康与之等人的词评价甚高。他说:"淮海、眉山、周洞霄、康大晟,其品虽不得埒,以词论,不得劣也。"《词菁》选秦观词十五首,周邦彦词十三首,苏轼八首,位居前列。陆氏的观点,反映了婉约词经久不息的生命力。词虽兴于民间,题材风格多样,但经过贵族士大夫阶层的浸润,在发展过程中渐以婉约柔媚为宗。在后世发展中,虽不乏异调,慷慨激昂之音时有奏起,但始终难以彻底动摇以婉约为宗的词学观念。

二、尚"丽"

明代《花间》、《草堂》流播广泛,一时成为词人作词的范本,故

---

① 王世贞《艺苑卮言》,唐圭璋《词话丛编》,中华书局1986年版,第385页。
② 王世贞《艺苑卮言》,唐圭璋《词话丛编》,中华书局1986年版,第391页。

秾丽香艳之风盛行。词始于六朝的论调,又从发生学的角度给词之婉丽提供了依据。在这种背景下,明人论词多强调"丽"。如何良俊《草堂诗余序》云:"乐府以瞰逷扬厉为工,诗余以婉丽流畅为美。"①王世贞《艺苑卮言》云:"词须婉转绵丽。"他们认为,"婉丽"、"绵丽"是词体特征的要求。陈霆论词亦以"清楚流丽,绮靡蕴藉"为高标准。其《渚山堂词话》曰:"予尝妄谓我朝文人才士,鲜工南词。间有作者,病其赋情遣思,殊乏圆妙。甚则音律失谐,又甚则语句尘俗。求所谓清楚流丽,绮靡蕴藉,不多见也。"又云:"辛稼轩词,或议其多用事而欠流便。予览其琵琶一词,则此论未足凭也。《贺新郎》云……此篇用事最多,然圆转流丽,不为事所使,称是妙手。"陈霆认为稼轩词多用典故,"欠流便",但对其"圆转流丽"的一面,仍不吝褒奖。谢天瑞《新镌补遗诗余图谱序》:"迨南北朝始有诗余焉。盛于唐宋,极于金元,而国朝尤加绮丽。"指出明词绮丽的特征。明嘉靖二十二年(1543)任良幹《词林万选序》:"升庵太史公家藏有唐宋五百家词,颇为全备,暇日择其尤绮练者四卷,名曰《词林万选》。"②选词亦以"绮练"为主。

何谓词之"丽"? 清人况周颐《蕙风词话》云:"词笔丽与艳不同。'艳'如芍药、牡丹,慵春媚景;'丽'若海棠、文杏,映烛窥帘。"③况周颐认为,"丽"和"艳"是不同的。"艳"是秾艳、妩媚,像

---

① 何良俊《草堂诗余序》,施蛰存《词籍序跋萃编》,中国社会科学出版社1994年版,第670页。
② 任良幹《词林万选序》,施蛰存《词籍序跋萃编》,中国社会科学出版社1994年版,第707页。
③ 况周颐《蕙风词话》,唐圭璋《词话丛编》,中华书局1986年版,第4450页。

牡丹、芍药一样富贵娇媚;"丽"则是像海棠、文杏一样淡远。从明人对浓丽香艳的《花间》、《草堂》的喜爱,我们不难推断,明人词学思想中对"丽"的崇尚,不是清丽、淡丽,而是秾丽、艳丽。也就是说,明人论词所崇尚的"丽",即是况氏所言的"艳"。

陆云龙《词菁》论词,亦重词之"丽"。如评胡浩然《春霁》曰"绮丽",秦观《如梦令》"琢语甚丽"、"奇丽",无名氏《鱼游春水》"工丽",冯伟寿《春云怨》"新丽",刘巨源《声声慢》"巧丽",李煜《长相思》"似个轻盈雅丽妆",顾从敬《浣溪沙》"丽服乱头都好",沈际飞《风流子》"极丽极尽",刘过《沁园春》"丽情语",王观《庆清朝慢》"绮丽",周邦彦《氐州第一》"无边丽景都入笔端",张绖《渔家傲》"出语奇丽",等等。可见陆云龙对"丽"的追求与强调。这与南宋黄昇的《花庵词选》所表现的词学思想有些相似。黄昇评价温庭筠云:"词极流丽,宜为《花间集》之冠。"评聂冠卿《多丽》:"冠卿词不多见,如此篇亦可谓才情富丽矣。"评柳永《昼夜乐·赠妓》:"丽以淫,不当入选。以东坡尝引用其语,故录之。"评万俟咏:"雅言之词,词之圣者也。发妙音于律吕之中,运巧思于斧凿之外。平而工,和而雅。比诸刻琢句意而求精丽者远矣。"评鲁逸仲:"词意婉丽,似万俟雅言。"评僧仲殊:"仲殊之词多矣。佳者固不少,而小令为最。小令之中,《诉衷情》一调又其最。盖篇篇奇丽,字字清婉,高处不减唐人风致也。"但黄昇所崇尚的"丽",是雅丽而非艳丽,这一点可以他对柳永《昼夜乐·赠妓》词的态度为证。黄昇以为,柳永《昼夜乐》"丽以淫",本不当选。这表明,柳永词以俗艳著称,并不符合他的审美标准。陆云龙《词菁》对柳永的词精挑细选。他摒弃了柳永的众多香艳之作,只选择其《戚氏》、《望海潮》、《雨霖铃》

三首。这三首词,或以景胜,或以情显,无一有涉艳之笔。陆云龙欣赏柳永《戚氏》的"况有狂朋怪侣,遇当歌对酒竟留连",说"狂怪便不是庸夫"。对柳永《望海潮》中西湖景色的描写,大加赞赏,说他"西湖景已得强半"。柳永《雨霖铃》虽为抒别情离绪之作,但情真意挚,丝毫不涉艳丽之笔。

从陆云龙《词菁》对柳永词的处理,以及它和南宋黄昇《花庵词选》的相似,我们可以推断,陆云龙对词之"丽"的追求和明代词坛长时期所流行的秾丽香艳并不相同。他更接近于黄昇《花庵词选》所昭显的清丽。陆云龙对文徵仲《鹧鸪天》"词亦淡然如菊"的欣赏和评价,亦暗含了他对清雅淡丽的追求。这种词学观念,接近于南宋张炎的"清空"之论。相对于南唐北宋词的"浓",南宋"典雅词派"实际讲求的是"淡",淡而远,淡而雅。陆云龙《词菁》在编选理论上,更接近南宋词论。这一点和明代词坛崇北(宋)抑南(宋)的传统风气不太一致。

明代词坛《花间》、《草堂》流行。《花间集》代表了一种华丽秾艳的词风。《草堂诗余》所选之词以北宋为主。如选周邦彦四十六首,苏轼二十一首,柳永十七首,秦观十六首,贺铸十四首,欧阳修十首。入选量在十首以上者,南宋没有一人,姜夔词竟然一首不录。可见,《草堂诗余》所宣扬的仍旧是北宋词风。这两种词选在明代广泛流播,明代词坛崇北抑南的风气一直延续到明末。陈子龙就是北宋词风的推崇者,他的《幽兰草词序》云:"自金陵二主以至靖康,代有作者。或秾纤婉丽,极哀艳之情;或流畅淡逸,穷盼倩之趣。然皆境由情生,辞随意启,天机偶发,元音自成,繁促之中尚存高浑,斯为最盛也。南渡以还,此声遂渺。寄慨者亢率而近于伧武,谐俗者鄙浅而入于优伶,以视周、李诸君,即有彼都人士之叹。"[1]陈子龙认为自南唐二主以至北宋靖康,是词的"最盛"时期,因为这一时期的词,"境由情生,辞随意启,天机偶发,元音自成"。他推崇李璟、李煜父子和周邦彦、李清照为词之"最盛"期的典范,表现出对南唐北宋词的崇尚。

明代的词籍选本多流露出崇尚北宋的倾向。如周瑛《词学筌蹄》选周邦彦五十三首,秦观二十八首,苏轼二十三首,柳永十八首,欧阳修十五首,晏几道十首,李清照十首。入选量在十首以上者,南宋只有李清照一人而已,且和入选量最高的周邦彦相差甚远。张綖《诗余图谱》选张先十六首,秦观十二首,欧阳修十首,苏轼九首,周邦彦五首,辛弃疾五首。入选量在五首以上者,南宋只有辛弃疾一人而已,且只有五首。谢天瑞《诗余图谱补遗》选周邦彦三十三首,柳永十六首,刘基八首,温庭筠五首,欧阳炯三首。入选量排名靠前的,没有南宋词人。仍表现出对北宋词尤其是周邦彦词的膜拜。陆云龙《词菁》选秦观词十五首,周邦彦十三首,刘基十三首,苏轼八首,辛弃疾八首,王世贞八首,杨慎六首,李煜五首,李清照五首。入选量位居前列的词人,分布比较广泛,有北宋、南宋和明代。相对于前此几部词选,《词菁》表现出了更为开放的词学思想。

陆云龙《词菁》的编选,透露出词史上由崇北宋到崇南宋转变的痕迹。

---

[1] 陈子龙《幽兰草词序》,施蛰存《词籍序跋萃编》,中国社会科学出版社1994年版,第505页。

三、重豪放

在诗学批评理论史上,"豪放"一词较早出现在唐司空图《二十四诗品》。司空图描述豪放的特征是:"观化匪禁,吞吐大荒。由道反气,处得以狂。天风浪浪,海山苍苍。真力弥满,万象在旁。前招三辰,后引凤凰。晓策六鳌,濯足扶桑。"[1]南宋沈义父《乐府指迷》曰:"近世作词者,不晓音律,乃故为豪放不羁之语,遂借东坡、稼轩诸贤自诿。"[2]一直到明代中期张綖的《诗余图谱》,豪放才和婉约并举,作为和婉约相对的一种词学风格被正式提出来。

在词的理论史上,向来是推崇婉约、贬抑豪放的。如李清照的《词论》提出词"别是一家",在对众多词坛巨手的批评中,树立了自己的词学理想。张炎的《词源》,主张"清空骚雅",极力推崇姜夔词,认为他的词不惟清空而且骚雅,而批判辛弃疾、刘过等人的豪放词是"长短句之诗"。明人的词学观念以香弱为词的体制特征,婉约为词之正体、本色,故论词者多崇尚婉约,贬抑豪放。如王世贞的"然则雄壮者,固次之","慷慨磊落,纵横豪爽,抑亦其次,不可作耳",可谓极具代表性的言论。

在词选史上,豪放词亦不能像婉约词那样受选者青睐。这一点在宋元几部重要词选如黄昇的《花庵词选》、无名氏的《草堂诗余》、赵闻礼的《阳春白雪》、周密的《绝妙好词》中都有明显体现。黄昇《花庵词选》入选词作数量以辛弃疾和刘克庄为最多,都选了

---

[1] 司空图《二十四诗品》,何文焕《历代诗话》,中华书局1981年版,第41页。
[2] 沈义父《乐府指迷》,唐圭璋《词话丛编》,中华书局1986年版,第282页。

四十二首。编者黄昇本人的词附录了三十八首。姜夔词入选三十四首。辛弃疾存词六百多首,而姜夔词则只有八十余首。虽然辛弃疾词入选量最高,但和姜夔词的入选比率相比,则大打折扣。黄昇本人的作品亦多是清雅之作,难吐雄浑之音。《草堂诗余》的编选目的是"以便歌为主",以周邦彦(四十六首)、苏轼(二十一首)、柳永(十七首)、秦观(十六首)、贺铸(十四首)、欧阳修(十首)等人入选量位居前列。在这名列前位的诸位词人中,只有苏轼一人属于豪放词人。赵闻礼《阳春白雪》选词以周邦彦为最,凡二十首,其次则史达祖(十七首)、辛弃疾(十四首)、吴文英(十三首)、姜夔(十二首)、贺铸(十一首)。赵闻礼在《阳春白雪》中,把豪放词专列一集,但数量并不多。辛弃疾豪放词只选入两首,占其全部入选量的七分之一。仍可见出赵闻礼对婉约词和豪放词的不同态度倾向。

这种贬抑豪放词的倾向,在明代词选本中亦有所表现。如由周瑛编选于明弘治九年(1496)的《词学筌蹄》,林俊在其序言中说:"若《古今词话》、《玉林词选》、《草堂诗余》,所载豪雄壮浪,绮丽而绚藻。要之去郑卫之音、女真之曲者无几。"批驳了诸选本中选入的"豪雄壮浪"的词。《词林万选》由杨慎编选于明嘉靖二十二年(1543),任良幹《词林万选序》云:"张于湖、李冠之《六州歌头》,辛稼轩之《永遇乐》,岳忠武之《小重山》,虽谓之古之雅诗可也。"虽然肯定了张于湖、李冠、辛稼轩、岳忠武的具有代表性的豪放词,但又指出《词林万选》仍以"绮练"为选择标准,实际上是表现出了对婉约和豪放词的不同处理态度。明嘉靖三十六年(1557)鯆溪逸史编《汇选历代名贤词府全集》,其《叙略》曰:"长短句名曰曲,取其曲尽人情,惟婉转妩媚为善,不以豪壮语为尚。如岳武穆、文文山、汪文节公、谢叠山诸公之作,则又忠义所发,感激人心,不可以常例编也,为别集。"鳙溪逸史认为,词要曲尽人情,表达感情讲究婉曲,故以"婉转妩媚为善","不以豪壮语为尚",不崇尚豪放词。因此,岳飞、文天祥等人的作品,虽然因忠义所发,感激人心,但仍只能在别集中列入。编者对婉约和豪放词风的倾向性依然明显。

至万历年间,豪放词渐渐得到肯定。如俞彦《爰园词话》说:"唐诗三变愈下,宋词殊不然。欧、苏、秦、黄,足当高、岑、王、李。南渡以后,矫矫陡健,即不得称中宋、晚宋也。惟辛稼轩自度粱肉不胜前哲,特出奇险为珍错供,与刘后村辈俱曹洞旁出。学者正可钦佩,不必反唇并捧心也。"[①]这是明代词坛上少有的喜欢辛、刘豪放之风的论调。但这种推崇豪放词的词学思想,并没有在词坛上得到广泛回应。因为直到明末,婉约词风仍然盛行。如著名词人陈子龙就喜好婉约词,即使表达深沉的故国之痛,仍采用婉约的手法。

陆云龙《词菁》评价历代词人时,多用"豪爽"、"豪气"、"潇洒"、"奇爽"等,更加彰显了他对豪放词的崇尚。陆云龙评价金主完颜亮《昭君怨》云:"气概阔大,亦有韵致。"评《鹊桥仙》:"终有胡气,有逆气,然而亦豪爽。"评张元幹《满江红》:"豪爽。"评刘过《水调歌头》:"奇爽。"评柳永《戚氏》:"狂怪便不是庸夫。"评苏轼《念奴娇》:"潇洒。"评《酹江月》:"奇壮与赤壁争险。"评刘克庄《贺新郎》:"豪爽。"评罗壶秋《金人捧露盘》:"新奇悲愤。"评王安石《桂枝香》:"潇洒。"评杨慎《折桂枝令》:"声宜铁绰板。"评岳飞《满江红》:"耿耿有

[①] 俞彦《爰园词话》,唐圭璋《词话丛编》,中华书局1986年版,第401页。

生色。"评无名氏《虞美人》:"句意适然反雄拔。"评王行《如梦令》:"有豪气。"通过对岳飞的《满江红》的评价,我们更可看出陆云龙对豪放词的态度。任良幹虽然在杨慎《词林万选》序言中肯定岳飞的《小重山》,认为"谓之古之雅诗可也",但杨慎在词选中并没有选入岳飞词。鯯溪逸史编《汇选历代名贤词府全集》时虽选入岳飞词,但又将之列入别集,而且只肯定岳飞词为"忠义所发","感激人心",着眼于岳飞词的思想意义。陆云龙对岳飞《满江红》"耿耿有生色"的评价,则完全是着眼于其豪放的艺术风格。

我们知道,清初以陈维崧为代表的"阳羡词派"是稼轩风的再度张扬。这主要是基于明清鼎革的惨烈现实。这种悲慨激荡词风的重新兴起,在明末人陆云龙《词菁》对豪放词的推崇中,亦可见出其理论的先声。陆云龙《词菁》刊成于崇祯年间,这是一个朝代行将结束,另一个朝代将要崛起的特殊历史时期。在这个特殊的历史阶段,词学出现了新的理论因素,既有对过去历史传统的继承,更有对未来词学发展方向的昭示。《词菁》给人们提供了认识这个特殊时段词学理论状况的绝好视角。

第二节 《词菁》与《花庵词选》比较研究

《词菁》成编于明思宗崇祯四年(1631),共两卷,选唐宋元明词二百七十余首,大多数词附有编者词评。编者陆云龙,浙江钱塘(今杭州)人。《花庵词选》成编于南宋理宗淳祐九年(1249),共二十卷,分为《唐宋诸贤绝妙词选》十卷和《中兴以来绝妙词选》十卷。全书共选唐宋词一千二百八十余首,部分词附有编者词评。编者黄昇,福建晋江人。《词菁》和《花庵词选》,分别成书于明与南宋两朝的末期。两者在编选理念上表现出了一些相似性,更有所不同。成编于不同时代的两部词选,其编选理念的异同及深层原因,反映出词学发展的曲折过程,颇值得深入探析。

一、对婉约词的崇尚

虽然成编于明和宋两个不同时代,《词菁》和《花庵词选》却表现出一些相似的编选理念。首先是二者对婉约词的崇尚。陆云龙《词菁叙》云:"《菩萨蛮》为《乌啼》、《子夜》之变。盖青莲以绝代轶才,裂羁鞚,另辟词家一径。大都以清新绮丽为宗。"陆云龙认为,词起源于六朝。六朝文风绮丽,故词亦相沿其妙,以绮丽为尚。陆云龙《词菁》多以"丽"评词。如以"绮丽"评胡浩然《春霁》、王观《庆清朝慢》,以"奇丽"评秦观《如梦令》、张绖《渔家傲》,以"工丽"评无名氏《鱼游春水》,以"新丽"评冯伟寿《春云怨》,以"巧丽"评刘巨源《声声慢》,等等。《词菁》共有十三处以"丽"评词,可见陆云龙对词"丽"的追求与强调。这源于他对词体起源的认识,以及对词之婉约传统的尊崇。正因如此,陆云龙在叙言中对秦观、苏轼、周邦彦、康与之等人的词评价甚高。他说:"淮海、眉山、周洞霄、康大晟,其品虽不得埒,以词论不得劣也。"《词菁》选秦观词最多,共十五首,其次则周邦彦,共十三首。这也反映出陆云龙对婉约词的好尚。除"丽"以外,"媚"、"蕴藉"等亦是婉约词的体性特征,陆云龙《词菁》还多用"媚"、"蕴藉"等评词。仅以卷一为例:评孙夫人《清平乐》:"柔媚可喜。"评宋祁《玉漏迟》:"庄严中不乏修媚。"评秦观《阮郎归》:"出语新媚亦复幽奇。"评宋丰之《小重山》:"媚眼可想。"评王世贞《解语花》:"媚态令人欲动。"评苏轼《蝶恋花》:"蕴藉。"评谢懋《鹊桥仙》:"有余韵。"评杜安世《渔家傲》:"怨而不怒。"以"媚"、"蕴藉"等评词,亦见陆云龙对婉约词的崇爱。

黄昇也是婉约词的积极拥护者和崇尚者,其《花庵词选》评词亦推崇词之"丽"。如黄昇认为温庭筠:"词极流丽,宜为《花间集》之冠。"评聂冠卿《多丽》:"可谓才情富丽矣。"评柳永《昼夜乐·赠妓》:"丽以淫。"评鲁逸仲:"词意婉丽,似万俟雅言。"评僧仲殊《诉衷情》:"盖篇篇奇丽,字字清婉,高处不减唐人风致也。"黄昇以"丽"评词,亦体现了他对婉约词的好尚。另外,从黄昇对万俟咏和姜夔词的评价,我们还可以进一步了解他的词学理想。黄昇评价万俟咏(按:万俟咏字雅言)云:"雅言之词,词之圣者也。发妙音于律吕之中,运巧思于斧凿之外。平而工,和而雅。比诸刻琢句意,而求精丽者远矣。"评价姜夔曰:"词极清妙,不减清真乐府。其间高处,有美成所不能及。"黄昇认为,万俟雅言的词协律,平工和雅,为"词之圣者";姜夔词清妙,有的甚至能超越周邦彦。综而观之,黄昇所崇尚的是典雅清丽之词。其《中兴以来绝妙词选序》云:"况中兴以来,作者继出,及乎近世,人各有词,词各有体。知之而未见,见之而未尽者,不胜算也。暇日裒集,得数百家,名之曰《绝妙词选》。佳词岂能尽录,亦尝鼎一脔而已。然其盛丽如游金、张之堂,妖冶如揽嫱、施之祛,悲壮如三闾,豪俊如五陵,花前月底,举杯清唱,合以紫箫,节以红牙,飘飘然作骑鹤扬州之想,信可乐也。"黄昇虽然指出南宋词坛多样风格并存的创作现象,但在具体编选过程中,却难掩对婉约典雅之词的欣赏。

陆云龙《词菁》和黄昇《花庵词选》对婉约词的尊崇,还体现在二者对待柳永词的态度。陆云龙《词菁》对柳永的词去取甚严,摒弃了柳永众多的香艳之作,只选择其《戚氏》、《望海潮》、《雨霖铃》三首。这三首词,或以景胜,或以情显,或情景兼具,而无一有涉艳之笔,体现出陆云龙对词之雅洁的自觉维护。黄昇《花庵词选》评柳永《昼夜乐·赠妓》云:"丽以淫,不当入选。以东坡尝引用其语,故录之。"黄昇以为,柳永《昼夜乐》"丽以淫",按照他的编选标准,本不当入选。只是因为苏轼的原因,才选入这首词。从黄昇对柳永这首词的态度,亦可看出他反对词之俗艳,提倡词之典雅。陆云龙和黄昇在对待柳永词的态度上,表现出了相似的审美倾向。

可见,虽然身属明和宋两个不同的时代,但对于婉约词,陆云龙和黄昇在各自的词选中所表现出来的评价态度是大致相似的。

二、对豪放词的不同评价

对于豪放词,《词菁》和《花庵词选》所表现的评价理念是不同的。《花庵词选》入选量位居前十三名的词人分别是:辛弃疾四十二首,刘克庄四十二首,黄昇本人三十八首,姜夔三十四首,严仁三十首,张孝祥二十四首,卢祖皋二十四首,康与之二十三首,刘镇二十二首,张辑二十一首,陆游二十首,高观国二十首,史达祖十七首。在这十三位词人中,只有辛弃疾、刘克庄、张孝祥三人属于豪放词人,其他十位词人均属于婉约作者。豪放与婉约词人之比例为3:10。再看具体作者:辛弃疾和姜夔分别为南宋"豪放词派"和"典雅词派"的领袖人物。辛弃疾词的入选量高于姜夔,但是,辛、姜二人的存词总量却相差悬殊。辛弃疾存词六百余首,仅入选四十二首;姜夔存词仅八十余首,却入选三十四首,几乎占一半。从辛、姜词的入选率来看,姜词远远高于辛词。再看黄昇对辛、姜二人词的评价。黄昇对辛弃疾词只选不评,仅在评价刘过词时说道:"其词多壮语,盖学稼轩者也。"从黄昇对刘过词的评价,可略知他对辛弃疾词的看法。对于姜夔词,黄昇却不吝笔墨,大加褒扬。他称赞姜词说:"词极清妙,不减清真乐府。其间高处,有美成所不能及。"评价可谓高矣。不仅如此,黄昇《花庵词选》的词评绝大多数是针对婉约词的,豪放词一般是只选不评。种种迹象表明,对于婉约和豪放词,黄昇是有所轩轾的。

《词菁》选唐宋金元明诸朝词总篇数不足三百首,每位词人的入选量相对较少,故我们只列出入选量达五首以上的词人,如下:秦观(十五首)、周邦彦(十三首)、刘基(十三首)、苏轼(八首)、辛弃疾(八首)、王世贞(八首)、杨慎(六首)、李煜(五首)、李清照(五首)。在这九位词人中,刘基、苏轼、辛弃疾三人属于豪放词人,具有稼轩风的刘基词入选量居然位居第二。张仲谋《明词史》论刘基词云:"他多写阔大境界,多用凝重的色调,表现深沉勃郁的情怀,从而构成沉郁苍凉的艺术风格。如果在文学史上寻求类比的话,最接近的便是志深笔长、慷慨任气的建安风骨,在词史上则近乎辛稼轩。"[1]陆云龙对豪放词的态度,可见一斑。陆云龙《词菁》还选入金主完颜亮的《昭君怨》和《鹊桥仙》两首,并评《昭君怨》云:"气概阔大,亦有韵致。"评《鹊桥仙》云:"终有胡气,有逆气,然而亦豪爽。"和黄昇对豪放词只选不评的做法不同,陆云龙《词菁》中有十三处以"豪爽"、"潇洒"、"奇壮"、"雄拔"、"豪气"等评词,流露出对

---

[1] 张仲谋《明词史》,人民文学出版社 2002 年版,第 32 页。

豪放词的欣羡态度。如评张元幹《满江红》"豪爽",苏轼《念奴娇》"潇洒",卢师邵《蝶恋花》"清旷",王安石《桂枝香》"潇洒",王行《如梦令》"有豪气"。

通过以上简单比较,我们不难发现,对于豪放词,黄昇《花庵词选》和陆云龙《词菁》表现出了不同的审美倾向。《花庵词选》推崇婉约雅丽之词,《词菁》则既有对词之婉约传统的尊崇,更有对豪放词的欣赏。

三、编选理念异同的原因

《词菁》和《花庵词选》体现出的编选理念的同与异,其原因是多方面的,亦折射出词学理论发展的复杂过程。虽然词在最初兴起时,题材丰富,风格亦多种多样。但是,当越来越多的士人加入到词的创作队伍后,由于他们自身的生存环境和个人经历等诸多因素影响,词的题材渐渐缩变为男欢女爱,主题多为离愁别恨,风格渐趋婉约柔媚。宋人多把词看作"小道"、"诗余",在抒发情感上与诗有着自觉的分工。词专门用来抒发一己之私情,故婉约柔媚。明人多把词的起源追溯至六朝,而六朝绮丽的文风亦成为词之"香弱"体制特征的渊源所在。不管是词体文学发展鼎盛的宋代,还是词坛萎靡的明代,在对词的体认上,都是以婉约为尚。尤其是在明代,把词明确分为婉约与豪放两种风格,并提出"大抵词体以婉约为正",[①]大张旗鼓地提倡婉约词。黄昇《花庵词选》和陆云龙《词

---

① 张綖《诗余图谱·凡例》,《续修四库全书》第 1735 册,上海古籍出版社 2003 年版。

菁》对婉约词的崇尚,是婉约词在词的发展中始终占据主流的表现;而两部词选对豪放词的不同态度,其原因是多方面的。

首先,与编者自身的性格有关。

黄昇生活在南宋理宗时代,贾似道等人专权祸国,这种政治环境大大地打击了士人对功名仕途的进取之心。胡德方《花庵词选序》云:"玉林(按:黄昇号玉林)早弃科举,雅意读书,间从吟咏自适。阁学受斋游公尝称其诗为'晴空冰柱'。闽帅秋房楼公闻其与魏菊庄为友,并以泉石清士目之。""弃科举"实际上是放弃了对功名利禄的追求。"把人间、功名富贵,付之尘垢。不肯折腰营口腹,一笑归于五柳。怅此意,而今安有"(《贺新郎·菊》),"把功名、一笑付糟丘。醉里了忘身世,吟边自负风流"(《木兰花慢·怀旧》)。黄昇在词中也流露出对功名富贵的淡泊态度。"雅意读书"、"吟咏自适",表现了黄昇放下功名,追求清净,回归自然本性的品格。因此,"晴空冰柱"虽是对黄昇诗风的评价,却也不妨看作是此"泉石清士"所追求的一种人格理想。

黄昇的词流传下来不足四十首。细加解读,我们不难揣度其心迹。"少年事,成梦里。客愁付与流水"(《西河·己亥秋作》),"俯仰之间增感慨,花事成空"(《卖花声·己亥三月一日》),"当时掌上承恩。而今冷落长门"(《清平乐·宫怨》),"此身元是客,小住娱今夕。拍手凭栏杆,霜风吹鬓寒"(《重叠金·冬》)。这是江湖士人的一种典型的惆怅之情,词人深深体味着人世的艰难与沧桑。在苦闷的心境中,他却执著地固守高洁的品性。他在词中屡屡咏叹菊、梅、烟、霞等,以表明心迹:"与渊明、千载为知旧"(《贺新郎·菊》),"莫恨黄花瘦。正千林、风霜摇落,暮秋时候"(《贺新郎·

菊》），"自扫梅花下。问梢头，冷蕊疏疏，几时开也"（《贺新郎·梅》），"只有烟霞痼疾，相陪风月交游"（《木兰花慢·乙巳病中》），"冰霜作骨，玉雪为容。看体清癯，香淡伫，影朦胧"（《行香子·梅》），菊和梅在传统文化积淀过程中，已成为高洁、傲岸的象征；而烟霞则极富清丽之美。在黄昇的反复咏叹中，我们可以概知其淡泊富贵、恬然适性的性情。杨慎《词品》卷二"闲适之词"条评黄昇《醉江月·戏题玉林》云："每独行吟歌之，不惟有隐士出尘之想，兼如仙客御风之游矣。昔人谓'诗情不似曲情多'，信然。"① 具有这样的性情的人，对于清丽婉约和豪放潇洒两种不同的词风，会更喜欢前者。

陆云龙和黄昇的性情则大不相同。他科举之途异常不顺，童子试就"数奇"，屡次失败，老大才被补为秀才，后虽屡试科场，但"终困场屋"。陆云龙一生仕途坎坷，壮志难酬，我们可想见其性情之不平。陆云龙自称"少负劲骨，棱棱不受折抑，更有肠若火一郁勃，殊不可以水沃"。② 陆云龙的儿子陆敏树说其父"素伉直，不能容人过，有小失或文字之疵，正色规之"。③ 故而相较于婉约清雅之词，陆云龙自应会更喜欢豪放洒脱之词。从他对柳永《戚氏》"狂怪便不是庸夫"的评价，我们亦可窥见其不平静的心理状态。

其次，与词的发展势态有关。

---

① 杨慎《词品》，唐圭璋《词话丛编》，中华书局1986年版，第461页。
② 陆云龙《魏忠贤小说斥奸书·自叙》，《古本小说集成》，上海古籍出版社1991年版。
③ 引自井玉贵《新近发现的陆云龙传记资料〈陆蜕庵先生家传〉及其他》，《文献》2003年第4期。

除了和个人的性情有关,黄昇对婉约典雅之词的喜好,还和词本身的发展势态有关。"宋初之御天下也,君未能尽敬之理,而谨守先型,无失德矣。臣未能体敬之诚,而谨持名节,无官邪矣。于是而催科不促,狱讼不繁,工役不扰,争讦不兴。禾黍既登,风日和美,率其士民游泳天物之休畅,则民气以静,民志以平。里巷佻达之子弟,消其嚣凌之戾气于恬愉之下,而不皇皇然逐锥刀于无厌,怀利以事其父兄,斯亦平情之善术也"。[①] 在这样的历史背景下,北宋初期的词风,大致是雍容圆润,柳永的俗艳和苏轼的豪旷可谓是两种异调。时至南宋,针对北宋词在发展中出现的不和谐音调,词坛上兴起了一种自觉的雅化运动。首先是先后提出维护词的雅化发展的理论。如李清照的《词论》明确提出词"别是一家"。从她对柳永"词语尘下"、苏轼词"皆句读不葺之诗尔,又往往不协音律"的批评中,我们可以推断,在李清照看来,婉雅、协律才是词的体制特点,是词之为词而区别于诗文的体性特征。辛弃疾、刘过等为代表的爱国词,是词发展到南宋出现的另一道景观。爱国词的豪宕激昂与词之传统的婉约轻倩仍是风格迥异。宋末元初张炎《词源》提出的"清空骚雅"之论,可以说是对这种不和谐音调的反拨。他以姜夔的词为典雅之宗,认为姜词"不惟清空,又且骚雅",是词中楷模。李清照的"别是一家"之说和张炎的"清空"、"骚雅"之论,是南宋词人对词的自觉雅化的表现。

另外,南宋还有些人通过选词,来表达自己对词之雅化的理解。如鲖阳居士《复雅歌词》和曾慥《乐府雅词》,就是两部比较有

[①] 王夫之《宋论·真宗》,中华书局 1964 年版,第 66 页。

代表性的词选。尤其是曾慥的《乐府雅词》,对欧阳修的词做了极为主观的处理。编者曾慥声称:"欧公一代儒宗,风流自命,词章幼眇,世所矜式。当时小人或作艳曲,谬为公词,今悉删除。"[1]他认为,像欧阳修这样的一代儒宗,绝不会作艳词。欧阳修词中的艳曲,纯是小人所为,是栽赃诬陷。为还欧公一个清白,定要把这些艳曲删掉。曾慥把欧阳修的艳词删除后,共选欧阳修词八十三首。曾慥的这种做法,不仅反映出他对欧阳修的尊崇,还表明他对艳词的排斥态度。曾慥在选词时,不仅删除艳词,还删除游戏之词。在《乐府雅词引》中,曾慥说:"余所藏名公长短句,裒合成编,或后或先,非有诠次,多是一家,难分优劣,涉谐谑则去之,名曰《乐府雅词》。""涉谐谑则去之",表明选者对俗词的态度。在他看来,艳词和俗词是与雅词不相容的,是不符合他的标准的。综上可知,词在南宋的雅化发展,得到了广泛的理论支持,而姜夔、史达祖、高观国、吴文英、王沂孙等人的创作,则是词的雅化发展的成功实践。任何个人的思想,都折射着时代的印记;任何时代的思潮,都会在个人身上有所体现。在这种词体雅化发展的时代环境下,黄昇表现出对婉约词的崇尚,是自然而然的事情。

陆云龙对豪放词的崇尚,也和他所处时代的思潮有关。明代在相当长时间内都以《花间》、《草堂》为作词的范本,受此两种词选风格的影响,词坛上一直是香弱词风盛行。为了给这种词风寻求存在的合理性,有不少词论者甚至将词的起源追溯到六朝,认为是

---

[1] 曾慥《乐府雅词引》,唐圭璋等校点《唐宋人选唐宋词》,上海古籍出版社 2004 年版,第 295 页。

六朝的绮丽文风决定了词的香艳。如杨慎《词品》云:"在六朝,若陶宏景之《寒夜怨》、梁武帝之《江南弄》、陆琼之《饮酒乐》、隋炀帝之《望江南》,填词之体已具矣。"[①]词学理论的兴盛和词人创作成就的低下,共同造成了明代词坛的萎靡。豪放词在这种词学环境下,毫无立足之地。正如王世贞《艺苑卮言》所言:"至于慷慨磊落,纵横豪爽,抑亦其次,不可作耳。"所幸,词体在明代的这种畸形发展,并没有一直持续下去。词坛上逐渐出现正视豪放词、提倡豪放词的声音,如俞彦《爰园词话》就表现出对辛弃疾、刘克庄词的喜好。他说:"唐诗三变愈下,宋词殊不然。欧、苏、秦、黄,足当高、岑、王、李。南渡以后,矫矫陡健,即不得称中宋、晚宋也。惟辛稼轩自度梁肉不胜前哲,特出奇险为珍错供,与刘后村辈俱曹洞旁出。学者正可钦佩,不必反唇并捧心也。"[②]在俞彦看来,南宋词无法与北宋词匹敌,但辛弃疾词却值得钦佩。杨慎《词品》卷四"评稼轩词"条亦云:"近日作词者,惟说周美成、姜尧章,而以东坡为词诗,稼轩为词论,此说固当。盖曲者,曲也。固当以委曲为体,然徒狃于风情婉娈,则亦易厌。回视稼轩所作,岂非万古一清风哉。"现代学者张仲谋先生以为杨慎这段话"出于南宋陈模的诗话《怀古录》卷中,仅有个别文字小异",是对前人理论的"直接称引"。[③] 不管是直接称引前人理论,还是自出机杼,我们都不能否认杨慎对这段话的认同。即杨慎认为,稼轩词不啻"万古一清风"。杨慎《词品》卷五"岳珂祝英台词"条云:"此词感慨忠愤,与辛幼安千古江山

---

① 杨慎《词品》,唐圭璋《词话丛编》,中华书局1986年版,第406页。
② 俞彦《爰园词话》,唐圭璋《词话丛编》,中华书局1986年版,第401页。
③ 张仲谋《杨慎〈词品〉因袭前人著述考》,《古籍整理研究学刊》2008年第7期。

一词相伯仲。"对稼轩词风的肯定,表明豪放词的重新发展获得了某些词论家的理解和支持。

不仅如此,作为词论重要部分的词选,在处理豪放词的时候也表现出了新的理论倾向。如鳙溪逸史《汇选历代名贤词府全集叙略》云:"长短句名曰曲,取其曲尽人情,惟婉转妩媚为善,不以豪壮语为尚。如岳武穆、文文山、汪文节公、谢叠山诸公之作,则又忠义所发,感激人心,不可以常例编也,为别集。"虽然编选者仍旧认为词以"婉转妩媚为善,不以豪壮语为尚",但还是给予豪放词以一定的位置,把它们放入别集中。卓人月《古今词统》初编于明崇祯二年(1629),成编于崇祯六年(1633),孟称舜《古今词统序》云:"乐府以曒迳扬厉为工,诗余以婉丽流畅为美。故作词者率取柔音曼声,如张三影、柳三变之属。而苏子瞻、辛稼轩之清俊雄放,皆以为豪而不入于格。宋伶人所评《雨淋铃》、《酹江月》之优劣,遂为后世填词者定律矣。予窃以为不然。盖词与诗曲,体格虽异,而同本于作者之情。古来才人豪客,淑姝名媛,悲者喜者,怨者慕者,怀者想者,寄兴不一。或言之而低徊焉,宛恋焉;或言之而缠绵焉,凄怆焉;又或言之而嘲笑焉,愤怅焉,淋漓痛快焉。作者极情尽态,而听者洞心耸耳。如是者,皆为当行,皆为本色。宁必姝姝媛媛,学儿女子语而后为词哉!故幽思曲想,张、柳之词工矣,然其失则俗而腻也,古者妖童冶妇之所遗也;伤时吊古,苏、辛之词工矣,然其失则莽而俚也,古者征夫放士之所托也。两家各有其美,亦各有其病。然达其情而不以词掩,则皆填词者之所宗,不可以优劣言也。"[①]孟称

---

① 卓人月《古今词统》,《续修四库全书》第1728册,上海古籍出版社2003年版。

舜否定了传统的"诗余以婉丽流畅为美"的观点,从抒发情感的角度肯定了豪放词的价值。他认为,词和诗曲一样,虽然体制不同,但在表达作者情感方面,其作用是相同的。婉约和豪放的不同,只是作者表达方式的不同,二者之间并不存在优劣。只要能准确表达情感,能打动人心,就"皆为当行,皆为本色",并非"姝姝媛媛学儿女子语而后为词"。这和传统的词之"当行"、"本色"论,是完全不同的。孟称舜还认为,在表达感情上,婉约、豪放各有所长,亦各有所短。这是一种非常公允的评价,也是词论在特定发展阶段的体现。陆云龙的《词菁》成书于崇祯四年(1631),时间和孟称舜的《古今词统序》基本相同。可以说,在陆云龙所处的晚明词坛,豪放词已经获得一定程度的认同。

再次,和时代背景有关。

《花庵词选》和《词菁》都成编于各自所属朝代的末期。但《花庵词选》成书于1249年,距离南宋灭亡(1279)尚有三十年;《词菁》成书于明崇祯四年(1631),距离明朝灭亡(1644)仅有十三年。因此,两位编者选词时的时代氛围是不同的,对各自所属时代的具体感受也是不同的。黄昇所处的南宋理宗时期,还可以置社会现实于不顾,而获得暂时的苟且安逸,轻歌曼舞还可以作为麻痹灵魂、逃避社会现实的手段。但《词菁》成书时的明朝崇祯时期,社会现实已不容逃避了。李自成、张献忠领导的农民战争,已打遍了大半个中国。生民涂炭,国家政权岌岌可危。这样的社会背景中,任何一个有社会责任感的人,是不可能仍沉迷于轻歌曼舞而对社会现实无动于衷的。更何况是像陆云龙这样肝肠若火的人呢!陆云龙对明初词人刘基之词的推崇,很细微地体现了他对社会现实的关注。刘基身历元明两朝,其作品亦产生于新旧两朝交替的动荡之际,入明以后所作的词有稼轩风致。陆云龙《词菁》选刘基词十三首,和北宋大家周邦彦等同,入选量位居第二。这并不是因为陆云龙对本朝人的特殊眷顾。陆云龙《词菁叙》云:"至我明郁离(按:刘基号郁离子),具王佐才,厮身帷幄,宜同稼轩,时露英雄本色。"这或许才是陆云龙喜好刘基词的真正原因。而对"时露英雄本色"的刘基的喜好,应与当时的动荡社会现实有密切关系。

词选是词论的重要表现形式。任何一部词选,都是在多种因素综合影响下的产物。它既是编选者本人词学思想的体现,又折射出时代的思潮。对不同时代词选的比较研究,有助于人们更清楚地认识词论发展的复杂历程。

第三节 《词菁》对清初词论的影响

《词菁》中选录的大多数词都附有陆云龙的评点,这些词评体现了编选者的词学思想。《词菁》编成于明末,其理论思想和明代主流词学思想多有不同,而和清初"浙西词派"及"阳羡词派"却有某些相通之处。主要表现在以下两个方面:

一、尚北(宋)而不抑南(宋)

《花间集》、《草堂诗余》是明代词人创作的范本。《花间集》代表了晚唐五代华丽、秾艳的词风,北宋词风基本上沿袭了《花间》之风。《草堂诗余》编选于南宋,但所选之词却以北宋为主。如选词量在十首以上的有:周邦彦(四十六首)、苏轼(二十一首)、柳永(十七首)、秦观(十六首)、贺铸(十四首)、欧阳修(十首)。六位词人,无一属于南宋。可知,《草堂诗余》所推崇的仍是北宋词风。由于《花间》、《草堂》这两种词选的广泛、长远流传,明代词坛一直盛行的是北宋华丽秾艳的词风。这种崇北宋、抑南宋的词学思想,时至明末仍然存在,如陈子龙就非常推崇北宋词风。其《幽兰草词序》云:"自金陵二主以至靖康,代有作者。或秾纤婉丽,极哀艳之情;或流畅淡逸,穷盼倩之趣。然皆境由情生,辞随意启,天机偶发,元音自成,繁促之中尚存高浑,斯为最盛也。南渡以还,此声遂渺。寄慨者亢率而近于伧武,谐俗者鄙浅而入于优伶。以视周李诸君,即有彼都人士之叹。"陈子龙认为从南唐二主到北宋靖康间,词人林立,词风或"秾纤婉丽",或"流畅淡逸",纯是"天机偶发,元音自成",是词之"最盛"时期。南唐二主和周邦彦、李清照为词之"最盛"的典范。陈子龙认为,南宋词或"亢率",或"鄙浅",无法与南唐北宋词相比肩,明显表现出崇北(宋)抑南(宋)的词学思想。

明代的词籍选本也流露出崇尚北宋的倾向,如周瑛《词学筌蹄》、张綖《诗余图谱》、谢天瑞《诗余图谱补遗》等都表现出对北宋词尤其是周邦彦词的膜拜。这些词选都无一例外地反映出崇尚北宋词、贬抑南宋词的词学思想。陆云龙《词菁》则有所不同。《词菁》选秦观词十五首,周邦彦十三首,刘基十三首,苏轼八首,辛弃疾八首,王世贞八首,杨慎六首,李煜五首,李清照五首。入选量位居前列的词人,分布比较广泛,不仅有北宋,还有南唐、南宋和明代。相对于前此几部词选,《词菁》表现出了更为开放的词学思想。

《词菁》所附陆云龙的词评,流露出对南宋词风的好尚。如陆云龙评词推崇其"丽",他评胡浩然《春霁》曰:"绮丽。"评秦观《如梦令》(莺嘴啄花)曰:"琢语甚丽。"评无名氏《鱼游春水》曰:"工丽。"评冯伟寿《春云怨》曰:"新丽。"评刘巨源《声声慢》曰:"巧丽。"评沈际飞《风流子》曰:"极丽极尽。"评刘过《沁园春》曰:"丽情语。"评王观《庆清朝慢》曰:"绮丽。"评周邦彦《氐州第一》曰:"无边丽景都入笔端。"评张绎《渔家傲》曰:"出语奇丽。"可见陆云龙对词之"丽"的追求与强调。

明代词坛向有以"丽"论词者,如何良俊《草堂诗余序》、王世贞《艺苑卮言》等,何、王二人认为,"婉丽"、"绵丽"是词体的体制特征和艺术要求。但是,陆云龙所推崇的词之"丽",和明代词坛所盛行的婉丽有所不同。他所推崇的"丽",则是清丽、淡丽。陆云龙《词菁》和黄昇《花庵词选》有相似的审美趣尚。从二人对柳永词的相似的处理方式,可以推断,陆云龙对词之"丽"的追求,不同于明代词坛流行的艳丽,实则更接近于南宋黄昇《花庵词选》所提倡的清丽。相对于南唐北宋词的"浓",南宋典雅词派实际讲求的是"淡":淡而远,淡而雅。陆云龙评文徵明《鹧鸪天》云:"词亦淡然如菊。"亦暗含了他对清雅淡丽词风的追求。这接近于南宋姜、张对清空雅丽词风的追求。因此可以说,陆云龙《词菁》在编选理念上更接近于南宋词论。陆云龙对南宋词的推崇,和明代词坛崇北(宋)抑南(宋)的传统风气并不一致。清初"浙西词派"和陆云龙《词菁》的编选理念表现出了某种一致性。

"浙西词派"论词,极力推崇南宋,以姜夔、张炎代表的典雅清丽之词为旗帜。朱彝尊《词综·发凡》云:"世人言词,必称北宋。然词至南宋始极其工,至宋季而始极其变。姜尧章氏最为杰出。"又云:"填词最雅,无过石帚。"其《解佩令·自题词集》曰:"不师秦七,不师黄九,倚新声玉田差近。"《水调歌头·送钮玉樵宰项城》云:"吾最爱姜、史,君亦厌辛、刘。"表现出对南宋词,对姜夔、张炎等人的词十分推崇。朱彝尊还常以南宋词人相高,赞扬友人词作。如《采桑子·寄赠史云臣》:"梅溪乐府真同调。"《一剪梅·题汪季角舍人锦瑟词》:"风流异代谁与并?是柳耆卿,是史邦卿。""浙西词派"对南宋词的推崇,经历了一个发展演变的过程。朱彝尊亦曾推崇北宋词尤其是北宋小令词,但最终选择南宋清空骚雅的代表姜夔作为师法榜样。这与其社会身份及地位的转变有密切关系。由抗清志士转变为清廷官员中的一员,其间心态必然会发生微妙变化。而深藏于心、不绝如缕的隐情,亦必采取特殊的艺术手法发抒之。与"如野云孤飞,去留无迹"的姜夔词,正相契合。陆云龙词论或许亦对朱氏有潜在的影响。陆云龙为钱塘(今浙江杭州)人,是当时著名评点家,《词菁》刊成之时,朱彝尊已是十余龄的少年。以朱氏的广阅博闻,理应对陆氏及其评点理论有所了解。陆云龙在《词菁》中对南宋词的好尚或许已经在浙西大地悄悄地播下了一粒种子。

二、尚婉约亦尚"英雄本色"

明人论词,以香弱婉约为词之本色、正体,这缘于明人的词体起源论。词始于六朝,是明人的普遍观念。基于这样一种词体起源论,明人认为香艳婉弱的风格是词之"本色",是正体;而慷慨雄壮者是变调。《词菁》成书于明崇祯年间,虽已时至明末,但陆云龙仍秉持明代传统的词起源于六朝、词以婉约为尚的词学思想。如《词菁叙》云:"《菩萨蛮》为《乌啼》、《子夜》之变。盖青莲以绝代轶才,裂羁靮,另辟词家一径。大都以清新绮丽为宗。"基于这种词学观,陆云龙对秦观、苏轼、周邦彦、康与之等人的词评价甚高。他说:"淮海、眉山、周洞霄、康大晟,其品虽不得埒,以词论不得劣也。"《词菁》选秦观词十五首,周邦彦词十三首,位居前列,反映出他对婉约词的推重。但陆氏词学思想的进步之处,在于他并没有囿于明代词坛传统的词学观念。对于具有"英雄本色"的豪放词,陆云龙《词菁》也表现出推崇的态度。《词菁》选明朝刘基词十三首,入选量和周邦彦并列第二。他对刘基的推崇可得而知。陆云龙认为刘基词"时露英雄本色",风格同于辛稼轩词风。另外,陆云龙《词菁》还多以"豪爽"、"豪气"、"潇洒"、"奇爽"等评价历代词人作品,彰显了他对豪放词的崇尚。如评价金主完颜亮《昭君怨》云:"气概阔大,亦有韵致。"评其《鹊桥仙》云:"终有胡气,有逆气,然而亦豪爽。"评张元幹《满江红》云:"豪爽。"评刘过《水调歌头》云:"奇爽。"评苏轼《念奴娇》云:"潇洒。"评《酹江月》云:"奇壮与赤壁争险。"评刘克庄《贺新郎》云:"豪爽。"评罗志仁《金人捧露盘》云:"新奇悲愤。"评王安石《桂枝香》云:"潇洒。"评杨慎《折桂枝令》云:"声宜铁绰板。"评岳飞《满江红》云:"耿耿有生色。"评王行《如梦令》云:"有豪气。"肯定岳飞的《满江红》,更可见出陆云龙对豪放词的态度。任良幹虽在杨慎《词林万选》序言中肯定了岳飞的《小重山》,认为"谓之古之雅诗可也",但词选中并没有选入岳飞的词。鯆溪逸史编《汇选历代名贤词府全集》,虽选入了岳飞的词,但又列入别集,且只是肯定岳飞词的为"忠义所发"、"感激人心",着眼于岳飞词的思想意义。陆云龙对岳飞《满江红》"耿耿有生色"的评价,则完全是着眼于其豪放的艺术风格。

清初"阳羡词论",和陆云龙《词菁》所表现的兼收并蓄的理论思想颇为相似。基于明清鼎革的惨烈现实和特殊的身世、生存环境,"阳羡词人"推崇的是悲慨激荡的词风。这不仅仅表现在具体的创作实践中,亦可见之于词论。如徐喈凤《荫绿轩词证》:"魏塘曹学士作《峡流词序》云:'词之为体如美人,而诗则壮士也;如春华,而诗则秋实也;如夭桃繁杏,而诗则劲松贞柏也。'罕譬最为明快。然词中亦有壮士,苏、辛也;亦有秋实,黄、陆也;亦有劲松贞柏,岳鹏举、文文山也。选词者兼收并采,斯为大观。若专尚柔媚绮靡,岂劲松贞柏反不如夭桃繁杏乎?……故婉约固是本色,豪放亦未尝非本色也。"[1]徐喈凤认为,对于婉约和豪放词,"选词者兼收并采,斯为大观"。这种选择态度,其精神内核和陆云龙《词菁》极为相似。

综上所述,陆云龙《词菁》成于明末,其体现出的词学理论思想有不同于明代传统词学观念之处。在崇北(宋)还是崇南(宋)、婉约和豪放词孰重的问题上,《词菁》所体现的理论思想分别暗合了清初"浙西词论"和"阳羡词论",这是陆云龙《词菁》理论思想的意义和价值所在。

综合下编个案研究,本书可以得出如下结论:

一、明代词选的编选观念趋于明确与自觉。明代中后期,有眼光和见识的词选家逐渐摆脱《花间集》、《草堂诗余》的局限和束

---

[1] 徐喈凤《荫绿轩词证》,朱崇才《词话丛编续编》,人民文学出版社 2010 年版,第 101—102 页。

缚,编选出富有个性特点乃至具有"集成"性意义的大型词学选本。

二、明代词选的选源与选域呈现扩大趋势,明人的词学视野趋于合理。明代词选选录范围和重心从开始关注晚唐北宋词人词作发展到对南宋词大量选录,并对本朝词人亦予以一定程度的留意。

三、明代后期,南宋姜夔、张炎等风雅派词人受到选家注意,"雅词"潜回明末词坛。在明代《花》《草》盛行的背景之下,姜夔等风雅派词人的词作几乎失传,"雅词"进入词选之中,是对"雅词"的一种回归,而这种回归直接影响到清代"浙西词派"朱彝尊等人,使得"雅词"在经历了明代词体的消寂之后,在清代重新成为论词之典范。

四、明中后期词选中"主情"倾向非常明显并有发展,与当时词坛的"主情"思潮相互呼应并推波助澜,这是明代词学思想的一大特点。

五、明代后期,部分词选开始有意识地突破以婉约为正、以豪放为变体的传统词学观念,苏、辛等人的豪放词作大量被选录。即便是某些保持"正变"观的词选家,在实际的编选、评点过程中仍是婉约、豪放并重,并未强判妍媸。这表明明人突破传统词学观的努力以及传统观念具有的巨大惯性。

附录一　中国古代词集笺注、评点的演变及功能

　　词集(主要为词别集与选本)笺注与评点均为中国词学研究的重要内容。上世纪八十年代初,唐圭璋、金启华先生曾发表《历代词学研究述略》,将唐宋以来直至二十世纪八十年代的词学研究概括为词的起源、词乐、词律、词韵、词人传记、词集版本、词集校勘、词集笺注、词学辑佚和词学评论十大方面,[1]明确揭示"词集笺注"在词学研究中的重要位置;此后,刘扬忠先生《宋词研究之路》将词集笺注隶属于宋词研究体系的"基础工程部分";[2]王兆鹏先生《词学史料学》亦将笺注视为词集研究的重要内容而予以介绍。[3]词集评点的辑录、整理也逐渐展开。数十年前,唐圭璋先生将多种由词选评语汇录而成的词话辑入《词话丛编》,事实上将评点纳入"词学评论"的范畴中。其实,尚有大量词集载有评语可供采辑与研究,近年学界已开始重视开展此项工作,如朱崇才先生编辑《词话丛编续编》,辑录明张𫄸《草堂诗余别录》二卷、清聂先《名家词钞评三

---

[1] 唐圭璋、金启华《历代词学研究述略》,《词学》第一辑,华东师范大学出版社1981年版。
[2] 刘扬忠《宋词研究之路》,天津教育出版社1989年版,第19页。
[3] 参王兆鹏《词学史料学》,中华书局2004年版,第292—294页。

卷》等数种,①《词学》第二十辑"文献"栏目刊布刘深等先生整理的《清三家词评辑录》,《中国韵文学刊》2010年第3、4期连载孙克强等先生整理的《〈云韶集〉辑评》。

笺注与评点作为词集"正文本"的衍生内容,可称之为词集的"副文本"。② 大体而言,笺注属于词学研究的基础工作,评点属于词学批评的范畴,二者既相对独立发展,又有交叉重叠,互为补充,构成词学诠释学的重要内容,对词集的传播接受、词派的形成发展均具有重要意义。目前,学界对词集笺注、评点的研究大多属于个案研究,尚处于起步阶段,有进一步拓展研究的必要。本文尝试将笺注与评点二者结合起来,予以宏通性观照和研究,勾勒二者发展演变趋向,并评判其功能及价值。

一、词集笺注之发展演变

中国历代文人多视词为小道,为之笺注者不多,清人张德瀛《词征》云:"元遗山《论诗绝句》云:'诗家总爱西昆好,独恨无人作郑笺。'然笺诗者尚多,笺词者尤罕见。宋人如傅幹注坡词,曹鸿注叶石林词,曹杓注清真词,皆不传。周公谨《绝妙好词》,查莲坡、厉太鸿笺之。《山中白云词》,江宾谷笺之。余未尝有也。"③张氏指

---

① 朱崇才《词话丛编续编》,人民文学出版社2010年版。
② 法国当代文学批评家热拉尔·热奈特首先提出"副文本"概念,他指出,"副文本"是相对于正文本而言的,包括标题、副标题、前言、跋、插图、护封以及其他附属的言语或非言语标志。关于词集"副文本"的探讨,可参陈水云《唐宋词集"副文本"及其传播指向——以明末清初编刻的唐宋词集为讨论中心》一文,该文认为:"明末清初的词集副文本大约包括:标题、牌记、序跋、凡例、目次、词人姓氏、编者名录、正文中出现的评语、词话等九项。"《江西师范大学学报》2010年第4期,第47页。
③ 张德瀛《词征》卷一,唐圭璋《词话丛编》,中华书局1986年版,第4097页。

附录一　中国古代词集笺注、评点的演变及功能　385

出笺词者少的事实,但所言并不太准确,因为傅幹《注坡词》并未失传,金人、明人亦有词集笺注之作,只是与笺诗相比,笺词的传统的确显得比较薄弱。

词兴起于唐五代,大盛于两宋,随着词体文学逐步走向雅化和案头化,为了便于歌者演唱或读者阅读,北宋后期开始出现词集笺注。曾季貍《艇斋诗话》记载:"章质夫家子弟有注少游词者。"①宋南渡后,人们开始注意为一些著名词家的词集作注,如有傅幹《注坡词》、顾禧《补注东坡长短句》、曹杓《注清真词》、曹鸿《注叶石林词》、陈元龙《详注周美成词片玉集》、胡穉笺注陈与义词,②可惜只有《注坡词》、《详注周美成词片玉集》、胡穉笺注陈与义词三种传世。③别集之外,南宋还有一部笺注词选,即《增修笺注妙选群英草堂诗余》,由书坊编刊,后何士信增修笺注。此本在明代流传极广,并出现了为数众多的改编本。与南宋对峙的金朝,也有词集笺注本出现。如孙镇有《注东坡乐府》,惜佚而不传;魏道明有《萧闲老人明秀集注》,笺注蔡松年词,原书六卷,今残存三卷。④词体文学衰微于元明,而又复兴于清。元明清时期的词集笺注数量不算多,但有自己的特点,如明代《草堂诗余》极为盛行,主要集中于对"草堂"系列选本的增修笺注上,清代的词集笺注种数较多,并取得较大成绩,正如唐圭璋先生所言:"有清一代,学人之笺注宋词者,成

---

① 丁福保《历代诗话续编》,中华书局 1983 年版,第 309 页。
② 胡穉《增广笺注简斋诗集》卷三〇末附《无住词》一卷,有《四部丛刊》本。
③ 《傅幹注坡词》,有刘尚荣校证本,巴蜀书社 1993 年版;陈元龙《详注周美成词片玉集》,有吴昌绶、陶湘《景刊宋金元明本词》本,中国书店 2010 年版。
④ 有王鹏运《四印斋所刻词》本,上海古籍出版社 1989 年版。下文所据即此本。

绩卓异。如厉鹗之《绝妙好词笺》、江昱之《山中白云词疏证》及《草窗词疏证》、朱祖谋之《梦窗词小笺》、沈曾植之《稼轩词小笺》。"[1]历代各种词集笺注之体例、内容、性质有所不同,如从历时角度综合考察,可寻绎其大致发展趋向。

(一) 由单一性到综合性

苏轼、贺铸、周邦彦等词人好使事用典,从前人诗句中吸取精华,宋人已注意到这一创作现象。如沈义父《乐府指迷》认为周邦彦词"下字运意,皆有法度,往往自唐宋诸贤诗句中来";[2]陈元龙《详注周美成词片玉集》的重心便在于注解字句出处与典故来源,很少涉及词作意旨、艺术手法、创作本事等,体例与内容比较单一,深度也有限。何士信增修笺注《草堂诗余》时,对陈元龙注《片玉集》之体例及内容有所因袭和依傍,不同之处主要在于何士信笺注本的词作后附录有词话,多援引《苕溪渔隐丛话》、《花庵词选》、《雪浪斋日记》、《古今词话》等书的评词内容,或记载创作时地,或品评词艺,或辨析作者,涉及面较广,在一定程度上弥补了单一笺注语词、典故的局限。

傅幹《注坡词》与魏道明《萧闲老人明秀集注》则较多体现了词集笺注内容的多样化与综合性。学际天人的苏子瞻在词的创作上,"以诗为词",博大精深;《注坡词》中的注解内容也非常广博,大凡典故训释、名物考证、修辞运用、创作时地、诗词互证等诸多方面均有涉及。金代蔡松年崇苏、学苏,其词作对东坡词句予以大量引

---

[1] 《词学》第一辑,华东师范大学出版社1981年版,第15页。
[2] 沈义父《乐府指迷》,唐圭璋《词话丛编》,中华书局1986年版,第277页。

用或化用,魏道明不避冗复,于《明秀集注》中一一指出。《明秀集注》还有两大特点:一是"知人论世",比较留意词人交游对象,征引载籍,保存了第一手文献资料。王鹏运对此评价颇高:"萧闲同时庚和诸人如陈沂、范季沾、梁兢、曹治、杜伯平、吴杰、田秀实、高廷凤、李或、李舜臣、赵松石、陈唐佐、赵伯玉、许采、杨仲亨、赵愿恭、张子华辈,《中州集》俱未载,道明一一详注其仕履始末,又遗闻轶事,零章断句,往往而有,足与刘祁《归潜志》并为金源文献之征。"①二是"以意逆志",常对词作、句意予以阐释、申发乃至串讲。如蔡松年《念奴娇》(离骚痛饮)一阕,追和东坡赤壁词,写得慷慨豪宕,被元好问推为蔡词压卷之作;魏氏于"五亩苍烟,一邱寒碧,岁晚忧风雪"句下注曰:"风雪以比忧患,是时公方自忧,恐不为时之所容,故有此句。"于"胜日神交,悠然得意,遗恨无毫发"句下注曰:"公意欲忘怀忧患,一寓之酒,而与晋贤神交,庶得意而无愁恨也。"魏氏结合词人身世及词作内容予以申发、解释,所言自然有一定的可信度。

清人《绝妙好词笺》、《山中白云词疏证》等词集笺注继承、发展了《注坡词》、《萧闲老人明秀集注》的体例,笺注内容涉及面广且具有时代特点,下文将详细论及。

(二) 由普及化到学术化

宋代词体文学盛行,宋人给词集作注,主要是为帮助演唱者和读者更准确理解原作。罗大经《鹤林玉露》云:"区区小词,读

---

① 王鹏运《明秀集跋》,《四印斋所刻词》,上海古籍出版社1989年版。

书不博者,尚不得其旨。"①傅共为傅幹《注坡词》作序,称苏轼词"闺窗孺弱,亦知爱玩。然其寄意幽渺,指事深远。片词只字,皆有根柢。是以世之玩者,未易识其佳处",②他认为傅注有助于"闺窗孺弱"等普通读者阅读、欣赏词作。刘肃序《详注周美成词片玉集》,交代陈元龙笺注词集之目的在于便歌、便读:"阅其(按,指周邦彦)词,病旧注之简略,遂详而疏之,俾歌之者究其事、达其辞,则美成之美益彰,犹获昆山之片珍,琢其质而彰其文,岂不快夫人之心目也?"③宋末词学家沈义父在《乐府指迷》中也说:"学者看词,当以周词集解为冠。"④其所云之"周词集解"或许就是陈注本。

唐宋词是当时受人欢迎的文化消费品,南宋书坊编选、刊刻了《百家词》、《典雅词》、《琴趣外编》和《六十名家词》等大型词集丛编以满足读者需求。至于坊编词选《草堂诗余》,则为宋代流行歌曲集,受到市井大众欢迎。原书有注解,其后何士信又有增修笺注之举,笺注侧重字句出处或典故来源,后间附词话,颇便一般读者(包括歌妓)欣赏和使用。明代《草堂诗余》盛行,出现了许多分类或分调编纂的改编本,"草堂"系列的笺注体例与内容多因袭何本。比照洪武二十五年(1392)遵正书堂刊本《草堂诗余》、嘉靖十七年(1538)陈钟秀本《草堂诗余》、嘉靖末荆聚本《草堂诗余》,可发现三

---

① 罗大经《鹤林玉露》甲编卷四,中华书局1983年版,第72页。
② 刘尚荣校证《傅幹注坡词》,巴蜀书社1993年版,第7页。
③ 陈元龙《详注周美成词片玉集》卷首,吴昌绶、陶湘《景刊宋金元明本词》,中国书店2010年版。
④ 沈义父《乐府指迷》,唐圭璋《词话丛编》,中华书局1986年版,第278页。

书笺注内容基本相同,只是繁简稍有差异。明万历后,文人对《草堂诗余》予以新注,如唐顺之解注《类编草堂诗余》,钱允治、陈仁锡笺释《类选笺释草堂诗余》、《类选笺释续选草堂诗余》等,仍以因袭为主,鲜有胜义。明代各种《草堂诗余》多为书坊编纂刊刻,坊贾射利,以满足市井大众的阅读消费为主,无意追求笺注之博洽、精深,再加之明人学风有空疏之弊,故而明人词集笺注因袭多于创见,建树不多。

值得注意的是,宋金元明时期词集笺注,主要考虑普通读者的消费需求,偏重文学性赏析,而其学术化倾向也初露端倪。如《注坡词》涉及名物考释、词作编年,《萧闲老人明秀集注》注意对词人交游进行考证。清代词学复兴,某些词人(兼学者)投入心力从事词集笺注工作,加之乾嘉之际考据学的兴盛,词集笺注也深受当时学风熏染与影响,笺注体例由"注"、"笺"发展至"考证"、"疏证",注意广征文献,突出考据、校勘等内容,体现出鲜明的学术化倾向。《绝妙好词笺》、《曝书亭集词注》、《山中白云词疏证》等笺注本的出现,体现出这一发展趋势。

乾隆前期,"浙西词派"领袖人物厉鹗与学者查为仁分别笺注《绝妙好词》。据厉鹗《绝妙好词笺序》及查为仁之子查善长、查善和《绝妙好词笺跋》二文所叙,查为仁曾为笺《绝妙好词》,花费了不少心血,且多有创获。恰好厉鹗对此书亦颇感兴趣,做过一些笺释工作。乾隆十三年戊辰(1748)秋,厉鹗北上至天津,客居查为仁家,二人一拍即合。厉氏将自己的部分心得,一并交给查为仁,请其补入所笺。二人经数月商榷研讨,终于在次年夏完成此笺。书成数日,查为仁即病故。此笺博采旁搜,成绩体现在两大方面:一是注明词人的生平履历,"诸人里居出处,十得八九"。①二是此笺广泛引用正史、笔记、诗文序跋、地方志、诗话、词话、文人别集、诗选、词选、画论、书论等著作,用书达百余种,阅读此笺,对所选诸词的理解把握必然会大大加深,这就是厉鹗《序》中所说的"词中之本事、词外之佚事,以及名篇秀句、零珠碎金,捃拾无遗,俾读者展卷时,恍然如聆其笑语而共其游历"的效果。特别是笺中所引方志资料,对理解原词帮助颇大。《四库全书总目·绝妙好词笺七卷提要》评价曰:"所笺多泛滥旁涉,不尽切于本词,未免有嗜博之弊。宋词多不标题,读者每不详其事,如陆游(按:当作陆淞)之《瑞鹤仙》、韩元吉之《水龙吟》、辛弃疾之《祝英台近》、尹焕之《唐多令》、杨恢之《二郎神》,非参以他书,得其源委,有不解为何语者。其疏通证明之功,亦有不可泯者矣。"②《提要》批评《绝妙好词笺》"多泛滥旁涉,不尽切于本词,未免有嗜博之弊",未为妥当。因翻阅此书,觉所笺多持之有故,平正切实,大有助于知人论世,笺文中多余的、无目的的笺释内容并不多见,并无卖弄学问之嫌。

与《绝妙好词笺注》体例近似的还有李富孙《曝书亭集词注》。③李富孙(1764—1843),字既汸,一字芗汲、芗沚,浙江嘉兴人。肄业诂经精舍,深湛经术。嘉庆六年(1801)辛酉拔贡,从卢文弨、钱大昕、王昶、孙星衍等游。《曝书亭集词注》七卷,包括朱彝尊《曝书亭集》中词四种,即《江湖载酒集》三卷、《静志居琴趣》一卷、

---

① 厉鹗《绝妙好词笺序》,《绝妙好词笺》卷首,中华书局1957年版。
② 《四库全书总目》卷一九九,中华书局1997年版(整理本),第2805页。
③ 李富孙《曝书亭集词注》,有嘉庆十九年(1814)校经颁刻本,又有台湾广文书局1978年影印本。

《茶烟阁体物集》二卷、《蕃锦集》一卷。李富孙《曝书亭集词注序》说自己从小喜为倚声,尤推重乡先贤朱彝尊词,故仿厉鹗、查为仁笺《绝妙好词》作《词注》。书前又列有《凡例》,交代笺注中的注意事项。《词注》一书特别注词作所化用前人之句,引证不惮繁富,词题所涉及的人物、本事,亦间有说明和考索,颇可资读者参考。

与厉鹗、查为仁大致同时的江昱,对词集笺疏用力既久且深,颇有发明,进一步促进词集笺注朝着学术化的方向发展。江昱(1706—1775),字宾谷,号松泉,安贫好学,博涉群籍,贯通经史,与浙西词派首领厉鹗、陈章等友善,频相唱和,有《蘋洲渔笛谱考证》、《山中白云词疏证》等传世。乾隆四年(1739),江昱从友人处过录影宋钞本《蘋洲渔笛谱》,"复以家藏草窗词诸本附编于后,为集外词,以存草窗一家之全璧。至题中人地岁月,以及本事、轶事、词话、倡和之作,凡有交涉,可互相发明者,并疏附词后"。①其后,江昱又用近二十年之功疏证《山中白云词》,②其创获主要有两方面:一是注意考证词作中的人物、地名。张炎生平资料极少,且生活于易代之际,流落播迁,交游对象为遗民退士,不见经传,词中所涉之人物、地名不易索解,读者多望文臆想,"夫集中之题但云某人某地,读者亦仅就其词,臆为人如是,地如是,是人与地因词而见,而不知词实有以确洽其人与地,何啻目眩珊瑚木难而不能名耶?其或实有所指而本题未能注明,则又往往忽略,甚且以为宽泛之语,

---

① 江昱《蘋洲渔笛谱考证跋》,《彊村丛书》,广陵书社 2005 年版,第 1190 页。
② 江昱《山中白云词疏证自序》谓:"间与弟蔗畦涉猎之余,遇可发明者,辄笔之简端,垂二十年,翻书不下万卷,盖已得十之七八。"《彊村丛书》,广陵书社 2005 年版,第 1249 页。

而曾不经意,可胜三叹"。① 针对这一问题,江昱多方征引史书、笔记、方志、文集等文献资料,着力疏解张炎词中出现的与作者直接相关的人名和地名。如卷四《潇潇雨·泛江有怀袁通父唐月心》,《疏证》引《续弘简录》介绍袁通父生平行迹,又据袁氏《静春堂诗集》中的有关材料考证出唐月心名希贤;卷三《高阳台》(古木迷鸦)一阕序云:"庆乐园,即韩平原南园。戊寅过之,仅存丹桂百余株,有碑记在荆榛中,故末有犹今之视昔之感,复叹葛岭,贾相之故庐也。"《疏证》广引《武林旧事》、《梦粱录》、《西湖赋》、《扣弦凭轼录》、《西湖游览志》等材料,介绍南园建造情况及其景观,便于读者理解词作的情感意蕴。二是悉心校勘。《疏证》依据的经过朱彝尊、李符等人校勘,龚翔麟刊行的八卷本,李符谓"可称善本",② 然江昱对词作细加校勘,还是订正不少讹误:"至于'元叟'之非'先叟'、'庆承'之为'庆乐'、'揖隐'之为'戢隐'、'太初'之即'复初'、'庚寅岁'之宜从'辛卯岁'、子昂卷之可并溪堂卷,一句之讹,一字之误,凡此之类,不可枚举。率从卷籍不相涉之处,参考互证,触类旁通而出。"③

傅幹、厉鹗、查为仁、江昱等人笺疏词集的学术化倾向对晚清以来的词学研究产生了积极影响。如龙榆生《东坡乐府笺》,于《注坡词》多有采择;朱祖谋《梦窗词集小笺》,主要涉及人地名与写作时间之考订,对词语及内容较少疏解与评析;夏承焘《姜白石词编

---

① 江昱《山中白云词疏证自序》,《彊村丛书》,广陵书社2005年版,第1249页。
② 李符《山中白云词序》,《彊村丛书》,广陵书社2005年版,第1252页。
③ 江昱《山中白云词疏证自序》,《彊村丛书》,广陵书社2005年版,第1249页。

年笺校》《龙川词校笺》即有意借鉴江昱《疏证》体例。[①]二十世纪，学界将词集笺注传统发扬光大，出版了众多富有学术含量的词集笺注（校笺）著作，词集笺注之学臻于完善和成熟，不仅惠及普通读者，于现代词学研究亦有大功。

二、词集评点之发展演变

评点是中国古代文学批评的一种独特方式，宋代即已出现。所谓评点，是"以标志符号和语言文字的评论，逐字、逐句、逐段分析文本的线索脉络，指点出文章的布局章法与字句修辞，引导读者并与之同时展开阅读的进程"。[②]一般而言，评点者可以借助评点这一批评形式发表感悟和见解，而经过评点的文本对读者阅读接受则有一定的帮助作用。词的评点在宋代即已出现，明代中后期以对《草堂诗余》《花间集》等词集的评点为标志，得以展开，到清代更是得到全面的发展，蔚为大观。

（一）形式、内容趋向多样化

南宋为词集评点之发轫期，大多有"评"（评语）无"点"（圈点符号）。[③]宋人评点词集，鲖阳居士、黄昇、刘辰翁三人值得注意。宋

[①] 《山中白云词疏证》的笺注方式引起了词学家夏承焘先生的注意，他在1929年"八月卅日"的日记中写道："作子野年谱，翻书三、四种（十种宋名家词疏证）。拟仿江宾谷注《山中白云词》《蘋洲渔笛谱》例，为白石、稼轩、山谷、淮海、片玉、乐章、龙州、后村、东坡、六一诸大家词作疏证，名十种宋人词疏证。"夏承焘《天风阁学词日记》，《夏承焘集》第五册，浙江古籍出版社、浙江教育出版社1997年版，第116页。

[②] 吴承学《现存评点第一书——论〈古文关键〉的编选、评点及其影响》，《中国文学评点研究论集》，上海古籍出版社2002年版，第222—223页。

[③] 张炎《词源》卷下记载："近代杨守斋精于琴，故深知音律，有《圈法周美成词》。"唐圭璋《词话丛编》，第267页。该本已佚，当有圈点符号。

南渡初，鲖阳居士编选《复雅歌词》，附有评语，实为词集评点之滥觞。该书早已散佚，赵万里曾辑《复雅歌词》一卷，共十则（唐圭璋辑入《词话丛编》），续有学者辑佚，可以从中略窥批点情况：或注解名物，如说明"鸳鸯菊乃豆蔻花"；[①]或交代本事，如记载万俟咏《雪明鳷鹊夜慢》（望五云多处春深）等应制词的创作背景；或宣扬编选者的词学观念，如对苏轼《卜算子》（缺月挂疏桐）做了关乎儒家诗教的评点。南宋后期，黄昇编《唐宋以来诸贤绝妙词选》、《中兴以来绝妙词选》（后人合称《花庵词选》），对部分词作予以评点，内容涉及词调、词史、词人、词艺等方面。如评唐李珣《巫山一段云》曰："唐词多缘题所赋，《临江仙》则言仙事，《女冠子》则述道情，《河渎神》则咏祠庙，大概不失本题之意。尔后渐变，失题远矣。"[②]说明词牌的初始面目及其演变，评李白词《菩萨蛮》、《忆秦娥》"二词为百代词曲之祖"，涉及词体起源问题。其他如评柳永"长于纤艳之词，然多近俚俗，故市井之人悦之"，评"白石词极精妙，不减清真乐府，其高处有美成所不能及"，评张孝祥《六州歌头》等词"骏发蹈厉，寓以诗人句法"，大都言简意赅。宋末刘辰翁以善评点诗文著称，也曾评点陈与义《无住词》、汪元量《水云词集》中的部分词作，但评语非常简略，说明其评点词作，或是偶尔为之，注意力并不在此。总体而言，宋代词集评点尚处于起步阶段。

元朝及明代前期，词学发展处于低谷，几乎没有评点词集问

---

① 《复雅歌词》："鸳鸯菊乃豆蔻花也。其花类百合而小，比牵牛花差大，红紫色，中心有双须，须之端为双鸳鸯之形。"转引自张余《〈复雅歌词〉佚语一则》，《江海学刊》2009年第4期，第198页。

② 黄昇《花庵词选》，辽宁教育出版社1997年版，第21页。下文所引皆据此本。

世；明嘉靖之后，词学发展逐渐显露复苏迹象，词集评点亦趋于兴盛。明人喜欢以简短灵活、图（符号）文并用的方式进行诗词鉴赏和批评，如明人朱之蕃辑刻《词坛合璧》，将汤显祖评点《花间集》、杨慎评点《草堂诗余》、茅暎评点《词的》、杨慎评点《四家宫词》合为一编。明代中后期编刊的词选大多都有评点，如杨慎《词林万选》及《百琲明珠》、张綖《草堂诗余别录》、茅暎《词的》、陆云龙《词菁》、潘游龙《精选古今诗余醉》等。而沈际飞评点《草堂诗余四集》、徐士俊评点《古今词统》的批语都多达上千条，蔚为可观。

古人评阅文学作品，除评语文字以外，还喜欢在文学作品的题目或字里行间加上圈点，用某种符号来做提示或者标记，表明一定含义。明代词集评点主要由评点符号和评点文字两部分组成：各种圈点符号醒目显豁，直观易懂，便于读者理解接受；文字包括序跋、眉批、夹批、旁批、总评等，既可以对字句作精细品藻，也可以宏观立论。评点符号和文字相互独立又相互配合，强化了评点的批评功能。明代中期以前的词选多以○或、标示句读，或标明佳句以提醒读者注意，评点符号还相对简单，如杨慎评点《草堂诗余》便是如此。到了明代后期，不仅词选中的评语增多，符号使用亦趋于多样化。如汤显祖评点《花间集》时符号已多达数种，采用更为醒目的◎和、标示作品中的重要词眼和佳句，注意运用多种圈点符号配合评语，对词作进行比较详细的评点。明末的戏曲理论家沈际飞，曾刊行《独深居点定玉茗堂集》，具有比较丰富的文学评点经验，他评点《草堂诗余四集》时使用了一套比较完善的圈点符号系统："其灵慧新特之句用○，尔雅流丽之句用、，鲜奇警策之字用◎，冷异巉削之字用、，鄙拙肤陋字句用｜，复用·读句，以便览者不啜嚅于开卷,心良苦矣。"(《发凡》)该书另有眉批数千条,内容极为丰富。评点方式是随阅随评,看似随意散漫,没有清晰的理论体系,其实沈际飞评点《草堂诗余四集》、徐士俊评点《古今词统》不仅具有较大规模,而且富有审美眼光和一定理论水平,系统梳理评点内容即可寻绎批评者的词学观念与当时词学风尚。[1]明人评点词集,绝大多数是评点前代词人作品,并且是一人独评。随着清词创作的繁荣与词学的复兴,顺、康之际清词评点本大量涌现,出现"友朋日常互评,社集、唱和群体共评"的现象,[2]词集评点的生成方式更趋多样化。

(二)由商品化转向文人化

明嘉靖以后,随着商品经济的繁荣、市民的壮大、印刷术的普及,文人的市民化和文学创作的商品化成为一种新的趋势,小说、戏剧、词曲等通俗文学受到市民大众的热烈欢迎。为迎合市民的文化需要,通俗文学作品大量刊刻和出版。明代中后期的刻书业极为繁盛,其中江、浙、闽一带刻书规模最大,刻书最多。书坊将编辑、出版、发行结合在一起,形成三位一体的书业专行,有文化头脑和商业眼光的书坊主在编刻书籍时增加插图、音注和评语。明代词集评点就是在这样的社会文化背景下兴盛发展起来的,难免沾染浓厚的商业色彩。

---

[1] 可参丁放、甘松《〈草堂诗余四集〉的编选评点及其词学意义》(《文学评论》2009年第3期),丁放、葛旭芳《从明代词选看明代词学观念的演变》(《学术月刊》2008年第2期)等论文。

[2] 朱秋娟《清初清词评点的风尚成因与原生面貌》,《文艺研究》2008年第11期,第64页。

例如，一些书坊利用名人效应进行广告宣传，邀请名人（或假托名人）写作序跋、编辑校订、注释评点，以促进图书销量。当时名流如杨慎、李攀龙、李廷机、董其昌、陈继儒、袁宏道、钟惺等人的大名都出现在"草堂"系列词选之中，虽然他们本人不一定真正参加了评点工作。[1]有人将题名李廷机评点《新刻注释草堂诗余评林》与题名李攀龙批评《新刻李于麟先生批评注释草堂诗余隽》的评点内容予以比照，发现雷同相似的评语近二百条，断定两个评点本的评者题名均出自伪托，并推测实际评点者很可能是郁郁不得志的诗人词人，或是一时短于钱财之用的穷苦书生。[2]明末沈际飞就曾批评这一现象："坊人嗜利更惜费，翻刻之弊，所由始也。迩来评告追板，而急于窃其实，巧于掩其名。……稍增损评注刻之者，而能逃于翻之一字乎？"[3]此外，明代文人大多以休闲、娱乐的心态来编选、评点词集。如《词菁》编选者陆云龙，号翠娱阁主人，曾刊刻、评点图书多种，《词菁》只是其所编《翠娱阁评选行笈必携》中的一种。当然，也有态度相对严肃认真的词集评点，所评内容也具有较高的词论价值。如沈际飞评点《草堂诗余四集》，规模宏大，内容丰富，既有词作主旨、风格、技巧等艺术鉴赏方面的感悟，又涉及词调、词韵等词体方面的辨析，其评点内容曾被《古今词统》、《古今诗余

---

[1] 例如杨慎是否评点过《草堂诗余》，学界就有不同的观点：张宏生《杨慎词学与〈草堂诗余〉》（《南京师范大学学报》2008年第2期）认为，题为杨慎评点《草堂诗余》中的评点内容，是当时书商从《词品》等著作中抄撮而成的；张静《评点与词话——杨慎评点〈草堂诗余〉与撰著〈词品〉之关系》（《中国韵文学刊》2008年第2期）认为，杨慎在撰著《词品》之前对《草堂诗余》进行了评点。

[2] 参李亨《〈草堂诗余〉研究》第三章第一节"真伪之辨"，南京大学2007年硕士论文，未刊本。

[3] 沈际飞评点《古香岑草堂诗余四集》之《发凡·诫翻》，明末翁少麓刊本。

醉》、《蓼园词选》、《古今词论》、《词苑丛谈》等多种词选、词话著作大量征引,代表了明代词集评点的较高水平。清人普遍推尊词体,不论创作还是研究,态度都相对严肃,词集评点之目的及性质由大众化、商品化转向专业化、文人化,词集评点成为标榜词学主张或切磋、交流词艺的重要手段。

　　清代浙西词派与常州词派的代表人物都曾借助评点词集来标榜或阐释自己的词学理论主张。例如,朱彝尊的词学理论主张主要体现在《词综》和一些序跋之中,但是"宏观性的理论,一旦落实到具体作品中,还有一个空间,需要读者自己去填补。比如,《词综·发凡》中说:'填词最雅,莫过石帚。'可是,这只是一个大判断,究竟如何的雅,还需要读者自己去理解。尤其是,在一个作者名下,不同的作品仍然还有不同的特性,不能一概而论。正是在这些方面,评点发挥了特定的作用,可以更加具体地阐发其词学思想"。[①]也就是说,通过朱彝尊评点词集、词作的具体内容,可以更为准确、深入地把握其词学思想。这一探讨颇具启发性,循此思路,可以发现张惠言、谭献、陈廷焯等著名词学家也喜好通过评点词集来阐发自己的词学主张。如张惠言认为"意内而言外者,谓之词",词之情意乃"缘情造端,兴于微言,以相感动,极命风谣里巷男女哀乐,以道贤人君子幽约怨悱不能自言之情"。[②]在《词选》中,他常将词与《诗经》、《楚辞》相比附,深求其"微言大义"。如评温庭筠

---

　　① 张宏生《宏观把握与微观示范——从评点看朱彝尊的词学成就》,《南京大学学报》2010年第2期,第86页。
　　② 张惠言《词选序》,施蛰存《词籍序跋萃编》,中国社会科学出版社1994年版,第796页。

《菩萨蛮》(小山重叠金明灭)曰:"此感士不遇也,篇法仿佛《长门赋》。"又说"照花前后镜"四句是"离骚初服之意";评冯延巳《蝶恋花》三首曰:"忠爱缠绵,宛然骚、辨之义。"评王沂孙《眉妩》(渐新痕悬柳)曰:"碧山咏物诸篇,并有君国之忧。此喜君有恢复之志,而惜无贤臣也。"都是在具体阐扬其词学主张。常派后劲谭献继承了周济"词亦有史"的思想,其《箧中词》评点蒋春霖词时多以"此谓词史"、"何减少陵"等语评价之。如评蒋春霖《琵琶仙》(天际归舟)云:"《水云楼词》固清商变徵之声,而流别甚正,家数颇大,与成容若、项莲生二百年中分鼎三足。咸丰兵事,天挺此才,为倚声家老杜。"①杜诗被后世誉为"诗史",谭献则明确标举蒋词为反映"世变"的"词史"之作。又如,陈廷焯编选《词则》,多有眉批评语,宗旨在于具体阐发"沉郁"之说,与其《白雨斋词话》相互呼应和印证。

词集评点还成为清代词人骚客的群体性文学活动,有"刊刻者索评,友朋日常互评,社集、唱和群体共评,这三种方式一般会同时出现于一部词集",②例如孙默纂辑大型词集丛编《国朝名家诗余》,集中评点者阵容强大,囊括当时词坛名家,如邹祇谟、王士祯、王士禄、陈维崧、曹尔堪、朱彝尊、李良年、尤侗、曹溶、董以宁、彭孙遹、宋琬、杜濬、孙枝蔚、丁澎、邓汉仪、汪懋麟、宗元鼎等皆参与了词集评点。朋辈的互相评点固然容易有标榜之习,但参与评点者多为词坛名家,创作经验丰富,其中不乏真知灼见,既有利于提升

---

① 清谭献辑、罗仲鼎校点《清词一千首:箧中词》,西泠印社出版社2007年版,第185页。

② 朱秋娟《清初清词评点的风尚成因与原生面貌》,《文艺研究》2008年第11期,第64页。

词艺和鉴赏水平,又能促进词坛繁荣发展。

三、词集笺注、评点之功能

中国古代词集笺注、评点的发展大致经历了由分到合、由合到分的历程。宋金时期词集笺注为多,评点尚处于起步阶段。明代中后期,笺注、评点结合紧密,但大多出现在特定的文本之中,以"草堂"系列词选为代表。清人往往在体例上将注释与评语分开,或以笺注为主,或以评点为主。笺注重"考据",学术化倾向明显;评点重"义理",多阐释词学观念或审美感受。笺注与评点作为词集"副文本",对读者阅读、接受作品起着积极作用,兼具诠释与传播两大功能。

从诠释学角度看,文本与阅读者存在距离,笺注、评点就是一种填补和创造,有助于消弭文本与阅读者之间的距离。一般来说,笺注侧重于说明词语出处、典故来源,间或介绍创作本事,帮助读者读懂文本,当然,有时也包含批评性内容;评点侧重个人的阅读感悟,更多涉及审美评价,其中也涉及相关知识的介绍。如清人黄苏《蓼园词选》于所选词作之下,先择录宋人词话或词选、笔记等资料作为笺注,然后加上自己的评语。所以,笺注、评点并非截然可分,有时会有所交叉或叠合。

笺注、评点都能引导接受者更好地理解作品,有利于作品的普及和传播。名人的词集、词作更能引起笺注、评点者的兴趣,如宋代著名词人苏轼、周邦彦的词集均有多种笺注本问世;笺注、评点又能进一步扩大词人及其作品的影响,如宋南渡后,"苏学北行",孙镇《注东坡乐府》问世,进一步促进了苏词的传播和接受,元好问曾评价说:"孙安常注坡词,参以汝南文伯起《小雪堂诗话》,删去他人所作'无愁可解'之类五十六首,其所是正,亦无虑数十百处,坡词遂为完本,不可谓无功。"①元好问还从孙镇《注东坡乐府》中录取七十五首,编成《东坡乐府集选》,惜已佚失。又如,蔡松年词集无其他传本,幸赖魏道明注本才得以行世,唐圭璋《全金元词》据四印斋刻本辑七十二首,另据《中州乐府》、《阳春白雪》补十二首,蔡词才算大体完备。值得注意的是,某些评点者还明确表明以评点促传播的意图,如汤显祖不满当时《草堂诗余》流行而《花间集》遭遇冷落,希望通过评点《花间集》使之受到读者欣赏和重视:"《诗余》流遍人间,枣梨充栋,而讥评赏誉之者亦复称是,不若留心《花间集》之寥寥也。余于《牡丹亭》亭梦之暇,结习不改,试取而点次之,评骘之,期世之有志风雅者,与《诗余》互赏。"②

  清代词人或词学家通过笺评的方式标榜或阐扬词学主张,不仅促进了词集的传播接受,甚至还有助于词派的发展和其影响的扩大。如《绝妙好词》在清代的刊刻、笺注以及续书,对浙西词派的发展产生了不可忽视的影响。《绝妙好词》在明代罕见流传,至清初始被浙西词派词人、学者柯崇朴、柯煜、朱彝尊等重新发现并刻印流布,予以揄扬推广,其后项绚又予以重刻,使其影响进一步扩大,成为《绝妙好词》接受史上的第一个高潮,且其接受者以浙西词派中的词人为主体。到了乾隆年间,查为仁、厉鹗《绝妙好词笺》出,成为此书接受史上的一件大事,也是浙西词派的一次重要学术

---

  ① 元好问《东坡乐府集选引》,《遗山先生文集》卷三六,《四部丛刊》本。
  ② 汤显祖《花间集叙》,施蛰存《词籍序跋萃编》,中国社会科学出版社1994年版,第634页。

活动。《绝妙好词笺》问世后,清人余集又有《续钞》之作。余集从周密《浩然斋雅谈》、《志雅斋丛钞》、《齐东野语》、《癸辛杂识》、《武林旧事》诸书中抄录宋人词作共六十首(包括几首附录之词),钱唐姚煜为之作注,实亦偏重于笺证本事。道光九年(1829)徐懋重刻《绝妙好词笺》时,将余集《续钞》附刻于后,又将徐懋自己从周密诸笔记中抄得之词十三首一并刻入,名曰《绝妙好词续钞·补录》,将周密笔记中所记"本事"附于词后,同于"笺"文。清人对《绝妙好词》的接受与研究,在这时达到高潮。咸丰五年(1855)孙麟趾编选的《绝妙近词》问世,也是接受、效法《绝妙好词》的一个实例。孙麟趾是一位推崇浙西词派的词论家,《绝妙近词·凡例》即推崇朱彝尊、厉鹗之词,而对常州词派表示不满。该书以朱彝尊《词综》为楷模,选辑嘉庆四年(1799)至咸丰五年(1855)五十多年间词,得词人八十九家,词二百六十首,以宗姜夔词风者为首选对象。陈庆溥《绝妙近词序》明言此书沿《绝妙好词》之例,并对查、厉之笺评价甚高,又以不能如《绝妙好词笺》那样作笺注而遗憾,并希望后来者能为之笺注。由此可见,从《绝妙好词笺》到其《续钞》,再到《绝妙近词》,词集笺注对浙西词派的发展起到了相当大的影响。

评点的文学功能与笺注有相同之处,又有区别。笺注侧重知识介绍,重在求真;而评点更具个性色彩,偏于审美感悟。"评点所最为倾心的是文本本身的优劣,它努力挖掘的是文学的美究竟何在以及何以美,它注重对文本的结构、意象、遣词造句等属于文学形式方面的分析"。[①] 评点在很大程度上是一种阅读学,它既是评

---

① 张伯伟《中国古代文学批评方法研究》,中华书局2002年版,第591页。

点家反复阅读、揣摩的结果,又成为后来读者阅读的先导。一方面,评点者要与作者及作品展开对话,充分调动自身的阅读、审美体验,表达对作品的感悟和见解;另一方面,评点者要将自己的感受通过圈点、批语等方式附着在原有文本上,将自己的审美观念传递给后来的阅读者。也就是说,笺注基本上是单向的,而评点在一定程度上实现了评点者与作者以及后来读者之间的交流与对话。

四、结语

中国古代词集笺注始于北宋,盛于清代,其体例及内容由单一性走向综合性,由普及性走向学术化;词集评点则发轫于南宋,明后期趋于繁荣,清代又有新发展,评点的内容趋向丰富,目的及性质由大众化、商业化转向专业化、文人化,甚至成为词人骚客标榜理论主张或切磋词艺的手段。笺注与评点所发挥的功能,既有相同之处,又有区别。笺注侧重知识介绍,重在求真,评点更具个性色彩,偏于审美感悟,二者共同构成词学诠释学的重要内容;笺注、评点对词集传播接受、词派形成发展等都具有积极意义。

附录二 唐宋元明词选序跋汇辑笺评

说明：

1. 收录唐宋元明时期具有代表性的词选序跋，后人（如清人）为词选所补题跋一般不予收录。

2. 序跋作者予以简介，正文亦予以注释和评析。

3. 序跋编排大致以时代为序，文末括号标明文献出处。

1. 欧阳炯《花间集序》

欧阳炯（896—971），益州华阳（今四川成都市）人，生于唐末，一生经历整个五代时期，晚年入宋朝为官。在前蜀，官至中书舍人。国亡入洛，为后唐秦州从事。后蜀开国，拜中书舍人、翰林学士承旨，六十六岁时官至宰相。广政二十八年（965）后蜀亡国，入宋，为翰林学士、左散骑常侍，以本官分司西京卒，时年七十六岁。欧阳炯性情坦率放诞，生活俭素自守。他颇多才艺，精音律，通绘画，能文善诗，尤工小词，是"花间词派"重要作家。今存文两篇，见《全唐文》、《唐文拾遗》；诗五首，见《全唐诗》、《全唐诗外编》、《全唐诗续拾》；词四十七首，见《花间集》、《尊前集》。

镂玉雕琼，拟化工而迥巧；裁花剪叶，夺春艳以争鲜。是以唱云谣则金母[1]词清,挹霞醴则穆王[2]心醉。名高白雪,声声而[3]自合鸾歌;响遏青云,字字而[4]偏谐凤律。杨柳大堤之句,乐府相传;芙蓉曲渚之篇,豪家自制。莫不争高门下[5],三千玳瑁[6]之簪;竞富樽前,数十珊瑚之树。则有绮筵[7]公子,绣幌佳人,递叶叶之花笺,文抽丽锦;举纤纤之玉指,拍按香檀。不无清绝之辞,用助娇娆之态。自南朝之宫体,扇北里之倡风。何止言之不文,所谓秀而不实。有唐已降,率土之滨,家家之[8]香径春风,宁寻越艳;处处之[9]红楼夜月,自锁嫦娥[10]。在明皇朝,则有李太白应制《清平乐》词四首,近代温飞卿复有《金荃集》[11]。迩来作者,无愧前人。今卫尉少卿字弘基[12],以拾翠洲边,自得羽毛之异;织绡泉底,独殊机杼之功。广会众宾,时延佳论。因集近来诗客曲子词五百首,分为十卷[13]。以炯粗预知音,辱请命题,仍为序引。昔郢人有歌《阳春》者[14],号为绝唱,乃命之为《花间集》。庶以阳春之甲,将使西园英哲[15],用资羽盖之欢;南国婵娟,休唱莲舟之引。时大蜀广政三年[16]夏[17]四月日序。(宋绍兴刻本《花间集》卷首)

笺注:

[1] 金母:古神话传说中的女神。俗称西王母。南朝梁陶弘景《真诰·甄命授》:"昔汉初,有四五小儿路上画地戏。一儿歌曰:'着青裙,入天门,揖金母,拜木公。'……所谓金母者,西王母也。"唐韦渠牟《步虚词》之十五:"西海辞金母,东方拜木公。"

[2] 穆王:指周穆王。《国语·齐语一》:"昔吾先王昭王、穆王,世法文武远绩以成名。"唐李白《大猎赋》:"哂穆王之荒诞,歌白

云之西母。"

［3］而：《四部丛刊》本景明万历刊本巾箱本《花间集》卷首序无"而"字。

［4］而：《四部丛刊》本无"而"字。

［5］莫不争高门下：《四部丛刊》本为"莫不争门高下"，清《粤雅堂丛书》本、清郑方坤《五代诗话》卷四所收《花间集序》为"莫不争歌门下"。

［6］玘瑉：清《粤雅堂丛书》本为"璕瑉"。

［7］绮筵：《四部丛刊》本为"锦筵"。

［8］之：《四部丛刊》本无"之"。

［9］之：《四部丛刊》本无"之"。

［10］常娥：《四部丛刊》本为"嫦娥"。

［11］温飞卿（812？—866）：本名岐，后名庭筠，字飞卿，太原祁（今山西祁县）人。唐宰相温彦博之后。诗词工于体物，设色丽，有声调色彩之美。《金筌集》，温庭筠词集，失传。

［12］弘基：清《粤雅堂丛书》本为"宏基"。清道光八年刻本宋欧阳修《五代史记注》卷六十三下及清嘉庆内府刻本清董诰《全唐文》卷八百九十一所收《花间集序》此句为："今卫尉少卿赵崇祚。"赵崇祚，五代后蜀人，字宏基。事孟昶为卫尉少卿。编有我国历史上第一部文人词选集《花间集》，其中选辑包括晚唐温庭筠等十八人的作品五百首，共十卷。

［13］分为十卷：《四部丛刊》本为"分为十二卷"。

［14］从此句至段末，清道光八年刻本、清嘉庆内府刻本为："乃命曰《花间集》，将使西园英哲，用资羽盖之欢；南国婵娟，休唱

莲舟之引。"

[15]"庶以阳春"句：清《粤雅堂丛书》本为"庶以阳春之曲将使西园英哲"。

[16] 广政三年：公元940年。广政(938—965)为后蜀后主孟昶年号。

[17] 夏：清《粤雅堂丛书》本无"夏"字。

评析：

欧阳炯的这篇《花间集序》是文学史上较早的专门论词的名文，它是词集序文的发端，又是我国第一部文人词选的第一篇序文，更为后世词论的发生、发展奠定了基础。该序文既点明《花间集》的编选时间、背景、主旨及词风特点，又概述了词体文学创作发展、演变的源流。

词本为酒筵歌席上聊佐欢愉之作，故谐乐而歌，文辞柔美，曲调和婉。序文赞词为"镂玉雕琼"、"裁花剪叶"之作，本为美玉，仍加雕饰，本为鲜花，再加裁剪，所以愈见绮丽精工，而这样富丽精工之作，竟由仙人和乐而歌，而使穆王心醉神迷。这是欧阳炯对"花间"词人词风及审美追求的生动概括，"花间"词人所创作、所吟咏的就是这样的和婉精工、富丽典雅的作品。欧阳炯将"花间"词人的词作比为《阳春》、《白雪》、《杨柳》、《大堤》等古代名作，指出这些作品依律而作，"响遏青云"，受到了广泛欢迎，当时人们"莫不争高门下"、"竞富樽前"，"绮筵公子"乘兴而作，"绣幌佳人"依词而歌。这也指出了"花间"词的创作主体及创作目的。《花间集》就是这些"绮筵公子"文思秀才的凝结，而他们创作这些华丽柔婉、"不无清绝之词"的作品，目的就是为歌筵酒席"用助娇娆之态"，由"绣幌佳人"按拍而歌,聊佐清欢,"将使西园英哲,用资羽盖之欢;南国婵娟,休唱莲舟之引",也就是用新词取代旧词。

对《花间集》的特点、审美趣味、主旨揄扬之后,欧阳炯还对南朝宫体诗加以评价,并概述了词体文学的演进过程。欧阳炯不满宫体诗"言之不文"、"秀而不实"的特点,认为那样的绮靡之作虽华丽但艺术成就不高。而与宫体诗不同,词作自唐代产生,就得到社会承认,连李白、温庭筠等也是词体文学的创作者,这就为词作争得了历史地位,也为《花间集》和"花间"词人扬名。

基于这样的词学观念,欧阳炯认为,赵崇祚编选的《花间集》是应运而生的,而且成就非凡、曲高和寡,必将如《阳春》、《白雪》一样成为千古"绝唱"。欧阳炯对《花间集》及"花间"词人的高度揄扬,虽有些自夸的嫌疑,但是《花间集》编成以后,流播广远,受到历代读者的重视和喜爱。

2. 黄大舆《梅苑序》

黄大舆,生卒年不详,宋南渡初蜀人,字载万,自署"岷山耦耕"。善乐府歌词,其词集名《乐府广变风》,已佚。夏几道《乐府广变风·序》曰:"惜乎语妙而多伤,思穷而气不舒,赋才如此,反啬其寿,无乃情文之兆欤?"(王灼《碧鸡漫志》引)曾抱疾山阳,所居有梅一株,因录唐以来才士咏梅之词,辑为词选《梅苑》。他与著名词学家王灼为友,王灼《碧鸡漫志》卷二谓其"学富才赡,意深思远,直与唐名辈相角逐,又辅以高明之韵,未易求也"。

自琼林、琪树、瑶华、绿萼之异不列于人间,目所常玩,如予东园之梅[1],可以首众芳矣。若夫呈妍月夕,夺霜雪之鲜;吐嗅风晨,聚椒兰之酷。情涯殆绝,鉴赏斯在。莫不抽毫遗滞,劈彩舒哀[2]。召楚云以兴歌,命燕玉以按节。然则《妆台》之篇,《宾筵》之章,可得而述焉。己酉之冬,予抱疾山阳,三径扫迹,所居斋前更植梅一株,晦朔未逾,略已粲然。于是录唐以来词人才士之作,以为斋居之玩。目之曰《梅苑》者,诗人之义,托物取兴。屈原制《骚》,盛列芳草,今之所录,盖同一揆。聊书卷目,以贻好事云。岷山[3]耦耕黄大舆载万序。(唐圭璋等校点《唐宋人选唐宋词》,上海古籍出版社2004年版)

笺注:

[1] 如予东园之梅:清光绪万卷楼藏本清陆心源《皕宋楼藏书志》卷一百二十集部所收《梅苑序》为:"自子东园之梅。"

[2] 劈彩舒哀:光绪万卷楼藏本为"劈彩舒衷"。

[3] 岷山:山名,在四川省北部,绵延四川、甘肃两省边境,为长江、黄河分水岭,岷江、嘉陵江支流白龙江发源地。《书·禹贡》:"岷山之阳,至于衡山。"

评析:

《梅苑》是黄大舆编选的一部唐宋咏梅词选。梅花经常被唐宋文人引入诗篇词章,既是因梅花之凌寒自芳的品格而兴发,也是由当时文人才士渐趋风雅的审美喜好所决定的。作者抱疾山阳,以梅为友,晨起扫花径,闲吟赏梅词,"于是录唐以来词人才士之作,以为斋居之玩",这既交代了作者编选词集《梅苑》的因由,更显示出作者高雅的审美趣味。

《梅苑序》展示了黄大舆的编选目的及审美旨趣。序首言:"自琼林、琪树、瑶华、绿萼之异不列于人间,目所常玩,如予东园之梅,可以首众芳矣。"琼林、琪树这些仙境之物并非人间所有,故非凡人所能赏鉴,但是寻常可见的梅花因为其独特风神,亦可以成为万花丛中的翘楚,"夺霜雪之鲜","聚椒兰之酷",非寻常花草所能及。所以,作者指出,正是因为梅花独有的风姿气格,历来受到文人的歌咏夸赞。

此序不仅交代了词集的编选缘由与目的,而且展现出作者不同于晚唐五代的独特词学观念。晚唐五代崇尚绮丽词风,并把词作当成酒席助兴的歌曲,而作者却认为词体文学也是"诗人之义,托物取兴",继承了《诗经》"诗言志"的文学传统,强调词作娱乐性之外的抒情性,认为词作也能像诗一样表情达意。这是词论史上的一大进步,可见作者境界不俗。与此相关,作者言"屈原制《骚》,盛列芳草,今之所录,盖同一揆"。以此可见,作者特地择选梅花这一文化积淀很深的意象为专题来编选《梅苑》,并非出于一时之赏玩,而是意在追溯屈原行迹,传扬屈原"香草美人"的艺术手法,借梅花来表现内心幽思。作者在编选《梅苑》时也践行了这一原则,所选词作中的梅花常常蕴含高洁、傲岸、不屈不挠等人格精神,这也为后世梅花独特的文化内涵留下了更为丰厚的积淀。

3. 曾慥《乐府雅词引》

曾慥(?—1155),字端伯,号至游子、至游居士,北宋大臣曾公亮裔孙,晋江(今福建泉州)人。绍兴初,任江西转运判官,后任太仆卿,以秘阁修撰提举洪州玉隆观,历任虔州、荆南、庐州知州,绍兴二十五年(1155)卒。他博学能诗,晚年隐居银峰,集《类说》六十卷,凡六百二十余种,传于世。又编有《道枢》、《高斋漫录》、《本朝百家诗选》等。编词选《乐府雅词》三卷,以所藏名公长短句裒合成编,共三十四家;《拾遗》二卷,则大多不知姓名。王弈清等《历代词话》卷七引《古今词话》曰:"端伯编《乐府雅词》,尤有功于词学。"

  余所藏名公长短句,裒合成篇,或后或先,非有铨次,多是一家,难分优劣,涉谐谑则去之,名曰《乐府雅词》。九重传出,以冠于篇首,诸公转踏[1]次之。欧公[2]一代儒宗,风流自命,词章幼眇[3],世所矜式;当时小人或作艳曲,谬为公词,今悉删除。凡三十有四家,虽女流亦不废。此外,又有百余阕,平日脍炙人口,咸不知姓名,则类于卷末,以俟询访,标目"拾遗"云。绍兴丙寅上元日,温陵[4]曾慥引。(《四部丛刊》景钞本《乐府雅词》卷首)

笺注:

[1] 转踏:也作"传踏",北宋歌舞表演形式的一种。演出时分若干节,每节一诗一词。

[2] 欧公:指欧阳修。

[3] 幼眇:幽微;微妙。

[4] 温陵:古地名,大致包括今福州、泉州等地。

评析:

《乐府雅词》编成于南宋高宗绍兴十六年(1146),是现存较早的宋人编选的宋词总集。序文指出,此书按照词人加以编排,选取宋代"三十有四家"词人作品,"虽女流亦不废"。此外,对于那些不详所出的作品也有所收录,"又有百余阕,平日脍炙人口,咸不知姓名,则类于卷末,以俟询访",可见作者的选录范围也是较为全面的。关于所选作家的排列标准,序文曰:"余所藏名公长短句,裒合成篇,或后或先,非有铨次,多是一家,难分优劣",故没有明确区分每位词人的成就差别。

就审美趣味而言,曾慥是崇雅抑俗的。《乐府雅词》共录欧词八十三首,位居所选词人作品数量之冠,作者说:"欧公一代儒宗,风流自命,词章幼眇,世所矜式;当时小人或作艳曲,谬为公词,今悉删除。"从现有文献来看,作为当时文坛盟主的欧阳修并非没有软媚绮艳之作,只是作者以"雅词"为选择标准,凡是词作中"涉谐谑则去之",更何况是"艳曲",他不相信(或不愿承认)那些"艳曲"出自"一代儒宗"之手。对于他的这一说法,后世有识之士当然不能苟同。在"雅词"的标准指导下,柳永等工于俗艳之词的作者自然也被拒之门外,这反映出南渡初期词人崇雅的审美趣味。

4. 鲖阳居士《复雅歌词序略》

鲖阳居士,姓名无考,事迹也不见记载,宋南渡时期人。鲖阳,汉县名,位于河南鲖水之阳,故城在今河南新蔡县东北。鲖阳居士曾编选大型词总集《复雅歌词》,原书久佚,今有赵万里辑佚本,仅十则。据吴熊和先生《唐宋词通论》推断,《复雅歌词》当辑成于绍兴十一年(1141)至绍兴二十四年(1154)这十二三年间。

> 孟子尝谓:"今之乐犹古之乐。"[1]论者以为今之乐,郑、卫之音也,乌可与《韶》、《夏》、《濩》、《武》[2]比哉?孟子之言,不得无过。此说非也。
>
> 《诗》三百五篇,商、周之歌词也。其言止乎礼义,圣人删

取以为经。周衰,郑、卫之音[3]作,诗之声律废矣。汉兴,制氏[4]犹传其铿锵。至元、成间[5],倡乐大盛,贵戚、五侯、定陵、富平、外戚之家,淫侈过度,至与人主争女乐[6],而制氏所传,遂泯绝无闻矣。《文选》所载乐府诗,《晋志》所载《砀石》等篇,古乐府所载其名三百,秦汉以下之歌词也。其源出于郑、卫,盖一时文人有所感发,随世俗容态而有所作也。其意趣格力,犹以近古而高健。更五胡之乱,北方分裂,元魏、高齐、宇文氏之国[7],咸以戎狄强种,雄据中夏,故其讴谣,淆糅华夷,噍杀[8]急促,鄙俚俗下,无复节奏,而古乐府之声律不传。

周武帝时,龟兹琵琶工苏祇婆者[9],始言七均[10];牛洪、郑译[11]因而演之,八十四调始见萌芽。唐张文收、祖孝孙[12]讨论郊庙之歌,其数于是乎大备。迨于开元、天宝间,君臣相与为淫乐,而明皇犹溺于夷音,天下薰然成俗。于是才士始依乐工拍弹之声,被之以辞句;句之长短,各随曲度,而愈失古之"声依永"[13]之理也。温、李之徒,率然抒一时情致,流为淫艳猥亵不可闻之语。吾宋之兴,宗工巨儒,文力妙天下者,犹祖其遗风,荡而不知所止。脱于芒端,而四方传唱,敏若风雨,人人歆艳咀味于朋游尊俎之间,以是为相乐也。其韫骚雅之趣者,百一二而已。以古推今,更千数百岁,其声律亦必亡无疑。

属靖康之变,天下不闻和乐之音者,十有六年。绍兴壬戌[14],诞敷[15]诏音,弛天下乐禁[16]。黎民欢忭[17],始知有生之快。讴歌载道,遂为化国[18]。由是知孟子以"今乐犹古乐"之言,不妄矣。(引自谢维新《古今合璧事类备要》外集卷十一《音乐门·乐章类》,文渊阁《四库全书》本)

笺注：

[1] 今之乐犹古之乐：《孟子·梁惠王下》："今之乐，由古之乐也。"由，通"犹"。

[2]《韶》、《夏》、《濩》、《武》：古代大型歌舞名，夏代以前有《韶》，夏代有《大夏》，商代有《大濩》，周朝有《大武》。

[3] 郑、卫之音：指郑、卫二国音乐。见张东川《草堂诗余后跋》注[1]。

[4] 制氏：制，姓氏。《汉书·礼乐志》："汉兴，乐家有制氏，以雅乐声律世世在大乐官，但能纪其铿锵鼓舞，而不能言其义。"

[5] 元、成间：汉元帝、成帝年间，公元前48年—前7年。

[6] 倡乐大盛句：《汉书·礼乐志》："今汉（元帝时）郊庙诗，未有祖宗之事，八音调均，又不协于钟律，而内有掖庭才人，外有上林、乐府，皆以郑声施于朝廷。……（至成帝）郑声尤甚，黄门名倡丙强、景武之属富显于世。贵戚、五侯、定陵、富平、外戚之家，淫佚过度，至与人主争女乐。"

[7] 元魏、高齐、宇文氏之国：元魏，即北魏。魏孝文帝迁都洛阳，改本姓拓跋为元，所以历史上也称元魏。高齐，南北朝时北方王朝之一，由高洋取代东魏建立，国号齐，建元天保，建都邺。宇文氏之国，即北周，南北朝时期的北朝之一，由西魏权臣宇文泰奠定国基，其子宇文觉正式建立。

[8] 焦杀：谓声调急促。

[9] 苏祗婆：北周至隋代著名的音乐家，琵琶演奏家，生卒年不详。据《隋书·音乐志》记载，周武帝聘突厥阿史那氏为皇后，阿史那氏带来了龟兹音乐及弹琵琶的龟兹乐工苏祗婆。苏祗婆其家

世代为乐工,不仅琵琶技艺超群,而且精通音律。

［10］七均:古代以七音配十二律,每律均可作为宫音,以律为宫所建立的七种音阶,称为"七均"。《隋书·音乐志中》:"(郑)译遂因其所捻琵琶,弦柱相饮为均,推演其声,更立七均。"

［11］牛洪、郑译:牛洪,《隋书》作"牛弘",字里仁,安定鹑觚(今甘肃灵台)人。隋文帝开皇年间太常卿,精通音律。郑译,字正义,荥阳开封(河南开封)人。博览群书,工骑射,尤善音律。周宣帝时拜内史上大夫,封沛国公,隋文帝时尝奉诏主议乐事。

［12］张文收、祖孝孙:张文收,善音律。贞观初,授协律郎。祖孝孙,仕隋及唐,曾参定雅乐。《旧唐书·音乐志》:"武德九年,始命孝孙修定雅乐,至贞观二年六月奏之。……及孝孙卒后,协律郎张文收复采《三礼》,言孝孙虽创其端,至于郊禋用乐,事未周备。诏文收与太常掌礼乐官等更加厘改。"

［13］声依永:谓乐声之高低抑扬依随歌咏而变化。《尚书·舜典》:"诗言志,歌永言。声依永,律和声。"孔颖达疏:"'声依永'者,谓五声依附长言而为之。"

［14］绍兴壬戌:宋高宗绍兴十二年(1142)。

［15］诞敷:遍布。《尚书·大禹谟》:"帝乃诞敷文德,舞干羽于两阶。"

［16］弛天下乐禁:《宋史·乐志》:"高宗南渡,经营多难,其于稽古饰治之事,时靡遑暇。建炎元年,首诏有司曰:'朕承祖宗遗泽,获托臣民之上,扶颠持危,夙夜痛悼。况于闻乐以自为乐,实增感于朕心。'二年,复下诏曰:'朕方日极忧念,屏远声乐,不令过耳。承平典故,虽实废名存,亦所不忍,悉从减罢。'"至绍兴十二年,国

势偏安,"冬十二月乙丑,始听中外用乐"(《宋史·高宗本纪》)。

[17] 欢忭:高兴,喜欢。

[18] 化国:教化施行之国。

评析:

宋南渡之后,朝野与词坛皆兴起复雅思潮。

由于靖康之变的历史惨剧,徽宗时期的大晟乐被时人目为亡国之音:"不幸崇、观小人用事,倡为丰亨豫大之说,以文太平。虽能作大晟乐,置大司乐,要亦不过崇虚文以饰美观而已,亦奚能救于宣、靖之弊哉!"(谢维新《古今合璧事类备要》)大晟乐的"雅乐"性质也遭受质疑和否定,如绍兴四年(1134)国子丞王普曾进言:"按《书·舜典》,命夔曰:'诗言志,歌永言,声依永,律和声。'盖古者既作诗,从而歌之,然后以声律协和而成曲。自历代至于本朝,雅乐皆先制乐章而后成谱。崇宁以后,乃先制谱,后命词,于是词律不相谐协,且与俗乐无异。乞复用古制。"(《宋史·乐志》)朝中有大臣标榜恢复古制、使用雅乐,民间也有鲖阳居士以《复雅歌词序》相号召。鲖阳居士认为北宋歌词有"流为淫艳猥亵不可闻之语"、"荡而不知所止"的弊病,主张歌词作品必须"韫骚雅之趣"。可见,作于宋南渡之初的《复雅歌词序》具有深远的历史感和强烈的现实性。

首先,鲖阳居士发挥孟子"今之乐犹古之乐"的观点,认为《诗》三百是商周时代的曲子词,《文选》以来的古乐府是秦汉以后的曲子词,唐宋以来新兴的曲子词,乃文人才士"依乐工拍弹之声,被之以辞",仍是歌词;古今之乐都是"一时文人有所感发,随世俗容态而有所作",词体文学与诗歌没有高下尊卑的区别。鲖阳居士有意提高曲子词地位,是尊体意识的鲜明体现。

其次,鮦阳居士编纂《复雅歌词》及写作此序的目的,重在标举"复雅",崇雅黜俗,恢复诗教的"骚雅之趣"。鮦阳居士将盛唐以后至于北宋的词乐"声律"一概斥为"郑卫之音",并认为自晚唐温、李之徒至北宋"宗工巨儒"与"文力妙天下者"的"情致"表达,均"流为淫艳猥亵不可闻之语",至于"韫骚雅之趣者,百一二而已"。在鮦阳居士看来,只有南渡之后的"和乐之音"才符合传统诗教审美趣味,充分反映其偏于保守的儒家正统思想。

由于有此种思想观念,鮦阳居士在《复雅歌词》中采用了汉儒解说《诗经》的方式来赏析词作。如鮦阳居士评点苏轼《卜算子》(缺月挂疏桐)词曰:"缺月,刺微明也。漏断,暗时也。幽人,不得志也。独往来,无助也。惊鸿,贤人不安也。回头,爱君不忘也。无人省,君不察也。'拣尽寒枝不肯栖',不偷安于高位也。'寂寞吴江冷',非所安也。此词与《考槃》诗相似。"评点者对词语的解释,不是从它们的本义出发,而是从比喻义和象征义来探究,对当时及后世均产生了一定影响。如宋代《花庵词选》、《草堂诗余》都引用过鮦阳居士的这一评语,后来清代常州词派以微言大义说词,倡导"比兴寄托",即是受其启发与影响。

5. 黄昇《中兴以来绝妙词选序》

黄昇,生卒年不详,字叔旸,福建人。因所居有玉林,又近散花庵,故号玉林,又号花庵词客。黄昇早弃科举,不乐仕进,以读书吟咏自适。游九功爱其诗,赞为"晴空冰柱"。黄昇与《诗人玉屑》的编者魏庆之为友,时人"并以泉石清士目之"。(胡德方《绝妙词选序》)编有《绝妙词选》二十卷,分上下两部分,上部为《唐宋诸贤绝妙词选》,共十卷,选唐五代及北宋词;下部为《中兴以来绝妙词选》,共十卷,专选南宋词,附自作词三十八首。《绝妙词选》为宋人词选之善本,对后世影响甚大,后人统称二书为《花庵词选》。黄昇著有《散花庵词》(一作《玉林词》)一卷。

  长短句始于唐,盛于宋。唐词具载《花间集》,宋词多见于曾端伯[1]所编,而《复雅》一集又兼采唐宋,迄于宣和之季,凡四千三百余首[2]。吁,亦备矣。况中兴以来,作者继出。及乎近世,人各有词,词各有体。知之而未见,见之而未尽者,不胜算也。暇日裒集,得数百家,名之曰《绝妙词选》。佳词岂能尽录,亦尝鼎一脔而已。然其盛丽如游金、张[3]之堂,妖冶如揽嫱、施[4]之袪,悲壮如三闾[5],豪俊如五陵[6],花前月底,举杯清唱,合以紫箫,节以红牙,飘飘然作骑鹤扬州[7]之想,信可乐也。亲友刘诚甫谋刊诸梓,传之好事者,此意善矣。又录余旧作数十首附于后,不无珠玉在侧之愧,有爱我者,其为删之。淳祐己酉[8]百五玉林。(《四部丛刊》景明翻宋本《中兴以来绝妙词选》卷首)

笺注:

[1] 曾端伯:即曾慥。

[2]"《复雅》"三句:《复雅》,即《复雅歌词》,词选本。南宋人陈振孙《直斋书录集解》卷二一云:"《复雅歌词》五十卷,题鲷阳居士序,不著姓名。末卷言宫词音律颇详,然多有调而无曲。"此书久佚,据黄昇此序,知《复雅歌词》为北宋末年成书的兼采唐宋的大型

词选。宋陈元靓《岁时广记》引《复雅歌词》七则,皆附词本事。赵万里辑十则,称之为最早的词林记事,唐圭璋收入《词话丛编》。宣和(1119—1125),宋徽宗的第六个也是最后一个年号。

[3] 金、张:汉时金日䃅、张安世二人的并称。二氏子孙相继,七世荣显。后用为显宦的代称。《汉书·盖宽饶传》:"上无许、史之属,下无金、张之托。"颜师古注引应劭曰:"金,金日䃅也。张,张安世也。"

[4] 嫱、施:王嫱、西施,古代美女。

[5] 三闾:指屈原。《后汉书·孔融传》:"忠非三闾,智非鼌错,窃位为过,免罪为幸。"李贤注"三闾":"即屈原也,掌王族三姓,曰昭、屈、景,故曰'三闾'。"

[6] 五陵:长陵、安陵、阳陵、茂陵、平陵五县的合称。均在渭水北岸,今陕西咸阳市附近,为西汉五个皇帝陵墓所在地。南朝陈徐陵《玉台新咏·序》:"有丽人焉,其人五陵豪族充选掖庭。"此泛指贵族或豪士。

[7] 骑鹤扬州:南朝宋殷芸《小说》:"有客相从,各言所志:或愿为扬州刺史,或愿多资财,或愿骑鹤上升。其一人曰:'腰缠十万贯,骑鹤上扬州。'欲兼三者。""骑鹤扬州"指既能做官又能发财,还能当神仙,是很多人的幻想。

[8] 淳祐己酉:即公元1249年。淳祐(1241—1252)为宋理宗赵昀的第五个年号。

评析:

随着词体文学创作的繁荣兴盛,词作亡佚的现象也非常普遍。《中兴以来绝妙词选》序文首先介绍了自己编选此集的原因:"长短句始于唐,盛于宋。唐词具载《花间集》,宋词多见于曾端伯所编,而《复雅》一集又兼采唐宋。"当时已有专集对唐宋词作的保留、传承作出了贡献,但是"中兴以来,作者继出。及乎近世,人各有词,词各有体。知之而未见,见之而未尽者,不胜算也",靖康之变后,社会动荡不安,词作流传、保存更属不易,所以黄昇对"中兴以来"(即宋南渡后)的词作进行搜集、编选是非常必要和非常及时的。

相对于曾慥对"雅词"的倡导,黄昇的词学思想取径较宽,《花庵词选》的选词标准为博观约取。他对各种词风都予以欣赏,并对词体文学的娱乐功能进行了肯定:"然其盛丽如游金、张之堂,妖冶如揽嫱、施之袪,悲壮如三闾,豪俊如五陵,花前月底,举杯清唱,合以紫箫,节以红牙,飘飘然作骑鹤扬州之想,信可乐也。"他认为无论"盛丽"、"妖冶"、"悲壮"还是"豪俊"的词作,虽然风格不同,但皆有可取之处,都可以谐以音律,聊佐清欢,是深受人们喜爱的文学样式。

作为一位词选家,对于词作的编选承传,黄昇有着比较清醒的认识。他认为"佳词岂能尽录,亦尝鼎一脔而已",好词妙词是不能尽收眼底的,自己只不过是遴选了其中一部分而已,并未居功于自己对中兴以来词作的选辑。这既是作者的自谦之辞,也是对选本难以穷尽历史长河中的文学瑰宝的一种感慨。

6. 胡德方《绝妙词选序》

胡德方,南宋文人,生平不详。

  古乐府不作,而后长短句出焉。我朝钜公胜士,娱戏文章,亦多及此,然散在诸集,未易遍窥。玉林[1]此选,博观约取,发妙音于众乐并奏之际,出至珍于万宝毕陈之中,使人得一编,则可以尽见词家之奇,厥功不亦茂乎?玉林早弃科举,雅意读书,间以吟咏自适。阁学受斋游公[2]尝称其诗为"晴空冰柱"。闽帅秋房楼公闻其与魏菊庄[3]为友,并以泉石清士目之。其人如此,其词选可知矣。淳祐己酉上巳,前进士胡德方季直序。(《四部丛刊》景明本《唐宋诸贤绝妙词选》卷首)

笺注:

[1] 玉林:黄昇,号玉林。

[2] 阁学受斋游公:游九功,宋游九言弟,字勉之,一字禹成。端平初,累官司农少卿,知庆元府,以循吏称,入权刑部侍郎,清慎廉恪。与游九言自为师友,讲明理学,学者称受斋先生。

[3] 魏菊庄:魏庆之,字醇甫,号菊庄,建安人。约宋理宗嘉熙末前后在世。富有文才,不屑科第,惟种菊千丛,日与诗人逸士觞咏于其间。著有《诗人玉屑》二十卷,所录多为宋人论诗之语。

评析:

此篇序文肯定了黄昇编选《唐宋诸贤绝妙词选》的历史作用,并对黄昇的人品及文学成就加以揄扬。

作者言"古乐府不作,而后长短句出焉。我朝钜公胜士娱戏文章,亦多及此",词体文学在宋代繁荣兴盛,文人在诗文之外,也大多参与词体文学的创作。但是当朝文人的词作并未得到很好的收集和整理,多"散在诸集,未易遍窥",所以黄昇编选词集对于保存词作文献作出了一定的贡献。作者称赞黄昇的编选方法是"博观约取,发妙音于众乐并奏之际,出至珍于万宝毕陈之中",因为眼光独到,所以选取的作品也都是上乘之作,因而有补于世,"使人得一编,则可以尽见词家之奇",可谓功在当代,利在千秋。

《四库全书总目》卷一九九《花庵词选提要》谓其书"去取特为谨严,非《草堂诗余》之类参杂俗格者可比;又每人名之下各注字号里贯,每篇题之下亦间附评语,俱足以资考核。在宋人词选,要不失为善本也"。该选本能达到较高质量和水准,与黄昇的人品和学养密不可分。黄昇无意于仕途,"雅意读书,间以吟咏自适",故而博古通今,才学出众,具有较深厚的学术修养、丰富的创作实践,还拥有比较充裕的编纂时间,这对他潜心编选词集是非常有利的。作者谓"其人如此,其词选可知矣",可谓知言。

7. 不著撰人《精选名儒草堂诗余序》

唐宋名贤词行于世,尚矣。方今车书混一,名笔不少,而未见之刊本。是编辄欲求备不可,姑撷拾所得,才三百余首,不复次第,刊为前集[1]。江湖太宽[2],俊杰何限,傥有佳作,毋惜缄示。陆续梓行,将见愈出而愈奇也。(据吴昌绶、陶湘编《景刊宋金元明本词》)

笺注:

[1] 前集:清光绪刻本清丁丙《善本书室藏书志》卷四〇《精选名儒草堂诗余序》为"首集"。

[2] 太宽:清光绪刻本为"天宽"。

评析:

从宋代开始,随着雕版印刷术的流行,书籍刊刻日渐简易,故而众多著作得到了刊刻流行,这对于文学作品的传播起到了巨大的推动作用,也极大地促进了当时的文化市场的繁荣。

《精选名儒草堂诗余》由元凤林书院编辑,凤林书院为元代书坊名称,该书不著编者姓氏。词体文学在宋代臻于极盛,至元代则有低落之势,正如序文所言:"唐宋名贤词行于世,尚矣。方今车书混一,名笔不少,而未见之刊本。"鉴于这样的现实,编纂者根据已有文献,"姑撮拾所得,才三百余首,不复次第,刊为前集",使之流传于世。同时,编者又指出"江湖太宽,俊杰何限",文学海洋波涛浩淼,而且文学创作在不断的变化发展之中,仅凭一部选集当然不能穷尽当时的优秀词作。所以,编者希望"傥有佳作,毋惜缄示",编者将会"陆续梓行",希望获得众多作家的支持和帮助。出版商与作家合作,对文学作品的保存和传播是有积极促进作用的。

8. 虞集《鸣鹤余音序》

虞集(1272—1348),字伯生,号道园,祖籍仁寿(今属四川),迁居抚州崇仁(今江西崇仁),宋丞相虞允文五世孙。三岁知读书,从吴澄游。大德初以荐授大都路儒学教授,文宗朝累迁奎章阁侍书学士,纂修《经世大典》,一时大文典册,咸出其手。每承顾问,必委屈尽言,随事讽谏。卒谥文靖。有《道园学古录》、《道园类稿》等。

会稽[1]冯尊师[2]本燕赵书生,游汴,遇异人,得仙学。所赋歌曲,高洁雄畅,最传者《苏武慢》二十篇;前十篇道遗世之乐,后十篇论修仙之事。会稽费无隐独善歌之,闻者有凌云之思,无复流连光景者矣。予山居每登高望远,则与无隐歌而和之。无隐曰:"公当为更作十篇。"居两年,得两篇半,殊未快意也。昭阳协洽之年[3]，嘉平之月[4]，长儿同之官罗浮，予与清江赵伯友、临川黄观我、陈可立、吴文明、平阳李平、幼子翁归泛舟送之。水涸，转鄱阳湖，上豫章，遇风雪，十五六日不能达。三百里清夜秉烛危坐，高唱二三夕，得七篇半。每一篇成，无隐辄歌之。冯尊师天外有闻，必能乘风为我一来听耶？明年舟中又得一篇，并《无俗念》二首。后三年仙游山道士彭致中[5]采集古今仙真歌词，并而刻之，与瓢笠高明，共一笑之乐也。道园道人虞集伯生叙述。（明钞本《鸣鹤余音》卷首）

笺注：

[1] 会稽：郡名，秦置，今江苏省东部及浙江省西部地区。

[2] 冯尊师：元人，生平不详，本为燕赵书生，后入道，有词作《苏武慢》二十首。

[3] 昭阳协洽之年：指农历癸未年，昭阳为岁时名，是十干中癸的别称，用于纪年。《尔雅·释天》："（太岁）在癸曰昭阳。"协洽是未年的别称。《尔雅·释天》："（太岁）在未曰协洽。"

[4] 嘉平之月：指腊月。《史记·秦始皇本纪》："三十一年十二月，更名腊曰嘉平。"

[5] 彭致中：仙游山道士，编有《鸣鹤余音》八卷。采辑唐以来羽流所著词篇，至元而止。所录多方外之言，不以文字工拙论，而寄托幽旷，亦时有可观。

评析：

《鸣鹤余音》为道家所撰词作选集，所收作者皆为道家，《四库全书总目》称其"采辑唐以来羽流所著诗余，至元而止"，并称"所录多方外之言，不以文字工拙论，而寄托幽旷，亦时有可观"。

虞集序文中更多的是叙写其与几位道友的交游,赞扬冯尊师的高逸和才学、费无隐的善歌和豪爽,并自述其词创作情况以及与友人秉烛夜游的雅兴,这些似乎与《鸣鹤余音》并无直接关联。但是正是作者这种闲适灵活的叙述道出了《鸣鹤余音》的编纂过程:作者与冯尊师等人相与唱和,共同创作众多词作,在此基础上彭致中才得以编辑成集,其编选目的则是"共一笑之乐也"。从作者的叙写中,人们可以感受到道人们那种闲适隐逸而又不失风雅的生活情趣,这或许就是《鸣鹤余音》所要展现的主旨。

9. 陈宗谟《精选名贤词话草堂诗余序》

陈宗谟,字文训,福建长乐人。父养德,人称孝友。正德八年(1513)举人,历任国子监学正、助教、监丞,后归老乡里,卒年八十余。

  《草堂诗余》,诗之余也。说者疵其慢要俚俗,流连光景,故其弊也,致使语言颠复,首尾混淆。西渠子[1]曰:"诗迄三百,是后流为二十有四:赋、颂、铭、赞、文、诔、箴、诗、行、咏、吟、题、怨、叹、章、篇、操、引、谣、讴、歌、曲、词、调,皆其六艺之余,而古人作之,岂赘也耶?《南陔》、《白华》、《华黍》,有声无词[2],音之至也。周汉而下,古乐府补乐歌,节以调应,词以乐定,题号虽不同,所以宣畅其一唱而三叹,诗余乐府,盖相为表里者也。"卜子夏[3]云:"虽小道必有可观。"其在兹乎?吕举子偕其外君子仙洲,方将极意于诗者也,因予言,遂录以序之,梓而达诸天下也。时嘉靖十有七年[4],岁次戊戌仲冬之月,哉生明,南京国子监监丞陈宗谟书。(王鹏运《四印斋所刻词》本)

笺注：

[1] 西渠子：具体何人不详。

[2]《南陔》、《白华》、《华黍》，有声无词：《诗经》有篇名的诗共有三百十一篇，实际既有篇名又有文辞的三百零五篇，《小雅》中《南陔》、《白华》、《华黍》、《由庚》、《崇丘》和《由仪》六篇有目无辞。有的学者认为辞已亡佚。朱熹《诗集传》则以为《南陔》等六诗为"笙诗"，也就是吹笙演奏的诗，故而有目无辞。

[3] 卜子夏：姓卜名商，字子夏，孔子弟子，与子游并列文学科。孔子既没，商居西河教授，魏文侯师事之，其子死，哭之丧明，有《诗序》、《易传》。

[4] 嘉靖十有七年：即嘉靖十七年(1538)。

评析：

宋本《草堂诗余》早已失传。今存最早刊本为元至正三年癸未(1343)庐陵泰宇书堂所刊的《增修笺注妙选群英草堂诗余》。此本在明代流传极广，出现了为数众多的翻刻本和改编本，如明洪武二十五年(1392)遵正书堂刊本《增修笺注妙选群英草堂诗余》、嘉靖十七年(1538)陈钟秀刊本《精选名贤词话草堂诗余》，就是现存较早的《草堂诗余》的明代翻刻本，这对唐宋词在明代的传播、接受起到了一定的促进作用。

该序称词为"诗之余"，但这并非代表作者不看重词的艺术性。作者针对当时人们认为词体文学"慢要俚俗，流连光景，故其弊也，致使语言颠复，首尾混淆"的偏见，列举了西渠子及卜子夏的说法加以驳斥，为词正名。他认为，诗词同源，词曲等艺术形式"皆其六艺之余"，都是在诗的基础上发展变化而来的，故词也应受到同等的重视。而"周汉而下，古乐府补乐歌，节以调应，词以乐定，题号虽不同，所以宣畅其一唱而三叹，诗余乐府，盖相为表里者也"的说法，更加清晰地表明了诗词乐府等不同艺术形式同源异流、异彩纷呈的实质。子夏"虽小道必有可观"之语用在此处，有指代词作的作用，虽然不免有小觑词作历史地位的嫌疑，但是毕竟体现出作者对词的艺术性的认同。

10. 任良斡《词林万选序》

任良斡，字直夫，号南峤，广西桂林人。以乡荐授潜江教谕，嘉靖十三年（1534）以抚恤流落无依者为人称道，事迹见明过庭训《本朝分省人物考》卷一一三、明何乔远《名山藏》卷一百《艺妙记》等。《词林万选》四卷内府藏本题曰："明杨慎编，慎有《檀弓丛训》，已著录。此本为嘉靖癸卯楚雄府知府任良斡所刊。"据此可知，任良斡在嘉靖癸卯（1543）任楚雄府知府。

> 古之诗，今之词也。二《雅》二《颂》，有义理之词也；填词小令，无义理之词也。在古曰诗，在今曰词，其分以此。故曰："诗人之赋丽以则，词人之赋丽以淫。"盖自汉已然，况唐以降乎！然其比于律吕，叶于乐府，则无古今一也。虽然，邪正在人，不在世代；于心，不于诗词。若《诗》之《溱洧》、《桑中》、《鹑奔》、《鸡鸣》，虽谓之今之淫曲可也。张于湖[1]、李冠[2]之《六州歌头》、辛稼轩之《永遇乐》[3]、岳忠武之《小重山》[4]，虽谓之古之雅诗可也。填词之不可废者以此。
> 升庵太史公[5]家藏有唐宋五百家词，颇为全备，暇日取其尤绮练者四卷，名曰《词林万选》，皆《草堂诗余》之所未收者

也。间出以示走,走骤而阅之,依绿水,泛芙蓉,不足为其丽也;茹九畹之灵芝[6],咽三危之瑞露[7],不足为其甘也;分织女之机丝,秉鲛人之绡杼[8],不足为其巧也。盖经流水之听[9],受运风之斤者矣[10]。遂假录一本,好事者多快见之,故刻之郡斋,以传同好云。时嘉靖癸卯[11]季春吉,奉政大夫守楚雄府、桂林任良幹书。(清乾隆重印明末毛氏汲古阁刻《词苑英华》本《词林万选》卷首)

笺注:

[1] 张于湖:张孝祥(1132—1169),字安国,历阳(今安徽和县)人。寓居芜湖,因号于湖居士,有《于湖居士集》。张孝祥《六州歌头》:"长淮望断,关塞莽然平。征尘暗,霜风劲,悄边声。黯消凝,追想当年事,殆天数,非人力;洙泗上,弦歌地,亦膻腥。隔水毡乡,落日牛羊下,区脱纵横。看名王宵猎,骑火一川明,笳鼓悲鸣,遣人惊。 念腰间箭,匣中剑,空埃蠹,竟何成!时易失,心徒壮,岁将零,渺神京。干羽方怀远,静烽燧,且休兵。冠盖使,纷驰骛,若为情。闻道中原遗老,常南望、翠葆霓旌。使行人到此,忠愤气填膺,有泪如倾。"

[2] 李冠:生卒年不详,字世英,历城(今山东济南)人。以文学著称,与王樵、贾同齐名。举进士不第,得同三礼出身,官乾宁主簿。其词婉约多姿,风格近张先。有《东皋集》二十卷,不传。《全宋词》辑存其词五首。李冠《六州歌头》:"凄凉绣岭,宫殿倚山阿。明皇帝,曾游地,锁烟萝,郁嵯峨。忆惜真妃子,艳倾国,方姝丽。朝复暮,嫔嫱妒,宠偏颇。三尺玉泉新浴,莲羞吐、红浸秋波。听花奴,敲羯鼓,酣奏鸣鼉。体不胜罗,舞婆娑。 正霓裳曳,惊烽

燧,千万骑,拥雕戈。情宛转,魂空乱,蹙双蛾,奈兵何。痛惜三春暮,委妖丽,马嵬坡。平寇乱,回宸辇,忍重过。香瘗紫囊犹有,鸿都客、钿合应讹。使行人到此,千古只伤歌,事往愁多。"

[3] 辛稼轩:辛弃疾(1140—1207),字幼安,号稼轩,历城(今山东济南)人。南宋著名词人,词集名《稼轩词》,一名《稼轩长短句》。辛弃疾《永遇乐·京口北固亭怀古》:"千古江山,英雄无觅,孙仲谋处。舞榭歌台,风流总被,雨打风吹去。斜阳草树,寻常巷陌,人道寄奴曾住。想当年,金戈铁马,气吞万里如虎。 元嘉草草,封狼居胥,赢得仓皇北顾。四十三年,望中犹记,烽火扬州路。可堪回首,佛狸祠下,一片神鸦社鼓。凭谁问,廉颇老矣,尚能饭否?"

[4] 岳忠武:岳飞(1103—1142),字鹏举,汤阴(今河南安阳市汤阴县)人。抗金名将,南宋军事家,卒谥武穆,后改谥忠武,嘉定中追封为鄂王,有《岳武穆集》传世。岳飞《小重山》:"昨夜寒蛩不住鸣。惊回千里梦,已三更。起来独自绕阶行。人悄悄,帘外月胧明。 白首为功名。旧山松竹老,阻归程。欲将心事付瑶琴。知音少,弦断有谁听?"

[5] 升庵太史公:杨慎(1488—1559),字用修,号升庵,新都(今四川成都属区)人。明代著名文学家、学者,有《升庵集》八十一卷。卒谥文宪。

[6] 九畹:《离骚》:"余既滋兰之九畹兮。"王逸注:"十二亩曰畹,或曰田之长为畹也。"灵芝,一名灵草。《文选·班固〈西都赋〉》:"灵草冬荣,神木丛生。"李善注:"神木,灵草,谓不死药。"

[7] 三危:《山海经·西次三经》:"三危之山,三青鸟居之。"郭

璞注："三青鸟主为西王母取食者。"瑞露,即甘露,《山海经·海外西经》："诸天之野,鸾鸟自歌,凤鸟自舞。凤皇卵,民食之;甘露,民饮之。所欲自从也。"

[8] 鲛人:《太平御览》卷七九〇引张华《博物志》："南海水有鲛人,水居如鱼,不废织绩。"

[9] 流水之听:比喻知音之赏。《列子·汤问》："伯牙善鼓琴,钟子期善听。伯牙鼓琴,志在高山,钟子期曰:'善哉,峨峨兮若泰山!'志在流水,钟子期曰:'善哉,洋洋兮若江河!'伯牙所念,钟子期必得之。"

[10] 运风之斤:比喻手法纯熟,技艺高超。《庄子·徐无鬼》："郢人垩慢其鼻端,若蝇翼,使匠石斫之。匠石运斤成风,听而斫之,尽垩而鼻不伤。"

[11] 嘉靖癸卯:嘉靖二十二年(1543)。嘉靖(1522—1566),明世宗朱厚熜的年号。

评析:

《词林万选》是明代著名学者杨慎编辑的一部词选,任良幹的序文对该部词选予以高度评价,并表明了本人的词学观念。

序文对诗词关系的探讨值得注意。作者认为"古之诗,今之词也",将今词与古诗等同,并认为诗与词"比于律吕,叶于乐府,则无古今一也",诗词在协乐而歌方面有共同的特点;并指出词由诗发展而来,诗词本为一体,是人们在对待诗词的态度上有所区别而使其分化,故作者说"邪正在人,不在世代;于心,不于诗词",词也能具有诗歌的社会功用和艺术成就;最后得出"填词之不可废者以此"的结论,极力论证词这种音乐文学体裁存在的合理性及其存在价值。在"明词中衰"的大背景下,这种呼吁和论证有助于人们重新注意和重视词体文学的创作。

作者还介绍了此书编纂的背景及特点:"升庵太史公家藏有唐宋五百家词,颇为全备,暇日取其尤绮练者四卷,名曰《词林万选》,皆《草堂诗余》之所未收者。"宋代《草堂诗余》在明代流行颇广,该集选录词人近百家,多选晚唐五代北宋词,以周邦彦最多,其下依次为秦观、苏轼、柳永等人。杨慎曾明确对《草堂诗余》提出过批评,他在《词品》中批评《草堂诗余》选目不够恰当,有当选而未选者。因此,他亲自编选《词林万选》、《百琲明珠》等词选,以弥补《草堂诗余》选词的缺失。值得注意的是,《词林万选》、《百琲明珠》选录的词作虽然未必皆为《草堂诗余》所未收者,但其重出比率比较低,所以任氏所言虽然不够准确,但大体属实。

作者指出,杨慎从"唐宋五百家词"中"取其尤绮练者",辑录成书,具有比较鲜明的艺术特色:"依绿水,泛芙蓉,不足为其丽也;茹九畹之灵芝,咽三危之瑞露,不足为其甘也;分织女之机丝,乘鲛人之绡杼,不足为其巧也。盖经流水之听,受运风之斤者矣。"明人大多欣赏词作的"丽"、"甘"、"巧"等特点,就不免显得有点狭隘了。

11. 杨慎《词品叙》

杨慎(1488—1559),字用修,号升庵,四川新都(今成都市新都区)人。后因流放滇南,故自称博南山人、金马碧鸡老兵。年二十四,正德六年(1524)廷试第一,授翰林院修撰,预修武宗实录,禀性刚直,每事必直书。武宗微行出居庸关,慎抗疏谏。世宗立,充经筵讲官,大礼议起,慎与同列伏左顺门力谏,受廷杖,谪戍终老于云南永昌卫。卒年七十二。杨慎投荒多暇,书无所不览,明世记诵之博,著述之富,推为第一。著作达一百余种,后人辑为《升庵集》。

诗词同工而异曲,共源而分派。在六朝,若陶弘景之《寒夜怨》[1]、梁武帝之《江南弄》[2]、陆琼之《饮酒乐》[3]、隋炀帝之《望江南》[4],填词之体已具矣。若唐人之七言律,即填词之《瑞鹧鸪》也;七言律之仄韵,即填词之《玉楼春》也。若韦应物之《三台曲》、《调笑令》,刘禹锡之《竹枝词》、《浪淘沙》,新声迭出;孟蜀之《花间》[5]、南唐之《兰畹》[6],则其体大备矣。岂非共源同工乎?然诗圣如杜子美,而填词若太白之《忆秦娥》、《菩萨蛮》者,集中绝无。宋人如秦少游、辛稼轩,词极工矣,而诗殊不强人意,疑若独艺然者,岂非异曲分派之说乎?宋人选填词曰《草堂诗余》,其曰"草堂"者,太白诗名《草堂集》,见郑樵《书目》[7]。太白本蜀人,而草堂在蜀,怀故国之意也。曰"诗余"者,《忆秦娥》、《菩萨蛮》二首为诗之余,而百代词曲之祖也。今士林多传其书而昧其名,故于余所著《词品》首著之云。嘉靖辛亥[8]仲春花朝,洞天真逸杨慎叙。(明刻本《词品》卷首)

笺注:

[1] 陶弘景:南朝梁秣陵人,字通明。幼得葛洪《神仙传》,便有养生之志。读书万余卷,善琴棋,工草隶。未弱冠,齐高帝引为诸王侍读。后隐居于句容句曲山,自号"华阳隐居",又自号"华阳真人"。其《寒夜怨》曰:"夜云生,夜鸿惊,凄切嘹唳伤夜情。空山霜满高烟平,铅华沉照帐孤明。寒月微,寒风紧。愁心绝,愁泪尽。情人不胜怨,思来谁能忍。"

[2] 梁武帝:萧衍(464—549),字叔达,小字练儿。南朝梁政权的建立者,庙号高祖。郭茂倩《乐府诗集》卷五〇:"《古今乐录》曰:梁天监十一年冬,武帝改《西曲》,制《江南上云乐》十四曲,《江南弄》七曲:一曰《江南弄》,二曰《龙笛曲》,三曰《采莲曲》,四曰《凤笛曲》,五曰《采菱曲》,六曰《游女曲》,七曰《朝云曲》"。

[3] 陆琼:南朝陈陆云公子,字伯玉。少聪慧,有思理。天嘉中,以文学迁尚书殿中郎,深为文帝所赏。后为给事黄门侍郎,转中庶子,领大著作,撰国史。至德初,累迁吏部尚书。琼素尚清俭,俸禄皆散之宗族,卒之日,家无余资。有文集二十卷,《陈书》传于世。陆琼《饮酒乐》云:"蒲桃四时芳醇,琉璃千钟旧宾。夜饮舞迟销烛,朝醒弦促催人。春风秋月长好,欢醉日月言新。"

[4] 隋炀帝:杨广(569—618),隋朝第二任皇帝,唐时谥炀皇帝。有《望江南》八阕,唐用为词调名。

[5] 孟蜀:后蜀君主为孟姓,故称其曰孟蜀。《花间集》十卷,后蜀赵崇祚编。崇祚字弘基,曾事后蜀君主孟昶为卫尉少卿。

[6] 《兰畹》:词选集名称,即《兰畹曲会》,北宋元祐年间诗人孔夷所编,已佚。

[7] 郑樵:宋莆田人,字渔仲。宋代史学家、目录学家。博学强记,搜奇访古,遇藏书家,必借留,读尽乃去,初为经旨、礼乐、文字、天文、地理、虫鱼、草木、方术之学,皆有论辩。绍兴中以荐召对,授右迪功郎,礼兵部架阁,言者劾之,改监南岳庙,给札归钞所著《通志》,书成,入为枢密院编修官。樵居夹漈山,学者称夹漈先生,又自号溪西逸民。

[8] 嘉靖辛亥:嘉靖三十年(1551)。

评析：

作为一位诗、词、文、赋、散曲、杂剧兼善的集大成者，杨慎的名字能在明代历史和文学史上熠熠闪光，并不只是靠他那一曲"滚滚长江东逝水，浪花淘尽英雄"。单就其词学著述而言，他不仅选辑了《词林万选》、《百琲明珠》等词选，在词论方面也颇有造诣，《词品》便是代表。

《词品》论词上溯梁陈六朝，不可谓跨度不广；论及诸多词调和作者，不可谓收罗不博。《词品叙》是人们探究其词学思想的重要文献。杨慎此序与任良幹为其《词林万选》所作的序一样，也讨论了诗与词的关系。杨慎更加明确地指出"诗词同工而异曲，共源而分派"。可以看出，在杨慎眼中，词的地位相当之高，而序文也在极力为词的"诗余"地位抱不平。杨慎认为诗词"共源同工"，六朝梁、陈时期词体文学已发端，至唐，文人也创作了许多优秀词作，且诗词在音律上也有相通之处；诗词"异曲分派"，唐宋两代诗词交相生辉，唐诗盛，但唐代也有词作创作；宋词兴，但宋人词作成就远远超出诗歌。历史事实证明，词作的成就绝不亚于诗歌，但是诗在词产生中起了引导作用，词在发展中与诗也并非并肩前进，故而，既要看到诗词同源，艺术成就同样精彩，但也不能忽视诗词毕竟是异曲，在音律辞藻等方面有所区别。

杨慎的这一观点是辩证合理的，既看到异中之同，不区别对待，又看到同中之异，花开两朵，各有芬芳。

12. 杜祝进《刻杨升庵百琲明珠引》

杜祝进，字退思，湖广黄冈人。工诗文，清卓尔堪《遗民诗》卷一存诗一首,事见吴伟业《吴诗集览》卷八。

　　声音之有词也,贯珠也。或曰:于诗赋为易。曰:无易也,无不易也。本于性情,要起于叶,而可以般衍烂漫,终不老者,惟词有焉。故六朝以来,多著此声也。若乃规明珠之在握,游象罔[1]以中绳,则博人通明,换名定格,君子审乐,从易识难,未必非升庵[2]是集之雅言矣。是集留于新都[3],传于宋妇翁陈春明令新都之明岁,余刻于落第之万历癸丑[4]冬。所谓竹有雄雌,可笛可赋[5],宁直乐为备之乎。临皋[6]杜祝进书于髻青阁。(赵尊岳《明词汇刊》本)

笺注:
[1]象罔:《庄子》寓言中人物,含无心、无形迹之意。《庄子·天地》:"黄帝游乎赤水之北,登乎昆仑之丘而南望,还归,遗其玄珠。使知索之而不得,使离朱索之而不得,使吃诟索之而不得也。乃使象罔,象罔得之。"

[2]升庵:即杨慎,可参《词林万选序》注[5]。

[3]新都:地名,今属四川成都。

[4]万历癸丑:万历四十一年(1613)。万历(1573—1620)为明神宗朱翊钧的年号。

[5]竹有雄雌,可笛可赋:宋玉《笛赋》:"名高(有脱误)师旷,将为《阳春》、《北鄙》、《白雪》之曲,假涂南国,至于此山,望其丛生,见其异形,因命陪乘,取其雄焉。宋意将送荆卿于易水之上,得其雌焉。于是乃使王尔、公输之徒,合妙意,角较手,遂以为笛。"此段指出名高的师旷和为荆轲送别的宋意对雌雄之竹的发现,进而引

出能工巧匠将竹材制成乐笛。

[6] 临皋:地名,在今湖北黄冈市黄州区南。

评析:

美词如珠玑,以"百琲明珠"为词集题名,显示出编纂者杨慎对词体文学的喜爱与重视。序文正是从明珠这一比喻入手,通过与诗赋的比较,肯定了词在文学发展中的价值及其历久弥新的生命力。作者认为"本于性情,要起于叶,而可以般衍烂漫,终不老者,惟词有焉",而正是因为词作可以将性情与音律完美结合,而又能在文学发展演进中推陈出新,所以受到了广泛的欢迎,"故六朝以来,多著此声也"。

在对词体文学艺术成就加以褒扬之后,序文揣测了杨慎编选《百琲明珠》的目的:"若乃规明珠之在握,游象罔以中绳,则博人通明,换名定格,君子审乐,从易识难,未必非升庵是集之雅言矣。"词作数量浩如烟海,需要才学超群的人士在词作海洋中走绳串珠,掇拾其中的优秀之作,以启发读者。换而言之,选词者若能依循一定准则,由浅入深,精心选粹,从而使人妙识其音,则可成就优秀的词选。

在明中期《草堂诗余》一书独自盛行的背景下,词学家杨慎编选《词林万选》、《百琲明珠》等词集选本,有助于普及词学和开阔读者视野,可谓有功于词苑。

13. 张綖《草堂诗余别录序》

张綖(1487—1543),字世文,自号南湖居士,江苏高邮人。正德八年(1513)举人,官至光州知州。钱谦益《列朝诗集小传》丙集曰:"(张綖)八上春官,不第,谒选为武昌通判,迁知光州,罢归。少从王西楼游,刻意填词。每填一篇,必求合某宫某调,某调第几声,其声出入第几犯。抗坠圆美,必求合作。著《诗余图谱》,词家以为指南。喜作艳体诗,有《南湖集》四卷。"王西楼即明代著名文人王磐。张綖有《杜诗通》、《诗余图谱》、《南湖诗集》传世,其《诗余图谱》提出婉约与豪放之说,对后世影响甚大。

歌咏以养性情,故声歌之调,有不得而废者。诗余者,唐宋以来之慢调也。吴文节公[1]于《文章辨体》亦有取焉。虽亦艳歌之声,比之今曲,犹为古雅,故君子尚之。当时集本亦多,惟《草堂诗余》流行于世,其间复猥杂不粹。今观老先生[2]朱笔点取,皆平和高丽之调,诚可则而可歌。复命愚生再校,辄敢尽其愚见,因于各调下漫注数语,略见去取之意,别为一录呈上,倘有可取进教,幸甚。(明嘉靖二十六年黎仪抄本)

笺注:

[1] 吴文节公:疑为"吴文恪公"之误,吴文节公为清吴文镕,与文意不符。此应为明吴讷。吴讷,字敏德,号思庵,江苏常熟人。永乐中,以知医荐至京。洪熙初用荐拜监察御史,累官南京左副都御史。刚介有为,宪度振举。正统中致仕,卒谥文恪。有《小学集解》、《文章辨体》诸书。

[2] 老先生:张綖曾学词曲于王磐,"老先生"当指王磐。王磐,字鸿渐,号西楼,江苏高邮人,明代散曲家。朱曰藩《南湖集序》云:"或问先生长短句,予曰《诗余图谱》备矣。先生从王西楼游,早传斯技之旨。每填一篇,必求合某宫某调,第几声出入第

几犯。"

评析：

在明代，《草堂诗余》受到世人重视，故研究、续编、改编《草堂诗余》之著作迭出，《草堂诗余别录》就是其中的一种。序文介绍了编纂该书的原因，也表明了作者的词学观念。

序文言"歌咏以养性情，故声歌之调，有不得而废者"，明代文人重性情，故吟咏性情的词作自然受到世人的欢迎，因而也就兴盛不衰。明代词坛创作不歇，并出现了不少涉及词学研究的著作，作者言"吴文节公于《文章辨体》亦有取焉"，即是证明。对词作雅正风格的讨论，在明代也成为颇受关注的话题，作者认为词作"虽亦艳歌之声，比之今曲，犹为古雅"，可见其审美情趣也有尚雅的一面。

作者还介绍了编辑该书的原因。词虽然受到大家喜爱，但"当时集本亦多，惟《草堂诗余》流行于世，其间复猥杂不粹"，亟待整理校辑；而去除《草堂诗余》中"猥杂不粹"之作，正是作者编辑《草堂诗余别录》的目的之一。作者在老先生"平和高丽之调，诚可则而可歌"的"点取"基础上，"因于各调下，漫注数语，略见去取之意，别为一录呈上"。"平和高丽"的风格正与其尚雅的趣味相契合，"漫注数语，略见去取之意"，自然是作者的自谦之辞。作者在此书中颇费了心力，亦有创见，如对婉约、豪放词风的论述等。根据序中语气和"老先生"等称谓来看，《别录》很可能是张綖的学词"作业"，"老先生"极有可能就是他学词时的业师王西楼，《别录》中的词作点评内容正好反映出张綖"婉约"、"豪放"词体观念的思考过程。

14. 何良俊《类编草堂诗余序》

何良俊(1506—1573),明代戏曲理论家,字元朗,号柘湖,华亭(今上海松江)人。嘉靖贡生,荐授南京翰林院孔目,仕途失意,隐居著述,自称与庄周、王维、白居易为友,题书房名曰"四友斋"。何良俊精研戏曲音律,其戏曲理论对万历年间以沈璟为首的"吴江派"甚有影响,著有《柘湖集》、《何氏语林》、《四友斋丛说》等。

顾子汝所[1]刻《草堂诗余》成,问序于东海[2]何良俊。何良俊曰:夫诗余者,古乐府之流别,而后世歌曲之滥觞也。爰自上古鸿荒之世,礼教未兴,而乐音已具。盖乐者,由人心生者也。方其淳和未散,下有元声,则凡里巷歌谣之辞,不假绳削而自应宫徵,即成周列国之风,皆可被之管弦是也。迨周政迹熄,继以强秦暴悍,由是诗亡而乐阙。汉兴,《郊祀》、《房中》之外,别有铙歌辞,如《雉子班》、《朱鹭》、《芳树》、《临高台》等篇。其他苏、李[3]虽创为五言诗,当时非无继作者,然不闻领于乐官,则乐与诗分为二,明矣。

魏晋以来,曹子建[4]《怨歌行》七解,为晋曲所奏。他如《横吹》、《相和》、《平调》、《清调》、《清商》、《楚调》诸曲,六朝并用之。陈隋作者,犹拟乐府歌辞,体物缘情,属咏虽工,声律乖矣。唐太宗以文教开国,又玄宗与宁王[5]辈皆审音,海内清宴,歌曲繁兴,一时如李太白《清平调》[6]、王维《郁轮袍》[7],及王昌龄、王之涣诸人,略占小词,率为伎人传习[8],可谓极盛。迨天宝[9]末,民多怨思,遂无复贞观、开元之旧矣。

宋初，因李太白《忆秦娥》、《菩萨蛮》二词[10]以渐创制。至周待制领大晟府乐[11]，比切声调十二律，各有篇目。柳屯田[12]加增至二百余调，一时文士，复相拟作，而诗余为极盛。然作者既多，中间不无昧于音节如苏长公者，人犹以"铁绰板唱大江东去"讥之[13]，他复何言耶！由是诗余复不行而金元人始为歌曲。盖北人之曲，以九宫统之，九宫之外，别有道宫、高平、般涉三调，总一十二调。南人之歌，亦有九宫，然南歌或多与丝竹不叶，岂所谓土气偏诐，钟律不得调平者耶[14]？

总而核之，则诗亡而后有乐府，乐府阙而后有诗余，诗余废而后有歌曲。大抵创自盛朝，废于叔世[15]。元声在则为法省而易谐，人气乖则用法严而难叶，兹盖其兴革之大较也。然乐府以皦逐扬厉为工，诗余以婉丽流畅为美[16]。即《草堂诗余》所载如周清真、张子野[17]、秦少游[18]、晁叔原[19]诸人之作，柔情曼声，摹写殆尽，正词家所谓当行，所谓本色者也。第恐曹、刘[20]不肯为之耳，假使曹、刘降格为之，又讵必能远过之耶？是以后人即其旧词，稍加隐括，便成名曲，至今歌之，犹竦心动听。呜呼，是可不谓工哉！

余家有宋人诗余六十余种，求其精绝者，要皆不出此编矣。顾子，上海名家，家富诗书，代传礼乐。尊公东川先生[21]博物洽闻，著称朝列。诸子清修好学，绰有门风，故伯叔并以能诗供奉清朝，仲季将渐以贤科起矣。是编乃其家藏宋刻本，比世所行本多七十余调，是不可以不传。今圣天子建中兴之治，文章之盛几与两汉同风，独声律之学，识者不无歉焉，然则是编于声律家其可少哉？他日天翊昌运，笃生异人，为圣天子制功成之乐,上探元声,下采众说,是编或大有裨焉。观者勿谓其文句之工,但足以备歌曲之用,为宾燕之娱耳也。嘉靖庚戌[22]七月既望东海何良俊撰。(明嘉靖刻本《类编草堂诗余》卷首)

笺注:

[1] 顾子汝所:顾从敬,上海人,字汝所,别号武陵逸史,明东川先生顾定芳之子,生卒年不详。与文彭、王稚登、欧大任等人有交往,文彭有《雪晴同吕舍人顾汝所南郊闲步》,王稚登有《新秋饮顾汝所斋中夜归作二首》,欧大任有《病中顾汝所招饮不赴闻是日与兄先归鲁望吐酒有污茵之句因戏之》《伏日同徐子与顾汝所和袁鲁望沈道桢顾汝所集文寿承斋中得家字》等。

[2] 东海:指我国东方滨海地区。

[3] 苏、李:汉苏武与李陵的并称。《文选》收录一组"李陵、苏武赠答诗",今人多认为是伪作,但古人多相信其出于苏、李之手,如唐韩愈《荐士》诗:"五言出汉时,苏李首更号。"

[4] 曹子建:曹植,字子建,曹操之子,中国文学史上的著名诗人。

[5] 宁王:李宪,唐睿宗长子,唐玄宗李隆基之兄,封宁王。善音律。死后,玄宗封其为让皇帝。

[6] 李太白《清平调》:李白《杂曲歌辞·清平调》三首,诗云:"云想衣裳花想容,春风拂槛露华浓。若非群玉山头见,会向瑶台月下逢。""一枝红艳露凝香,云雨巫山枉断肠。借问汉宫谁得似,可怜飞燕倚新妆。""名花倾国两相欢,长得君王带笑看。解释春风无限恨,沉香亭北倚阑干。"

［7］王维《郁轮袍》：王维是唐代著名诗人，他演奏新曲《郁轮袍》，并赢得公主帮助，在京兆府中解头事，事见晚唐人薛用弱《集异记》。

［8］王昌龄、王之涣诸人，略占小词，率为伎人传习：即王昌龄、王之涣、高适诸人开元中在旗亭饮酒，无意中听到歌妓唱诸人之诗，诸人以此赌诗名之事，也就是"旗亭画壁"的故事，事见薛用弱《集异记》"王焕之（之涣）"条。

［9］天宝：唐玄宗李隆基的年号（742—756），共计十五年。

［10］李太白《忆秦娥》、《菩萨蛮》二词：李白《忆秦娥》："箫声咽，秦娥梦断秦楼月。秦楼月，年年柳色，霸陵伤别。　乐游原上清秋节，咸阳古道音尘绝。音尘绝，西风残照，汉家陵阙。"李白《菩萨蛮》："平林漠漠烟如织，寒山一带伤心碧。暝色入高楼，有人楼上愁。　玉梯空伫立，宿鸟归飞急。何处是归程，长亭连短亭。"有人评李白这两首词为"百代词曲之祖"，也有人怀疑非李白所作，但无确证。

［11］周待制领大晟府乐：周待制即宋代著名词人周邦彦，号清真居士，他曾任朝廷音乐管理机构大晟府的提举（负责人）。

［12］柳屯田：柳永，字耆卿，北宋著名词人，是慢词的主要开创者。官至屯田员外郎，故世称柳屯田。

［13］"如苏长公者"数句：苏长公，苏轼。《说郛》卷二四引俞文豹《吹剑续录》："东坡在玉堂，有幕士善讴，因问：'我词比柳词如何？'对曰：'柳郎中词只好十七八女孩儿，执红牙拍板唱"杨柳岸晓风残月"；学士词须关西大汉，执铁板唱"大江东去"。'公为之绝倒。"实际上，幕士未必是讽刺苏轼词，只是形象地道出了柳词与苏

词风格上的差异。

[14] 岂所谓土气偏诐,钟律不得调平者耶:指五音的正宗在北方,南音不够正宗。《南齐书·刘瓛传》:"时济阳蔡仲熊礼学博闻,谓人曰:'凡钟律在南,不容复得调平。昔五音金石本在中土,今既来南,土气偏陂,音律乖爽。'瓛亦以为然。"

[15] 叔世:末世。《左传·昭公六年》:"三辟之兴,皆叔世也。"

[16] 乐府以嶔崟扬厉为工,诗余以婉丽流畅为美:这两句指出古乐府与词格调上的区别,"嶔崟"指直截了当,"扬厉"指锋芒外露。这是何良俊著名的词学观点。

[17] 张子野:张先,字子野,北宋著名词人。

[18] 秦少游:秦观,字少游,一字太虚,号淮海居士,北宋著名词人。

[19] 晁叔原:生平不详,疑为晏叔原或晁叔用之讹误。晏叔原,晏几道;晁叔用,晁冲之,晁补之从弟。

[20] 曹、刘:曹植、刘桢的并称。清顾炎武《音学五书序》:"仅按班张以下诸人之赋、曹刘以下诸人之诗所用之音,撰为定本,于是今音行而古音亡。"

[21] 东川先生:顾定芳,字世安,号东川,顾英之孙,顾从敬之父。明嘉靖时太学生,精医道,曾召为御医。

[22] 嘉靖庚戌:嘉靖二十九年(1550)。

评析:

南宋人所编的《草堂诗余》多选晚唐五代北宋词作,选录词人近百家,以周邦彦最多,其下依次为秦观、苏轼、柳永,特别倾向婉丽柔靡的风格,这对明代"草堂"系列词选的编选具有深远影响。顾从敬改编本《草堂诗余》问世后,影响甚大。何良俊是当时的词曲批评家,这篇序文比较集中地体现了他的词学观念。

作者认为"夫诗余者,古乐府之流别,而后世歌曲之滥觞也。爰自上古鸿荒之世,礼教未兴,而乐音已具",音乐起源甚早,而词体文学是音乐文学的一个环节,词是对前代乐府的承继,也能对后世歌曲起引导作用。各朝代有不同的音乐形式,里巷歌谣发展为国风,至汉则有郊庙礼乐铙歌辞,乐府更是其中佳品,其后五言创立,七言形成,而后南北朝民歌盛行,至隋唐乐府沿用,而词体初定,至宋代则词体大盛,文人争相创作。总而言之,"则诗亡而后有乐府,乐府阙而后有诗余,诗余废而后有歌曲。大抵创自盛朝,废于叔世"。作者认为,音乐文学的形式不断演化发展,但其实质并没有根本改变。

就词体本身而言,作者认为"诗余以婉丽流畅为美",词以婉约为正宗,"周清真、张子野、秦少游、晁叔原诸人之作,柔情曼声,摹写殆尽,正词家所谓当行、所谓本色者也",词作风格应该柔婉和畅,只有这样才是词之当行本色。作者这种观念不只是一己之见,明代词坛长期以来重视婉约词风,推崇浅俗柔婉的词调,这既是明人审美取向的集中表现,也是当时社会风尚的再现。

作者还非常重视词曲的社会功能,他提醒读者欣赏《草堂诗余》时,不要只欣赏文句之工,不要只注重其"备歌曲之用,为宾燕之娱"的娱乐功能,而是希望使它能够发挥更大的作用,即"为圣天子制功成之乐,上探元声,下采众说,是编或大有裨焉",也就是对朝廷礼乐教化有所裨益。

15. 张东川《草堂诗余后跋》

张东川,明人,生平不详。

  诗余者,仿诗而作也。唐李太白《菩萨蛮》、《忆秦娥》二词为古今绝唱,至宋名公才士往往寄兴于声调之间,而诗余始盛。大抵婉丽风色,清新隽永,被之管弦,宣之影响,可以醒人耳目而养人性情者也。夫诗足矣,而是集也,得无近郑、卫之音[1]乎?郑、卫其地土薄,其风气弱,其人情惰,故其音多淫靡放懈之习。而集中如范希文、欧阳公、黄山谷、苏东坡诸公,皆文行之尤表表者,或于政府,或于翰林,或于迁谪隐逸,有所感触则唱和以适其情,模写以泄其趣耳,虽其春闺秋怨离别等篇大率居其大半,要亦《诗》中《卷耳》[2]之遗音也,岂郑、卫之音比哉!余既刻《唐诗品汇》及《正声》[3]毕,因并梓之,又恐后人失作者之意也,而为之跋于末,观者详焉。时甲申年[4]孟春月吉书林张东川绣梓。(明万历十二年张东川刻《类编草堂诗余》)

笺注:

[1] 郑、卫之音:指春秋时郑国和卫国的民间音乐。在《诗经》"郑风"、"卫风"一些反映民俗生活的诗篇中,常有对男女互赠礼物、互诉衷肠的爱情描写,透露出一股浪漫气息,具有很强的艺术感染力。但由于儒家思想在漫长的封建社会中居于正统与中心地位,"郑卫之音"便成为靡靡之音的代名词。

[2]《卷耳》:《诗经·周南》篇名。《诗序》说此诗是写后妃"辅

助君子","知臣下之勤劳,内有进贤之志,而外无险诐私谒之心"。朱熹《诗集传》则谓"后妃以君子不在而思念之"。

[3]《唐诗品汇》及《正声》:《唐诗品汇》和《唐诗正声》,是明初高棅(1350—1423)编纂的唐诗选本。选本将唐诗发展划分为"初、盛、中、晚"四段,影响深远。

[4]甲申年:明万历十二年(1584)。

评析:

明万历十二年(1584)张东川刻《类编草堂诗余》四卷,卷首有何良俊序,卷末有张东川《草堂诗余后跋》。该本自顾从敬《类编草堂诗余》翻刻而来。所以张东川跋文中的观点与何良俊多有相通之处。

跋文探讨了诗体与词体的关系,明人普遍认为词来源于诗,"诗余者,仿诗而作也"。诗作的众多艺术特点也必然为词作所吸收,因此词也成为一种具有极高艺术价值的文学形式。正是因为如此,唐宋名公争相作词,词坛蔚然兴盛。作者对词体抒情功能以及词体文学地位也持肯定态度。世人往往认为,诗作"被之管弦,宣之影响,可以醒人耳目而养人性情",而词作则表现"淫靡放僻之习",但是作者认为"集中如范希文、欧阳公、黄山谷、苏东坡诸公,皆文行之尤表表者,或于政府,或于翰林,或于迁谪隐逸,有所感触则唱和以适其情,模写以泄其趣耳,虽其春闺秋怨离别等篇大率居其大半,要亦诗中《卷耳》之遗音也,岂郑、卫之音比哉"。词如诗一样也能抒写作者心中喜怒哀乐,能够"抒情言志"。

正是因为词体文学具陶冶性情、表达情志的功能,所以读词、写词就不仅仅被当成一种娱乐消遣活动了。作者可能是担心读者不能领会《草堂诗余》编选者的用意,所以写下这篇《跋》文予以提醒。

16. 胡桂芳《类编草堂诗余序》

胡桂芳(1550—1631),字允垂,号瑞芝,金溪(今江西金溪)人。万历二年(1574)进士,授杭州府推官,历任湖广监军按察使、广东按察使、广东布政使、贵州巡抚、南京工部侍郎等职,卒谥忠端。著有《读史愚见》、《自吟稿》、《居家要语》等。

曩余为司马郎,多暇日,尝取《草堂诗余》分类校之,令善书者录成一帙,自是每行役必置油壁中,有会心处,即凭轼观焉。绎妙词于目接,咏好景于坐驰,飘飘然若出风尘之表矣。携持既久,渐以脱落,谋镂诸梓。黄生作霖[1]、崔生畴来[2]、朱生完[3],岭南[4]所称博雅士也。畀之重校,订讹补逸,列为三卷。既竣,请于余曰:"《诗》之为义大矣;缘情体物,必本王泽,系民风。非是者,君子无取焉。诗余,词多轻艳,何所爱而传之也?"余曰:"非然。夫自大雅既湮,众制蔚起,如骚,如赋,如诗,如乐府,纷纶瑰玮,何可殚述。虽去古未远,而含思蓄韵,或至忘筌,贵纸传都,亦以充栋。在学者闭户自精而已,岂游情之致乎?若顾子[5]所辑《诗余》约二百调,大率指咏时物,发抒性怀,平居讽诵,可以自乐,而尤宜于行迈,故足取也。抑余闻之,凡诗之作,由心而发,夫人之心,岂不贵于适乎?天之适人以时,地之适人以境,人之自适以情。情适,而时与境皆适已。诗余诸调或雅或俗,虽非一体,要皆随时与境,逞其才情,发为歌咏。丽词方吐,逸韵旋生,有得于悬解而合乎天倪者尔。尔乃状景物之清佳,纪山川之名胜,叙时事之变迁,揣人情之欣戚。或寓箴规于赞颂,或志景物于登临,自足启灵扃而祛俗障。即古陈诗观风者或所必采。间有音类《巴歈》[6],词涉《郑》、《卫》,质之风雅,盖亦'思无邪'之旨也已,夫安得而訾之?且余驱驰原隰,俯仰乾坤,遇天气嘉、地形胜、众庶说、草木茂、禽鸟翔,未尝不跃然有怀。徐操是编览之,则见其摹写之工、音律之巧,若先得我心之同者。是以终日把玩而不能释手也。然此一诗余也,高言之则谓其天机独得,依永和声,可以被管弦竹;卑言之则谓其绮靡渐滋、浇淳散朴,只以悦流俗而导淫哇[7],皆非余所敢知。余所知者,惟在行役之时,登车而后,无所事事,对景牵思,摘辞配境,则是编为有助焉尔。若其始而校之也,惟以便审阅;今而属子之重校也,将以备遗忘。岂谓是可该六义之要而追三代之风乎?"三生唯唯,曰:"闻命矣。"乃以授梓,而诠次余言于简端。万历丁未[8]季春毂旦,广东布政使司管右布政事左布政使金溪胡桂芳书于爱树堂。(明万历三十五年胡桂芳重辑、黄作霖等刻《类编草堂诗余》)

笺注:

[1] 黄生作霖:岭南人(据序言),生平不详。

[2] 崔生畴来:岭南人(据序言),生平不详。

[3] 朱生完:朱完(1559—1617),南海(今广州)人,字季美,自号白岳山人,万历诸生。工诗善画,著有《白岳山人集》等。

[4] 岭南:指中国南方的五岭之南的地区。

[5] 顾子:顾从敬,编有《类编草堂诗余》四卷。

[6] 《巴歈》:巴地民歌。刘禹锡《竹枝词九首》序曰:"四方之

歌,异音而同乐。岁正月,余来建平(今巫山),里中儿联歌《竹枝》,吹短笛、击鼓以赴节,歌者扬袂睢舞,以曲多为贤。聆其音,中黄钟之羽。卒竟激讦如吴声,虽伧伫不可分,而含思宛转,有《淇澳》之艳。……后之聆《巴歈》,知变风之自焉。"

[7] 淫哇:淫邪之声,多指乐曲诗歌。《文选·嵇康〈养生论〉》:"目惑玄黄,耳务淫哇。"李善注:"《法言》曰:'哇则郑。'李轨曰:'哇,邪也。'"

[8] 万历丁未:万历三十五年(1607)。

评析:

明万历三十五年(1607)胡桂芳重新编辑的《类编草堂诗余》由门人黄作霖等刊刻出版,这一版本根据顾从敬刊本改编增补而成,将原来的四卷改为上中下三卷,又将顾本的分调编排改为分类编次。

《草堂诗余》受明人广泛欢迎,序文叙述作者对于《草堂诗余》的喜爱:"每行役必置油壁中,有会心处,即凭轼观焉",手不释卷,甚至陶醉其中"飘飘然若出风尘之表矣"。这表明作者阅读、欣赏《草堂诗余》到了一种陶醉和痴迷的程度。

作者借与门人黄生、崔生、朱生三人的对话,驳斥了时人认为"诗余,词多轻艳"的错误观念。作者认为《草堂诗余》"大率指咏时物,发抒性怀,平居讽诵,可以自乐,而尤宜于行迈,故足取也"。词作中虽有绮丽之什,但是也不乏蕴含真情实感的动人佳作。更重要的是,作者认为,正如诗作是"由心而发"的"言志"之作,"诗余诸调或雅或俗,虽非一体,要皆随时与境,逞其才情,发为歌咏",词作也是传情达意抒写怀抱的重要形式。故而,借助词作可以"状景物之清佳,纪山川之名胜,叙时事之变迁,揣人情之欣戚,或寓箴规于赞颂,或志景物于登临,自足启灵扃而祛俗障"。而《草堂诗余》正是反映了这样的主旨,且"其摹写之工、音律之巧,若先得我心之同者",故而得到作者的称赏。作者不吝誉词,称赞其"高言之,则谓其天机独得,依永和声,可以被管弦竹"。作者认为,将《草堂诗余》简单地视为《阳春》、《白雪》或将其视为"悦流俗而导淫哇"的《下里》、《巴人》都是非常片面的。

这篇序言代表了部分明人阅读《草堂诗余》的感受和体验。《草堂诗余》的不断被改编,对其传播无疑具有推波助澜的作用。

17. 黄作霖《类编草堂诗余后跋》

黄作霖,番禺人(今属广州),生平不详,曾师事胡桂芳。

金溪胡公[1]捻[2]辖逾年,山海告宁,百废俱举。钤阁之暇,辄进诸生商榷文艺,间出所编《诗余》,令相厘正之。受而卒业,则景物缕分,短长鳞次,因门附类,端绪不清,视昔诸刻体裁独当,而一宗顾汝和[3]所选,金元靡习悉摈而不收。此编一出,长安之纸价复高矣。因请付之剞劂[4],公许而序之,且嘱霖跋其左方。霖不文,乌能供笔劄之役,附青云于不朽哉!窃观诗余之制,始于李供奉[5]两词,学士大夫争相摹效,遂为词林嚆矢[6]。其世既远,其调益繁,而《花间》、《金荃》[7]诸集以次代兴,凫毛不翅矣。捻之,挨露裁云,扬葩舒藻,传意纨素之间,振响宫商之内,令读者飘然有凌云之想,可不谓工乎?或者犹谓柔情曼态,壮夫不为,第不考音比律,即乐府无当于世,又何宣金石、被管弦之冀也？勾吴王大司寇尝于《卮言》[8]论次之,故知公所以表彰斯词,将与乐府并存,四海之内,宁无同好者？溯其元声,发其天籁,大雅不难复焉。兹固公意,亦王司寇所论次意也。万历丁未暮春,番禺门人黄作霖谨跋。
(明万历三十五年胡桂芳重辑、黄作霖刻《类编草堂诗余》)

笺注：

[1] 金溪胡公：即胡桂芳,参上文生平简介。

[2] 揔：古同"总"。

[3] 顾汝和：顾从义,字汝和,上海人。笃志摹古,又精赏鉴,有《阁帖释文考异》。然据上下文意,"顾汝和"疑为"顾汝所"之误。顾从敬,字汝所,编有《类编草堂诗余》四卷。

[4] 剞劂：雕版,刻印。

[5] 李供奉：李白。李白天宝初年曾供奉翰林,故称。

[6] 嚆矢：响箭。因发射时声先于箭而到,故常用以比喻事物的开端。《庄子·在宥》："焉知曾、史之不为桀、跖嚆矢也。"成玄英疏曰："嚆,箭镞有吼猛声也。"

[7] 《金荃》：即《金荃集》,温庭筠词集,已佚。

[8] 王大司寇：即王世贞。王世贞(1526—1590),字元美,号凤洲,又号弇州山人,太仓(今江苏太仓)人。嘉靖二十六年(1547)进士,曾官刑部主事、刑部尚书等职,故时人称之为"王大司寇"。明代文学家、史学家,明"后七子"之一。《卮言》即《艺苑卮言》。王氏论词共三十则,现存于《弇州山人四部稿》卷一五二《艺苑卮言·附录》内。

评析：

跋文对乃师胡桂芳重新编辑《类编草堂诗余》予以揄扬。

作者肯定该书编排体例"景物缕分，短长鳞次，因门附类，端绪不淆"，与当时流行的按调编次的《草堂诗余》不同，可谓独树一帜，并认为"此编一出，长安之纸价复高矣"。

当时人王世贞《艺苑卮言》认为，"即词号称诗余，然而诗人不为也。何者？其婉娈近情，足以移情而夺嗜"。"诗人不为"，是因为诗以"言志"为传统，而词的特点却在于"婉娈近情"和"移情夺嗜"。序文作者并不同意王氏这种说法，他指出胡桂芳编选《类编草堂诗余》的目的是"表彰斯词"，使其"将与乐府并存四海之内"，意即借助该集的传播，廓清世人对词体文学的片面认识，从而达到"溯其元声，发其天籁，大雅不难复焉"的最终目标。这与何良俊的词学观念比较相近。

18. 沈际飞《古香岑草堂诗余四集序》

沈际飞，字天羽，江苏昆山（今江苏苏州）人，生卒年不可考，崇祯年间在世。明代戏曲理论家，于崇祯年间刊行《独深居点定玉茗堂集》，末附《玉茗堂四种曲》。

> 说者曰："周人制为乐章，汉世则有乐府，晋宋之际有古乐府，与汉人之乐府不可同日而语也；再变而为隋唐五代之乐歌，又变而为宋元之长短句，愈降愈下矣。"此以风气贬词者也。或曰："曰风、曰雅、曰颂，三代之音；曰歌、曰吟、曰行、曰操、曰辞、曰曲、曰谣、曰谚，两汉之音；曰律、曰排律、曰绝句，唐人之音。诗至于唐而格备，至于绝而体穷，宋不得不变而之

词,元不得不变而之曲。"此以体裁贬词者也。或曰:"风雅本歌舞之具,汉不能歌风雅,则为乐府歌之,风雅但可作格,而不可言调。唐用绝句为歌,则乐府但可为格,而不可言调。由兹而下,诗变为词,词变为曲,代代如之。盖古今之音,大半不相通,则什九失其调。"此以音义言词而为词解嘲者也。而不知词吸三唐以前之液,孕胜国[1]以后之胎。斟量推按,有为古歌谣辞者焉,有为骚赋乐府者焉,有为五七言古者焉,有为近体歌行者焉,有为五七言律者焉,有为五七言绝者焉。而元人之曲,则大都吞剥之。故说者又曰:"通乎词者,言诗则真诗,言曲则真曲。"斯为平等观欤?而又有似文者焉,有似论者焉,有似序、记者焉,有似箴、颂者焉。於戏!文章殆莫备于是矣。非体备也,情至也。情生文,文生情,何文非情?而以参差不齐之句,写郁勃难状之情,则尤至也。彼琼玉高寒,量移有地;花钿残醉,释褐自天。甚而桂子荷香,流播金人,动念投鞭,一时治忽因之[2]。甚而远方女子,读淮海词亦解脍炙,继之以死[3]。非针石芥珀之投[4],曷由至是?虽其镌镂脂粉,意专闺幨,安在乎好色而不淫?而我师尼氏删国风,逮《仲子》、《狡童》之作,则不忍抹去,曰:"人之情,至男女乃极。"[5]未有不笃于男女之情而君臣、父子、兄弟、朋友间反有钟吾情者。况借美人以喻君,借佳人以喻友,其旨远,其讽微,岂仅如欧阳舍人所云"叶叶花笺,文抽丽锦;纤纤玉指,拍按香檀。不无清绝之词,用助娇娆之态"而已哉[6]?或又曰,辛稼轩以诗词谒蔡光[7],蔡云:"子之诗,未也,当以词名。"[8]马鹤窗[9]与陆清溪[10]皆出菊庄[11]之门,而清溪得诗律,鹤窗得词调。诗与词几不可强同。而杨用修[12]亦曰:诗圣如子美,不作填词;宋人如秦、辛,词极工矣,而诗不强人意[13]。则不见夫李白之《忆秦娥》、《菩萨蛮》,王建之《调笑令》[14],白居易之《忆江南》[15],昔日以为诗而非词,今日以为词而非诗;读者自作歧观,而作之者夫何歧夫?故诗余之传,非传诗也,传情也,传其纵古横今,体莫备于斯也。余之津津焉评之而订之,释且广之,情所不自已也。嵇康曰:"著书妨人作乐耳。"[16]其然?岂其然?吴门鸥客[17]沈际飞天羽父自题。

《古香岑草堂诗余四集发凡》

一　铨异

调有定名,即有定格,其字数多寡、平仄、韵脚较然,中有参差不同者。一曰"衬字",文义偶不联畅,用一二字衬之,密按其音节虚实间,正文自在。如南北剧,"这"字、"那"字、"正"字、"个"字、"却"字之类,从来词本即无分别,不可不知。一曰"宫调",所谓黄钟宫、仙吕宫、无射宫、中吕宫、正宫、仙吕调、歇指调、高平调、大石调、小石调、正平调、越调、商调也。词有名同而所入之宫调异,字数多寡亦因之异者。如北剧黄钟《水仙子》与双调《水仙子》异,南剧越调过曲《小桃红》与正宫过曲《小桃红》异之类。一曰"体制",唐人长短句皆小令耳,后演为中调、为长调,一名而有小令,复有中调,有长调,或系之以犯、以近、以慢别之。如南北剧名犯、名赚、名破之类。又有字数多寡同而所入之宫调异,名亦因之异者,如《玉楼春》与《木兰花》同,而以《木兰花》歌之,即入大石调之类。又有名异而字数多寡则同,如《蝶恋花》一名《凤栖梧》、《鹊踏枝》,如《念奴娇》一名《百字令》、《酹江月》、《大江东去》之类，不能殚述。

一　比同

词中名多本乐府，然而去乐府远矣。南北剧中之名又多本填词，然而去填词远矣。今按南北剧与填词同者，如《青杏儿》即北剧小石调，《忆王孙》即北剧仙吕调，《生查子》、《虞美人》、《一剪梅》、《满江红》、《意难忘》、《步蟾宫》、《满路花》、《恋芳春》、《点绛唇》、《天仙子》、《传言玉女》、《绛都春》、《卜算子》、《唐多令》、《鹧鸪天》、《鹊桥仙》、《忆秦娥》、《高阳台》、《二郎神》、《谒金门》、《海棠春》、《秋蕊香》、《梅花引》、《风入松》、《浪淘沙》、《燕归梁》、《破阵子》、《行香子》、《青玉案》、《齐天乐》、《尾犯》、《满庭芳》、《烛影摇红》、《念奴娇》、《喜迁莺》、《捣练子》、《别银灯》、《祝英台近》、《东风第一枝》、《真珠帘》、《花心动》、《宝鼎现》、《夜行船》、《霜天晓角》皆南剧引子，《柳梢青》、《贺圣朝》、《醉春风》、《红林檎近》、《蓦山溪》、《桂枝香》、《沁园春》、《声声慢》、《八声甘州》、《永遇乐》、《贺新郎》、《解连环》、《集贤宾》、《哨遍》皆南剧慢词。此外鲜有相同者。

一　疏名[18]

调名必有所取，如《蝶恋花》取梁元帝句"翻阶蛱蝶恋花情"[19]，《满庭芳》取吴融[20]句"满庭芳草易黄昏"，《点绛唇》取江淹[21]句"明珠点绛唇"，《鹧鸪天》取郑嵎[22]句"家在鹧鸪天"，《踏莎行》取韩翃[23]句"踏莎行草过春溪"，《西江月》取魏万句"只今惟有西江月"[24]，《惜余春》取太白赋，《浣溪沙》取少陵诗，《潇湘逢故人》取柳浑[25]诗，《青玉案》取《四愁诗》。《菩萨蛮》，西域妇髻也；《苏幕遮》，西域妇帽也。《尉迟杯》，敬德[26]饮酒必用大杯也;兰陵王[27]入阵必先,歌其勇也;《生查子》,"查",古"楂"字,张骞事[28]也。其他或取篇首之字明之,或取篇中之字雅者名之,如《大江东去》、《如梦令》、《人月圆》、《疏帘淡月》之类,可以意推。

一 研韵

上古有韵无书,至五七言体成而有诗韵,至元人乐府出而有曲韵。诗韵严而琐,在词当并其独用为通用者綦多,曲韵近矣。然以上"支"、"纸"、"寘"分作"支思"韵,下"支"、"纸"、"寘"分作"齐微"韵;上"麻"、"马"、"祃"分作"家麻"韵,下"麻"、"马"、"祃"分作"车遮"韵;而入声隶之平、上、去三声。则曲韵不可以为词韵矣。钱塘[29]胡文焕[30]有《会文堂词韵》,似乎开眼;乃平、上、去三声用曲韵,入声用诗韵,居然大盲。世不复考,将词韵不亡于无,而亡于有,可深叹也。愿另为一编正之。

一 分衮

《正集》裁自顾汝所[31]手,此道当家,不容轻为去取,其附见诸词,并鳞次其中。《续集》视顾选尤精约,悉仍其旧。《别集》则余僭为排缵。自宋溯之而五代,而唐,而隋;自宋沿之而辽,而金,而元。博综《花间》、《樽前》、《花庵》,选宋元名家词以及稗官逸史。卷凡四,词凡若干首。《新集》钱功父[32]始为之。恨功父搜求未广,到手即收,故玉石杂陈,竽瑟互进。兹删其十之五,补其十之七,其于操戈功父,不至续尾顾公。

一 著品

评语前未有也。近闻中墨本,吴兴朱本有之,非唫哦则隔搔,见者呕哕。兹集精加批剥,旁通仙释,曲畅性情,其灵慧新特之句用〇,尔雅流丽之句用、,鲜奇警策之字用◎,冷异巉削之字用、,鄙拙肤陋字句用丨,复用·读句,以便览者不嗫嚅于开卷,心良苦矣。

一 证故

注释不晓刊之何人,而金陵本、闽中本、浙中、吴中本辗转相袭,依样葫芦,显者复说,僻者阙如,大可喷饭。今细细查注,微显阐幽,不复不脱,间有援引非伦,亦如郭象注《庄》,意言之外别有新趣耳[33]。

一 刊误

一句讹则一篇累,一字讹则一句累。同时才人,腐毫八股业,遑及填词?即留心骚雅,高者工诗,其次制曲。诗余正续本,帝虎亥豕[34],讹谬滋兴,谁与讲订?钱功父《新编》,讹以传讹,差落颠倒,甚而调名亦混,如王元美[35]《西江月》混入《少年游》,苏景元[36]《踏莎行》混入《木兰花》,王止仲[37]《踏莎行》混入《水龙吟》,徐小淑[38]《霜天晓角》六调混为三调,杨用修《莺啼序》一调割为二调。尤可笑者,《金字经》、《水仙子》、《天净沙》、《一枝花》、《折桂令》、《梁州序》皆以北曲混入。今兹考订正文,附注讹字,次其前后,芟其混入,可谓挚然。若夫名氏影借,本色难晦,故物宜还,并政之。

一 定谱

维扬[39]张世文[40]作《诗余图谱》七卷,每调前具图,后系辞,于宫调失传之日为之规规而矩矩,诚功臣也。但查卷中,一调先后重出,一名有中调、长调而合为一调,舛误非一。钱塘谢天瑞[41]更为十二卷,未见厘剔。吴江[42]徐伯曾[43]以圈别黑白易清,而直书平仄,标题则乖,且一调分为数体,体缘何殊,《花间》诸词未有定体,而派入体中,其见地在世文下矣。古歙[44]程明善[45]因之刻《啸余谱》于天瑞兄弟也。余则以一调为主,参差者明注字数多寡,庶定格自在,神明惟人,即此是谱,不烦更觅图谱矣。

一 俟哲

是刻历时一载,翻阅数番,衡古推今,心血欲槁。所歉者,古人之词,随烟月以奄逝;今人之词,方云霞其蔚蒸。如升庵《填词选格》、《词林万选》、《词选增奇》、《填词玉屑》、《诗余补遗》、《古今词英》、《百琲明珠》等书已不复见,刻宋元遗本,其饱蠹覆瓿者不知几何矣。又如我明宋潜溪[46]、解大绅[47]、王阳明[48]、王守溪[49]、于廷益[50]、何大复[51]、唐荆川[52]、杨椒山[53]、莫廷韩[54]、梅禹金[55]、汤海若[56]、黄贞父[57]、汤嘉宾[58]、骆象先[59]、钟伯敬[60]、丘毛伯[61]、陶石篑[62]、屠赤水[63]、王百穀[64]、袁中郎[65]诸公集中无词,而陈眉公[66]、张侗初[67]、李本宁[68]、冯具区[69]、王永启[70]、钱受之[71]、邹臣虎[72]、韩求仲[73]、顾邻初[74]、王季重[75]、董玄宰[76]、谭友夏[77]、赵凡夫[78]诸公尚未有集,坐井窥管,自分不免。有同志者,不妨惠教以嗣续编。

一 诫翻

坊人嗜利更惜费,翻刻之弊,所由始也。迩来讦告追板,而急于窃其实,巧于掩其名。如《诗余》旧本,按字数多寡编次,今以春、夏、秋、冬编次矣,至本意、送别、题情、咏物诸词,尽不可以时序论,必硬入时序中,不妥甚矣。太末翁少麓氏,志趋风雅,敦恳兹集,捐重赏精镌行世。吾惧夫后来市肆,有以春、夏、秋、冬故局刻之者,不然以四集合编,稍增损评注刻之者,而能逃于翻之一字乎?夫抹倒阅者一片苦心,为不仁;吾吞刻者十分生计,为不义。诓嘿嘿而已也,先此布告。古香岑天羽居士言。(沈际飞评选《古香岑草堂诗余四集》,明末翁少麓刊本)

笺注:

[1] 胜国:通常指前朝为胜国,此指元朝。

[2] "甚而桂子荷香"句:宋罗大经《鹤林玉露》丙集卷一:"孙何率钱塘,柳耆卿作《望海潮》词赠之。此词流播,金主亮闻歌,欣然有慕于'三秋桂子,十里荷花',遂起投鞭渡江之志。近时谢处厚诗云:'谁把杭州西子讴,荷花十里桂三秋。那知卉木无情物,牵动长江万里愁。'"

[3] "甚而远方女子"句:据清吴衡照《莲子居词话》载:"(秦少游)未几南迁,过长沙,有妓生平酷慕少游词,至是托终身焉。少游有'郴江幸自绕郴山,为谁流下潇湘去'云云。缱绻甚至,⋯⋯及少游卒于藤,丧还,妓自缢以殉。"

[4] 针石芥珀之投:又称"针芥相投"。针芥,比喻极细小的东西。磁石引针,琥珀拾芥,故以针芥相投,比喻性情契合。元马臻《送僧山云上人》诗:"钱塘烟草无心遇,针芥相投杜德机。"

[5] "我师尼氏删国风"数句:指孔子删诗、并存郑卫之意。

[6] 欧阳舍人:欧阳炯,曾任后蜀中书舍人,生平见《花间集序》。本文中所引"叶叶花笺"数句,亦节取自《花间集序》。

[7] 蔡光：其人不详。疑为蔡伯坚，即蔡松年。《宋史·辛弃疾传》："辛弃疾，字幼安，齐之历城人。少事蔡伯坚，与党怀英同学，号辛、党。"

[8] "蔡云"句：见杨慎《词品》卷四"评稼轩词"。

[9] 马鹤窗：马洪，字浩澜，仁和人。布衣，工诗词，有《花影集》。明杨慎《词品》："马鹤窗善咏诗，尤工长短句。虽皓首韦布，而含吐珠玉，锦绣胸肠，褎然若贵介王孙也。"

[10] 陆清溪：陆昂，字符，号清溪。少游刘泰之门，有《吟窗涉趣》、《窥豹录》。

[11] 菊庄：刘泰，明浙江海盐人，字世亨，号菊庄。能诗文，工行草书。景泰中以庶吉士授监察御史。著有《菊庄》、《晚香》诸集。

[12] 杨用修：即杨慎，可参上文杨慎简介。

[13] "诗圣如子美"数句：见杨慎《词品叙》："然诗圣如杜子美，而填词若太白之《忆秦娥》、《菩萨蛮》者，集中绝无。宋人如秦少游、辛稼轩，词极工矣，而诗殊不强人意，疑若独艺者，岂非异曲分派之说乎？"

[14] 王建：唐代诗人，字仲初，颍川（今河南许昌）人。曾作《宫中调笑》四首，词调用《调笑令》，写的是宫中女性的生活。词云："团扇，团扇，美人病来遮面。玉颜憔悴三年，谁复商量管弦。弦管，弦管，春草昭阳路断。""蝴蝶，蝴蝶，飞上金枝玉叶。君前对舞春风，百叶桃花树红。红树，红树，燕语莺啼日暮。""罗袖，罗袖，暗舞春风已旧。遥看歌舞玉楼，好日新妆坐愁。愁坐，愁坐，一世虚生虚过。""杨柳，杨柳，日暮白沙渡口。船头江水茫茫，商人少妇断肠。肠断，肠断，鹧鸪夜飞失伴。"

[15]白居易之《忆江南》:白居易曾作《忆江南》三首,词云:"江南好,风景旧曾谙。日出江花红胜火,春来江水绿如蓝,能不忆江南。""江南忆,最忆是杭州。山寺月中寻桂子,郡亭枕上看潮头。何日更重游?""江南忆,其次忆吴宫。吴酒一杯春竹叶,吴娃双舞醉芙蓉。早晚复相逢?"

[16]嵇康:字叔夜,谯国铚县(今安徽宿州境内)人。魏晋名士,"竹林七贤"之一。

[17]吴门:指苏州或苏州一带,历史上作为苏州的别称之一,为春秋吴国故地,故称。

[18]疏名:这一部分,节取自杨慎词品卷一"词名多取诗句"条,有删改。见唐圭璋《词话丛编》第一册,中华书局1986年版,第428页。

[19]《蝶恋花》取梁元帝句"翻阶蛱蝶恋花情":梁元帝,姓萧名绎,字世诚,小字七符,自号金楼子,梁武帝萧衍第七子。"翻阶蛱蝶恋花情"出自梁简文帝《绍古歌》:"翻阶蛱蝶恋花情,容华飞燕相逢迎。"非梁元帝诗。

[20]吴融:唐代诗人,字子华,越州山阴(今浙江绍兴)人。生卒年不详。官至翰林学士,拜中书舍人。

[21]江淹:南朝著名文学家,字文通,济阳考城(今河南民权)人。历仕三朝。

[22]郑嵎:字宾光,一作宾先。里居及生卒年不详,唐代诗人。著有《津阳门诗》一卷。

[23]韩翃:字君平,南阳(今属河南)人,唐代诗人。天宝十三载进士,官至中书舍人,"大历十才子"之一。明人辑有《韩君

平集》。

〔24〕《西江月》取魏万句"只今惟有西江月":魏万,唐人,尝居王屋山,后名颢,上元初登第。初遇李白于广陵,白曰:"尔后必著大名于天下。""只今惟有西江月"乃出自李白《苏台览古》"只今唯有西江月,曾照吴王宫里人",非魏万诗。

〔25〕柳浑:字夷旷,天宝年间进士,唐代诗人。贞元中同平章事,卒谥贞。

〔26〕敬德:尉迟恭,字敬德,朔州鄯阳(今山西朔州市)人。唐名将,凌烟阁二十四功臣之一,赠司徒兼并州都督,谥忠武,赐陪葬昭陵。

〔27〕兰陵王:高长恭,一名孝瓘,是北齐世宗文襄帝的第四子,东魏大权臣北齐奠基人大丞相高欢之孙。封为兰陵王,累迁并州刺史。貌柔心壮,音容兼美,作战骁勇。破突厥,为《兰陵王入阵曲》,后主忌之,饮以鸩而死,谥武。

〔28〕张骞事:张骞,字子文,汉中人。建元中为郎,应募使月氏,经匈奴,被留十余岁,亡走大宛,抵康居,传致大月氏,还复为匈奴所得,亡归,拜大中大夫。从大将军击匈奴,封博望侯,后曾出使乌孙,沟通西北与汉朝往来。张骞事指张骞乘槎到天河的传说。见南朝梁宗懔《荆楚岁时记》。

〔29〕钱塘:亦作"钱唐"。古县名,地在今浙江省,古诗文中常指今杭州市。《史记·秦始皇本纪》:"过丹阳,至钱唐。"张守节正义:"钱唐,今杭州县。"

〔30〕胡文焕:明钱塘人,字德甫,一作德文,号全庵,《曲品》作金庵,一号抱琴居士,生卒年不详。著有《奇货记》、《犀佩记》、《文

会堂琴谱》、《诗学汇选》等。

[31] 顾汝所：顾从敬，字汝所，生平不详。参见《类编草堂诗余序》注[1]。

[32] 钱功父：钱允治，初名府，后以字行，更字功甫。贫而好学，年八十余，隆冬病疡，映日钞书，薄暮不止。殁无子，遗书皆散失，有《少室先生集》。

[33] "郭象注《庄》"数句：郭象，西晋玄学家。字子玄，河南人。官至黄门侍郎、太傅主簿。好老庄，善清谈。著有《庄子注》，其注多言外之意。

[34] 帝虎亥豕：指书籍传写或刊印的文字错误。《太平御览》卷六一八引晋葛洪《抱朴子·遐览》："书三写，以鲁为胄，以帝为虎。"《吕氏春秋·察传》："有读史记者曰：'晋师三豕涉河。'子夏曰：'非也，是己亥也。夫己与三相似，豕与亥相似。'"因以帝虎亥豕为文字讹误之典。

[35] 王元美：即王世贞，字元美，自号凤洲，又号弇州山人，太仓（今江苏太仓）人。

[36] 苏景元：名大，休宁（今安徽休宁县）人。贯通群经，通赵东山《春秋》属辞之学，教授弟子。尝辑《新安文粹》，撰国朝人歌诗，为《皇明正音》。成化中，年七十，自为墓志而卒。

[37] 王止仲：王行，字止仲，吴县人，号半轩，亦称楮园，自号淡如居士。洪武初郡庠延为校师。泼墨成山水，时人谓之王泼墨。书法学二王。亦通兵法。蓝玉荐于朝，以其阔于事，不能用。后玉诛，行父子亦坐死。

[38] 徐小淑：徐媛，字小淑，法名净照，范允临之妻，著有《络

纬吟》。

[39] 维扬：扬州的别称。《书·禹贡》："淮海惟扬州。"惟，通"维"。明李东阳《九日渡江》诗："直过真州更东下，夜深灯火宿维扬。"

[40] 张世文：张綎，字世文，明高邮人。正德举人，官至光州知州。有《诗余图谱》、《南湖诗集》等。

[41] 谢天瑞：字起龙、思山，号复古生，杭州人。明代文献学家。曾刻《诗人玉屑》、《诗法大成》等书。

[42] 吴江：地名，今属江苏。

[43] 徐伯曾：结合文意，此处疑应为徐师曾，徐师曾，明代吴江（今属江苏）人。字伯鲁，号鲁庵。嘉靖三十二年(1553)进士，著有《文体明辨》。

[44] 古歙：地名，今安徽歙县。

[45] 程明善：字若水，歙县人。天启中监生，其生平行状未详。

[46] 宋潜溪：宋濂，浦江人，字景濂，号潜溪，别号玄真子。元至正中荐授翰林院编修，以亲老辞不就，隐居东明山著书，历十余年。明初除江南儒学提举，命授太子经书，修元史，累转至翰林学士承旨，知制诰，以老致仕。正统中追谥文宪。为文醇深演迤，有《宋学士全集》、《龙门子》、《浦阳人物记》等。

[47] 解大绅：解缙，明代大臣、学者，字大绅，号春雨，谥文毅，江西吉安吉水县人，解纶之弟。洪武十二年(1379)进士。历官御史、翰林待诏，成祖即位，擢侍读，直文渊阁，参预机务，与编《永乐大典》，有《解学士集》、《天潢玉牒》。

[48]王阳明：王守仁，明余姚人。字伯安，弘治进士，号阳明子，世称阳明先生，故又称王阳明。曾巡抚南赣，平大帽山诸贼，定宸濠之乱，世宗时封新建伯，总督两广。明世文臣用兵，未有如守仁者。卒谥文成。其学以良知良能为主，有《王文成全书》，其文博大昌达，诗秀逸有致。

[49]王守溪：王鏊，明吴县人。字济之，号守溪，晚号拙叟，学者称震泽先生。成化十一年(1475)进士，授编修，弘治时历侍讲学士，充讲官，擢吏部右侍郎，正德初进户部尚书、文渊阁大学士。博学有识鉴，有《姑苏志》、《震泽集》、《震泽长语》。

[50]于廷益：于谦，字廷益，号节庵，官至少保，世称于少保，明代名臣。永乐十九年(1421)进士。宣德初授御史，出按江西，迁兵部右侍郎，巡抚河南、山西。天顺元年谦以"谋逆"罪被冤杀。弘治谥肃愍，万历改谥忠肃。有《于忠肃集》。于谦与岳飞、张煌言并称"西湖三杰"。

[51]何大复：何景明，字仲默，号白坡，又号大复山人，明信阳人。弘治十五年(1502)进士，授中书舍人。"前七子"之一，与李梦阳并称文坛领袖，有《大复集》。

[52]唐荆川：武进人，原名唐顺之，字应德。因爱好荆溪山川，故号荆川。明嘉靖八年(1529)中进士，礼部会试第一，入翰林院任编修。一年后即告病归里，闭门读书二十年，于学无所不精。嘉靖初年与王慎中同为当代古文运动的代表，世称"王唐"，后又与归有光、王慎中三人合称为"嘉靖三大家"。著有《荆川集》、《勾股容方圆论》等。

[53]杨椒山：原名杨继盛，号椒山。初授南京吏部主事，后任

兵部员外郎。

[54] 莫廷韩：即莫是龙，明代画家，字云卿，华亭人。后来更字廷韩，号秋水，又号后明。十岁就能写诗作对，擅长于书画，著有《石秀斋集》、《画说》等。

[55] 梅禹金：梅鼎祚，字禹金，号胜乐道人，宣城（今属安徽）人。自幼笃志好学，饮食寝处均不废书。十六岁廪诸生，诗文名扬江南。

[56] 汤海若：汤显祖，江西临川（今属江西抚州）人，字义仍，号海若，自署清远道人，别号玉茗堂主人，晚年号若士、茧翁。万历进士，官至礼部主事。研精词曲，所著《牡丹亭》、《邯郸记》、《南柯记》、《紫钗记》四记，世称"临川四梦"，有《玉茗堂集》。

[57] 黄贞父：黄汝亨，字贞父，钱塘人，裳子。明万历二十六年（1598）进士，官至江西布政司参议。有《天目记游》、《廉吏传》、《古秦议》、《寓林集》、《寓庸子游记》等。善书，行草合苏、米之长，媚不掩骨，韵能成法。

[58] 汤嘉宾：汤宾尹，字嘉宾，号睡庵，别号霍林，安徽宣州人。万历二十三年（1595）榜眼及第，授翰林院编修，内外制书诏令多出其手，号称得体。文颇负盛名，亦善诗。著有《睡庵文集》、《宣城右集》、《一左集》、《再广历子品粹》等。

[59] 骆象先：生平不详。

[60] 钟伯敬：钟惺，明文学家。字伯敬，号退谷，湖广竟陵（今湖北天门）人。万历进士，官至福建提学佥事。与谭元春同为竟陵派创始者，于诗文反对摹古，但又认为公安派作品过于轻率，倡导幽深孤峭，追求险僻，因而作品流于冷涩。所著有《隐秀轩集》。

[61]丘毛伯:丘兆麟,明临川(今江西临川)人,字毛伯。万历三十八年(1610)进士,擢御史。著有《学余园集》、《水暄亭集》、《玉书庭集》六十余卷,《按豫仁言》四卷。

[62]陶石篑:陶望龄,字周望,号石篑,明会稽人。万历中会试第一,廷试第三。授编修,再迁谕德告归,起国子祭酒,母老固辞不拜,母丧以毁卒,谥文简,有《解庄》。

[63]屠赤水:屠隆,明浙江鄞县人,字长卿,一字纬真,号赤水、鸿苞居士。万历五年(1577)进士,曾任吏部主事、郎中等官职,后罢官回乡。屠隆是个怪才,好游历,有博学之名,尤其精通曲艺。

[64]王百穀:王穉登,字伯穀,又字百穀,号松坛道人、长生馆主,江阴(今江苏江阴)人,移居吴门。

[65]袁中郎:袁宏道,字中郎,又字无学,号石公。湖广公安(今湖北公安县)人。万历年间进士,知吴县,官至稽勋郎中。其诗矫王、李之弊,倡以清真。有《瓶花斋杂录》、《袁中郎集》及《潇碧堂》、《破研斋诸集》。

[66]陈眉公:陈继儒,明松江华亭(今上海松江)人,字仲醇,号眉公,又号麋公。隐居昆山之阳,后筑室东佘山,杜门著述。工诗文,短翰小词,皆极风致。书法苏、米,兼能绘事,名重一时。有《眉公全集》。

[67]张侗初:张鼐,字世调,号侗初,明松江华亭(今上海松江)人。万历三十二年(1604)进士。改庶吉士,授检讨,迁司业。天启时擢南京礼部右侍郎,为阉党所劾,削籍归。崇祯初平反,任南京吏部右侍郎。有《宝日堂初集》、《吴淞甲乙倭变志》、《馤堂考故》等。

[68] 李本宁:李维桢,字本宁,京山人。隆庆二年(1568)进士。由庶吉士授编。博闻强记,与同馆许国齐名,累迁提学副史。浮沉外僚几三十年。天启初,以布政使家居,年七十余。累官礼部尚书,告老归。卒于家。维桢性乐易阔达,文章弘肆,卓负重名垂四十年,然多率意应酬之作。有《大泌山房集》一百三十四卷及《史通评释》等传于世。

[69] 冯具区:冯梦祯,明秀水(今浙江嘉兴)人,字开之,号具区,又号真实居士。万历会试第一,官编修累迁南国子监祭酒,与诸生砥名节,正文体,寻中蜚语归。有《历代贡举志》、《快雪堂集》、《快雪堂漫录》。

[70] 王永启:王宇,字永启,闽县人。万历庚戌(1610)进士,官至山东提学参议。

[71] 钱受之:钱谦益,明常熟人。字受之,号牧斋,晚号蒙叟、东涧老人,学者称虞山先生。明万历进士,官至礼部侍郎,坐事削籍归。福王时召为礼部尚书。以文章标榜东南,尝辑明人诗为《列朝诗集》,所著有《初学集》、《有学集》。

[72] 邹臣虎:邹之麟,明代画家。字臣虎,号衣白,自号逸老,又号昧庵,江苏武进人。明万历三十八年(1610)进士,弘光时官至都宪,博极群书,文辞歌诗追古作者。兼蓄晋唐墨迹,商周彝鼎。

[73] 韩求仲:韩敬,浙江归安(今浙江吴兴)人,字简与,一字求仲,号止修。生于明神宗万历八年(1580),卒年不详。神宗万历三十八年(1610)庚戌科状元。

[74] 顾邻初:顾起元,明金石家、书法家。字太初,一作璘初、瞵初,号遁园居士,应天府江宁(今江苏南京)人。万历二十六年

(1598)进士，官至吏部左侍郎，兼翰林院侍读学士。乞退后，筑遁园，闭门潜心著述，卒谥文庄。著有《金陵古金石考》、《客座赘语》、《说略》等。

[75] 王季重：王思任，浙江山阴人。字季重，号谑庵，又号遂东。万历四十七年（1619）进士，曾知兴平、当涂、青浦三县，累迁袁州推官、九江佥事、礼部右侍郎，郡城失守，遂隐居不仕。工画，为文笔意放纵诙谐，时有讽刺时政之作，诗重自然。有《王季重十种》传世。

[76] 董玄宰：董其昌，字玄宰，号思白、香光，华亭人。"华亭派"的主要代表。明万历十六年（1588）进士，官至礼部尚书，卒谥文敏。

[77] 谭友夏：谭元春，明竟陵人，字友夏。天启末乡试第一，与同里钟惺评选唐人之诗为《唐诗归》，又评选隋以前诗为《古诗归》。谭元春自著有《岳归堂稿》、《鹄湾集》。

[78] 赵凡夫：赵宧光，字凡夫，是宋太宗赵炅第八子元俨之后。一生不仕，以高士名冠吴中。著有《说文长笺》、《六书长笺》等。

评析：

《草堂诗余》原是南宋书坊为应歌之需而编选的一部词集，曾在民间广泛流传，南宋末至元代则传本希罕少见。明代中叶以后，经明人改编的《草堂诗余》复为盛行，形成了一个令人瞩目的"草堂"系列。但多数《草堂诗余》的翻刻本、改编本手眼不高、质量偏低，而沈际飞评正的《古香岑草堂诗余四集》却是"草堂"系列中规模宏大、颇有编选特点的选本。

本篇序文对于当时存在的众多关于词的论调进行陈述并加以辩驳,表达了自己的词学观念。当时存在的众多观点,有些是"以风气贬词者也",有些是"以体裁贬词者也",而有些是"以音义言词而为词解嘲者也",但这些都不是对词作的正确认识。"词吸三唐以前之液,孕胜国以后之胎",词作吸收了前代文学的种种优点,融会贯通,以为己用,如果说词是诗的变体,则不如说词是集众家之长者。这展现出作者对词体的推崇。在作者眼中,词虽名为诗余,但是却有独立的历史地位和特殊的艺术成就。这种对词体的先进认识对当时及后世正确认识词体都有极大的推动作用。

除推尊词体之外,作者对于词之表现性情作用的认识也是值得肯定的。作者认为"情生文,文生情,何文非情?而以参差不齐之句,写郁勃难状之情,则尤至也",词作是情感表现的重要渠道,借助于词作,男女、君臣、父子、兄弟、朋友之情皆可以表现出来。作者认为,正如楚辞"借美人以喻君,借佳人以喻友"的风格,词作中也可以使用比兴托喻的手法表现各种情感。这既看到了词体中比兴等艺术手法的使用,同时将楚辞"香草美人"的手法与词体文学联系起来,表现出作者对词体的重视。此外,这种观念还将词从歌筵酒席之艳歌变为可以表情达意之文体,扩大了词的表现范围和文体功能。正因为词体文学的这一特点,历代大家都赏玩于此,不废歌咏,众多优秀之作得以传扬。作者不仅看到婉约词的柔美,也非常重视豪放词的风骨,对辛弃疾的词作也加以揄扬。总而言之,作者认为"诗余之传,非传诗也,传情也,传其纵古横今,体莫备于斯也"。这既是作者对词体、词作情感表现功能的肯定,也是其对词作优点的揄扬。

序文中作者还对词集凡例加以阐释,对铨异、比同、疏名、研韵、分衷、著品、证故、刊误、定谱、俟哲、诫翻等内容加以详细解说,使读者对该部词集有一个比较完整清晰的认识,亦可见作者治学认真严谨。

19. 秦士奇《古香岑草堂诗余叙》

秦士奇,生卒年不详,字公庸,山东金乡人。自幼聪颖过人,才华出众,性情疏隽,以节操自持。明天启五年(1625)进士,曾任顺天府固安县知县,深得百姓爱戴,一生仕途不甚得意。擅书法、绘画,著有《吟云居稿》、《濠上吟》、《诗集》等,皆佚。王士禛《倚声初集》录其词数首。

夫诗亡而余骚、赋,骚、赋变而余乐府,乐府缺而余辞曲。粤古之乐章、乐歌、乐曲皆出于雅正,即《昔昔盐》、《夜夜曲》,已兆辞名。自隋唐以来,声诗间为长短句,如《穆护沙》、《阿鞸回》、《鶒烂堆》等曲,至新曲《楚妃踏歌》,风华必溯六朝。唐则有《尊前》、《花间》而成调,至集名《兰畹》、《金荃》,取其逆风闻熏香而弱也。词则宁为大雅罪人,必不尚豪爽磊落,明矣。迄宋崇宁[1]立大晟府,命周美成诸人讨论古音,少得存者,由此八十四调之声稍传,后增演慢曲、引、近为三犯、四犯,领乐创调之繁有六十家,辞至二百余调。其间可歌可诵如李[2]、晏[3]、柳五[4]、秦七[5]、"云破月来花弄影"郎中[6]、"红杏枝头春意闹"尚书[7],闺彦若易安居士[8],词之正也。至温、韦[9]艳而促,黄九[10]精而刻,长公[11]骚而壮,幼安[12]辨而奇,又词之变体也[13]。至高竹屋[14]、姜白石[15]、史梅溪[16]、吴梦窗[17]诸人,格调迥出清新。故词流于唐而盛于宋,乃选填词曰《草堂诗余》,而杨用修以青莲[18]诗名《草堂集》。诗余者,青莲《忆秦娥》《菩萨蛮》二首为开山词祖。殊不知,词不始于唐,如陶宏景之《寒夜怨》、梁武帝之《江南弄》、陆琼之《饮酒乐》、隋炀帝之《望江南》。六朝君臣颂酒赓色,务裁艳语,宛转儇佻,蔚簇词华,又开青莲之先[19]。若唐宣宗所称"牡丹带露真珠颗",《菩萨蛮》[20]一曲又不知谁氏所为,则又《花间集》之先声已。然《花间》皆小语致巧,犹伤促碎;至《草堂》以绵丽取妍六朝。故以宋人为诗之余,至金、元渐流为歌曲。若我明如刘伯温[21]、杨用修、吴纯叔[22]、文徵仲[23]、王元美[24]兄弟辈激响千代,移宫换羽、蝉缓而就之诗,若荡然无余,而不知即余亦诗也。自《三百》而后,凡诗皆余也。即谓骚赋为诗之余,乐府为骚赋之余。填词为乐府之余,声歌为填词之余。递属而下,至声歌亦诗之余;转属而上,亦诗而余声歌。即以声歌、填词、乐府,谓凡余者皆诗可也。然历朝、近代皆有一种古隽不可磨灭处,余故商之沈天羽氏,以正、续两集并我明新集为之正次、订舛、抉美撷芳,先识古今体制,雅俗脱出宿生尘腐气。大约取其命意远、造语鲜、炼字响、用字便,典丽清圆,一一拈出。至于别集,则历朝近代中所逸辞章颖拔、风韵秀上、骚不雄、丽不险、质不率、工不刻、天然无雕饰且语不经人道,皆如新脱手,读之使人神越色飞,令斗字逞侠者退舍。大约辞婉娈而近情,燕顽莺呓,宠柳娇花[25],原为本色,但屏浮艳,不邻郑、卫[26]为佳。至离情则销魂肠断,其辞多哀,但调感怆于南浦、渭阳[27]之外;咏节叙要,措辞精粹,见时节风物聚会宴乐景况。然率俚岂可歌于坐花醉月之间?若咏物,恐摹写稍远,又恐体认太真,要收纵联密用事合题为妙。又难于寿辞,说富贵近俗,功名近谀,神仙近迂阔、虚诞,总此三意而无松椿龟鹤字为佳[28]。人知辞难于长调而不知难于令曲,一句一字闲不得,亦一句一字着不得,即淡语、浅语、恒语极不易工,末句要留有余不尽意思[29]。如近代《绝妙辞选》,名公调谀,多以此为射雕手。余才不甚颖浩,癖于词章,亦知辞平仄断句皆有定数,但不能。断髭枯毫,句敲字推,故耽二十年未见其进。不知诗,乌知其余?余特言其余,海内词人韵士,得毋以击缶《韶》外为不足观也耶。东鲁尼山[30]樵秦士奇书于玉峰署中。(沈际飞评选《古香岑草堂诗余四集》,明末翁少麓刊本)

笺注:

[1] 崇宁:宋徽宗赵佶的第二个年号(1102—1106)。

[2] 李:指李煜或李璟、李煜父子。

[3] 晏:晏几道,字叔原,号小山,北宋著名词人。词风哀感缠绵、清壮顿挫。《雪浪斋日记》云:"晏叔原工小词,不愧六朝宫掖体。"晏也可指晏殊、晏几道父子。

[4] 柳五:"五"疑为"七"之误,当为"柳七",即柳永。柳永,字耆卿,原名三变,字景庄。后改名永,字耆卿。排行第七,故称柳七。宋仁宗朝进士,官至屯田员外郎,故世称柳屯田。

[5] 秦七:秦观,字少游,一字太虚,号淮海居士,扬州高邮(今属江苏)人,因排行第七,又称秦七,"苏门四学士"之一。

[6] "云破月来花弄影"郎中:北宋词人张先。张先,字子野,

乌程人。以其词作中有"云破月来花弄影"、"娇柔懒起,帘压卷花影"、"柳径无人,坠轻絮无影",时人称他为"张三影"。因治平元年以尚书都官郎中致仕,故宋祁称张先为"云破月来花弄影"郎中。

[7] "红杏枝头春意闹"尚书:北宋词人宋祁。宋祁,字子京,安陆(今湖北安陆)人。天圣初与兄宋庠同举进士,当时称为"二宋"。累迁同知礼仪院、尚书工部员外郎,知制诰,又改龙图学士、史馆修撰。修《新唐书》,为列传一百五十卷。拜翰林学士承旨。卒谥景文。"红杏枝头春意闹"源于其词作《玉楼春》(东城渐觉春光好)中"红杏枝头春意闹"一句,使全词有画龙点睛之妙,张先称宋祁为"红杏尚书"。

[8] 易安居士:李清照,济南章丘人,自号易安居士。

[9] 温、韦:温庭筠,韦庄。温庭筠,本名岐,字飞卿,太原祁人。文思敏捷,每入试,押官韵,八叉手而成八韵,所以也有"温八叉"之称。诗词兼工,诗与李商隐齐名,并称温李;词与韦庄齐名,并称温韦。韦庄,字端己,晚唐五代人。花间派词人,词风清丽,有《浣花词》。

[10] 黄九:黄庭坚,因排行第九,故称之。黄庭坚,字鲁直,自号山谷道人,晚号涪翁。

[11] 长公:苏轼为苏洵长子,其诗文浑涵光芒,雄视百代,当时尊之为长公。宋胡仔《苕溪渔隐丛话后集·东坡五》:"《复斋漫录》云:'当时以东坡为长公,子由为少公。'"

[12] 幼安:辛弃疾,字幼安,号稼轩,山东历城人。词作题材广阔又善化用前人典故入词,风格沉雄豪迈又不乏细腻柔媚之处,

有《稼轩长短句》。

[13]"至温、韦艳而促"数句:语出王世贞《艺苑卮言》。

[14]高竹屋:高观国,南宋词人。字宾王,号竹屋,山阴(今浙江绍兴)人。与史达祖友善,常常相互唱和,词亦齐名。他善于创造名句警语,有词集《竹屋痴语》。

[15]姜白石:姜夔,字尧章,别号白石道人。工诗词,精音乐,善书法,对词的造诣尤深。

[16]史梅溪:史达祖,字邦卿,号梅溪。史达祖的词以咏物为长,其中不乏身世之感。他还在宁宗朝北行使金,这一部分的北行词,充满了沉痛的家国之感。有《梅溪词》。

[17]吴梦窗:吴文英,字君特,号梦窗,晚年又号觉翁,四明(今浙江宁波)人。其词作数量丰沃,风格雅致,多酬答、伤时与忆悼之作。

[18]青莲:李白,号青莲居士。

[19]"诗余者,青莲《忆秦娥》、《菩萨蛮》"数句:此段参见王世贞《艺苑卮言》和杨慎《词品》。《艺苑卮言》曰:"词者,乐府之变也。昔人谓李太白《菩萨蛮》、《忆秦娥》,杨用修又传其《清平乐》二首,以为词祖。不知隋炀帝已有《望江南》词。盖六朝诸君臣,颂酒赓色,务裁艳语,默启词端,寔为滥觞之始。"《词品》卷一有"陶弘景《寒夜怨》"、"陆琼之《饮酒乐》"、"梁武帝《江南弄》"条。参唐圭璋《词话丛编》,中华书局1986年版。

[20]《菩萨蛮》:见《词品》卷二"菩萨蛮"条:"'牡丹带露真珠颗,佳人折向庭前过。含笑问檀郎,花强妾貌强。檀郎故相恼,只道花枝好。一向发娇嗔,碎挼花打人。'此词无名氏,唐宣宗尝称

之,盖又在花间之先也。"

[21] 刘伯温:刘基,字伯温,谥曰文成,青田县南田乡(今属浙江省文成县)人,故称刘青田,明洪武三年(1370)封诚意伯,又称刘诚意。武宗正德九年(1514)被追赠太师,谥文成。在文学史上,刘基与宋濂、高启并称"明初诗文三大家"。

[22] 吴纯叔:吴子孝,字纯叔,号海峰,晚号龙峰,南直隶苏州府长洲人。嘉靖八年(1529)进士,授台州推官,擢广平通判,历官至湖广参政。文章弘衍浩博,著有《玉涵堂集》、《玉霄仙明珠集》。

[23] 文徵仲:文徵明,原名壁,字徵明,长洲(今苏州)人。四十二岁起以字行,更字徵仲。因先世衡山人,故号衡山居士。著有《甫田集》。文徵明博雅多能,尤长于书画,与沈周、唐寅、仇英并称为"明四家"。诗词文均有可观,与祝允明、唐寅、徐祯卿并称"吴中四才子"。

[24] 王元美:王世贞,字元美,号凤洲,又号弇州山人,太仓人,明代"后七子"领袖之一。

[25] 宠柳娇花:李清照《念奴娇》:"宠柳娇花寒食近,种种恼人天气。"

[26] 郑、卫:春秋战国时郑国和卫国的并称。同时也指郑、卫两国的民间音乐。因与孔子等提倡的雅乐大相径庭,故受儒家排斥。此后,凡与雅乐相背的音乐,常被崇雅黜俗者斥为"郑卫"。可参张东川《草堂诗余后跋》笺注[1]。

[27] 南浦、渭阳:南浦,南面的水边。《楚辞·九歌·河伯》:"子交手兮东行,送美人兮南浦。"王逸注:"愿河伯送己南至江之

涯。"后常用以称送别之地。唐《教坊记》有《南浦子》曲，宋词则借旧曲名另制新调。渭阳，《诗经·秦风·渭阳》："我送舅氏，曰至渭阳。"朱熹《诗集传》："舅氏，秦康公之舅，晋公子重耳也。出亡在外，穆公召而纳之。时康公为太子，送之渭阳而作此诗。"后因以"渭阳"为表示甥舅情谊之典。此处南浦、渭阳为离别之辞。

[28]"又难于寿辞"数句：张炎《词源》卷下："难莫难于寿词，倘尽言富贵则尘俗，尽言功名则谀佞，尽言神仙则迂阔虚诞，当总此三者而为之，无俗忌之辞，不失其寿可也。松椿龟鹤，有所不免，却要融化字面，语意新奇。"

[29]"人知辞难于长调"数句：张炎《词源》卷下："词之难于令曲，如诗之难于绝句，不过十数句，一句一字闲不得。末句最当留意，有有余不尽之意始佳。"

[30]尼山：山名，在今山东曲阜市城东南。

评析：

序文从诗余引发出对于文学演进中词体发展演变的思考，指出"夫诗亡而余骚赋，骚赋变而余乐府，乐府缺而余辞曲"是文学发展的总体脉络，而词就是文学发展中的一个支流。他认为"古之乐章、乐歌、乐曲皆出于雅正"，词也不例外，"《昔昔盐》、《夜夜曲》，已兆辞名"，至唐，词体得到更大发展，内容日渐丰富，但是词的"雅正"风格并未丧失。至宋，词坛大兴，不仅出现了大晟府这样的专管词学的机构，词家能手也竞技词坛，百花争艳。其中词之"雅正"风格并未丢弃，但是也出现了变体。作者在此倡导词作的雅正风格，但是对其他变体也兼收并蓄，并未排除在外。作者认为，词在梁陈即已肇端，并非源于李白，澄清许多人以李白为词之创始人的误解,还原了词体文学发生的真实面貌。

此外,作者还对词体的地位加以肯定。词被称为"诗余",而作者言"自《三百》而后,凡诗皆余也。……递属而下,至声歌亦诗之余;转属而上,亦诗而余声歌。即以声歌、填词、乐府,谓凡余者皆诗可也",将词摆在与诗同等的地位,使词作大受重视。

就《古香岑草堂诗余》收词而言,作者介绍该书在《草堂诗余》所收录词作的基础上加以扩大,"以正、续两集并我明新集为之正次、订舛、抉美撷芳,先识古今体制,雅俗脱出宿生尘腐气",不仅收唐宋词,还将收词年代扩大到明代。就词作风格而言,《古香岑草堂诗余》丽则兼收,广录博取,扩大了所录词作的风格类型;《别集》则收"历朝近代中所逸辞章颖拔、风韵秀上、骚不雄、丽不险、质不率、工不刻、天然无雕饰且语不经人道,皆如新脱手,读之使人神越色飞,令斗字逞侠者退舍"之各种词作,注意突出其中清新自然不假雕饰之作。

20.《古香岑草堂诗余序》

来行学,字颜叔,明杭州人,生平不详。

> 经宫纬羽,搯[1]只字于色飞;角绿斗红,营片辞而魂绝。是以《云谣》、《黄泽》[2],响遏清风;《宝鼎》、《芝房》[3],价高《白雪》。乐府争传"杨柳大堤"之句,大晟曾填"鱼游春水"之腔。娱耳陶匏[4],并收金石;玩目黼黻,谁问玄黄。则有文姬墨卿,嬶柔条于韶景;亦写离怀愁绪,悲落叶于劲秋。"云破月来花弄影"郎中,扣扉将命;"红杏枝头春意闹"尚书,倒屣屏呼。少长河阳,由来能舞;兄弟协律,生小学歌。箜篌非关曹植之章,

琵琶何待石崇[5]之曲。若乃皱水梦回,焉取君臣嘲谑;荷香桂子,那知金亮投鞭。《诗余》一编,汇连千首。织绡制锦,非唯芍药之花;凤律鸾歌,宁止蒲萄之树。向来剖厥,不无雌黄,邺架[6]可登,奚囊[7]未便。于是五松主人然脂暝缮,弄墨晨书,新定鲁鱼[8],前仍甲乙。珠帘以玳瑁为押,玉树用珊瑚作枝。永对玩于床帷,长披拭乎纤手。因使诗盟酒社,月夕花朝,马上频开玉函,枕畔轻摇檀拍。肘悬丹检,豪哲聊供捧腹之欢;帐锁红楼,婵娟更唱莲舟之引。西陵[9]来行学颜叔书。(清宋泽元《忏花庵丛书》本)

笺注:

[1] 搤:取。

[2]《云谣》、《黄泽》:《云谣》,古歌曲名。《穆天子传》卷三载首句为:"白云在天,山陵自出。"后人编录诗集题之曰《白云谣》,省称《云谣》,泛指歌曲。后蜀欧阳炯《花间集序》:"是以唱《云谣》则金母词清,挹霞醴则穆王心醉。"《黄泽》,《穆天子传》曰:"天子东游于黄泽,使宫乐谣云。"

[3]《宝鼎》、《芝房》:汉代郊祀歌曲名。汉班固《两都赋序》:"《白麟》、《赤雁》、《芝房》、《宝鼎》之歌,荐于宗庙。"

[4] 陶匏:指古代乐器。南朝梁萧统《文选序》:"譬陶匏异器,并为入耳之娱;黼黻不同,俱为悦目之玩。"

[5] 石崇:字季伦,生于青州,故小名齐奴。少敏慧,为散骑郎,元康初累迁荆州刺史,尝于河阳置金谷别墅,复拜卫尉,与潘岳诏事贾谧,谧与之亲善,号"二十四友"。与贵戚王恺、羊琇之徒,以奢靡相尚,及贾谧免官,崇亦罢职。

[6] 邺架:韩愈《送诸葛觉往随州读书》诗:"邺侯家多书,插架三万轴。"邺侯,即李泌。后以"邺架"比喻藏书处。

[7] 奚囊:《新唐书·李贺传》:"(贺)每旦日出,骑弱马,从小奚奴,背古锦囊,遇所得,书投囊中。"后因称诗囊为"奚囊"。

[8] 鲁鱼:"鲁"、"鱼"两字易相混,指抄写刊印中的文字讹误。宋杨亿《受诏修书述怀感事》诗:"望气成龙虎,披文辩鲁鱼。"

[9] 西陵:今属杭州。

评析:

此篇序文几乎全用四六骈文连缀成篇,不仅文采华美,而且对仗也较为工整,音律和婉,读之抑扬顿挫,朗朗上口,可谓美文。

序文极力铺陈词体文学的艺术风格,如"经宫纬羽,搹只字于色飞;角绿斗红,营片辞而魂绝",词作不仅是辞采华丰、音律和畅之作,还形神具备,神韵悠长。正由于词有如此大的魅力,历代文人才士争相创作,故而佳话迭出:"'云破月来花弄影'郎中,扣扉将命;'红杏枝头春意闹'尚书,倒屣屏呼。"诗坛、文坛的大家都醉心于此,世人更是云集景从,故而创作出众多优秀的词篇。词坛活跃,词作繁多,词集自然应运而生。《古香岑草堂诗余》就是其中之一,而且成就不凡:"《诗余》一编,汇连千首。织绡制锦,非唯芍药之花;凤律鸾歌,宁止蒲萄之树。"作者认为,该集所收词作数量众多而且成就极高,皆非凡品,实乃群芳竞艳。

序文还对词体文学的娱乐功能大力推扬:"因使诗盟酒社,月夕花朝,马上频开玉函,枕畔轻摇檀拍。肘悬丹检,豪哲聊供捧腹之欢;帐锁红楼,蝉娟更唱莲舟之引。"这既是对《花间集》传统的继承,也折射出明代后期安闲逸乐的社会风气。

21. 黄河清《续草堂诗余序》

黄河清,明人,生平不详。

诗自大历以下作者几绝,吾不知其余也。诗余自元祐以下作者又几绝,吾不知其续也。虽然,情蕲于苟会,吴歈高于郢曲;思蕲于苟触,商颂亚于秦声。词虽乐府,铙歌之滥觞,李供奉、王右丞[1]开其美,而南唐李氏父子[2]实弘其业,晏、秦、欧、柳、周、苏之徒[3]嗣其响。世有汇辑《唐宋名贤词》[4]者,凡四十册,人凡若干卷,卷凡若干首,余尝卒业之,泱泱大观哉。又《花间集》者,片片皆小玑,可弦而歌也。第《唐宋名贤词》卷帙重大,剞劂未施,缀词之士,罕窥其全。《花间集》止及唐而不及宋,犹诗之汉魏乘矣。是为诗余者,续《花间集》者与?续诗余者,又其续与?嗟乎!诗工于唐,词盛于宋,至我明,诗道振而词道阙。盖唐宋以诗词为讴歌,往往牧夫山伎,借才人之吟咏以成宫商,今纵秦青[5]复出,所歌者卑卑南北词,不值周郎一顾[6]矣。诗则骚人迁客之所抒情倡酬,兰台石室[7]之彦所籍以献至尊者,以故得不与词而俱废。夫词体纤弱,壮夫不为,独惜篇什寂寥,彼歌《金缕》唱《柳枝》者,其声宛转易穷耳。所刻续集中,如李后主之《秋闺》,李易安之《闺思》,晏叔原之《春景》,萧竹屋[8]之《纪梦》、《怀旧》,周美成之《春情》,无名氏之《有感》,张子野之《杨华》,欧阳永叔之《闺情》、《采莲》,苏子瞻之《佳人》,杨孟载[9]之《暮春》,朱淑真[10]之《闺情》,程正伯[11]之《秋夜》,以此数阕,授一小青娥,拨银筝,倚绿窗,作曼声,则绕梁遏云,亦足令多情人销魂也。岂必皆古渌水之节

哉! (明卓人月汇选、明徐士俊参评、今人谷辉之校点《古今词统》,辽宁教育出版社 2000 年版)

笺注：

[1] 王右丞：王维,字摩诘,官至尚书右丞,故称。

[2] 南唐李氏父子：南唐中主李璟、后主李煜,皆工于词。

[3] 晏、秦、欧、柳、周、苏之徒：晏殊、秦观、欧阳修、柳永、周邦彦、苏轼,皆为宋代词坛名家。

[4]《唐宋名贤词》：即《唐宋名贤百家词》,为明吴讷辑钞的一部大型词集丛书。

[5] 秦青：古时善歌者。《列子·汤问》："薛谭学讴于秦青,未穷青之技,自谓尽之,遂辞归。秦青弗止,饯于郊衢,抚节悲歌,声振林木,响遏行云。薛谭乃谢求反,终身不敢言归。"

[6] 周郎一顾：《三国志·吴书·周瑜传》："瑜少精意于音乐,虽三爵之后,其有阙误,瑜必知之,知之必顾。故时人谣曰：'曲有误,周郎顾。'"

[7] 兰台石室：泛指宫廷藏书处。《南史·徐勉传》："方领矩步之容,事灭于旌鼓;兰台石室之典,用尽于帷盖。"

[8] 萧竹屋：萧允之,号竹屋,生平不详。宋代词人。

[9] 杨孟载：杨基,字孟载,号眉庵,原籍嘉州(今四川乐山),生长于吴中(今江苏苏州),元末明初诗人。与高启、张羽、徐贲为诗友,时人称为"吴中四杰"。有《眉庵集》。

[10] 朱淑真：女词人,生卒年不详,宋钱塘(一说海宁)人,号幽栖居士。所适非偶,诗词多忧怨之辞。魏仲恭辑其诗词,题为《断肠集》。

[11] 程正伯:程垓,字正伯,宋眉山人,有《书舟词》。
评析:

明人论词往往从谈诗开始,本文也不例外。作者概述诗词发展的状况:"诗自大历以下作者几绝,吾不知其余也。诗余自元祐以下作者又几绝,吾不知其续也。"认为诗在大历以后未出现能与前代比肩的大家,词自元祐以来也未能取得往昔那样的成就。词作虽然渐趋没落,但其历史地位作用仍不容忽视。历代诸贤多有作者,唐宋词家光耀后世,创作的繁盛也带动了词集的编选。但是,《花间集》规模偏小,《唐宋名贤词》卷帙又太多,都不适合读者阅读欣赏,《续草堂诗余》的编选出版正好可以弥补这一遗憾。

序文还对明词创作不振的情况进行了分析。作者认为"至我明,诗道振而词道阙",究其原因,是因为"诗则骚人迁客之所抒情倡酬,兰台石室之彦所籍以献至尊者,以故得不与词而俱废。夫词体纤弱,壮夫不为,独惜篇什寂寥"。这一观点与王世贞相同。作者注重词作的"言情"功能和艺术感染力,认为"以此数阕,授一小青娥,拨银筝,倚绿窗,作曼声,则绕梁遏云,亦足以多情人销魂也"。这代表了晚明人的普遍观念。

22. 丘兆麟《草堂诗余序》

丘兆麟,字毛伯,明临川(今江西临川)人。万历三十八年(1610)进士,擢御史。著有《学余园集》、《水暄亭集》、《玉书庭集》六十余卷,《按豫仁言》四卷。

《诗》三百篇,《风》、《雅》、《颂》,骑体□赋与骑调,大都太音中会,新声未散。凡太史之所陈风,里巷之所歌谣,总蔽于一言者近是。缘而诗歌播乐章,依咏和声,不假绳削,而宫徵自应,虽谓太和盈宇宙可也,未闻有所云《草堂诗余》也者。诗余名以"草堂"者,顾子汝所刻,而何良俊所序者。良以姬辙转东,王迹扫地,雅诗亡而雅乐几不复作。降而嬴秦,击瓮扣缶而歌乌乌者无问矣。迨卯金祚炽,秋风兴词,侈心过沛,又苏、李著言,踵《雉子班》《朱鹭》《芳树》《临高台》而创,然多诗自诗,而乐自乐矣。六朝来,惟推七步成章以为鼓吹,岂陈隋之《曲江》《玉树》乖声律而沦心志者众也。李唐肆兴,贞观、开元间而下,如王维、王昌龄、王之涣,略占小词,追步大雅;即天宝来,李青莲《忆秦娥》《菩萨蛮》诸调,又五言、六七言之正宗,而五音、十二律之变韵。周待制编之以名目,柳屯田复增以二百余,一时彬彬,猗欤盛矣。赵宋而下,如苏东坡、欧阳修、黄山谷、秦少游所著《西江月》《浣溪沙》《蓦山溪》《风流子》拟之,王介甫[1]之《渔家傲》、宋子京[2]之《玉楼春》等章,尤为诗余绝唱。金元歌调,九宫、三曲殊无可采,固其然也。我皇明隆兴,二祖十宗,圣天子建中和之极,都人士家弦户诵,依稀太古希音云。迩来本宁李君[3]评释《唐诗隽》业已行世,未几复有《明诗隽》出,自国朝诸名公锦心绣口之章,雅堪李唐继响,垂之金石,顿新宇宙之见闻矣。兹吴宁野公[4]更踵以《草堂诗余隽》,余从而玩味其间,见其考古校正,编以四季景趣,注释抉之,诗歌典核,而字句章法评骘详悉,焕然可以赏目,怡然可以赏心,伫可谓调叶《阳春》、词工《白雪》,而遏云绕梁之歌、《霓裳羽衣》之制咸于是乎正。印是编,出吾韵世家,耳目改观,心神颛注,所以抽一言之精蕴,而衍三百之绪余者。不但大有裨于古乐府,即以跨汉唐宋,而留商周之盛于今日可也。宁直一歌曲之滥觞已矣? 是为叙。时己未[5]仲冬,临川毛伯丘兆麟题于听月轩斋头。(明万历四十七年师俭堂刊刻《新刻李于麟先生批评注释草堂诗余隽》)

笺注:

[1] 王介甫:王安石,字介甫,晚号半山,封荆国公,世人又称王荆公,世称临川先生。

[2] 宋子京:宋祁,字子京。与兄庠同举进士,累迁龙图阁学士、史馆修撰,与欧阳修同修《新唐书》,书成,迁左丞,进工部尚书,踰月拜翰林学士承旨,卒谥景文。有《宋景文集》等。

[3] 本宁李君:李维桢,明京山人,字本宁。隆庆进士。维桢性乐易阔达,博闻强记,文章弘肆,负重名垂四十年,然多率意应酬之作。有《大泌山房集》、《史通评释》等传世。

[4] 吴宁野公:吴从先,字宁野,号小窗。为人慷慨,好读书,多著述,好为俳谐杂说及诗赋文章,著有《小窗自纪》、《小窗艳纪》、《小窗清纪》、《小窗别纪》。

[5] 己未:明万历四十七年(1619)。

评析:

作者于序文伊始便指出《诗经》在文学史上的发端地位。他认为,作为诗歌发展源头的《诗经》为众多文学样式的发生、发展奠定了基础,《诗经》缘情而发、谐乐而歌的特点也为乐府、词、曲等韵文学所采纳。所谓"未闻有所云《草堂诗余》也者",是因为在《诗经》时代,词作还未在历史的洪荒中萌生;不单是词,文、赋、曲等众多文学样式也未发端。作者溯源追流,概述了诗歌发展的历程,展现词体文学在其中逐渐萌芽、产生、发展、壮大,而又在繁盛之后逐渐走向衰落的过程。作者重视文学发展的历史沿革,同时也并未忽视词体文学在历史长河中所占有的地位。

明万历四十七年(1619)师俭堂萧少衢刊刻《新刻李于麟先生批评注释草堂诗余隽》四卷(简称《诗余隽》),当是翻刻自万历四十三年(1615)自新斋余文杰所刊之《新刻题评名贤词话草堂诗余》(卷端题有"济南于鳞李攀龙补遗"等字样)。明代书坊射利,多利用名人效应进行广告宣传,请名人(或假托名人)写作序跋、编辑校订、注释评点,以引起读者好奇心理和方便读者阅读。当时名流如杨慎、唐顺之、李攀龙、李廷机、董其昌、陈继儒、袁宏道、钟惺等人的名字都出现在"草堂"系列词选之中,虽然他们本人并不一定参与了其中的工作。所以,序文认为该书在考证、注释、评析等方面都有极高造诣。"焕然可以赏目,怡然可以赏心,伥可谓调叶《阳春》,词工《白雪》,而遏云绕梁之歌、《霓裳羽衣》之制咸于是乎正"等实属广告之语,并不可信。

23. 钱允治《类编笺释国朝诗余序》

钱允治,初名府,字允治,后以字行,改字功甫,长洲(今江苏苏州)人。贫而好学,殁而无子,有《少室先生集》。

> 词者,诗之余也,曲又词之余也。李太白有《草堂集》,载《忆秦娥》、《菩萨蛮》二调,为千古词家鼻祖,故宋人有《草堂诗余》云。若其分类笺释,则起于胜国人所为,大都如六家文选,必引某句出于某人,未免牵合傅会,殊为东坡所厌。今兹集一

遵旧本，旁求博采，汇萃本朝名人所制，续于二集之后，凡若干卷。然什百之一，尚多遗亡也。与陈明卿孝廉[1]稍为注释，略加标记，然亦什百之一，尚多挂漏也。窃意汉人之文、晋人之字、唐人之诗、宋人之词、金元人之曲[2]，各擅所能[3]，各造其极，不相为用。纵学窥二酉[4]，才擅三长[5]，不能兼盛。词至于宋，无论欧、晁、苏、黄[6]，即方外、闺阁，罔不消魂惊魄，流丽动人。如唐人一代之诗[7]，七岁女子亦复成篇[8]，何哉？时有所限，势有所至，天地元声不发于此，则发于彼，政使曹、刘降格，必不能为。时乎？势乎？不可勉强者也。我朝悉[9]屏诗赋以经术程士，士不囿于俗，间多染指，非不斐然，求其专工称丽，千万之一耳。国初诸老，黎眉[10]、龙门[11]，尚沿宋季风流，体制不缪[12]。迨乎成、弘[13]以来，李、何[14]辈出，又耻不屑为。其后骚坛之士，试为拈弄，才为句掩，趣因理湮，体段虽存，鲜称当行。正、嘉[15]而后，稍稍复旧。而弇山人挺秀振响，所作最多[16]，杂之欧、晁、苏、黄，几不能辨，又何耶？天运流转，天才骏发，天地奇才，不终诎于腐烂之程序，必透露于藻缋之雕章。时乎？势乎？不可勉强者也。然词者诗之余也，词兴而诗亡，诗非亡也，事理填塞，情景两伤者也。曲者词之余也，曲盛而词泯，词非泯也，雕琢太过，旨趣反蚀者也。诗降而词，筋骨尽露，去汉魏乐府千里矣。词降而曲，略无蕴藉，即欧、苏所不屑为，而情至之语，令人一唱三叹。此无他，世变，江河不可复挽者也。嗟乎！有一代之兴，必有一代之制。而我朝监于二代，郁郁之文，炳焕宇内，即填词小技，遂出宋元而上，几欲篡其位[17]。兹非国家文运之隆，人才之盛，何以致是哉!兹因太末翁元泰[18]强为汇萃,而见闻不广,收录艰难,且时日局迫,引用乖方,未免顾此失彼,遗漏挂误[19],岂能媲美《草堂》、《花间》。词选诸集,又愧嘲风咏月,无补世教。然因词以审音,因音以知律,因律以识乐,引商刻羽,铿锵鼓舞推之郊庙朝廷之上,未必无取云耳[20]。知音君子尚赖是救是正可也。万历甲寅季秋既望吴郡钱允治撰[21]。(沈际飞评选《古香岑草堂诗余四集》,明末翁少麓刊本)

笺注:

[1] 陈明卿孝廉:陈仁锡,字明卿,号芝台,长洲人。天启二年(1622)进士,授翰林编修,因得罪权宦魏忠贤被罢职。崇祯初复官,官至国子监祭酒。有《四书备考》、《经济八编类纂》、《重订古周礼》等。

[2] 金元人之曲:清涵芬楼钞本清黄宗羲《明文海》卷二七一序六二所收钱允治《国朝诗余序》为"元人之曲"。

[3] 各擅所能:清涵芬楼钞本为"各擅所长"。

[4] 二酉:指大酉、小酉二山,在今湖南省沅陵县西北。二山皆有洞穴,相传小酉山洞中有书千卷,秦人曾隐学于此,见《太平御览》卷四九引《荆州记》。后即以"二酉"称丰富的藏书。

[5] 三长:指三种长处。《旧唐书·刘子玄传》:"史才须有三长,世无其人,故史才少也。三长,谓才也,学也,识也。"

[6] 欧、晁、苏、黄:欧阳修、晁补之、苏轼、黄庭坚,北宋人,皆擅词。

[7] 如唐人一代之诗:清涵芬楼钞本为"如唐人",无"一代之诗"四字。

[8]七岁女子亦复成篇:《唐史遗事》云:"如意中女子年七岁,能诗。则天令作《送兄诗》,应声而成:'别路云初起,离亭叶正飞。所嗟人异雁,不作一行归。'"

[9]悉:清涵芬楼钞本无"悉"字。

[10]黎眉:当指刘基。刘基有《黎眉公集》。

[11]龙门:当指宋濂。元至正中,宋濂荐授翰林编修,以亲老辞不行,入龙门山修道著书讲学。刘基《送龙门子入仙华山辞并序》:"龙门先生既辞辟命,将去入仙华山为道士。"

[12]尚沿宋季风流,体制不缪:清涵芬楼钞本为"尚沿宋季风流体",无"制不缪"三字。

[13]成、弘:明代年号。成化(1465—1487),明宪宗年号;弘治(1488—1505),明孝宗年号。

[14]李、何:李梦阳、何景明。李梦阳,字献吉,号空同,庆阳(今属甘肃)人。工书法,精于古文词,提倡"文必秦汉,诗必盛唐",强调复古,"前七子"领袖人物。何景明,字仲默,号白坡,又号大复山人,信阳(今属河南)人。弘治十五年(1502)进士,授中书舍人。正德初,宦官刘瑾擅权,何景明谢病归。刘瑾诛,官复原职。"前七子"之一,与李梦阳并称文坛领袖。其诗取法汉唐,有《大复集》。

[15]正、嘉:明代年号。正德(1506—1521),明武宗年号;嘉靖(1522—1566),明世宗年号。

[16]弇山人挺秀振响,所作最多:清涵芬楼钞本无"所作最多"四字。弇山人,即王世贞(1526—1590),字元美,号凤洲,又号弇州山人。

[17]几欲篡其位:清涵芬楼钞本无此五字。

[18] 元泰:清涵芬楼钞本为"少麓"。

[19] 遗漏挂误:清涵芬楼钞本为"遗编挂误"。

[20] 未必无取云耳:清涵芬楼钞本为"未必无助云"。

[21] 万历甲寅季秋既望吴郡钱允治撰:清涵芬楼钞本无此句。万历甲寅,万历四十二年(1614)。

评析:

在相当长的时间内,明代选家受词坛"花草"之风的影响,忽略本朝词作的编选,至万历四十二年(1614)钱允治编成第一部专选本朝人词的词选《类编笺释国朝诗余》,这种情况才得以改观。《国朝诗余》分为五卷,依调编次,选录明初至万历间词人二十七家四百六十一首。从整体上来看,此编选录词人数量偏少,词人的时代、地域分布相对集中,而且不同词人选词数量相差悬殊较大,其名虽为《国朝诗余》,但还不足以概括有明一代词坛的创作状况。

但这毕竟是明人选明词的第一次尝试。《国朝诗余》的编选体例借鉴了顾本《类编草堂诗余》,但在词作的笺注方面更为精心、细致。他指出:"若其分类笺释,则起于胜国人所为,大都如六家文选,必引某句出于某人,未免牵合傅会,殊为东坡所厌。今兹集一遵旧本,旁求博采,汇萃本朝名人所制,续于二集之后,凡若干卷。然什百之一,尚多遗亡也。与陈明卿孝廉稍为注释,略加标记,然亦什百之一,尚多挂漏也。"后来,沈际飞鉴于钱氏《国朝诗余》搜求未广,且"玉石杂陈,竽瑟互进",因而"删其什之五,补其什之七",在《国朝诗余》的基础上重新编成《草堂诗余新集》。

作者是个善于思考之人,他对历代文学交替兴盛的现象和原因提出了自己的认识和看法。他指出:"汉人之文、晋人之字、唐人之诗、宋人之词、金元人之曲,各擅所能,各造其极,不相为用。纵学窥二酉,才擅三长,不能兼盛。"他认为文学代代承传,一种文体发展兴盛到顶点便会走向衰落,所谓盛极而衰。这一观点颇富启发性,与后世王国维所谓"一代有一代之文学"的提法有共通之处。

明代词论家陈霆、王世贞、陈子龙等人都认为,明代词体文学的创作远不如宋代,他们的观点为明词创作的整体面貌定下了基调,也基本符合实际情况。但本序作者的意见恰恰与他们相反,他认为:"我朝监于二代,郁郁之文,炳焕宇内,即填词小技,遂出宋元而上,几欲篡其位。"并说:"兹非国家文运之隆,人才之盛,何以致是哉!"但其观点显然缺乏客观事实的支持,应当是一种歌颂"国家文运之隆,人才之盛"的赞美夸饰之语,并不能得到当时和后世人的普遍认同。

24. 毛晋《草堂诗余跋》

毛晋(1599—1659),常熟(今江苏常熟)人,原名凤苞,字子晋。家富图籍,世所传影宋精本,多所藏收,家有汲古阁,传刻古书,流布天下。自编者有《毛诗陆疏广要》、《海虞古今文苑》、《毛诗名物考》、《明诗纪事》等。

> 宋元间词林选本几屈百指,惟《草堂》一编飞驰。几百年来,凡歌栏酒榭丝而竹之者,无不捣髀雀跃[1],及至寒窗腐儒,挑灯闲看,亦未尝欠伸鱼睨[2],不知何以动人一至此也。其命名之意,杨升庵[3]谓本之李青莲[4]"箫声咽"、"平林漠漠烟如织"二词,然非欤?若名调淆讹、姓氏影借,先辈已详辨之矣。

海隅[5]毛晋识。(毛晋汲古阁《词苑英华》本)

笺注：

[1] 抃髀雀跃：抃髀，以手拍股，表示激动、赞赏等心情；雀跃，像小鸟一样跳跃，形容欣喜之情。《庄子·在宥》："鸿蒙方将抃髀雀跃而游。"

[2] 欠伸鱼睨：欠伸，指打哈欠，伸懒腰；鱼睨，像鱼那样瞪眼注视，喻瞠目而视，不感兴趣。南朝梁刘勰《文心雕龙·乐府》："俗听飞驰，职竞新异。雅咏温恭，必欠伸鱼睨；奇辞切至，则抃髀雀跃。"

[3] 杨升庵：即杨慎，字用修，四川新都人。

[4] 李青莲：李白，号青莲居士。

[5] 海隅：亦作"海嵎"。海角，海边，指僻远的地方。

评析：

《草堂诗余》在明代广泛流播的确是惹人深思的现象，因为明人自己都疑惑其"不知何以动人一至此也"。究其原因，大抵《草堂诗余》平易浅俗、纤丽柔婉的风格比较契合明人的审美情趣。明人对俗文学兴趣浓厚，故而歌栏瓦舍争相出现，戏曲小说创作兴盛繁荣，贴合其审美情趣的词选自然也会受到广泛欢迎。所以根据时代需要，明人在《草堂诗余》原本的基础上不断予以改编、扩编，出现了一个令人眼花缭乱的"草堂"系列。

杨慎《词品》认为《草堂诗余》的名称来源于李白的《草堂集》，这种说法得到一些明人的认可，但作者对此持怀疑的态度。《草堂诗余》的编选刊刻存在着诸如"名调淆讹、姓氏影借"，这都是应当值得人们注意的问题。所以作者认为，对《草堂诗余》不能盲目地顶礼膜拜。

25. 鳙溪逸史《汇选历代名贤词府全集叙略》

鳙溪逸史,明人,生平不详。

一 诗余始南北朝,盛于唐宋,而极于金元。国朝虽崇尚古雅,而余波所及,亦不乏人。旧本编止于唐宋,其雅调犹或不能无逸,今搜辑金元国朝所传并唐宋编所逸,合得千几百首,严加汰选,所存仅若干首,合并旧本成编。

一 旧本以时景分调,检阅为艰,今所编以小令、中调、长调分为之类,每阕尽揭作者之意为题,各卷首列诸调之次为目录,以便观者。

一 诸词多有省言,衬字间入方语,不分句读,一时恐难畅诵,今用圈依韵点为读,遇省字□□出之。

一 旧本已经方塘公[1]圈取,今不敢湮没,每遇旧本各阕,题首存以阴阳点识别之。

一 旧本笺注欠纯,今悉削去,其有词话可玩者,间或刊入。

一 所编不分新旧集,但以各调目录中注以新旧若干调字分别之。

一 卷首总揭英贤序次,当朝之下,以见名笔相承之绪。然年代先后不暇详察,名号殊称,因人习熟,观者当自辨之。

一 长短句名曰曲,取其曲尽人情,惟婉转妩媚为善,不以豪壮语为尚。如岳武穆[2]、文文山[3]、汪文节公[4]、谢叠山[5]诸公之作,则又忠义所发,感激人心,不可以常例编也,为别集。

一　所编之中,有近体、集句、回文及谱名,文成调寄、情比乐府者,皆文匠心思之巧,今搜辑可得若干首,为附集。

一　国朝名公之笔尚多,特以僻处山林,不得阅选,兹略搜所闻,计得二百余首,合并旧本成编。湖海天宽,俊杰何限,尚当遍求,以渐附入,故另有补遗一集以俟。

一　词多转喉叶音,平仄用韵,视诗较宽,然自有法,非浪语也。今附周德清[6]音韵一帖于后,庶便考叶。(明鳙溪逸史辑《汇选历代名贤词府全集》,明嘉靖刻本)

笺注:

[1] 方塘公:庄用宾,字君采,号方塘,晋江青阳(今福建晋江青阳)人。明嘉靖八年(1529)进士,累官刑部员外郎、浙江按察司佥事。

[2] 岳武穆:岳飞,字鹏举,卒谥武穆,后改谥忠武,有《岳武穆集》。

[3] 文文山:文天祥,吉州庐陵人。初名云孙,字天祥,后以天祥为名,改字履善。宝祐四年(1256)中状元后再改字宋瑞,后因住过文山,而号文山,又有号浮休道人。

[4] 汪文节公:汪泽民,元婺源人,字叔志,延祐进士。历数郡推官,所至人服其明。后以礼部尚书致仕,退居宣州,谥文节。编有《宛陵群英集》。

[5] 谢叠山:谢枋得,字君直,号叠山,与文天祥同科中进士。一生志节耿耿,贫贱不移,坚贞不屈。有《叠山集》。

[6] 周德清:字日湛,号挺斋,元高安(今属江西高安市)人,终

身不仕。工乐府，善音律，著有音韵学名著《中原音韵》。

评析：

序文首先概述词的发生、发展历程，认为"诗余始南北朝，盛于唐宋，而极于金元"，并指出明代"虽崇尚古雅，而余波所及，亦不乏人"，这样的观点大体符合词体文学发展、演变的历史进程。

作者交代编选该书的原因："旧本编止于唐宋，其雅调犹或不能无逸，今搜辑金元国朝所传并唐宋编所逸，合得千几百首，严加汰选，所存仅若干首，合并旧本成编。"作者在所谓"旧本"（即《草堂诗余》）的基础上加以增补，将选词范围由唐宋延展至金元明时期，使得该词选成为规模宏大的通代词选。作者称"旧本以时景分调，检阅为艰，今所编以小令、中调、长调分为之类，每阕尽揭作者之意为题，各卷首列诸调之次为目录，以便观者"，其编排方式学习顾从敬《类编草堂诗余》，说明分调编排方式受到当时词坛的普遍注意。

明人一般对本朝词作评价不高，明人词选对之亦不甚留意，该书却很重视对本朝词人词作的搜集："国朝名公之笔尚多，特以僻处山林，不得阅选，兹略搜所闻，计得二百余首，合并旧本成编。湖海天宽，俊杰何限，尚当遍求，以渐附入，故另有补遗一集以俟。"虽然书中遗漏甚多，但无疑会引起读者对本朝词人的关注和期待。作者将岳飞、文天祥、谢枋得等人的豪气词编入别集，不与正集中的婉约词合编，是因为他认为"长短句名曰曲，取其曲尽人情，惟婉转妩媚为善，不以豪壮语为尚"，表明其词学观念的保守性。至于将"近体、集句、回文及谱名，文成调寄、情比乐府者，皆文匠心思之巧"的作品编为附集，则使得这部词选显得体例驳杂、不够精纯了。

26. 董逢元《唐词纪序》

董逢元,字善长,号芝田生,常州人。生平不详。编有《唐词纪》。

夫词,若宋富矣,而唐实振之。则其间藻之青黄、描之婉媚、吐之啁哳[1]激烈,辄能令人热中。皆其纠缠哉!试绎之,即只字单词,殊征世代。是集也,予盖虑引商刻羽[2]之妙,与《阳阿》、《薤露》[3]之音,渺乎无分。故特采初葩,广摭跃蔓,以志缘起。其所搴撷,则又因前之人以为纠缠,非臆逞也。其所编类,则妄为之条刺耳。第家积不殚,甘棠敝草,兰芷束薪,深切偻偻[4]。予固且图之,亦遗其劳于后之好事者。万历甲午[5]季冬毗陵[6]董逢元题于芝田书屋。(明万历刊本)

笺注:

[1] 啁哳:形容声音繁杂而细碎。

[2] 引商刻羽:按曲调规律作曲或演奏。引,延长,延缓;刻,急刻,急切;商指商调,羽指羽调,均为古代乐律中的调名。

[3]《阳阿》、《薤露》:乐曲名。战国楚宋玉《对楚王问》:"客有歌于郢中者。其始曰《下里》、《巴人》,国中属而和者数千人;其为《阳阿》、《薤露》,国中属而和者数百人;其为《阳春》、《白雪》,国中属而和者不过数十人。"

[4] 偻偻:恭谨的样子。

[5] 万历甲午:万历二十二年(1594)。

[6] 毗陵:亦作毘陵。古地名。本春秋时吴季札封地延陵邑。

西汉置县,治所在今江苏省常州市。三国吴时,为毗陵典农校尉治所。晋太康二年始置郡,治所移丹徒。历代废置无常,后世多称今江苏常州一带为毗陵。宋陆游《老学庵笔记》卷十:"今人谓贝州为甘州,吉州为庐陵,常州为毗陵。"

评析:

明代词选多为贯通多个朝代的通代词选。《唐词纪》的选词范围上起隋代,历唐五代,至于宋元,时间跨度比较长,但是隋代、南宋和元代的词作收录较少,整部词选以唐五代词为选录重心,这在明代词选中还是比较少见的。之所以如此,与作者对唐词的重视密切相关。

明人文学思想倾向复古,倡言"文必秦汉,诗必盛唐",推崇传统,师从古法。如杨慎《词品》云:"大率六朝诗人,风华情致,若作长短句,即是词也。宋人长短句虽盛,而其下者,有曲诗、曲论之弊,终非词之本色。予论填词必溯六朝,亦昔人穷探黄河源之意也。"与此相类,作者指出:"夫词,若宋富矣,而唐实振之。则其间藻之青黄、描之婉媚、吐之啁哳激烈,辄能令人热中。皆其纠缠哉!试绎之,即只字单词,殊征世代。"在此种观念的指引下,作者"特采初葩,广摅跃蔓,以志缘起"。晚唐五代词体文学开始兴盛,至宋代蔚为大盛,作者希望采撷唐人优秀词作,用以标举创作轨范。

《唐词纪》选词按时序、虫鸟、花木、佳丽、渔父等子目分类编排,不同于当时流行的按调编次的体例,作者这种"特立独行"的方式很可能招致世人非议,给作者带来不必要的麻烦:"其所编类,则妄为之条刺耳。第家积不殚,甘棠敝草,兰芷束薪,深切悽悽。"作者坚持自己的思路,完成选本编辑,"固且图之,亦遗其劳于后之好事者",希望不足之处到时有人来补充和完善。

27. 温博《花间集补序》

温博,字允文,明乌程(今浙江吴兴)人,生平事迹不详。

　　夫《三百篇》变而骚、赋,骚、赋变而古乐府,古乐府变而词,词变而曲。余初读诗至小词,尝废卷叹曰:嗟哉,靡靡乎!岂风会之使然耶?即师涓所弗道者[1]。已而,睹范希文《苏幕遮》[2]、司马君实《西江月》[3]、朱晦翁《水调歌头》[4]等篇,始知大儒故所不废。何者?众女蛾眉、芳兰杜若,骚人之意,各有所托也。然古今词选,无虑数家,而《花间》、《草堂》二集最著者也。《花间》近无善本,会茅贞叔氏[5]语余曰:"昔人称'长短句情真而调逸、思深而言婉者,莫过《花间》'。第观时本多讹而鲜醇,如韦相[6]《应天长》'驄'与'涴'同转音入声而始叶,欧阳舍人[7]《浣溪沙》'泥'当作'义'之类。苟不醇,奚知焉?今欲校而刻之,吾子云何?"予曰:"善。故吾意也。"贞叔遂汇中土之音气韵平调者什其文,出家藏建康本校雠焉,而属余点句。点者读,圈者句。句,韵脚也。已,贞叔又属余补其未备,以足李唐一代之制。余故未知赵氏[8]当时诠次意,乃于此往往叹遗珠旧矣。因自李翰林[9]而下十有四人,通得六十七首,为二卷,命曰《花间集补》。大都卑调小令之当余心者略备。如《菩萨蛮》、《忆秦娥》,世所称调祖也。如《清平乐》令,或以为非太白作,而近代杨用修、王元美[10]已喻快之,未为无据。如《清平调》、《欸乃曲》、《杨柳枝》、《竹枝词》即七言绝,而实古词,古词多四句也。如《渔歌子》、《古调笑》,比切声调,并入古词而采之云。嘻！声律之道，难言哉！难言哉！自唐迄今，八百年来，作者凡几。宋无诗而有词，元无词而有曲，至本朝始兼之。然当家辞手，可屈指也。余不佞，虽不谙新声之艳耳，假令登高吊古，食酒而酣，按拍歌唐人之调，便翩翩乎不知有人间矣，况《三百篇》哉！是编也，余且与贞叔起而试歌之。乌程温博允文甫撰。（引自《花间集·花间集补》，辽宁教育出版社1998年版，明万历茅刊本）

笺注：

[1]"靡靡乎"数句：师涓为春秋时期卫国音乐家，曾随卫灵公赴晋，途中宿濮水之上，灵公夜半闻鼓新声者，以为是鬼神，就命师涓记写下来。至晋，师涓为晋平公援琴鼓此曲，未终，晋国乐师旷止之，说是商纣时的"靡靡之乐"，并说"闻此声者其国必削"。参见《韩非子·十过》。

[2]范希文《苏幕遮》：范仲淹，字希文，北宋著名的政治家、思想家、军事家和文学家。其《苏幕遮》曰："碧云天，黄叶地。秋色连波，波上寒烟翠。山映斜阳天接水。芳草无情，更在斜阳外。黯乡魂，追旅思。夜夜除非、好梦留人睡。明月楼高休独倚，酒入愁肠，化作相思泪。"

[3]司马君实《西江月》：司马光，初字公实，更字君实，号迂夫，晚号迂叟，原籍陕州夏县（今属山西）涑水乡，世称涑水先生。卒赠太师、温国公，谥文正。著名史学家，《资治通鉴》的作者。其《西江月》曰："宝髻松松挽就，铅华淡淡妆成。青烟翠雾罩轻盈。飞絮游丝无定。　　相见争如不见，有情何似无情。笙歌散后酒初醒。深院月斜人静。"

［4］朱晦翁《水调歌头》：朱熹，字符晦，一字仲晦，号晦庵、晦翁、考亭先生，南宋理学大师。其《水调歌头》曰："长记与君别，丹凤九重城。归来故里，愁思怅望渺难平。今夕不知何夕，得共寒潭烟艇，一笑俯空明。有酒径须醉，无事莫关情。　　寻梅去，疏竹外，一枝横。与君吟弄风月，端不负平生。何处车尘不到，有个江天如许，争肯换浮名。只恐买山隐，却要炼丹成。"

［5］茅贞叔氏：茅一桢，归安（今浙江吴兴）人。明代散文家茅坤之侄，曾刻《花间集》十卷。

［6］韦相：韦庄，字端己，杜陵人。曾任前蜀宰相，故称韦相。

［7］欧阳舍人：欧阳炯，益州人。在后蜀任职为中书舍人、翰林学士承旨、门下侍郎同平章事，能文善诗，精音律，尤工小词。

［8］赵氏：赵崇祚，五代后蜀人，编有《花间集》。

［9］李翰林：李白。唐玄宗天宝元年（742），李白被召至长安，供奉翰林，故称李翰林。

［10］王元美：王世贞，字元美，号凤洲，又号弇州山人，"后七子"之一。

评析：

作为最早的文人词总集，《花间集》在词史上产生了深远影响。明代中后期，《花间集》开始被大量刊刻，迎来了它在文学史上的又一次接受高峰。在此历史背景下，出现了《花间集》之补编《花间集补》。

序文首先讨论了文体间的承传关系，"夫《三百篇》变而骚、赋，骚、赋变而古乐府，古乐府变而词，词变而曲"。文体代代承传，经久不衰，前代文体对后一种文体有引导作用，新的文体则是在前代文学基础上的继承创新。但是新文体并不容易被人接受,作者以自己初读小词不满其绮靡到后来洞见词作妙处的亲身经历,指出词体文学可以寄托情志,"众女蛾眉、芳兰杜若,骚人之意,各有所托也"。

即便是驰名天下的《花间集》,在传播过程中,仍然存在"近无善本"、"时本多讹而鲜醇"的现象,故急需有识之士加以编辑整理,于是作者与茅一桢对已有词作加以点校。还有一个问题,就是《花间集》所选皆为西蜀词坛的作品,而以李璟、李煜、冯延巳等为代表的南唐词坛的词作未能收录。于是茅一桢让温博"补其未备,以足李唐一代之制",被宋人黄昇评为"百代词曲之祖"的李白之词也被《花间集补》辑入,最后编成《花间集补》二卷。

词作易补,词乐难存。前代词作虽然流传下来,但是对于词乐、词调的研究却明显不足,作者不免感慨:"声律之道,难言哉!难言哉!"但是,借助传世词集的存在,人们仍然有幸欣赏到前代作家的优秀作品,仍然可以"登高吊古,食酒而酣,按拍歌唐人之调,便翩翩乎不知有人间"。

28. 陈耀文《花草粹编叙》

陈耀文,字晦博,明确山(今河南汝南)人,生卒年不可考。幼称神童,嘉靖间进士,为给事中感时触忌忤时相,谪魏县丞,累官陕西行太仆卿,告归卒,年八十二。博极群书,著述甚富,长于考证,有《天中记》、《正杨》、《经典稽疑》、《花草粹编》等书。

夫填词者,古乐府流也。自昔选次者众矣,唐则有《花间集》,宋则《草堂诗余》。诗盛于唐,衰于晚叶。至夫词调,独妙绝无伦。然世之《草堂》盛行,而《花间》不显,故知宣情易感,含思难谐者矣。

余自牵拙多暇,尝欲铨粹二集,以备一代典章。顾以纪辑《天中》,因循有未果者。嗣以漂泊东南,纳交素友淮阴[1]吴生承恩[2]、姑苏[3]吴生岫[4],皆耽乐艺文,藏书甚富。余每得之假阅,辄随笔位序之。久之遂成六卷。移疾归来,游息竹素,综缀正业之余,因复益以诸人之本集、各家之选本、记录之所附载、翰墨之所遗留,上溯开、天[5],下讫宋末,曲调不载于旧刻者,元词间亦与焉。其义例以世次为后先,以短长为小大。为卷一十有二,计词三千二百八十余首。丽则兼收,不无有乖于大雅;文房取玩,略窥前辈之典型。邑侯太初谓《天中》百卷未便刻成,此帙无多,宜先付梓。余重违[6]其意,渔猎剪耘,殆逾二纪[7],敝帚亦不忍遂弃者。所愧顾曲远谢于周郎[8],酸咸或爽于众口,贻之词垣[9],庶期寄于取材云。是刻也,由《花间》、《草堂》而起,故以"花草"命编。时万历癸未[10]冬日之吉。(明陈耀文辑、今人龙建国等点校《花草粹编》,河北大学出版社2007年版)

笺注:

[1] 淮阴:地名,今属江苏。

[2] 吴生承恩:吴承恩,字汝忠,号射阳山人,淮安府山阳县(今属江苏淮安)人,有诗文集《射阳先生存稿》。

[3] 姑苏:苏州吴县别称,因其地有姑苏山而得名。

[4] 吴生岫:明藏书家吴岫。岫字方山,号濠南居士,吴县(今江苏苏州)人。嘉靖诸生,家多贮书,前后收书逾万卷,撰有《姑苏

吴氏书目》。

[5] 开、天：开元、天宝，为唐玄宗李隆基年号。开元（713—741），共二十九年；天宝（742—756），共十五年。

[6] 重违：犹难违。

[7] 二纪：岁星（木星）绕地球一周约需十二年，故古称十二年为一纪。二纪为二十四年。

[8] 顾曲远谢于周郎：《三国志·吴书·周瑜传》："瑜少精意于音乐，虽三爵之后，其有阙误，瑜必知之，知之必顾。故时人谣曰：'曲有误，周郎顾。'"后用为精于音乐者善辨音律的典故。

[9] 词垣：旧时泛指词臣的官署，如翰林院之类。

[10] 万历癸未：万历十一年（1583）。

评析：

词以唐宋为佳，而唐宋词选本在明代流传最广的就是《花间集》与《草堂诗余》。但是，作者指出《花间集》与《草堂诗余》在当时传播、接受状况存在着不平衡的现象："世之《草堂》盛行，而《花间》不显，固知宣情易感，含思难谐者矣。"

《花间集》代表了晚唐五代词作的艺术水准，《草堂诗余》是宋代一部荟萃唐宋名家词作的选本。作者编辑《花草粹编》的主旨和目的是"诠粹二集，以备一代典章"，想以《花间集》、《草堂诗余》为了解、研究唐宋词的窗口，比较完整地再现唐宋词坛历史原貌。序文还介绍了词选的编选范围、编排体例和选词风格："上溯开、天，下讫宋末，曲调不载于旧刻者，元词间亦与焉。其义例以世次为后先，以短长为小大。为卷一十有二，计词三千二百八十余首。丽则兼收，不无有乖于大雅；文房取玩，略窥前辈之典型。"该词选是明代规模最大的一部唐宋词选集,其编排体例仿顾从敬《类编草堂诗余》,以小令、中调、长调区分卷次;所选词作风格,不仅有时人喜好的婉约词,豪放词也多有选录,这就使得豪放词受到了一定程度的重视。

作者陈耀文博学多才,擅长考订,借助吴承恩等友人的丰富藏书,花费了二十多年,终于编成此部大型词选。作者虽自谦"敝帚亦不忍遽弃者",但后人对该书评价还是比较高的,如《四库全书总目》卷一九九《花草粹编提要》谓:"其书捃摭繁富,每调有原题者必录原题;或稍僻者必著采自某书;其有本事者,并列词话于其后;其词本不佳,而所填实为孤调,如《缕缕金》之类,则注曰'备题'。编次亦颇不苟。盖耀文于明代诸人中犹讲考证之学,非嘲风弄月者比也。虽纠正之详不及万树之《词律》,选择之精不及朱彝尊之《词综》,而裒辑之功实居二家之前。"

29. 李蓘《花草粹编叙》

李蓘,字于田,内乡(今河南内乡)人。嘉靖癸丑(1553)进士,官至提学副使。有《黄谷琐谈》、《宋艺圃集》、《元艺圃集》、《李于田文集》。

> 常见古之执一艺、效一术者,其创始之人,殚其聪明智虑,而艺术所就,精美莫逾,遂称作者之圣。次有相观起者,亦殚其聪明智虑,淫巧变态,日新月盛,若鬼工神手,不可摹拟,于是称述者之明,而其道大行于世。及久而传习者众,则人狃[1]于恒所见闻,若以为易辨,了不复颇颇措意,率以烂恶相尚,而其法侵衰,又久则法遂蔑,不可追矣。此不独为艺术者有然,

而至为文、为字、为词赋、为诗与曲,靡不尔尔。兹岂非风会之流,而忘于复古者之一大慨耶?盖自诗变而为诗余,又曰雅调,又曰填词,又变而为金元之北曲矣。当其初变词也,彼唐末、宋初诸公竭其聪明智巧,抵于精美,所谓曹、刘[2]降格为之,未必能胜者,亦诚然矣。北曲起而诗余渐不逮前,其在于今,则益泯泯也。盖士大夫既不素娴弦索,又不概谙腔谱,漫焉随人后而造次涂抹,浅易生硬,读之不可解,笔之冗于简册,不知回视古法,尤有毫末存焉否也。无怪乎其词湮,而书之存者稀也。

朗陵[3]陈晦伯[4]博雅操词,好古兴叹,乃取平生搜罗,合于《花间》、《草堂》二集,为十二卷,曰《花草粹编》,使夫好古之士得其书而学焉,则庶乎窥昔人之闃域[5],拾遗佚于千百,而为雅道之一助也。万历丁亥[6]三月廿一日顺阳[7]李蓘撰。(明陈耀文辑、今人龙建国等点校《花草粹编》,河北大学出版社2007年版)

笺注:

[1] 狃:因袭,拘泥。

[2] 曹、刘:曹植、刘桢的并称。钟嵘《诗品序》:"昔曹、刘殆文章之圣。"

[3] 朗陵:地名,今河南确山县。

[4] 陈晦伯:陈耀文。生平参上文的作者简介。

[5] 闃域:境地、境界。

[6] 万历丁亥:万历十五年(1587)。

[7] 顺阳:地名,今属河南内乡。

评析：

文学艺术不断发展演变，作者通过序文表明其文学"复古"情结，为陈耀文以《花间集》、《草堂诗余》为参照编辑词选的合理性、必要性提供理论支持。

作者认为，在艺术发展的过程中，创始者总是尽心竭力，故能开辟先河，取得非凡成就，而热衷于是的后继者也能继承始作者之精神思虑，故能继往开来，使其发扬光大，"日新日盛，若鬼工神手，不可摹拟，于是称述者之明，而其道大行于世"。但是随着"久而传习者众"，那些竞相仿效之人会"狃于恒所见闻，若以为易辨，了不复颉颃措意，率以烂恶相尚，而其法侵衰"，从而使得艺术逐渐脱离原来的正道。

艺术领域出现的现象也存在于文学领域，就词而言，词体初创之时出现了众多优秀的作家作品。但是，随着文学的发展，词越来越走向衰落。究其原因，"盖士大夫既不素娴弦索，又不概诸腔谱，漫焉随人后，而造次涂抹，浅易生硬，读之不可解，笔之冗于简册，不知回视古法，尤有毫末存焉否也。无怪乎其词湮，而书之存者稀也"，后继者不知学习古人之法而胡乱为之，所以使得词作渐趋背离其正道。词坛颓靡，则必须有振起者兴起，才能回到"古法"正道。作者称赏陈耀文以《花间集》、《草堂诗余》为参照，整理编成《花草粹编》十二卷，"使夫好古之士得其书而学焉，则庶乎窥昔人之阃域，拾遗佚于千百，而为雅道之一助也"。

明词整体创作不景气的状况并非一两部"回视古法"的词集就能改变，但是，在当时《草堂诗余》风行的背景下，陈耀文编选《花草粹编》的确在一定程度上开阔了明人的视野，推动了明代词学的发展。

30. 吴承恩《花草新编自序》

吴承恩,字汝忠,号射阳山人,淮安府山阳县(今属江苏淮安)人。《天启淮安府志》评其"性敏而多慧,博极群书。为诗文下笔立成,清雅流丽,有秦少游之风。复善谐谑,所著杂记几种,名震一时"。诗文多散佚,后人辑有《射阳先生存稿》四卷。现在一般认为他是小说《西游记》的作者。

选词众矣,唐则称《花间集》,宋则《草堂诗余》。诗盛于唐,衰于晚叶。至夫词调,独妙绝无伦。宋虽名家,间犹未逮也。宋而下,亦未有过宋人者也。然近代流传,《草堂》大行,而《花间》不显,岂非宣情易感而含思难谐乎。余尝欲柬汰二集,合为一编,而因循有未暇者。今秋逃暑,始克为之。因复益以诸人之本集、诸家之选本、记录之所附载、翰墨之所遗留,上溯开元,下断至正[1],会通铨择,录而藏之。其义例则以大小差先后,以短长为小大。字数相悬,虽同宫不必合(如《浣溪沙》、《华胥引》,同是黄钟宫,而有先后之别之类);曲名本一,虽异拍不必分(如《锦堂春》、《雨中花》,有古近之类)。一曲而作者众,则取之严;作者稀,则待之恕。取之严,所以表式;待之恕,聊以备员。重其人,兼重其言(如韩、范、司马、文文山[2]之类);惟其艺,不惟其类(如教坊丁仙现[3]之类)。丽则[4]俱收,郑、卫[5]可班于雅、颂;洪纤[6]并奏,邾、曹[7]无间于齐、秦[8]。仍复批评,窃比于郑笺[9],原本上希于卜序。句度中分,庶咏歌之无误;菁英旁点,示警策之当知。所愧爽彼咸酸,狭于渔猎。盖从吾好,只据家藏,呈诸俊赏,庶或有同余者乎?昔人审音乐府,故律吕须精;今兹取玩文房,辞而已矣。是编也,由《花间》、《草堂》而起,故以"花草"命编。(明吴承恩《射阳先生存稿》卷二)

笺注:

[1] 至正:元顺帝年号(1341—1370),元朝最后一个年号。

[2] 韩、范、司马、文文山:指韩琦、范仲淹、司马光、文天祥。

[3] 丁仙现:北宋宫廷教坊乐人,时人呼为丁使。才思敏捷,敢于消弄当时执政者及社会庸俗风气,人称"台官不如伶官"。精于审音,能为词,有《绛都春·上元》传世。

[4] 丽则:华丽典雅。扬雄《法言》:"诗人之赋丽以则,辞人之赋丽以淫。"

[5] 郑、卫:指郑、卫二国音乐。见《古香岑草堂诗余叙》注[26]。

[6] 洪纤:大小,巨细。《文选·班固〈典引〉》:"铺观二代洪纤之度,其赜可探也。"

[7] 邻、曹:古代诸侯小国。邻,在今河南省新密市东北。曹,在山东省定陶县西北。

[8] 齐、秦:古代诸侯大国。齐,在今山东一带。秦,在今陕西和甘肃一带。

[9] 郑笺:汉郑玄所作《〈毛诗传〉笺》简称。郑玄兼通今古文经学,他以《毛传》为主,兼采今文三家诗说,加以疏解。其作《毛诗笺》,谦敬不敢言注,但云表明古人之意或断以己意,使可识别,故曰笺。后泛指对古籍的笺注。

评析：

"近代流传，《草堂》大行，而《花间》不显"，吴承恩和陈耀文一样，也注意到《花间集》与《草堂诗余》的传播、接受存在着不平衡的状况。陈耀文苦心经营，编成了《花草粹编》，吴承恩则编选出《花草新编》。

《花草新编》选词"益以诸人之本集、诸家之选本、记录之所附载、翰墨之所遗留，上溯开元，下断至正，会通铨择，录而藏之"，作者广采博收，选辑唐开元间至元末众多词作，使作品数量大为增加。在编排体例上，与陈耀文一样，也是采用流行的以"小令、中调、长调"分卷编次的方式，考订作者真伪，"重其人，兼重其言；惟其艺，不惟其类"，因词存人。就所选词作风格而言，"丽则俱收"，"洪纤并奏"，各种风格兼而采之。此外，作者还对所收作品加以评点笺释，以便读者参考。这有利于词作的保存传播和词学的普及。

由于《花草新编》与《花草粹编》书名、自序、体例相近，再加之陈耀文《花草粹编叙》中称："嗣以漂泊东南，纳交素友淮阴吴生承恩、姑苏吴生岫，皆耽乐艺文，藏书甚富。余每得之假阅，辄随笔位序之。久之遂成六卷。"所以刘修业先生在其《古典小说戏曲丛考·吴承恩著述考》一书中推测《花草粹编》是在吴承恩《花草新编》稿本的基础上编成的；赵万里先生恰恰相反，认为吴承恩成书在后，"故署曰新编"（《校辑宋金元人词·花草粹编十二卷提要》）。无论事实如何，两书先后问世则说明《花间集》在明代中后期重新受到人们重视，反映出词坛复古思潮的涌动。

31. 陈文烛《花草新编序》

陈文烛,字玉叔,湖北沔阳(今湖北仙桃市)人,嘉靖四十四年(1565)进士,官至大理寺卿。有《二酉园诗集》。

  此亡友胡汝忠[1]词选也,命名以"花草",盖本《花间集》、《草堂诗余》所从出云。夫词自开元以逮至正,凡诸家所咏歌与翰墨所遗留,大都具备,乃分派而择之精,会通而收之广,同宫而不必合,异拍而不必分,因人而重言,取艺而略类,其汝忠所究心者与?拔奇花于玄圃,拾瑶草于艺林,俾修词者永式焉。汝忠既没,计部丘君抱渭阳[2]之情,深宅相之感,奉使九江[3],捐俸梓行,遇不佞,语曰:"吾舅氏有属于先生否乎?"忆守淮安[4],汝忠罢长兴丞,家居在委巷中,与不佞莫逆,时造其庐而访焉。曾出订是编,而幸传于世,汝忠托之不朽矣。汝忠讳承恩,号射阳居士,海内操染家无不知淮有汝忠者。生有异质,甫周岁未行,时从壁间以粉土为画,无不肖物。而邻父老命其画鹅,画一飞者。邻父老曰:"鹅安能飞?"汝忠仰天而笑,盖指天鹅云。邻父老吐舌异之,谓汝忠幼敏不师而能也。比长,读书目数行,督学使者奇其文,谓汝忠一第如拾芥耳。汝忠工制义,博极群书。宝应[5]有朱凌溪[6]者,弘德间才子也,有奇子如子价[7],朱公爱之如子,谓汝忠可尽读天下书,而以家所藏图书分其半与之,得与子价并名射湖之上,双璧竞爽也。子价后守九江,汝忠黬骶[8]终身,仅以贡为长兴丞。长兴[9]有徐子与[10]者,嘉、隆[11]间才子也,一见汝忠,即为投合,把臂论心,意在千古,过淮访之,谓汝忠高士,当悬榻[12]待之。而吾三人谈竹素[13]之业,娓娓不厌,夜分乃罢。汝忠舐笔和墨,间作山水人物,观者以为通神佳手。弱冠以后,绝不落笔,家四壁立。所藏名画法书颇多,人谓汝忠于王方庆[14]之积书、张弘靖[15]之聚画,侔诸秘府者可十一焉。且也平生恬淡自守,廉而不秽。其诗文出入六朝三唐,而词尤妙绝,江淮宝之。其稿与所藏泯灭殆尽,而家无炊火矣。余于汝忠有人琴俱亡之痛云。幸此编之行而述其大概,俟续《高士传》[16]者采焉。(明陈文烛撰《二酉园文集》,《四库全书存目丛书》本)

笺注:

[1] 胡汝忠:"胡"当为"吴",即吴承恩,字汝忠,号射阳山人。

[2] 渭阳:《诗·秦风·渭阳》:"我送舅氏,曰至渭阳。"朱熹集传:"舅氏,秦康公之舅,晋公子重耳也。出亡在外,穆公召而纳之。时康公为太子,送之渭阳而作此诗。"后因以"渭阳"为表示甥舅情谊之典。

[3] 九江:地名,今属江西。

[4] 淮安:地名,今属江苏。

[5] 宝应:地名,今属江苏扬州。

[6] 朱凌溪:朱应登,字升之,号凌溪,宝应人,弘治十二年(1499)进士。诗宗盛唐,格调高古,与李梦阳、何景明等并称"十才子",有《凌溪集》。

[7] 子价:朱曰藩,字子价,号射陂,宝应人(今江苏宝应县),朱应登之子。嘉靖二十三年(1544)进士,生卒年不详。隽才博学,以文章名家,有《山带阁集》行世。

[8] 髝骯:刚直倔强的样子。

[9] 长兴:地名,今属浙江。

[10] 徐子与:徐中行,字子舆,一作子与,号龙湾,天目山长兴(今属浙江)人。嘉靖二十九年(1550)进士,初授刑部主事,历员外郎中,出为汀州知府,改汝宁。后谪长芦盐运判官,迁端州同知、山东佥事、云南参议、福建副使、参政等职,累官至江西布政使。

[11] 嘉、隆:明代年号。嘉靖(1522—1566),明世宗朱厚熜的年号;隆庆(1567—1572),明穆宗朱载垕的年号。

[12] 悬榻:比喻礼待贤者。《后汉书·徐穉传》:"时陈蕃为太守,……在郡不接宾客;唯穉来,特设一榻,去则悬之。"

[13] 竹素:竹帛,指史册、书籍。《三国志·吴书·陆凯传》:"明王圣主取士以贤,不拘卑贱,故其功德洋溢,名流竹素。"

[14] 王方庆:名綝,以字显,唐雍州咸阳人。喜好藏书,工书法。

[15] 张弘靖:字符理,唐人,张彦远祖父。工书法,书体三变,为时所称。

[16] 《高士传》:晋皇甫谧所著,所记载的人物主要是一些避居山林、不慕荣利的隐士。

评析:

这篇序文重在追忆亡友,缅怀故人。

序文花费了大量笔墨记叙了吴承恩生平中的点滴轶事,展示吴氏的出处行藏和个性风范,为后人加深对其人的了解打开了一扇窗口。吴承恩少时聪颖,胸怀高志,常人不及;成年之后,更是才学超群,曾得到当时名士朱应登的嘉赏和指导,其成就更是日上层楼,故而受到徐中行的"垂榻"礼遇。他为人刚直倔强,故而仕途蹭蹬,官职低微。其成就并非限于诗词领域,还擅长书画,研磨挥毫,一挥而就;吴承恩喜好收集诗画书法,虽然家徒四壁,但其收藏之丰富,令人咂舌。可叹天妒英杰,吴氏不幸早逝。令人稍感欣慰的是其家族后人能够承其志而传其书,使得吴氏著述不至于湮没无闻。作者对友人过早离世,未能施展才华和抱负而深感痛心和遗憾。

高山流水遇知音。昔人已逝,作者只能借《花草新编序》来抒发再无知音的悲慨感伤。序文饱含深情,简洁传神,称得上是一篇记人佳作。

32. 茅暎《词的序》

茅暎,字远士,生卒年不可考,明末浙江归安(今吴兴)人。编纂《词的》四卷,著有《睡香集》,曾作《题牡丹亭记》一文。

> 窃以芳性深情,恒藉文犀以见;幽怀远念,每因翠羽以明。故桑中之喜,起咏于风人;陌上之情,肇思于前哲。陈宫月冷,而韵叶庭花,琉璃研匣生香;隋苑春浓,而曲成清夜,翡翠笔床增彩。清文满筐,无非诉恨之辞;新制连篇,时有缘情之作。燃脂暝写,弄墨晨书。宁止葡萄之树,非惟芍药之花。至如牵衣攀李,空冷箱中冰剪;敛枕树萱,徒匀面上凝脂。优游少托,等扶风之织锦;寂寞多闻,怯南阳之捣练。新声度曲,裁方絮而多愁;旧恨调弦,借穐桑以寄怨。未怡神于韶景,先属意乎芳辞。亦有登楼夜啸,抽朱萼之英英;乘月清谈,播芳蕊之馥

馥。风流婉约,效东邻之自媒;香艳柔娇,似西施之被教。借一语以窃香,假半章以送粉。若乃兰径生香,柳衢舒翠。杏艳才过,桃娇已近。构思绮合,凄若繁弦;寓意芊眠[1],炳焉绣褥。及夫锦浪红翻,珠林绿缀。临池漱露,凭牖[2]邀风。伴炎宵以孤坐,送永日而无聊。或托言于短韵,石韫玉而山辉;或寄意于新腔,水沉珠而川媚。至于河汉方秋,蒹葭瑟瑟;露霜始肃,枫树萧萧。厌野外之疏钟,听宫中之缓箭;叹回月之临阶,赋吟蛩之绕砌。又若玄冥在驾,歌成而孰愍无衣;素雪其霏,咏就而自怜改服。剪凤尾以言怀,展金池以书恨。若此者,佳人才子,尽演琵琶新谱;隐士缁林[3],亦续箜篌旧引。盖旨本淫靡,宁亏大雅;意非训诂,何事庄严。才情若彼,可代萱苏[4];佳丽如斯,能蠲[5]愁疾。但兰茝[6]同植,恐作沉珠;玉石均披,终非完璧。于是芟夷繁乱,截去浮俚。三台妙迹,丽矣金箱;五色花笺,灿然宝轴。青牛帐里,散此绛绳,情文双烂;朱鸟窗前,开兹缥帙,神魄俱驰。秦楼艳女,顿惹相思;楚馆娇娃,常劳梦寐。圣贤言异,愧非子郁之删除;儿女情长,岂是伯饶之笔削。西吴茅暎纂。

凡例

一 幽俊香艳为词家当行,而庄重典丽者次之。故古今名公悉多巨作,不敢拦入[7]。匪曰偏狗[8],意存正调。

一 词协黄钟,倘只字失律,便乖元韵。故先小令,次中令[9],次长调,俱轮宫合度,字字相符,以定正的。间有句语中辕叠一二字者,各列左方,用便考订。

一 诸家爵里姓字,向多著闻,间有沦逸,徒把芳声,不敢混注,故概书名以存古道。

一 诸家先后,但分世代,就中或有参错,盖以合调为序,非有异同。

一 词苑选刻暨古今文集,颇勤搜采,第耳目有限,即当代名公,亦苦于人地之不相接,或惭编贝,窃叹遗珠。(明朱之藩辑刻《词坛合璧》本)

笺注:

[1] 芊眠:这里比喻文采华美。《文选·陆机〈文赋〉》:"或藻思绮合,清丽芊眠。"李善注:"芊眠,光色盛貌。"

[2] 牖:窗户。

[3] 缁林:指僧界、僧众。

[4] 萱苏:《初学记》卷二七引三国魏王朗《与魏太子书》:"不遗惠书,所以慰沃,奉读欢笑,以藉饥渴。虽复萱草忘忧,皋苏释劳,无以加也。"后以"萱苏"为忘忧释劳之典。

[5] 蠲:除去,免除。

[6] 莸:一种有臭味的草。

[7] 拦入:当为"阑入",意为搀杂进去。

[8] 偏狗:亦作"偏徇",偏私曲从之义。

[9] 中令:当为"中调"之误。

评析:

纵览全篇,与其说本文是一篇词集序文,不如说是一篇四六杂用、文采飞扬、秀丽典赡的美文。作者极尽描情状物之工笔,叙写了他对词之艺术风格、功能等方面的认识。

明人重视文学作品中的情感表现,性情说受到普遍推崇。作者认为词作蕴含深情,是"缘情"而作、"诉恨"言愁之作,能够寄托"幽怀远念"。作者概括了词作在表情达意、抒情言志方面的诸多表现,认为词作不仅善于言情达意,艺术风格上"风流婉约,效东邻之自媒;香艳柔娇,似西施之被教。借一语以窃香,假半章以送粉。若乃兰径生香,柳衢舒翠。杏艳才过,桃娇已近",极富艺术美感,而且词作"构思绮合,凄若繁弦;寓意芊眠,炳焉绣褥",是既可以赏玩又可以模仿创作之文体。正因为词的众多优点,且能为后人学习掌握,故"佳人才子"、"隐士缁林"、"秦楼艳女"、"楚馆娇娃"各色人等,都争相创作,借以抒写内心情致。此外,"厌野外之疏钟,听宫中之缓箭;叹回月之临阶,赋吟蛩之绕砌。又若玄冥在驾,歌成而孰愍无衣;素雪其霏,咏就而自怜改服。剪凤尾以言怀,展金池以书恨"之类的描写,展现出词体文学善于表现婉转缠绵、杳渺幽微情思的特点。

作者最后交代了选集的凡例,以为"幽俊香艳为词家当行,而庄重典丽者次之",故所选词作倾向婉约典雅的风格;词作按"小令、中调、长调"编排,对于所选词作不详细介绍作者,只书姓名字号。但是作者自认为收罗范围有限,不能囊括所有优秀之作,故有沧海遗珠之叹。

33. 陆云龙《词菁叙》

陆云龙,生卒年不详,字雨侯,号孤愤生,明浙江钱塘(今浙江杭州)人。撰有《辽海丹忠录》,另选辑《翠娱阁评选行笈必携》十种。

《菩萨蛮》为《乌啼》、《子夜》之变。盖青莲以绝代轶才,裂羁靮,另辟词家一径,大都以清新绮丽为宗,故相沿英妙。淮海、眉山[1]、周洞霄[2]、康大晟[3],其品虽不得埒,以词论,不得劣也。至我明郁离[4],具王佐才,厕身帷幄,宜同稼轩,时露英雄本色。乃似柔其骨、丽其声、藻其思,务具菁华之色,则所尚可知已。其后名贤辈出,人巧欲尽,悉为奇险之句、幽窈之字,实缘径穷路绝,不得不另开一堂奥[5]。试取《花间》、《草堂》并咀之,《草堂》自更新绮者,特其中有欲求新而得误,似为吴歈[6]作祖,予不敢不严别之。诚以□中有菁,俳不可为菁耳。具眼者倘亦不罪我而知我。辛未[7]仲夏翠娱阁主人题。(明陆云龙辑《词菁》,明崇祯《翠娱阁评选行笈必携》本)

笺注:

[1] 眉山:当指苏轼。苏轼,眉州眉山(今四川眉山)人,北宋著名词人。

[2] 周洞霄:指周邦彦,北宋后期著名词人。周邦彦曾以待制提举洞霄宫。

[3] 康大晟:疑指康与之,宋南渡词人。

[4] 郁离:当指刘基。刘基,字伯温,青田(今属浙江文成县)人。封诚意伯,谥文成。著有《郁离子》。

[5] 堂奥:比喻含义深奥的意境或事理。

[6] 吴歈:泛指吴地的歌曲。

[7] 辛未:明崇祯四年(1631)。

评析:

明人论词,大多将李白视为"百代词曲之祖",并认为词大都以

"清新绮丽"为正宗。作者认为,李白之后,宋人大多因袭"清新绮丽"风格,在词的创作上取得了显著成就;明初刘基词作,则近似辛弃疾豪放词风,显露英雄豪士的本色。然而他又认为"柔其骨、丽其声、藻其思,务具菁华之色",方为词体文学追求的审美风貌,豪放词的出现,是由于词家"径穷路绝,不得另开一堂奥"。无论如何,作者毕竟认识到豪放风格出现并在词坛上占据一席之地的事实。

作者编选《词菁》,多选辑《花间集》、《草堂诗余》中的词作,并对其进行选择整理,剔除其中不符合作者审美观念的词作,保留符合"清新绮丽"词风的菁华之作,这种选词主张十分典型地反映出明代词坛的审美风尚。

34. 杨肇祉《词坛艳逸品叙》

杨肇祉,字锡甫,武林人,生卒年不详。

余前刻《唐诗艳逸品》,兹复收诗余之艳逸者。以律诗束于对偶,局于声韵,即超逸如李[1],弘博如杜[2],不得恣意驰骤。爰有骚人墨客,借资造物,运灵心髓,琢雪镂冰,各极才情之致。故"无计留春"之惜,直言"壮志策足";"蝇头蜗角"之喻,直言"名利冰心"。临风把酒,识万事之破除;苦计劳心,识一生之前定。春思秋愁,弄月嘲风。若何为景中情,情中景;若何为心中意,意中人。是有心?是无心?个中机关甚巧;是谐语?是偈语?个中妙理谁参。乃悟世态事局,其意然而互换而未穷极而露者,大都类是。词坛艳逸非诗余不足以当之,坡老[3]曰："似花还似非花。"悟得空空之旨,其深步艳逸者乎!武林[4]杨肇祉君锡甫题。(明杨肇祉辑《词坛艳逸品》,明刻本)

笺注:

[1] 超逸如李:指李白,李白诗风豪放飘逸。

[2] 弘博如杜:指杜甫,杜甫在诗中广泛反映社会现实,诗作弘博精深。

[3] 坡老:苏轼,字子瞻,号东坡居士。"似花还似非花"出自苏轼《水龙吟·次韵章质夫杨花词》。

[4] 武林:地名,旧时杭州别称,以武林山得名。

评析:

序文以《唐诗艳逸品》与《词坛艳逸品》题名为发端,探讨了诗与词在艺术表现功能及效果上的异同。

作者言"律诗束于对偶,局于声韵,即超逸如李,弘博如杜,不得恣意驰骤",律诗由于格律、对偶等的限制,故不能灵活多变。但是词作却自由灵活,故能表现多种情感,"骚人墨客,借资造物,运灵心髓,琢雪镂冰,各极才情之致"。借助于词,可以"直言壮志策足",可以"直言名利冰心",也可以道破"万事之破除"、"一生之前定"等种种细腻幽深的情思。词作之融情入景,又在景中表现心中情思,具有动人心魄的独特艺术魅力。词不仅香风艳骨,还委婉曲折、含蓄蕴藉,如"似花还似非花"等词句,透露禅思,引起读者高深渺远的思虑,兼具"逸"的特点。作者以为,诗可"艳逸"、词亦可"艳逸",而且词还能言诗之所不能言,表现诗无法表现的内容和意境。

35. 孟称舜《古今词统序》

孟称舜(约 1599—1684),字子若,又作子适,明会稽(今浙江绍兴)人。崇祯诸生,晚明戏曲家,有戏剧《娇红记》、《桃花人面》等。

诗变而为词,词变而为曲。词者,诗之余而曲之祖也。乐府以瞰逖扬厉为工,诗余以宛丽流畅为美[1]。故作词者率取柔音曼声,如张三影[2]、柳三变[3]之属;而苏子瞻、辛稼轩之清俊雄放,皆以为豪而不入于格。宋伶人所评《雨淋铃》、《酹江月》之优劣,遂为后世填词者定律矣。余窃以为不然。盖词与诗、曲,体格虽异,而同本于作者之情。古来才人豪客,淑姝名媛,悲者喜者,怨者慕者,怀者想者,寄兴不一。或言之而低徊焉,宛恋[4]焉;或言之而缠绵焉,凄怆焉;又或言之而嘲笑焉,愤怅焉,淋漓痛快焉。作者极情尽态,而听者洞心耸耳,如是者皆为当行,皆为本色。宁必姝姝媛媛,学儿女子语而后为词哉?故幽思曲想,张、柳之词工矣,然其失则俗而腻也,古者妖童冶妇之所遗也;伤时吊古,苏、辛之词工矣,然其失则莽而俚也,古者征夫放士之所托也。两家各有其美,亦各有其病,然达其情而不以词掩,则皆填词者之所宗,不可以优劣言也。予友卓珂月[5],生平持说多与予合。己巳[6]秋,过会稽,手一编示予,题曰《古今词统》。予取而读之,则自隋唐宋元,以迄于我明,妙词无不毕具。其意大概谓词无定格,要以摹写情态,令人一展卷而魂动魄化者为上,他虽素脍炙人口者,弗录也,珂月所作诗余甚多,兴会所到,无不曲尽两家之美,故能出其手眼,以与作者之情合。使徒取绝艳于《花间》,把余香于《兰畹》,则得词之郭矣[7],而未尽其致也。选者之情隐,而作者之情亦掩也,则是刻其可以已也夫。己巳中秋,会稽[8]友弟孟称舜书。

(明崇祯刻本《古今词统》卷首)

笺注:

[1]"乐府以瞰逗扬厉为工"一句:何良俊语,参何良俊《类编草堂诗余序》注[16]。

[2] 张三影:北宋词人张先。

[3] 柳三变:北宋词人柳永。

[4] 宛恋:当作"婉娈",柔媚、缠绵的样子。

[5] 卓珂月:卓人月,字珂月,号蕊渊,别署江南月中人,浙江仁和(今杭州)人。崇祯八年(1635)贡生,诗文词曲兼擅,与徐士俊合编《古今词统》。

[6] 己巳:崇祯二年(1629)。

[7] 则得词之郭矣:郭为外城之义,此句意为如果局限于《花间》、《兰畹》的香艳词风,就难以全面领略词体文学之美。

[8] 会稽:古地名,春秋时为越国都城,在今浙江绍兴。

评析:

"乐府以瞰逗扬厉为工,诗余以婉丽流畅为美",这是何良俊《类编草堂诗余序》中的观点,在明代论词者中具有一定代表性。明人多称赏词作之柔婉绮丽,而对豪放词持鄙夷不屑的态度,序文作者却以何良俊的观点为驳论的靶子,独树一帜,为豪放词正名。

作者对宋伶人关于柳永《雨淋铃》与苏轼《酹江月》优劣的评价不以为然。《说郛》卷二四引《吹剑续录》："东坡在玉堂,有幕士善讴,因问：'我词比柳词何如？'对曰：'柳郎中词只好十七八女孩儿,执红牙拍板唱"杨柳岸晓风残月"；学士词须关西大汉,执铁板唱"大江东去"。'公为之绝倒。"其实东坡幕士之语,并未给这两类词分优劣,后人片面地解读这一故事,才会有重婉丽柔美、轻豪壮慷慨之论,如陈师道《后山诗话》称东坡词"如教坊雷大使舞,虽极天下之工,要非本色",即为此类看法之代表。但在作者看来,只要出于真情,"才人豪客,淑姝名媛"之词皆为佳作。他列举了词的各种风格,并未加轩轾,且据此提出了自己的本色观：作家的性情是各不相同的,感情的内容是丰富多样的,情感的表达方式也是复杂多变的,词的创作只要做到了"作者极情尽态,而听者洞心耸耳",就是优秀之作,"如是者皆为当行,皆为本色"。同时,作者认为婉约风格与豪放风格各有所长,但也各有所失,"张、柳之词工矣,然其失则俗而腻也","苏、辛之词工矣,然其失则莽而俚也",婉约词与豪放词之间,"两家各有其美,亦各有其病",所以说不要探讨婉约豪放谁为优劣,而应以"达其情而不以词掩"为词之正宗。

卓人月、徐士俊编选《古今词统》的指导思想与该序标榜的观点是一致的。《古今词统》高度推尊辛弃疾词,选录其词一百四十一首,大大超过其他词人的词作数量,选家重视以苏、辛为代表的豪放词的美学趣味是显而易见的；此外,该书婉约与豪放兼收并蓄,传统上被认为是婉约词人的温庭筠、李煜、张先、柳永、晏几道、秦观、周邦彦、李清照、姜夔、吴文英等和传统上被认为是豪放词人的苏轼、黄庭坚、辛弃疾、陆游、陈亮、刘克庄等人都有数量较多的词作入选。选家的这种手眼,在明代词坛也是独树一帜的。

36. 徐士俊《古今词统序》

徐士俊(1602—1681),本名翙,字野君,一字三有,仁和(今浙江杭州)人。与卓人月合编《古今词统》,著有《春波影》等杂剧。

赵明诚[1]梦得"'言'与'司'合,'安'上已脱,'芝'、'芙'草拔"十二字,卜其为词女之夫,继而果娶易安[2],定情金石。如"帘卷西风,人比黄花瘦"等句,即暗中摸索,亦解人怜。此真能统一代之词人者矣。虽然,词盛于宋,亦不止于宋,故称"古今"焉。古今之为词者,无虑数百家。或以巧语致胜,或以丽字取妍,或"望断江南"[3],或"梦回鸡塞"[4],或床下而偷咏"纤手新橙"之句[5],或池上而重翻"冰肌玉骨"之声[6],以至春风吊柳七之魂,夜月哭长沙之伎[7],诸如此类。人人自以为名高黄绢[8],响落红牙。而犹有议之者,谓"铜将军"、"铁绰板",与"十七八女郎"相去殊绝[9]。无乃统之者无其人,遂使倒流三峡,竟分道而驰耶?余与珂月起而任之曰:是不然。吾欲分风,风不可分;吾欲劈流,流不可劈。非诗非曲,自然风流,统而名之以词,所谓"言与司合"者是也。考诸《说文》曰:"词者,意内而言外也。"不知内意,独务外言,则不成其为词。词从"司"者,反后为司,盖出纳之吝,谓之有司,后王宽大之道,当与有司相反。夫词为诗余,诗道大而词道小,亦犹是也。故诗从"寺",寺者,朝廷也;词从"司",司者,官曹也。小令、中调、长调各有司存,宫、商、角、徵、羽五声各有司存,不可乱也。乱者理之,故词亦作"䛐",从司。司,理也、治也。又作"辞",从

"辛"。辛者,新也。《汉志》曰:"悉新于辛。"词固以新为贵也。又《说文》曰:"辛象人股,壬象人胫。"故童、妾二字,皆从辛省。汉人选妃,册曰"秘辛",犹言股间隐处也。然则词又当描写柔情,曲尽幽隐乎? 兹役也,吾二人渔猎群书,裒其妙好,自谓薄有苦心。其间前后次序,一以字之多寡为上下,自十六字至于二百三十字有奇。如岁朝之酌,先其少者,后其老者。其按词之法,则如杨诚斋所撰《词家五要》[10],一曰择腔,二曰应律,三曰按谱,四曰详韵,五曰立新意。而且曰幽曰奇、曰淡曰艳、曰敛曰放、曰秾曰纤、种种毕具。不使子瞻受"词诗"之号,稼轩居"词论"之名[11]。又必详其逸事,识其遗文,远征天上之仙音,下暨荒城之鬼语,类载而并赏之。虽非古今之盟主,亦不愧词苑之功臣矣。先是,余有《三样笺》之辑,一《子夜》,一《竹枝》,一《回文》。而珂月又以《竹枝》旧属诗余,遂拔其尤而去。回文则如《菩萨蛮》数阕,复稍稍拦入焉。摔碎菱花,作蕊珠宫瘦影,岂不令徐郎懊恨。珂月曰:无恨也。使子仅知《三样笺》之为美,而不知此书之尤美,亦何异世人但知《花间》、《草堂》、《兰畹》之为三珠树,而不知《词统》之集大成也哉!《易》称"同心之言,其臭如兰",我二人其庶几乎!"言"与"司"合,彼作词媒;"言"与"人"同,此成信友。金兰之书,允宜与金石之录并垂矣。或曰"诗余兴而乐府亡,歌曲兴而诗余亡",夫有统之者,何患其亡也哉? 倘更有上官氏[12]者出,高踞楼头,称量天下,则余二人之为沈、为宋[13],是未可知耳。癸酉花朝[14]徐士俊野君题于湘蕤馆。(明崇祯刻本《古今词统》卷首)

笺注：

[1] 赵明诚：字德父，宋宰相赵挺之子。历官知湖州军州事，尝以所藏三代彝器及汉唐以来石刻，仿欧阳修《集古录》例，撰成《金石录》三十卷。

[2] 易安：李清照，号易安居士。元伊世珍《琅嬛记》卷中："赵明诚幼时，其父将为择妇。明诚昼寝梦诵一书，觉来惟忆三句云：'言与司合，安上已脱，芝芙草拔。'以告其父，其父为解曰：'汝殆得能文词妇也。言与司合是词字，安上已脱是女字，芝芙草拔是之夫二字，非谓汝为词女之夫乎。'后李翁以女女之，即易安也。果有文章。"

[3] "望断江南"：宋词作中多用此句，如谢逸《江城子》："望断江南山色远，人不见，草连空。"周紫芝《苏幕遮》："画舸横江，望断江南岸。"

[4] "梦回鸡塞"：语出南唐李璟《浣溪沙》："细雨梦回鸡塞远，小楼吹彻玉笙寒。"

[5] 床下而偷咏"纤手新橙"之句："纤手新橙"出自周邦彦《少年游》："并刀如水，吴盐胜雪，纤手破新橙。"宋张端义《贵耳集》载："道君（按：即宋徽宗）幸李师师家，偶周邦彦先在焉。知道君至，遂匿床下。道君自携新橙一颗，云江南初进来。遂与师师谑语。邦彦悉闻之，隐括成《少年游》。"

[6] 池上而重翻"冰肌玉骨"之声：出自苏轼《洞仙歌》："冰肌玉骨，自清凉无汗。"苏轼在词序中说："仆七岁时，见眉州老尼，姓朱，忘其名，年九十余。自言尝随其师入蜀主孟昶宫中，一日大热，蜀主与花蕊夫人夜起避暑摩诃池上，作一词，朱具能记之。今四十

年,朱已死久矣,人无知此词者,但记其首两句,暇日寻味,岂《洞仙歌》令乎？乃为足之。"

[7] 夜月哭长沙之伎：秦观高才学,一长沙伎甚倾慕之,诚愿"只守得学士一人"。

[8] 黄绢："绝妙"二字的隐语。《世说新语·捷悟》："魏武尝过曹娥碑下,杨修从。碑身上见题作'黄绢幼妇,外孙齑臼'八字。……修曰：'黄绢,色丝也,于字为绝。幼妇,少女也,于字为妙。外孙,女子也,于字为好。齑臼,受辛也,于字为辞。所谓绝妙好辞。'"按,"受辛"合为"辝",是"辞"的异体字。

[9] "而犹有议之者"数句：《说郛》卷二四引俞文豹《吹剑录》："东坡在玉堂,有幕士善讴,因问：'我词比柳词何如？'对曰：'柳郎中词只好十七八女孩儿,执红牙拍板唱"杨柳岸晓风残月"；学士词须关西大汉,执铁板唱"大江东去"。'公为之绝倒。"

[10] 杨诚斋所撰《词家五要》："诚斋"当为"守斋"之误。南宋杨缵,字继翁,号守斋,又号紫霞翁。洞晓律吕,著有《作词五要》,刻入张炎《词源》。

[11] 子瞻受"词诗"之号,稼轩居"词论"之名：杨慎《词品》卷四"评稼轩词"条中,借南宋陈模《怀古录》中的话说："近日作词者,惟说周美成、姜尧章,而以东坡为词诗,稼轩为词论,此说固当。盖曲者,曲也。固当以委曲为体。然徒狃于风情婉娈,则亦易厌。回视稼轩所作,岂非万古一清风哉。"

[12] 上官氏：上官仪,唐高宗时期著名的宫廷诗人。

[13] 沈、宋：沈佺期、宋之问,初盛唐之际著名诗人,他们奠定了唐代律诗的发展形式,对五言律诗的完善作出了重要的贡献。

[14] 癸酉花朝:癸酉,崇祯六年(1633)。花朝,农历二月十二日花朝节,为百花生日。

评析:

序文以"词女之夫"的典故入手,从李清照的婉约词风引出历来文人对于词作风格的看法。人们普遍认为:"古今之为词者,无虑数百家。或以巧语致胜,或以丽字取妍",论词者大多认为词作应该以婉约为正,而需要"铜将军"携"铁绰板"而唱的豪放词作则被视为变体。这种看法并不恰当。作者肯定词的"巧语"与"丽字",赞赏温庭筠、李煜、周邦彦等人的柔美之词,但又不废苏辛豪放词,欲将"铜将军"、"铁绰板"(代指苏轼词乃至豪放词)与"十七八女孩儿"(代指柳永词乃至婉约词)统于一书。作者认为词有幽、奇、淡、艳、敛、放、秾、纤等诸种风格,在此基础上,既肯定柳永、李清照词,又反对视苏词为"词诗"、辛词为"词论",持论比较公允通达。

《古今词统》是一部规模较大的通代词选,兼收婉约豪放词作,编排体例上以小令、中调、长调次序编排,多数词作附有评点之语。所以作者指出,此书统选古今之词,精心编纂,在词选之中应当具有"集大成"的意义。

37. 郭绍仪《诗余醉叙》

郭绍仪,平湖(今浙江平湖)人,字汾仲,号梦朔道人。天启进士,除知当涂县,擢南湖广道御史,有《青浦草》。

门人潘麟长[1]磊砢[2]英多,向从余游。读其所辑《康济谱》,知为深情人。继示余以所选《古今诗余》,益信长麟之人之深情也。吾观士之有余乎情者,类不能漠然于物,非乐玩焉,情自不容遗也。以故,厥所寄托,恒亦一往而深。夫唯嗟叹咏歌之不足,不得已而有言,《诗三百》篇,岂非性情之余者乎? 则凡为诗之苗裔,其所由来,概可知已。乃古人以性情为诗,而诗有余。今人以诗为诗,而诗不足。其道每下,矧[3]云余耶? 则其所不足,亦概可知已。麟长有慨于中,方欲溯流寻源,晤其所为余者,则取诸诗余,选其合妙意,较敏手,一评一点,能使读者之精神浮动,毫墨森然来会,信深情矣哉。然则有能读麟长所选诗余者,必能读《三百篇》者也,能知麟长所选不远于《三百篇》之性情者,是可与言诗余者也。在宋欧、苏、司马诸公节谊文章俊卓一代,而微词小令不废吟弄,流传至今,乃知怀永抱绝之俦,当其兴会所赴,景耀光起,固足琼调岳岭,表秀干云,谁谓是铁石心肠者无锦心绣口,而大江东去果逊步于晓风残月乎? 此余所以合麟长《康济谱》而叹其真能情深也。余纵意采山啸怀遐瞩,顾称兹二集并获我心,亦谓所本之性一尔。麟长更不自私,手亟呈世碎,则衢尊[4]其可以衺斟也夫,而余则酌取久矣。岁在强圉赤奋若[5]皋月龙舟竞渡日,东湖[6]梦朔道人郭绍仪书于铸古堂。(明潘游龙辑、今人梁颖校点《精选古今诗余醉》,辽宁教育出版社2003年版)

笺注:

[1] 潘麟长:潘游龙,字麟长,荆南(今湖北江陵县一带)人。编辑有《康济谱》、《精选古今诗余醉》。

[2] 磊砢:这里比喻人有奇特的才能。南朝宋刘义庆《世说新语·赏誉》:"庾子嵩目和峤:'森森如千丈松,虽磊砢有节目,施之

大厦,有栋梁之用。'"

[3] 矧:况且,何况。

[4] 衢尊:亦作衢樽。谓设酒于通衢,行人自饮。《淮南子·缪称训》:"圣人之道,犹中衢而致尊邪:过者斟酌,多少不同,各得所宜;是故得一人,所以得百人也。"高诱注:"道,六通谓之衢。尊,酒器也。"

[5] 岁在强圉赤奋若:即岁次丁丑,明崇祯十年(1637)。古代历法将阏逢、旃蒙、柔兆、强圉、著雍、屠维、上章、重光、玄黓、昭阳与甲、乙、丙、丁、戊、己、庚、辛、壬、癸相对应纪年,在丁曰强圉。《尔雅·释天》:"太岁在寅曰摄提格,在卯曰单阏,……在丑曰赤奋若。"

[6] 东湖:地名,在今浙江省平湖市东南。

评析:

明人重性情,故作者从性情出发,赞扬了潘游龙所编词集的特点及成就。

作者称赏潘游龙为深情之人,认为其选《诗余醉》就是本乎性情而发的,"吾观士之有余乎情者,类不能漠然于物,非乐玩焉,情自不容遗也。以故,厥所寄托,恒亦一往而深",深情发于内,故寄托深远,旨意深邃。性情是文学创作的源泉和根本,《诗经》发乎情,止乎礼,即为性情的再现,"夫唯嗟叹咏歌之不足,不得已而有言,《诗三百》篇,岂非性情之余者乎?则凡为诗之苗裔,其所由来,概可知已"。《诗经》之后,楚骚、汉赋、乐府、歌诗等各体文学形式,都因蕴含深情而韵味深长、摇曳动人。作者认为,当下的文学创作有每况愈下之势头,究其原因,就在于"古人以性情为诗,而诗有余。今人以诗为诗,而诗不足"。

潘游龙是性情中人,所以他在选辑词作时能够将性情之说贯穿其中,故其选集"则取诸诗余,选其合妙意,较敏手,一评一点,能使读者之精神浮动"。《诗·大序》曰:"情动于中而形于言",潘游龙所编词选既是对性情说的实践,也是对《诗经》传统的继承。

序文除了大力倡导性情说外,还肯定了词体文学的地位,表达了对豪放词风的重视。词作虽被视为诗余,是"微词小令",但是历来大家对词作怀有极大热情,不废吟咏。虽然明代词坛重视婉约词风,但是作者认识到豪放词风也有其绝妙之处,"大江东去"并不逊于"晓风残月",可见作者词学观念的开放。

38. 范文英《诗余醉序》

范文英,晚明人,生平不详。

诗余者,余焉耳。余者,天地之尽气也。天地气始于浑朴,终于淫靡。窃尝于声诗间窥之,夫自《三百篇》得楚骚,自骚得汉魏,至六朝而淫,故其世短。然《子夜》、《四时》[1]犹盘郁周折于诗之内,而不大裂。唐人出,回以大雅之首,情无不剖,体无不备。于初盛为极,至中晚而靡,故其世衰。《香奁》[2]虽艳,尚未离本调也。至宋则理多情寡,论多调寡,诗之一道无复存者。而人心中精华要渺之所存,遂旁溢于词。少游、耆卿之徒,声乃著。是宋人无诗而有词,诗靡而词淫也。淫与靡并,故夷狄之祸中之。以至于元,穷无所措,又别演为剧,发科打诨,巾女髻男,市狙之谈,登于樽俎,床笫之渎,陈于殿堂。遂使百种流殃,淫靡无极。声歌至此决裂难闲,故其世晦昧颠倒,而中国礼乐衣冠,与之俱尽,皆余之不可防遏,及于是,君子得无慎乎？高帝[3]开天磅礴之气,积至成、弘,益乃昌大,而声歌应之以起。尔时有诗无词,今之词亦鲜称。窃怪世所为诗者,并化而为词,剪绡瘦之剩画,染晴未之零膏,甚则庙堂律吕之章,皆欲以"晓风残月"之致行之。而士大夫侑食登歌,未有事不出于闺阁,辞不发于巧丽者。吾诚不知其何说也。昔之人取诗之余以作词,今之人取词之余以作诗,抑气之移人有不自觉,抑士君子之气有不自振者耶？邻人文子太清[4]长谓英：学者绝不可涉目诗余。盖恐尖薄之气渐我文笔。而英反覆声歌之源,犹有深惧者也。楚友潘子麟长,文学菁藻,妙选词令。而胡子曰从[5]雅有俊致,刻之十竹斋,名曰《诗余醉》。夫英之于其余也,欲人醒。二子之于其余,乃欲人醉与？岂二子故醉之,亦曰世之醉之与不醉不醒,可因是以示世曰：诗余者,余焉耳。幸无醉。崇祯丙子[6]中秋,蜀内江[7]范文英仲闇甫题于白下桥。(明潘游龙辑、今人梁颖校点《精选古今诗余醉》,辽宁教育出版社2003年版)

笺注：

[1]《子夜》、《四时》：南北朝民歌,多写男女爱情相思。

[2]《香奁》：《香奁集》,晚唐诗人韩偓所作。多绮罗脂粉之语者,称香奁体,又称艳体。宋严羽《沧浪诗话·诗体》："香奁体。韩偓之诗,皆裾裙脂粉之语。有《香奁集》。"

[3]高帝：这里指明朝开国皇帝朱元璋。

[4]邻人文子太清：文太清,陕西人。与王季木、钟惺等人为友,曾任山西督学。

[5] 胡子曰从：胡正言(1584—1674)，字曰从，号十竹，安徽休宁人。明末书画家、出版家，曾主持雕版印刷《十竹斋书画谱》和《十竹斋笺谱》。

[6] 崇祯丙子：明崇祯九年(1636)。

[7] 内江：地名，今属四川。

评析：

本文虽为《诗余醉》的序文，但却并未涉及《诗余醉》的具体内容，主要意在表明作者对文学发展演变的认识和对词体文学的态度。

作者认为，"余者，天地之尽气也。天地气始于浑朴，终于淫靡"，指出天地之间的风气，由浑朴走向淫靡，而文学发展变化也与之类似。就诗歌而言，自《诗经》至楚辞至汉魏六朝，风格由质朴走向淫靡，故而走向衰落。唐代复兴风雅，诗歌再次兴盛，但就唐诗而言，初盛唐发展兴旺，诗歌在此时走到整个文学史上的顶峰，至中晚唐诗歌又渐趋衰落，然中晚唐诗风虽走向绮艳，但是仍未脱离诗歌本调。宋代诗歌崇尚理趣，故多论断而少诗味，"诗之一道无复存者"。但是文学发展总要借助于一种文体而延续，故而词大盛，"人心中精华要渺之所存，遂旁溢于词"。只可惜在作者心中词作地位并不能与诗相提并论。所以，作者说"宋人无诗而有词，诗靡而词淫也"，并认为淫靡之风不仅误导文学发展，还导致国家灭亡。至于元代，词作发展走向衰微，代之以插科打诨的戏曲。在作者眼中，只有诗歌才是文学正体，词曲都属于淫邪之作，不登大雅之堂。从文学史发展的进程来看，这当是一种保守、偏颇的文学观念。

具体到明代,作者认为明初诗歌尚取得一定成就,但随着世风演变,"世所为诗者,并化而为词,剪绡瘦之剩画,染晴未之零膏,甚则庙堂律吕之章,皆欲以'晓风残月'之致行之。而士大夫侑食登歌,未有事不出于闺阁,辞不发于巧丽者",词越来越受到欢迎,而诗歌创作颓靡不振。于是文坛出现了两种态度:一是敌视词体文学,如"邝人文子太清长谓英:学者绝不可涉目诗余";一是醉心于词作,如潘游龙耗费心力编选词集,并称之为《诗余醉》。作者对潘游龙编选词集并非持欣赏、肯定的态度,为词集作序的目的乃是希望世人不要沉醉其间,即所谓"欲人醒"、"幸无醉"。这也真实地代表了明代部分文人对词体文学的态度。

39. 陈埏玉《诗余醉叙》

陈埏玉,晚明人,生平不详。

> 诗之有余,犹诗之有《风》也。《雅》则清庙明堂,《风》则不废村疃间巷。《三百篇》要以道性情而止,然无情,则性亦不见。子舆氏[1]曰:"乃若其情,则可以为善。"是从来忠孝节义,只了当一情字耳。夫子删诗,即今人选诗之祖。其《风》首《关雎》也,必于"窈窕"[2]、"好逑"之句再四击节,然后取为压卷。至于未得而"辗转反侧",既得而"琴瑟钟鼓",直是用情真率,可思则思,可乐则乐,文王绝不妆腔做样,宫人因得从旁描画。以故情为真情,而诗为真诗。余尝怪子既删诗,其于"风雨"、"狂童"之咏存而不去,乃"美目"、"巧笑"之叶独削而不录,何也?已复自悟曰:此逸诗,非删诗也。人于参订较雠之际,谁

无遗佚? 子夏氏[3]独见纷华而悦,故拈出为问,此正其情之不容已处,夫子此时亦觉彷徨追赏,聊以"绘事"漫答[4]。吾知当日即"微礼"后一语,夫子亦必服其启予,许其"可与言《诗》"。而后儒却被礼字瞒过,遂使两人问答真意埋没不现。今第令白头学究、黄口书生,取"巧笑"、"美目"[5]之章一再哦之,有不心口俱爽者,此必不情之辈,余请不读书,不说《诗》矣。然则古人作诗,已留一有余不尽之法以待我辈,何者? 窈窕者,淑之余;好者,逑之余;倩者,巧之余;盼者,美之余。故诗者情之余,而词则诗之余也。是集也,选自潘子麟长,刻自胡子曰从。或问:诗余矣,曷以醉? 余请以酒喻:乐府古风,中山酒也,可醉千日;律绝歌行,仙浆酒也,可醉十日;诗余则村醪市沽也,薄乎云尔,恶得无醉! 丙子秋尽,白下[6]屺人陈埏玉搢父题于笠庵。(明潘游龙辑、今人梁颖校点《精选古今诗余醉》,辽宁教育出版社2003年版)

笺注:

[1] 子舆氏:孟子,名轲,字子舆,战国时期儒家代表人物。

[2] "窈窕":此及后文"好逑"、"辗转反侧"、"琴瑟钟鼓"皆出自《诗经·周南·关雎》。

[3] 子夏氏:孔子弟子,名商,字子夏。《论语·先进》将其列入"孔门四科"之"文学"科。

[4] 聊以"绘事"漫答:事见《论语》:"子夏问曰:'巧笑倩兮,美目盼兮,素以为绚兮。何谓也?'子曰:'绘事后素。'曰:'礼后乎?'子曰:'起予者,商也! 始可与言《诗》矣。'"子夏从孔子所讲的"绘事后素"中领悟到仁先礼后的道理,受到孔子称赞。

[5]"巧笑"、"美目":语出《诗经·卫风·硕人》:"手如柔荑,肤如凝脂,领如蝤蛴,齿如瓠犀,螓首蛾眉。巧笑倩兮,美目盼兮。"

[6]白下:古地名,在今江苏南京市西北。唐移金陵县于此,改名白下县。后用为南京之别称。

评析:

文章题为《诗余醉叙》,但纵观全文,作者却是在探讨性情之于文学的作用。

作者认为,《诗经》发乎情,"情动于中而形于外",所以"《三百篇》要以道性情而止,然无情,则性亦不见"。如《关雎》篇,"直是用情真率,可思则思,可乐则乐,文王绝不妆腔做样,宫人因得从旁描画",作者赞其为"情为真情,而诗为真诗",是真性情之作。只有表达真实性情的作品,才能摇曳动人。作者甚至强调说:"从来忠孝节义,只了当一情字耳。"

作者在探讨性情对诗作的作用之后,再回归到词作,"窈窕者,淑之余;好者,逑之余;倩者,巧之余;盼者,美之余。故诗者情之余,而词则诗之余也",认为词为诗之余,词继承了诗重在性情表达的创作传统。最后,作者根据《诗余醉》的题名,从"醉"字着眼,指出"乐府古风,中山酒也,可醉千日;律绝歌行,仙浆酒也,可醉十日;诗余则村醪市沽也,薄乎云尔,恶得无醉",词作虽不若乐府古诗、律绝歌行那样韵味深远,但也是能感动人心、令人心醉的一种文体。

40. 管贞乾《诗余醉叙附言》

管贞乾,明末人,生平不详。

溯未有文字之先,文字藏性情间;既有文字之后,性情沁文字间。今人庄语、雄语、经济语、金华殿中语,毕竟不如情致语为流畅;今文台阁体、碎金体、诰诏羽檄体、天才人才鬼才三绝之体,毕竟不如风流体为骀荡[1]。余落魄无似,日与麟长潘先生闲评世务,人未尝不叹余辈之未字理嫁娘衣也。而余两人言之极恳至,每怆怀辄发竖。惟自问并疑为痴迂而狂奴黠态尔尔也。一日,见先生反覆《古今诗余》曰:我常消受此而玩最隽永低徊风景缕缕怀怀,古人起我何多哉!曰:噫!感矣。诗之为物,大要骚屑,其所感往往悒郁英雄于其奇丽韵绝之句,结缘独厚。所以竦肩袖手醋邕缺石莲,负古锦囊日暮投金渚。余考诗余之作,自崇宁、元丰[2]诸君子咏歌之不足,而描情写景袅袅不绝者也。夫人情与思亦何尽之?有束于格,则情不能畅,思不能溢。既可以变兴比赋之制为骚赋,即可以变骚赋之制为五言,可以变五言之制为古风,即可以变古风之制为七言排律,为乐府歌行,又何不可因律绝而变为诗余也哉?某牌名可以展出某意,非某牌名不足以婉转某情。幽格之臆,娇娆之笔,亦既无致弗转,无转弗倩已。矧牌名之设,先是李青莲有《忆秦娥》、《菩萨蛮》二调,原非创自有宋。盖诗自《三百篇》递创格诗余,可谓情文之至矣乎,何怪先生之沉酣于兹也。先生取宋彦之所集与国朝名胜之所作,合而编之曰《诗余醉》。先生尝抵掌,连鸡飞兔,醉心于纵横家;尝救患恤弱,慷慨立义,醉心于《游侠传》;尝波墨作高文典册,含毫拟草檄飞书,醉心于相如[3]、枚皋[4]之才;尝淹贯《南华》,博通内典,醉心于支遁[5]、许掾[6]之谈;尝与余流涕时艰,权利弊,策本末,聚米借箸,有封居胥[7]踏贺兰意,醉心于董、贾、卫、霍[8]之学,一动以云物、林丘、闺情、旅思之变;现又喜听天韶女郎唱"晓风残月"之章。然则先生安往而不醉心哉?宁独诗余也?先生分别次第,特出深心,非仅以便学者之睫。先之以时序律吕之所以从阴阳也,终之以边思,见有情之不忘于倥偬也。笳声凄楚,堪添胡霄之骑;河骨怆心,犹怜闺梦之人[9]。唐诗不废《塞上曲》、《昭君怨》,咸此志也。斯岂非宗尼父[10]删诗之余意,首二《南》而末《豳风》终《鲁颂》乎?拊是编者又不可以不知也。娄江[11]管贞乾观执甫题。(明潘游龙辑、今人梁颖校点《精选古今诗余醉》,辽宁教育出版社2003年版)

笺注:

[1] 骀荡:无拘束、放纵之义。《庄子·天下》:"惜乎惠施之才,骀荡而不得,逐万物而不反。"

[2] 崇宁、元丰:崇宁(1102—1106),宋徽宗赵佶年号;元丰(1078—1085),宋神宗赵顼年号。

[3] 相如:司马相如,字长卿,蜀郡人,西汉辞赋家。

[4] 枚皋:字少孺,枚乘的庶子,西汉辞赋家。

[5] 支遁:字道林,世称支公,也称林公,别称支硎,本姓关。东晋高僧、佛学家、文学家。

[6] 许掾:许询,字玄度,高阳人。有才藻,善属文,与王羲之、孙绰、支遁等皆以文义冠世。善析玄理,终身不仕,好游山水,常与谢安等人游宴、吟咏。

[7] 居胥:狼居胥山的简称。在今蒙古共和国境内肯特山。西汉元狩四年(前119),霍去病出代塞,击匈奴,封狼居胥山。

［8］董、贾、卫、霍：据上下文意，当为董仲舒、贾谊、卫青、霍去病。

［9］"河骨怆心"两句：唐诗人陈陶《陇西行》之一："誓扫匈奴不顾身，五千貂锦丧胡尘。可怜无定河边骨，犹是春闺梦里人。"

［10］尼父：亦称"尼甫"。对孔子的尊称。孔子字仲尼，故称。

［11］娄江：地名，江苏旧太仓别称，因境内娄江而得名。

评析：

纵观全篇，此序文的主旨也是对性情说的肯定。

作者开篇便提出"未有文字之先，文字藏性情间；既有文字之后，性情沁文字间"，指出文字与性情相互渗透，不可分割，故而有性情则为好文学，并进而指出"今人庄语、雄语、经济语、金华殿中语，毕竟不如情致语为流畅；今文台阁体、碎金体、诰诏羽檄体、天才人才鬼才三绝之体，毕竟不如风流体为骀荡"，只有蕴含真情实感之文学样式才更受人们喜爱和欣赏。

人的思想、情感是丰富复杂的，如果只能通过有限的文体表达，难免会"有束于格，则情不能畅，思不能溢"。作者从自身经历出发，认为词也可以与诗一样抒情言志，并给人以审美感受。"诗之为物，大要骚屑，其所感往往悒郁英雄于其奇丽韵绝之句"，诗歌抒发的情感类型不免有所局限。所以，只要便于抒发作者真情实感，则不必拘泥于格式，不必拘泥于文体，"既可以变兴比赋之制为骚赋，即可以变骚赋之制为五言，可以变五言之制为古风，即可以变古风之制为七言排律，为乐府歌行，又何不可因律绝而变为诗余也哉"。就词而言，作者认为词作情感的表达与选择词调有一定关系，"某牌名可以展出某意，非某牌名不足以婉转某情"。唐宋以来,词调不断创制,所以可以表达更为丰富的心绪情感。

作者自述曾经涵泳百家,游思万卷,耽沉于众多文体之中的经历,认为能"醉"人的并非只有诗余一体,可见他还是比较冷静、客观地看待各种文体的。作者还提示,潘游龙编选《精选古今诗余醉》用心良苦,既选辑婉约词作,还广收表现羁旅、行役、征戍之苦的豪放之篇,内容丰富,风格多样,既能继承上古传统,又泽被世人。

41. 潘游龙《诗余醉自序》

潘游龙,字麟长,荆南(今湖北江陵、公安一带)人,生平不详。编辑《康济谱》、《精选古今诗余醉》等书。据郭绍仪《诗余醉叙》曰:"门人潘麟长磊砢英多,向从余游。读其所辑《康济谱》,知为深情人。继示余以所选《古今诗余》,益信长麟之人之深情也。"可略知其为人。

今夫人情之一发而无余者,非其情之至焉者也。《书》曰:"诗言志,歌咏言,声依咏,律和声。"则《诗》之为教,典谟[1]中已酿其余矣。虞夏之诗,未敢深论。《商颂》之咏革命也,曰:"我有嘉宾,莫不夷怿。"其衎烈祖也,曰:"鬷假无言,时靡有争。"则优柔隽永之旨,商殆为诗余之鼻祖焉。有周采声歌于诸侯之国,列之乐官。迄今琴瑟钟鼓,《关雎》有余乐;次笙鼓簧,《鹿鸣》有余好。寻章摘句之下,诗宁有索焉而无余者乎?说者谓诗亡而后有乐府,是必《清平调》创自青莲,《郁轮袍》始于摩诘,将愈趋愈下,周待制之十二律、柳屯田之二百调,益卑卑不足数矣,彼少游、鲁直、长公、幼安、竹屋、白石诸公[2],不且以诗余减价乎?若我明之刘伯温、杨用修、吴纯叔、文徵仲、王元美[3],若而人又何敢树帜词坛哉?信乎!诗余之未可以世论也。余于诗则醉心于绝句、于歌行,而于词则醉心于小令,谓其备极情文,而饶余致也。盖唐以诗贡举,故人各挟其所长以邀通显,性情真境,半掩于名利钩途。词则自极其意之所之,凡道学之所会通、方外之所静悟、闺帏之所体察,理为真理,情为至情;语不必芜,而单言只句,余于清远者有焉,余于挚刻者有焉,余于庄丽者有焉,余于凄婉悲壮、沉痛慷慨者有焉;令人抚一调,读一章,忠孝之思、离合之况、山川草木郁勃难状之境,莫不跃跃于言后言先。则诗余之兴起人岂在《三百篇》之下乎?独惜向有选较者,每以杂体硬牵附于时序,殊失作者之旨。余乃为比事类情,寻为次第,藏之素簏[4],自以为枕中秘,未过也。而胡子曰从,强欲示之同好。因有嘲之者曰:"《花间》长短各体,大小异令。是役也,错综而位置之,夺伦否欤?"余曰:"否。盖词与曲异,曲须按腔挨调而后成阕,有意铺张,此新声之所以无余味也。空中之音、水中之月、象中之色、镜中之境,可摹而不可即者,其诗余也。盖无俟较高平,分南北,按篇目。"而余之醉心于古今词者久矣,遂记其言之余而为引。荆南[5]潘游龙识于十竹斋之舍舫。(明潘游龙辑、今人梁颖校点《精选古今诗余醉》,辽宁教育出版社2003年版)

笺注:

[1] 典谟:指经典。

[2]"彼少游"句:依次指秦观、黄庭坚、苏轼、辛弃疾、高观国、

姜夔,皆宋代词人。

[3]"若我明之刘伯温"句:依次指刘基、杨慎、吴子孝、文徵明、王世贞,皆明代词人。

[4]簏:竹篾编成的小箱篓。这里指书箱。

[5]荆南:地名,又称南平、北楚,高季兴所建,为五代十国时期十国之一。都荆州,辖荆、归(今湖北秭归)、峡(今湖北宜昌)三州,统治范围包括今湖北江陵、公安一带。

评析:

序文展现了作者的性情观。序文以性情发端,认为"今夫人情之一发而无余者,非其情之至焉者也",性情展现固然重要,但是在性情展现过程中不能表露无遗,而应含蓄有致,即应有余。众多优秀的文学作品皆是能做到表现性情的优秀之作,《诗经》就是其代表,《商颂》表情达意蕴藉深长为其中之开创者。除《商颂》以外,"有周采声歌于诸侯之国,列之乐官。迄今琴瑟钟鼓,《关雎》有余乐;次笙鼓簧,《鹿鸣》有余好"。《诗经》为情感表现开创了模式,而后世文学优秀之作皆承袭其传统。

诗歌衰落,词作兴起。唐宋诸贤大力创制词调,"不且以诗余减价乎",使得词的创作领域日益活跃,涌现了大量优秀的作家作品,以至明代许多名家也纷纷参与到词的创作中,所以作者言"信乎!诗余之未可以世论也"。就作者自身而言,"于诗则醉心于绝句、于歌行,而于词则醉心于小令,谓其备极情文,而饶余致也",作者对诗词创作皆有所涉足,且从自身经历验证了诗词皆能传情达意表现性情的效用。但是两者在表现感情方面却存在差异,"唐以诗贡举,故人各挟其所长以邀通显,性情真境,半掩于名利钩途。

词则自极其意之所之,凡道学之所会通、方外之所静悟、闺帏之所体察,理为真理,情为至情"。作者认为,唐代科举诗赋取士,诗歌创作已与名利相关,所以未必都能抒发真情实感,而词的创作纯粹出于性情的真实流露,所以抒情说理都极为真切感人。作者还认为词体文学对读者兴发感动的力量,不在《诗三百》之下,风格多样,情绪各异的词作"令人抚一调,读一章,忠孝之思、离合之况、山川草木郁勃难状之境,莫不跃跃于言后言先"。

自顾从敬《类编草堂诗余》开始,词选体例多按词调长短(即小令、中调、长调)顺序编排,明嘉靖以后按调编排似乎成为通例,如《花草粹编》、《古今词统》等无不如此。但是作者认为"盖词与曲异,曲须按腔挨调而后成阕,有意铺张,此新声之所以无余味也",在词乐失传、词体文学已经成为案头文学的背景下,词是重在表现情感的艺术形式,词调只是其载体,所以不必拘泥于词调。《精选古今诗余醉》按题材编排,逐一加上"春游"、"秋怀"、"初冬"、"离别"、"渔父"等标题,调名则注于题下,这一编排体例在明代词选中别具一格。

参 考 文 献

村上哲见著,杨铁婴译:《唐五代北宋词研究》,陕西人民出版社1987年版
《词学》编辑委员会:《词学》(1—26辑),华东师范大学出版社版
《全清词》编纂研究室编:《全清词·顺康卷》,中华书局2002年版
鲍恒著:《清代词体学论稿》,人民文学出版社2007年版
陈匪石编:《宋词举》,金陵书画社1983年版
陈匪石著:《声执》,《词话丛编》本,中华书局1986年版
陈良运主编:《中国历代词学论著选》,百花洲文艺出版社1998年版
陈乃乾编:《清名家词》,上海书店1985年影印本
陈水云著:《明清词研究史》,武汉大学出版社2006年版
陈廷焯著:《白雨斋词话》,《词话丛编》本,中华书局1986年版
陈霆著:《渚山堂词话》,《词话丛编》本,中华书局1986年版
陈文忠著:《中国古典诗歌接受史研究》,安徽大学出版社1998年版
陈耀文编、龙建国点校:《花草粹编》,河北大学出版社2007年版
陈振孙著:《直斋书录解题》,上海古籍出版社1987年版
陈钟秀刊:《精选名贤词话草堂诗余》,王鹏运《四印斋所刻词》本
程明善撰:《啸余谱》,明万历刻本
邓子勉著:《宋金元词籍文献研究》,上海古籍出版社2008年版
丁丙撰:《善本书室藏书志》,光绪钱塘丁氏刊本
丁放、余恕诚著:《唐宋词概说》,安徽教育出版社2002年版
丁放著:《金元词学研究》,中国社会科学出版社2002年版
丁放著:《金元明清诗词理论史》,安徽大学出版社2000年版
董逢元编:《唐词纪》,《四库全书存目丛书》本
杜文澜著:《憩园词话》,《词话丛编》本,中华书局1986年版
方智范、邓乔彬、周圣伟等著:《中国词学批评史》,中国社会科学出版社1994年版

房玄龄等撰:《晋书》,中华书局1974年版
冯金伯著:《词苑萃编》,《词话丛编》本,中华书局1986年版
傅璇琮等主编《全宋诗》,北京大学出版社1993年版
顾从敬编:《类编草堂诗余》,明嘉靖二十九年刻本
顾从敬编、钱允治笺释:《类选笺释草堂诗余》,明万历四十二年刻本
郭麐著:《灵芬馆词话》,《词话丛编》本,中华书局1986年版
何士信增订:《增修笺注妙选群英草堂诗余》,吴昌绶《景刊宋金元明本词》本
何文焕辑:《历代诗话》,中华书局1981年版
贺裳著:《皱水轩词筌》,《词话丛编》本,中华书局1986年版
洪迈撰:《容斋随笔》,上海古籍出版社1978年版
胡传志著:《金代文学研究》,安徽大学出版社2000年版
胡桂芳重辑、黄作霖等刻:《类编草堂诗余》,明万历三十五年刊本
华东师范大学中文系编:《词学研究论文集(1911—1949)》,上海古籍出版社1988年版
华东师范大学中文系编:《词学研究论文集(1949—1979)》,上海古籍出版社1982年版
黄拔荆著:《中国词史》,福建人民出版社2003年版
黄大舆编:《梅苑》,文渊阁《四库全书》本
黄昇编:《花庵词选》,中华书局1958年版
黄昇编:《中兴以来绝妙词选》,《四部丛刊》本
黄文吉主编:《词学研究书目》,台北文津出版社1993年版
黄文吉著:《宋南渡词人》,台湾学生书局1985年版
江合友著:《明清词谱史》,上海古籍出版社2008年版
蒋哲伦、傅蓉蓉著:《中国诗学史·词学卷》,鹭江出版社2002年版
焦循著:《雕菰楼词话》,《词话丛编》本,中华书局1986年版
李康化著:《明清之际江南词学思想研究》,巴蜀书社2001年版
李睿著:《清代词选研究》,安徽大学出版社2011年版
李修生主编:《全元文》,江苏古籍出版社1998—2004年陆续出版
李学勤主编:《十三经注疏》(标点本),北京大学出版社1999年版
梁荣基著:《词学理论综考》,北京大学出版社1991年版
林玫仪主编:《词学论著总目》,台湾"中央研究院中国文哲研究所筹备处"1995年版

刘祁著:《归潜志》,中华书局1983年版
刘扬忠著:《唐宋词流派史》,福建人民出版社1993年版
刘毓盘著:《词史》,上海书店1985年影印本
刘尊明、甘松著:《唐宋词与唐宋文化》,凤凰出版社2009年版
刘尊明著:《唐宋词综论》,中国社会科学出版社2004年版
刘尊明著:《唐五代词史论稿》,文化艺术出版社2000年版
龙榆生著:《龙榆生词学论文集》,上海古籍出版社1997年版
鲁迅著:《鲁迅全集》,人民文学出版社1982年版
陆辅之著:《词旨》,《词话丛编》本,中华书局1986年版
陆蓥著:《问花楼词话》,《词话丛编》本,中华书局1986年版
陆蓥著:陈匪石著:《声执》,《词话丛编》本,中华书局1986年版
陆云龙编:《词菁》,明崇祯《翠娱阁评选行笈必携》本
罗忼烈著:《两小山斋论文集》,中华书局1982年版
马兴荣等主编:《中国词学大辞典》,浙江教育出版社1996年版
毛晋编:《词海评林》,明抄本
茅暎编:《词的》,明朱之藩《词坛合璧》本
闵丰著:《清初清词选本考论》,上海古籍出版社2008年版
缪钺、叶嘉莹著:《灵谿词说》,上海古籍出版社1987年版
欧明俊著:《词学思辨录》,人民出版社2011年版
潘游龙辑、梁颖校点:《精选古今诗余醉》,辽宁教育出版社2003年版
彭国忠著:《唐宋词学阐微——文本还原与文化观照》,安徽大学出版社2008年版
彭国忠著:《元祐词坛研究》,华东师范大学出版社2002年版
彭致中编:《鸣鹤余音》,《四库全书存目丛书》本
钱允治编、陈仁锡笺释:《类编笺释国朝诗余》,明万历四十二年刻本
钱钟书选注:《宋诗选注》,三联书店2001年版
阙名编:《草堂诗余》,中华书局1958年版
饶宗颐初纂、张璋总纂:《全明词》,中华书局2004年版
饶宗颐著:《词集考》,中华书局1992年版
邵懿辰撰:《增订四库简明目录标注》,上海古籍出版社1979年版
沈际飞选评:《古香岑草堂诗余》,明末翁少麓刊本
沈松勤著:《唐宋词社会文化学研究》,浙江大学出版社2000年版
沈雄著:《古今词话》,《词话丛编》本,中华书局1986年版

施议对编纂:《中华词学论丛》,澳门大学出版中心2008年版
施议对著:《词与音乐关系研究》,中国社会科学出版社1985年版
施蛰存、陈如江辑录:《宋元词话》,上海书店出版社1999年版
施蛰存辑:《词籍序跋萃编》,中国社会科学出版社1994年版
四库全书研究所整理:《四库全书总目》,中华书局1997年版(整理本)
孙克强辑考:《蕙风词话·广蕙风词话》,中州古籍出版社2003年版
孙克强著:《清代词学》,中国社会科学出版社2004年版
孙克强著:《清代词学批评史论》,上海古籍出版社2008年版
孙奇逢撰:《中州人物考》,文渊阁《四库全书》本
孙琴安:《中国评点文学史》,上海社会科学出版社1999年版
谭帆著:《中国小说评点研究》,华东师范大学出版社2001年版
谭献著:《复堂词话》,《词话丛编》本,中华书局1986年版
唐圭璋编:《全金元词》,中华书局1979年版
唐圭璋编:《全宋词》,中华书局1965年版
唐圭璋等校点:《唐宋人选唐宋词》,上海古籍出版社2004年版
唐圭璋:《词学论丛》,上海古籍出版社1986年版
陶尔夫、刘敬圻著:《南宋词史》,黑龙江人民出版社2005年版
陶然著:《金元词通论》,上海古籍出版社2001年版
陶子珍著:《明代词选研究》,台湾秀威资讯科技股份有限公司2006年版
题程敏政编、王兆鹏等校点:《天机余锦》,辽宁教育出版社2000年版
田同之著:《西圃词说》,《词话丛编》本,中华书局1986年版
田一隽编:《类编草堂诗余》,明万历十二年张东川刻本
脱脱等撰:《宋史》,中华书局1977年版
宛敏灏著:《词学概论》,上海古籍出版社1987年版
万树编:《词律》,上海古籍出版社1984年版
王士禛著:《带经堂诗话》,人民文学出版社1982年版
王士禛著:《花草蒙拾》,《词话丛编》本,中华书局1986年版
王世贞著:《艺苑卮言》,《词话丛编》本,中华书局1986年版
王易著:《词曲史》,江苏教育出版社2005年版
王运熙、顾易生主编:《宋金元文学批评史》,上海古籍出版社1996年版
王兆鹏著:《词学史料学》,中华书局2004年版
王兆鹏著:《唐宋词史的还原与建构》,湖北人民出版社2005年版

王兆鹏著:《唐宋词史论》,人民文学出版社2000年版
王重民著:《中国古籍善本书目·集部》,上海古籍出版社1996年版
王灼著:《碧鸡漫志》,《词话丛编》本,中华书局1986年版
魏庆之撰:《诗人玉屑》,上海古籍出版社1978年版
温博辑:《花间集补》,辽宁教育出版社1998年版
翁方纲著:《石洲诗话》,人民文学出版社1981年版
无名氏编:《精选名儒草堂诗余》,吴昌绶《景刊宋金元明本词》本
无名氏编:《乐府补题》,《彊村丛书》本
吴承恩编:《花草新编》,上海图书馆藏抄本
吴从先编:《新刻李于麟先生批评注释草堂诗余隽》,明万历四十七年师俭堂刊本
吴衡照著:《莲子居词话》,《词话丛编》本,中华书局1986年版
吴梅著:《词学通论》,复旦大学出版社2005年版
吴世昌著:《词林新话》,北京出版社2000年版
吴熊和主编:《唐宋词汇评·两宋卷》,浙江教育出版社2004年版
吴熊和著:《吴熊和词学论集》,杭州大学出版社1999年版
夏承焘著:《唐宋词人年谱》,上海古籍出版社1979年版
肖鹏著:《群体的选择——唐宋人词选与词人群通论》,凤凰出版社2009年版
谢桃坊著:《中国词学史》,巴蜀书社2002年版
谢天瑞编:《新镌补遗诗余图谱》,《续修四库全书》本
谢章铤著:《赌棋山庄词话》,《词话丛编》本,中华书局1986年版
徐喈凤著:《荫绿轩词证》,《词话丛编续编》本,人民文学出版社2010年版
徐师曾著:《文体明辨》,人民文学出版社1982年版
薛泉著:《宋人词选研究》,黑龙江人民出版社2010年版
严迪昌:《清词史》,江苏古籍出版社1999年版
杨柏岭著:《晚清民初词学思想建构》,安徽大学出版社2004年版
杨海明著:《唐宋词美学》,江苏教育出版社1998年版
杨海明著:《唐宋词史》,天津古籍出版社1998年版
杨海明著:《张炎词研究》,齐鲁书社1989年版
杨慎编:《百琲明珠》,赵尊岳《明词汇刊》本
杨慎编:《词林万选》,毛晋汲古阁《词苑英华》本
杨慎著:《词品》,《词话丛编》本,中华书局1986年版
杨肇祉编:《词坛艳逸品》,明刻本

叶申芗著:《本事词》,《词话丛编》本,中华书局1986年版
鯆溪逸史编:《汇选历代名贤词府全集》,明嘉靖刻本
永瑢等撰:《四库全书总目》,中华书局1965年影印本
尤振中、尤以丁编著:《明词纪事会评》,黄山书社1995年版
余意著:《明代词学之建构》,上海古籍出版社2009年版
俞陛云编:《唐五代两宋词选释》,上海古籍出版社1985年版
俞彦著:《爰园词话》,《词话丛编》本,中华书局1986年版
元好问编:《中州集》,中华书局1959年版
元好问编:《中州乐府》,《彊村丛书》本
袁行霈、孟二冬、丁放著:《中国诗学通论》,安徽教育出版社1996年版
袁震宇、刘明今著:《明代文学批评史》,上海古籍出版社1991年版
曾慥编:《乐府雅词》,《四部丛刊》本
曾慥编、陆三强校点:《乐府雅词》,辽宁教育出版社1997年版
曾昭岷等:《全唐五代词》,中华书局1999年版
查继培辑:《词学全书》,书目文献出版社1986年版
詹安泰著:《宋词散论》,广东人民出版社1980年版
张宏生主编:《全清词·顺康卷补编》,南京大学出版社2008年版
张宏生著:《清词探微》,上海古籍出版社2008年版
张宏生著:《清代词学的建构》,江苏古籍出版社1998年版
张廷玉等撰:《明史》,中华书局2003年版
张炎著:《词源》,《词话丛编》本,中华书局1986年版
张綖编:《草堂诗余别录》,明嘉靖二十六年黎仪抄本
张綖撰:《诗余图谱》,明万历二十七年谢天瑞刻本
张璋编:《历代词话》,大象出版社2002年版
张智华著:《南宋的诗文选本研究》,北京师范大学出版社2002年版
张仲谋著:《明词史》,人民文学出版社2002年版
章培恒等主编:《中国文学评点研究论集》,上海古籍出版社2002年版
赵崇祚编:《花间集》,宋绍兴刻本
赵崇祚编、李一氓校:《花间集校》,人民文学出版社1958年版
赵万里:《校辑宋金元人词》,1931年国立中央研究院历史语言研究所印行本
赵维江著:《金元词论稿》,中国社会科学出版社2000年版
赵翼著:《瓯北诗话》,人民文学出版社1981年版

赵尊岳编:《明词汇刊》,上海古籍出版社1992年版
郑振铎撰、吴晓铃整理:《西谛书跋》,文物出版社1998年版
钟陵编著:《金元词纪事汇评》,黄山书社1995年版
周履靖编:《唐宋元明酒词》,《丛书集成初编》本
周密辑,查为仁、厉鹗笺:《绝妙好词笺》,中华书局1957年版
周明初、叶晔编:《全明词补编》,浙江大学出版社2007年版
周南瑞编:《天下同文》,吴昌绶、陶湘《景刊宋金元明本词》
周瑛撰:《词学筌蹄》,《续修四库全书》本
周泳先辑:《唐宋金元词钩沉》,商务印书馆1937年排印本
朱崇才编:《词话丛编续编》,人民文学出版社2010年版
朱崇才著:《词话史》,中华书局2006年版
朱德才等主编:《增订注释全宋词》,文化艺术出版社1997年版
朱惠国、刘明玉著:《明清词研究史稿》,齐鲁书社2002年版
朱惠国著:《中国近世词学思想研究》,上海古籍出版社2005年版
朱万曙著:《明代戏曲评点研究》,安徽教育出版社2004年版
朱彝尊、汪森编:《词综》,上海古籍出版社1978年版
朱彝尊著:《曝书亭集》,《四部丛刊》本
朱彝尊撰、李富孙注:《曝书亭集词注》,嘉庆十九年校经庼刻本
朱祖谋辑:《彊村丛书》,上海古籍出版社1989年影印本
卓人月汇选:《古今词统》,明崇祯刻本
卓人月汇选、谷辉之校点:《古今词统》,辽宁教育出版社2000年版
邹云湖著:《中国选本批评》,上海三联书店2002年版
邹祗谟著:《远志斋词衷》,《词话丛编》本,中华书局1986年版

人名索引

白居易 85,230,318,343,344,
 439,454,461
白玉蟾 126,128,334
班固 429,479,508
鲍恒 543
鲍菁 161
鲍廷博 21,123
毕卓 234
边贡 308
边浴礼 211
蔡圭 81
蔡靖 86
蔡松年 82,85,86,89,91,206,
 385-387,401,460
蔡琰 90
曹杓 206,384,385
曹操 441
曹尔堪 399
曹鸿 206,384,385
曹济平 234
曹良史 99
曹溶 123,399
曹秀兰 3

曹秀先 255
曹寅 24
曹元忠 120,121
曹植 261,441,443,478,505
曹组 30,100
长湖外史 11,116,151,154,331
常国武 74
唱春莲 20
晁补之 93,317,443,488
晁公武 27
晁谦之 262
陈淳 308,321
陈第 99
陈铎 9,166-172,176-178
陈匪石 107,108,154,155,215,
 216,275,351,543
陈逢辰 99
陈凤仪 35,182,288,292
陈鹄 207
陈继儒 152,186,308,397,467,
 486
陈景沂 299
陈良运 543

陈亮　54,95,96,334,348,522
陈模　373,526
陈乃乾　249
陈庆溥　209,210,402
陈仁锡　331,389,488
陈如纶　260
陈锐　72
陈珽玉　140,533,534
陈师道　55,71,278,338,522
陈世修　39,40
陈恕可　118,222,225,232,234
陈水云　296,384
陈陶　538
陈廷焯　6,61,67,73,212,213,220,221,227,228,238-240,282,299,398,399
陈霆　159,162,167-172,193,239,260,261,309,310,313,317,320,324,356,491
陈维崧　218,219,225,235,236,363,399
陈文忠　543
陈文烛　509,511
陈耀文　10,17,33,153,160,161,183,184,244,245,250,251,253-256,260,262,264-267,269,273,274,281,283,287,288,291,292,294-299,302,329,331,501,502,504-506,509
陈与义　93,385,394

陈元龙　385,386,388
陈允平　50,51,71,74,102,168,300
陈振孙　18,20,25,27,29,31,41,328,418
陈钟秀　116,135,152,262,328,388,426
陈子龙　239,295,296,298,325,358,359,362,377,491
陈宗谟　135,425
成玄英　451
程垓　334,483
程敏政　132,133,183,184
程明善　4,148,458,464
迟宝东　4
崔立　79
崔液　350
崔彧　110
村上哲见　75
戴复古　31,185,279,289,294
戴冠　260
戴山隐　113
党怀英　81,460
邓汉仪　399
邓千江　81,89,90,320
邓乔彬　2,217,335
邓剡　108,109,113
邓小军　551
邓子勉　543
丁丙　20,252,422

丁放 3,33,160,161,164,311,313,396
丁福保 385
丁澎 399
丁绍仪 109
丁圣肇 188
丁仙现 507,508
东方虬 92
董逢元 139,281,330,495,496
董其昌 152,262,397,469,486
董斯张 333
董以宁 399
董仲舒 538
杜安世 365
杜甫 46,112,519
杜濬 399
杜牧 22,85
杜文澜 35,272
杜祝进 138,434,435
端木埰 233,237
段宏章 113,114,115,117
范成大 50
范开 277
范文英 530,531
范允临 187,463
范仲淹 499,508
方回 44,57,198,283,334
方千里 70,168,333
方智范 2
房玄龄 544

费无隐 129,130,423,425
冯金伯 258
冯梦祯 468
冯伟寿 357,364,378
冯延登 81,133,330
冯延巳 32,40,139,148,164,237,314,318,399,501
冯应瑞 118,222,225
冯子翼 81
冯尊师 126,128-131,423-425
傅幹 206,384-386,388,392
傅共 388
傅蓉蓉 2
甘松 396
高楝 446
高长恭 462
高岱 349
高观国 50,52,74,101,197,300,333,366,372,475,540
高欢 462
高建中 2
高濂 308
高启 170,308,476,482
高士奇 22,49,199,200,215
高士谈 81
高适 442
高宪 82
高信卿 111,114
高佑釲 249
戈载 100,214,320

人名索引

葛洪　432,463
葛立方　95,96
葛实甫　315
葛旭芳　160,164,311,396
龚翔麟　392
勾龙震　25
谷辉之　331,482
顾长任　189,192
顾从敬　11,116,135,136,148,
　152,156,157,160,177,178,183,
　184,203,243-245,262,269,305,
　306,308,322,329,331,357,441,
　443,444,446,448,449,451,463,
　495,504,542
顾从义　451
顾定芳　441,443
顾起元　468
顾若璞　189,191
顾諟　193
顾嗣立　110
顾梧芳　19,20,299
顾禧　385
顾夐　139,140,145,256
顾炎武　443
顾易生　2,170
顾英　443
关汉卿　111,346
管贞乾　140,535,537
归有光　465
郭麐　210,283

郭茂倩　330,433
郭璞　429
郭绍仪　527,528,539
郭绍虞　72,343
郭象　457,463
过庭训　252,253,427
韩翃　455,461
韩敬　468
韩琦　508
韩侂胄　57,213
韩文璞　148
韩偓　23,531
韩愈　441,480
韩元吉　98,207,390
韩震军　551
郝天挺　78
何焯　200,201
何景明　465,489,511
何良俊　136,159,177,204,276,
　309,322,329,331,336,338,356,
　378,438,439,441,443,444,446,
　452,484,521
何乔远　427
何士信　28,29,99,106,116,133,
　153,262,328,330,385,386,388
何文焕　55,360
何籀　317
和凝　140,316
贺裳　92
贺铸　69,82,306,358,361,377,

386

洪迈 21,84,290,291

胡传志 80

胡德方 65,369,420,417,421

胡德芳 417

胡调元 351

胡桂芳 136,447-452

胡浩然 158,307,357,364,377

胡铨 47

胡文焕 165,319,456,462

胡瑗 290

胡正言 140,532

胡稺 385

胡仲弓 99

胡仔 27,38,313,474

花蕊夫人 288,525

花仲胤妻 185,289,293

皇甫谧 512

皇甫松 146,347

黄拔荆 169

黄大舆 23,24,31,41,44,139,180,291,408,409

黄娥 264

黄河清 322,331,342,480

黄慧祯 250

黄霁宇 113

黄丕烈 20,123

黄汝亨 466

黄昇 25,30,31,35,37,38,47-54,56-58,62-68,96,98-100,135,158,161,181,207,292,299,307,312,313,316,343,357,358,360,361,364-372,375,378,393,394,417,418,420-422,501

黄水村 113

黄苏 400

黄庭坚 43,71,89,90,93,146,158,306,307,330,333,334,345,347,474,488,522,540

黄文吉 4,132,152,153

黄贤俊 225

黄修娟 189,191

黄虞稷 94,105,132

黄铢 95,96

黄子行 113

黄宗羲 488

黄作霖 448-451

霍去病 537,538

嵇康 449,454,461

贾谧 479

贾谊 538

贾子明 63

江合友 4

江顺诒 351

江淹 455,461

江昱 105,386,391,392

姜个翁 113

姜夔 10,11,13,50,52,53,56-58,60,66,67,69,74,76,77,101,102,158,160,161,181,196,197,

209,215,237,249,266,280-283,
292,298,300,301,307,310,311,
316,334,358,360,361,365-367,
371,372,378,379,382,402,475,
522,541
蒋春霖 399
蒋敦复 220,225,237
蒋捷 70,74,158,160,197,280-
282,300,301,306,307,310,311,
346-348,350
蒋景祁 218,222,235,236
蒋兆兰 214,215,240
蒋哲伦 2,20,21
焦循 47,48,100,212
金启华 383
金日䃽 419
金绳武 250,255,256,268
金泰 211
金天瑞 128,130,131
井玉贵 370
景覃 81,87,90
鞠华翁 113,117
康与之 47,50,306,346,355,364,
366,380,517
柯崇朴 197,201-203,401
柯煜 197-204,401
孔凡礼 123,124
孔繁华 93
孔三传 100
孔夷 21,433

孔子 54,276,426,459,476,534,
538
寇准 22,145,267
况周颐 86,87,108-110,112,114,
116,169,215,238,315,351,356
来行学 478,479
劳成勋 211
乐婉 185,288,293
李白 25,30,37,46,148,164,236,
315,334,347,349,394,405,408,
441,442,451,454,462,475,477,
492,500,501,517-519
李纯甫 111
李东琪 276
李富孙 390,391
李纲 47,237
李格非 289
李公麟 268
李冠 361,427,428
李袠 255,256,258,272,273,
504,505
李贺 344,480
李肩吾 50
李节 81,93
李璟 164,296,314,359,473,482,
501,525
李居仁 118,222,225
李珏 99
李康化 4,134,149,331
李莱老 50,51

李良年 399
李琳 113,114,119,121
李陵 441
李隆基 441,442,503
李梦阳 170,344,465,489,511
李泌 480
李南金 317
李攀龙 152,308,343,397,486
李彭老 50,51,102,118,222,225,228,231
李乾宇 142
李清照 26,38,39,55,59,69,95,96,146,165,179-186,249,263,267,279,288-294,296,306,315,316,333,334,342,344,346,347,350,359,360,367,371,377,474,476,522,525,527
李睿 6,157,166
李善 429,449,515
李商隐 23,103,232,474
李师师 72,525
李太古 113
李天骥 113,117
李廷机 136,152,397,486
李廷相 24
李亭 397
李维桢 468,485
李宪 441
李献能 81
李修生 122

李学勤 544
李珣 22,394
李演 50,99
李晏 81
李一氓 262,275
李勇先 43
李玉 63,192
李裕翁 113
李煜 18,19,30,146,296,306,314,334,342,349,357,359,367,377,473,482,501,522,527
李元膺 62
李振祖 99
李之问 291,294
李之仪 55
李贽 263,284
李致忠 150
李自成 375
厉鹗 8,22,24,49,91,92,97,98,107,108,112-114,198,200-211,219,220,225,227,236,386,389-392,401,402
梁启超 22
梁启勋 61
梁颖 140,528,531,534,537,540
林逋 44,348
林蕃钟 210
林鸿 308
林俊 353,361
林玫仪 544

林庆彰　250
林升　57
林章　350
凌云翰　131
刘秉忠　108,109,115
刘采春　279
刘辰翁　108, 109, 111-113, 116, 117,393,394
刘崇德　551
刘贵翁　113,117
刘过　39, 56, 68, 100, 101, 133, 158,160,307,310,315,330,354, 357,360,362,367,371,378,380
刘瓛　443
刘基　148,170,308,321,359,367, 375-377, 380, 476, 489, 517, 518,541
刘将孙　111, 112, 117, 119-123, 344
刘瑾　489
刘进　82
刘景翔　113,117
刘敬圻　546
刘巨源　357,364,378
刘军政　5,149,171
刘克庄　31,48,50,52,53,56,66, 68, 69, 101, 133, 158, 160, 212, 277,306,307,310,330,333,334, 348,360,362,366,373,380,522
刘琳　43

刘明今　548
刘祁　84,85,387
刘荣平　117
刘深　384
刘时济　136,152
刘肃　388
刘悚　92
刘泰　460
刘天迪　113,114,117
刘仙伦　158,307
刘鳃　343,492
刘修业　251,509
刘扬忠　383
刘义庆　528
刘应几　113,114,117
刘应雄　113,117
刘禹锡　85,334,432,448
刘毓盘　32,121
刘桢　443,505
刘镇　50,366
刘仲尹　81,89,90
刘著　81
刘尊明　331
柳浑　455,462
柳诒徵　256
柳永　28,38,45,55,59,69,72,73, 100,157,168,176,249,286,292, 305,306,317,319,325,334,338, 339,342,357-359,361,362,365, 366,370,371,376,378,394,412,

431, 442, 443, 473, 482, 521, 522, 527

龙端是 113

龙建国 184, 244, 245, 255, 256, 258, 266, 272, 274, 285, 502, 505

龙榆生 1, 42, 128-130, 155, 156, 238, 270, 273, 295, 392

龙紫蓬 113

楼采 50

楼槃 99

卢师邵 368

卢文弨 390

卢挚 108, 119, 121

卢祖皋 50, 52, 74, 300, 366

鲁迅 1

鲁逸仲 65, 357, 365

陆昂 460

陆辅之 3, 8, 101, 102, 104, 160, 195, 280, 311

陆机 515

陆凯 512

陆敏树 370

陆琼 373, 432, 433, 472, 475

陆深 90-92, 260

陆淞 102, 207, 390

陆心源 24, 27, 409

陆秀夫 224

陆鏊 272

陆游 21, 50, 53, 54, 69, 98, 158, 207, 307, 316, 334, 335, 347, 366, 390, 497, 522

陆云龙 12, 154, 161, 184, 187, 191, 312, 331, 352, 355, 357-359, 362-368, 370, 372, 375-381, 395, 397, 516, 517

路成文 4

吕本中 315

吕同老 118, 222, 225, 228, 230

吕祖谦 342

罗大经 387, 459

罗壶秋 119, 120, 362

罗忼烈 111

罗泌 21

罗有开 219

罗振玉 20

罗志可 119, 120

罗志仁 112, 114, 116, 117, 119-121, 380

骆宾王 232

骆象先 309, 458, 466

马端临 18, 27, 208

马洪 308, 321, 349, 460

马群 116

马熙 123

马兴荣 2, 134, 209, 210

马臻 459

毛凤韶 81, 90

毛晋 19, 20, 34, 70, 81, 119, 138, 143-146, 195, 242, 258, 262, 328, 330, 491, 492

毛滂 333
毛熙震 140
毛先舒 157
毛宪 260
毛晋 144-146,195
茅一桢 262,500,501
茅暎 155,161,162,184,187,191,275,299,312,331,395,513,514
枚乘 537
枚皋 536,537
梅鼎祚 466
梅禹金 20,309,458,466
孟昶 406,407,433,525
孟称舜 12,164,324,327,331,336-340,374,375,519,521
孟二冬 313
孟淑卿 189,192
孟子 412-414,416,534
孟宗献 81
米芾 82,83
缪钺 545
闵丰 6
闵一栻 142
闵暎璧 136,151,152,307
万俟咏 59,164,315,317,357,365,394
莫璠 308
莫伦 50
莫是龙 466
慕容岩卿妻 185,288

倪云林 146
聂冠卿 357,365
聂胜琼 182,185,188,279,289,291-293
聂先 383
牛弘 415
牛峤 140,146,256,314,322
牛希济 22
欧大任 441
欧明俊 172
欧阳炯 21,40,275,334,359,404,407,408,459,479,500
欧阳修 21,22,26,28,30,34,40,45,46,55,69,100,140,237,267,276,306,314-316,333,358,359,361,372,377,406,411,412,482,484,485,488,525
潘君昭 234
潘希白 99
潘游龙 139,140,159,161,187,312,395,528-531,533,534,537,539,540
潘岳 479
彭芳远 113
彭国忠 217
彭履道 112,114
彭汝实 81,82,90,91
彭孙遹 399
彭泰翁 113,114,117
彭玉平 6,299

彭元逊　108,111,114,117,122
彭致中　125,129-131,299,424,
　425
钱大昕　132,390
钱继章　334
钱谦益　201,436,468
钱惟演　34,314
钱允治　11,151,154,186,187,
　190,257,308,329,331,332,342,
　389,463,486,488,490
钱曾　24,30,201-203
钱钟书　74
钱遵王　199-201,203,204
强焕　70
秦恩复　106,107,114
秦观　28,69,100,140,146,157,
　163-165,168,172-177,260,261,
　286,305,306,314,316,334,349,
　350,355,357-359,361,364,367,
　377,380,431,443,473,482,522,
　526,540
秦桧　54
秦青　481,482
秦士奇　317,321,322,471,473
丘兆麟　467,483,485
仇英　476
仇远　51,94,105,118,199,207,
　215,218,222,225,232
曲景毅　551
屈兴国　108,109,112,114,115,
　215,238
屈原　23,46,409,410,419
瞿佑　133,308,330,346,348
饶宗颐　124,262
任良幹　137,138,158,281,330,
　356,361,363,380,427,428,
　430,434
任询　81
阮籍　278
阮逸女　184,185,289,290,292
桑哥　110
桑世昌　29
商景兰　189
上官仪　526
邵建诗　211
邵懿辰　80
沈德潜　239
沈公述　63,320
沈际飞　10,11,116,153,154,158-
　165,186,187,190,191,203,245,
　281,284,285,299,304-326,329,
　331,332,336,343,346,357,378,
　395-397,452,454,459,469,473,
　488,490
沈家谋　211
沈璟　439
沈梅娇　70
沈佺期　526
沈蕊　211
沈松勤　545

沈涛　211
沈祥龙　64,214
沈雄　92,125,174,351
沈宜修　190,264
沈义父　3,73,74,193,268,269,
　313,317,332,360,386,388
沈曾植　386
沈周　325,476
沈自炳　333
施国祁　80
施绍莘　186
施议对　546
施岳　50,51,94,97
施蛰存　2,19-23,26,41,100,106,
　107,120,137,138,153,158,159,
　177,195,202,210,211,216,225,
　239,240,242,245,255,268,276,
　277,279,281,283,296,303,309,
　328,356,358,398,401
石崇　479
石守信　43
史达祖　50,52,53,57,58,69,74,
　101,102,158,160,181,197,280-
　283,300,307,311,317,333,346,
　349,361,366,372,475
史介翁　99
狩野直喜　28
司空图　359,360
司马光　287,499,508
宋丰之　364

宋徽宗　419,473,525,537
宋濂　345,464,476,489
宋祁　364,474,485
宋琬　399
宋庠　474
宋翔凤　42,101,213,214
宋玉　344,435,496
宋远　112,117
宋征璧　295,296
宋征舆　295,296
宋之问　92,526
苏鹗　227
苏景元　165,319,457,463
苏轼　27,28,30,43,45,54-56,59,
　69,71,75,80,90,91,93,100,
　106,140,146,157-159,168,175,
　176,235,249,268,271,277,286,
　305,306,310,316,325,330,334,
　338,339,342,343,345,348,349,
　354,355,358,359,361,362,364-
　368,371,376,377,380,386,388,
　394,400,417,431,442,443,474,
　482,488,517,519,522,525,
　527,540
苏舜钦　234
苏武　126,128-132,423,424,
　441,468
苏洵　337,474
苏辙　267
苏祗婆　413,414

孙绰　537
孙夫人　180,182-185,288,289,292,319,364
孙光宪　139,158,307,333
孙虹　70
孙克强　6,301,384
孙麟趾　209-211,402
孙默　6,399
孙奇逢　252
孙望　74
孙惟信　50
孙星衍　390
孙镇　385,400,401
孙枝蔚　399
孙洙　314
谭献　106,214,398,399
谭元春　186,466,469
谭正璧　287
汤宾尹　466
汤显祖　162,262,321,333,343,395,401,466
唐圭璋　20,21,23,25,26,30,33,37,38,40-42,45,47,48,50,52,55-57,59,60,62-66,71-74,76,81,82,87,92,95-97,100-104,110-112,154,155,159,163,165,169,171,174,179,192,206,212-215,220,227,233-240,242,249,250,257-260,271,272,275,280-284,294,295,310,311,315,316,319-321,323,324,330,340,351,353-356,360,362,370,372,373,383-386,388,393,394,401,409,419,461,475
唐珏　118,218-220,222-225
唐顺之　152,389,465,486
唐艺孙　118,222,225
唐寅　260,346,476
陶尔夫　546
陶弘景　405,432,475
陶樑　34
陶然　3
陶望龄　467
陶湘　80,81,385,388,422
陶子珍　5,134,138,148,149,158
陶宗仪　219,350
滕宾　110-112
田同之　271,339,340,351
铜阳居士　25,41,45,59,235,280,371,393,394,412,416-418
屠隆　467
脱脱　546
完颜从郁　81,89,90,93
完颜亮　320,362,367,380
完颜璹　82
宛敏灏　546
万树　244,269,301,504
汪纲　290
汪金德　210
汪懋麟　399

人名索引

汪森 25,30,155,178,196,197,244,272,298-300,302
汪廷讷 308
汪元量 123,188,219,235,394
汪泽民 494
王安石 30,146,362,368,380,485
王鏊 465
王百穀 309,458,467
王昌龄 439,442,484
王昶 98,186,209,240,298,390
王从叔 113,117
王德渊 111
王鼎翁 113,114
王端淑 179,188-194
王凤娴 186,187
王夫之 371
王观 357,364,378
王国维 73,315,491
王浍 81,93
王吉甫 255
王骥德 281,336
王建 23,454,460
王砢 124
王九思 260,261
王恺 479
王朗 515
王茂孙 99
王楙 27
王梦应 111,119,121
王鸣盛 118

王磐 173,437
王鹏运 137,328,385,387,425
王齐叟 100
王嫱 419
王清惠 123,124,185,223,224,234,235,289
王仁裕 229
王蓉贵 43
王若虚 80
王慎中 260,465
王实甫 322,346
王士禄 399
王士禛 91,212,332,351,399,471
王世懋 308
王世贞 92,162,163,192,193,239,240,242,272,281,284,308,313,317,320,321,323,325,332,333,336,338,346,353-356,359,360,365,367,373,377,378,451,452,463,475,476,483,489,491,500,541
王守仁 263,284,465
王树荣 222,223,225,227
王思任 188,469
王廷相 260
王庭筠 81
王微 186,187,191,308
王维 439,442,482,484
王渥 81
王羲之 85,86,537

王象晋 174
王行 308,363,368,380,463
王玄佐 81,88,90
王学文 113,114
王阳明 163,309,344,458,465
王沂孙 50,51,57,58,69,74,101,
 118,197,199,213,218,221,222,
 224,225,228-230,232,233,237,
 300,372,399
王亿之 99
王易 51,118,222,225,227,267
王易简 51,118,222,225,227
王弈清 96,110,111,125,411
王逸 125,429,476
王又华 72
王予可 81,90
王宇 468
王运熙 2,170
王兆鹏 2,132,134,152,153,188,
 250,251,279,331,383
王正之 82
王之涣 439,442,484
王稚登 441
王重民 29
王灼 24,41,55-57,59,100,249,
 280,408
危复之 111,112
韦应物 19,432
韦庄 21,22,139,285,286,348,
 474,500

卫青 538
魏道明 385-387,401
魏夫人 179,180,182,183,185,
 288,290-293
魏庆之 51,417,421
魏万 455,462
魏忠贤 370,488
魏仲恭 482
温博 259,498,499,501
温庭筠 21,32,37,41,65,74,139,
 145,146,164,236,271,275,277,
 285,314,315,333,334,342,357,
 359,365,398,406,408,451,474,
 522,527
温彦博 406
文彭 441
文太清 531
文天祥 108,109,112,113,117,
 159,310,348,362,494,495,508
文徵明 260,261,308,321,325,
 378,476,541
翁方纲 91
翁少簏 151,153,284,285,305,
 397,459,473,488
翁元龙 50,99
吴昌绶 80,81,105,118,119,121,
 131,135,183,385,388,422
吴承恩 250,251,260,502,504,
 507-509,511-513
吴承学 393

吴从先　116,329,485
吴大有　99
吴鼎芳　334
吴衡照　76,249,259,459
吴激　47,82-86,89,148,320
吴宽　19,308
吴梅　110,241
吴讷　20,21,170,171,262,437,482
吴融　455,461
吴世昌　62,228,229,265
吴栻　83
吴淑姬　37,182,185,279,288,290,292
吴伟业　435
吴文英　50,52,57,58,69,70,74,76,77,101,102,158,160,181,197,249,280,300,307,310,311,333,334,346,361,372,475,522
吴锡麟　210
吴晓铃　146
吴熊和　2,24,91,94-97,105,134,217,219,225,232,412
吴岫　502
吴绣谷　123
吴翊凤　210
吴元可　113,117
吴则虞　224
吴子孝　260,261,308,321,476,541

西施　419,514,516
夏承焘　3,76,222-227,232,238,392
夏几道　408
夏言　260,308,321
项绁　202,203,206,401
萧东父　113
萧汉杰　113,117
萧烈　112,117
萧鹏　2,3,224,226
萧淑兰　288,293
萧统　32,479
萧衍　433,461
萧允之　113,482
肖鹏　149,157,178,179,267,307
肖舟　93
小青　186,187,189,342,481,483
谢翱　220,222,224
谢枋得　494,495
谢懋　50,365
谢思炜　77
谢桃坊　3,304,343
谢天瑞　144-146,354,356,359,377,458,464
谢维新　413,416
谢章铤　295
解缙　464
解纶　464
辛弃疾　12,31,39,46,47,50,53,54,56-60,66,68,69,71,93,98,

100-102,146,158-160,176,207,
237,277,296,306,307,310,314,
332,334,338,339,347,349,354,
359-361,366,367,371,373,377,
390,429,460,470,474,518,
522,540
辛愿 81
胥鼎 81
徐北文 289
徐贲 482
徐复祚 242
徐啻凤 339,340,381
徐理 103
徐陵 419
徐懋 209,402
徐勉 482
徐师曾 170,276,309,332,
336,464
徐士俊 11,12,153,154,161,163,
164,258,262,273,327,331,340,
344-346,349-351,395,396,482,
521-524
徐渭 308
徐媛 186,187,192,463
徐祯卿 344,476
徐中行 512,513
许昂霄 227
许春燕 5,117
许古 81
许衡 108,109

许有孚 123,299
许有壬 123
许桢 123
薛砺若 49
薛梦桂 50,99
薛泉 3
薛谭 482
薛用弱 442
荀彧 228
严长明 107
严迪昌 4,217,218,236,243
严仁 50,158,307,366
严蕊 185,188,288,291
严嵩 308
严羽 343,531
颜持约 38,64
颜奎 115,117,119,121
颜师古 419
颜真卿 168
颜子俞 113,120
晏几道 22,41,146,306,333,334,
359,443,473,522
晏殊 22,40,176,473,482
羊琇 479
扬雄 508
杨柏岭 547
杨伯岩 99
杨夫人 186,187
杨广 433
杨海明 102

杨恢 50,99,207,390
杨基 170,300,482
杨继盛 465
杨琏真伽 48,219,222-224
杨孟载 146,272,481,482
杨谦 201,202
杨樵云 113,117
杨慎 5,9,34,56,66,106,133,
　137-140,152,155,158,159,161-
　163,166,167,176-178,183,184,
　187,191,193,240,245,253,254,
　256,257,260,262,264,273,275,
　281,288,289,299,308,310,312,
　313,317-319,321-323,330,332,
　343,346,349,354,359,361-363,
　367,370,373,377,380,395,397,
　427,429-432,434-436,460,461,
　475,486,492,497,526,541
杨士奇 24
杨铁婴 75
杨宛 188,191
杨万里 332
杨修 526
杨亿 480
杨有山 256
杨玉环 229,230
杨泽民 71,168
杨肇祉 140-143,184,518,519
杨缵 99,102-104,316,332,341,
　350,526

姚学贤 250,251
姚镛 99
姚煜 209,402
姚云 108,112,114,119,121
姚云文 108,112,114
叶辉 5
叶嘉莹 545
叶梦得 40,41
叶清臣 165,318
叶绍翁 227
叶申芗 110
叶盛 24
叶纨纨 189-191,264
叶小鸾 189-191,264
叶小纨 264
叶晔 172
易袚妻 185,289
殷璠 212
殷芸 419
尹公远 113
尹焕 57,99,207,390
尹济翁 113,117
尹温仪 185,289,291
应法孙 99
应劭 419
鲭溪逸史 146,354,361-363,374,
　380,493,494
永瑢 99
尤侗 399
尤振中 548

游九功　417,421
游九言　421
游元泾　145
于翠玲　257
于谦　465
余集　7,9,134,179,185,187-192,194,208,209,402
余恕诚　543,550
余意　4,64,167,168,220,228,537
俞陛云　229-232
俞灏　99
俞文豹　442,526
俞彦　162,165,257,316,324,362,373
虞集　128-132,148,423-425
虞允文　423
宇文虚中　85
尉迟恭　462
元德明　78,81
元格　78
元好问　8,22,78-80,83-89,92,93,124,133,299,320,330,343,387,400,401
元结　78
元谊　78
袁宏道　152,397,467,486
袁行霈　150,313,344,349
袁震宇　548
岳飞　310,325,348,362,363,380,429,465,494,495

岳珂　310,373
岳淑珍　5
载锡祺　211
曾布　290
曾公亮　26,410
曾季貍　385
曾揆　133,330
曾隶　113
曾燠　290
曾允元　113,117
曾慥　22,26,31,42,45,59,98-100,106,133,180,200,207,280,291,371,372,410-412,418,420
曾昭岷　548
查继培　548
查善长　205,389
查善和　205,389
查为仁　22,49,97,98,198,200-209,389,391,392,401
翟富苓　251
詹安泰　548
詹福瑞　551
詹玉　109,110,112,113,119,121
张安世　419
张百禥　211
张半湖　113
张邦基　208
张伯伟　402
张德辉　80
张德瀛　206,384

张丁 219
张东川 150,414,444-446,476
张端义 525
张芙川 81
张桂 99
张衮臣 100
张翰 231,234
张红桥 189
张宏生 5,6,158,166,217,236,397,398
张惠言 17,45,166,211,214,221,233,236,237,322,398
张辑 50,52,197,300,366
张建封 64
张静 5,397
张浚 54,57
张履信 99
张泌 21
张蒲 467
张磐 99
张骞 456,462
张倩倩 189,193,264
张山人 100
张枢 50,51,102,103
张廷玉 548
张文虎 245,268,271
张文收 413,415
张先 22,38,176,306,314,315,334,338,339,347,359,428,443,473,474,521,522

张献忠 375
张孝祥 50,52,53,94,101,159,207,214,215,310,350,366,394,428
张信甫 81,90
张炎 3,8,13,47,51,52,57-60,69,70,72,74,75,95-97,101-105,118,133,160,193,195-197,199,204,211,218,222,225,249,280-282,300,301,311,313,317,330,332,358,360,371,378,379,382,391-393,477,526
张綖 4,9,12,116,144,145,148,156,159,161,167,172-178,260-262,308,309,312,318,328,332,335,336,352,355,357,359,360,364,377,378,383,395,436-438,464
张彦远 512
张余 394
张羽 482
张雨 108,133,330
张元幹 31,39,47,100,362,368,380
张月霄 256
张璋 249,257,259
张志和 19,21,37,168
张智华 548
张仲谋 3-5,134,138,144,167,170,241,242,250,336,367,373

张鎡 108,133,197,300,330
张镃 283,348
张宗橚 35
章良能 99
赵秉文 82,91,124
赵长卿 42,137,334
赵崇霄 99
赵崇祚 40,406,408,433,500
赵粹夫 22,31,200
赵鼎 237
赵功可 112,114,115
赵国宝 80
赵佶 473,537
赵湝 99
赵可 82,90
赵宽 308
赵匡胤 43
赵明诚 289,293,340,523,525
赵淇 99
赵琦美 24,195
赵汝光 50
赵汝钠 118,222,225
赵汝迕 99
赵抒 81
赵挺之 289,525
赵万里 25,33,34,42,82,132,136,245,269,394,412,419,509
赵维江 3,93
赵文 112,114,117
赵闻礼 31,32,34,37,45,48,50,99,106,181,360,361
赵顼 537
赵宧光 469
赵翼 91,548
赵永源 93
赵与仁 50,99
赵与㮚 99
赵元 64,81,93
赵元镇 64
赵昀 419
赵尊岳 125,138,173,183,187,188,191,250,270,327,435,549
折元礼 81,89,90
真德秀 96
郑斗焕 99
郑楷 99
郑樵 106,432,433
郑文焯 214,216
郑玄 508
郑译 413,415
郑嵎 455,461
郑振铎 146
支遁 536,537
钟过 99
钟陵 549
钟人杰 262
钟嵘 63,505
钟惺 152,397,466,469,486,531
钟振振 108,123,216
钟子期 430

仲殊 65,106,357,365
周邦彦 7,28,42,56,57,69-77,133,136,137,140,146,157,168,173,176,181,215,249,268,276,286,292,296,305,306,314,318,319,330,333,334,342,345,346,350,355,357-359,361,364,365,367,376-378,380,386,388,400,431,442,443,482,517,522,525,527
周伯阳 113
周德清 146,148,319,494
周孚先 113,117
周焕卿 5
周济 71,100,214,223,227,233,237,399
周晋 99
周景 112
周履靖 139,154
周密 8,22,45,48-51,53,56,58,68-70,72,74,94-103,106,118,135,196-205,207-209,211-218,222-226,228,232,300,360,402
周明初 172,250
周铭 190,194
周南瑞 118,119,121-123
周青士 196
周圣伟 2
周逊 177,330
周瑛 4,171,353,359,361,377

周泳先 22,30,123
周瑜 482,503
周之琦 210
周紫芝 525
朱崇才 175,340,381,383
朱存理 130,131
朱德才 549
朱敦儒 306,347
朱鹤龄 24
朱厚熜 430,512
朱惠国 4
朱秋娟 166,396,399
朱际孙 99
朱淑真 34,179,182-185,263,279,288-291,322,345,481,482
朱完 448
朱万曙 161
朱晞颜 22,23
朱熹 91,96,426,446,477,500,511
朱孝臧 20,21,71,97,215,216
朱彝尊 9,10,13,17,19,25-27,30,35,37,41,46-48,60,94,100,105,106,155,161,178,195-197,199-201,203,204,209,211,212,218,219,222,225,227,235,236,240,244,249,257,269,272,284,297-302,311,312,328,351,378,379,382,390-392,398,399,401,402,504

朱应登 511,513
朱雍 62
朱元璋 531
朱曰藩 173,437,511
朱载堉 512
朱之蕃 162,262,395
朱志远 133
朱祖谋 81,112,119,121,124,131,238,386,392
祝允明 136,260,308,476
庄用宾 494
庄周 439

卓尔堪 434
卓回 327
卓人月 11,17,153-155,159,160,164,187,191,262,275,299,311,312,324,327,331,336,337,339,341,342,374,482,521-523
宗弼 86
宗懔 462
宗元鼎 399
邹之麟 468
邹祗谟 332,351,399
祖孝孙 413,415

书名索引

《安雅堂稿》 239
《按豫仁言》 467,483
《白雨斋词话》 61,67,73,212,213,
　220,221,238-240,282,399
《白岳山人集》 448
《百琲明珠》 137,138,158,159,
　161,183,184,260,262,309,312,
　330,395,431,434,436,458
《宝祐四年登科录》 113
《裒碧斋词话》 72
《本朝百家诗选》 411
《本朝分省人物考》 252,253,256,
　427
《本事词》 110
《皕宋楼藏书志》 27,409
《碧鸡漫志》 41,55,57,59,100,
　249,280,408
《避暑录话》 40,41
《博物志》 430
《沧浪诗话校释》 72,343
《草窗词疏证》 386
《草堂诗余》 4,5,7-12,19,21,25,
　27-29,31-33,42,45,62,69-71,
94,99,100,106,116,120,135-
138,140,148,149,151-158,162,
166-173,175-182,184,196,199,
211,239-245,254,258,259,262,
264-266,271,274,276,281,285,
286,292,298,304-307,311,312,
328-332,343,353,358,360,361,
376,377,381,385,386,388,389,
393,395,397,401,417,422,425-
427,431,432,436-440,443,444,
447,449,450,452,469,472,478,
484-486,492,495,501,503,506,
507,509,510,518

《草堂诗余别集》 11,154,158,160,
　306,329,331
《草堂诗余别录》 116,161,172,
　175,177,262,312,328,383,395,
　438
《草堂诗余隽》 116,329,484
《草堂诗余四集》 7,10,11,14,134,
　153,161-163,191,304,305,311-
　313,322,326,343,395-397
《草堂诗余新集》 11,154,186,187,

190,308,329,331,490
《草堂诗余续集》 11,154,329,331
《草堂遗音》 172,260
《草堂余意》 167,168
《蟾台集》 327
《陈迦陵文集》 219
《陈子龙文集》 325
《成都文类》 24
《重订古周礼》 488
《重刻类编草堂诗余评林》 150
《初学集》 468
《初学记》 515
《吹剑续录》 338,442,522
《春波影》 523
《辍耕录》 219,294
《词的》 155,159,161,162,183,184,186,187,191,275,299,312,331,395,513
《词海评林》 143-146
《词话丛编》 25,41,42,47,48,52,55-57,59,60,64,66,71-74,76,87,92,95-97,100-104,110,111,154,155,159,163,165,169,171,174,192,206,212-216,220,227,233,235-237,239,240,242,249,257-260,271,272,275,280-284,295,310,311,315,316,319-321,323,324,330,340,351,353-356,360,362,370,373,383,384,386,388,393,394,419,461,475

《词话丛编续编》 340,381,383
《词集考》 2,124
《词籍序跋萃编》 19,21,22,26,41,100,106,107,120,137,138,153,158,159,177,202,210,211,239,240,242,245,268,276,277,283,296,309,328,356,358,398,401
《词菁》 7,10,12,14,134,154,159,161,183,184,186,187,191,312,331,352,355,357-359,362-368,375-381,395,397,517,518
《词林纪事》 35
《词林万选》 137,138,155,158,159,161,183,184,191,260,262,275,281,288,289,299,302,309,312,330,356,361,363,380,395,427,428,430,431,434,436,458
《词林新话》 62,228,229
《词律》 244,269,301,303,504
《词品》 34,56,66,82,133,137,159,162,163,177,178,257,260,310,313,318,319,323,330,354,370,373,397,431,432,434,460,475,492,497,526
《词曲史》 267
《词史》 32
《词坛合璧》 162,262,395,515
《词坛艳逸品》 140-143,183,184,186,519

《词选》 17, 165, 166, 211, 214, 215, 221, 236, 237, 318, 322, 351, 398
《词选增奇》 137, 309, 458
《词学》 2, 4, 5, 20, 23, 61, 132, 195, 216, 218, 225, 255, 279, 303, 383, 384, 386
《词学丛书》 31
《词学集成》 351
《词学理论综考》 544
《词学论丛》 546
《词学论著总目》 544
《词学廿论》 335
《词学全书》 157, 548
《词学筌蹄》 4, 171, 353, 359, 361, 377
《词学史料学》 2, 134, 152, 188, 331, 383
《词学思辨录》 545
《词学通论》 110, 241
《词学研究论文集(1911—1949)》 544
《词学研究论文集(1949—1979)》 544
《词学研究书目》 544
《词与音乐关系研究》 546
《词源》 8, 47, 52, 59, 60, 72, 97, 101-104, 160, 195-197, 204, 211, 249, 280, 282, 311, 360, 371, 393, 477, 526
《词苑丛谈》 398
《词苑萃编》 258, 351

《词苑英华》 20, 138, 183, 258, 262, 428, 492
《词苑增奇》 260
《词征》 206, 384
《词旨》 8, 101, 102, 104, 105, 160, 195, 196, 280, 311
《词综》 17, 25, 31, 35, 37, 106, 155, 178, 195-197, 201, 202, 204, 209-212, 214, 244, 269, 272, 297-303, 312, 351, 398, 402, 504
《词综补遗》 34
《词综偶评》 227
《翠娱阁评选行笈必携》 154, 184, 352, 397, 516, 517
《大复集》 465, 489
《大泌山房集》 468, 485
《带经堂诗话》 91
《丹铅录》 254
《道枢》 411
《道园集》 128, 130
《道园类稿》 423
《道园学古录》 423
《雕菰楼词话》 48, 100, 212
《叠山集》 494
《东皋集》 428
《东坡乐府笺》 392
《东山集》 82
《东岩集》 78
《洞微志》 266, 278
《独深居点定玉茗堂集》 162, 313,

395,452
《读史愚见》 447
《读书敏求记》 201
《赌棋山庄词话》 295
《杜诗通》 437
《杜阳杂编》 227
《断肠集》 482
《二十四诗品》 360
《二西园诗集》 510
《返生香》 190,191
《芬陀利室词话》 220
《焚书》 284
《福建通志》 290
《甫田集》 476
《滏水集》 82,124
《复堂词话》 106,214
《复雅歌词》 25,44,45,59,155,196,235,280,283,371,394,412,417-419
《复斋漫录》 474
《高士传》 511,512
《高斋漫录》 411
《庚溪诗话》 266,278
《姑溪居士文集》 55
《古本小说集成》 370
《古今词话》 92,125,154,254,266,275,278,287,351,353,361,386,411
《古今词论》 72,322,398
《古今词统》 7,10-12,14,17,134,153,154,156,159-161,163,164,183-187,191,262,273,311,312,322,324,327,331,332,335-337,339-344,347,348,350,351,374,395-397,482,520-524,527,542
《古今词英》 137,260,309,458
《古今合璧事类备要》 413,416
《古今诗余醉》 139,140,312,322,397
《古诗归》 469
《古香岑草堂诗余四集》 116,151,153,186,329,397,459,469,473,488
《谷城集》 96
《鹄湾集》 469
《归潜志》 82,84,278,387
《归田录》 34
《圭塘欸乃》 118,123,133
《癸辛杂识》 209,223,226,232,402
《贵耳集》 525
《桂洲词》 260
《国朝名家诗余》 399
《国朝七家词选》 210
《国朝诗余》 11,154,308,329,331,490
《海虞古今文苑》 491
《邯郸记》 466
《韩君平集》 461-462
《翰墨大全》 65,107,154,266,275

《翰墨全书》 120,196
《浩然斋雅谈》 72,209,213,402
《合刻类编笺释草堂诗余序》 151
《何氏语林》 439
《和清真词》 70,71,168
《河岳英灵集》 212
《鹤林玉露》 278,387,459
《侯鲭录》 266,278
《后山诗话》 55,71,338,522
《花庵词选》 7,8,25,30,31,37-39,47-53,56,58,60-63,65-69,98-100,135,154,161,178,181,204,207,211,216,266,271,275,312,332,357,358,360,363-368,375,378,386,394,417,418,420
《花草粹编》 2,5,7,10,17,33,134,154,160,183-185,244,245,249-251,253,254,256,258,262,264-269,271-279,281-291,294-303,329,331,501-503,505,506,509,542
《花草蒙拾》 351
《花草新编》 251,509
《花间集》 10-12,18,19,25,30,33,37,40,64,139,154,162,171,192,242,244,254,258-260,262,264-266,274-276,281,285,295,299,313,321,328,329,331,332,343,357,358,365,376,381,393,395,401,404-408,418,420,433,472,480,481,483,500,501,503,506,507,509,510,518
《花间集补》 498,501
《花间集校》 275
《花外集笺注》 224
《花影集》 460
《怀古录》 373,526
《淮海集》 173
《皇明文衡》 133
《黄谷琐谈》 504
《黄庭坚全集》 43
《篁墩集》 133
《回文类聚》 29
《汇选历代名贤词府全集》 146,147,354,361,363,380,494
《蕙风词话》 86,87,108-110,112-114,116,169,315,351,356
《蕙风词话辑注》 108,109,112,114,115,215,238
《汲古阁珍藏秘本书目》 195
《集异记》 442
《家宴集》 18,25,41,155,178,196
《稼轩长短句》 429,475
《江西诗征》 290
《姜白石词编年笺校》 392
《娇红记》 520
《校辑宋金元人词》 25,34,136,269
《教坊记》 477
《解庄》 467
《金代文学研究》 80

《金奁集》 20,21,36,41,179,276
《金荃集》 405,406
《金石录》 525
《金史》 83,86,90,124
《金元词纪事汇评》 549
《金元词论稿》 3
《金元词通论》 3
《金元词学研究》 543
《金元明清诗词理论史》 543
《近三百年名家词选》 295
《近体乐府》 21
《晋书》 231,234
《经典稽疑》 252-254,501
《经济八编类纂》 488
《经世大典》 423
《荆楚岁时记》 462
《荆川集》 465
《荆州记》 488
《精选古今诗余醉》 140,159,161,183,184,186,187,395,528,531,534,537,539,540,542
《精选名儒草堂诗余》 7,8,105,113,115,116,123,133,153,304,330,423
《精选名贤词话草堂诗余》 116,135,262,328,426
《居家要语》 447
《聚兰集》 27
《绝妙好词》 7-9,31,33,46-53,56,68,69,94,96-108,135,178,195-197,199-204,206,207,209-217,360,384,389,391,401,402
《绝妙好词笺》 9,97,98,198,200-205,207-211,214,216,386,387,389,390,401,402
《绝妙好词译注》 217
《绝妙近词》 209-211,402
《开元天宝遗事》 229,230
《康济谱》 527,528,539
《客座赘语》 469
《兰畹曲会》 21,36,433
《琅嬛记》 525
《老学庵笔记》 497
《类编草堂诗余》 11,116,135,148,150,152,154,156,157,160,167,178,182-184,204,244,245,262,269,305,322,329,331,389,441,445,446,448,449,451,452,490,495,504,542
《类编笺释国朝诗余》 151,186,187,190,308,490
《类说》 410
《冷斋夜话》 278
《李蒲汀家藏书目》 24
《李清照集校注》 55
《李清照全集评注》 289
《李于田文集》 504
《历代诗话》 55,360
《历代诗话续编》 385
《历代诗余》 82,95-97

《莲子居词话》 76,249,259,459
《两小山斋论文集》 111
《蓼园词选》 398,400
《列朝诗集小传》 436
《林下词选》 187,190,194
《麟角集》 22
《灵芬馆词话》 283
《灵谿词说》 545
《凌溪集》 511
《六十名家词》 388
《龙川词校笺》 392
《龙榆生词学论文集》 1,42,156,273
《鲁迅全集》 1
《菉竹堂书目》 24
《论词随笔》 64,214
《论语》 287,534
《络纬吟》 187,464
《脉望馆书目》 24,195
《毛诗笺》 508
《毛诗陆疏广要》 491
《毛诗名物考》 491
《眉庵集》 482
《眉公全集》 467
《梅溪词》 475
《梅苑》 23-25,31,33,36,48,139,154,180,181,196,245,254,266,275,278,292,408-410
《梦窗词小笺》 386
《梦粱录》 392
《名山藏》 427

《名媛诗纬初编》 188,189,191,192
《名媛诗纬初编诗余集》 7,9,134,179,185,187-192,194
《明昌词人雅制》 118,124,125,133
《明词汇刊》 138,139,172,173,183,186-188,191,327,435,549
《明词纪事会评》 548
《明词史》 3,4,139,167,170,241,242,367
《明词综》 186
《明代词选研究》 5,134,138,148,149,158
《明代词学之建构》 4
《明代文学批评史》 548
《明代戏曲评点研究》 161
《明清词谱史》 4
《明清词研究史》 543
《明清词研究史稿》 549
《明清之际江南词学思想研究》 4,134,149,331
《明诗纪事》 491
《明史》 548
《明文海》 488
《明秀集》 82
《明珠词》 260
《鸣鹤余音》 8,118,125,128-131,133,299,424,425
《墨庄漫录》 208,278
《牡丹亭》 401,466
《穆天子传》 252,479

《南湖诗集》 437,464
《南湖诗余》 172
《南柯记》 466
《南宋词史》 546
《南宋的诗文选本研究》 548
《能改斋漫录》 278,287
《瓯北诗话》 91
《瓢泉吟稿》 22,23
《评注便读草堂诗余》 262
《蘋洲渔笛谱》 94,103,199,391,392
《蒲褐山房诗话》 98
《曝书亭集》 48,94,199,218,235,249,300,390
《曝书亭集词注》 389,390
《齐东野语》 209,278,402
《耆旧续闻》 208,278
《憩园词话》 272
《千顷堂书目》 94,97,105,132,252
《彊村丛书》 20,21,71,81,90,91,112,118,121,131,223,391,392
《秦张两先生诗余合璧》 174
《青浦草》 527
《青箱杂记》 278
《清初清词选本考论》 6
《清词史》 217,218,236,243
《清词探微》 158
《清词一千首;箧中词》 399
《清代词体学论稿》 543

《清代词选研究》 6,157,166
《清代词学的建构》 217,236
《清代词学批评史论》 546
《清代前中期词学思想研究》 296
《清名家词》 249
《清真词校注》 70
《曲律》 281
《全金元词》 81,82,121,131,401
《全明词》 172,188,249
《全明词补编》 250
《全清词·顺康卷》 543
《全清词·顺康卷补编》 548
《全宋笔记》 41
《全宋词》 33,40,112,179,428
《全宋诗》 43
《全唐诗》 21,404
《全唐诗外编》 404
《全唐文》 404,406
《全唐五代词》 548
《全元文》 122,344
《群体的选择——唐宋人词选与词人群通论》 2,150,157,178,179,267,307
《群体的选择——唐宋人选词与词选通论》 2
《人间词话》 73,315
《壬辰杂编》 79
《容斋随笔》 22,84
《蕊渊集》 327
《三国演义》 150,343

《三家村老委谈》 242
《山带阁集》 511
《山中白云词》 105,206,225,384,391,392
《山中白云词疏证》 386,387,389,391,392
《善本书室藏书志》 252,422
《苕溪渔隐丛话》 27,386
《少室先生集》 463,486
《射阳先生存稿》 502,507,508
《升庵长短句》 260
《升庵集》 429,432
《声执》 107,154,155,215,216,275,351,543
《诗话总龟》 266,278
《诗集传》 426,446,477
《诗经》 32,45,46,190,236,398,410,417,426,445,485,529,530,532,535,541
《诗人玉屑》 51,417,421,464
《诗余广选》 153,332
《诗余图谱》 4,12,144,145,148,156,172,175,176,178,260,318,335,353,359,360,377,437,457,464
《诗余图谱补遗》 144-146,359,377
《诗最》 352
《十三经注疏·礼记正义》 54,343
《十三经注疏·论语注疏》 54
《十三经注疏·毛诗正义》 343

《十竹斋笺谱》 532
《十竹斋书画谱》 532
《石洲诗话》 91
《史通评释》 468,485
《书舟词》 483
《庶斋老学丛谈》 278
《水浒传》 343
《水暄亭集》 467,483
《睡庵文集》 466
《睡香集》 513
《说郛》 338,442,522,526
《说郛三种》 338
《司马温公家范》 287
《四朝闻见录》 227
《四家宫词》 162,395
《四库全书》 23,31,110,229,252,255,256,290,413
《四库全书总目》 24-28,33-34,44,51,98-99,106,130,135,207,212,222,253-255,267,269,301-302,330-331,337,390,422,424,504,546,548
《四库全书总目提要》 20,330
《四书备考》 488
《四印斋所刻词》 385,387,425
《四友斋丛说》 439
《宋词大辞典》 331
《宋词纪事》 294
《宋词举》 108
《宋词散论》 548

《宋词通论》 49
《宋词研究之路》 383
《宋季忠义录》 112
《宋金元词籍文献研究》 543,546
《宋金元文学批评史》 546
《宋景文集》 485
《宋旧宫人诗词》 118,123,133
《宋南渡词人》 544
《宋七家词选》 100,214
《宋人词选研究》 3
《宋诗纪事》 24,225
《宋诗选注》 74
《宋史》 18,25
《宋四家词选》 214,233
《宋学士全集》 464
《宋遗民录》 133
《宋艺圃集》 504
《宋元词话》 546
《宋元名家词》 71
《苏学士集》 234
《隋书》 415
《隋唐嘉话》 92
《岁寒居词话》 351
《岁时广记》 419
《太平御览》 228,430,463,488
《檀弓丛训》 427
《唐词纪》 139,281,330,497
《唐诗归》 469
《唐诗品汇》 445,446
《唐诗艳逸品》 141-143,518

《唐诗正声》 446
《唐宋词概说》 543
《唐宋词汇评·两宋卷》 91,105,219
《唐宋词流派史》 545
《唐宋词美学》 547
《唐宋词人年谱》 76
《唐宋词社会文化学研究》 545
《唐宋词史》 547
《唐宋词史的还原与建构》 546
《唐宋词史论》 2,132,153
《唐宋词通论》 412
《唐宋词选注》 233,234
《唐宋词学阐微:文本还原与文化观照》 545
《唐宋词与唐宋文化》 545
《唐宋词综论》 545
《唐宋金元词钩沉》 22,30,123
《唐宋名贤百家词》 20,171,262,482
《唐宋人选唐宋词》 20,21,23,26,30,37,38,40,45,47,50,57,62-65,100,179,372,409
《唐宋元明酒词》 139,154
《唐宋诸贤绝妙词选》 30,31,33,35,37,38,47,49,57,62-64,180,181,292,343,363,418,421
《唐五代北宋词研究》 75
《唐五代笔记小说大观》 92
《唐五代词史论稿》 545
《唐五代两宋词选释》 229,231,232
《天机余锦》 2,5,118,132,133,

152,154,183,184,245,254,266,270,275,278,287,330
《天下同文集》 107,108,118,120-123,133
《天中记》 252-254,501
《填词选格》 137,260,309,330,458
《填词玉屑》 137,260,309,458
《铁珊瑚网》 120,196
《艇斋诗话》 385
《宛陵群英集》 494
《宛委别藏》 31
《晚清民初词学思想建构》 547
《文体明辨》 276,464
《文献通考》 18,27,31,208
《文选》 32,122,413,416,441
《文渊阁书目》 24,119
《文章辨体》 171,175,437,438
《问花楼词话》 272
《吴诗集览》 435
《吴熊和词学论集》 24
《五代诗话》 406
《武林旧事》 101,103,392,402
《西谛书跋》 146
《西湖游览志》 392
《西麓继周集》 71,168
《西圃词说》 271,340,351
《西厢记》 150,321,343
《西游记》 507
《惜香乐府》 42,137
《夏承焘集》 3,392

《香奁集》 531
《湘山野录》 278
《襄阳记》 228
《详注周美成词片玉集》 385,386,388
《萧闲老人明秀集注》 385-387,389
《小窗别纪》 485
《小窗清纪》 485
《小窗艳纪》 485
《小窗自纪》 485
《小山词》 41
《小说》 419
《小学集解》 437
《啸余谱》 4,148,458
《解学士集》 464
《新安文粹》 463
《新安文献志》 133
《新镌补遗诗余图谱》 354
《新镌出像词林白雪》 5
《新刻李于麟先生批评注释草堂诗余隽》 151,397,485,486
《新刻题评名贤词话草堂诗余》 151,307,486
《新刻增修笺注妙选群英草堂诗余》 151
《新刻朱批注释草堂诗余评林》 151
《新刻注释草堂诗余评林》 150,307,397
《新锓订正评注便读草堂诗余》 150,307

《新唐书》 474,485
《续草堂诗余》 105,116,483
《学林就正》 253
《学圃萱苏》 253,254
《学余园集》 467,483
《雪浪斋日记》 386,473
《阳春白雪》 7,22,31-35,37,39,45,48,69,70,82,99,106,180,181,200,210,214,216,360,361,401
《阳春集》 40
《也是园书目》 24
《野航存稿》 130,131
《野客丛书》 28,278
《夷坚志》 290,291
《夷门广牍》 139,154,155
《遗民诗》 434
《遗山乐府》 82
《遗山先生文集》 22,93,343,401
《倚声初集》 332,471
《艺苑卮言》 92,162,163,192,239,242,281,284,313,320,321,323,353-356,373,378,451,452,475
《吟红集》 188
《吟云居稿》 471
《隐秀轩集》 466
《永乐大典》 27,82,464
《有学集》 468
《于湖居士集》 428
《于忠肃集》 465

《玉书庭集》 467,483
《玉霄仙明珠集》 476
《玉映堂集》 188
《玉照新志》 278
《元草堂诗余》 105-107,111,113,119-121
《元诗选》 110
《元史》 110
《元艺圃集》 504
《元祐词坛研究》 545
《爱园词话》 162,165,257,316,324,362,373
《袁中郎集》 467
《远志斋词衷》 351
《乐府补题》 5,7,9,31,33,41,48,76,116-118,133,178,213,217-220,222-227,234-238
《乐府诗集》 344,433
《乐府雅词》 22,26,27,31,33,42,45,59,69,98-100,106,154,180,181,200,202,204,207,210,216,245,254,266,270,275,280,283,291,371,372,411,412
《乐府余论》 42,101,213
《乐府指迷》 73,74,203,204,268,269,332,360,386,388
《岳归堂稿》 469
《岳武穆集》 429
《粤雅堂丛书》 31
《云溪友议》 266,278
《增订湖山类稿》 123,124

《增订四库简明目录标注》 80
《增订注释全宋词》 549
《增广笺注简斋诗集》 385
《增修笺注妙选群英草堂诗余》
　133，135，153，168，182-184，
　385，426
《张炎词研究》 102
《谪仙集》 25,155,178,196
《柘湖集》 439
《柘轩词》 131
《正杨》 252,253,501
《直斋书录解题》 18，20，25，27，
　29,31,41,328
《中国词史》 169
《中国词学大辞典》 2,134
《中国词学批评史》 2
《中国词学史》 3,304,343
《中国古代文学批评方法研究》 402
《中国古典诗歌接受史研究》 543
《中国古籍善本书目》 146
《中国近世词学思想研究》 549
《中国历代词学论著选》 543
《中国女性文学史》 287
《中国善本书提要》 29
《中国诗学史·词学卷》 2
《中国诗学通论》 313
《中国文学批评史》 170
《中国文学批评通史》 2
《中国文学评点研究论集》 393
《中国文学史》 150,344,349

《中国文学通史·宋代文学》 74
《中国选本批评》 549
《中华词学论丛》 546
《中兴以来绝妙词选》 30,32,33,
　47,49,62-64,96,181,363,394,
　418,419
《中原音韵》 146,319,495
《中州集》 79-84，86-89，93，124，
　387
《中州乐府》 8，78，80-82，84，86，
　88-93,124,299,401
《中州人物考》 252
《众香词》 194
《皱水轩词筌》 92
《朱文公文集》 96
《朱彝尊〈词综〉研究》 257
《竹坡诗话》 278
《竹屋痴语》 475
《渚山堂词话》 159，162，167-169，
　171，172，239，260，310，320，
　324,356
《注坡词》 385-389,392
《庄子》 435
《庄子注》 463
《资治通鉴》 499
《紫钗记》 466
《自吟稿》 447
《尊前集》 11,18-21,36,41,139,
　154，171，276，281，299，331，
　332,404

后　　记

　　本书是在我主持的国家社会科学基金项目成果"元明词选本研究"的基础上增订修改而成，《元明词选本研究》（项目编号05BZW032）于2005年立项，2010年结项，鉴定等级为优秀。国家社会科学基金办成果验收情况报告对本成果作了重点介绍，指出：鉴定专家认为"该成果在前人已有研究成果的基础上，对元明词选本进行了更系统的考察，既弥补了词选本研究的一个薄弱环节，也为21世纪词学研究的开拓和创新提供了新的视野、方法和启示"（见国家社会科学基金办2010年8月成果验收情况报告）。结项之后，我们又从三个方面对本成果进行了修订和补充，一是将当时未写完的章节进一步完善；二是将我过去指导的一篇硕士论文《宋代词选研究》（作者曹秀兰，安徽师范大学2003届硕士毕业论文），纳入本书之中，这样可使读者对历代词选的发展脉络有更清楚的了解，也可以看出我们一贯的学术思路；三是在参考时贤成果的基础上，搜集了由五代至明末的40余篇词选序跋，先依据善本确定其原文，然后给原文作注释，同时为每篇序跋作一个简要的分析，希望读者能够通过这一部分内容，对由宋至明的词选演变情况有更为全面而深入的了解。

　　本课题在立项和研究过程中，得到我读硕士时的导师余恕诚先生、读博士时的导师詹福瑞先生、刘崇德先生的多方指导与关注，结项时，中国社会科学院文学研究所古代文学研究室主任著名词学家刘扬忠先生、武汉大学文学院教授王兆鹏先生、首都师范大学文学院教授邓小军先生、中国人民大学文学院教授朱万曙先生、淮北师范大学文学院教授傅瑛女士，都对本成果予以充分的肯定并提出了中肯的修改意见，在此表示诚挚的谢意。

甘松（合肥师范学院文学院）、曹秀兰（淮北师范大学文学院）两位副教授都是本成果的合作者，他们分别是我指导的博士研究生和硕士研究生，曹秀兰后来又在首都师范大学邓小军教授门下攻读博士学位，本课题立项时，二人都是成员。曹秀兰读博期间，在国家图书馆抄录了大量的资料，丰富了本书的内涵，甘松则自始至终都与我共同研究，贡献尤多。我指导的硕士研究生葛旭芳、韩传慧和鲍菁，也参加了本书某些章节初稿的写作。曲景毅、李慧敏、刘赛等博士曾帮忙查阅国家图书馆、上海图书馆的古籍文献。

本课题的部分章节，曾在《文学评论》、《学术月刊》等刊物上发表过，教育部人文社科重点研究基地安徽师范大学中国诗学研究中心，将本书列入其学术丛书，谨此致谢。

本课题在研究过程中，得到安徽省哲学社会科学规划办公室、安徽师范大学科研处、文学院的帮助，中国诗学研究中心资料室的陈点春老师、韩震军博士，为本书的出版也做了许多有益的工作，谨此一并致谢。

丁　放
2012年3月于安徽师范大学中国诗学研究中心